La femme bafouée

PENNY JORDAN

La femme bafouée

Jade

Titre original :
POWER PLAY

Traduction française de CHRISTIANE COZZOLINO

Jade® est une marque déposée par le groupe Harlequin

Photos de couverture
Grille : © IMAGE SOURCE / JUPITER IMAGES
Femme : © HYWEL JONES / GETTY IMAGES

83-85, boulevard Vincent-Auriol 75646 PARIS CEDEX 13.
ISBN 978-2-2800-3997-0 — ISSN 1773-7192

1

A Londres plus peut-être que n'importe où ailleurs, certaines rues évoquent immanquablement le pouvoir et l'argent.

Avec son alignement d'élégantes bâtisses de style Régence séparées des trottoirs par des grilles peintes en noir surmontées de pointes dorées, Beaufort Terrace constitue sans aucun doute l'une des adresses les plus prestigieuses de la capitale. Et pour louer des bureaux dans ces petits immeubles de trois étages aux façades de pierre admirablement restaurées, il faut posséder des revenus fort élevés.

Pepper Minesse était propriétaire de la maison située au centre de la rangée. La société qu'elle dirigeait comptait parmi les toutes premières à s'être installées à Beaufort Terrace, alors que les travaux de rénovation et d'aménagement intérieur venaient juste de s'achever.

Marquant une pause devant la grille de fer forgé, la jeune femme feignit de ne pas avoir remarqué l'homme qui, sur le trottoir d'en face, s'était arrêté pour la contempler. Ce jour-là, elle portait un ensemble noir signé Yves Saint Laurent dont le décolleté plongeant et la coupe moulante laissaient penser qu'elle était nue en dessous. Nul ne pouvait deviner en la regardant qu'un body de soie noire protégeait sa peau délicate du contact un peu rude du tailleur. Très tôt, Pepper avait appris à tenir ses interlocuteurs en haleine, à intriguer, à troubler et à déstabiliser les hommes. Femme d'affaires redoutable, elle usait de son charme comme d'une arme et représentait un défi que beaucoup d'hommes auraient aimé relever. Rares, cependant, étaient ceux qu'elle autorisait à tenter l'expérience.

Comme en témoignaient les coûteuses voitures de sport et les limousines stationnées de part et d'autre de la rue, la résidence de Beaufort Terrace était réservée à l'élite. Malgré les loyers exorbitants, la liste des banques et des sociétés candidates à la location ne cessait de s'allonger. Minesse Management ne payait pas de loyer : elle en encaissait. Car en plus de l'immeuble dans lequel était installée sa société, Pepper en possédait deux autres.

Son statut, sa richesse, elle s'était battue pour les conquérir. Et aujourd'hui, elle se trouvait à la tête d'un empire de plusieurs millions de livres sterling. Bien que ne paraissant pas son âge, elle allait sur ses vingt-huit ans, et n'ignorait plus rien des secrets de la nature humaine.

Minesse n'était pas son vrai nom. Lorsque Pepper s'était lancée dans les affaires, elle avait pris une nouvelle identité, s'inspirant pour cela de la mythologie grecque dont les fables tragiques stigmatisaient si implacablement les émotions humaines. Anagramme de Némésis, ce nom convenait parfaitement à l'aboutissement de l'objectif qu'elle s'était fixé, et qui était sa seule raison de vivre depuis dix ans.

Pepper n'avait plus aucune illusion sur une société capable de fermer les yeux sur les sévices et mauvais traitements infligés aux enfants, mais de s'indigner haut et fort au simple énoncé du mot « vengeance ». Pepper, elle, l'avait entendu pendant toute son enfance ; issue d'une culture très ancienne, elle avait hérité de ses ancêtres la conviction profonde que toute faute méritait châtiment.

Comme elle pénétrait dans l'immeuble, un rayon de soleil joua dans ses cheveux relevés en chignon souple, projetant autour d'elle des fragments de lumière violette. Ces reflets cuivrés, dans une chevelure qui tout d'abord paraissait brune, avaient le don d'intriguer presque autant que le bleu indigo de ses yeux.

Sur le trottoir d'en face, l'homme étudiait à présent d'un air admiratif les longues jambes gainées de soie noire. Ses bas, Pepper les commandait en gros, et exclusivement de soie. Car elle ne négligeait aucun détail susceptible de la mettre en valeur et de l'aider ainsi en cas de négociation difficile avec un client. Dans la vie de Pepper, le hasard n'avait pas sa place.

Dès qu'elle aperçut sa patronne, Helena, la réceptionniste, esquissa un sourire crispé. Pepper était exigeante et on la craignait, mais elle abattait elle-même un travail si considérable qu'elle forçait le respect de ses employés. Le travail était la clé de sa réussite, tout le monde le savait. C'était à la force du poignet qu'elle avait monté son agence de promotion — une agence devenue si prospère qu'elle traitait avec les médias les plus prestigieux et avec les plus grandes gloires du sport, assurant à ces dernières, grâce à la publicité, des revenus se chiffrant en millions de livres.

Pepper salua en retour la réceptionniste d'un bref mouvement de tête. Helena possédait un ravissant minois. Et au moment de l'embaucher, Pepper avait privilégié ce critère, comptant sur les atouts indéniables de la jeune femme pour distraire les clients pendant qu'ils patientaient.

Elle se rendit directement dans son bureau sans même vérifier si quelqu'un se trouvait dans la salle d'attente. Elle n'oubliait jamais un rendez-vous, à tel point que, le lui eût-on demandé, elle aurait sans doute pu restituer de mémoire, sans risque d'erreur, le contenu de son agenda pour le mois à venir.

En l'entendant entrer, sa secrétaire leva les yeux. Bien qu'elle travaillât chez Minesse Management depuis cinq ans, Miranda Hayes n'en savait guère plus sur sa patronne que le jour de son arrivée dans la société.

Elle perçut les effluves du parfum que Pepper se faisait fabriquer spécialement à Paris et considéra d'un œil envieux la coupe irréprochable du tailleur noir qui moulait un corps sculptural. Pepper fréquentait-elle une salle de gymnastique ? se demandait-elle parfois. Mais en fait, elle imaginait mal sa patronne, toujours si froide et si parfaitement maîtresse d'elle-même, suant et soufflant après une séance d'aérobic.

— Des messages ? s'enquit Pepper.

Miranda acquiesça d'un signe de tête.

— Jeff Stowell a téléphoné. Il tenait à vous rappeler le cocktail donné en l'honneur de Carl Viner ce soir, au Grosvenor.

Un léger froncement de sourcils accueillit cette information, trahissant un certain agacement à l'idée que l'agent du jeune tennisman ait cru nécessaire de lui rappeler la réception.

— Il doit vous présenter quelqu'un qui souhaite vivement vous rencontrer, ajouta Miranda.

— A-t-il mentionné le nom de cette personne ?

— Non. Désirez-vous que je le rappelle ?

— Inutile. Que Jeff fasse des mystères si ça l'amuse, mais moi, je n'ai pas de temps à perdre avec ses enfantillages.

Sur ces mots, Pepper passa dans son bureau et ferma la porte de communication derrière elle, laissant dans son sillage un parfum inimitable.

Elle n'avait fait aucune concession à la féminité dans cette pièce où elle travaillait parfois douze heures d'affilée. Pepper avait bien insisté auprès du décorateur d'intérieur : seule une subtile impression de pouvoir devait se dégager de son cabinet de travail.

— De pouvoir ? avait répété le décorateur, perplexe.

— D'autorité, si vous préférez, avait-elle précisé.

— Vraiment ? Pourtant, les hommes n'aiment pas les femmes autoritaires, pour autant que je sache.

Pepper lui évoquait une panthère prête à bondir sur sa proie, mais, étant homosexuel, il se sentait toujours un peu agressé par les femmes dotées d'une présence charnelle particulièrement affirmée.

De son côté, elle l'avait laissé dire. Il n'avait pas tort, certes, mais il n'existait pas un seul homme sur terre qu'elle ne pût réduire à sa merci. Elle savait par expérience que les plus dominateurs étaient aussi les moins sûrs d'eux, et elle avait très vite appris à tirer parti de cette situation.

Le martèlement des doigts de sa secrétaire sur le clavier de l'ordinateur lui parvenait faiblement à travers les battants de la double porte. Le soleil, qui entrait à flots par la fenêtre, faisait luire la fine gourmette d'or qu'elle portait au poignet gauche, et gardait même la nuit.

Un sourire aux lèvres, Pepper contempla un instant le bracelet, puis elle le retira. A l'aide de la petite clé en or fixée au fermoir, elle ouvrit l'un des tiroirs de son bureau.

Ce tiroir contenait ses dossiers les plus confidentiels. Quatre au total. Quatre dossiers très particuliers qui ne concernaient aucun de ses clients.

Avant de les sortir du tiroir, la jeune femme ferma les yeux, en proie à un violent sentiment d'exaltation. Il y avait si longtemps qu'elle attendait ce moment... Ses efforts allaient enfin aboutir et plus rien, à présent qu'elle avait réussi à obtenir l'information qui lui manquait, ne pourrait l'empêcher de mettre son plan à exécution. Elle tenait désormais l'instrument de sa vengeance.

Vengeance...

Un mot qui l'obsédait depuis dix ans.

« La vengeance appartient à Dieu », lisait-on dans les textes sacrés des plus grandes religions. Et Pepper savait pourquoi. La vengeance est comme une drogue dure : une fois qu'on y a goûté, on ne peut plus s'en passer, et elle vous pousse à la dernière extrémité. Assoiffé de vengeance, un être humain est capable de tout.

Aucun nom ne figurait sur les chemises des quatre dossiers empilés sur son bureau. A quoi bon ? Pepper aurait pu les différencier les yeux fermés. Il lui avait fallu des années pour constituer chacun d'eux, pour recueillir, trier, passer au crible une quantité phénoménale d'informations avant de trouver ce qu'elle cherchait.

Pianotant de ses ongles grenat sur les chemises de carton, Pepper différa encore le moment d'ouvrir le premier dossier.

Atermoyer n'était pas dans ses habitudes, si bien que les gens qui ne la connaissaient que de réputation étaient souvent surpris, lorsqu'ils la rencontraient, de constater qu'elle était petite — à peine un mètre soixante — et menue, presque fragile. Ils se rendaient vite compte cependant que cette fragilité n'était qu'apparente, sans jamais se douter qu'il n'en avait pas toujours été ainsi. Car à une certaine époque, elle avait été si faible…

Tournant la tête vers la fenêtre, Pepper fronça les sourcils quand elle éprouva la douleur familière qui la tenaillait chaque fois que les souvenirs se faisaient trop pressants. Son profil avait la pureté et la noblesse d'une statue égyptienne. Et son mystère, aussi. Un charme étrange émanait de son visage aux pommettes saillantes et aux yeux légèrement bridés.

Elle étudia longuement les dossiers avant de les ranger dans le tiroir, qu'elle referma avec soin. Un sourire satisfait se dessina sur ses lèvres. L'heure de l'ultime passe d'armes avait enfin sonné.

La sonnerie de son téléphone se fit soudain entendre. D'un geste sûr, la jeune femme décrocha le combiné.

— C'est Lesley Evans, annonça Miranda.

La jeune patineuse comptait depuis peu parmi les clients de Pepper. Elle était favorite pour la médaille d'or aux prochains jeux Olympiques. L'ayant repérée depuis longtemps déjà, Pepper avait confié à son équipe le soin de surveiller son ascension.

Pepper Minesse était réputée pour son flair infaillible. Elle avait le don de miser sur le bon cheval, un cheval qui — fait plus troublant encore — ne figurait jamais parmi les favoris au moment où elle s'y intéressait.

Peu lui importait de passer pour une pythonisse. Cela ne nuisait pas à son image, au contraire : l'impression de mystère qui l'entourait s'en trouvait encore renforcée.

En réalité, Pepper ne prenait aucune décision au hasard. Sa perspicacité, alliée — il est vrai — à une intuition à laquelle elle savait pouvoir se fier, était à l'origine de la plupart de ses grands coups financiers.

Comme elle le lui expliqua au téléphone, Lesley Evans venait de se voir proposer un contrat pour promouvoir une ligne de vêtements sportswear destinée aux adolescents. Pepper connaissait bien la société en question. Intransigeants, cupides et dénués de scrupules, ses dirigeants n'hésitaient pas à exploiter les stars dont ils utilisaient l'impact médiatique. Le fait qu'ils aient contacté

Lesley Evans sans passer par Minesse Management était d'ailleurs à lui seul suffisamment parlant.

Pepper passa une bonne partie de l'après-midi au téléphone. Après tout, ses clients étaient de grandes vedettes qu'il fallait traiter comme telles. Ecouter, réconforter, encourager faisaient aussi partie de son métier.

A 17 heures, Miranda frappa à la porte et sollicita l'autorisation de s'en aller.

— A demain, Miranda. Je ne vais pas tarder à partir aussi ; la réception au Grosvenor commence à 19 heures.

Quinze minutes après le départ de sa secrétaire, Pepper ouvrit de nouveau le tiroir et, sans l'ombre d'une hésitation cette fois, elle en retira les quatre dossiers. Puis elle passa dans le bureau de Miranda et alluma l'ordinateur. Sa rapidité et sa dextérité auraient sans doute vivement contrarié sa secrétaire. Pepper travaillait vite ; elle savait ce qu'elle faisait.

Quatre dossiers.

Quatre hommes.

Quatre convocations auxquelles ils s'empresseraient de répondre. Par une étrange ironie du sort, il avait fallu que le trait dominant de l'héritage de sa mère fût cette soif de vengeance, ce désir de punir les coupables, cette conviction intime que justice devait être rendue. Même si cette justice-là ne correspondait pas à l'idée que la plupart des gens se faisaient de la justice en général...

Mais en mûrissant, Pepper avait appris à prendre du recul par rapport aux événements survenus dans sa vie, à analyser celle-ci, à l'observer comme un témoin extérieur. Quatre hommes l'avaient brutalement privée de l'un des biens les plus précieux qu'elle possédât, et aujourd'hui, elle avait décidé de riposter.

A leur tour, ces quatre hommes allaient perdre ce à quoi ils tenaient le plus.

Impeccablement imprimées sur le papier vélin à en-tête de la société, les quatre lettres furent rapidement pliées et glissées dans leurs enveloppes respectives. Comme on accomplit un rite magique, Pepper colla avec le plus grand soin les timbres achetés tout exprès.

Le vigile en faction devant la maison lui décocha un sourire lorsqu'il la vit paraître, nimbée de la lumière dorée du soleil de juin. Il n'était que son employé, et il lui devait le respect, mais il ne put empêcher son regard de s'attarder un instant sur la silhouette parfaite de sa patronne qui s'éloignait de sa démarche souple et énergique.

Au coin de la rue, il y avait une boîte aux lettres. Pepper y glissa ses missives, puis elle rejoignit sa voiture, une Aston Martin rouge foncé stationnée devant l'immeuble. Elle ouvrit la portière et s'installa au volant, se carrant confortablement dans le siège de cuir crème rehaussé d'un passepoil du même ton que la carrosserie. Après avoir tourné la clé de contact, Pepper actionna la commande électrique permettant d'abaisser la capote de cuir crème du cabriolet.

Elle conduisait comme elle faisait tout le reste : sans hâte, et avec assurance. Malgré les embouteillages, il lui fallut moins d'une demi-heure pour arriver chez elle, à Porchester Mews. Le portail de fer forgé qui donnait accès à la résidence s'ouvrait au moyen d'une carte magnétique. Construits autour d'un petit jardin clos, les bâtiments de style Régence n'avaient rien à envier à ceux de Beaufort Terrace. Car en plus des lofts et des appartements, cette résidence de grand standing comprenait des équipements sportifs luxueux, au nombre desquels une piscine olympique et des courts de squash dessinés par le champion du monde. Outre le loft qu'elle occupait, Pepper possédait un appartement à l'usage exclusif de ses clients.

Son loft comportait trois niveaux. Le salon, la salle à manger et la cuisine se trouvaient au rez-de-chaussée. Il y avait au premier étage deux chambres d'amis avec salle de bains particulière. Pepper avait établi ses quartiers au second : une chambre immense avec salle de bains attenante, une antichambre et un dressing dont les penderies étaient dissimulées par d'immenses miroirs.

La femme de charge qu'elle employait pendant la journée était déjà partie. Pepper ouvrit le réfrigérateur et en sortit une carafe pleine de son cocktail de jus de fruits préféré. Elle surveillait sa ligne, exerçant un contrôle rigoureux sur tout ce qu'elle absorbait et s'imposant chaque jour un minimum d'exercice.

S'adossant au réfrigérateur, la tête légèrement renversée en arrière, Pepper but à petites gorgées le breuvage préparé à son intention. Un léger frisson de triomphe la parcourut lorsqu'elle pensa aux lettres ; aux quatre hommes qu'elle connaissait mieux qu'ils ne se connaissaient eux-mêmes ; aux années passées à disséquer chacun de leurs faits et gestes, à explorer leur âme, à anticiper leurs décisions.

Elle jeta un coup d'œil à sa montre. Une montre en or toute simple, commandée chez l'un des plus grands bijoutiers londoniens. Pour rien au monde elle n'aurait porté une Cartier ou une Rolex ; les signes ostentatoires de richesse, le clinquant en général ne lui inspiraient que mépris et dégoût. Les diktats de la mode n'avaient aucune prise sur elle.

La tenue qu'elle revêtirait ce soir était disposée sur son lit. Avant de partir, ce matin, elle avait laissé des consignes précises à son employée. Car dans ce domaine non plus le hasard n'avait pas sa place. Ses vêtements, Pepper les choisissait avec soin en fonction des circonstances, portant à chaque détail la même attention qu'elle accordait à toute chose la concernant.

Ce soir, elle avait opté pour une création originale de chez Valentino. Contrairement à la plupart des autres grands couturiers, Valentino, lui, tenait compte du fait que toutes les femmes ne mesuraient pas un mètre quatre-vingts. Composé d'une jupe courte légèrement entravée et d'un haut moulant comme une seconde peau, l'ensemble de velours noir que Pepper s'apprêtait à enfiler n'était cependant pas destiné aux femmes effacées. Ainsi vêtue, elle serait, à n'en pas douter, le point de mire de tous les regards.

Avant de s'habiller, Pepper s'offrit le luxe d'une longue douche, savourant la caresse de l'eau sur sa peau, donnant libre cours à la pulsion animale qui l'habitait. Les vapeurs d'eau chaude exacerbaient l'odeur de son parfum, le rendant plus grisant encore. La sensualité était d'ailleurs un autre aspect de sa personnalité que nul ne soupçonnait.

Elle se sécha soigneusement puis enduisit tout son corps de lait hydratant — ce corps qui, s'il avait commencé à vieillir d'un point de vue biologique, n'avait rien perdu de sa fermeté ni de sa plastique superbe. Ce corps que tout homme rêvait de caresser…

Pepper s'empressa de chasser cette pensée de son esprit. Les hommes et le désir qu'elle leur inspirait ne méritaient pas qu'elle s'y arrêtât. Au fil des années, en s'appliquant à donner d'elle-même l'image d'une femme libérée, épanouie et comblée sur le plan sexuel, elle avait érigé autour d'elle des barrières que personne encore ne s'était avisé de franchir. Des barrières de toute façon infranchissables.

Une minuscule cicatrice nacrée, au creux de ses reins, attira son regard. Fronçant les sourcils, elle l'effleura du bout du doigt avec une sorte de crainte, puis passa dans sa chambre. La coupe ajustée de l'ensemble Valentino interdisait le port de tout sous-vêtement autre qu'une paire de bas à jarretière en dentelle. Des bas si pratiques que lorsqu'elle les avait découverts, à New York, bien avant leur commercialisation en Angleterre, Pepper les avait d'emblée adoptés.

Laissant à sa peau le temps d'absorber le lait hydratant, la jeune femme déambula dans sa chambre. Elle se mettait à l'épreuve, s'obligeant à vaincre ses inhibitions. Car pour être crédible, l'image que Pepper offrait d'elle-même et cultivait avec tant de soin devait être cohérente : femme fatale, séductrice consommée, elle ne pouvait se permettre des pudibonderies de collégienne.

Mais quand ils tournaient autour d'une femme, les hommes ressemblaient à des prédateurs, à l'affût de la moindre défaillance… Au prix d'un terrible effort de volonté, Pepper parvint à réprimer le frisson qui la parcourait. Avec un détachement clinique, elle constata qu'elle avait la chair de poule.

Alors, ignorant délibérément la réaction intempestive d'un corps qui parfois encore la trahissait, elle se maquilla, avec la dextérité que confère une longue habitude, et refit soigneusement son chignon. Autour du cou, elle portait une fine chaîne en or à laquelle pendait un diamant de la plus belle eau. Nichée au creux de sa gorge, la pierre scintillait de tous ses feux contre sa peau douce comme du satin. Pepper s'exposait rarement au soleil, dont elle craignait les méfaits. Les vacances ne présentant pour elle aucun intérêt, elle n'avait, de toute façon, guère l'occasion de prendre des bains de soleil.

A 18 h 45 précises, elle sortit de chez elle et monta dans sa voiture. Avant de démarrer, Pepper glissa dans le lecteur du tableau de bord une cassette enregistrée par ses soins : une version sonore du dossier de Carl Viner, qu'elle pourrait écouter pendant le trajet afin de se remémorer les différentes étapes de la vie et de la carrière du champion de tennis. Connaître sur le bout des doigts le parcours de ses clients faisait partie des principes auxquels elle ne dérogeait jamais.

Lorsqu'elle confia les clés de l'Aston Martin au portier du Grosvenor, Pepper savait littéralement par cœur la biographie du tennisman.

Elle avait jeté sur ses épaules une cape de soirée de velours noir, garnie d'une bande de vison blanc. Il fallait jouer le jeu jusqu'au bout ; après tout, elle venait pour se montrer...

Comme prévu, elle fit une apparition remarquée. Les réactions des gens sur son passage, tandis qu'elle traversait nonchalamment le hall de l'hôtel, l'amusaient beaucoup, mais elle n'en laissa rien paraître.

L'un des employés derrière le bureau de la réception la reconnut soudain. Un groom fut aussitôt chargé de l'escorter jusqu'au salon où avait lieu le cocktail.

Cette soirée mondaine était donnée par les fabricants de chaussures de tennis que le jeune Carl Viner avait accepté de représenter, moyennant une somme rondelette, payable à la signature du contrat et indépendante des royalties à venir. Sur cette négociation menée de main de maître, Pepper avait pris dix pour cent.

Jeff Stowell, l'agent du tennisman, se porta à la rencontre de la jeune femme dès qu'elle eut franchi le seuil du vaste salon.

— Où diable étiez-vous ? s'enquit-il.

— Pourquoi cette question ? Il est 7 heures, Jeff.

Impassible, elle s'écarta et laissa le valet de pied la débarrasser de sa cape. De fines gouttelettes de sueur perlaient sur les tempes de Jeff ; Pepper se demanda ce qui le rendait aussi nerveux. D'un tempérament exubérant, il aimait commander, imposer ses volontés aux uns et aux autres, et il traitait ses clients comme des enfants, les gâtant et les cajolant pour obtenir d'eux qu'ils lui donnent le meilleur d'eux-mêmes. Une technique qui, en général, fonctionnait admirablement. Alors, pourquoi semblait-il si mal à l'aise, ce soir ?

— Ecoutez, il y a quelqu'un ici qui souhaite vous rencontrer : Ted Steiner, le navigateur, dit-il. Il est chez Mark McCormack, mais il aimerait changer.

Comme elle se rembrunissait, Jeff demanda :

— Que se passe-t-il ? Je pensais que vous seriez ravie…

— Je ne le serai que quand vous m'aurez expliqué pourquoi il envisage de quitter McCormack. Il n'est dans cette agence que depuis six mois. S'il se drogue et compte sur moi pour lui procurer de quoi acheter sa poudre, il perd son temps !

Pepper vit sur le visage de l'agent qu'elle ne se trompait pas.

— Vous craignez d'avoir des problèmes de conscience ? demanda-t-il, soucieux de ne pas perdre la face.

La jeune femme esquissa un léger sourire.

— Vous n'y êtes pas du tout, mon cher ! Mes préventions s'appuient sur des considérations d'ordre financier. En dehors des ennuis auxquels il s'expose avec la police et les médias, il y a fort à parier que s'il continue dans cette voie, Steiner ne restera pas très longtemps champion du monde. Son image ternie, son titre envolé, il ne me sera plus d'aucune utilité.

Laissant Jeff méditer ses paroles, elle tourna les talons et se mit à chercher Carl Viner des yeux.

Elle n'eut pas à chercher longtemps. Carl aimait les femmes et les attirait comme le miel attire les mouches. Il paradait au milieu d'un aréopage de créatures blondes et bronzées, dont il se détourna sans hésitation dès qu'il aperçut Pepper. Si sa réputation non usurpée de play-boy le discréditait auprès de nombreuses agences, peu désireuses de prendre des risques, Pepper, elle, savait qu'il avait toutes les chances de remporter le prochain tournoi de Wimbledon. Elle savait aussi que Carl Viner ne ferait rien qui l'empêchât d'arriver jusque-là. Il jouait depuis l'âge de douze ans, et sa carrière passait avant tout le reste.

Sa tenue de tennis blanche jurait parmi les smokings et les costumes sombres des invités, et son short était si court qu'il frisait l'indécence. Mais il n'avait que vingt et un ans et, avec ses cheveux blonds qui lui tombaient sur le front et ses yeux bleus irrésistibles, il ressemblait à un gamin espiègle. « A un loup déguisé en agneau », aurait dit Pepper car, sous son air bon enfant, Carl Viner dissimulait une intelligence redoutable.

— Pepper !

Dans sa bouche, ces deux syllabes étaient pareilles à une caresse. A la plus audacieuse des caresses… Sa voix suave et profonde contenait mille promesses d'extase et de volupté.

L'une des beautés blondes qui le suivaient comme son ombre esquissa une petite moue, indécise quant à l'accueil qu'elle devait réserver à Pepper. Hostilité déclarée ou indifférence méprisante ? De toute façon, Pepper, elle, s'en moquait éperdument. En cet instant, elle fixait les pieds du champion. Grand et solidement bâti, il chaussait au moins du quarante-cinq.

Le sourire qu'elle surprit sur les lèvres du jeune homme, lorsqu'elle leva les yeux, en disait long sur le tour de ses pensées.

— Au cas où vous auriez envie de vérifier si ce que l'on raconte est vrai, à savoir que de grands pieds sont généralement le signe d'une nature sensuelle, je me ferai un plaisir de vous rendre service, Pepper.

Les groupies du tennisman se mirent à glousser. Mais Pepper ne cilla pas.

— Navrée de vous décevoir, répliqua-t-elle, mais si je regardais vos pieds, c'était simplement pour m'assurer que vous portiez bien les chaussures du sponsor. Sachez en outre qu'il n'y a pas pour moi de meilleur service que celui que vous m'avez rendu le mois dernier, en signant ce contrat.

Mouché, Carl Viner rougit jusqu'aux oreilles. L'air boudeur et renfrogné, il ressemblait maintenant à un petit garçon auquel on aurait fait la morale. Pepper se pencha et lui tapota la joue, enfonçant doucement ses ongles dans la chair tendre.

— Il vous reste beaucoup à apprendre avant de savoir parler aux femmes, susurra-t-elle. Tant que vous ne serez pas capable de manier le sous-entendu, contentez-vous de tuer le temps avec vos poupées blondes.

Relativement nouveau sur le marché de la chaussure de sport, le sponsor en question, lorsque Pepper avait commencé à s'intéresser à lui, cherchait pour se démarquer de ses concurrents à créer une image originale, inédite. La jeune femme s'était très vite mise en rapport avec lui. Son initiative avait alors laissé supposer au directeur financier qu'il se trouvait en position de force. Mais Pepper s'était empressée de le détromper. Les offres de sponsoring de la part de fabricants de chaussures de tennis ne manquaient pas ; elle n'avait que l'embarras du choix. Elle lui donnait la préférence en raison des garanties financières qu'il présentait. De plus, grâce à ses performances et à son style, la chaussure qu'il avait créée était promise au plus bel avenir. Alors, ébranlé par l'assurance et le professionnalisme de Pepper, le sponsor, un certain Alan Hart, avait fini par accepter les conditions qu'elle lui imposait.

Il était présent au cocktail.

A une époque, il avait cru pouvoir l'attirer dans son lit, et son amour-propre souffrait encore de la rebuffade qu'il avait essuyée.

Pepper se déplaçait avec une souplesse remarquable. On lui avait fait remarquer un jour que sa façon de se mouvoir évoquait à la fois l'indolence du tigre et les ondulations du cobra.

Alan Hart l'observait tandis qu'elle passait d'un groupe à l'autre, parlait, souriait et riait. Il guettait l'effet que produisait son physique sur les gens qui l'entouraient. Les hommes la dévoraient des yeux. Elle se servait de son corps comme d'un instrument de pouvoir et de séduction.

L'insistance de son regard n'avait pas échappé à l'homme qui se tenait près de lui.

— Je me demande comment elle est au lit.

Cette remarque n'arracha pas l'ombre d'un sourire à Alan. Tournant la tête vers son voisin, il déclara tout net :

— C'est une allumeuse.

L'homme éclata de rire.

— Vous parlez en connaissance de cause ?

Les yeux rivés sur Pepper, Alan ne se donna pas la peine de répondre.

Comment s'y était-elle prise ? Comment avait-elle réussi à bâtir un empire aussi colossal à partir de rien ? Un homme qui parviendrait à une telle réussite avant son trentième anniversaire susciterait le respect, mais une femme… Et qui plus est, une femme qui de son propre aveu n'avait reçu que très peu d'instruction et n'avait jamais mis les pieds à l'université !

Alan ne cherchait pas à refréner le sentiment d'indignation qui le submergeait. Pepper Minesse faisait partie de ces femmes à l'intelligence trop aiguisée qui représentent pour les hommes un défi permanent. Une femme, de son point de vue, devait se contenter de vivre dans l'ombre de son mari. La sienne était d'ailleurs une maîtresse de maison comblée. Les deux enfants et le confort matériel qu'il lui avait donnés suffisaient à son bonheur. Il la trompait allègrement et n'en concevait pas le moindre remords, persuadé qu'elle ne le quitterait jamais, quand bien même elle découvrirait le pot aux roses. Elle était incapable de subvenir à ses besoins et ne disposait d'aucune économie. Par précaution, il avait toujours veillé à la maintenir dans cette situation de dépendance financière.

Ce dont Alan ne se doutait pas, c'était que depuis trois ans, sa femme avait une liaison avec l'un de ses meilleurs amis. Il l'ignorait, mais Pepper, elle, le savait.

Elle quitta la réception lorsqu'elle eut obtenu ce pour quoi elle était venue — une offre séduisante de sponsoring pour l'un de ses clients, un garçon des bas quartiers de Liverpool qui ne tarderait pas à s'imposer comme le meilleur sprinter du monde.

Elle venait de jouer sa première carte. La partie s'annonçait difficile, mais quelle importance ?

A ce jeu-là, elle gagnait à tous les coups.

Dans un centre de tri postal londonien, des machines électroniques traitaient le courrier contenu dans d'innombrables sacs de toile. Quatre lettres tombèrent dans leurs casiers respectifs.

Les dés étaient jetés. Une partie serrée venait de commencer.

2

La première des quatre lettres parvint à son destinataire le samedi matin à 9 h 15 exactement.

La banque dont Richard Howell était le président-directeur général était fermée le samedi, mais il allait toujours y travailler une heure ou deux, ne serait-ce que pour jeter un coup d'œil au courrier et vérifier qu'aucun point de détail concernant la bonne marche de son établissement n'avait été négligé pendant la semaine.

Il ne lui fallait qu'une demi-heure en voiture pour se rendre de l'appartement de Chelsea qu'il partageait avec sa seconde femme au parking de la banque. Là, il fut accueilli par un gardien en uniforme, Harry Rogers, employé chez Howell depuis la Seconde Guerre mondiale, où il avait perdu un bras. A la fin de l'année, Harry atteindrait l'âge de la retraite — perspective que le vieux gardien redoutait plus que tout en dépit de la pension confortable qu'il était assuré de percevoir. Son travail à la banque lui plaisait. Et il en était fier. Le vendredi soir, quand il retrouvait ses copains devant une chope de bière, au Canard boiteux, Harry aimait bien fanfaronner.

Et il y avait de quoi ! La réputation de la Banque Howell n'était plus à faire. Son expansion fulgurante et sa prospérité, depuis que Richard Howell en avait pris la direction, avaient largement contribué à sa notoriété. La presse financière la citait souvent en exemple, et ceux-là mêmes qui au départ avaient critiqué la gestion « téméraire » de son P.-D.G. saluaient à présent la « sagacité diabolique dont faisait preuve ce novateur et ce battant ».

La banque de commerce pouvait se prévaloir de quelques-unes des plus belles opérations financières réalisées dans la City ces dernières années, et d'une clientèle généralement fidèle.

Ce que Harry ne pouvait pas savoir, en revanche, c'était que, à trente ans, si Richard Howell n'avait rien perdu de son impétuosité, une certaine circonspection et un rien de fourberie tempéraient aujourd'hui la fougue de ses débuts.

Sa photographie paraissait souvent dans les journaux financiers, et depuis quelque temps dans les échos mondains de divers magazines, mais rares étaient cependant les gens qui le reconnaissaient dans la rue. Impossible en effet de fixer sur la pellicule l'impression d'énergie indomptable, de volonté implacable qui émanait de toute sa personne et frappait d'emblée quand on le voyait en chair et en os.

Au fil des générations, et des alliances habilement conclues dans les couches les plus basses, et parfois les plus hautes, de l'aristocratie britannique, les Howell avaient pris de la distance vis-à-vis de leurs origines juives. Très tôt, ils avaient anglicisé leur nom et avaient abjuré. Cependant, de temps à autre, naissait un Howell qui ressemblait de façon saisissante au Jacob Howell qui avait fondé leur empire.

Richard Howell avait un visage en lame de couteau dans lequel ses yeux bleus brillaient comme des saphirs, de cet éclat inimitable que seule confère une ambition forcenée. Il savait d'où lui venait ce désir ardent de vouloir plus, toujours plus : son père et son grand-père avant lui avaient été à leur façon des hommes ambitieux. Dommage que dans le cas de son père, cette ambition ait mal tourné, le conduisant non pas à la réussite mais à la mort ! Mais c'était de l'histoire ancienne.

Sa première femme l'avait accusé d'être un bourreau de travail, ce qu'il avait farouchement nié. Ce qui le poussait à travailler, ce n'était pas un besoin viscéral, comme sa femme l'avait peut-être cru, mais la poursuite inlassable du but qu'il s'était fixé au tout début de sa carrière. Et à présent que ce but était atteint, emporté par son élan, il ne pouvait plus s'arrêter.

D'apparence rangée dans son éternelle chemise à rayures et

son costume sur mesure, il aimait le risque, en réalité. Et il était prêt à faire ou à défaire sa fortune sur un coup de dés. Mais il dédaignait les tapis verts. Sa naissance dans la bonne société lui avait en effet ouvert les portes du plus prestigieux cercle de jeu au monde : celui de la haute finance.

Richard considéra longuement l'emblème gravé sur l'enveloppe. Minesse Management. Il connaissait la célèbre agence, bien sûr ; le bruit courait dans la City qu'elle ne tarderait pas à être cotée en Bourse, ce dont, personnellement, il doutait. Pepper Minesse n'était pas prête à céder son empire, quand bien même l'opération lui rapporterait des dizaines de millions.

Il l'avait rencontrée une fois, à l'occasion d'un cocktail. Son visage lui avait vaguement dit quelque chose, et il y avait repensé toute la nuit. En vain. Impossible de se souvenir où il l'avait déjà vue. Comment avait-il pu oublier un visage d'une beauté aussi saisissante, lui d'habitude si physionomiste ? Cette défaillance inexplicable de sa mémoire l'avait plongé dans des abîmes de perplexité, et beaucoup agacé. Il aurait pourtant juré qu'il la connaissait mais… mais il avait beau chercher, le mystère demeurait.

Richard Howell n'était pas homme à avoir des préjugés contre les femmes qui réussissent. D'ailleurs, Linda, sa seconde femme, travaillait pour une chaîne privée de télévision. Comme lui, elle se consacrait entièrement à sa carrière. Comme Pepper Minesse, aussi…

Elle avait démarré de rien et personne, apparemment, ne semblait savoir d'où elle venait ni ce qu'elle avait fait avant de trouver son premier client, en dehors de la période où elle avait travaillé pour l'industriel américain Victor Orlando. Tout en donnant l'impression de quelqu'un d'expansif, elle n'évoquait jamais son passé ou sa vie privée.

L'enveloppe à la main, Richard tapotait pensivement sur son bureau. Ce n'était pas la première fois que des gens qu'il ne connaissait pas se mettaient en rapport avec lui ; cela arrivait même assez souvent. Après tout, la Banque Howell était réputée pour la discrétion avec laquelle elle traitait les affaires de ses clients.

Il décacheta la lettre et en prit rapidement connaissance, puis il alla chercher son agenda, tourna les pages et constata qu'il n'avait rien de prévu le lundi après-midi. Il inscrivit le rendez-vous qu'on lui proposait. Cette lettre excitait sa curiosité. *Pepper Minesse*... Il avait hâte de la rencontrer. L'entrevue risquait d'être très... intéressante.

Comme il finissait de dépouiller son courrier, le téléphone sonna. C'était sa femme. Ils devaient passer le week-end chez des amis, et elle appelait pour le lui rappeler.

— J'arrive tout de suite, dit-il.

Avant de se mettre en route, ils auraient le temps de faire l'amour. Il sentait dans ses reins le pincement familier de l'excitation qu'avaient fait naître en lui la lettre de Pepper et le mystère qui l'entourait. C'était chaque fois la même chose ; la perspective de monter une nouvelle opération financière, de conclure une affaire, agissait sur lui comme un puissant aphrodisiaque.

A cet égard, Linda était l'épouse parfaite — amante réceptive et imaginative, elle savait se faire oublier quand il boudait les plaisirs de la chair. Oui, leur couple fonctionnait à merveille. Avec sa première femme, en revanche...

Il fronça les sourcils, chassant résolument Jessica de ses pensées. Linda lui avait reproché un jour de s'évertuer à occulter son premier mariage. Elle mettait cette réserve sur le compte de son attachement aux bonnes vieilles valeurs du passé. De son côté, il n'avait pas cherché à la détromper. D'ailleurs, l'aurait-il voulu qu'il en eût été incapable. A personne, même aujourd'hui, il ne pouvait parler de son mariage avec Jessica.

Brusquement, Richard se raidit. Dans ses veines, le flot d'adrénaline refluait peu à peu pour laisser place à la colère. Une colère qu'il s'empressa de dominer. Jessica appartenait au passé, et mieux valait l'y laisser.

*
* *

Alex Barnett reçut sa lettre vers le milieu de la matinée du samedi, quelques minutes après que le préposé la lui eut glissée sous la porte. L'ayant ramassée sur la moquette du hall d'entrée, sa femme Julia la lui apporta dans le petit salon donnant sur le jardin où, le week-end, ils avaient l'habitude de prendre leur petit déjeuner.

Lorsqu'elle entra, il guetta sur son visage les signes avant-coureurs des crises de larmes auxquelles elle s'abandonnait si souvent. Mais ce matin, elle semblait aller bien. La visite, deux jours plus tôt, d'une déléguée des services de l'adoption lui avait remonté le moral. Car Julia et lui possédaient tout ce qu'un couple ambitieux pouvait souhaiter. *Tout*, sauf ce qui manquait le plus à leur bonheur…

A trente ans, Alex Barnett passait pour l'un des hommes les plus audacieux et les plus performants dans son domaine. L'ère de l'informatique en était encore à ses balbutiements lorsqu'il avait pris la succession de son père à la tête d'une petite entreprise de machines à coudre. Des machines à coudre aux ordinateurs, cela représentait un prodigieux bond en avant, et aujourd'hui, malgré l'hostilité que suscitaient chez les géants de l'informatique la plupart de ses innovations, il détenait une part confortable du marché.

Dans moins de six semaines, il saurait si le gouvernement acceptait son offre d'équiper toutes les ambassades de Grande-Bretagne à travers le monde avec les terminaux qu'il fabriquait. Ce contrat revêtait à ses yeux une importance considérable. Beaucoup plus grande, en fait, qu'il ne le laissait croire. Depuis quelque temps en effet, les ventes accusaient un léger fléchissement. Oh, la situation n'était pas alarmante, loin de là, mais pour investir dans de nouvelles technologies, l'entreprise avait besoin des bénéfices que ce marché rapporterait.

Dans le monde de l'informatique, une entreprise qui n'innovait pas était une entreprise condamnée. Pour réussir, il fallait constamment aller de l'avant, et c'était là l'affaire d'un homme jeune. A trente ans, Alex, plus vieux que la plupart des concepteurs de son équipe, ressentait déjà son âge comme un handicap.

— Il y a du courrier ? demanda-t-il à Julia.

Ils avaient acheté la maison quatre ans plus tôt, quand l'entreprise avait commencé à prendre un véritable essor. C'était au cours d'un week-end dans les Cotswold — qu'ils s'étaient offert pour fêter à la fois leur anniversaire de mariage et le succès du nouvel ordinateur construit par la société d'Alex — qu'ils étaient tombés en arrêt devant la maison et son panneau « A vendre ». Elle correspondait exactement à ce qu'ils cherchaient.

Ils avaient toujours rêvé de fonder une famille. Alex était fils unique, et Julia fille unique. Tous deux adoraient les enfants ; or cette maison possédait tout ce qu'il fallait pour combler des bambins. Elle disposait en particulier de grands jardins privatifs, bordés de massifs d'arbustes, et d'un enclos suffisamment grand pour accueillir un couple de poneys. Le village se trouvait à dix minutes à peine en voiture et, dans le secteur, les bonnes écoles privées ne manquaient pas.

La maison achetée, Julia avait cessé de travailler pour se consacrer à la rénovation et à la décoration de leur nouvelle demeure, et pour se préparer à la maternité.

Mais l'enfant tant attendu n'était pas venu. Et depuis qu'ils avaient appris, le mois précédent, l'échec de la seconde tentative de fécondation *in vitro*, Julia se comportait de façon étrange. Son rire suraigu, qui résonnait de plus en plus souvent, portait sur les nerfs d'Alex. Pourtant, il essayait de n'en rien laisser paraître, de se montrer aussi compréhensif et attentif que possible.

Car il le savait : le plus dur à accepter, pour elle, c'était que lui pouvait avoir des enfants… avec une autre femme. Il s'était efforcé de la rassurer, lui répétant à plusieurs reprises qu'elle comptait plus à ses yeux que l'enfant qui naîtrait, ou ne naîtrait pas, de leur union, mais Julia n'avait rien voulu entendre. Alors, ils en étaient venus à envisager l'adoption, solution qu'ils avaient tout d'abord écartée, juste après avoir découvert que Julia était stérile.

A l'époque, ils espéraient encore. Ils avaient tout tenté. En vain. Et pour concrétiser leur désir d'enfant, il ne leur restait aujourd'hui que l'adoption.

Ces années difficiles faites d'attente angoissante et d'espoirs déçus les avaient tous deux marqués, Julia plus cruellement que son mari. Elle s'était totalement investie dans la fécondation *in vitro*, lisant tout ce qu'elle pouvait trouver sur le sujet, découpant et affichant sur les murs des articles de magazines. Mais après deux échecs successifs, cette méthode avait également dû être abandonnée, et Julia avait sombré dans une profonde dépression.

Leurs perspectives d'adoption semblaient cependant lui avoir rendu un peu de sa joie de vivre. En cet instant, d'ailleurs, un sourire radieux éclairait son visage tandis qu'elle avançait vers Alex.

— Il y a une lettre des services de l'adoption, annonça-t-elle. Une assistante sociale va passer très prochainement. Ils ont besoin de mieux nous connaître, de vérifier que notre couple a le profil adéquat.

Les yeux brillant d'excitation, elle relut la lettre, debout à côté de lui, la hanche appuyée contre sa chaise. Un rayon de soleil jouait dans ses cheveux blonds.

D'un geste tendre, Alex repoussa la mèche qui s'obstinait à glisser sur le front de son épouse. Il était tombé amoureux de Julia à la seconde où il l'avait vue. Il l'aimait toujours et souffrait de la savoir malheureuse. Et pour lui donner l'enfant qu'elle désirait si ardemment, il se sentait prêt à tout.

— Tiens, qu'est-ce que c'est que ça ? murmura-t-elle en lui tendant une enveloppe crème.

Perplexe, il étudia un instant l'emblème figurant sur l'enveloppe.

— Minesse Management..., murmura-t-il. Ce sont ces gens qui recrutent de grandes vedettes du sport pour promouvoir des raquettes de tennis ou des combinaisons de ski. Une affaire qui marche sacrément bien !

— Pourquoi t'écrivent-ils ?

— Je n'en sais rien... Ils organisent peut-être une compétition interprofessionnelle quelconque à laquelle ils souhaiteraient me voir participer ?

Alex ouvrit la lettre, la lut, puis la tendit à sa femme.

— Mmm… Tu n'es guère plus avancé, fit-elle remarquer. Tu vas y aller ?

— Pourquoi pas ? La publicité est toujours utile. Tout dépendra, évidemment, du coût de l'opération. Je les appellerai lundi matin pour leur demander de quoi il s'agit…

Alex se laissa aller nonchalamment contre le dossier de sa chaise et sourit en surprenant dans le regard de Julia une expression qu'il connaissait bien. Leur vie amoureuse avait toujours été épanouie. Même les contraintes qui avaient pesé sur eux ces dernières années n'avaient pas réussi à entamer leur tendre complicité.

— Je croyais que tu devais aller faire une partie de golf, dit-elle soudain.

— Je viens de modifier mes projets, répondit-il en lui adressant un clin d'œil.

Evitant de justesse le journal dont elle menaçait de le frapper, il la prit dans ses bras. Ils s'aimaient, et Alex était conscient de la chance qu'ils avaient, même sans enfants. Mais il savait que Julia ne renoncerait pas à son désir de maternité ; plus maintenant.

Qu'arriverait-il si les services de l'adoption leur refusaient l'agrément ? Cette pensée le fit frémir, et il scruta avec une attention inquiète le visage de sa femme. Ses joues s'étaient creusées et de très fines rides témoignaient des tensions auxquelles elle était soumise depuis quatre ans. Elle avait tellement cru à la procréation assistée, tellement espéré ! Lui aussi, d'ailleurs…

Mais Julia ne possédait pas sa force de caractère. Lorsqu'il leur avait fallu tirer un trait sur cet éventuel bébé-éprouvette, il avait eu très peur. Elle était si fragile, si vulnérable… Quand il la tenait contre lui, comme maintenant, il avait l'impression qu'un rien suffirait à la briser.

Submergé par une immense vague d'amour et un désir fou de la protéger, Alex enfouit le visage dans sa chevelure.

— Viens, dit-il d'une voix rauque. Montons.

Main dans la main, ils gravirent l'escalier conduisant à l'étage. Julia priait en secret pour qu'Alex ne se rende compte de rien.

Depuis l'échec de l'ultime tentative de fécondation artificielle, faire l'amour ne la tentait plus. La sexualité, comme le mariage, visait à la procréation. Privé de cette finalité qui lui donnait toute sa dimension spirituelle, dépossédé par le même coup du plaisir qui s'y rattachait, l'acte sexuel avait perdu tout intérêt à ses yeux. Finies les réactions volcaniques des premiers temps, quand leurs étreintes la transportaient systématiquement au septième ciel ; finies les extases flamboyantes auxquelles elle s'abandonnait le cœur léger, grisée par le sentiment exaltant d'avoir peut-être donné la vie…

La passion du début s'était peu à peu étiolée, mais si elle n'y trouvait plus le même plaisir, Julia n'en avait pas moins continué d'aimer ces moments d'intimité partagée. Aujourd'hui, cependant, la perspective de faire l'amour la rebutait. A quoi bon ? A quoi bon, désormais, puisqu'elle ne concevrait jamais d'enfant ?

Lorsque, dans le sanctuaire de leur chambre, Alex la prit dans ses bras, Julia ferma les yeux de peur qu'il n'y lût sa réticence.

Simon Herries, député conservateur de Selwick, circonscription électorale située aux confins de l'Angleterre et de l'Ecosse, entra en possession de sa lettre un peu avant 11 heures ce même samedi.

En raison d'une réunion, la veille au soir, avec les membres conservateurs d'un puissant groupe de pression, il n'avait pu se coucher avant 3 heures du matin. Aussi la matinée touchait-elle à sa fin lorsqu'il descendit prendre son petit déjeuner dans la salle à manger de sa maison de Belgrave Square. Comme à son habitude, la première chose qu'il fit après s'être assis à table fut de jeter un coup d'œil au courrier que le majordome, selon un rituel immuable, venait d'apporter sur un plateau d'argent et de déposer à côté du couvert de Simon. L'enveloppe de vélin crème portant l'emblème de Minesse Management attira immédiatement le regard de ce dernier.

En politicien consciencieux, il connaissait par cœur le nom des entreprises et des institutions qui, par leurs dons discrets, financaient le fonctionnement du parti conservateur, et il se souvint donc tout de suite de la somme respectable que Minesse leur avait octroyée à la fin de l'année précédente.

Et quand il disait « respectable »... Les députés conservateurs, purs produits des fameux collèges privés anglais, usaient abondamment de la litote, à l'art de laquelle ils étaient initiés dès le berceau. La tradition remontait à Drake, prétendaient certains, lequel avait regardé l'avancée de l'Invincible Armada en jouant aux boules. Et de fait, la somme « respectable » avoisinait en réalité le million de livres sterling.

Cependant, Simon n'ouvrit pas la lettre sur-le-champ. Il se contenta dans un premier temps de l'examiner avec circonspection. La prudence est une qualité indispensable chez un politicien, et Simon n'ignorait pas que dans le domaine de la politique comme dans toute autre structure basée sur le pouvoir, on n'obtenait rien sans rien, les faveurs s'accompagnant généralement de contreparties.

Cette enveloppe crème le prenait au dépourvu. Or sa vie ne laissait aucune place à l'imprévu.

A trente-deux ans, on le tenait, dans tous les cercles influents qui intriguaient dans les coulisses, pour le futur chef de file du parti conservateur. Naturellement, il faisait mine de ne pas trop y croire, affichant, devant les barons de la politique qui l'avaient pris en main, le sourire humble de l'élève devant ses maîtres.

Mais Simon aspirait à bien davantage. Lorsqu'il avait quitté Oxford, son diplôme en poche, sa carrière était déjà toute tracée. Il serait Premier ministre et rien d'autre. Il avait cependant appris là-bas à tenir la bride serrée à ses ambitions. La décence lui interdisait de parler à quiconque de ce rêve secret, toute ambition déclarée étant mal vue, considérée comme suspecte par les classes dirigeantes. Cependant, Simon Herries disposait dans son jeu d'atouts considérables, au nombre desquels les terres et les titres de noblesse que possédait sa famille, installée dans le nord de l'Angleterre. Mais aux privilèges de la naissance devaient s'ajouter ceux que confère l'argent. Dans les couloirs de Westminster, il était bien connu que pour être député, il fallait posséder une fortune personnelle ou bénéficier, dans le cas des politiciens de gauche, du soutien financier des syndicats. C'était des fidéicommis instaurés par la famille de sa femme que Simon tirait les revenus qui lui permettaient de vivre sur un grand pied. En plus de sa maison de Belgrave Square, cadeau de mariage de ses beaux-parents estimé au bas mot à un demi-million, il possédait cinq cents hectares de terres arables et un manoir de style élisabéthain près de Berwick.

Il ouvrit le *Times* et essaya de se concentrer sur sa lecture, mais, du coin de l'œil, il apercevait l'enveloppe crème qui semblait le narguer.

A 11 heures précises, le majordome poussa la porte capitonnée qui séparait la cuisine de la salle à manger et lui servit son petit déjeuner. Lequel se composait invariablement d'un jus d'oranges pressées, préparé à partir d'oranges de Californie — ses préférées —, de deux tranches de pain complet accompagnées de miel qui provenait de ses propres ruches, et de café noir, acheté en grains chaque matin chez Harrods. Simon tenait à ses habitudes, devenues chez lui une seconde nature. A ceux qui s'en étonnaient, il répliquait qu'elles étaient le résultat de son éducation dans les vénérables institutions britanniques.

Il surveillait son poids, et son apparence en général, conscient de l'importance de son image. Pas question, bien entendu, de chercher à ressembler à ses homologues américains, qui se voulaient toujours si parfaits ; les électeurs ne s'y laisseraient pas prendre. Mais Simon aurait été bien sot de ne pas tirer parti de sa taille avantageuse et de sa silhouette athlétique, d'autant qu'elles contribuaient pour une large part à créer cette impression d'autorité que beaucoup lui enviaient.

L'été, lorsque le soleil parait sa chevelure blonde de beaux reflets dorés et donnait à sa peau un hâle superbe, il ressemblait à un dieu parmi les simples mortels. Son formidable charisme agissait tout d'abord sur les femmes, qui votaient massivement pour lui et soutenaient sa politique. Quant aux hommes, ils le jalousaient et admiraient sa réussite. Simon passait dans la presse populaire pour le député le plus sexy de la Chambre des communes, réputation contre laquelle il feignait de s'élever. Sa femme comptait sans doute parmi les rares personnes à savoir combien en réalité il la chérissait, et pour quelles raisons !

Elle était absente en ce moment, partie à Boston pour rendre visite à sa famille. Née Calvert, elle descendait en ligne directe des tout premiers colons, arrivés à bord du *Mayflower.* Simon l'avait rencontrée lors de son séjour aux Etats-Unis. Son allure froide et mondaine, son arrogance bostonienne l'avaient tout de suite amusé, et il avait entrepris de lui faire une cour assidue.

Plus tard, Elisabeth l'avait invité à Boston, chez ses parents, sur lesquels il avait produit une très forte impression. Henry Calvert, qui exerçait de hautes responsabilités au sein de la banque familiale, s'était très vite rendu compte que Simon provenait d'un milieu comparable au leur. Ce fut donc sans réticence aucune qu'il lui accorda la main de sa fille.

Un article, dans le *Times*, réussit enfin à capter l'attention de Simon. Et pour cause ! Il y était question de son projet de loi en faveur des enfants victimes de mauvais traitements. Le journaliste louait sans réserve les mesures autoritaires que Simon préconisait pour lutter contre la désintégration des valeurs traditionnelles et favoriser le retour à des mœurs plus saines. Sa réputation grandissante de fervent défenseur de l'ordre social, sa croisade contre la pollution morale, son image de gardien soucieux des vertus familiales en perdition amusaient et irritaient certains de ses collègues qui voyaient en lui le « choix de la ménagère ».

Simon sourit en relisant l'article. Des ménagères, il n'en manquait pas dans le pays, et toutes avaient le droit de vote...

Cet article rejoindrait bientôt les autres coupures de presse dans son dossier de relations publiques ; il faisait confiance à sa collaboratrice. Fraîche émoulue de Cambridge, elle avait vingt-trois ans et était sa maîtresse depuis trois mois. S'il ne mettait pas en doute ses compétences, Simon la jugeait un peu trop passionnée. Les vacances d'été tombaient à pic : avec un peu de chance, elles tempéreraient les ardeurs de cette amoureuse indiscrète. Pas question, en effet, de se compromettre bêtement. Sa carrière était en jeu.

Reposant le journal, il revint enfin à l'enveloppe crème. Avec des gestes mesurés, Simon l'ouvrit, utilisant pour ce faire un coupe-papier à manche d'argent que son grand-père avait reçu des mains du roi.

Concise et sibylline, la lettre l'invitait simplement à se présenter lundi après-midi à 15 heures dans les bureaux de Minesse Management pour discuter d'une affaire susceptible de l'intéresser.

A priori, rien de bien méchant... Après un rapide coup d'œil à son agenda, dans lequel il consigna soigneusement le rendez-vous, Simon rédigea une note à l'intention de son assistante, lui demandant de recueillir le plus de renseignements possibles sur Pepper Minesse et sur son agence. Il n'avait jamais rencontré Pepper, mais elle passait pour une femme d'une beauté et d'une intelligence remarquables.

Miles French, avocat à la Cour suprême, promis à brève échéance à une brillante carrière de juge, ne reçut sa lettre que le lundi matin.

Il avait passé le week-end avec sa dernière conquête, Rosemary Bennett, qu'il fréquentait depuis près de six mois. Ce qui constituait pour lui un record, car s'il aimait les jolies femmes, il appréciait qu'elles aient également de la conversation, faute de quoi il se lassait très vite.

Rédactrice à *Vogue*, et relativement cultivée, Rosemary réprimait très durement les écarts de conduite de son compagnon. Dès qu'elle sentait qu'il se détachait d'elle, elle le jetait en pâture à ses amis travaillant dans l'industrie de la mode.

Dans leur petit monde fermé, un avocat faisait figure d'oiseau rare : les hommes se moquaient de ses costumes stricts et de ses chemises à col amidonné, tandis que les femmes lui coulaient des regards appuyés, évaluant d'un œil expert la puissance de sa musculature et les chances qu'elles avaient de le ravir à Rosemary Bennett.

Il mesurait un mètre quatre-vingt-dix et possédait un corps

d'athlète. Ses cheveux étaient bruns et légèrement bouclés, et ses yeux bleu pâle évoquaient les glaciers de Norvège. Rosemary prétendait que son regard lui donnait le frisson. Au fond, ils allaient bien ensemble. Tous deux connaissaient les règles du jeu et savaient exactement ce qu'ils pouvaient attendre l'un de l'autre. Miles ne la trompait pas, mais elle n'ignorait pas que le jour où son charme cesserait d'opérer, il la quitterait sans autre forme de procès.

Il ouvrit la porte de son appartement, situé à deux pas de son cabinet, et ramassa le courrier. Puis il le jeta sur son bureau avant de remonter se doucher et s'habiller. Tranquillement. Aujourd'hui, il avait quartier libre. Miles, de toute façon, ne faisait rien à la va-vite. Persévérant, appliqué, il se révélait aussi parfois d'un tempérament étonnamment volcanique.

La sonnerie du téléphone retentit juste au moment où il s'apprêtait à passer sous la douche. Jurant entre ses dents, il ferma les robinets et alla décrocher dans sa chambre. Une impression de puissance se dégageait de son corps musclé par les parties de squash bihebdomadaires qu'il disputait dans un club de sport. Son torse disparaissait sous une fine toison noire que les femmes trouvaient en général irrésistible.

C'était son assistant qui appelait. Miles répondit en deux mots aux questions qu'il lui posait, puis raccrocha.

Une fois habillé, il se rendit dans la cuisine et se prépara une tasse de café. La femme de ménage se chargeait de l'entretien de la maison, et des courses, de temps à autre. Mais c'était tout. Il tenait à son indépendance. Miles n'avait jamais connu ses parents. Agé de quelques jours, il avait été abandonné sur les marches d'un hôpital de Glasgow. Il lui était resté de ses années d'orphelinat un goût prononcé pour la solitude et l'indépendance.

Il emporta sa tasse avec lui dans son cabinet de travail, une pièce claire et spacieuse qui l'avait immédiatement séduit lorsqu'il avait visité l'appartement. Puis, s'étant assis à son bureau, Miles jeta un coup d'œil à son courrier. L'enveloppe crème à l'emblème de Minesse Management attira son attention. Il esquissa une petite moue, ce qui était chez lui le signe d'une réflexion intense. Le nom de la société lui disait quelque chose, mais à sa connaissance, elle ne comptait pas parmi ses clients.

Intrigué, il décacheta la lettre, et au fur et à mesure qu'il la lisait, un sourire se dessinait sur ses lèvres. Il aurait juré qu'elle avait été écrite par une femme, même s'il n'avait pas su qui se trouvait la tête de Minesse Management. Avait-il rencontré Pepper Minesse ? Peut-être pas, mais il avait beaucoup entendu parler d'elle. Que pouvait-elle bien lui vouloir ?

Il n'y avait pas trente-six façons de le savoir. Sans hésiter, Miles décrocha le téléphone en vue d'obtenir de plus amples renseignements.

Pepper passa le week-end chez des amis qui vivaient à la périphérie d'Oxford. Philip et Mary Simms étaient en fait bien plus que des amis. Depuis la mort de sa grand-mère lorsqu'elle avait quinze ans, ils lui tenaient lieu de famille.

Elle arriva chez eux un peu après 11 heures, le samedi matin. Soucieuse d'éviter les embouteillages, elle était partie de bonne heure. Le soleil éclatant de ce début d'été l'avait incitée à décapoter son Aston Martin et à rouler cheveux au vent. Ce jour-là, elle était vêtue d'un tailleur de lin vert olive, composé d'une jupe droite et courte qui lui arrivait juste au-dessus du genou et d'une veste ajustée sous laquelle elle portait un chemisier de soie écrue.

Comme elle coupait le contact, Pepper aperçut Oliver Simms qui sortait en courant de la maison. Aussitôt, elle l'appela. Il se retourna et l'attendit, son regard grave posé sur elle. A dix ans, Oliver ne se comportait plus comme un gamin ; il savait se tenir. Et pourtant, ce n'était pas l'envie qui lui manquait de courir à ses occupations.

— Bonjour, Oliver.

De tous les amis de ses parents, c'était Pepper qu'il préférait. Elle n'était pas du genre à lui passer la main dans les cheveux ou, pis à l'embrasser à tout bout de champ, et elle n'oubliait jamais son anniversaire. Les cadeaux qu'elle lui offrait en cette occasion, et à Noël surtout, étaient toujours somptueux. De plus, elle glissait régulièrement de l'argent dans sa tirelire. En ce moment, il économisait dans le but de s'acheter un nouveau vélo. Son anniversaire approchait ; avec un peu de chance, ses parents compléteraient la somme qu'il avait mise de côté...

— Papa et maman sont dans le jardin, annonça-t-il à Pepper.

Il était arrivé tardivement dans la vie de ses parents — sa mère venait d'avoir quarante ans, et son père en avait huit de plus —, mais pas un instant au cours des dix années de sa brève existence, Oliver n'avait eu le sentiment d'être un enfant non désiré. Non que ses parents le comblent de cadeaux — professeur au lycée du bourg, son père n'en avait pas les moyens —, mais ils l'adoraient.

Facile à vivre, Oliver avait compris très tôt que l'amour de ses parents valait tous les biens matériels du monde. S'il lui arrivait parfois d'envier certains de ses camarades d'école qui possédaient l'ordinateur le plus récent ou la platine laser dernier cri, il savait que la plupart voyaient à peine leurs parents, trop occupés par leur vie professionnelle.

Il savait aussi quel effort financier cela représentait pour ses parents de l'envoyer dans l'école privée qu'il fréquentait. Pourtant, il ne manquait de rien. Pour lui payer un nouvel uniforme ou une semaine de ski, ses parents n'hésitaient pas à consentir des sacrifices supplémentaires.

Il escorta Pepper jusqu'au jardin, à l'arrière de la maison, puis il prit congé.

— Je partais justement à l'entraînement de cricket, expliqua-t-il d'un ton posé. J'essaie de me qualifier pour entrer dans l'équipe junior.

Pepper le suivit du regard tandis qu'il s'éloignait, puis elle rejoignit Philip et Mary, au fond du jardin.

— Pepper, ma chérie ! Tu arrives tôt...

— Pour une fois, j'ai échappé aux embouteillages.

Pepper embrassa Mary sur les deux joues, laissant son amie l'enlacer et l'embrasser à son tour. Mary Simms était la seule personne au monde à pouvoir la serrer dans ses bras. D'ordinaire, Pepper se tenait à l'écart. Instinctivement, elle veillait à maintenir ses distances et à ce que les autres maintiennent les leurs. Mais avec Mary, c'était différent. Sans elle…

— Tu as une mine superbe, Mary ! Vous aussi, Philip.

Rien dans son comportement à l'égard du couple ne permettait de deviner la nature profonde des liens qui l'unissaient à Philip et à Mary.

Mary Simms, qui avait grandi dans un vieux presbytère des environs de Cambridge, entourée non seulement de ses parents mais aussi d'une tribu d'oncles et de tantes d'âges respectables, avait dès sa plus tendre enfance exprimé librement son affection. Elle éprouvait de la peine à la pensée que Pepper, elle, avait été privée d'amour et de la sécurité que donne le sentiment d'être aimé.

Comme toujours, Philip Simms accueillit Pepper avec sa bonhomie habituelle. Pédagogue dans l'âme, il avait le don de communiquer à ses élèves sa soif de connaissances. Il lui avait tant appris… et tant donné ! songea Pepper. C'était ici, dans cette maison délabrée, qu'elle avait…

La voix de Mary la tira brutalement de ses pensées.

— As-tu vu Oliver ?

— Oui. Il allait partir. Il m'a parlé d'un entraînement de cricket.

— Oliver rêve d'entrer dans l'équipe junior de l'école, expliqua Mary.

Philip était en train de repiquer de jeunes pousses dans du terreau tout frais. Pepper le regardait faire, admirative devant le soin qu'il mettait à la tâche. Philip était un modèle de douceur et de minutie. Et avec les autres, il se montrait toujours si patient, si attentif, si compréhensif…

— Rentrons, si vous voulez, proposa Mary. Je vais préparer un peu de café.

La cuisine n'avait pratiquement pas changé depuis la première fois où Pepper l'avait vue. Certes, il y avait un nouveau lave-linge, un congélateur et une cuisinière neuve, mais les grands placards, de part et d'autre de la cheminée, et le solide buffet de pin se trouvaient toujours à la même place. Le service de table en porcelaine, sur les étagères du buffet, avait appartenu à l'une des tantes de Mary. A quelques exceptions près, les meubles provenaient également de cette parente. Les Simms s'en contentaient. L'argent ne tenait pas une place prépondérante dans leur vie. Chaque fois qu'elle venait les voir, qu'elle retrouvait cet univers familier, Pepper avait l'impression de se replonger dans la chaleur du cocon familial.

Tandis que Mary s'affairait, ils bavardèrent tous les trois de choses et d'autres. Philip et Mary ne se lassaient pas de féliciter Pepper pour ses succès professionnels ; ils étaient aussi fiers d'elle que d'Oliver. Et peut-être même davantage, à certains égards. Bien sûr, ils ne la comprenaient pas totalement, mais comment aurait-il pu en être autrement ?

En s'asseyant sur un tabouret quelque peu branlant, Pepper se demanda ce que dirait Mary si elle savait. A cette pensée, elle ressentit un étrange pincement de cœur. Très vite, cependant, elle se ressaisit. A quoi bon chercher à appliquer à ses propres actions le code moral de Mary ? Sa vie, ses réactions et ses sentiments à elle étaient si complexes que ni Mary ni Philip ne pourraient jamais deviner ce qui la motivait.

Lorsqu'elle les avait informés de sa décision de quitter Oxford, ils n'avaient pas cherché à la retenir, malgré la peine qu'ils avaient éprouvée de la voir s'en aller. Elle venait de passer près d'un an sous leur toit, nourrie, logée, dorlotée comme l'enfant de la famille. Ils l'avaient recueillie et lui avaient donné ce qu'elle n'avait encore jamais reçu en dix-sept ans d'existence. Les Simms étaient les seuls vrais chrétiens qu'elle connaisse, des êtres réellement bons et charitables que beaucoup, pourtant, auraient critiqués et méprisés à cause de leur style de vie, où l'argent et l'ambition tenaient si peu de place.

Et les visites qu'elle leur rendait répondaient à un besoin profond de stabilité et de tendresse. Elle s'obligeait cependant à restreindre leur nombre, à ne venir qu'une fois par mois, à Noël et aux anniversaires...

Ils burent leur café en silence, ce silence complice qu'aucun d'eux ne se sentait obligé de meubler. Puis Pepper aida Mary à laver les tasses et à préparer le repas, s'absorbant avec bonheur dans des tâches domestiques, des occupations toutes simples, dont aucun sans doute de ses employés ne l'aurait crue capable. Nulle part ailleurs que chez les Simms, Pepper n'aurait osé se montrer un torchon à la main, ou en train de mitonner un ragoût, dans le rôle d'une femme fragile et vulnérable.

Après déjeuner, ils retournèrent dans le jardin, non pour paresser au soleil, mais pour arracher les mauvaises herbes qui menaçaient constamment d'envahir les parterres de fleurs. Tandis que tous trois s'affairaient, Philip leur parla de l'un de ses élèves, pour lequel il se faisait du souci. En l'écoutant, Pepper se sentit peu à peu submergée par un sentiment d'amour et d'humilité. Pour cet homme, elle resterait toujours celle qu'elle avait été à seize ans, une sauvageonne inculte, respectueuse des seules règles en vigueur dans sa tribu, une gitane gouvernée par ses instincts plus que par sa raison.

Elle s'en alla le dimanche en fin d'après-midi, après qu'ils eurent pris le thé sur la pelouse et dégusté les *scones* que Mary venait de sortir du four. Oliver avait invité deux de ses camarades à se joindre à eux. L'Aston Martin semblait beaucoup les intriguer. Surprenant le regard attendri de Pepper posé sur lui, Oliver lui adressa un sourire de connivence, un sourire charmeur qui laissait entrevoir l'homme qu'il deviendrait d'ici à quelques années. Il portait déjà en lui les caractéristiques principales de sa future personnalité : un magnétisme puissant, une vive intelligence, un esprit entreprenant.

Oliver avait tout pour réussir. Où qu'il aille, quoi qu'il fasse, les années de son enfance resteraient pour toujours gravées en lui ; l'amour de ses parents, la sécurité qu'ils lui avaient donnée étaient des atouts qui lui profiteraient toute sa vie, pareils aux engrais que l'on ajoute à la terre pour favoriser la croissance harmonieuse des jeunes plants.

Prendre un bon départ dans la vie était primordial, car si les handicaps pouvaient en général être surmontés, ils laissaient cependant des cicatrices indélébiles. Oliver, lui, n'en aurait pas.

Pepper laissa échapper un léger soupir puis se leva. Elle embrassa Mary et Philip, et tous l'accompagnèrent jusqu'à sa voiture.

— Dans trois semaines, il y a la kermesse, à l'école d'Oliver, déclara Philip. Pourras-tu te libérer ?

Le petit garçon la regardait sans rien dire.

— Pour mon filleul, je peux *toujours* me libérer, déclara Pepper.

Oliver la gratifia d'un grand sourire. Pepper savait que les mots qu'elle venait de prononcer étaient exactement ceux que Philip et Mary souhaitaient entendre. Eux, comme elle, avaient appris depuis longtemps à maîtriser leurs émotions.

Elle s'installa dans sa voiture et tourna la clé de contact. Ce soir, elle serait à Londres, prête pour le grand jour.

Viendraient-ils tous au rendez-vous, le lendemain à 15 heures ? Allaient-ils mordre à l'hameçon ? Sans aucun doute. Pour des raisons variables, les uns et les autres avaient intérêt à nouer des relations avec Minesse Management.

Un sourire naquit sur les lèvres de Pepper tandis qu'elle se dirigeait vers l'entrée de l'autoroute — un petit sourire sans joie, chargé d'amertume.

3

Le lundi matin, Pepper se réveilla en retard. Pour comble de malchance, à Knightsbridge, elle fut bloquée dans un embouteillage.

La journée commençait mal. Pianotant sur son volant, elle se mit à observer la foule qui circulait sur les trottoirs, entrait et sortait des grands magasins et des boutiques de luxe.

Arborant des ensembles signés des plus célèbres stylistes de Sloane Square, des femmes à l'allure mondaine musardaient devant les vitrines, en particulier devant celles d'Harvey Nichols. C'était là que la princesse de Galles faisait ses achats avant son mariage avec l'héritier présomptif à la couronne, dans ce magasin chic où les vendeuses parlaient comme elle, avec l'accent distingué de la haute société. Des touristes américains et japonais se pressaient à l'entrée principale de Harrods.

Elle jeta un coup d'œil excédé à la pendule encastrée dans le tableau de bord. Heureusement, elle n'avait aucun rendez-vous ce matin. Mais par principe, elle détestait arriver en retard. C'était un signe de faiblesse, or elle devait en toute circonstance se montrer maîtresse d'elle-même.

Inspirant à fond, elle s'efforça de calmer son impatience. S'énerver ne servait à rien. Si elle perdait son sang-froid, elle risquait de commettre des erreurs. Et l'erreur — à moins que ce ne fût celle de quelqu'un d'autre — n'avait pas droit de cité dans sa vie.

Il était si rare que Pepper ne soit pas à l'heure au bureau que la réceptionniste s'en était étonnée auprès de Miranda, lorsque celle-ci était passée chercher le courrier.

— Elle a peut-être eu un week-end chargé, insinua Helena en tendant les lettres à la secrétaire.

Si Miranda était elle-même très intriguée par la vie privée de Pepper, elle prenait toutefois garde de n'en rien laisser paraître. Motus et bouche cousue ; telle était sa devise. Elle tenait à garder sa place.

Mais Helena revint à la charge.

— Je me demande si elle va se marier un jour…

— Qui sait ? Le mariage n'est pas incompatible avec des responsabilités professionnelles. Beaucoup de femmes d'affaires le prouvent.

— Mmm… Dans un magazine, récemment, j'ai vu une photo d'elle en compagnie de Carl Viner. Ce type a un charme fou, tu ne trouves pas ?

Haussant les sourcils, Miranda répondit d'un ton sec :

— Elle n'a rien à lui envier.

Pepper arrivait, justement. Du coin de l'œil, Miranda l'observait tandis qu'elle approchait, imprimant à sa démarche souple et nonchalante ce balancement des hanches absolument inimitable.

— Bonjour, Miranda. Bonjour, Helena.

Comme elle se dirigeait vers son bureau, Miranda lui emboîta le pas.

— Miranda, j'attends quatre messieurs cet après-midi à 15 heures. Je les recevrai tous en même temps. Voici leurs noms.

Elle tendit à la secrétaire une feuille dactylographiée.

— Très bien… Je vous prépare un café ?

— Oui, s'il vous plaît. Oh, encore une chose, Miranda : veuillez demander au vigile de ne pas s'éloigner tant que ces messieurs seront dans mon bureau.

Miranda se contenta d'acquiescer, sa conscience professionnelle l'emportant sur sa curiosité. Une curiosité d'autant plus grande que c'était la première fois que Pepper formulait une telle requête.

Intriguée, elle jeta un coup d'œil à la liste que lui avait remise Pepper. Deux des noms lui disaient quelque chose. Pourquoi sa patronne avait-elle convoqué, entre autres, un député et un chef d'entreprise ? Impossible, dans l'immédiat, d'élucider le mystère. Le plus simple était donc d'attendre que Pepper lui dicte le compte rendu de l'entrevue. Ce qui ne manquait jamais d'arriver. Pepper tenait en effet beaucoup à ce qu'une trace, sous la forme d'un rapport écrit, subsiste des conversations qu'elle avait avec ses clients ou avec d'éventuels sponsors.

Après avoir posé la liste sur son bureau, Miranda se rendit dans la cuisine, qui ouvrait sur un salon spacieux et agréable mis à la disposition du personnel. Minesse Management n'avait pas prévu de cantine pour ses employés, trop peu nombreux pour pouvoir en exiger une. Pepper, elle, possédait pourtant sa propre salle à manger, située juste derrière son bureau. Elle y conviait parfois à déjeuner clients et sponsors. Un traiteur, spécialisé dans la préparation des repas d'affaires, se chargeait de la livraison des plats et du service. Dès que les invitations étaient lancées, Miranda avait pour mission de s'enquérir des goûts, des préférences et des interdits religieux des différents convives, afin que Pepper puisse établir le menu.

Il n'était pas question de commettre le moindre impair, aussi Pepper mettait-elle le plus grand soin à élaborer ces repas d'affaires. Les enjeux étant considérables, elle ne pouvait se permettre de négliger le plus infime détail.

Miranda versa le breuvage noir dans la cafetière à haut col, qu'elle posa sur un élégant plateau en métal argenté, à côté de la tasse et du minuscule pot à lait. Cette vaisselle faisait partie du service utilisé lorsque Pepper recevait des invités. En fine porcelaine blanche, ornée d'un liseré bleu foncé rehaussé d'un filet d'or, ce service était sophistiqué tout en restant discret — comme Pepper elle-même, à bien des égards.

Lorsque Miranda arriva avec son plateau, Pepper délaissa ses papiers et dit :

— Si l'un des hommes dont le nom figure sur la liste téléphone d'ici à 15 heures, répondez que je me suis absentée. Et si l'un d'eux appelle pour se désister, prévenez-moi tout de suite.

Miranda prit bonne note de ces directives. Elle était bien trop avisée pour tenter de soutirer à Pepper le moindre renseignement. Sa patronne avait l'habitude de traiter ses affaires seule. Le succès ou la faillite de Minesse Management dépendait d'elle, et d'elle seule.

Tout en buvant son café, Pepper parcourait les coupures de journaux que Miranda avait préparées à son intention. La secrétaire était chargée de traquer dans la presse tout article mentionnant leurs clients ou leurs sponsors.

A midi moins le quart, Pepper mit de l'ordre sur son bureau et appela son secrétariat.

— J'ai rendez-vous avec John Fletcher à midi, Miranda. Je serai de retour vers 14 heures, au cas où quelqu'un me demanderait.

Encore peu connu, le styliste John Fletcher semblait promis à un brillant avenir. Séduite par les modèles présentés dans un numéro de *Vogue* consacré aux créateurs les plus en vue, Pepper lui avait commandé deux ensembles. Aujourd'hui devait avoir lieu l'essayage. Ensuite, elle prendrait sa carrière en main. Car elle comptait parmi ses clients un jeune mannequin qui avait toutes les chances de figurer bientôt au hit-parade des *top models*, et elle envisageait déjà un éventuel partenariat entre cette jeune personne et le styliste prometteur.

Louise Faber s'était présentée à elle au cours d'un cocktail. Elle n'avait que dix-huit ans mais savait depuis longtemps ce qu'elle voulait faire dans la vie. Le métier de mannequin, elle le connaissait, car sa mère l'avait exercé. Et elle était bien introduite dans le milieu, Réna Faber ayant fait jouer ses relations pour la lancer. L'ambition de Louise, cependant, ne se bornait pas à faire un jour la couverture des plus grands magazines féminins.

La jeune fille rêvait depuis toujours d'ouvrir un restaurant. Un restaurant de grande classe, cité parmi les meilleurs dans le guide Michelin. Mais pour y parvenir, elle avait besoin d'argent, et elle devait jouir d'une certaine notoriété. Faute de quoi, aucun des restaurants de renommée internationale susceptibles de la former n'accepterait de la prendre comme apprentie. Or Louise voulait devenir chef, s'imposer dans une profession traditionnellement réservée aux hommes. Et coûte que coûte, elle y arriverait.

Elle avait confié à Pepper qu'elle ne pouvait compter que sur elle-même pour financer son projet. Ses parents avaient divorcé et, de toute façon, ni la formation, ni l'achat du restaurant de ses rêves n'étaient à la portée de leurs bourses. La remarque fortuite d'une amie de sa mère, qui trouvait qu'elle avait l'allure d'un mannequin, l'avait décidée à embrasser provisoirement cette profession, qu'elle voulait la plus lucrative possible. Tant qu'à être mannequin, autant se hisser au top niveau, parmi les plus célèbres... et les mieux payés au monde.

Louise tenait à se détacher du lot. Pour cela, il fallait lui trouver une image qui, d'emblée, la distinguerait de ses concurrentes. Pepper, qui avait bien cerné le personnage, s'était soudain souvenue de John Fletcher. Pourquoi ne pas mettre sur pied un arrangement qui profiterait aussi bien au mannequin qu'au styliste ? Il suffirait, par exemple, que Louise s'engage, en dehors de ses heures de travail, à porter en exclusivité les modèles créés par John Fletcher. Publicité assurée pour l'un comme pour l'autre. Ensuite, les relations que Pepper avait dans la presse prendraient le relais.

John devait lui faire part de sa décision aujourd'hui. Au départ, ce contrat ne rapporterait pas grand-chose à Pepper. Mais elle savait attendre. Sa force résidait justement dans les prévisions à long terme. Car si elle avait le don de dénicher de jeunes talents, Pepper avait aussi l'art de les mener au succès.

Aucun sponsor n'accepterait jamais de risquer son argent sur un outsider qui n'aurait pas fait ses preuves. Pepper en était parfaitement consciente. Mais il suffisait que l'un de ses poulains se classe dans le peloton de tête pour que le rapport de force soit aussitôt inversé. Elle se trouvait alors en mesure d'imposer ses conditions. C'était ainsi qu'elle avait démarré — en repérant avant tout le monde un gagnant potentiel.

L'atelier et le magasin de John Fletcher étaient situés à deux pas de Beauchamp Place, annexe de la célébrissime Brompton Road. Comme il était toujours très difficile de se garer dans ce quartier à l'heure du déjeuner, Pepper avait préféré prendre un taxi. Elle se fit déposer au coin de la rue et continua à pied. Comme elle passait devant chez Bruce Oldfield, deux jeunes filles se retournèrent sur son passage, visiblement impressionnées.

— Quelle classe ! s'exclama l'une d'elles.

Pepper sourit, puis monta directement au premier étage de l'immeuble loué par John Fletcher. Après deux coups brefs frappés à la porte, elle entra.

Deux hommes, près de la fenêtre, examinaient à la lumière du jour un coupon de tissu rouge vif. Ils se retournèrent aussitôt.

— Pepper ! lança John Fletcher en accourant à sa rencontre. Je vois qu'aujourd'hui vous avez opté pour le noir...

Pepper accueillit sa remarque avec un sourire. Ce n'était pas pour rien que ce matin elle avait choisi cet ensemble noir. Les juges ne portaient-ils pas une calotte noire lorsqu'ils prononçaient la peine de mort ? Pepper savait que ce détail n'échapperait probablement pas à Miles French et que, d'une manière ou d'une autre, les trois autres hommes saisiraient également l'allusion.

Courte, et légèrement entravée, la jupe moulait ses hanches tout en faisant ressortir la finesse de sa taille. L'assistant de John s'empressa auprès d'elle pour l'aider à se débarrasser de sa veste. Il avait un physique de dieu grec ; jamais Pepper n'avait vu un homme aussi fin et racé.

A un certain moment, elle remarqua qu'il échangeait un coup d'œil avec son patron, qui hocha discrètement la tête en signe de dénégation.

Pepper avait surpris leur manège, mais elle attendit de se retrouver en tête à tête avec le styliste pour déclarer d'un ton désinvolte :

— Bien vu, John. J'aurais été très embarrassée si vous m'aviez proposé les services de votre étalon.

— Il est nouveau dans la maison, et je crains qu'il ne soit encore un peu maladroit, s'excusa le styliste.

— Vous avez beaucoup de clientes intéressées ? s'enquit Pepper en disparaissant dans la cabine d'essayage.

— Un certain nombre. Mais comment avez-vous deviné ? La plupart des gens qui entrent ici supposent dès qu'ils le voient que…

— … Que vous êtes homosexuels ?

Emergeant de la cabine, Pepper lui décocha un sourire moqueur.

— Je reconnais d'instinct les hommes qui aiment les femmes, John, mais je n'aurais jamais imaginé que vous aviez besoin de cet à-côté pour vivre.

— Je n'en fais pas commerce, si c'est ce que vous voulez savoir. Mes clientes sont libres de prendre avec Lloyd les arrangements qui leur chantent.

Pepper esquissa une petite moue sceptique.

— Bien sûr, mais les gens se donnent le mot, je suppose ? Les femmes riches qui s'ennuient sont légion. Et toutes sont des clientes potentielles. Après tout, un créateur de mode qui peut faire davantage pour leur corps que simplement le vêtir, cela ne court pas les rues !

John haussa les épaules.

— Que voulez-vous ? Il faut bien vivre.

— Mmm… A ce propos, justement…

Tandis qu'il procédait sur elle à l'essayage d'une robe, Pepper lui fit part de son idée concernant un éventuel partenariat avec Louise Faber.

— Louise ? Elle est absolument ravissante ! s'exclama-t-il en se relevant afin de mieux pouvoir juger de son œuvre.

— Encore faudrait-il pour que ça marche que vous entriez dans les bonnes grâces de *Vogue*, souligna Pepper.

— Cela ne devrait pas poser de problèmes. Plusieurs de mes amis travaillent pour ce magazine. D'autre part, un certain nombre de leurs rédactrices de mode assisteront très certainement au gala de charité auquel vous et moi devons nous rendre ce soir. Nous pourrons leur en toucher deux mots. Si elles réagissent favorablement, Louise et moi, nous mettrons au point les détails de cette collaboration.

Une demi-heure plus tard, Pepper sortait de l'immeuble. Elle héla un taxi qui la déposa devant son restaurant préféré. Le maître d'hôtel la reconnut aussitôt et l'installa à une table située bien en évidence.

Lorsqu'elle avait acheté cet immeuble de trois étages, à proximité immédiate de Sloane Square, il menaçait de tomber en ruine. Mais Pepper savait ce qu'elle faisait. Elle avait eu avant tout le monde le pressentiment que Knightsbridge deviendrait à son heure un endroit à la mode, attirant la clientèle huppée cantonnée traditionnellement du côté de Bond Street. Aujourd'hui, les trois étages étaient loués et lui assuraient des revenus locatifs élevés. Elle avait avancé les fonds permettant l'ouverture du restaurant, et avait confié au chef que la tendance « nouvelle cuisine » amorçait un déclin au profit d'un retour à des plats plus traditionnels.

Le restaurant faisait tous les jours salle comble. Grâce à une campagne de publicité habilement orchestrée, il était assez vite devenu *le* restaurant à la mode. La plupart des tables étaient occupées par de belles jeunes femmes oisives qui touchaient à peine à leur assiette, dont elles sacrifiaient le contenu au nom de leur sacro-sainte ligne. Elles n'étaient de toute façon pas venues pour manger, mais pour voir et être vues.

Un artiste, qui comptait également au nombre des clients de Pepper, avait égayé l'intérieur de l'immeuble d'une pléthore de trompe-l'œil scandaleusement érotiques. Nul besoin d'être grand clerc pour reconnaître les traits de nombreuses personnalités importantes dans les visages de ces nymphes et de ces satyres occupés aux jeux de l'amour. Le peintre venait régulièrement actualiser son œuvre, et il n'était pas rare que des actrices ou des politiciens prennent les devants, suggérant discrètement à Antoine que leurs portraits feraient beaucoup d'effet dans ses fresques.

Pepper ne tenait pas à ce que l'on sache qu'elle était propriétaire du restaurant. En outre, son visage ne figurait pas parmi la galerie de portraits décorant l'intérieur de l'immeuble. Cependant, lorsqu'elle traversa la salle derrière le maître d'hôtel, ses pieds s'enfonçant dans l'épaisse moquette grise, tous les regards convergèrent vers elle.

Elle prit place et passa sa commande, l'air concentré. Le plus gros de la clientèle était constitué pour moitié de jeunes épouses frivoles ou de femmes d'âge mûr, généralement divorcées, qui déjeunaient à deux, et pour moitié de femmes d'affaires qui profitaient de l'heure du déjeuner pour inviter leurs clients ou élargir le cercle de leurs relations, à l'instar de leurs homologues masculins qui, eux, disposaient de cercles privés.

Il existait là un créneau en puissance, d'ailleurs ; il fallait créer pour cette nouvelle race de femmes des clubs fermés et sélects dans lesquels elles pourraient inviter leurs clients pour déjeuner, dîner et même, au besoin, passer la nuit.

Pepper savait que si les liquidités qui lui avaient permis de démarrer son affaire provenaient de ses clients, la prospérité de l'entreprise dépendait entièrement du bon usage qu'elle-même faisait de ce capital. Aussi était-elle constamment à la recherche d'investissements judicieux.

Un lent sourire naquit sur ses lèvres tandis que dans son esprit, fonctionnant à la vitesse d'un ordinateur, le projet prenait forme, se précisait, se chiffrait.

Les regards en coin des autres clients ne perturbaient en rien le cours de ses pensées, tout entières polarisées sur ce nouveau défi. Tout en tissant mentalement les fils qui formeraient la trame de son projet, elle se délectait de sa darne de saumon et des petits légumes qui l'accompagnaient. Elle avait trop souvent eu faim, dans son enfance, pour dédaigner aujourd'hui le contenu de son assiette. Beaucoup de femmes, ici présentes, enviaient secrètement son bel appétit et le peu de cas qu'elle semblait faire de sa silhouette, pourtant parfaite.

Ce qu'elles ignoraient, c'était que ce soir Pepper dînerait très légèrement et que, avant de se préparer pour le gala, elle s'astreindrait à une demi-heure de tennis sur l'un des courts du complexe sportif de la résidence qu'elle habitait. S'imposer des privations en public n'était pas dans ses habitudes ; ses problèmes de ligne ne regardaient personne. Ses faiblesses, il y avait longtemps que Pepper avait appris à les cacher.

A 14 h 05, elle était de retour au bureau. Miranda lui annonça que les quatre hommes qu'elle attendait avaient appelé, et que trois d'entre eux avaient demandé à lui parler personnellement. En désespoir de cause, tous trois avaient confirmé leur présence au rendez-vous.

— Et le quatrième ? s'enquit Pepper.

Miranda jeta un coup d'œil à sa liste.

— Miles French ? Il a simplement confirmé qu'il serait là.

En regagnant son bureau, Miranda remarqua à part soi que sa patronne avait décidément l'air préoccupé, mais elle se garda bien de lui poser la moindre question.

Un peu plus tard, elle disposa le service à thé sur la desserte, sachant que l'après-midi, Pepper offrait toujours du thé à ses visiteurs.

Les quatre hommes arrivèrent à quelques minutes d'intervalle. La réceptionniste les fit passer dans la salle d'attente puis, lorsqu'ils furent tous là, elle prévint Miranda. Il était 14 h 55.

Pepper résistait de toutes ses forces à la tentation d'ouvrir son tiroir secret pour jeter un ultime coup d'œil à ses dossiers. Elle avait déjà vérifié son maquillage et sa tenue, et s'apprêtait à le faire une seconde fois lorsque la sonnerie du téléphone interne retentit dans la pièce. Son cœur fit un bond dans sa poitrine. Ce fut néanmoins d'une main ferme qu'elle décrocha le combiné pour entendre Miranda lui annoncer que les quatre hommes étaient arrivés.

Après avoir inspiré à fond, Pepper répondit d'une voix posée :

— Veuillez les faire entrer, Miranda. Puis vous nous apporterez le thé.

De l'autre côté du couloir, dans la salle d'attente à l'ambiance douce et chaleureuse, les quatre hommes patientaient. Chacun d'eux avait évidemment reconnu les trois autres, et tous semblaient un peu surpris de se retrouver ici ensemble. D'autant que leurs chemins, depuis quelques années, ne se croisaient plus guère. Seul Miles French paraissait totalement à l'aise. Que pouvait-il bien faire ici ? se demandait Simon Herries en l'observant à la dérobée. Etait-il par hasard en relations avec Minesse ? Peut-être s'occupait-il des affaires juridiques de la société ?

La porte s'ouvrit soudain, livrant passage à une jolie jeune femme brune.

— Mlle Minesse va vous recevoir, annonça-t-elle. Si vous voulez bien me suivre…

Lorsqu'ils entrèrent, Pepper tournait le dos à la porte. Postée devant la fenêtre, elle faisait mine de contempler le paysage. Elle attendit que Miranda ait apporté le thé et fermé la porte derrière elle pour se retourner.

Les quatre hommes esquissèrent un léger mouvement de surprise, mais elle comprit à leurs regards qu'ils ne l'avaient pas reconnue.

Qu'ils ne l'avaient pas *tous* reconnue, car Miles French, de toute évidence, l'avait immédiatement identifiée. Pepper s'obligea à rester impassible malgré la haine et le dégoût qu'il lui inspirait.

De l'autre côté du bureau, Miles l'observait avec un mélange de curiosité et d'amusement. Il ne lui avait fallu que quelques secondes pour la replacer dans ses souvenirs. Ses compagnons, en revanche, semblaient avoir perdu la mémoire. Il était vrai que, depuis Oxford, elle avait fait du chemin. Un sacré bout de chemin…

Simon Herries s'avança le premier. Il lui serra la main et lui décocha son fameux sourire, cherchant manifestement d'emblée à la convaincre qu'il était tout à la fois charmé, sincère et sérieux. Il s'était étoffé depuis la dernière fois où elle l'avait vu, et cela lui allait bien. On le sentait prospère, brillant, confiant en l'avenir.

Ses trois acolytes se présentèrent à leur tour. Miles French fut le seul à la regarder droit dans les yeux. Pepper eut alors la désagréable impression qu'il était conscient de sa nervosité et essayait de la mettre en position de faiblesse. Les battements de son cœur s'accélérèrent lorsqu'il lui sourit comme pour lui signifier qu'il l'avait bel et bien reconnue.

Or penser que, contre toute attente, Miles French l'avait identifiée, et pas les autres, la perturbait plus qu'elle ne l'aurait voulu.

— Je suis certaine que vous vous demandez tous pourquoi je vous ai fait venir.

Pepper affichait un sourire engageant, qui leur promettait qu'ils ne seraient pas déçus. Elle avait pris soin de déverrouiller à l'avance le tiroir qui contenait les dossiers. Il lui suffit de tendre le bras pour les attraper, du premier coup, sans effort.

— Je pense que le plus simple serait que vous lisiez ceci, déclara-t-elle en procédant à la distribution.

Les dossiers ne contenaient bien entendu que des fac-similés. Pepper avait confié les originaux à sa banque, qui les gardait dans un coffre. Aucun risque, donc, que le fruit de près de dix années de recherches laborieuses ne fût détruit sous ses yeux.

Tout en servant le thé, elle guettait les réactions de ses quatre interlocuteurs. Dans un instant, elle le savait, leurs sourires satisfaits se figeraient sur leurs lèvres.

Richard Howell fut le premier à accuser le coup. Pepper vit ses yeux se rétrécir, puis il interrompit sa lecture pour la regarder.

— Du lait, monsieur Howell ? proposa-t-elle d'un ton suave.

Chacun de ces dossiers renfermait un terrible secret qui, s'il était révélé au grand jour, menaçait de salir la réputation des quatre hommes concernés et de compromettre définitivement leurs carrières respectives. Aucun d'eux n'avait imaginé que ce secret enfoui au plus profond de leur mémoire pût un jour faire surface. Et tous quatre s'étaient trompés !

Si Richard Howell était aujourd'hui un banquier respecté et respectable, à une époque antérieure de sa vie, il avait dû se contenter d'une situation beaucoup plus modeste au sein de l'empire bancaire dirigé par son oncle.

Découvrir comment il s'était procuré l'argent qui lui avait permis de rafler suffisamment d'actions pour défier et finalement remplacer son oncle à la tête de l'entreprise familiale n'avait pas été facile. Il avait fallu plusieurs mois d'efforts à Pepper pour apprendre que lorsqu'il avait commencé à acheter des actions en grande quantité, il travaillait encore à la salle des coffres de la banque.

Dans leurs coffres-forts, les gens déposent généralement les objets de valeur qu'ils craignent de se faire voler. Certaines personnes, cependant, considèrent qu'un coffre-fort est une cachette idéale pour dissimuler des fonds — ou tout autre bien — d'origine frauduleuse : évasion fiscale, escroquerie, et parfois vol pur et simple.

A l'époque où il était responsable des dépôts, Richard Howell avait eu la chance de rencontrer un homme qui appartenait à cette dernière catégorie. Et comme, conformément aux statuts de la banque, il avait en sa possession les doubles des clés de tous les coffres, il pouvait assez facilement ouvrir celui de cet homme et en vérifier par lui-même le contenu. Mais cela, il ne l'avait fait qu'après ; après que le dénommé William Law eut succombé à une crise cardiaque.

Le soi-disant William Law fut foudroyé en pleine rue, à quelques centaines de mètres de la banque. Son portrait parut dans les journaux du soir, accompagné d'un paragraphe relatant les circonstances du décès. La seule chose, c'était que son nom était non pas William Law, mais Frank Prentiss, et qu'il avait autrefois appartenu à un gang soupçonné d'avoir orchestré à plusieurs reprises des attaques de fourgons transportant des fonds. Faute de preuves, Frank Prentiss et ses comparses n'avaient jamais été inculpés.

Au bout de trois mois, s'apercevant que ni la police, ni la banque ne faisaient le rapprochement entre Frank Prentiss et William Law, Richard Howell vida le coffre-fort de William Law de l'essentiel de son contenu, n'y laissant pour la forme que quelques centaines de livres.

Il ne courait aucun risque — un homme aussi intelligent que Frank Prentiss n'avait pu manquer de blanchir l'argent volé —, et si la police parvenait en fin de compte à établir le lien entre

William et Frank Prentiss, et découvrait le coffre-fort, elle supposerait simplement que Frank avait tout dépensé.

Richard Howell possédait alors deux cent quarante-cinq mille livres sur le compte qu'il avait ouvert à la Lloyd. Au bout d'un certain temps, son oncle commença à se poser des questions et chercha à savoir d'où provenait tout cet argent. Mais il était déjà trop tard : à ce moment-là, Richard détenait la majorité des actions de la Banque Howell, car d'habiles spéculations boursières lui avaient permis de faire fructifier son pactole initial.

Avec un sourire, Pepper lui tendit sa tasse de thé. L'effroi qu'elle lisait dans les yeux de Richard Howell lui procurait une joie intense. Il s'était cru invincible, au-dessus de tout soupçon... Eh bien, il n'avait plus qu'à réviser son jugement !

Et Simon Herries ? Quelle tête faisait-il, le brillant politicien, le gardien des valeurs traditionnelles, le défenseur des bonnes mœurs ? Comment réagissait celui qui, en privé, s'offrait du bon temps avec de jeunes garçons — voire des petits garçons ? A Oxford déjà, il flirtait avec la perversité. Il dirigeait alors un cercle très fermé qui donnait dans la magie noire, entre autres choses.

En cet instant, ses yeux bleus lançaient des éclairs meurtriers auxquels Pepper répondit par un sourire doucereux.

Alex Barnett avait également appartenu à ce cercle — même s'il n'y était pas resté longtemps. Si cette erreur de jeunesse était rendue publique, sa demande d'adoption n'aurait aucune chance d'aboutir. Pepper n'ignorait pas que ce désir d'enfant était devenu pour Julia Barnett un besoin vital. Et elle savait qu'Alex adorait sa femme.

Miles French, quant à lui, l'avait un peu déçue. Certes, il avait une vie sentimentale très active, mais il choisissait avec soin ses partenaires et leur demeurait fidèle jusqu'au bout. Pepper s'était donné beaucoup de mal pour trouver dans sa vie une faille suffisamment importante pour le compromettre. Mais son opiniâtreté, finalement, avait été récompensée.

Trois mois plus tôt, la fille de l'un des amis de Miles s'était livrée dans le pays au trafic de drogue. Normalement, elle aurait dû se faire arrêter. Pepper avait appris que la jeune fille, âgée de dix-huit ans, avait embarqué à Rio de Janeiro sur un vol en direction de Londres, la drogue dissimulée dans le double fond de son sac à dos. Inexplicablement, à son arrivée à Heathrow, la drogue avait disparu.

Son avion avait fait une brève escale à Paris. Miles French se trouvait également à Paris, et ils étaient rentrés à Londres ensemble. D'une manière ou d'une autre, l'avocat avait réussi à la persuader de lui remettre son précieux chargement. Pepper en avait l'intime conviction, même si elle ne possédait aucune preuve concluante. Mais preuve ou pas, les faits étaient suffisamment accablants pour le salir et briser sa carrière. Impliqué dans un trafic de stupéfiants, le futur juge à la Cour suprême serait pour le moins radié de l'ordre des avocats.

Pepper attendit qu'ils aient tous terminé leur lecture. Seul Miles French souriait encore. De toute évidence, il savait beaucoup mieux que les trois autres maîtriser ses émotions, mais elle n'était pas dupe.

Simon Herries déclencha les hostilités en jetant violemment le dossier sur le bureau.

— Que signifie cette mascarade ? s'écria-t-il avec fureur.

Pepper refusa de se laisser impressionner.

— Chacun de vous a maintenant pris connaissance des informations en ma possession, et chacun de vous se rend compte, je suppose, de la précarité de sa position, déclara-t-elle. Rendues publiques, ces informations compromettraient très sérieusement vos réputations et vos carrières.

— C'est donc cela ! railla Simon Herries. Du chantage !

D'un regard glacial, Pepper lui imposa le silence.

— Non, il ne s'agit pas de chantage, expliqua-t-elle d'une voix douce. Mais d'une revanche.

Ils en restèrent bouche bée, mis à part Miles French qui affichait un sourire en coin. Pepper les sentait suspendus à ses lèvres, tendus, et un frisson de triomphe la parcourut.

— Une revanche ? répéta Alex, l'air abasourdi. Mais pour quelle raison ?

Tranquillement, Pepper se leva.

— Pour viol, messieurs. Vous êtes tous les quatre impliqués, à des degrés divers, dans le viol dont j'ai été victime il y a onze ans.

Voyant leurs visages se décomposer, Pepper marqua une pause.

— Ah ! tout de même, vous recouvrez la mémoire ! observa-t-elle avec humour.

— Pourquoi nous avoir convoqués ? Qu'allez-vous faire ?

La voix d'Alex Barnett tremblait légèrement. Il n'arrivait pas à croire à la réalité de cette scène ; tout cela ressemblait tellement à un mauvais rêve ! Il se souvenait parfaitement de l'incident, bien sûr, mais il avait tourné la page et cessé depuis longtemps de se culpabiliser à ce propos. Son passé comportait certains épisodes peu glorieux sur lesquels il avait préféré tirer un trait.

En regardant Pepper plus attentivement, il fut frappé par son élégance, sa sophistication. Elle était méconnaissable. Il ne restait rien en elle de la sauvageonne squelettique, mal habillée et affligée d'un accent des faubourgs qui s'était débattue comme une diablesse…

Alex frissonna de la tête aux pieds, ferma un instant les yeux.

— Qu'allez-vous faire ? répéta-t-il d'une voix presque inaudible.

— Rien. A moins, bien sûr, que vous ne m'y obligiez…

En dépit de ce que laissaient penser son sourire, le ton de sa voix, son apparence tout entière, Pepper était crispée, sur le qui-vive, galvanisée par l'adrénaline qui se distillait dans ses veines comme une drogue puissante.

Ces quatre hommes avaient commis sur sa personne un crime impardonnable. Un viol, accompli comme un rite initiatique, alors qu'elle sortait à peine de l'enfance. Cette nuit cauchemardesque resterait à jamais gravée dans sa mémoire. Et Pepper était bien décidée à ne pas l'oublier, car c'était dans la révolte qui l'habitait depuis cette fameuse nuit qu'elle avait puisé la force et l'énergie sans lesquelles elle n'aurait pu s'extraire de la misère et de l'ignorance, et arriver jusque-là.

— Vous avez brisé ma vie, reprit-elle. Il est donc normal qu'à mon tour je brise la vôtre. Chacun de vous doit subir un préjudice comparable à celui que j'ai subi par votre faute.

Pepper s'interrompit, comme pour leur laisser le temps de mesurer toute la signification de ses paroles.

— Vous, monsieur Herries, poursuivit-elle en fixant l'intéressé droit dans les yeux, vous allez quitter le parti conservateur. Si mes renseignements sont exacts, vous êtes pressenti comme futur chef de file du parti. Je suis sûre, cependant, que s'ils venaient à connaître le contenu de ce dossier, vos collègues ne considéreraient pas votre démission comme une grosse perte.

Elle le vit blêmir, crisper les mâchoires. Satisfaite, elle se tourna vers Richard Howell.

— La banque tient une place prépondérante dans votre vie, n'est-ce pas, monsieur Howell ? Je crains malheureusement qu'il ne vous faille changer de métier.

Les yeux écarquillés, il la regardait sans comprendre.

— Vous… vous voulez que je démissionne ? murmura-t-il.

Sans se départir de son sourire, Pepper hocha lentement la tête.

— Que vous quittiez la banque, oui. Mais ne vous tracassez pas ; je suis prête à parier que votre oncle se fera une joie de prendre votre place.

Comme un condamné à mort juste avant son exécution, Alex Barnett attendait dans l'angoisse que le couperet s'abatte sur lui, anéantissant brutalement les espoirs, les efforts de dix années d'une vie presque entièrement consacrée à sa carrière. Une fraction de seconde, il s'imagina en train de serrer ce cou lisse et blanc, de le serrer jusqu'à ce que plus un son ne puisse sortir de cette bouche aux lèvres pleines.

A l'expression de son visage, Pepper se douta qu'il savait d'ores et déjà ce qu'elle allait exiger de lui, aussi passa-t-elle directement à Miles French.

— Je sais, dit celui-ci avant même qu'elle ait eu le temps de lui dire quoi que ce soit. Mais il y a une chose, Pepper, que vous semblez avoir oubliée…

Elle se rembrunit, contrariée de l'entendre l'appeler par son prénom. Contrairement aux trois autres, Miles French avait l'air plus amusé qu'atterré par la tournure que prenaient les événements.

— « La vengeance m'appartient », a dit le Seigneur, lui rappela-t-il d'un ton légèrement moqueur. Vous vous engagez sur une voie extrêmement dangereuse, Pepper.

Refusant d'en entendre davantage, la jeune femme se détourna.

— Vous avez tous un mois pour… prendre en considération mes propositions, déclara-t-elle. Sans nouvelles de vous à l'expiration de ce délai, je me verrai dans l'obligation de révéler à la presse les informations contenues dans ces dossiers. Inutile de préciser que ce ne sont là que des copies ; je suppose que vous l'aviez compris.

— Il va également de soi que vous avez remis une lettre à votre banque et à votre notaire, à n'ouvrir que si vous veniez à disparaître ou à mourir subitement…, railla Miles.

Pepper était à la fois surprise et agacée qu'il pût ainsi continuer à plaisanter, à feindre de ne pas la prendre au sérieux. Il avait autant à perdre que les autres, pourtant ! Elle croisa son regard et frémit, assaillie par les souvenirs. C'était dans sa chambre qu'elle s'était réveillée, le lendemain matin, son corps meurtri enveloppé dans l'une de ses chemises ; debout à côté d'elle, il avait attendu son réveil.

— Cela ne se passera pas comme ça, je vous le garantis ! lança Richard Howell, blême de colère.

Miles posa une main sur son bras et secoua la tête en signe de désapprobation.

— Un mois, dites-vous ?

Il regarda pensivement Pepper puis se tourna vers ses compagnons.

— Un mois, c'est très vite passé, messieurs. Nous n'avons pas une minute à perdre.

Ils se levèrent de concert. Pepper appela Miranda pour qu'elle les raccompagne.

— Vous pouvez emporter vos dossiers, précisa-t-elle avec ironie.

Puis elle leur tourna le dos et alla de nouveau se poster devant la fenêtre.

Tout avait été dit et, d'une certaine façon, elle se sentait soulagée. Mais, contre toute attente, elle éprouvait aussi un étrange sentiment d'insatisfaction.

Elle entendit la porte s'ouvrir et comprit qu'ils sortaient. Miranda revint cinq minutes plus tard pour remporter le thé auquel personne n'avait touché.

La secrétaire fut sur des charbons ardents tout le reste de l'après-midi, mais sa patronne ne se décida pas à l'appeler pour lui dicter le compte rendu de la réunion.

Dans la rue, quatre hommes abasourdis se concertaient.

— Il faut absolument faire quelque chose.

— Oui, convint Miles. Commençons par trouver un coin tranquille où discuter.

— Où cette garce ne risque pas de nous entendre, ajouta Simon Herries d'un ton rageur. Elle est capable de nous faire suivre…

— Je propose que nous allions parler de tout cela chez moi.

D'un geste machinal, Miles fit glisser sur son poignet la manchette de sa chemise et consulta sa montre.

— Il est 16 h 30. Ma soirée est prise, mais cela nous laisse quand même pas mal de temps devant nous. L'un d'entre vous a-t-il un empêchement ?

Ils secouèrent la tête avec un ensemble touchant. Qui eût cru, en les voyant, que, chacun dans son domaine, ces trois hommes exerçaient le pouvoir, détenaient l'autorité ? Ils se comportaient comme des enfants ; démunis, incapables de se prendre en main, ils étaient prêts à approuver n'importe quelle initiative. Miles avait l'impression qu'aucun d'eux ne s'était vraiment rendu compte de ce qui lui arrivait. Pour lui, c'était différent : il avait tout de suite reconnu Pepper. Il avait eu le temps de se faire à l'idée de ce qu'elle était devenue, et de se préparer à accepter sa force et sa supériorité.

— Je n'arrive pas à y croire, murmura Alex Barnett, en écho aux pensées secrètes de Miles.

Il secouait la tête, comme un plongeur émergeant brusquement des profondeurs sous-marines.

— Cela fait des années qu'elle rumine sa vengeance…

L'expression de son visage changeait au fur et à mesure que l'idée cheminait dans son esprit. Seigneur ! Qu'allait-il bien pouvoir raconter à Julia ? Elle ne s'en remettrait pas s'ils devaient annuler leur demande d'adoption.

— Il faut l'empêcher de mettre ses menaces à exécution.

La voix de Simon Herries lui parvenait comme au travers d'un épais brouillard ; son cerveau n'enregistrait pas le sens de ses paroles. Mais, froid et incisif, le ton de Miles le tira de sa torpeur.

— A quels moyens songez-vous, Herries ? Pas au meurtre, j'espère ?

— Au meurtre ? Il ne saurait en être question, intervint Richard Howell.

— Il *faut* la neutraliser.

Simon Herries dardait sur les trois autres un regard venimeux. Son cœur battait à tout rompre. Si cette petite traînée croyait les avoir piégés, elle se trompait ! Il la tuerait plutôt que de la laisser se moquer d'eux plus longtemps !

— Si vous êtes d'accord, je propose que nous discutions de ce problème en privé. Etant donné que je vis seul, le plus simple serait que nous allions chez moi.

Simon serra les dents. Miles French lui portait sur les nerfs. Comment pouvait-il rester aussi calme ? Le pire, c'était qu'il avait presque l'air de trouver ça drôle ! Ce type ne lui inspirait décidément aucune confiance. A Oxford, déjà, il ne lui disait rien qui vaille. Quelle tête il avait dû faire quand il avait découvert…

Surprenant le regard de Miles posé sur lui, Simon s'empressa de refouler l'hostilité et la rancœur qu'il éprouvait à son égard. Pour l'instant, mieux valait s'en faire un ami qu'un ennemi.

Miles héla un taxi, dans lequel ils s'engouffrèrent tous les quatre. Puis il donna son adresse au chauffeur d'un ton sec, résolu. Dominer ses émotions, contrôler ses réactions n'exigeaient plus de lui un très gros effort. Pour examiner en toute logique les données d'un problème, un bon avocat devait pouvoir faire abstraction de sa subjectivité. A la longue, cela lui était presque devenu naturel. Ainsi, il comprenait assez bien que Pepper Minesse — où diable était-elle allée chercher un nom pareil ? — veuille se venger de ce qu'ils lui avaient fait. Ce qui le dépassait, en revanche, c'était son incroyable persévérance, et le soin méticuleux qu'elle avait apporté à l'élaboration de son plan.

La nervosité de ses compagnons inquiétait Miles. Simon Herries était furieux, prêt à n'importe quoi, il le sentait. C'était un homme dangereux, qui avait toujours été sujet à des sautes d'humeur. A Oxford, il faisait partie de la jeunesse dorée et jouissait d'une grande notoriété, mais une autre facette de sa personnalité, une espèce de perversité, se cachait sous le formidable charisme dont il semblait doté.

Hébété, Alex Barnett n'avait pas encore totalement recouvré ses esprits. Quant à Richard Howell, assis sur le bord de son siège, raide comme un piquet, il souffrait visiblement de sentir le piège se refermer sur lui.

Aucun d'eux ne jugea utile de parler durant le trajet.

— Whisky pour tout le monde ? proposa Miles lorsqu'ils furent dans son bureau.

Tous trois hochèrent la tête. Même si, à deux ou trois reprises, il leur était arrivé de se rencontrer au cours de ces dix ans, ils avaient cessé de se fréquenter après leur départ d'Oxford, et épiaient à présent les changements intervenus en chacun d'eux.

— Elle peut toujours attendre !

Simon Herries vida son whisky d'un trait et reposa brutalement son verre sur la table.

— Jamais je ne me laisserai manipuler par une sale petite bohémienne qui se prend pour une grande dame !

— Ce discours ne manquerait certainement pas d'intéresser vos admiratrices, Simon, déclara Miles d'un ton neutre. Mais vous semblez oublier que, cette fois, nous n'avons pas affaire à une fille de dix-sept ans arrivant tout droit de sa campagne. Mlle Minesse est une femme extrêmement intelligente, riche et influente.

— Elle a juré de nous détruire !

D'une main tremblante, Alex Barnett posa à son tour son verre.

— Il faut que nous l'en empêchions...

— Je crois que tout le monde est d'accord sur ce point ! s'exclama Richard d'un ton excédé. Toute la question est de savoir comment !

Miles réfléchit quelques secondes, puis prit la parole :

— J'ai peut-être une idée... Ce qu'il faudrait, en fait, c'est que nous obtenions de Mlle Minesse que d'une part, elle accepte de nous remettre ces dossiers, et que de l'autre, elle renonce à... à prendre sa revanche.

— En la menaçant, par exemple ? interrogea Alex Barnett, manifestement mal à l'aise.

Ignorant son intervention, Miles poursuivit son exposé :

— J'ai l'impression que le succès de Minesse Management repose entièrement entre les mains de sa fondatrice. Il suffirait que celle-ci disparaisse pendant quelque temps pour que l'entreprise s'effondre, ou accuse tout au moins une nette régression.

— La kidnapper ne servirait à rien, fit remarquer sèchement Richard. Elle nous a mis en garde contre toute tentative de ce genre.

— En effet. Et il n'est pas question de la kidnapper. Mais elle pourrait partir sous les tropiques avec son amant — et rester absente suffisamment longtemps pour que ses clients se sentent floués. Les grandes vedettes sont des êtres égocentriques qu'il faut en permanence rassurer, flatter, guider. Sans Mlle Minesse pour leur servir de mentor...

Miles haussa un sourcil et attendit leur réaction.

— Génial ! s'exclama Simon. Et peut-on savoir comment vous

vous y prendrez pour que son amant la retienne loin d'ici ? ou pour qu'elle accepte de le suivre, dans un premier temps ?

— C'est très simple, affirma Miles. Il suffit que l'amant en question soit l'un d'entre nous.

Ses paroles firent l'effet d'une bombe.

S'agitant dans son fauteuil, Richard Howell brisa le premier le silence de mort qui régnait à présent dans la pièce.

— Bon sang, Miles, ce n'est vraiment pas le moment de plaisanter ! Il va sans dire qu'elle n'acceptera jamais de prendre l'un d'entre nous comme amant !

— Nous pouvons nous passer de son accord... Il est vrai qu'elle refusera certainement de partir et de quitter sa sacro-sainte agence. Mais si nous arrivons à convaincre son personnel, et ses proches, qu'elle est partie de son plein gré filer le parfait amour à l'abri des regards indiscrets, son absence ne paraîtra pas suspecte. Personne ne pensera à une disparition, si bien que le dispositif qu'elle a imaginé pour se protéger, en laissant des consignes à son notaire et à sa banque, ne sera pas déclenché. Il nous restera ensuite à la persuader de renoncer à se venger.

— Il y a un petit problème, observa Richard Howell d'un ton sarcastique. Lequel d'entre nous va jouer le rôle de l'amant ?

Miles ne se démonta pas pour autant.

— Je pensais m'en charger, dit-il avec un sourire. Je suis célibataire ; je n'ai de comptes à rendre à personne, et je peux m'absenter comme bon me semble de mon cabinet. Mais je suis prêt à céder la place, si l'un de vous est partant...

Ils gardèrent le silence tandis que, tour à tour, Miles les interrogeait du regard.

— C'est très généreux, mais pour quelles raisons vous sacrifieriez-vous pour nous ? demanda soudain Simon Herries, l'air soupçonneux.

— Je ne le fais pas pour vous, mais pour moi. A vrai dire, je préférerais compter sur moi-même plutôt que sur quelqu'un d'autre. Cependant, si l'un d'entre vous a une meilleure idée...

— Je n'ai malheureusement rien à proposer, si ce n'est de la supprimer purement et simplement, admit Richard. Elle nous tient dans le creux de sa main, et elle le sait !

Personne ne chercha à le contredire.

— Bon, eh bien, c'est d'accord, déclara Miles en se levant. D'ici là, motus et bouche cousue. Il est préférable que chacun de nous reste tranquillement dans son coin. Selon toute vraisemblance, à un moment ou à un autre, elle nous a tous fait suivre. Si elle en venait à soupçonner que nous complotons contre elle, elle pourrait prendre les mesures qui s'imposent.

— Elle doit bien se douter que nous n'allons pas obtempérer ?

Alex Barnett semblait à présent moins stupéfait qu'en colère. Une fine pellicule de sueur luisait sur son front et sur ses tempes. Comment avait-il pu se fourrer dans un guêpier pareil ? S'il avait pu se douter que cette histoire avec Herries lui attirerait un jour de tels ennuis… Il était jeune et influençable, à l'époque, et prêt à n'importe quoi pour entrer dans les bonnes grâces d'Herries.

Plongé dans ses pensées, Richard Howell ne disait rien. Comment Pepper Minesse avait-elle pu découvrir son secret ? Il n'avait parlé à personne de ce coffre-fort. Démissionner, après tout ce qu'il avait enduré pour accéder à la direction de la banque ? Jamais de la vie ! Mais qu'adviendrait-il si les plans rocambolesques de Miles French échouaient ? Dire qu'ils en étaient réduits, ce soir, à envisager un enlèvement, à se rendre complices d'un kidnapping !

Simon Herries, quant à lui, gardait les yeux rivés sur Miles. Il ne lui accordait aucune confiance — il s'était toujours méfié de lui, d'ailleurs, et ne l'aimait pas beaucoup. A Oxford, French ne faisait d'ailleurs pas partie de sa petite cour. Mais ce n'était pas le moment de remâcher ses rancunes. Tout ce qu'il pouvait espérer, c'était que French réussisse son coup. Il fallait empêcher cette garce de démolir ce qu'il avait mis tant de temps à construire, cette réputation de probité sur laquelle il avait fondé sa carrière politique. Il devait bien y avoir un moyen de se sortir de ce mauvais pas, mais en attendant de le trouver, force lui était d'entrer dans le jeu de French.

— Alors, messieurs, qu'avez-vous décidé ? demanda Miles. Etes-vous d'accord pour que nous mettions mon plan à exécution ?

— Je crois que nous n'avons pas le choix.

Blanc comme un linge, l'air hagard, Alex Barnett faisait peine à voir.

— Il ne nous reste qu'à prier pour que ça marche, renchérit Richard d'une voix tendue.

— Et vous, Herries ? interrogea Miles.

— Je suis d'accord aussi.

« Mais je vous ai à l'œil, ajouta-t-il *in petto,* car je n'ai pas la moindre confiance en vous. »

— Parfait. Nous disposons d'un mois pour tout préparer. Vous pouvez compter sur moi.

Miles consulta sa montre.

— Désolé de ne pas me montrer plus hospitalier, messieurs, mais je vais devoir vous laisser.

Il avait rendez-vous avec Rosemary. Il en profiterait pour lui annoncer que c'était fini. Elle le prendrait peut-être mal, mais tant pis ; il avait bien d'autres soucis en tête.

Comment Pepper avait-elle su, pour Sophie ? Il croyait pourtant avoir réussi à brouiller les pistes.

Pepper Minesse... Mais où était-elle allée chercher un nom pareil ? se demandait de nouveau Miles en se préparant. A Oxford, il ne la connaissait que sous le sobriquet de Gipsy. Tout le monde l'appelait comme ça. Quand et comment Gipsy avait-elle créé Minesse Management ?

Miles s'empara du téléphone, puis se ravisa. Il serait bien temps demain de chercher à percer le mystère de Pepper Minesse ; ce soir, il y avait une priorité : rompre avec Rosemary. Il était triste, non pas tant de devoir se séparer d'elle que de constater qu'il la quittait sans regret. Il est vrai qu'il avait toujours veillé à se choisir des compagnes auxquelles il ne risquait pas de s'attacher durablement.

Pepper Minesse... Il n'oublierait jamais l'air qu'elle avait ce matin-là, recroquevillée dans un coin de sa chambre d'étudiant.

Elle était vierge lorsque c'était arrivé ; il se revoyait encore en train de changer les draps.

Miles ferma les yeux et jura entre ses dents.

Allongée de tout son long dans un bain chaud et parfumé, Pepper essayait de se détendre. Ce soir, elle avait bien envie de rester à la maison plutôt que d'aller à ce dîner, mais Louise comptait sur elle.

Dans son esprit, des images menaient une sarabande infernale. Mission accomplie ! songeait-elle, encore incrédule. Elle avait tenu son rôle jusqu'au bout et obtenu le résultat escompté. Quelles têtes ils avaient fait, tous les quatre ! Elle revoyait la mine stupéfaite d'Alex Barnett, le visage impassible de Miles French, le regard furieux de Simon Herries et l'air sceptique de Richard Howell. Et elle les imaginait en train de discuter ferme pour essayer de trouver un moyen de désamorcer la bombe à retardement enclenchée par ses soins. Mais ils perdaient leur temps. Elle avait eu dix ans pour mettre son plan au point ; ils n'avaient qu'un mois pour le déjouer.

Et puis, elle avait pris des précautions. S'il lui arrivait quelque chose… Il ne lui arriverait rien, bien sûr ; cette fois, c'était elle qui tenait les rênes. L'orpheline pauvre et démunie, ignorante et naïve, celle que l'on se croyait autorisé à traiter comme un chien, avait bien changé en quelques années. Comment avaient-ils pu imaginer un seul instant qu'elle avait oublié ? Comment avaient-ils pu croire qu'ils s'en tireraient à si bon compte ?

L'eau du bain refroidissait. Pepper ne cessait de changer de position, en proie à une nervosité inexplicable. Elle aurait dû exulter, se féliciter d'avoir réussi et sabler le champagne. Ce matin, elle en avait mis une bouteille au frais, exprès pour l'occasion. Mais ce soir, elle n'en avait pas envie. Que lui arrivait-il ? Pourquoi ne se réjouissait-elle pas davantage de sa victoire ? Si elle avait eu quelqu'un pour partager sa joie, peut-être eût-ce été différent…

Troublée par le cours intempestif que prenaient ses pensées, Pepper sortit de son bain.

Le gala de charité avait lieu au Grosvenor, dans la salle de bal. Pepper avait invité l'un de ses plus vieux amis à l'y accompagner. Geoffrey Pitt était son conseiller financier depuis des années.

Elle l'avait rencontré à l'époque où Minesse Management avait commencé à prendre de l'envergure. C'était lui qui avait guidé ses premiers pas lorsque Pepper avait décidé de s'étendre. C'était également lui qui lui avait conseillé d'acheter plutôt que de louer les locaux qu'elle occupait, et qui l'avait aidée à investir ses bénéfices.

Aujourd'hui, elle connaissait presque aussi bien que lui le monde de la haute finance, mais elle le gardait tout de même comme conseiller financier.

Lorsqu'elle avait fait sa connaissance, il sortait tout juste d'un divorce éprouvant, aussi leur relation avait-elle vite pris un tour personnel. Geoffrey, cependant, à l'instar des hommes qui l'avaient précédé et lui avaient succédé dans la vie de Pepper, n'avait pas tardé à se rendre compte des blocages dont elle souffrait. Beaucoup la croyaient frigide. Mais comment aurait-elle pu se donner à un homme après ce qui lui était arrivé ? Pepper avait gardé de sa mésaventure une profonde méfiance à l'égard de la gent masculine en général. Au prix d'un très gros effort de volonté, elle était parvenue à surmonter la peur que lui inspiraient les hommes, mais aucun n'avait réussi à nouer avec elle des relations intimes. La perspective de subir une seconde fois l'humiliation et l'avilissement qu'elle avait éprouvés alors suffisait à la transformer en bloc de glace.

Bien sûr, elle n'ignorait pas qu'il existait des spécialistes capables de guérir ce genre d'inhibitions. Mais Pepper ne voulait pas guérir. Trop de couples autour d'elle se déchiraient pour qu'elle ait envie de s'engager à son tour dans une relation qui se révélait très souvent profondément destructrice. D'autre part, n'ayant jamais connu que la solitude, elle avait fini par s'en faire une alliée, dont elle savait qu'elle l'accompagnerait jusqu'à son dernier jour. Et elle avait appris à maintenir les hommes à distance.

Avec Geoffrey, cela n'avait posé aucun problème. Leur amitié était à présent fondée sur une compréhension et une affection réciproques qui n'avaient rien à voir avec le sexe, même si Geoffrey, de temps à autre, se risquait encore à poser sur elle un regard éloquent, comme pour lui signifier qu'il n'avait pas complètement renoncé à l'attirer un jour dans son lit. Mais il savait que Pepper n'éprouvait pour lui aucun désir. Et il n'ignorait pas que, depuis quelque temps, elle fréquentait Nick Howarth.

D'ailleurs, pensa Geoffrey avec une grimace désabusée, si Howarth n'était pas parti en voyage d'affaires, Pepper ne l'aurait probablement pas invité, lui, à l'accompagner ce soir...

Comme convenu, il passa la chercher à 20 heures précises.

Tandis qu'elle s'installait dans la Rolls, Pepper songeait que Geoffrey faisait partie de ces aristocrates anglais qui gagnent à être vus en tenue de soirée. Grand, châtain avec des yeux noisette, il incarnait le gendre idéal pour beaucoup de mères.

Ils descendirent Park Lane au pas, derrière une longue file de voitures qui toutes déversaient leurs passagers devant l'entrée du Grosvenor. Le gala de charité était organisé en faveur des enfants handicapés mentaux et patronné par la princesse de Galles, qui devait y assister.

Tout en conduisant, Geoffrey s'interrogeait sur la nature exacte des relations de Pepper avec Nick Howarth. Celui-ci, bien sûr, était l'un des plus gros clients de l'agence. Mais le bruit courait qu'ils étaient amants, et il était indéniable que depuis quelque temps, on les voyait souvent assister ensemble à toutes sortes d'événements mondains souvent en relation avec le sport dont Howarth assurait la promotion.

Etaient-ils réellement amants ? se demanda Geoffrey avec un serrement de cœur tandis qu'ils pénétraient dans la salle de bal. A quoi bon se torturer, de toute façon ? Un homme tel que lui, si gentil, si charmant fût-il, n'avait aucune chance de séduire une femme telle que Pepper, une femme si belle, si sensuelle qu'aucun homme sans doute ne pouvait lui résister.

Si elle avait pu lire dans ses pensées, Pepper n'aurait pas été surprise. Elle n'ignorait pas que, aux yeux d'un grand nombre de ses amis et relations, Nick Howarth passait pour son amant. Ils se connaissaient depuis plusieurs années et sortaient souvent ensemble.

Mais Nick n'était pas comme Geoffrey, prêt à se satisfaire de ce qu'elle voulait bien lui donner. Récemment, il lui avait fixé un ultimatum. Il n'était pas le premier à le faire ; et ne serait probablement pas le dernier.

Nick était absent pour le moment, mais il n'allait pas tarder à revenir, et à son retour... A son retour, elle trouverait bien une solution. Mais chaque chose en son temps ; d'autres préoccupations, autrement plus urgentes, l'accaparaient tout entière.

Un délicieux vertige la saisit à la pensée que dans un mois, dans quatre petites semaines... Mais non, elle s'était promis de ne pas anticiper ! Elle aurait tout le temps après, quand...

Effaçant résolument de son esprit toute image jugée pour l'instant indésirable, Pepper se mit à regarder autour d'elle. Ce soir, le couturier Emanuel était à l'honneur. Un grand nombre d'invitées avaient opté pour ses modèles de tulle et de mousseline. Pepper, pour sa part, portait une robe de bal signée Bellville Sassoon. A chaque pas, la jupe de soie sauvage bleu outremer virevoltait autour d'elle, l'étroit bustier dégageant à peine le haut de ses seins. Le bas de la jupe et les manches tombantes étaient bordées de dentelle de Calais. Ses cheveux, ramenés souplement en arrière, étaient maintenus par une fleur de soie du même ton que sa robe, dont le bleu franc tranchait de façon saisissante sur les teintes pastel des autres.

La duchesse d'York avait mis les cheveux roux à la mode, mais si autant de têtes se tournèrent vers Pepper lorsqu'elle pénétra dans la salle de bal, ce n'était pas seulement à cause de sa chevelure flamboyante. De toute sa personne émanait en effet une impression de grâce souveraine proprement fascinante.

John Fletcher et Louise Faber l'attendaient à la table qui leur avait été réservée. Pepper leur présenta Geoffrey et accepta une coupe de champagne.

Tandis que tous quatre bavardaient tranquillement, la salle se remplissait. Un léger frisson d'excitation parcourut l'assistance lorsque la princesse de Galles fut annoncée. Aussitôt, dans un grand bruit de chaises, tout le monde se leva.

— Elle est superbe, vous ne trouvez pas ? glissa Louise à Pepper pendant le discours d'accueil de la présidente.

John, qui n'avait d'yeux que pour la robe que portait la princesse, déclara d'un ton docte :

— C'est un modèle de Bruce Oldfield. Tout à fait dans la tendance de sa dernière collection.

Au cours du dîner, ils discutèrent de la collaboration que Pepper avait envisagée entre le créateur et le mannequin. John était partant, et très enthousiaste.

— J'ai appelé *Vogue* cet après-midi, l'informa Pepper. L'une de leurs rédactrices serait ici, ce soir — une certaine Rosemary Bennett. Vous la connaissez ?

— Un peu, oui. Je l'ai aperçue, tout à l'heure. Tenez ! dit-il après avoir balayé du regard les tables alentour, elle est là-bas. Elle porte un ensemble de satin blanc signé Giorgio Armani. Vous voulez que je fasse les présentations ?

— Non... Pas ici. Je passerai la voir à la rédaction dans le courant de la semaine.

Comme Pepper détournait les yeux, son attention fut brusquement attirée par une silhouette qu'elle identifia sur-le-champ. Aussitôt, elle se figea, tandis que l'homme se frayait un passage entre les tables et avançait dans la direction de Rosemary Bennett.

— Vous ne vous sentez pas bien, Pepper ?

Penché vers elle, John la couvait d'un regard plein de sollicitude, et elle s'efforça de sourire. Que lui arrivait-il ? Ce n'était pas le moment de flancher, que diable ! Elle ne s'attendait pas à croiser Miles French, certes, mais ce n'était pas une raison pour se mettre dans des états pareils.

Les émotions de l'après-midi l'avaient sans doute rendue un peu nerveuse, songea-t-elle. Il fallait bien reconnaître que Miles French s'était comporté de façon étrange. Il était resté calme, très maître de lui, et l'avait immédiatement reconnue. C'était ce qui avait le plus étonné Pepper. Elle avait tellement changé, en onze ans…

Pas autant qu'elle le croyait, pourtant. Miles French, lui, ne s'y était pas trompé.

A quelques tables de là, Rosemary Bennett posait délicatement ses ongles manucurés sur le poignet de son compagnon.

— Que se passe-t-il, Miles chéri ? Tu as l'air pensif.

— Non, pas particulièrement, répondit-il avec un sourire absent.

Il ne se comportait pas comme d'habitude, songea Rosemary. Non, ce soir, il semblait distant. Et elle connaissait suffisamment les hommes pour savoir ce que cela signifiait : Miles s'était lassé d'elle.

Leur liaison avait assez duré. Rosemary le déplorait car Miles était un amant hors pair, bien que sur le plan des sentiments il eût tendance à rester sur la réserve, à se montrer peu communicatif.

Intriguée, elle se mit à l'observer. S'il la quittait, c'était selon toute vraisemblance parce qu'il avait une autre femme en vue. De qui pouvait-il bien s'agir ? se demanda Rosemary sans acrimonie. Elle espérait en tout cas que sa remplaçante ne ferait pas la bêtise de tomber amoureuse de lui.

— Si nous rentrions ? proposa Miles à brûle-pourpoint.

En homme du monde, il n'allait évidemment pas lui assener le coup de grâce en public. Restait à savoir s'il procéderait à l'exécution avant ou après lui avoir fait l'amour. Tel qu'elle le connaissait, Rosemary était tentée de répondre avant. Puis, en guise d'adieu, Miles l'honorerait une dernière fois.

Pepper resta tendue pendant tout le repas. Juste après le dessert, Geoffrey, conscient de sa nervosité, quoique incapable de l'expliquer, lui proposa de la ramener.

Infiniment soulagée, elle se leva et s'excusa auprès de ses amis.

— J'ai une migraine épouvantable, prétendit-elle avant de s'éclipser au bras de Geoffrey.

— Attendez-moi ici, proposa celui-ci lorsqu'ils furent dans le hall. Je vais chercher votre manteau.

Pepper s'assit sur l'une des chaises dorées disposées contre le mur. Le regard perdu dans le vague, elle attendait le retour de son chevalier servant lorsqu'un couple arriva. La femme parlait d'une voix posée. Son compagnon ne disait presque rien, mais dès qu'il ouvrit la bouche, Pepper se raidit.

— Pepper ! Quelle agréable surprise !

Comme dans un rêve, elle vit Miles s'avancer vers elle. L'angoisse lui nouait la gorge. En voulant se lever, elle se prit les pieds dans l'ourlet de sa robe et perdit l'équilibre. Miles s'empressa de lui venir en aide. Mais lorsqu'il posa les mains sur ses bras nus, elle tressaillit violemment.

Rosemary, qui observait toute la scène, comprit qu'elle se trouvait en présence de sa rivale. Avec une ironie amère, elle songea que Miles, au moins, ne manquait pas de goût. Pepper Minesse avait de la classe. Beaucoup de classe.

Quelques secondes après le départ du couple, Geoffrey revint avec le manteau de Pepper. Elle l'enfila docilement, en proie à une émotion qu'elle éprouvait le plus grand mal à dominer.

4

Cette nuit-là, Pepper dormit très mal. Comme chaque fois qu'elle était préoccupée, l'épisode le plus tragique de son existence refit surface — souvenir implacable, obsédant, qu'elle ne réussirait sans doute jamais à effacer de sa mémoire. Dans le désordre de ses draps de satin, une main posée à plat sur sa poitrine, elle essayait de se concentrer sur les battements sourds et réguliers de son cœur. En vain. Impossible d'oublier la peur panique qui s'était emparée d'elle quand des mains l'avaient saisie sans ménagement, quand elle avait senti le bandeau sur ses yeux et entendu comploter autour d'elle, quand elle avait dû se résigner à l'inéluctable…

Pepper revécut malgré elle chaque minute du drame.

Du *viol*.

Ce seul mot lui donnait la nausée, et une grimace déforma sa bouche. Une bouche bien dessinée, aux lèvres pleines et sensuelles. Une bouche que tous les hommes rêvaient de sentir sur leur peau.

En fin de compte, Pepper renonça à trouver le sommeil. Tendue comme elle l'était, sombrer dans l'inconscient n'aurait sans doute pour effet que de la ramener à Oxford, dans cette chambre obscure, ses ravisseurs montant la garde devant la porte pendant que…

Elle tremblait comme une feuille, le corps trempé de sueur. Une fois de plus, l'affolement la gagnait à l'évocation de ces moments terribles.

Se dressant brusquement sur son séant, Pepper alluma

sa lampe de chevet. Pour recouvrer plus vite son calme, elle s'obligea à inspirer à fond plusieurs fois de suite. Malgré la douceur de la température, elle grelottait, hantée par des visions de cauchemar.

— « Qui ne tente rien n'a rien, lui avait dit un jour Philip. Mais il faut savoir qu'il y a un prix à payer pour tout. »

Son ascension sociale, sa réussite économique, Pepper les avait largement payées. A présent, c'était au tour de ceux qui s'étaient amusés à ses dépens de payer.

Elle se leva, descendit sans bruit dans la cuisine et se mit à fureter dans les placards à la recherche d'une boîte de cacao instantané qu'elle savait là depuis la dernière visite de Mary, deux ans plus tôt. Dépassés par le style très design du loft, Mary et Philip ne venaient que rarement chez elle.

S'ils admiraient sa réussite professionnelle, Pepper n'ignorait pas que le bonheur et la plénitude comptaient à leurs yeux plus que tout le reste et que, chacun à leur manière, ils se faisaient du souci pour elle. A juste titre, d'ailleurs..., reconnut-elle avec une moue désabusée.

Sa tasse de chocolat à la main, elle regagna sa chambre et se blottit au creux de son lit comme dans un nid douillet, ses cheveux roux épars sur les oreillers de satin crème. Quand elle n'était pas maquillée, et qu'elle laissait ses boucles retomber souplement autour de son visage, elle ne paraissait pas plus de dix-sept ans.

Dix-sept ans...

Elle soupira, ferma les yeux et essaya de faire barrage aux souvenirs importuns, mais il était trop tard ; déjà, ils la submergeaient, menaçaient de la noyer dans un océan de douleur et de peur. Alors, elle ouvrit en grand les vannes de sa mémoire et laissa ses pensées dériver vers le passé.

Après tout, il était normal que ce soir elle se souvienne, songea-t-elle, résignée, prête à accepter les caprices du destin et la fatalité au nom de la conscience de certaines forces obscures, héritée du sang gitan qui coulait dans ses veines.

Mais tant qu'à revenir en arrière, autant remonter le plus loin possible, reprendre l'histoire à son début, son tout début…

Au mois de janvier 1960, la tribu tsigane à laquelle appartenait la mère de Pepper campait en Ecosse, sur un terrain qui faisait partie du patrimoine foncier des MacGregor. Cette année-là, l'hiver était particulièrement rude, avec beaucoup de neige et des vents d'est glacials. Sir Ian MacGregor était un homme généreux, qui, de par son éducation et en tant que chef de clan, se sentait responsable du bien-être de la tribu comme de celui de sa propre famille.

Les MacGregor n'avaient jamais été très riches. Ils possédaient bien quelques terres, mais de ces étendues désolées, ils ne tiraient que les maigres revenus que leur rapportaient l'élevage des moutons et la location saisonnière à de riches Américains amateurs de chasse au coq de bruyère.

Lorsque son régisseur l'informa de l'arrivée des gitans, sir Ian ressentit tout d'abord un vif soulagement. Cela faisait plus de deux cents ans que les Tsiganes venaient chaque hiver camper dans la vallée, mais cette année, la neige les avait beaucoup retardés. Dieu merci, ils étaient arrivés sains et saufs ! A présent, il fallait se préoccuper de leurs conditions de survie. Sir Ian dépêcha aussitôt son régisseur dans la vallée, avec des balles de paille pour les chevaux et de la viande du cerf abattu par son grand veneur juste avant Noël.

Duncan Randall était non seulement son régisseur, mais aussi son neveu et unique héritier. Agé de dix-huit ans, grand et très brun, doté d'un visage anguleux et d'un tempérament réservé, Duncan était un rêveur doublé d'un idéaliste. Il aimait son oncle et était très attaché au domaine, portant dans son âme la poésie de son héritage celtique.

Il était tombé tellement de neige pendant la nuit que les voies d'accès à la vallée étaient devenues presque impraticables. Au volant de sa Land Rover, tandis qu'il approchait du camp, Duncan faisait un peu figure de sauveur. Des fumées opaques se dégageaient des feux de bois autour desquels se pressaient des groupes d'enfants maigres et silencieux. De leurs grands yeux craintifs, ils guettaient la progression du véhicule venu leur porter secours.

Cette année, la tribu avait été durement éprouvée. Son chef était mort à l'automne, et depuis elle se sentait aussi désemparée qu'un bateau sans gouvernail. C'était Naomi, l'épouse du chef disparu, qui assurait la relève du mieux qu'elle pouvait.

Elle n'avait qu'un enfant — une fille de quinze ans prénommée Layla. La coutume voulait que Layla épouse l'homme qui allait remplacer son père à la tête du clan.

Agé de trente ans, Rafe, son futur mari, était le fils cadet du chef d'une autre tribu. Layla le trouvait vieux et avait peur de lui. Gâtée par son père, qui l'avait eue sur le tard, Layla était une jeune fille insaisissable, farouche, et douée d'une sensibilité hors du commun. Elle causait beaucoup de soucis à Naomi, qui se doutait qu'avec de telles dispositions sa fille courait au-devant de graves ennuis.

Devant l'insistance de Naomi, Rafe avait fini par accepter de différer le mariage jusqu'au printemps — et aux seize ans de Layla. Cela ne faisait que quelques mois à attendre, mais à la manière dont il regardait sa fiancée, il était clair que Rafe comptait les jours avec une impatience grandissante.

Contrariante et difficile, Layla avait toujours donné du fil à retordre à sa mère. Et tout semblait indiquer qu'elle n'était pas près de changer. A sa place, n'importe quelle autre fille du clan aurait été fière de plaire à un homme tel que Rafe, mais elle, elle détournait les yeux et pinçait les lèvres chaque fois qu'elle le croisait. Ses sourires, elle les réservait aux garçons avec lesquels elle avait grandi.

Rafe, qui passait son premier hiver au sein de la tribu, ne connaissait ni la vallée, ni les lois qui la régissaient, et il regardait d'un œil soupçonneux la Land Rover qui approchait lentement du camp.

— Qui nous rend visite ? demanda-t-il à Naomi en romani.

— Le neveu de MacGregor, répondit la vieille femme d'un ton rassurant. Ne t'inquiète pas, nous le connaissons bien.

— C'est un *gadjo* !

— Oui, mais les MacGregor nous accueillent sur leurs terres depuis plusieurs générations. Regarde, il apporte du fourrage pour nos bêtes.

Duncan venait d'immobiliser son véhicule. Il grimpa à l'arrière pour décharger les balles de foin, bientôt rejoint par les enfants du clan, accourus pour le voir de plus près. Layla se trouvait parmi eux, constata Naomi avec déplaisir. Elle était profondément contrariée par la façon dont sa fille se comportait, faisant comme à plaisir virevolter sa longue jupe.

Or une Tsigane ne doit jamais montrer ses jambes à aucun homme, hormis à son mari, et Layla le savait. Mais quelquefois, elle semblait faire exprès de transgresser les lois de leur communauté.

Naomi n'ignorait évidemment pas que Layla ne voulait pas de Rafe pour mari. Mais sa fille n'avait pas le choix ; elle ne pouvait épouser que quelqu'un de son rang. Or Rafe descendait, tout comme elle, de l'un de leurs plus grands chefs. La coutume privilégiait les liens du sang et l'obligeait à les perpétuer. Sachant Layla rebelle, Naomi restait très inquiète.

Manier les balles de foin requérait de la force dans les bras et une certaine habitude, mais, aguerri et musclé par une année de travaux en plein air, Duncan s'acquittait de sa tâche sans effort. Cependant, même s'il ne le montrait pas, le mutisme des gitans et leurs regards impénétrables le mettaient mal à l'aise.

Il n'aimait pas la façon dont l'observait l'homme qui se trouvait de l'autre côté des feux, près de la vieille femme. Son hostilité et son mépris sautaient aux yeux. Duncan ne lui en tenait pas rigueur ; pauvres diables, comment leur en vouloir ? Il vivait dans l'opulence comparé à eux, qui ne possédaient pas de domicile fixe et ne mangeaient pas toujours à leur faim.

Saisi de pitié, il se détourna et s'intéressa aux enfants massés près de la Land Rover. Il fut frappé par leur maigreur et remarqua que plusieurs d'entre eux avaient de vilaines plaies au visage. Son oncle lui avait fait prendre un sac de porridge à leur intention. Comme il s'apprêtait à le décharger, Duncan aperçut soudain la jeune fille. Elle se tenait un peu à l'écart, très droite, le regard fier, presque arrogant. Contrairement aux enfants et adolescents, elle n'était pas décharnée, mais mince et souple, semblable aux roseaux que le vent faisait plier au bord des lochs. Ses longs cheveux noirs luisaient comme de l'ébène, et sa peau avait la couleur de l'ambre. Ses yeux dorés se mirent à lancer des éclairs de colère lorsqu'ils croisèrent ceux de Duncan, émerveillés. Jamais il n'avait rencontré tant de beauté, ni tant de grâce. Le sac faillit lui échapper des mains ; il le rattrapa de justesse, mais ne put dominer le désir violent que lui inspirait cette fille.

Layla se rendit tout de suite compte de l'effet qu'elle produisait sur lui. Par jeu, elle eut envie de le provoquer. Il n'y avait pas beaucoup de garçons de son âge dans la tribu, et aucun d'entre eux, en tout cas, n'était aussi beau que ce gadjo à la peau claire, ni aussi grand et bien bâti.

D'un geste plein de sensualité, elle rejeta ses cheveux en arrière lorsqu'elle passa devant lui, et releva le menton, emplie soudain d'une détermination farouche. Elle ne voulait pas épouser Rafe ; il lui faisait peur, ce qu'elle n'aurait avoué pour rien au monde. La cruauté, la perversité qu'elle percevait en lui l'effrayaient.

Layla se rembrunit en entendant sa mère l'appeler. Elle avait passé l'âge d'être ainsi constamment surveillée. Adulte et responsable, elle refuserait désormais de se laisser dicter sa conduite. Sa vie lui appartenait, et elle en ferait ce qu'elle voudrait.

Forte de cette pensée, la jeune fille rejoignit la caravane, évitant soigneusement de passer à proximité de Rafe.

Par son oncle, Duncan savait qui était Naomi, aussi ne fut-il pas surpris de la voir s'avancer vers lui. Son anglais était presque inintelligible, mais Duncan finit par comprendre qu'elle lui expliquait que son mari était mort et que Rafe le remplaçait désormais à la tête du clan.

Plus tard, dans le bureau de son oncle, en dégustant devant le feu de tourbe des galettes de pommes de terre arrosées de beurre fondu, Duncan expliqua combien il avait trouvé les Tsiganes revêches et taciturnes.

— C'est dans leur caractère, Duncan, expliqua sir Ian. Ils sont méfiants, et cela se comprend après toutes les persécutions qu'ils ont subies. Aujourd'hui encore, leur peuple est souvent méprisé ou ignoré, en raison de ses us et coutumes très différents des nôtres. Les Tsiganes observent un code moral beaucoup plus strict que celui que préconise la justice moderne. Chez eux, une femme adultère est considérée comme une criminelle, et punie comme telle. Pour eux, les liens du mariage sont sacrés, au point que seule la mort peut les dissoudre. C'est un peuple fascinant, tu sais, et extrêmement fier.

Duncan s'apprêtait à parler à son oncle de la jeune fille qui l'avait ébloui lorsque la servante entra avec une assiette de *scones* tout chauds.

Sir Ian vivait bien mais simplement, et Duncan ne regrettait déjà plus l'époque où il était étudiant à Edimbourg. Sa mère — la sœur de sir Ian — avait épousé un étranger, un homme qui n'appartenait pas au clan, et était avocat.

Ian MacGregor était beaucoup plus âgé que sa sœur. Son fils unique avait été tué à la guerre, et il avait perdu sa femme peu de temps après. Certains prétendaient qu'elle était morte de désespoir. Quoi qu'il en soit, Ian n'avait jamais voulu se remarier, et Duncan était à présent son seul héritier. Le jeune homme n'avait pas hésité à abandonner ses études de droit et à accepter la charge de régisseur que lui proposait son oncle, soucieux de le mettre au courant des affaires du domaine qui lui reviendrait un jour.

Layla ne tenait pas en place. Elle tournait comme un lion en cage, maudissant la neige qui restreignait leur liberté de mouvement. Sans compter que Rafe ne la quittait pas d'une semelle. Que n'aurait-elle donné pour lui échapper, fuir loin du camp, et rejoindre Duncan Randall !

Il ne faisait pas encore jour lorsqu'elle s'esquiva à pas de loup, profitant du sommeil de Rafe. Dans la neige, elle avançait vite et sans bruit. Les brebis de sir Ian MacGregor n'auraient pas grimpé plus lestement le sentier étroit qui conduisait hors de la vallée.

Elle parvint au sommet en moins d'une demi-heure. De tous côtés, la lande s'étendait à ses pieds, circonscrite par des collines encore plus hautes que son observatoire. Ici et là, une crevasse sombre dans la neige indiquait l'emplacement probable d'une autre vallée. Un panache de fumée grise dans le ciel blanc attira son attention. D'instinct, Layla marcha dans cette direction, refusant d'écouter sa raison qui lui dictait de rebrousser chemin.

Duncan s'était lui aussi levé de bonne heure. Il voulait aller ravitailler les bergers avant que de nouvelles chutes de neige l'en empêchent.

Layla entendit de très loin le ronronnement du moteur de la Land Rover, porté par l'air pur. Les gaz d'échappement furent bientôt visibles, puis le véhicule lui-même, dont elle suivit sans bouger la progression, sa mince silhouette se découpant sur le ciel, ses cheveux noirs flottant autour d'elle comme une bannière.

Lorsqu'il la vit, Duncan crut tout d'abord que la tribu avait des ennuis, mais quand il arriva à sa hauteur, il comprit à son regard ce qu'elle était venue chercher. Son sang se mit à courir plus vite dans ses veines. Sans un mot, il la fit monter à côté de lui.

Elle avait rêvé du gadjo pendant la nuit, et ce matin, le destin le mettait sur son chemin. Layla eut soudain la certitude qu'elle lui était destinée. Jamais elle n'épouserait Rafe ; elle attendait davantage de la vie.

Bien qu'incapable d'exprimer ce qu'elle ressentait au plus profond d'elle-même, Layla savait que le gadjo éprouvait la même chose qu'elle, le même désir ardent et presque douloureux, la même impatience.

Vierge, elle n'était pas pour autant ignorante des choses de l'amour. Son corps était prêt à accueillir celui de l'homme qui avait enflammé ses sens et jeté en elle un trouble inconnu. Le cœur battant à tout rompre, elle posa une main sur l'avant-bras de Duncan qui tressaillit.

Lorsqu'il eut coupé le contact de la Land Rover, ils s'embrassèrent avec autant de fougue et d'avidité que s'ils avaient attendu ce moment pendant des années. Malgré leur inexpérience, mus par une passion violente et primitive, ils trouvèrent d'instinct les gestes de l'amour.

Les cris de plaisir de Layla, la pression de ses cuisses fermes autour de ses reins, l'odeur suave de son corps de femme hantèrent Duncan une bonne partie de la nuit suivante. Déjà, il se languissait d'elle et n'aspirait qu'à la serrer de nouveau dans ses bras pour pouvoir encore se perdre en elle corps et âme.

Pelotonnée sur son étroite couchette, Layla, elle aussi, songeait à lui. Elle vibrait encore de plaisir et jubilait à la pensée de ce qu'elle avait fait. Maintenant, Rafe ne pourrait plus la prendre pour épouse comme le voulait la tradition. Elle n'aurait pas à courber l'échine devant lui, à le vénérer comme son seigneur et maître.

Elle savait que dans le clan beaucoup la jugeaient fière et entêtée, et affirmaient que son père l'avait trop gâtée. C'était peut-être vrai, mais elle refusait le rôle d'esclave qu'on lui destinait. Au fil des mois, sa rancune n'avait fait que grandir pour se transformer finalement en véritable rébellion. En se donnant au gadjo, Layla avait transgressé la plus sacrée des lois tsiganes, mais elle s'en moquait. Aucune loi ne pourrait jamais la soumettre ni l'enchaîner. Elle était Layla… Elle était libre.

Pendant quelque temps, ils continuèrent de se voir et de faire l'amour. Duncan ne vivait plus que dans l'attente de ces rencontres furtives. Chaque fois, Layla devait déjouer la vigilance de ses proches, mais, loin de la décourager, la surveillance accrue de Rafe l'incitait au contraire à aller rejoindre son amant.

A la fonte des neiges, lorsque Rafe commença à parler de reprendre la route, Layla paniqua. Qu'adviendrait-il d'elle lorsque la tribu saurait ce qu'elle avait fait ?

Elle confia ses craintes à Duncan, un après-midi où ils

s'étaient retrouvés dans le fenil de l'une des fermes de sir Ian MacGregor.

— Dans ce cas, il ne faut pas les laisser t'emmener. Reste avec moi, supplia Duncan. Nous nous marierons.

Mal à l'aise, Layla se détourna. Epouser Duncan ? Le voulait-elle vraiment ? Elle l'aimait ; elle aimait le contact de son corps jeune et vigoureux ; elle aimait le désir qu'il suscitait en elle, mais elle aimait aussi le caractère clandestin de leur liaison ; elle aimait le risque qu'elle prenait pour le rejoindre ; elle aimait la sensation grisante qu'elle éprouvait en transgressant un interdit.

Si elle restait avec lui, le clan la renierait, n'oserait plus jamais prononcer son nom. Et sa mère…

Naomi avait déjà bien assez de problèmes comme ça. Elle avait toujours adoré cette vallée, où d'habitude ils restaient au moins deux mois, mais Rafe ne s'y plaisait pas. C'était lui le chef, à présent. La vieille femme sentait en outre que son futur gendre perdait patience et ne supporterait plus très longtemps les caprices de sa promise. Layla était obstinée, certes, mais elle n'était encore qu'une enfant, aussi fougueuse qu'une jeune pouliche.

Naomi se faisait vieille. Par temps froid, elle souffrait de rhumatismes, et elle avait perdu toute joie de vivre depuis que Léon l'avait quittée.

La mauvaise humeur de Rafe semblait s'être propagée dans tout le camp. Plusieurs personnes pensaient que la vallée était en cause et qu'il valait mieux la quitter au plus tôt. Seule une fête saurait remonter le moral de la tribu, avec un grand banquet comme lors d'un mariage. Mais Layla était la seule fille en âge de se marier, et elle…

Avec un léger soupir, Naomi tira de la poche de sa jupe le jeu de tarots qui ne la quittait jamais. Préoccupée, elle commença à étaler devant elle les cartes usées. Soudain, elle se figea, comme tétanisée par la carte qu'elle venait de retourner. Un présage de mort !

Les mains tremblantes, elle rassembla les cartes et les rangea.

Les cartes ne mentaient jamais, Naomi le savait. Un long frisson la parcourut. Le danger était là, tout proche, tapi dans l'ombre, menaçant.

Un matin, Rafe annonça qu'ils levaient le camp. Personne ne s'avisa de le contredire, pas même Layla — on ne discutait pas les décisions du chef —, mais à la première occasion, elle fila rejoindre Duncan.

Elle ignorait que, cette fois, elle n'y allait pas seule.

Rafe la suivait discrètement. Il lui laissa prendre de l'avance sans jamais cependant la perdre de vue. Ce qui lui était d'autant plus facile que, dans son affolement, Layla commettait des imprudences. Mais, elle le savait, dès que la tribu serait loin de la vallée, Rafe exigerait que le mariage soit célébré. Or, maintenant que Duncan et elle étaient amants, la perspective de cette union lui était encore plus odieuse. Plutôt mourir que d'épouser Rafe !

D'un autre côté, en acceptant de vivre avec Duncan, elle se condamnait au bannissement. Elle ne verrait plus sa mère et devrait renoncer au clan... Absorbée dans ses pensées, Layla n'entendait pas le bruit des pas de Rafe, derrière elle.

Arrivée devant la grange, elle hésita une fraction de seconde, jeta un coup d'œil par-dessus son épaule. Personne en vue. Alors, sans plus attendre, elle entra et se précipita dans les bras de Duncan.

Ils échangèrent un baiser plein de fougue.

— Ne pars pas, murmura Duncan lorsqu'elle lui eut fait part de la décision de Rafe. Reste avec moi.

— Oui, je resterai.

Ni l'un ni l'autre ne se doutaient que quelqu'un les épiait. Rafe s'était glissé dans la grange pendant qu'ils s'embrassaient et ne perdait pas une miette de leurs paroles.

Une violente colère s'empara de lui. Layla lui appartenait... mais elle l'avait bafoué en se donnant à ce gadjo. Elle avait enfreint la loi la plus fondamentale de leur code moral. Quand la tribu l'apprendrait, la jeune fille serait immédiatement rejetée. Elle était indigne de devenir sa femme, songea Rafe, mais il la mettrait quand même dans son lit et lui montrerait ce qu'elle avait dédaigné en lui préférant ce gadjo au visage d'ange. Mais tout d'abord…

Ni l'un ni l'autre ne le virent approcher. Vif comme l'éclair, il fondit sur eux, écarta d'une main Layla tandis que de l'autre il plongeait son couteau dans la poitrine de Duncan. Longue et fine, la lame s'enfonça profondément entre les côtes et remonta droit jusqu'au cœur.

Duncan essaya de protester, mais un flot de sang jaillit de ses lèvres, et il s'effondra sous les yeux de Layla qui, horrifiée, refusait encore de croire que toute cette scène fût réelle. Et pourtant, Duncan était en train de mourir, en lui tendant les bras. Et elle sut que l'expression terrifiée de son regard la hanterait jusqu'à son dernier jour.

Comme Rafe se penchait sur le corps pour retirer son couteau, Layla fit brusquement volte-face et s'enfuit dans la lande enneigée.

Rafe la laissa partir. Elle ne pouvait pas aller bien loin, de toute façon. Il essuya soigneusement la lame de son couteau et contempla un long moment, impassible, le corps sans vie de son rival. Le gadjo lui avait volé sa fiancée ; il n'avait eu que ce qu'il méritait. Quant à Layla, elle ne perdait rien pour attendre. A elle aussi, il ferait payer cet affront ! Plus question de l'épouser, bien sûr ; souillée par ses relations charnelles avec le gadjo, elle était indigne de devenir sa femme. Mais elle partagerait son lit, qu'elle le veuille ou non !

Bien que ce défaut fût assez rare chez les gitans, Rafe avait un penchant marqué pour la cruauté. Tout petit déjà, il prenait plaisir à faire souffrir les lapins et autres animaux qu'il attrapait, non pour les manger, mais parce qu'il aimait les voir se débattre et le supplier de leurs yeux affolés.

Son père avait vainement essayé de le guérir de cette étrange perversion. Il avait cependant réussi à la réprimer : Rafe ne donnait libre cours à son penchant qu'en de rares occasions, lorsqu'il pouvait s'offrir les services d'une prostituée. Layla tombait à point nommé ; il allait pouvoir s'en donner à cœur joie avec elle. Par sa conduite, elle s'était mise à dos tout le reste du clan. Rafe savait qu'il n'avait rien à craindre ; personne ne lèverait le petit doigt pour l'empêcher de la punir comme elle le méritait.

Il avait tout son temps. Layla ne lui échapperait pas. Son amant était mort, et sa mère ne pourrait rien faire pour elle.

Lorsqu'elle croisa le regard de sa fille, Naomi comprit immédiatement qu'un malheur était arrivé. Se remémorant les tarots, elle revit avec une précision accablante le visage grimaçant de la Mort.

Layla était trop bouleversée pour songer un seul instant à lui cacher la vérité. Mais quand Naomi apprit que sa fille avait été la maîtresse de Duncan Randall, sa surprise et sa peine furent si grandes qu'elle esquissa un mouvement de recul.

— Et Rafe l'a tué, expliqua Layla.

Déjà, Naomi s'était ressaisie et réfléchissait. Les pensées se bousculaient dans sa tête. Sa loyauté allait avant tout au clan. Ils risquaient tous de pâtir de la conduite de Layla, et du meurtre qu'elle avait entraîné. Car la tribu avait besoin d'un chef... Ils ne pouvaient se passer de Rafe. Il fallait quitter la vallée au plus vite. Une fois partis, ils trouveraient bien un moyen d'étouffer l'affaire. La police ne manquerait pas de les interroger, bien sûr, mais d'une façon ou d'une autre, ils se tireraient de ce mauvais pas.

— Va dans la roulotte et attends que je t'y rejoigne, ordonna Naomi à sa fille.

Il n'y avait pas une minute à perdre. En l'absence de Rafe, elle devait assumer seule la direction des opérations.

Naomi fit la tournée des roulottes, prévenant tout le monde que le départ était imminent. On s'empressa de ramasser tout ce qui traînait, d'éteindre les feux, et le camp entier entra en effervescence.

Lorsque Rafe rentra, une demi-heure plus tard, il devina en la voyant que Naomi savait.

— Elle t'a tout raconté ? demanda-t-il cependant.

Incapable d'affronter son regard tant elle avait honte, Naomi se contenta de hocher la tête. Layla, sa fille, l'avait déshonorée… Si Léon avait vécu, comme il aurait été déçu !

— Il faut partir, murmura-t-elle. La police va venir, poser des questions…

— … Auxquelles personne ne saura répondre, déclara Rafe.

Après une courte pause, il ajouta, d'un ton qui n'admettait pas de réplique :

— Ce soir, tu m'enverras ta fille.

Le cœur lourd, Naomi regagna sa roulotte. Layla avait violé l'un des tabous les plus importants du clan, et elle devait être punie, mais la cruauté que la vieille femme avait décelée dans le regard de Rafe l'avait glacée jusqu'au sang. Layla restait sa fille, malgré tout…

Recroquevillée sur sa couchette, Layla avait les yeux dans le vide. Naomi lui répéta les paroles de Rafe.

— Jamais de la vie ! s'écria la jeune fille.

— Il faut te soumettre, Layla. Tu n'as pas le choix.

Pas le choix… Layla refusait l'évidence. Elle haïssait Rafe et, si elle l'avait pu, elle l'aurait tué de ses propres mains, tout à l'heure, pour venger la mort de Duncan. Mais il était bien plus fort qu'elle, et elle ne savait pas se servir d'un couteau.

Encore sous le choc, Layla ne s'était pas vraiment faite à l'idée de la mort de Duncan et de la perte irréparable que celle-ci représentait. Instinctivement, elle s'était réfugiée dans un état second qui la coupait de la réalité.

Lorsque la police vint interroger les gitans, tous se soumirent docilement à l'interrogatoire, se fournissant des alibis les uns aux autres.

Les épaules voûtées, le visage ravagé, sir Ian, qui avait accompagné la police, n'était plus que l'ombre de lui-même. Naomi le plaignait sincèrement. Une telle détresse se lisait dans son regard ! Il aimait Duncan comme un fils, et cela, la vieille Tsigane ne l'ignorait pas.

Rafe avait été interrogé le premier. Au moment du crime, il

était à la chasse, avait-il expliqué à la police en exhibant deux témoins pour confirmer ses dires.

Les policiers eurent beau faire, ils ne réussirent pas à ébranler le mur de silence derrière lequel se retranchaient obstinément les Tsiganes. L'un d'eux, pourtant, avait tué Duncan. Seul un gitan savait manier le couteau avec une telle dextérité.

— Ils se serrent les coudes, dit le brigadier d'un ton résigné. Nous perdons notre temps ; ils ne diront rien.

— Mais pourquoi ? Pour quelle raison l'ont-ils tué ? Duncan était un garçon si dévoué, si gentil…

— La raison, nous ne la connaîtrons sans doute jamais.

— L'un d'entre eux a fait le coup, c'est certain, affirma le brigadier, de retour au commissariat. Mais je serais très étonné que l'on découvre un jour le coupable. Leurs alibis sont inattaquables.

Le soir venu, la tribu mangea en silence. Une atmosphère de méfiance et de crainte régnait sur le camp tout entier. Personne encore n'avait osé adresser la parole à Layla, qui avait dîné seule dans sa roulotte, redoutant le moment où il lui faudrait se plier aux exigences de Rafe.

Elle tremblait à la pensée de ce qui l'attendait. Dans les bras de Duncan, elle avait pris conscience de sa sensualité. Comme une fleur s'épanouissant au soleil, elle lui avait offert le meilleur d'elle-même, joyeuse et confiante. Mais Rafe ne lui inspirait aucun désir, seulement de la peur et de la haine. Elle le détestait parce qu'il avait tué l'homme qu'elle aimait, et elle le craignait parce qu'elle le savait sadique.

— Tu dois aller le retrouver, dit calmement Naomi. Si tu n'y vas pas de ton plein gré, les autres t'y emmèneront de force, et ce sera encore pire. Fais ce que je te dis, ma fille ; ta fierté, au moins, sera sauve.

— Mais mon corps, lui, sera détruit !

Au bord de la crise de nerfs, terrorisée, Layla tentait de fléchir sa mère. Mais Naomi ne pouvait rien pour elle, malgré toute l'influence qu'elle détenait sur le clan.

Ce qui se passa cette nuit-là, Layla ne devait jamais l'oublier.

Malade de peur, elle alla rejoindre Rafe dans sa roulotte. Lorsque, au bout d'une éternité, elle parvint à s'en échapper, profitant de ce qu'il s'était enfin endormi, son corps était couvert de meurtrissures et lacéré de coups de fouet.

Naomi lui appliqua des compresses pour soulager la douleur. La vieille femme avait les larmes aux yeux, mais elle gardait le silence. Qu'aurait-elle pu dire ? Layla ressemblait à un chat sauvage que l'on aurait pris au piège. Si elle pouvait panser ses plaies, Naomi se savait cependant impuissante à soulager la souffrance morale de sa fille.

Endurer les sévices que lui avait infligés Rafe était au-dessus des forces de Layla. A personne, pas même à sa mère, elle n'oserait raconter ce qu'elle avait enduré, victime des pulsions bestiales d'un être dépravé. Elle en tremblait encore de tous ses membres. Naomi lui prépara un sédatif pour l'aider à dormir, mais dès que sa mère eut le dos tourné, Layla jeta la potion.

Plus jamais ça ! décida-t-elle, emplie de haine et de ressentiment. Plus jamais elle ne subirait de tels outrages.

Tard dans la nuit, elle se faufila hors de la roulotte. Le policier de service, au commissariat, écouta sa déposition, l'air médusé et sceptique. Le brigadier, appelé de toute urgence, arriva en bougonnant. Mais dès qu'il vit le visage blême et dur de Layla, il comprit qu'il tenait le mobile du crime.

Rafe fut arrêté à l'aube, et condamné deux mois plus tard à la peine capitale. Il échappa au gibet. Ayant réussi à se procurer une fiole de poison, il se donna lui-même la mort quelques jours avant son exécution.

Le clan maintint son ostracisme à l'égard de Layla. Jusqu'au jour où un nouveau chef fut élu, qui décréta que la délatrice n'avait plus droit de cité parmi eux.

Lorsque Naomi découvrit que Layla attendait un enfant, elle implora la clémence de la tribu, qui la lui accorda ; Layla resterait une réprouvée, mais elle était autorisée à suivre le camp dans ses déplacements.

Layla dépérissait à vue d'œil. Seule la perspective de mettre au monde l'enfant de Duncan maintenait en elle une étincelle de vie. *L'enfant de Duncan.* Son salut tout entier était contenu dans ces mots, qu'elle se répétait comme une litanie.

— Rien ne prouve que ce ne soit pas l'enfant de Rafe, observa un jour Naomi.

Layla secoua la tête et posa sur sa mère un regard tragique.

— Rafe ne peut en être le père, répondit-elle. La façon dont il m'a prise était contre nature ; il n'a pas répandu sa semence en moi.

Rachel Lee vit le jour un mois avant terme, au grand soulagement de Naomi qui ne supportait plus de voir le corps décharné de sa fille, horriblement déformé par la grossesse. Mais Layla semblait animée d'une volonté farouche, d'une détermination implacable que sa mère n'aurait jamais soupçonnée chez elle.

L'accouchement s'annonçait difficile, et si les autres femmes du clan épiaient les cris provenant de la caravane, aucune d'entre elles ne proposa son aide. Naomi en prit son parti. Elle connaissait son affaire et l'enfant se présentait bien, mais il était robuste, et Layla, si frêle…

Lorsque sa mère lui mit l'enfant dans les bras, Layla sourit. C'était la première fois, depuis la mort de Duncan, que Naomi la voyait heureuse.

— Elle est magnifique, murmura Layla, épuisée. Appelle-la Rachel et promets-moi de prendre soin d'elle.

A peine avait-elle prononcé ces mots qu'un flot de sang s'échappa de son corps. Naomi savait que l'hémorragie lui serait fatale. Sa mission accomplie, Layla avait cessé de lutter. Naomi savait aussi que si sa fille avait tenu jusque-là, c'était parce qu'elle portait l'enfant de l'homme qu'elle avait aimé. Car pour la tribu, Layla était morte le jour où elle avait trahi Rafe.

Elle n'eut pas droit au bûcher funéraire, ni à aucun des rites traditionnels censés apaiser l'âme du défunt et l'accompagner dans ses pérégrinations d'outre-tombe. On évita désormais de prononcer son nom.

Elevée par sa grand-mère, la petite Rachel comprit très vite que si Naomi était bien intégrée au clan, elle, en revanche, ne le serait jamais totalement. Elle sentait confusément que sa naissance et la mort de sa mère y étaient pour quelque chose et qu'il valait mieux ne pas chercher à en savoir plus.

Rachel souffrait d'être mise à l'écart, mais s'appliquait consciencieusement à ne pas le montrer. On ne tarda pas à déplorer en elle un excès d'amour-propre, à l'évidence hérité de sa mère. Ignorée ou méprisée par les autres enfants, elle devint encore plus distante et renfermée. Naomi était la seule personne qui l'aimât, la seule qui la protégeât contre l'hostilité du clan.

5

Dès son plus jeune âge, elle avait souffert d'être traitée en paria, songea Pepper avec amertume. Mais de la méchanceté des autres enfants, elle avait tiré deux leçons profitables.

La première était de ne jamais extérioriser sa peine. Toute petite, elle faisait preuve d'une telle susceptibilité que l'indifférence et le mépris de ses camarades constituaient pour elle une perpétuelle source de souffrance. Lucide, comme tous les enfants, elle se rendait bien compte que les autres ne l'aimaient pas, mais elle ignorait pourquoi. Alors, peu à peu, elle s'était endurcie et finalement résignée. C'était du moins l'impression qu'elle donnait, car elle avait appris aussi qu'en aucun cas il ne fallait se montrer vulnérable en laissant voir aux autres qu'ils avaient le pouvoir de lui faire du mal.

Non qu'ils eussent délibérément cherché à la blesser, mais ils ne manquaient jamais une occasion de lui faire sentir qu'elle n'était pas des leurs. Sa mère avait gravement enfreint les lois de la tribu, au sein de laquelle Rachel et Naomi vivaient depuis lors non pas de plein droit, mais parce qu'on les tolérait.

Pendant toute son enfance, Rachel avait suivi la tribu dans ses déplacements annuels. A cette époque, les petits Tsiganes ne fréquentaient l'école que de façon intermittente — quand ils la fréquentaient, car en tant que nomades, ils échappaient à tout contrôle. Mais Naomi avait appris à lire et à écrire grâce à son mari et, très fière d'avoir de l'instruction, elle souhaitait que Rachel en eût aussi.

Elle déplorait la manière dont sa petite-fille était traitée, mais, connaissant les lois tsiganes, elle ne pouvait en vouloir à la tribu. A plusieurs reprises, Naomi s'était demandé si elle n'aurait pas eu intérêt à prendre contact avec sir Ian MacGregor. Elle doutait cependant qu'il accueillît Rachel à bras ouverts.

L'occasion de le vérifier ne se présenta pas car le vieil homme mourut alors que Rachel n'avait que sept ans, laissant à un parent éloigné le soin de lui succéder à la tête du domaine.

De toute façon, après la mort de Duncan, la tribu ne retourna jamais dans la vallée, où elle était devenue indésirable. En plus de tout le reste, Rachel portait sur ses épaules la responsabilité de la perte de ce site privilégié.

Pour éviter que sa petite-fille ne devienne une vraie sauvageonne et ne se replie complètement sur elle-même, Naomi décida de l'envoyer à l'école le plus souvent possible pour qu'elle apprenne à lire et à écrire. Craignant de la décevoir, Rachel ne lui avoua jamais que l'école était pour elle un véritable calvaire. Là aussi, on la rejetait sans pitié. Dans la cour de récréation, les enfants se moquaient de ses vêtements, qu'ils appelaient « haillons », critiquaient son accent qui écorchait les oreilles, tiraient sur les lourds anneaux qu'elle portait aux oreilles. Les garçons la traitaient de « sale bohémienne », et les filles se poussaient du coude et ricanaient à la vue de ses chandails rapiécés et de ses jupes bariolées.

Pour les faire vivre toutes deux, Naomi ne pouvait compter que sur les revenus tirés de ses compétences de diseuse de bonne aventure et de la vente des objets de vannerie qu'elle fabriquait. Il arrivait cependant que, au beau milieu de la nuit, une des femmes de la tribu frappe à la porte de la roulotte et achète à Naomi une fiole de ces potions à base de fleurs ou de plantes dont elle seule avait le secret.

Plus d'une fois, Rachel avait assisté à la scène, intriguée et dévorée de curiosité. Que pouvaient bien venir chercher ces femmes à pareille heure ? De quels maux souffraient-elles ? A ces questions, Naomi refusait de répondre, prétextant que Rachel était trop jeune pour comprendre. L'art de guérir par les plantes, qu'elle tenait de sa mère et qu'elle avait en vain essayé d'enseigner à son écervelée de fille, Naomi ne le transmettrait pas à sa petite-fille. A quoi bon ? Aucune des femmes de la tribu ne viendrait jamais chercher auprès de Rachel conseils et potions. Elle était et resterait la fille d'un gadjo, pour l'amour duquel Layla n'avait pas hésité à trahir l'un des siens. Et au fur et à mesure que Rachel grandissait, Naomi savait que l'hostilité de la tribu à son égard risquait de grandir également.

C'était pour parer à cette éventualité qu'elle insistait tant pour que Rachel fréquente régulièrement l'école. Elle voulait la préparer à adopter le mode de vie gadjo. Par amour pour elle, Rachel s'était bien gardée de confier à sa grand-mère que dans la société des gadjé, elle était tout autant objet de mépris et de railleries que dans celle des Tsiganes.

Au début, pourtant, Rachel adorait aller en classe. Suspendue aux lèvres de l'institutrice, elle buvait religieusement chacune de ses paroles. Mais quand elle comprit qu'elle n'aurait là non plus jamais sa place, l'école devint pour elle la pire des prisons. Et elle ne songea plus qu'à s'en échapper. Souvent, alors que sa grand-mère la croyait en classe, elle passait la journée à vagabonder dans les collines ou dans les champs.

Lorsqu'elle eut onze ans, son corps se mit à changer. Ses camarades de classe commencèrent alors à la regarder d'un autre œil. Les garçons lorgnaient à présent ses petits seins et cherchaient à la pincer à travers ses vêtements misérables.

Ses cheveux, épais et brillants, gagnèrent encore en beauté et en vigueur, et ses formes se firent bientôt plus voluptueuses. Rachel savait ce que signifiaient les transformations qui s'opéraient en elle ; dans la tribu, on apprenait très tôt aux filles à être fières de leur féminité.

A deux ou trois reprises, tandis qu'elle aidait sa grand-mère à ramasser du petit bois ou à tresser des corbeilles, elle surprit les regards en coin de jeunes Tsiganes du camp. Mais elle s'empressa de détourner les yeux. Contrairement aux autres filles de son âge, qui s'amusaient à tester sur leurs petits camarades leurs charmes naissants, qui flirtaient et plaisantaient à qui mieux mieux, Rachel s'appliquait à se faire remarquer le moins possible. Car d'instinct, elle sentait que la tribu guettait en elle le legs de sa mère ; si elle voulait qu'on la laisse tranquille, elle avait tout intérêt à garder un profil bas.

Mais il y avait des choses impossibles à cacher, et les transformations que subissait son corps en faisaient partie.

Pourtant, elle s'habitua peu à peu aux plaisanteries graveleuses des garçons de l'école, comme elle s'était habituée aux quolibets que lui avaient valu pendant des années sa manière de s'habiller et sa façon de parler, et à force, elle finit même par ne plus les entendre. Elle n'était pas la seule fille en butte aux tracasseries de garçons plus âgés, mais les autres avaient des parents, des amis, des relations qu'elles pouvaient toujours appeler au secours en cas de besoin. Rachel, elle, n'avait personne ; elle le savait, ses tortionnaires aussi.

Les migrations des Tsiganes à travers le pays suivaient depuis des années un calendrier bien précis. A la Pentecôte, à l'époque des foires et des fêtes foraines, la tribu se trouvait toujours dans le nord de l'Angleterre, du côté des filatures du Lancashire, dans ces villes noires qui s'étiraient au fond de vallées désolées, peuplées par les héritiers de la révolution industrielle, des êtres maussades et frustes souvent aux prises avec la misère.

Leurs horizons étaient très limités, dans ces vallées tout entourées de collines, et leurs esprits aussi étriqués que leur environnement.

Les filatures fermaient les unes après les autres, ruinées par les importations massives de vêtements bon marché fabriqués au Pakistan par une main-d'œuvre presque gratuite. Les jeunes qui fréquentaient le lycée savaient qu'un jour ou l'autre, fatalement, ils se retrouveraient au chômage, comme leurs parents. Du plus jeune au plus vieux, les habitants de la région étaient amers et désabusés.

Rachel avait toujours détesté cet endroit, et chaque année à la même époque, elle appréhendait le moment où la tribu s'y arrêterait. En raison de la pauvreté qui sévissait dans toute la région, les Tsiganes étaient très mal vus des autochtones. Jaloux de leurs droits et de leurs prérogatives, ceux-ci se méfiaient des étrangers.

Dans ces vallées maudites, les distractions se faisaient rares, aussi la Pentecôte donnait-elle toujours lieu à de grandes réjouissances.

La plupart des habitants de la région appartenaient au culte méthodiste, pierre angulaire de la révolution industrielle, mais cela ne les empêchait nullement de se jeter avec une ferveur peu orthodoxe dans la préparation des festivités. Le clou de la fête était incontestablement la parade. Plusieurs semaines à l'avance, les femmes se réunissaient pour feuilleter ensemble les « catalogues », et choisir la tenue qu'elles porteraient pour le défilé. A la parade de la Pentecôte, on était censé se montrer ; voilà pourquoi il était essentiel, si on voulait garder sa dignité, d'arborer une nouvelle toilette. Les familles, vêtues de leurs plus beaux atours, défilaient en rangs le long des rues, puis elles se retrouvaient autour d'un grand festin. Après quoi, les plus jeunes avaient quartier libre et partaient s'amuser à la fête foraine, installée sur la place du marché.

C'étaient précisément ces fêtes foraines qui attiraient les Tsiganes dans le Nord-Ouest. Elles leur offraient de nombreux débouchés : ils disaient la bonne aventure, écoulaient leurs marchandises et travaillaient comme manœuvres.

Rachel avait tout cela en horreur. Elle détestait les regards ironiques de ses camarades de classe, qui ne cessaient de parler chiffons en gloussant derrière leurs mains. Elle ne supportait pas de sentir qu'on la rejetait, qu'on se moquait d'elle, et cela d'autant moins qu'elle était en train de devenir une femme. Les filles étaient jalouses de ses nouveaux atouts, que les garçons convoitaient sans vergogne.

Leurs propos grivois, leurs gestes obscènes, leurs clins d'œil appuyés, il y avait bien longtemps que Rachel n'y faisait plus attention. Mais ce matin-là, sachant que toute l'école, à la veille des vacances de Pentecôte, serait en effervescence, elle n'eut pas le courage d'affronter de nouvelles attaques. Ces derniers temps, sans doute à cause de la puberté, sa susceptibilité s'était accrue. Il arrivait parfois que, pour ne pas éclater en sanglots devant ses camarades qui l'avaient une fois de plus prise pour cible de leurs quolibets, elle doive serrer les poings si fort que ses ongles s'enfonçaient dans ses paumes.

Les vallées du Nord étaient desservies par trois voies de communication : la route, le chemin de fer et le canal. Rachel prit le chemin du canal, désaffecté depuis de longues années, comme en témoignaient ses eaux fangeuses et ses écluses rouillées. Les filatures abandonnées dressaient le long du chemin de halage leurs pitoyables silhouettes, offrant à la vue le spectacle affligeant de leurs fenêtres béantes aux carreaux cassés et de leurs ateliers plongés dans un silence de mort.

Rachel aimait marcher. Ses longues promenades solitaires l'aidaient à recouvrer calme et sérénité. Le silence et la désolation qui régnaient au bord du canal, le froid et l'humidité qui suintaient des ponts de pierre ne la dérangeaient pas. Elle s'arrêtait de temps à autre pour contempler une poule d'eau entourée de ses poussins ou observer un banc de petits poissons affolés qui s'enfuyaient à l'approche de son ombre.

Les rencontres étaient rares le long du canal, que seuls fréquentaient encore quelques personnes âgées venues promener leurs chiens et des couples d'amoureux tendrement enlacés. Par-delà le canal, sur l'autre versant de la vallée, s'alignaient en rangs serrés, parallèlement à la voie ferrée, de modestes maisons à l'image de leurs propriétaires : austères et rébarbatives.

Du plus loin qu'elle s'en souvienne, Rachel avait toujours détesté cette vallée et son atmosphère pesante, étouffante.

Comme elle approchait d'un lotissement en bordure du canal, une ménagère qui récurait les marches de son perron la prit violemment à partie.

— Fiche le camp, sale bohémienne ! On n'a pas besoin de gitans ici !

Rachel passa son chemin sans répondre. En aval, les berges s'éboulaient, accentuant encore la désolation ambiante. Coincé entre le canal d'un côté et le lit de la Calder de l'autre, qui servait de décharge publique, le chemin de halage devenait par endroits presque impraticable. Un peu plus loin, à quelques mètres d'un pub miteux, Rachel fit une pause, offrant son visage à la caresse du soleil, si rare dans la vallée. La porte de la gargote s'ouvrit, et un homme en sortit en titubant. Il fit quelques pas en direction des toilettes puis, se ravisant, alla se soulager dans la rivière.

Impassible, Rachel se remit en route. Un jour, elle fuirait tout cela, partirait loin de ces gens détestables qui la méprisaient et se moquaient d'elle. Un jour…

Seul l'espoir d'une vie meilleure lui donnait le courage d'aller de l'avant, de ne pas céder au désespoir. Grâce aux livres qu'elle lisait, elle savait qu'il existait ailleurs d'autres conditions de vie et, en secret, elle rêvait du jour où…

Une voix goguenarde l'appelant par son nom la tira brutalement de ses pensées. Elle leva la tête et se retrouva nez à nez avec une bande de garçons de l'école. Ils portaient tous des jeans crasseux et des blousons de cuir de mauvaise qualité.

Comme ils faisaient cercle autour d'elle, Rachel s'immobilisa. Son cœur battait à tout rompre, pareil à celui d'un lièvre pris au piège, mais elle regardait fixement devant elle et ne bougeait pas.

— Ben alors, t'as perdu ta langue, la romano ? Dis donc, il paraît que les gitanes ont le sang chaud, c'est vrai ?

Les rires salaces des cinq garçons accrurent encore sa frayeur, mais Rachel s'obligea à garder son calme. La dernière chose à faire était de se mettre à courir ; elle savait qu'ils n'attendaient que cela. Allons, du cran ! songea-t-elle. En plein jour, avec des habitations tout autour, elle ne risquait pas grand-chose…

Cependant, lorsque le garçon qui l'avait apostrophée lui posa sa sale patte sur la poitrine, elle dut faire appel à toute sa volonté pour ne pas riposter et lui lacérer le visage de ses ongles. Au bout d'une éternité, ils la laissèrent enfin passer, mais tandis qu'elle s'éloignait, poursuivie par leurs gros rires et leurs obscénités, tremblant de peur et d'indignation, Rachel se sentait comme souillée.

La semaine de la Pentecôte, fuyant les foires où sa grand-mère disait la bonne aventure, Rachel se réfugia dans les collines, loin de la foule et des flonflons. Elle passait ses journées au milieu des moutons maigres et à demi sauvages, à contempler la lande aride et nue, autrefois divisée en parcelles comme en témoignaient quelques rares vestiges de murs de pierres sèches.

Toute la population des vallées environnantes semblait s'être donné rendez-vous à Blackpool. Les gens partaient en car, de bonne heure le matin, et revenaient le plus tard possible. Les Tsiganes avaient établi leur campement sur un terrain vague à proximité du terminus. Ils assistaient chaque soir au retour des fêtards empestant la bière, la frite et la barbe à papa.

A la faveur de la nuit, filles et garçons flirtaient sous les arches du viaduc qui enjambait le canal et la route. La tribu critiquait l'arrogance des gadjé se pavanant devant leurs conquêtes comme de jeunes coqs, mais Rachel savait que beaucoup de jeunes Tsiganes, notamment ceux qui travaillaient sur les foires, s'éclipsaient chaque nuit pour aller eux aussi courtiser les filles massées sous le viaduc.

Un soir, en regagnant le camp, Rachel reconnut l'un des couples enlacés sous le pont. Ann Watts était dans sa classe, bien qu'elle eût deux ans de plus qu'elle. On la disait apathique, mais il n'y avait rien d'indolent dans la manière dont elle répondait aux avances des garçons. Jalouse du succès que Rachel obtenait auprès de la gent masculine de l'école, elle ne manquait jamais une occasion de lui nuire.

Bien des années plus tard, Rachel comprendrait quelle sorte de fille était Ann Watts et elle la plaindrait sincèrement en se la remémorant cette nuit-là, pendue au cou de Tyler Lee…

Agé de dix-sept ans, Tyler était l'aîné des trois frères Lee, et aussi le plus grand et le plus séduisant avec sa crinière bouclée, son teint mat, ses yeux de jais et sa silhouette athlétique. Il était fier d'être gitan et s'apprêtait à épouser sa cousine. Mais ces détails, Ann Watts les ignorait. Pour elle, Tyler incarnait l'idéal masculin tel qu'elle se l'imaginait, après des après-midi entiers passés dans la salle obscure d'un cinéma miteux ou à l'arrière de la vieille motocyclette qu'il avait lui-même rafistolée. Il était le plus beau garçon qu'elle ait jamais rencontré… et de loin le plus dangereux. Car Tyler connaissait le magnétisme de son regard ténébreux. Et il ne se privait pas d'en user.

En réalité, il détestait Ann Watts, comme il avait détesté avant elle toutes les femmes gadjé qui l'avaient désiré. Il n'avait pas quatorze ans lorsque, dans les bras d'une ménagère du Norfolk, il avait découvert qu'il plaisait aux femmes et avait troqué sa virginité contre une moto hors d'usage et un blouson de cuir noir. Depuis, il ne comptait plus les ménagères esseulées et les Ann Watts à qui il avait accordé ses faveurs. Et il oublierait cette fille comme il avait oublié les autres.

En cet instant, la tête renversée en arrière, haletante, elle se cambrait et s'agitait frénétiquement, savourant la pression des hanches de son compagnon contre son ventre, la force de ses coups de reins. Tyler était le troisième garçon avec lequel Ann allait « jusqu'au bout ». Elle se réjouissait à l'avance de ce qu'elle allait raconter à ses camarades, pendant la récréation. Elle avait affaire à un troupeau d'oies blanches qui, toutes plus niaises les unes que les autres, écoutaient religieusement ses confidences.

Du coin de l'œil, elle aperçut Rachel et lui jeta un regard noir. Elle n'aimait pas la démarche fière et les airs supérieurs de cette gitane. Pour qui se prenait-elle ? Tout le monde savait que les romanichels étaient des voleurs patentés et qu'ils ne se lavaient jamais.

Ann, elle, prenait un bain chaque dimanche, dans la salle de bains flambant neuve du petit pavillon de ses parents. Dans toute la rue, ils étaient également les seuls à avoir des toilettes à l'intérieur. Son père travaillait comme contremaître dans l'une des rares filatures encore en activité, et sa mère servait à la cantine du collège technique. Mme Watts criait sur tous les toits que sa fille unique ne manquerait pas de se marier jeune, belle comme elle l'était. D'ailleurs, tous les garçons lui couraient après.

Sentant sa compagne distraite, Tyler la rappela à l'ordre d'une violente poussée du bassin.

— Qui est-ce que tu regardes comme ça ?

— Cette pimbêche de Rachel.

En voyant l'expression de Tyler, Ann comprit qu'il ne l'aimait pas non plus.

— Qu'est-ce qu'il y a ? s'enquit-elle, curieuse. Tu lui reproches quoi, au juste ?

— Sa mère était une criminelle, répondit Tyler.

Une lueur mauvaise s'alluma dans le regard d'Ann. Elle savait bien que Rachel Lee avait quelque chose à cacher. Elle l'avait deviné dès le début. La tête que feraient les autres quand elles apprendraient la vérité ! Elle en jubilait d'avance.

Mais Tyler se fit soudain plus pressant ; il lui remonta sa jupe et, d'une main experte, lui descendit sa culotte. Rachel passa alors au second plan des préoccupations d'Ann… provisoirement.

Rachel flaira le danger à la minute où elle pénétra dans la cour de l'école, le lendemain matin. Le silence qui se fit à son entrée était lourd de menaces, mais elle continua néanmoins d'avancer comme si de rien n'était.

Ann Watts attendit qu'elle arrive à sa hauteur pour déclencher les hostilités.

— Qui c'est qu'a une mère criminelle ? se mit-elle à chanter à tue-tête, bientôt suivie par ses camarades, aux quatre coins de la cour.

Rachel n'ignorait plus rien des circonstances de sa naissance, mais elle restait très susceptible à cet égard et n'en parlait jamais. La gifle partit sans qu'elle puisse la retenir, atteignant Ann Watts en plein visage. Aussitôt, le sang jaillit de son nez.

Comme la meute déchaînée par l'odeur du sang se précipite sur sa proie, les élèves se jetèrent sur Rachel. Il ne fallut pas moins de quatre professeurs pour séparer les combattants, et lorsqu'ils parvinrent enfin à arracher Rachel aux griffes de ses assaillants, elle avait une fracture de la clavicule et trois côtes cassées.

Ni la police, ni les maîtres ne réussirent à savoir ce qui avait provoqué la bagarre. Rachel refusa de parler. L'agent chargé de l'enquête était très jeune et atterré par la violence qui sévissait dans la région, où il venait d'être muté. Bien qu'il ne le montrât pas, il avait pitié de la petite gitane. Elle semblait si seule et si triste dans son lit d'hôpital, aussi méprisée des infirmières qu'elle l'avait été de ses camarades d'école...

A sa sortie de l'hôpital, Rachel constata que sa grand-mère ne se portait pas bien. Elle comprit alors que c'était la souffrance, plus que la vieillesse, qui marquait aussi cruellement le visage de la vieille femme et, pour la première fois de sa vie, elle craignit de se retrouver seule au monde. Qu'allait-elle devenir sans Naomi, quand la tribu la chasserait ?

Existait-il pour elle d'autre solution que le foyer d'éducation ? Ce seul mot la faisait frémir. Elle ne connaissait pas le fonctionnement de ces institutions, mais durant toute son enfance, elle avait entendu des parents de la tribu menacer leur progéniture du foyer. A force, elle avait fini par assimiler les foyers à des prisons où on allait quand on s'était mal conduit.

Naomi déclinait à vue d'œil. Parfois, en cachette, la vieille femme se massait la poitrine. Rachel se rendait bien compte que sa grand-mère souffrait. D'ailleurs, sans la décoction de coquelicots qu'elle avalait chaque soir avant de se coucher, Naomi n'aurait pas dormi de la nuit.

Et Rachel avait peur. De plus en plus. Mais comme à son habitude, elle n'en laissait rien voir.

De son côté, Naomi savait ses jours comptés. Un mal terrible la rongeait de l'intérieur. La douleur qui irradiait dans tout son corps provenait de la grosseur qu'elle avait découverte par hasard à l'un de ses seins. Elle allait mourir ; elle le sentait. Qu'adviendrait-il de Rachel lorsqu'elle ne serait plus là ?

L'hiver venu, la tribu fit route vers le nord, comme chaque année. Elle s'installa sur un terrain en friche à la sortie d'un bourg.

Le temps était loin où les Tsiganes suscitaient chez les villageois un certain respect mêlé de crainte. A présent, partout où ils passaient, ils étaient conspués. On les traitait de « sales voleurs », et plus que jamais Rachel sentait le mépris et l'hostilité des autochtones à leur égard. Pour la première fois, elle avait l'impression d'être entièrement livrée à elle-même, seule et démunie. Naomi se mourait, mais, contre toute logique, l'adolescente essayait encore de se persuader que sa grand-mère bien-aimée allait guérir.

D'ailleurs, elle passait des heures à chercher les plantes spéciales, dotées de vertus thérapeutiques censées rendre la santé à la vieille femme, et elle lui réservait toujours les meilleurs morceaux de viande. Mais rien n'y faisait : les forces de Naomi la quittaient peu à peu.

Au printemps, Rachel fêta ses quinze ans, et la tribu s'arrêta dans le Lancashire, pour les incontournables foires de la Pentecôte. Ann Watts fréquentait toujours l'école, mais c'était sa dernière année. Les rondeurs qu'elle affichait quelques mois plus tôt s'étaient transformées en amas graisseux inesthétiques qui la rendaient encore plus hargneuse que par le passé.

— Je vois que les gitans sont de retour, railla-t-elle en s'écartant vivement de Rachel. Il me semblait bien avoir senti une mauvaise odeur !

Ignorant les rires et les sarcasmes, Rachel entra dans la classe la tête haute. Elle aimait l'ambiance qui régnait dans la salle de cours, le silence recueilli des élèves devant leur maître. Elle avait soif d'apprendre, d'élargir ses connaissances, mais sa scolarité avait été si sporadique, pendant toutes ces années, que celles-ci restaient très limitées.

Et cela d'autant plus que les enseignants avaient tendance à la laisser dans son coin, sous prétexte qu'elle était de passage. Elle savait lire, écrire et compter, ce qui n'était déjà pas mal. En fait, Rachel n'avait pas grand-chose à envier aux élèves qui quittaient l'école en fin de scolarité.

Un matin, moins d'une semaine après le retour de la tribu dans la vallée, Rachel fut soudain saisie d'un étrange pressentiment : Naomi l'appelait à son chevet. A midi, dès que la cloche retentit, elle prit ses affaires et partit à toute vitesse. Empruntant le chemin de halage, le long du canal, elle courut jusqu'au campement, où elle arriva hors d'haleine et folle d'inquiétude. C'était la première fois que le don surnaturel que possédaient toutes les femmes de sa famille se manifestait chez elle de façon si flagrante.

Comme elle s'y attendait, elle trouva sa grand-mère à l'agonie.

Naomi la reconnut pourtant et, luttant contre la souffrance et l'épuisement, elle parvint à lui prendre la main. Elle s'était tellement fait de souci pour sa petite-fille, pour cette enfant bâtarde née d'une mère tsigane et d'un père gadjo…

Tirant Rachel à elle afin de pouvoir lui parler à l'oreille, elle lui révéla où elle avait caché ses économies. Au début de sa maladie, Naomi avait en effet commencé à mettre de l'argent de côté.

— Il faut que tu t'en ailles, Rachel, tout de suite…, dit-elle d'une voix faible. Avant même que je meure. Fais-toi passer pour plus âgée que tu n'es et trouve-toi du travail. Ta place est parmi les gadjé. Apprends à vivre comme eux, et avec eux. Quitte la tribu sans regret ; tu mérites mieux que de devenir l'esclave d'un homme. Et souviens-toi que quoi que tu fasses, où que tu ailles, je serai toujours avec toi.

Des larmes roulèrent sur ses mains glacées lorsqu'elle repoussa sa petite-fille. Le cœur serré, Rachel la contempla longuement. Si elle voulait échapper au foyer, elle devait partir, en effet. C'était la seule solution.

En sanglotant, elle prit la bourse préparée à son intention, puis se pencha pour embrasser la joue de Naomi et murmurer dans son oreille, en romani, les paroles d'adieu rituelles. Dire qu'elle n'assisterait pas aux funérailles de sa grand-mère, qu'elle ne serait pas là pour souhaiter paix à son âme…

Naomi ouvrit les yeux et vit l'indécision sur le visage de sa petite-fille. Alors, rassemblant le peu de forces qui lui restaient, elle prit de nouveau la main de Rachel entre les siennes.

— Va-t'en, ma petite fille… Pars avec ma bénédiction… Va, Rachel, n'attends pas.

Dès qu'elle avait su lire, Rachel avait compris que l'instruction était le seul moyen de sortir de la misère. Comme tant d'autres aspirant à la connaissance avant elle, elle se mit donc en route pour Oxford.

Elle était familiarisée avec la ville pour l'avoir traversée plusieurs fois avec la tribu. Par ses lectures, elle savait qu'Oxford était le siège de plusieurs collèges prestigieux. Mais dans sa naïveté, elle ignorait tout des tabous et des rituels qui régissaient l'université, et qui n'étaient pas moins puissants ni moins cruels que ceux qui gouvernaient sa tribu.

Forte de ses illusions, Rachel arriva à Oxford à la fin de l'été 1977, alors qu'elle n'avait pas dix-sept ans. Elle avait voyagé principalement à pied, empruntant de préférence les routes traditionnellement suivies par les gitans dans leurs déplacements annuels. Pour économiser le viatique que lui avait remis sa grand-mère, elle avait travaillé ici et là, dans les fermes rencontrées sur son chemin, mais uniquement dans celles où elle était assurée de bénéficier de la protection de la maîtresse de maison. Très tôt, en effet, Rachel avait appris à se méfier des hommes comme de la peste. Ils essayaient toujours de la toucher, de poser leurs sales pattes sur son corps. Et puis, jamais elle n'oublierait que c'était un homme qui avait fait le malheur de sa mère. Mieux valait donc les éviter.

Lorsque, enfin, elle atteignit Oxford, la bourse qui contenait son petit pécule, et qu'elle gardait attachée à l'intérieur de sa jupe, comptait deux cents livres de plus. Ses vêtements étaient en lambeaux, trop courts et trop justes, et elle ne possédait rien d'autre que les nippes dépareillées que lui avaient données des fermières au grand cœur.

Autrefois, elle aurait refusé leurs dons — elle avait sa fierté —, mais maintenant qu'elle avait pris goût à la liberté, Rachel préférait encore vivre de la charité des autres plutôt que de renoncer à son indépendance. Sa grand-mère lui manquait, bien sûr, mais pas la tribu, dont elle commençait tout juste à se sentir affranchie. Et puis, dans les villes qu'elle traversait, on la traitait différemment. Cette odieuse étiquette de « *gipsy* » avait cessé de lui coller à la peau.

Il lui avait fallu plusieurs mois pour vraiment se rendre compte qu'elle était libre comme l'air, et désormais seule maîtresse de sa destinée. Dans les fermes où elle se faisait embaucher, on la prenait généralement pour l'un de ces jeunes qui passent l'été à travailler dans les champs. Les Tsiganes ne voyagent jamais seuls, c'est bien connu, et avec son teint relativement clair et ses cheveux cuivrés, Rachel n'était pas suffisamment typée pour que l'on puisse immédiatement se prononcer sur ses origines.

Elle travaillait dur, ce qui lui valait le respect de ses employeurs. Et jamais elle ne rechignait devant une tâche, quelle qu'elle soit. Mais il ne fallait pas lui demander de rester en tête à tête avec l'un des hommes de la maison, ce dont en fin de compte on lui savait gré aussi. A plusieurs reprises, on lui proposa de prolonger son séjour. Rachel, cependant, commençait à nourrir d'autres ambitions.

Dans une ferme du Cheshire, elle fut logée dans la chambre qu'occupait autrefois la fille de la maison, une chambre très confortable qui comportait même un poste de télévision. Rachel, qui n'en avait jamais eu, ne se lassait pas de regarder le petit écran. Elle absorbait avec avidité le maximum d'informations, étanchant sa soif de connaissances aussi bien devant des émissions littéraires et politiques que devant des dessins animés et des feuilletons policiers.

Elle se souvenait que sa grand-mère lui avait souvent répété que l'instruction était la clé de la réussite, et elle en était elle-même convaincue. Mais pour s'instruire, que devait-elle faire ?

Il devenait urgent de le savoir, à présent qu'elle avait un but. Rachel avait décidé qu'elle serait un jour comme les femmes qu'elle admirait à la télévision : brillante, cultivée, raffinée, élégante…

Jusque-là, Rachel ne s'était jamais beaucoup intéressée aux vêtements qu'elle portait. Du moment qu'ils la protégeaient du froid… Mais depuis qu'elle voyait sur le petit écran des filles de son âge habillées avec goût et recherche, elle rêvait de posséder elle aussi toutes ces jolies choses.

Durant ses moments de loisirs, Rachel aimait flâner dans les villes où elle séjournait. Elle regardait avec envie les vitrines des boutiques de mode, sans jamais oser pousser la porte, de crainte que la vendeuse ne s'offusque de l'état de ses vêtements et ne s'étonne qu'elle ne connaisse même pas sa taille.

Un jour, cependant, prenant son courage à deux mains, elle

entra. Pas question, bien sûr, de dépenser une fortune ! En outre, Rachel savait précisément ce qu'elle voulait. En sortant du magasin, elle aperçut son reflet dans la vitrine et reçut un choc. Finies les allures de pauvresse ! Elle ressemblait à présent à n'importe quelle autre adolescente.

D'ailleurs, les filles qui, autour d'elle, se promenaient, flirtaient et riaient sur les trottoirs n'étaient pas vêtues différemment. Alors, comme pour s'assurer qu'elle ne rêvait pas, Rachel toucha l'étoffe épaisse de son jean, puis le coton de son T-shirt. Elle éprouvait une certaine volupté à sentir sous ses doigts le tissu souple et frais. Et quel bonheur de porter des vêtements neufs, qu'elle avait choisis et qui n'appartenaient qu'à elle…

Lorsqu'elle arriva à Oxford, Rachel parlait presque sans accent et ne portait plus ses grands anneaux aux oreilles. Débarrassée de ses oripeaux de gitane, elle se sentait prête à relever tous les défis.

Oxford l'attirait comme un aimant, surtout depuis qu'elle avait vu à la télévision un reportage sur la ville de ses rêves. Un rêve qui se réalisait enfin.

Avant le début du trimestre d'automne, la ville semblait endormie. Les étudiants étant encore en vacances, les rues n'étaient pas encombrées de bicyclettes, et pubs et discothèques fonctionnaient au ralenti. L'été, Oxford appartenait à ses habitants et aux milliers de touristes — américains surtout — qui venaient admirer le charme suranné de ce fief du savoir.

Rachel trouva sans difficulté à se faire embaucher dans l'un des hôtels de la ville, mais le travail était dur et la paie misérable. Très vite, cependant, elle sympathisa avec l'une de ses collègues, une Irlandaise chaleureuse et communicative, mais affligée d'un tel accent que Rachel avait parfois du mal à la comprendre.

Lorsqu'elle se plaignit à Bernadette de ne pas gagner assez d'argent, la jeune Irlandaise sourit.

— Dans ce cas, tu n'as qu'à faire comme moi. Décroche-toi en complément une place de serveuse dans un pub. Là où je travaille, ils cherchent quelqu'un, justement. Ce soir, tu peux m'accompagner, si tu veux...

Rachel accepta aussitôt. L'hôtel offrait en principe à ses femmes de chambre le gîte et le couvert, mais si le gîte était correct, les portions à table étaient en revanche si congrues que Rachel ne se sentait jamais rassasiée. Avec un revenu supplémentaire, elle pourrait au moins manger à sa faim...

Elle fut embauchée sur-le-champ dans le pub où travaillait Bernadette. Le patron était un homme jovial, à l'embonpoint sympathique, et sa femme surveillait de près les serveuses les plus dévergondées. Leurs deux filles fréquentaient l'université.

Jamais encore Rachel n'avait été aussi heureuse. Une chose, pourtant, manquait à son épanouissement. Mais lorsqu'un soir elle se décida à demander à Bernadette comment elle pourrait avoir accès à une bibliothèque, l'Irlandaise partit d'un grand éclat de rire.

— Tu veux t'inscrire dans une bibliothèque ? Ça alors, c'est la meilleure ! Si tu veux mon avis, une jolie fille comme toi, qui pourrait avoir tous les hommes à ses pieds, a mieux à faire que de perdre son temps avec des livres.

Bernadette pensait beaucoup aux garçons ; Rachel s'en était assez vite aperçue, sans pour autant prendre conscience de la profondeur du gouffre qui les séparait. Elle savait à présent à quoi s'en tenir, et pour la première fois depuis qu'elle avait quitté la tribu, elle se sentit seule et incomprise. Les siens se mirent brusquement à lui manquer.

Un soir, Bernadette l'invita à l'accompagner dans une discothèque, mais Rachel déclina son offre.

— Tant pis pour toi, je n'insiste pas. Je me ferai un plaisir de garder tous les garçons pour moi...

Vexée, l'Irlandaise partit seule, après avoir rejeté ses cheveux en arrière dans un mouvement de défi.

Au matin, Bernadette avait recouvré son sourire et sa verve habituelle. Tout en faisant les chambres avec Rachel, elle n'arrêtait pas de parler du garçon qu'elle avait rencontré la veille.

Puis, soudain, elle se pencha vers son amie, les sourcils froncés.

— Méfie-toi de la chambre 10, Rachel. Helga… tu sais, l'Allemande, m'a raconté que tout à l'heure, quand elle est allée faire le lit, le type est sorti tout nu de la salle de bains et lui a demandé de lui frotter le dos ! Ce vieux cochon a au moins cinquante ans… et il est marié, en plus ! Je parie qu'il est déjà venu avec sa femme…

Rachel écoutait mais ne disait rien. A l'inverse de ses collègues, très friandes de ragots, elle préférait garder une certaine réserve. La méchanceté de ses camarades de classe l'avait si cruellement marquée qu'elle craignait qu'un jour la médisance des femmes de chambre ne se reporte sur elle.

Dans les années 1970, la jeunesse voyait la vie en rose. L'avenir lui souriait ; elle était partout gâtée et adulée et tenait le monde dans le creux de ses mains. Rachel côtoyait en permanence des jeunes qui, comme elle, étaient épris de liberté, mais, contrairement à elle, ces garçons efflanqués et barbus ainsi que ces filles aux cheveux longs et aux yeux fardés avaient parcouru le monde. Vêtus de jeans délavés, traînant derrière eux leurs sacs à dos, ils passaient des heures au pub, devant une chope de bière, à évoquer Katmandou, ses ashrams et ses gourous. En lisant les magazines qu'ils laissaient sur les tables, Rachel apprit qu'elle vivait dans une époque empreinte de mysticisme.

Au début de l'automne, avec la baisse des températures et le retour des brouillards matinaux au-dessus du fleuve, Oxford sortit peu à peu de sa douce léthargie. Les uns après les autres, les étudiants rentraient de vacances, reprenaient la ville aux touristes.

Dès la fin du mois de septembre, Oxford avait recouvré son ambiance estudiantine et son entrain. Bernadette exultait.

— C'est maintenant qu'on va s'amuser ! annonça-t-elle gaiement à Rachel, un matin. Tu vas voir !

Il était impossible de rester insensible à toute cette agitation, de ne pas se laisser gagner par l'exubérance générale. Rachel avait l'impression d'être galvanisée par le vent de folie qui soufflait sur la ville. Chaque soir, le pub se remplissait de jeunes gens portant des écharpes aux couleurs de leurs collèges. Leurs accents dénotaient diverses origines géographiques, mais presque tous parlaient avec la même désinvolture étudiée ; riches et comblés, ils faisaient partie de l'élite, et le savaient.

Certains collèges particulièrement conservateurs avaient maintenu l'interdiction pour leurs étudiants de circuler à moto sans une autorisation spéciale, aussi la bicyclette était-elle le moyen de transport le plus répandu en ville.

Un soir où elle se hâtait vers le pub, Rachel en évita une de justesse. Comme elle se réfugiait sur le trottoir, elle entendit dans son dos un grand cri, suivi d'un horrible fracas. Elle se retourna et vit un peu plus loin, au milieu de la chaussée, un entremêlement de jambes et de roues de bicyclette.

Méfiante, elle allait passer son chemin lorsqu'une voix plaintive l'arrêta.

— Attendez ! Vous n'allez tout de même pas me laisser là ! Je me suis peut-être cassé la jambe…

La voix était distinguée et légèrement moqueuse ; c'était celle d'un homme sûr de lui, à qui personne ne résiste. Rachel se retourna et vit émerger une tête blonde de dessous la bicyclette. Elle hésita.

— Allez, soyez chic ! reprit l'inconnu. C'est votre faute, si je suis tombé. Il y avait des années que je n'étais pas monté sur un de ces engins, et quand je vous ai vue… Les jolies filles ne devraient pas avoir le droit de traverser la rue devant les cyclistes débutants !

Aussitôt, Rachel se raidit. Dans la bouche de cet homme, pourtant, le compliment n'avait rien d'agressif ou de méprisant…

Mieux valait partir, elle le sentait, mais une force mystérieuse, contre laquelle elle était incapable de lutter, l'incitait au contraire à rester. Lentement, elle s'avança vers l'inconnu et le regarda se relever. Il était très grand, blond comme les blés, avec des cheveux qui lui arrivaient aux épaules, et il avait des yeux incroyablement bleus. Des yeux vifs et rieurs.

Du revers de la main, il épousseta son pull et son jean.

— Bon sang ! Je crois bien que j'ai tordu ma roue avant. Voilà ce que c'est que de regarder les jolies filles !

Il fit un pas et grimaça de douleur, avant de prendre appui sur son pied droit.

— Et en plus de ça, je me suis tordu la cheville ! Ecoutez, je n'habite pas très loin... Si vous m'aidez, je pense que je devrais pouvoir rentrer sans trop de difficulté.

En d'autres circonstances, Rachel se serait certainement empressée de tourner les talons, mais, contre toute logique, elle se surprit en train de lui sourire et de s'approcher.

— Je pense que si je passais mon bras autour de vos épaules...

Son bras était musclé, mais mince, et Rachel sentait l'odeur de sa peau, à laquelle se mêlaient des relents de laine brute. Il lui sourit, révélant des dents d'une blancheur éclatante. Une fraction de seconde, elle fut tentée de le toucher. Mais elle se ressaisit juste à temps et, honteuse, détourna vite les yeux.

Il ne ressemblait à aucun des garçons ou des hommes qu'elle avait connus jusque-là. Il émanait de lui un magnétisme puissant, auquel elle avait le plus grand mal à résister. Brusquement, elle regarda la main qu'il avait posée sur son épaule. Il avait de longs doigts aristocratiques, des ongles soignés.

— Vous avez perdu votre langue ? demanda-t-il.

Rachel secoua la tête. Elle allait arriver en retard à son travail, mais elle s'en moquait éperdument.

L'inconnu habitait en fait à près d'un kilomètre de l'endroit où s'était produit l'accident. Son collège faisait partie de ceux que Rachel avait visités pendant l'été. Elle avait pris grand plaisir à se promener dans ces lieux vénérables et à mettre à l'épreuve les connaissances qu'elle avait acquises à leur sujet dans les livres empruntés à la bibliothèque, où elle avait finalement réussi à s'inscrire, grâce à la patronne du pub.

Comme ils pénétraient à l'intérieur de la grande cour carrée de Christ Church College, le regard de Rachel se porta vers la tour. Au même instant, la cloche, Great Tom, se mit à sonner le couvre-feu.

— Toujours à l'heure ! s'exclama son compagnon d'un ton enjoué. Venez, ma chambre est à deux pas.

Rachel commençait à avoir mal à l'épaule, mais pas une seconde elle ne songea à refuser de l'accompagner. Pourtant, en quelques semaines, elle avait appris à contrer les avances des clients du pub, et elle n'ignorait pas que les étudiants avaient une réputation de séducteurs impénitents.

« Il faut croire qu'ils n'ont pas grand-chose à faire, avait un jour observé Bernadette d'un air dédaigneux. Ils passent leur temps à essayer de nous attirer dans leur lit ! »

Sous l'influence de ses collègues de travail, Rachel s'était peu à peu émancipée. Souvent, en faisant les chambres, elle fredonnait le dernier air à la mode, et à présent elle se maquillait, comme toutes les filles de son âge.

Pour la première fois de sa vie, elle se sentait totalement acceptée, enfin débarrassée de ce sentiment d'exclusion dont elle avait si longtemps souffert. Mais par habitude, ou à cause de son tempérament, elle restait sur son quant-à-soi. Il lui arrivait d'écouter les confidences que ses camarades échangeaient sur leurs petits amis respectifs au retour de leurs escapades nocturnes. Jamais, cependant, elle n'acceptait de sortir avec elles, repoussant systématiquement les garçons qui tournaient autour d'elle. Elle ne voulait pas perdre son temps à ces fredaines. Il y avait beaucoup mieux à faire dans la vie que de flirter. Depuis qu'elle vivait à Oxford, Rachel en était d'autant plus consciente. Au contact de tous ces étudiants qui deviendraient un jour des gens importants, riches et respectés, elle ressentait son manque d'instruction et son enfance défavorisée comme de sérieux handicaps qu'elle était décidée à surmonter coûte que coûte. Le seul moyen d'y parvenir était de travailler pour gagner de l'argent.

Très vite, elle s'était rendu compte qu'elle ne pourrait jamais se satisfaire des ambitions limitées de ses collègues femmes de chambre. Bernadette et consorts vivaient au jour le jour, dépensant tout leur argent dans les boutiques de mode, et changeant de fiancé comme de chemise. Elles lui faisaient penser aux coquelicots qui fleurissent dans les champs de blé, en été. Jolis et inconstants, ils penchent tantôt d'un côté, tantôt de l'autre, au gré du vent, jusqu'à l'arrivée des mauvais jours qui signent leur mort. Car les coquelicots ne durent jamais plus d'une saison.

— Vous croyez que vous allez pouvoir m'aider à monter l'escalier ?

Ces paroles ramenèrent Rachel à la réalité. Et elle comprit qu'il était temps de mettre le holà.

— Il faut que je m'en aille, répondit-elle. Normalement, je devrais déjà être sur mon lieu de travail.

— Vous travaillez ?

Il y avait une telle condescendance dans ces mots que Rachel sentit le rouge de la colère lui monter aux joues.

— Oui, au Lion d'or, répliqua-t-elle d'un ton acerbe.

— Ah… Je vois.

Il la regardait différemment, à présent, et semblait réfléchir. Rachel ne devinait que trop ses pensées. A sa manière de s'habiller et à ses cheveux qui flottaient librement sur ses épaules, il l'avait prise pour une étudiante. Mais maintenant qu'il savait à quoi s'en tenir, il la toisait des pieds à la tête, un peu comme le faisaient autrefois les enfants des villages dans lesquels la tribu s'arrêtait. Il n'y avait cependant aucune méfiance dans ses yeux, mais une lueur qui ne trompait pas.

Rachel soutint sans ciller ce regard lourd de convoitise qu'il dardait sur elle.

— Vous vous appelez comment ? demanda-t-il soudain. Moi, c'est Tim… Tim Wilding.

Prise au dépourvu, Rachel n'eut même pas la présence d'esprit de lui donner un faux nom.

— Rachel.

— Drôle de nom pour une fille comme vous ! décréta-t-il aussitôt. Bien trop biblique à mon goût… Je préfère vous appeler Gipsy, ça vous va beaucoup mieux.

Le cœur de Rachel fit un bond dans sa poitrine. Elle se sentit blêmir, puis rougir, mais il parut ne s'apercevoir de rien.

— Avez-vous aussi l'âme tsigane ? murmura-t-il. Moi, oui. Complètement.

Juste au-dessus d'eux, une fenêtre s'ouvrit, et une tête parut. Bien qu'à peu près du même âge, l'homme qui venait de surgir était aussi dissemblable de son compagnon que le jour peut l'être de la nuit. Brun, avec des cheveux relativement courts pour l'époque, il avait des yeux bleus et des traits à la fois racés et énergiques.

— Miles, je me suis fait une entorse à la cheville, et cette charmante personne m'a porté secours. Peux-tu descendre me donner un coup de main ?

Ils eurent droit à un sourire moqueur, puis la tête brune disparut et la fenêtre se referma.

— Miles French, mon camarade de chambre étudiant en droit, expliqua Tim Wilding. Ce type a un flegme incroyable : il ne s'étonne ni ne s'indigne jamais de rien. On lui a joué des tours pendables, pourtant, mais il n'y a pas eu moyen de…

Il n'avait pas l'air de l'aimer tellement, songea distraitement Rachel. Il est vrai que ce Miles semblait étrange. Lorsqu'il l'avait dévisagée, de ce regard tranquille et pénétrant que l'on sentait chargé d'ironie, il lui avait fait une curieuse impression. Quelque chose en lui l'incitait à la méfiance, quelque chose de beaucoup plus dangereux que les tentatives de séduction d'un garçon comme Tim.

— Ce Miles est un véritable mystère, poursuivit Tim de sa voix un peu traînante.

Il tira de sa poche un paquet de cigarettes.

— Vous fumez ?

Rachel secoua la tête, et regarda son compagnon allumer une cigarette et sourire avec volupté, les yeux mi-clos, comme un chat qui s'apprête à avaler un canari. Lorsqu'il rejeta la fumée, lentement, elle comprit : du *haschisch*. C'était l'une de ses collègues de l'hôtel qui lui avait appris à identifier l'odeur douceâtre et entêtante qui flottait dans la chambre d'un de leurs clients. Cette odeur, il lui arrivait de la sentir quand elle se promenait en ville, comme si certains endroits en étaient imprégnés. Elle s'empressait chaque fois de tourner les talons. Par sa grand-mère,

Rachel savait que, à haute dose, certaines herbes et certaines plantes pouvaient être extrêmement nocives.

Comme elle s'apprêtait à en faire la remarque à Tim, la porte s'ouvrit, livrant passage à Miles. Celui-ci avança vers eux et fronça légèrement les sourcils en reconnaissant l'odeur qui flottait à présent dans l'air.

— Miles, le moralisateur ! railla Tim. Mon cher, comment veux-tu devenir un bon avocat si tu n'as jamais goûté personnellement aux dangers et aux plaisirs de la vie ?

— Je n'ai pas besoin de fumer de l'herbe pour savoir qu'elle embrume l'esprit.

Il avait une voix plus grave que celle de Tim, dans laquelle perçait à présent, outre l'ironie, une exaspération non déguisée.

— Allez, Tim, arrête ton cinéma, maintenant ! J'ai du travail, au cas où tu ne t'en douterais pas…

Sans un regard pour Rachel, il entraîna Tim vers le perron. Celui-ci se retourna et cria par-dessus son épaule :

— A bientôt, Gipsy !

Rachel retraversa la cour, à présent presque sombre. Il n'était évidemment pas question de revoir Tim. Avec elle, il perdait son temps. Elle ne se sentait pas le moins du monde concernée par la révolution sexuelle et la libération des mœurs. Elle avait été élevée à l'ancienne mode, dans le respect du tabou d'impureté. Et elle avait trop souffert des conséquences tragiques de la liaison de ses parents pour tomber à son tour dans le piège. Pour un homme, sa mère avait perdu la tête et pris des risques inconsidérés. Jamais, au grand jamais, elle-même ne commettrait la même erreur.

Lorsque, enfin, elle arriva au pub et prit son poste derrière le comptoir, Bernadette lui fit les gros yeux.

— Tu es en retard ! gronda-t-elle. Le patron se demandait où tu étais passée.

George Wells ne lui tint pas rigueur de son écart de conduite. Elle travaillait bien et plaisait aux clients. Ce soir-là, elle resta un peu plus longtemps que d'habitude pour finir de débarrasser les tables.

Il faisait nuit noire lorsqu'elle sortit, et la rue était déserte. Elle s'apprêtait à prendre la direction de l'hôtel quand une main se referma sur son bras, la pétrifiant sur place, muette de terreur.

— Bonsoir, Gipsy. Je commençais à penser que vous ne sortiriez jamais !

En reconnaissant la voix de Tim, elle éprouva un immense soulagement.

— Venez, nous trouverons bien un coin tranquille où nous pourrons parler et faire connaissance, proposa-t-il d'un ton charmeur. Je veux tout savoir de vous, Gipsy. Absolument tout.

Il sentait encore la marijuana et ses doigts, lorsqu'ils se mêlèrent à ceux de Rachel, étaient brûlants. La jeune femme hésita... une fraction de seconde seulement. Son instinct l'avertissait qu'elle jouait avec le feu, mais elle refusait de l'écouter. Tim, si différent d'elle, avait sans doute tellement à lui apprendre sur sa façon de vivre et de penser !

Il suffisait de le regarder pour deviner ses origines aristocratiques. Tim avait toujours vécu dans l'aisance, à l'abri des soucis matériels qui empoisonnaient l'existence de Rachel, d'où l'extraordinaire confiance en soi qu'il affichait et qu'elle lui enviait secrètement.

Oui, il fallait qu'elle lui parle. Chaque soir, en rentrant à l'hôtel, elle passait devant un café qui semblait rester ouvert tard. Ils y seraient tranquilles pour bavarder.

6

Tim Wilding avait toujours eu tout ce qu'il voulait, souvent même sans avoir besoin de le demander.

Dès son plus jeune âge, il avait été entouré d'un aréopage de femmes en adoration prêtes à satisfaire le moindre de ses désirs. Charmeur, et assuré de la loyauté indéfectible de ses admiratrices, il n'avait pas tardé à mener son petit monde par le bout du nez.

Tim était le petit-fils du comte de Marchington, anobli sous le règne d'Elisabeth Ire d'Angleterre. Sa famille possédait des terres dans le Pembrokeshire et dans le nord du pays, mais le fief de son grand-père se trouvait dans le Dorset. La propriété se composait d'un ensemble de bâtiments agrandis et restaurés par leurs propriétaires successifs, tous suffisamment riches pour se permettre chacun à leur tour une rénovation complète des lieux.

Originaire du Dorset, le premier comte était marin de son état. En se faisant corsaire, il était devenu l'un des favoris de la « reine vierge » qui, pour le récompenser de sa loyauté — et, s'il fallait en croire les mauvaises langues, de ses prouesses au lit —, lui avait accordé la main de l'une de ses riches protégées. La dot de Kate Sothey comportait un solide capital, assorti d'un riche patrimoine immobilier.

Will Wilding avait à l'époque quarante-huit ans. Le bruit courait que Kate, amoureuse d'un autre, s'était farouchement opposée à ce mariage, avant de s'incliner devant la décision royale et de donner à son époux, en l'espace de quelques années, un fils et trois filles.

Kate devait cependant rester inconsolable, malgré son titre de comtesse. Dans les portraits de famille, elle apparaissait comme une femme frêle et mélancolique, effacée derrière son jovial époux.

Suivant l'exemple de leur ancêtre corsaire, les descendants mâles de la famille veillèrent à toujours se marier au-dessus de leur condition afin de préserver et d'accroître leurs biens, de sorte que le comte actuel se trouvait à la tête d'une véritable fortune. Il vivait à Marchington Place, avec son fils unique et la famille de celui-ci. Sa bru ayant donné naissance à plusieurs filles mais à un seul fils, Tim était donc son seul héritier mâle. Très tôt, ce dernier avait pris conscience de son importance et compris qu'un jour il porterait le titre de comte. Parallèlement, il s'était rendu compte du parti qu'il pouvait tirer de son visage d'ange et en avait largement profité.

A Eton, il devint le larbin de l'un des plus célèbres caïds de l'école. Jusqu'au jour où le caïd en question vendit son protégé à l'un de ses camarades, que le charme de Tim ne laissait pas indifférent. Paul Somerton tomba éperdument amoureux de lui et Tim, sûr de se trouver en position de force vis-à-vis de son aîné, se garda bien de le décourager. Il n'éprouvait pour Paul aucun sentiment particulier, mais il avait appris à se servir de son charme et de sa séduction pour manipuler les autres, et devait tout au long de sa vie mettre à profit cette compétence, avec la froide détermination d'un gigolo.

Le sexe ne représentait à ses yeux qu'un moyen d'asservir ses victimes, masculines ou féminines. L'âge, l'apparence, la personnalité de ses amants n'avaient strictement aucune importance. Mais du jour où il fit la connaissance de Simon Herries, Tim changea radicalement d'attitude. A Eton, ils n'étaient pas dans la même classe, car Simon avait un an de plus que lui, et ils ne logeaient pas dans les mêmes bâtiments. Ils se rencontrèrent par hasard, mais dès qu'il le vit, Tim sentit que Simon était différent. Il possédait un formidable charisme et bientôt il exerça un ascendant extraordinaire sur Tim. Grâce à ses conseils avisés, ce dernier apprit à choisir ses amants avec plus de discernement.

A Oxford, Tim courtisait entre autres l'un des professeurs les plus influents du collège. Il n'était pas encore passé à l'acte, mais il savait que cela ne saurait tarder.

Simon et lui riaient de la facilité avec laquelle leurs victimes succombaient. Depuis Eton, ils n'avaient jamais cessé d'être amants, mais le sexe ne tenait pas une place prépondérante dans leur relation. Simon comprenait d'ailleurs parfaitement le besoin qui poussait Tim à chercher constamment de nouvelles aventures. Tim avait deux sortes d'amants : ceux qu'il s'amusait à séduire pour le seul plaisir de les réduire à sa merci, et ceux qu'il choisissait par intérêt.

L'étudiant qui partageait avec eux l'appartement qu'ils occupaient à Christ Church College devait faire partie de la première catégorie. Mais jusque-là, il avait résisté aux tentatives de séduction réitérées de Tim, qui ne se décourageait pas pour autant. Il avait tout son temps, et savourerait d'autant plus sa victoire finale… Simon et lui avaient déjà un colocataire lorsque Miles était arrivé à Oxford, mais il avait été renvoyé, et Miles avait été désigné pour le remplacer. Entre Miles et Simon Herries, l'hostilité avait été immédiate. Ils ne se supportaient pas et passaient leur temps à s'éviter.

Tim, lui, passait le sien à provoquer Miles verbalement, cherchant à le pousser dans ses derniers retranchements. Car il rêvait de voir se fissurer cette mystérieuse façade, de voir tomber une à une les barrières dont Miles s'entourait. Oh, cela finirait par arriver, tôt ou tard, Tim n'en doutait pas. Personne ne lui avait jamais résisté. Au besoin, il inviterait Miles chez lui pour les vacances de Noël.

A la pensée de la scène que Simon risquait de lui faire, Tim fronça les sourcils, puis son regard se porta de nouveau sur Rachel. Perdu dans ses souvenirs, il l'avait presque oubliée. Elle était encore vierge ; il en aurait mis sa main au feu. Une *jeune vierge*… C'était exactement ce qu'il lui fallait. Son cœur se mit soudain à battre plus vite, et un délicieux vertige le saisit.

Grâce à cette fille, il allait enfin réussir à faire apparaître Satan ! Mais il y avait une ombre au tableau, songea-t-il avec un nouveau froncement de sourcils. Le plus dur serait en effet de convaincre Simon, qui s'était toujours montré sceptique. Pourtant, c'était lui qui avait eu l'idée de ressusciter le Cercle du feu de l'enfer ! Mais la sorcellerie n'exerçait pas sur lui la même fascination que sur Tim, très attiré par les sciences occultes.

Bon, il fallait absolument convaincre Simon. Mais comment ? Tim n'eut pas à chercher longtemps ; il connaissait les points faibles de son ami…

Un long frisson le parcourut. Les vierges se faisaient de plus en plus rares, et celle-ci était parfaite, absolument parfaite. Il la sentait farouche et fière, sauvage sous ses dehors policés. Elle se débattrait, et il aimerait ça.

Maîtrisant de plus en plus difficilement son impatience, Tim préféra penser à autre chose. Cette fille n'était peut-être qu'une simple serveuse, mais elle lui donnait l'impression d'être intelligente, et elle était méfiante, ce qui ne gâtait rien. Il ne voulait pas l'effrayer… Pas à ce stade. Plus tard, elle pourrait l'être autant qu'il lui plairait.

Le café était bondé, mais ils trouvèrent une petite table où Rachel s'installa pendant que Tim allait au bar. Elle avait remarqué en entrant l'intérêt que son compagnon suscitait autour de lui. Le moins que l'on puisse dire était qu'il ne passait pas inaperçu ! Elle-même se sentait très attirée par son extrême beauté, mais en même temps, quelque chose en lui la mettait mal à l'aise. Une intuition obscure l'incitait à se tenir sur ses gardes. Que risquait-elle, cependant, à discuter un moment avec lui ?

Ils furent parmi les derniers à quitter le café. Tim insista pour la raccompagner, mais lorsque, à la porte de l'hôtel, il essaya de l'embrasser, elle le repoussa sans ménagement. Il ne parut pas s'en formaliser ; un sourire nonchalant aux lèvres, une étincelle amusée dansant dans les yeux, il partit tenter sa chance auprès d'une autre.

Il était plus de 2 heures du matin lorsque Tim rentra chez lui. Après avoir quitté Rachel, il s'était dirigé vers une discothèque du centre-ville ; là, il avait rencontré une fille banale à pleurer qui s'était empressée de l'inviter à terminer la soirée dans sa chambre de bonne. Quand il était parti, un peu plus tard, imprégné d'une odeur de stupre à laquelle se mêlaient les effluves d'un parfum de supermarché, la fille dormait comme un sonneur en travers de son lit défait.

Miles leva le nez de ses livres mais ne fit aucune remarque lorsque son compagnon entra dans l'appartement.

— Encore debout ? railla Tim. Je te croyais depuis longtemps dans les bras de Morphée ! Mais peut-être craignais-tu que je ne cherche à abuser de toi pendant ton sommeil ?

Il provoquait ses victimes, les harcelait sans relâche pour les forcer à réagir. Mais cette technique, qui avait pourtant maintes fois fait ses preuves, se révélait totalement inefficace avec Miles, qui se contenta de sourire.

Tim se sentit soudain beaucoup moins sûr de lui. Son bel enthousiasme le déserta d'un seul coup. Il alluma une cigarette, tira deux ou trois bouffées en regardant Miles repousser calmement sa chaise, se lever, rassembler ses livres avec ordre et méthode. Jamais il n'aurait cru que ce type lui donnerait autant de mal. Comment le piéger ? Comment arriver à le réduire au désir et au désespoir ? Il devait pourtant bien exister un défaut dans sa cuirasse…

— Herries te cherchait, marmonna Miles.

Miles ne le regardait pas, mais Tim eut soudain l'impression qu'il était tendu. Enfin la preuve qu'il n'était pas invincible et qu'existait en lui, quelque part, une parcelle de vulnérabilité !

Tim grimaça un sourire en écrasant sa cigarette.

— Jaloux ? murmura-t-il d'une voix suave. Allons, mon petit Miles…

— Laisse tomber, Tim, tu perds ton temps ! Et si tu veux un conseil, envoie Herries promener. Chacun est libre de ses fréquentations, mais ce type est vraiment détestable.

— Pourquoi ? Parce qu'il est homo ? Au cas où tu l'ignorerais, la moitié au moins des étudiants…

— … Couchent avec des garçons de dix ans avant de les rouer de coups ? Cela m'étonnerait beaucoup !

Miles était donc au courant…, songea Tim. Simon avait dû faire une gaffe — il faudrait penser à lui recommander une plus grande discrétion.

— A-t-il dit ce qu'il voulait ? demanda Tim d'un ton détaché.

— J'ai cru comprendre qu'il y avait un contretemps, et que votre petite réunion ne pourrait avoir lieu comme prévu.

A Oxford, on ne dénombrait plus les coteries ou sociétés plus ou moins secrètes. Miles lui jeta cependant un regard aigu, qui n'eut pour effet que de ranimer en lui l'exaltation qui l'avait porté toute la soirée. Les risques, Tim les connaissait et les assumait pleinement. Le danger mettait un peu de piment dans sa vie trop fade. Et il n'aimait rien tant que de se tenir au bord du gouffre, à deux doigts du précipice dans lequel il menaçait à tout moment de basculer.

Miles regardait son compagnon déambuler dans la pièce, encore à moitié drogué et sentant le stupre à plein nez. Etrange… Il aurait juré que la fille aux cheveux cuivrés qu'il avait vue avec lui tout à l'heure n'était pas son genre. Celles que Tim fréquentait d'habitude étaient beaucoup moins effacées.

Prenant sur lui, Miles se retint d'ouvrir la fenêtre. Un peu d'air frais leur aurait pourtant fait du bien, mais il savait que Tim n'attendait que ça. Toutes les occasions lui étaient bonnes pour critiquer son camarade, le taxer de pudibonderie, et le pousser dans ses derniers retranchements. Si Tim croyait l'avoir à l'usure, il se trompait ! Jamais il ne céderait aux avances d'aucun homme, quel qu'il soit ! En revanche, tel qu'il se connaissait, il risquait bel et bien, un jour, de sortir de ses gonds et de lui casser la figure. A se demander si ce n'était pas là ce que cherchait Tim, d'ailleurs… Car il n'était pas impossible qu'il ait lui aussi un penchant pour la violence. Un penchant complémentaire de celui de Simon Herries. Il aimait peut-être recevoir les coups autant que Simon aimait les donner…

Mais c'étaient leurs affaires et cela ne le regardait pas, se dit

Miles. Lui, il était là pour travailler, pas pour s'occuper de ce qui se tramait à l'intérieur des cercles et autres coteries.

Le précédent colocataire de Tim avait été banni prétendument parce qu'il se livrait au trafic de drogue. Dans la mesure où presque tous les étudiants fumaient du haschisch, la peine semblait particulièrement sévère ! Etrangement, Tim ne parlait jamais de son ancien compagnon, malgré les douze mois qu'ils avaient passés ensemble.

Tim comptait au nombre de ces étudiants privilégiés entrés à Oxford par tradition, parce que depuis des générations tous les mâles de leur famille y faisaient leurs études. Il en ressortirait sans doute sans diplôme, ce qui ne semblait pas le déranger beaucoup. Mais ce qui frappait le plus Miles, c'était de constater que, en dépit de son physique avantageux, et indépendamment de son ambiguïté sexuelle, Tim avait un côté profondément cynique et dangereux, en totale contradiction avec son visage toujours souriant et son attitude désinvolte. S'il en avait eu la possibilité, Miles aurait préféré habiter avec quelqu'un d'autre, un étudiant issu du même milieu que lui et nourrissant les mêmes ambitions.

Il travaillait dur pour obtenir sa licence, première étape de son objectif final. Du plus loin qu'il s'en souvienne, Miles avait toujours rêvé de faire carrière dans la magistrature. Le chemin était encore long et difficile, mais cela ne l'effrayait pas. Car pour arriver à Oxford, il avait déjà dû franchir un nombre d'obstacles considérable pour un enfant qui sortait de l'Assistance publique.

Abandonné à la naissance sur les marches d'un hôpital, il avait failli mourir de froid. Pendant près de deux ans, il avait reçu des soins constants et lorsque, enfin, sa mère n'ayant jamais été retrouvée, il avait été jugé apte à l'adoption, personne n'avait voulu de lui. Il avait passé l'âge.

Cette tragédie l'avait rendu plus philosophe qu'amer. Après tout, l'orphelinat était bien tenu et le personnel très dévoué. Mû par une sorte d'instinct de survie, Miles avait très tôt appris à ne pas s'apitoyer sur son sort.

Dans son malheur, il avait eu la chance d'être placé dans un petit établissement de la riche région des Cotswold. L'un des plus généreux donateurs de la fondation était un colonel à la retraite, membre du conseil municipal. Veuf et menant une vie rangée, le colonel Whitegate faisait partie de ces hommes qui, bien que sans enfants, avaient un excellent contact avec eux. Par petits groupes, les jeunes orphelins étaient régulièrement invités au manoir pour aider le colonel à s'occuper du haras, puis pour prendre le thé avec lui, en toute simplicité, dans le confort douillet de son bureau. Le colonel élevait et entraînait des chevaux de polo, sport qu'il avait découvert à l'armée et qui était très vite devenu chez lui une passion. Assez riche, le colonel Whitegate n'avait cependant pas les moyens d'entretenir toute une écurie et de courir le monde pour y disputer des matchs ; aussi s'était-il spécialisé dans l'élevage. C'était aussi un homme cultivé, courtois, un gentleman que des goûts simples et une étonnante naïveté rendaient fort attachant.

Il se montrait bienveillant avec tous les enfants qui venaient chez lui et les connaissait tous par leur prénom. Lorsque Miles décrocha une bourse d'études à Rugby, le collège le plus coté d'Angleterre, le colonel commença à s'intéresser plus particulièrement à lui.

Le hasard avait là encore bien fait les choses, car le colonel était un ancien élève de Rugby. Si bien que lorsque le directeur lui expliqua que Miles serait sans doute obligé de renoncer à sa bourse parce que l'équipement requis à Rugby était trop onéreux, il proposa immédiatement de prendre à sa charge tous les frais de scolarité non couverts par la bourse. Entre l'achat de l'uniforme, l'argent de poche et les droits d'inscription aux nombreuses activités de loisirs dont le colonel ne voulait pas priver Miles, ces frais annexes représentaient à eux seuls une somme considérable.

A la fin du premier trimestre, Miles essaya timidement de protester, mais le colonel coupa court à ses scrupules, prétextant que tout l'intérêt d'une école privée résidait justement dans les opportunités qu'elle offrait sur le plan des sports et des loisirs.

— Crois-tu que je me serais intéressé au polo si je n'étais pas entré dans l'armée ? Au fait, à quoi comptes-tu te destiner, plus tard ?

— J'aimerais faire mon droit, monsieur…

Miles ignorait d'où lui venait cette passion pour le droit. Mais par leur diversité et leur complexité, les études juridiques l'avaient toujours attiré. D'ailleurs, il avait déjà fait part de ses projets à son professeur principal.

Si le colonel Whitegate fut déçu, il se garda bien de le montrer. Miles savait déjà que les études de droit étaient longues et coûteuses, et que le népotisme régnait dans le monde très fermé des gens de loi. Il n'y ferait sa place que si d'autres avocats acceptaient de partager leur cabinet avec lui. Le chemin serait d'autant plus escarpé que Miles ne voulait pas se cantonner dans la routine et traiter toute sa vie des affaires de divorce et autres litiges de la vie courante.

Tout cela, son professeur le lui avait dit. Miles savait en outre qu'il lui faudrait tout d'abord obtenir sa licence et que, préparée à Oxford, celle-ci aurait dix fois plus de valeur. Son diplôme en poche, il devrait poursuivre ses études, passer des examens, faire des stages chez des avocats…

Comme il l'expliqua au colonel, Miles savait exactement ce qui l'attendait.

— C'est un garçon intelligent, et qui ira loin, confia plus tard le colonel au directeur de l'orphelinat.

— Peut-être trop loin…

— Non, on ne va jamais trop loin.

Le colonel n'eut pas à regretter les espoirs qu'il avait fondés sur Miles. Lorsque son protégé obtint son baccalauréat, il l'invita à passer l'été chez lui. Mais Miles, cet été-là, ne s'accorda que deux semaines de vacances. Il se fit embaucher comme débardeur sur une plate-forme pétrolière de la mer du Nord. Il s'agissait d'un travail dur et ingrat, mais bien payé ; et Miles se retrouva avec un bon pécule qui, s'il se montrait économe, lui permettrait de tenir jusqu'à l'obtention de sa licence de droit.

En fait, son expérience à Aberdeen se révéla à tous points

de vue extrêmement enrichissante. Au contact de ses collègues débardeurs, Miles se rendit compte qu'il leur suffisait parfois de dire qu'ils travaillaient sur une plate-forme pétrolière pour qu'aussitôt les femmes leur tombent dans les bras. Ce fut ainsi que, dans un pub, il rencontra l'épouse esseulée de l'un des cadres de la société pétrolière qui l'employait. Dans l'intimité de sa maison de style néogéorgien, cette femme lui enseigna les mille et une manières d'atteindre l'orgasme. Miles, dont l'expérience se limitait jusque-là à quelques étreintes furtives, découvrit en lui les ressources insoupçonnées d'une sensualité qui ne demandait qu'à s'épanouir. Les leçons de son initiatrice furent par la suite très largement mises à profit.

Il n'avait pas de petite amie attitrée. Pour rien au monde il n'aurait voulu, à l'instar de certains de ses camarades, se mettre un fil à la patte en s'engageant durablement.

Le plus clair de son temps, Miles le passait tout simplement à étudier. Ses seuls divertissements consistaient à participer à des débats contradictoires et à jouer au tennis. Il aimait également la musique, et signait de temps à autre un article plein d'esprit dans *Isis,* la gazette du collège.

Contrairement aux étudiants qui constituaient la jeunesse dorée d'Oxford, il ne buvait ni ne se droguait. Il était trop intelligent pour tomber dans ce genre de piège. Quant à l'homosexualité, elle ne le tentait pas non plus. A Rugby, déjà, il avait été confronté au problème. Et s'il comptait aujourd'hui un certain nombre d'homosexuels parmi ses amis, s'il appréciait leur vivacité d'esprit et leur grande sensibilité, Miles ne ressentait en revanche aucune attirance physique pour les personnes de son sexe.

Avec Tim Wilding, il aurait pu être plus direct, plus brutal dans son refus de céder à ses avances. Ce qui l'en empêchait, c'était cette impression persistante d'avoir affaire à un être cruel, destructeur, et probablement dépourvu de tout sens moral.

Tim et ses amis avaient fortement tendance à snober les étudiants boursiers, qui n'avaient pu compter que sur leurs seuls mérites personnels pour entrer à Oxford. Miles trouvait leur attitude d'autant plus puérile qu'il était intimement convaincu que, malgré leurs grands airs et leurs fanfaronnades, ces garçons riches et comblés souffraient en réalité d'un complexe d'infériorité.

Savoir que le grand-père de Tim n'était rien de moins que l'un des comtes les plus influents d'Angleterre n'impressionnait pas Miles le moins du monde. En fait, il plaignait son compagnon plus qu'autre chose. Avec un grand-père aussi prestigieux que le sien, avec un père devenu un brillant homme d'affaires, Tim n'avait pas la tâche facile s'il voulait se montrer à la hauteur. Miles préférait de très loin sa place à la sienne ; au moins, aucun de ses ancêtres ne risquait de lui faire de l'ombre ! Non, il n'enviait pas Tim, et il n'éprouvait aucune sympathie particulière pour l'un ou l'autre de ses compagnons. Mais il se méfiait davantage de Simon Herries. Car celui-ci possédait un formidable charisme, un ascendant extraordinaire sur les autres, que Miles avait d'emblée jugé suspect. Doté d'une très forte personnalité, Simon n'en était pas moins inquiétant, parfois, dans sa façon de réagir face à des situations imprévues.

Les mœurs dissolues des deux garçons n'étaient un secret pour personne. D'ailleurs, Simon et Tim étaient loin d'être les deux seuls bisexuels du collège. Le plus dur à supporter, pour Miles, c'était plutôt la perversion qui sous-tendait les rapports qu'entretenaient les deux amants. Il aurait fallu être aveugle pour ne pas voir que Tim provoquait constamment Simon, et qu'il prenait plaisir à être malmené et parfois même brutalisé par lui.

Selon toute vraisemblance, les deux garçons ne se cantonnaient pas dans une simple relation homosexuelle. Il semblait même que l'aspect purement charnel de cette relation n'occupait que le second plan, Tim ne se cachant pas d'avoir de nombreux autres amants et maîtresses. Le plus surprenant était que, en dépit de sa vie de débauché, il conservait un visage d'ange, et cet air faussement innocent qu'ont parfois les adolescents à l'approche de la puberté. Mais autant Tim pouvait être charmant et drôle, autant Simon Herries était désagréable.

Miles ne faisait pas partie de leur petite coterie, ce dont il ne se plaignait pas. Apparemment, ses deux camarades avaient fondé une sorte de secte, une société secrète comme il en existait tant à Oxford. Les unes étaient vouées à l'extinction, les autres perduraient et certaines même passaient à la postérité. Miles ne connaissait pas les objectifs poursuivis par la secte de Simon, mais il avait l'impression qu'elle sombrerait vite dans l'oubli une fois son fondateur parti.

Tim lui confia un jour que Simon se destinait au sacerdoce. Miles ne voyait pas un être aussi profondément dévoyé devenir prêtre, mais il préféra garder son opinion pour lui.

Ce soir-là, Tim attendit pour sortir que Miles soit profondément endormi. Le couvre-feu n'était plus en vigueur depuis longtemps, mais le mystère était le sel même de sa vie. Une grande jubilation l'habitait tandis qu'il se glissait en catimini hors de l'appartement et filait rejoindre Simon, à l'extérieur du collège.

Comme prévu, Simon était au rendez-vous. Mais lorsque Tim voulut l'enlacer, il le repoussa d'un air dégoûté, visiblement incommodé par l'odeur dont son amant était imprégné.

Tim laissa échapper un petit rire. Il savait qu'il pouvait rendre Simon fou de désir s'il le voulait.

— J'ai eu ton message, murmura-t-il. Il y a un imprévu ?

— Oui, nous devons trouver un autre endroit. Le pasteur se doute de quelque chose.

— Oh, la barbe ! Je suis sûr qu'à son époque Francis Dashwood n'avait pas autant de problèmes ! Tiens, j'ai trouvé de quoi te remonter le moral : une vierge comme on n'en fait plus.

C'était à Eton que Simon Herries avait commencé à s'intéresser au satanisme, après un cours d'histoire où il avait été question de sir Francis Dashwood et de ses adeptes. Au fil des années, son intérêt pour les sciences occultes n'avait fait que croître.

A Oxford, il connaissait beaucoup de garçons comme Tim Wilding, qui avaient des tendances sadiques ou masochistes. L'idée de les réunir au sein d'une société secrète s'était très vite imposée à lui. Sexe, violence, mystère, pouvoir : tous les ingrédients y étaient pour exciter son imagination. Le but avoué de la secte était moins de faire apparaître Satan que de déterminer si oui ou non c'était possible. Il fallait bien lui donner une apparence de respectabilité et de sérieux !

Mais pour vérifier les dires de Dashwood et de ses ouailles, qui prétendaient avoir réussi à entrer en contact avec Satan, Simon et les autres membres de la secte devaient nécessairement utiliser les méthodes de leurs prédécesseurs.

Jusque-là, leurs rites s'étaient toujours déroulés dans une petite église des environs d'Oxford. Il leur faudrait à présent trouver un autre lieu.

Personnellement, Simon ne prenait pas très au sérieux les assertions de Dashwood. Il pensait que, comme lui, le grand prêtre du satanisme aimait le pouvoir, et qu'il s'était servi du diable et de la crainte superstitieuse qu'il inspirait pour mieux asservir les autres. A Eton, Simon avait découvert qu'il n'y avait rien de tel que la peur pour assujettir et dominer les plus faibles.

Ses disciples, il les choisissait exclusivement parmi les gens susceptibles de lui apporter quelque chose. Connaissant leurs travers, il les attirait en leur promettant des orgies et des messes noires à foison. Plus tard, il se servait de ces leurres pour les menacer de les dénoncer.

Contrairement à Simon, Tim prenait à la lettre les affirmations de Francis Dashwood. Le satanisme représentait à ses yeux bien davantage qu'un simple moyen de contrôler les autres — en ce qui le concernait, il n'avait d'ailleurs pas besoin de cela.

Une des grandes dates du calendrier sataniste était la nuit de la Toussaint. A cette occasion, une messe noire s'imposait. Le sacrifice d'une vierge au cours de cette messe devait permettre aux membres du Cercle du feu de l'enfer d'évoquer le Malin.

Ce soir, en bavardant de choses et d'autres, Rachel lui avait confié qu'elle était orpheline. Il en avait presque sauté de joie. Cette fille était décidément la proie rêvée ! Tremblant d'une excitation fébrile, Tim n'avait pu s'empêcher d'imaginer la scène, le moment où il la pénétrerait, puis celui où il procéderait au sacrifice rituel avant l'offrande finale au prince des ténèbres.

Personne, pas même Simon, qui l'avait pourtant initié aux

sciences occultes, ne savait à quel point Tim avait été marqué par ses lectures. Il connaissait par cœur toute l'histoire du satanisme. L'aboutissement de toutes ses années de recherches, la récompense suprême serait de réussir enfin à établir le contact avec Satan. Cette fois, Tim était presque sûr d'y parvenir, et cette quasi-certitude le plongeait dans un état euphorique très étrange.

Les sourcils froncés, Simon le fixait sans rien dire. Tim avait encore fumé ; il avait l'œil glauque et un mince filet de salive s'échappait de ses lèvres. Simon l'avait plus d'une fois mis en garde ; le haschisch ferait de lui une loque s'il dépassait la mesure.

Puis sa pensée revint à ce que lui avait dit son ami. Sacrifier une vierge ? Pourquoi pas ? Personnellement, Simon eût préféré que le choix de Tim se portât sur un éphèbe. La seule pensée d'un corps frêle tout juste pubère suffisait à l'exciter. Il repensa à ce garçon, la semaine dernière... et sa peau se couvrit de sueur.

Un jour, à Eton, alors qu'il avait une douzaine d'années, Simon avait surpris un des grands en train de forcer Tim à pratiquer sur lui la fellation. Ce spectacle l'avait beaucoup impressionné car il lui avait fait prendre conscience que les pratiques sexuelles pouvaient aussi procurer du plaisir. Et pas seulement engendrer de la souffrance, comme il l'avait toujours cru.

Et pour cause : la première fois que son père abusa de lui, il n'avait pas cinq ans.

Sa mère étant morte peu après sa naissance, Simon fut élevé par sa grand-tante paternelle. Il voyait rarement son père, retenu à Londres par ses affaires. Jusqu'au jour où sa grand-tante décéda elle aussi, ce qui décida son père à s'installer définitivement dans le nord de l'Angleterre. C'était un homme taciturne, distant, effrayant pour un enfant de quatre ans. Sans trop savoir pourquoi, Simon se méfiait de lui.

La première fois que son père se glissa dans son lit et commença à le caresser avec une impatience fébrile, Simon poussa des hurlements de terreur. Il comprit vite son erreur. Le lendemain, son père le fouetta jusqu'au sang. Ce qu'il fit ensuite, Simon ne devait jamais l'oublier. Après s'être agenouillé par terre, son père se mit à lécher les gouttes de sang sur ses fesses lacérées.

Simon apprit à serrer les dents, à supporter en silence les assauts nocturnes de son père, les corrections qu'il lui infligeait au moindre prétexte, et les orgies auxquelles il se livrait sous ses yeux.

Plus tard, à Eton, Simon tomba immédiatement sous la coupe d'un grand. La cruauté de son aîné ne suscita chez lui que passivité et résignation. Il avait déjà tellement enduré de tourments chez lui que plus rien ne pouvait le révolter.

Un jour, il fut assez grand pour dominer et assujettir à son tour les élèves plus jeunes. Toute sa vie, il tirerait son plaisir de la souffrance infligée à plus faible que lui, il s'en rendit très vite compte. Et de même qu'il avait appris à masquer les relations contre nature qui l'unissaient à son père, il apprit à dissimuler les pulsions sadiques qui gouvernaient sa vie.

Lorsqu'il arriva à Oxford, Simon était passé maître dans l'art de camoufler sa véritable personnalité. Personne, même parmi les gens qui ne l'aimaient pas et le trouvaient étrange, ne pouvait le percer à jour. Tim lui-même ne savait rien de son enfance ; c'était un secret, un secret que Simon avait enfoui au plus profond de sa conscience et qu'il ne dévoilerait jamais.

Avant même de la connaître, il haïssait Rachel. Cette garce avait tourné la tête de Tim. Quand son ami parlait d'elle, les yeux brillant d'excitation, Simon souffrait. Il détestait les femmes. Sa mère, d'abord, puis sa tante, qui l'avaient toutes deux abandonné et livré au bon vouloir de son père. Pourtant, si au lit les femmes ne lui faisaient aucun effet, il savait néanmoins qu'un jour il se marierait. En dehors de la propriété et des terres qui allaient avec, son père ne lui avait pas légué grand-chose en mourant. Or Simon n'ignorait pas que sans argent, il ne pourrait aller très loin. Et il avait beaucoup d'ambition. Le mariage était donc la seule solution. En prévision, il avait dressé une liste de candidates.

Sans transition, Simon revint à des préoccupations plus immédiates. Où allait-il pouvoir célébrer leur prochaine messe ? Si l'un des membres de la secte n'avait pas eu la bêtise de laisser traîner un cierge noir, la dernière fois, il n'en serait peut-être pas là...

— J'ai une idée ! s'écria soudain Tim, la voix vibrant d'excitation.

Simon leva les yeux. Adossé à la fenêtre, la tête légèrement renversée en arrière, les yeux mi-clos, Tim paraissait sûr de lui, et plus déterminé que jamais.

— Il y a une chapelle à Marchington. C'est exactement ce qu'il nous faut.

— Tu es fou ! C'est beaucoup trop dangereux.

« Dangereux »... Simon se mordit la lèvre. Trop tard ! Le mot était lâché et déjà, Tim exultait.

— Plus l'épreuve est difficile, meilleure est la récompense, susurra Tim. Réfléchis, Simon. A Marchington, personne ne viendra nous déranger. Nous serons tranquilles. Et cette fois, je te garantis que le diable sera de la partie. Nous procéderons au sacrifice sur l'autel de la chapelle et Satan apparaîtra. Je *sais* qu'il viendra.

Simon se dandinait d'une jambe sur l'autre, mal à l'aise. Tim s'était mis dans la tête de faire apparaître le diable, persuadé que c'était le seul moyen de parvenir au pouvoir absolu. Comme il ouvrait la bouche pour protester et essayer de le raisonner, il fut frappé par l'expression quasiment extatique qu'il vit sur le visage de son compagnon. Tim semblait fasciné, comme hypnotisé par une apparition mystérieuse, une hallucination.

Dans ces conditions, pourquoi chercher à le dissuader ? Simon avait tout à gagner à le laisser suivre son idée. Autoriser le sacrifice rituel lui donnerait un ascendant extraordinaire sur Tim et sur ses acolytes. C'était à lui, et à lui seul, que la cérémonie conférerait un pouvoir extraordinaire, un pouvoir beaucoup plus concret que celui que Tim briguait. Pendant que Tim officierait, lui, dans son coin, photographierait consciencieusement la scène. Pour plus tard...

Il passa en revue les membres du Cercle du feu de l'enfer. Lesquels étaient les plus susceptibles de lui être utiles un jour ? Lesquels étaient les plus aptes à céder au chantage ?

— Parfait, dit-il d'une voix très calme. Mais tout devra être soigneusement planifié, et il ne faudra parler du sacrifice à personne, absolument personne. Au dernier moment, ils risqueraient de nous faire faux bond et d'aller tout raconter.

— Sois tranquille, Simon, tout se passera comme sur des roulettes.

Tim respirait fort et son regard brillait d'un éclat dont Simon connaissait depuis longtemps la signification.

— Ici ?… murmura-t-il, hésitant. Tu veux faire ça ici ?

Il faisait froid et il n'y avait pas de lumière, mais ni l'un ni l'autre ne s'arrêtèrent à ces détails.

Quelques instants plus tard, leur passion assouvie, Tim s'exclama :

— Dommage que Miles ne soit pas là !

— Attention, Tim. Ce type n'est pas comme les autres. Il ne cédera pas.

Tim était convaincu du contraire, mais il ne se sentait pas la force de discuter. Il ferma les yeux et pensa à la messe. Aussitôt, l'adrénaline passa dans ses veines, comme un puissant aphrodisiaque. Il se tourna vers Simon. Mais cette fois, Simon repoussa ses avances. C'était lui qui fixait les règles — et cela, Tim avait parfois tendance à l'oublier.

7

Ce fut au cours du premier trimestre que Tim passait à Oxford que Simon et lui ressuscitèrent le Cercle du feu de l'enfer. L'étudiant qui partageait leur appartement faisait également partie des membres fondateurs, mais il parlait trop, aussi durent-ils se débarrasser de lui. Simon eut l'idée de cacher de la drogue dans ses affaires. Manigancer pour le faire prendre fut pour lui un jeu d'enfant. Depuis lors, ils recrutaient avec le plus grand soin les étudiants qu'ils décidaient d'admettre dans leurs rangs.

Pour que la secte fonctionne, il leur fallait treize membres permanents, auxquels s'ajoutaient plusieurs suppléants ou novices. Richard Howell et Alex Barnett comptaient au nombre de ces derniers.

L'un et l'autre étaient entrés dans le cercle plus ou moins par hasard. Un jour, à la bibliothèque, Alex avait engagé la conversation avec Tim, alors plongé dans un traité d'alchimie. Enfant, Alex s'était passionné pour la quête des alchimistes du Moyen Age, qui cherchaient la formule secrète leur permettant de transformer le plomb en or. Sans savoir vraiment où il mettait les pieds, Alex accepta de prendre part à l'une des réunions du cercle.

Au fond, il s'était senti flatté par l'invitation de Tim. Etudiant boursier, il avait passé tout le premier trimestre à admirer Tim et sa clique de fils à papa, imbus des privilèges de leur naissance aristocratique.

Pour Richard Howell, les choses se déroulèrent de manière quelque peu différente. Il avait toujours été très porté sur le sexe, si bien que lorsqu'il entendit parler d'un nouveau cercle se proposant de perpétuer les orgies auxquelles se livrait au XVIIIe siècle le célèbre Cercle du feu de l'enfer, il fit immédiatement savoir que si un tel cercle existait réellement, il serait prêt à s'y inscrire.

Tous deux entrèrent donc comme novices dans ce qu'ils prenaient pour une simple société secrète. Si le groupe auquel ils avaient désormais le privilège d'appartenir donnait dans le satanisme, ce n'était à leurs yeux que pour épaissir le mystère dont il s'entourait et impressionner un peu plus les néophytes. Ils auraient éclaté de rire si Tim leur avait confié qu'il était un adepte convaincu du culte de Satan, un adorateur du diable. Tous deux auraient juré que pour lui comme pour eux il ne s'agissait que d'un jeu. Lorsqu'ils se rendirent compte de leur erreur, il était presque trop tard.

En tant que novices, ils n'avaient pas encore été autorisés à assister à un sabbat. Avant de prononcer l'admission définitive des nouvelles recrues au sein de la secte, Simon veillait à s'entourer d'un certain nombre de précautions. Cette période probatoire, avant l'initiation proprement dite, donnait au grand prêtre du Cercle du feu de l'enfer l'occasion de rassembler contre ceux qu'il s'apprêtait à confirmer suffisamment d'éléments compromettants pour les réduire au silence le jour où ils décideraient de quitter la secte.

Cette démarche s'inscrivait tout naturellement dans la continuité de la voie que Simon s'était tracée. Il ne savait pas encore précisément à quoi cela le mènerait, mais il était convaincu d'une chose : plus il tiendrait de gens sous sa coupe, mieux cela vaudrait. D'ailleurs, les nouveaux initiés auraient été surpris s'ils avaient pu se douter de la quantité phénoménale de renseignements que Simon avait réunis à propos de chacun d'eux…

Richard Howell l'intéressait surtout pour les relations qu'il possédait dans le monde de la finance — un jour, cela risquait fort de lui être utile. Quant à Alex Barnett, il était issu de cette petite-bourgeoisie locale que Simon trouvait mortellement ennuyeuse. Néanmoins, il avait un esprit intelligent et entreprenant, qu'il aurait sans doute été dommage de laisser passer.

Alors, il prévint les deux jeunes gens que la cérémonie d'initiation aurait lieu lors de la prochaine grande réunion de la secte.

Un après-midi, s'étant rencontrés à la bibliothèque, Richard et Alex en discutèrent ensemble. Tandis que, rempli d'appréhension, Alex s'inquiétait de ce que ses parents diraient s'ils venaient à apprendre ses intentions, Richard se réjouissait par avance des orgies qui les attendaient.

Sans la rassurante désinvolture de Richard, Alex se serait probablement rétracté. Il avait aidé aux préparatifs d'une messe noire et, à cette occasion, il avait éprouvé un étrange malaise face à la solennité des rites sacrilèges. Ses cheveux n'avaient cessé de se dresser sur sa tête, comme pour l'avertir d'un danger. Mais le petit univers d'Oxford était encore si nouveau pour lui, et il manquait tellement de confiance en lui qu'il n'osa pas exprimer ouvertement ses réticences. Alex n'oubliait pas qu'il était entré à l'université par la petite porte. Oxford l'impressionnait avec ses traditions séculaires, ses étudiants insouciants et arrogants qui méprisaient allègrement les boursiers comme lui, et faisaient la loi dans tout le collège.

Sachant que Simon Herries et Tim Wilding provenaient tous deux de familles fortunées, il ne pouvait s'empêcher d'éprouver pour eux une certaine admiration. Pourtant, doté d'un esprit analytique, Alex pressentait déjà ce qui faisait la valeur d'un homme : non pas sa naissance, mais ses qualités intrinsèques.

Les parents d'Alex étaient très fiers de leur fils étudiant à Oxford. Son père lui avait chaudement recommandé de rester à l'écart des groupes politiquement engagés, mais toute la vie du collège s'organisant autour de ses différentes coteries, Alex s'était retrouvé presque malgré lui entraîné au sein de l'aréopage qui gravitait autour de Tim et de Simon. Il leur enviait leur aisance et leur assurance, et rêvait de pouvoir un jour, lui aussi, prendre ses études par-dessus la jambe, se moquer de réussir ou non dans la vie. Sans s'en rendre compte, il avait d'ores et déjà adopté l'accent un peu traînant de Tim.

— Je me demande en quoi consisteront les rites d'initiation, déclara Richard, la mine gourmande.

A ces mots, Alex sentit son estomac se contracter douloureusement. Des dizaines d'histoires de bizutage, plus horribles les unes que les autres, lui revinrent brutalement à la mémoire.

— Peut-être chacun de nous aura-t-il droit à une vierge ? supputa Richard avec un petit sourire.

Contrairement à Alex, il n'éprouvait aucune appréhension. L'imagination n'avait jamais été son fort. L'amertume de son père, qui ne s'était jamais remis d'avoir été évincé de la direction de la banque familiale, l'avait profondément marqué. Cette rancune, Richard l'avait ressentie avant même de pouvoir en comprendre les raisons. Son père s'était en effet appliqué à le convaincre qu'il avait été dépossédé d'un bien qui lui revenait de plein droit.

Plus tard, Richard avait compris de quoi il retournait. Son père, Jacob Howell, était le cadet de la famille. C'était son frère aîné qui devait succéder à leur père à la tête de la banque. Jacob en avait toujours voulu à son père de lui avoir préféré son frère, et à son frère, d'être né le premier.

Le jour des treize ans de Richard, Jacob Howell sortit son revolver du tiroir de son bureau et se tira une balle dans la tête.

A la fin du trimestre, lorsque Richard rentra chez lui, il découvrit que son père était mort et que sa mère se trouvait « dans une maison où on l'aidait à se rétablir ». Dorénavant, il allait vivre chez son oncle David, et devait s'y sentir comme chez lui.

Mais jamais il n'y parvint. Contrairement à son père, cependant, Richard apprit à ne pas se laisser submerger par la rancœur et à cacher ses sentiments sous un masque de joyeuse insouciance, donnant le change avec des pitreries auxquelles tout le monde se laissait prendre, à l'exception toutefois de son grand-oncle Reuben.

— Tu peux me croire, David, dit-il un jour à son neveu. Ce garçon va nous attirer des ennuis !

— Aucun risque ! protesta David Howell en riant. Richard n'a rien d'un conspirateur, il ne pense qu'à faire l'imbécile.

— Détrompe-toi, David, insista Reuben Weiss. C'est toi l'imbécile, de ne pas te rendre compte de la manière dont il t'observe quand il se croit à l'abri des regards.

Ce soir-là, David confia à sa femme que le vieux Reuben commençait à devenir sénile.

La Banque Howell, ou du moins la succursale anglaise, ouvrit à Londres en 1789, au lendemain de la Révolution française. Les aristocrates en fuite débarquaient en Angleterre par centaines, ne sachant que faire des bijoux qu'ils avaient emportés. Ils furent ravis de découvrir à Londres une banque dont le président parlait français aussi bien qu'eux et, qui plus est, les traitait avec les égards qui leur avaient longtemps été dus. Quel immense sentiment de réconfort ils éprouvaient lorsqu'ils s'asseyaient dans le bureau de M. Howell, presque aussi accueillant que leurs propres salons, et pouvaient donner libre cours à leurs récriminations et à leur colère en se sentant écoutés et compris !

M. Howell se montrait également très compréhensif lorsqu'il s'agissait de convertir leurs bijoux de famille en espèces sonnantes et trébuchantes, et ce dans les plus brefs délais car ses clients avaient encore en France des parents qu'il fallait au plus tôt tirer d'affaire. M. Howell se révélait là encore d'un grand secours. Il était en contact avec un groupe d'hommes courageux, tout prêts à venir en aide aux nobles français aux prises avec la populace déchaînée. L'entreprise était évidemment fort coûteuse, et aussi quelque peu hasardeuse…

Trop intelligent pour se laisser griser par l'appât du gain, Jacob Howell comprit qu'il fallait procéder avec ordre et méthode. Il suffisait simplement que sur dix familles faisant appel à lui pour aider des parents à quitter la France, il en fasse échouer une. La banque Howell avait évidemment tout à gagner à ce que la famille malchanceuse soit très riche et prête à payer le prix fort.

M. Howell était affreusement désolé d'annoncer à ses clients que ses amis n'avaient pas réussi — d'autant que certains d'entre eux avaient disparu en même temps que les personnes qu'ils devaient sauver. M. Howell aurait tant aimé pouvoir rembourser la somme que monsieur ou madame avait avancée, mais hélas…

Il avait alors un haussement d'épaules éloquent, qui signifiait à lui seul que lorsqu'une entreprise telle que celle-là échouait, plus personne ne se souciait d'argent. Tant et si bien que Monsieur ou Madame quittaient la banque absolument persuadés d'avoir eu affaire à un homme dont la bonté n'avait d'égale que la bravoure.

Au bout du compte, le calcul de Jacob Howell se révéla très payant. Les nobles qu'il aidait réellement à sortir de Paris lui rapportaient largement de quoi subvenir à ses besoins, et ses gains étaient démultipliés lorsque l'opération échouait. Mais comme la malchance frappait rarement, et jamais au hasard, personne ne s'aperçut que les malchanceux étaient toujours les plus riches et les plus conciliants.

Une fois que Jacob eut pris goût à l'argent facilement gagné, il n'eut qu'un pas à faire, étant donné les nombreuses relations dont il disposait à travers l'Europe — Jacob Howell était le cinquième fils d'un prêteur sur gages autrichien dont les frères sévissaient aux quatre coins du continent —, pour passer du trafic d'émigrés à l'espionnage pour le compte des services secrets français et anglais, qui payaient tous deux fort grassement.

En France, Fouché tenait le frère de Jacob Howell pour l'un de ses meilleurs agents. En outre, qui ferait jamais le rapprochement entre Raoul Lebrun, ce partisan indéfectible de la Révolution, Felix Lewotiz en Autriche, et Jacob Howell à Londres ? Les trois frères n'avaient pas grandi dans le ghetto pour rien : ils savaient mieux que personne brouiller les pistes.

A Londres, William Pitt traitait Jacob Howell avec déférence et courtoisie. Les guerres coûtaient très cher et les banquiers, notamment les banquiers prospères qui se déclaraient prêts à soutenir financièrement leur pays d'adoption, étaient toujours les bienvenus.

Personne ne se doutait que Jacob Howell ne se contentait pas de faire entrer en Angleterre des lettres secrètes, et que, par la voie utilisée autrefois pour les émigrés, il faisait également venir de France des marchandises plus immédiatement monnayables comme les soieries et les alcools fins.

Pour assurer la liaison entre ses frères et lui, Jacob Howell disposait de nombreux contacts. Grâce aux Rothschild, il apprit en avant-première la victoire des Anglais à Waterloo — et put profiter pleinement de la débâcle financière de ceux qui avaient cru à une victoire française. En l'espace d'une nuit, sa fortune quadrupla et la banque Howell assit définitivement sa notoriété.

En 1818, Jacob Howell s'offrit un titre de noblesse et épousa l'unique héritière d'un riche négociant londonien. Il eut un fils et trois filles. A sa mort, il légua la banque à son fils, spoliant ses filles et instaurant dans la famille la tradition de la succession par ordre de primogéniture.

Le grand-père de Richard était sensiblement moins borné que son ancêtre ; d'autant que *ses* fils étaient des jumeaux, nés à dix minutes d'intervalle, et que celui des deux qu'il préférait était le cadet, Jacob, le plus sensible et le plus rêveur.

Cependant, il ne pouvait déroger à la tradition. A sa mort, il partagea ses actions entre ses deux fils mais donna à David, l'aîné, la participation majoritaire et la présidence de la banque, qui lui revenaient de plein droit.

Tout aurait pu bien se passer, n'eussent été la jalousie maladive de Jacob à l'égard de son frère et sa tout aussi coupable insouciance. Tandis que David, suivant l'exemple de ses ancêtres, épousait une jeune fille de bonne famille, assurée d'hériter un jour la totalité des biens de ses parents, Jacob s'amourachait d'une fille sans le sou qui n'avait même pas l'excuse d'être jolie. Comme il n'en faisait jamais qu'à sa tête, il épousa sa Phyllis envers et contre tous. Richard, lui, était intimement persuadé que toute sa vie, son père avait regretté cette décision. S'il s'était mis à boire et à jouer, ce n'était certainement pas uniquement par jalousie envers son frère aîné.

La rupture fut consommée avec celui-ci le jour où l'on découvrit que Jacob avait signé une reconnaissance de dette qu'il était incapable d'honorer. David le convoqua à la banque et lui annonça que la traite ne serait pas payée tant qu'il n'aurait pas consenti à lui céder la plus grande partie de ses actions et à démissionner du comité directeur. Jacob fut bien forcé d'accepter.

Un mois plus tard, il se donnait la mort, léguant à son fils des trésors d'amertume et de rancune que Richard eut soin de garder secrets. A treize ans, il savait depuis longtemps que ses malheurs provenaient des circonstances de la naissance de son père et de son oncle et que, à dix minutes près, c'était lui, et non son cousin Morris, qui héritait de la banque.

Morris avait trois ans de moins que lui, et Richard était bien décidé à tirer parti des avantages que lui conférait son âge. Son oncle lui avait déjà promis que s'il travaillait bien à Oxford, il lui offrirait un bon poste au sein de la banque. Cette place, Richard la voulait, évidemment. Mais en réalité, il aspirait à bien davantage.

Son oncle avait été impressionné lorsque Richard avait mentionné au passage le nom de Tim Wilding ; quand il saurait que son neveu était à présent invité à Marchington Place, il n'en reviendrait pas. Pas question, cependant, de lui révéler les motifs de cette invitation…

Richard ne tenait plus en place. Penser que la cérémonie d'initiation allait se dérouler dans la chapelle de Marchington portait son excitation à son comble.

Ils devaient tous aller passer le week-end là-bas. Richard se documenta sur la propriété et découvrit que, contrairement au manoir de Francis Dashwood, Marchington Place ne comportait pas de cachots où ils auraient été tranquilles pour accomplir leurs rites secrets. Tim lui apprit cependant que sa famille serait absente durant ces deux jours. Ils ne seraient donc pas dérangés.

Chaque soir, pendant plus d'une semaine, Tim alla attendre Rachel à la sortie du pub où elle travaillait. Au début, elle restait sur la défensive, craignant visiblement qu'il ne s'attaque à sa vertu. Voyant que rien de ce genre ne se produisait, elle avait fini cependant par abaisser sa garde.

Tim était le premier garçon de son âge qu'elle fréquentait. Il pouvait être très drôle, quand il voulait s'en donner la peine ; les anecdotes qu'il racontait avec humour et désinvolture sur sa famille et ses amis avaient séduit des interlocuteurs beaucoup plus avisés et désabusés que Rachel.

N'importe quelle autre fille aurait cherché à savoir pourquoi il n'essayait pas de coucher avec elle, mais Rachel ne se comportait pas comme une fille ordinaire. Elle avait peur des hommes, et cette répulsion, Tim l'avait tout de suite sentie. Curieux de savoir jusqu'où il pourrait aller sans l'effaroucher, il s'amusait à la frôler comme par inadvertance, pour le plaisir de la voir se raidir et lever vers lui ses grands yeux inquiets. Quelle chance inouïe il avait eue de la rencontrer ! A croire que le diable lui-même l'avait placée sur son chemin, juste au moment où il avait le plus besoin d'elle.

Quand il l'eut un peu apprivoisée, il veilla à ne l'emmener que dans des endroits où on ne risquait pas de les voir, lui proposant de longues balades à pied le long de la rivière ou des promenades en voiture dans la campagne environnante.

Lorsqu'il informa Simon de son intention d'inviter Rachel à Marchington, il se fit traiter d'imbécile.

— Qu'est-ce qui m'en empêche ? s'écria-t-il. A Marchington Place, je suis chez moi, que je sache !

— Elle détonnera. Tes sœurs…

— Mes sœurs lui feraient bonne figure, comme elles font bonne figure à tous mes amis, y compris à toi, mais elles ne seront pas là.

Tim s'interrompit un instant et esquissa un sourire cruel.

— Tu caches bien mal ton jeu, Simon, tu sais, susurra-t-il, prenant un malin plaisir à enfoncer le clou. Même si tu étais allé jusqu'à la demander en mariage, mon père ne t'aurait jamais laissé épouser Deborah. Il a d'autres projets pour elle.

Simon le foudroya du regard. Parfois, malgré le désir qu'il lui inspirait, Tim lui donnait des envies de meurtre. Surtout quand il l'attaquait sur un point aussi sensible que son amour-propre ! Il dut serrer les dents pour ne pas rétorquer que si Deborah n'avait pas été la petite-fille du comte de Marchington, il ne lui aurait pas même accordé l'aumône d'un regard. Ce n'était pas une beauté, loin de là ! Curieusement, d'ailleurs, aucune des sœurs de Tim n'était belle, comme si après s'être longuement penchées sur le berceau de l'aîné, les fées avaient dédaigné les plus jeunes.

Une invitation dans la famille de Tim était la dernière chose à laquelle Rachel s'attendait. A son accent et à ses manières, elle avait deviné qu'il venait d'un milieu aisé, mais elle ignorait tout de son véritable statut social.

— Alors ?…, insista-t-il d'un ton enjoué.

Il savait qu'il l'avait prise de court, et il entendait pousser son avantage. Pauvre petite fille naïve ! Que pouvait-elle bien s'imaginer ? Qu'il allait demander sa main ?

A cette pensée, il faillit éclater de rire.

— Tu veux m'emmener chez toi pour… pour le week-end ? murmura Rachel.

— Oui, je viens de te l'expliquer.

Comme elle le regardait, incrédule, elle fut soudain saisie d'un pressentiment désagréable, et dut fournir un effort pour imposer le silence à la voix de sa conscience qui lui conseillait de se méfier.

— C'est que… je travaille, le samedi, objecta-t-elle. Je dois d'abord m'assurer qu'il me sera possible de me libérer.

Tim eut le plus grand mal à maîtriser son agacement, et il fut à deux doigts de lui répondre qu'elle ferait mieux d'abandonner son boulot minable. Mais ce n'était pas le moment de tout gâcher ! D'autant qu'elle était une proie particulièrement difficile à capturer. La traquer lui procurait une grande exaltation.

Soudain, Tim se la représenta nue, étendue sur l'autel de la chapelle de Marchington, son sang rouge gouttant sur les dalles blanches du sol. Mentalement, il anticipa l'excitation sauvage, la formidable jouissance qu'il éprouverait lorsque, enfin, il détiendrait le pouvoir, le véritable pouvoir…

Cette seule pensée suffisait à le griser. Il s'efforça cependant de calmer son impatience, et s'employa à vaincre une à une les réticences de Rachel.

Ce soir-là, lorsqu'elle regagna l'hôtel, Rachel avait l'impression de flotter sur un nuage. Samedi, Tim allait venir la chercher pour l'emmener chez ses parents… Elle osait à peine y croire. Tim s'était bien gardé de lui dire que la maison serait vide — son grand-père séjournait en Ecosse, ses parents et ses sœurs au Portugal.

Bernadette la trouva bien silencieuse tandis qu'elles s'apprêtaient à se mettre au lit. Poussée par son incorrigible curiosité, elle demanda, l'air malicieux :

— T'as vu ton copain, je parie ? Où t'a-t-il donc emmenée, ce soir ?

— Oh, juste faire un petit tour, répondit Rachel.

Bernadette eut un reniflement plein de mépris.

— Tu ne devrais pas accepter ça. On dirait qu'il a honte de toi.

— Le week-end prochain, il veut m'inviter dans sa famille.

La réalité des paroles qu'elle venait de prononcer la frappa brutalement, mais, la stupéfaction de Bernadette agissant sur la sienne comme un antidote, Rachel se retrouva en train de sourire, soudain parfaitement à l'aise et sûre d'elle.

— Tu plaisantes ! s'exclama Bernadette.

— Pas du tout ; pourquoi ferais-je une chose pareille ? Tu crois que les patrons accepteront de me donner mon samedi ?

— Oui, sûrement. Et s'ils refusent, nous trouverons bien un moyen d'arranger le coup. Mais ne dis rien à personne ; je me charge d'en parler aux autres. Après tous les services que tu nous as rendus, je suis sûre que les filles seront d'accord pour te remplacer. Au pub, en revanche, il faudra que tu mettes les patrons au courant. Ils ne te causeront pas de problème ; c'est ton premier week-end de congé. Dis donc, quelle aventure ! Tu as déjà réfléchi à ce que tu allais porter pour l'occasion ? Tu ne peux tout de même pas y aller en jean !

Bernadette s'était peut-être coupée de ses racines, mais de temps à autre, son éducation irlandaise refaisait surface. Pour elle, une fille qui s'apprêtait à rencontrer la famille de son prétendant devait soigner sa mise.

— Bah, tu trouveras bien quelque chose, reprit Bernadette. Demain, nous irons faire les magasins, si tu veux.

Rachel se contenta de sourire. Pétrie de bonnes intentions,

Bernadette ne se rendait pas compte qu'il y avait un monde entre leurs vêtements à elles, simples employées, et ceux que portaient les étudiantes.

En dehors du jean passe-partout qui ne les différenciait guère les unes des autres, les étudiantes arboraient avec une désinvolture étudiée des vêtements que Rachel percevait intuitivement comme des symboles d'appartenance sociale.

Quand elles en croisaient, qui se promenaient bras dessus bras dessous dans les rues après leurs cours, Bernadette faisait la grimace devant leurs jupes plissées et leurs sages chemisiers. Rachel, elle, ne s'y trompait pas. C'était ainsi que s'habillaient les jeunes filles de la bonne société. Tim lui avait d'ailleurs beaucoup parlé de ses sœurs, qui devaient ressembler à ces étudiantes tirées à quatre épingles. Malheureusement, elle n'avait pas les moyens de se vêtir comme elles.

— Si c'est un rupin, il te faut quelque chose pour le soir, affirma Bernadette d'un ton docte. Quelque chose d'habillé, de vraiment chic.

« Quelque chose d'habillé »... Rachel n'en dormit pas de la nuit. Elle redoutait plus que tout de paraître ridicule. Les sarcasmes et les brimades de ses camarades d'école l'avaient tellement marquée !

Toute la matinée, elle se tortura les méninges à la recherche d'une solution. Vers 11 heures, au moment de la pause, la patronne lui enjoignit d'aller faire la chambre 12, et elle s'exécuta.

Elle frappa à la porte puis, n'obtenant pas de réponse, ouvrit avec son passe. Debout au milieu de la pièce, une fille de son âge considérait d'un œil critique le lit jonché de vêtements épars, parmi lesquels trônait une valise ouverte pleine à craquer.

— Bonjour ! lança l'inconnue. Tenez, si vous pouviez me donner un coup de main... Je pars pour l'Inde avec quelques amis. Je fais une fugue, si vous préférez.

Elle plissa le nez et éclata de rire. Elle parlait comme Tim ;

ses cheveux étaient d'un beau blond doré presque plus vrai que nature et ses ongles longs étaient impeccablement vernis.

— Nous partons cet après-midi, à cinq, en camping-car. On va bien rigoler, mais Gil ne veut pas que j'emporte plus d'une valise en plus de mon sac de voyage...

Machinalement, Rachel s'était mise à plier les vêtements éparpillés sur le lit.

— Non, pas ceux-là, lui dit la fille. Je laisse tout ça ici. C'est une nouvelle vie qui commence ! Pas question de m'encombrer de ces vieilleries.

Elle balaya l'air d'un geste ample et décocha à Rachel un sourire radieux.

— Mes parents vont faire une de ces têtes ! A Oxford, j'étais censée me trouver un mari décent. Dès que nous aurons passé la frontière, je leur enverrai un mot. Gil et moi allons probablement nous marier à Delhi...

Pendant que Rachel pliait et rangeait les affaires de la cliente, elle continua de jacasser, ne s'interrompant que pour lui donner des directives :

— Non, ça, je le laisse, indiqua-t-elle à plusieurs reprises. Ceux-là, en revanche, je les emporte.

Lorsque le sac fut plein, il restait encore toute une pile de vêtements sur le lit.

— Bon, il faudra que je me contente du peu que j'emporte. Vous pouvez m'aider à fermer la valise ?

Quelques secondes plus tard, elle prenait le bagage d'une main, le sac de l'autre, et se dirigeait vers la porte.

— Et tout ça ? demanda Rachel quand elle comprit que l'inconnue partait pour de bon.

La fille tourna la tête, jeta un coup d'œil vers le lit, et lança :

— Oh, si vous pouviez vous en occuper ?... Je suis déjà tellement en retard ! Et Gil qui a dit qu'il n'attendrait pas...

Elle fila, laissant Rachel les bras ballants, les yeux fixés sur la porte close.

Il lui fallut cinq bonnes minutes pour recouvrer ses esprits et se remettre au travail, persuadée que la fille allait revenir d'une minute à l'autre afin de récupérer le reste de ses affaires. Mais un quart d'heure plus tard, la chambre était faite et personne ne s'était manifesté.

Rachel se mordilla la lèvre inférieure. Elle ne pouvait tout de même pas laisser tous ces vêtements sur le lit…

Elle s'approcha, indécise, et commença à déplier et à examiner un à un, en les tenant devant elle à bout de bras, les vêtements que l'inconnue avait laissés. Il y avait des pull-overs de fin lainage — quelques années plus tard, Rachel comprendrait qu'il s'agissait de cachemire —, des chemisiers de percale, des jupes plissées et deux robes de flanelle à col de dentelle.

Il se passerait du temps avant que Rachel ne se rende compte qu'elle avait eu sous les yeux la panoplie d'une jeune fille rangée, bon chic bon genre. Tout ce qu'elle savait en cet instant, c'était qu'elle n'avait jamais vu des vêtements d'aussi belle qualité. Ils n'étaient pas à la mode, certes, et Bernadette, en les voyant, aurait sûrement froncé son petit nez retroussé, mais ils avaient de la classe.

La bouche sèche, Rachel entreprit de les essayer. Bien qu'elle fût un peu plus grande et un peu plus mince que la jeune fille qui les lui avait légués, les vêtements étaient à sa taille. Lorsque Rachel se regarda dans la glace, son cœur se gonfla de joie et de soulagement. Voilà ce qu'elle avait toujours rêvé de porter… Plus jamais on ne se moquerait d'elle, plus personne ne rirait de ses vêtements, songea-t-elle en lissant du plat de la main le lainage de la jupe. Elle était habillée comme la fille que Tim épouserait un jour.

La fille qu'il épouserait…

Rachel ne se faisait aucune illusion : Tim ne se marierait qu'avec quelqu'un de son milieu. En dépit de la sollicitude qu'il lui témoignait, elle avait perçu en lui un certain mépris pour ceux qu'il estimait socialement inférieurs.

Comme elle se pavanait devant la glace, elle eut soudain très envie de devenir elle-même une de ces filles dont elle enviait les vêtements, la façon de parler, la désinvolture, de faire elle aussi partie de l'élite, de ce petit lot de privilégiés qui ne connaissaient ni contraintes ni soucis. Mais comment y parvenir ?

Songeuse, elle se déshabilla et enfila de nouveau sa tenue de femme de chambre. A quoi bon accepter l'invitation de Tim ? Un jour ou l'autre, il la laisserait tomber, de toute façon… Puis elle regarda les vêtements et se rappela combien elle avait fière allure quand elle les portait. Alors, elle releva la tête et jeta un regard farouche à son reflet dans le miroir. Avait-elle oublié qu'elle descendait de l'une des races les plus orgueilleuses de la terre ? que son père n'était rien moins que le neveu du chef du clan des MacGregor ?

Pour la première fois de sa vie, Rachel goûta à la drogue de la confiance en soi. Elle *irait* chez Tim. Tant pis si leur idylle ne durait pas ; autant en profiter pendant qu'il en était encore temps.

Résolument, elle se campa devant la glace et tenta d'imiter les manières de la jeune fille partie pour Delhi. Pas vraiment concluant…, admit-elle au bout d'un instant. Mais un jour, elle y arriverait ! Un jour, elle posséderait elle aussi tous les attributs de la fortune. Un jour, ce serait elle qui abandonnerait sur un coup de tête la moitié de sa garde-robe. En attendant, il fallait considérer ces vêtements comme une manne providentielle, un coup de pouce du destin au moment où elle devait donner sa réponse à Tim.

Rachel ne parla à personne de sa nouvelle garde-robe. Bernadette n'aurait pas compris. Elle confia le tout au pressing du coin et alla s'acheter une valise neuve. Elle mit longtemps à se décider. Aucun des modèles présentés dans les rayons bagages des grands magasins ne lui plaisait. Aucun ne ressemblait à celui qu'elle avait vu sur le lit de la jeune fille…

Ce fut presque par hasard qu'elle mit la main sur l'objet tant convoité, en regardant la vitrine d'un magasin de vêtements d'occasion.

Rachel prit une profonde inspiration et poussa la porte. A peine eut-elle franchi le seuil qu'une odeur de renfermé la saisit à la gorge, sapant le peu de courage qui lui restait encore. Comme elle s'apprêtait à tourner les talons, une femme émergea du fond de la boutique en faisant tintinnabuler le rideau de bambou. L'allure de cette femme était pour le moins étrange : ses cheveux longs, colorés au henné, étaient couleur acajou, et son accoutrement, composé de jupons superposés et de châles de couleurs vives, paraissait totalement incongru chez une personne ayant dépassé la cinquantaine. Elle portait des anneaux d'oreilles presque aussi grands que des cerceaux, ses yeux étaient soulignés de khôl, ce qui faisait ressortir la pâleur de son teint.

— Puis-je vous aider ? demanda-t-elle.

Un court instant, Rachel resta sans voix. Un désordre indescriptible régnait dans le magasin, encombré de vêtements, de chapeaux en tout genre, de chaussures plus ou moins usées. Il était presque impossible de faire trois pas sans risquer de se heurter ou d'écraser quelque chose.

— Je... je voulais... jeter un coup d'œil à la valise qui se trouve dans la vitrine.

La femme darda sur elle un regard sombre et acéré.

— La valise Vuitton ? Je vois que vous avez bon goût ! Juste une minute ; le temps que je la sorte de la vitrine.

L'opération prit bien plus d'une minute car la vitrine était à l'image de la boutique. Du revers de son châle, la femme épousseta la valise, couverte de poussière, puis en vérifia les serrures.

— Vous avez de la chance : elle n'a pas d'initiales. J'avais l'ensemble complet, mais c'est la dernière qui me reste. Pensez un peu : elles ont été conçues tout spécialement pour s'adapter au coffre d'une Rolls ! Vous voulez voir l'intérieur ? Elle est toute doublée de soie. Regardez...

Rachel ne put s'empêcher de caresser l'étoffe du bout des doigts. C'était d'un contact si doux, presque voluptueux...

— Elle... euh... elle coûte combien ? s'enquit-elle, la gorge nouée.

La femme pinça les lèvres et répondit :

— C'est la dernière ; je peux vous la laisser à dix livres.

Dix livres ! C'était plus du double de ce que coûtaient les

valises vendues dans les grands magasins. Dix livres... Une folie qui risquait de grever lourdement son budget.

— Neuve, elle vaudrait dix fois plus..., reprit la femme. C'est bien parce qu'elle vous plaît, sinon je la garderais ; je pourrais sûrement en tirer vingt livres...

— Je... je la prends, dit-elle dans un souffle.

La femme sourit, et Rachel crut voir dans ses yeux une lueur de bonté.

— Bien vu ! Une valise pareille, c'est du solide, croyez-moi. Dans cinquante ans, elle n'aura pas bougé. Ça, on peut dire que vous avez l'œil !

Soudain, elle parut réfléchir.

— J'ai quelque chose qui pourrait peut-être vous intéresser, déclara-t-elle d'un ton plein de mystère. Ne bougez pas.

La marchande disparut dans l'arrière-boutique avant que Rachel ait eu le temps de protester. Quand elle revint, au bout d'une dizaine de minutes, elle portait quelque chose, enveloppé dans une sorte de drap de coton blanc.

— J'ai rapporté ça l'autre jour d'un magasin qui liquidait. Touchez-moi ce tissu !

Sous les yeux ahuris de Rachel, elle exhuma du paquet deux superbes robes rétro. La première, droite et entièrement plissée, dans une nuance de pêche très douce, ressemblait à un long tube.

— Fortuny, précisa la marchande d'un ton révérencieux. Ça c'était un styliste ! Touchez, pour voir.

Rachel obtempéra. Personne ne portait des robes comme celle-ci, certes, mais... mais cette robe avait quelque chose de fascinant.

— Et celle-là, regardez un peu.

C'était une robe de satin écru, style années folles, coupée dans le biais et ornée de perles. Jamais, au grand jamais Rachel n'aurait l'occasion d'arborer des tenues aussi extravagantes, mais cela ne l'empêchait pas de les trouver superbes. Ces robes symbolisaient un style de vie qui n'était pas à sa portée. Et ne serait-ce que pour cette raison, elle les désirait ardemment. Du rêve plein les yeux, elle les caressait amoureusement.

— Vous pouvez les emporter toutes les deux pour dix livres. Dans le coin, il n'y a pas la clientèle pour ce genre de choses. Il faudrait que je les garde jusqu'au jour où… Mais quand ce jour viendra, il y aura probablement belle lurette que je serai morte et enterrée. Prenez-les !

Déjà, Rachel ouvrait son sac, en tirait des billets. Le prix n'avait plus d'importance ; elle achetait du rêve. *Son* rêve…

Lorsqu'elle sortit du magasin, elle avait l'impression de flotter sur un nuage. Mais elle redescendit brutalement sur terre, pour découvrir avec horreur qu'elle venait de dépenser vingt livres — les économies de plusieurs mois de labeur. Elle fit demi-tour, prête à rapporter sur-le-champ les robes au magasin. Mais elle aperçut la marchande qui posait sur la porte un écriteau annonçant la fermeture de la boutique. Trop tard ! Il était bel et bien trop tard. Ces robes, elle devait les garder. Pas question, cependant, de les montrer aux autres filles ; elles en mourraient de rire, si elles savaient…

Comme une âme en peine, elle rapporta sa valise à l'hôtel et s'empressa de la glisser sous son lit, les deux robes cachées à l'intérieur.

Ce soir, Tim lui demanderait si oui ou non elle acceptait son invitation. Elle dirait oui, c'était décidé. Après tout, qu'avait-elle à perdre ?

Le jour où, avec sa jeune épouse, le père de Tim rentra de voyage de noces, les cloches de l'église de Marchington l'accueillirent à grand renfort de carillons. Depuis, les cloches avaient sonné à quatre autres occasions, célébrant chaque fois la naissance d'un enfant dans la famille du vicomte. Mais jamais elles ne retentirent avec autant d'entrain qu'à la naissance de l'héritier.

La route conduisant à Marchington Place traversait le village et contournait l'église avant de s'enfoncer en ondulations lascives dans la campagne verdoyante. A un contour, le manoir apparaissait soudain, comme par enchantement, derrière un rideau d'arbres.

Lorsqu'elle le vit se dresser majestueusement devant elle, drapé de brume en cette fin d'après-midi automnale, Rachel en eut le souffle coupé. Entouré de magnifiques hêtres séculaires, il faisait penser à une gemme sertie dans une couronne de verdure.

Tim était passé la prendre à l'hôtel juste après le déjeuner. Il avait rabattu la capote de sa voiture car une pluie fine tombait depuis le matin. Dès qu'il ouvrit la portière, Rachel fut frappée par l'odeur de cuir des sièges couleur crème. Tim, lui, avait paru légèrement surpris en la voyant. Elle portait une jupe de lainage écossais avec un chemisier blanc à col rond et un pull en cachemire bleu marine. Pour compléter cette tenue, elle s'était acheté un collant opaque et une paire de chaussures à semelle de crêpe et talon plat. Ses cheveux retombaient librement sur ses épaules et son visage resplendissait. Rachel savait qu'elle ressemblait comme une sœur aux étudiantes qu'elle avait tellement enviées, et son sourire, lorsque Tim l'aida à s'installer dans le siège passager, dénotait une réelle confiance en elle.

A une ou deux reprises, tandis qu'ils roulaient vers le Dorset, Tim lui lança des regards furtifs. Elle n'était pas comme d'habitude. Aujourd'hui, elle lui faisait penser à ses sœurs plus qu'à la petite femme de chambre qu'elle était. Pour la première fois, il se demanda si elle ne lui avait pas menti. Après tout, rien ne prouvait qu'elle fût réellement orpheline…

Plus il y réfléchissait et plus ses plans lui paraissaient compromis. Allait-il devoir tout annuler ? Simon et les autres ne les rejoindraient que le lendemain, conformément à ses instructions. Empli d'une sourde appréhension, Tim aurait donné n'importe quoi, en cette minute, pour pouvoir fumer de l'herbe. Il n'avait pas touché au haschisch de toute la semaine, en prévision du weekend. Car pour mettre son plan au point, il avait besoin de garder l'esprit clair. Mais, tandis qu'ils approchaient de Marchington Place, il devenait la proie d'une nervosité grandissante, et il se prit à regretter que Simon ne fût pas là pour lui remonter le moral — Simon était toujours si sûr de lui ! Pas une fois Tim ne l'avait vu faire machine arrière.

De son côté, Rachel sentait qu'il se passait quelque chose d'anormal, mais le silence de Tim était si peu encourageant qu'elle se garda de poser la moindre question.

A présent, muette d'émotion, Rachel contemplait sans bouger l'imposante demeure des Marchington.

— Le manoir a son fantôme, déclara Tim d'un ton dégagé. Je préfère te prévenir tout de suite, au cas où tu entendrais des pas pendant la nuit !

Elle lui jeta un regard effaré. Déjà, elle regrettait le dortoir de l'hôtel.

Les grilles s'ouvrirent toutes grandes et ils s'engagèrent dans le parc, passant sous les deux aigles aux ailes déployées qui tenaient dans leur bec la plaque de pierre portant la devise de la famille : « Pour aller de l'avant, ne comptons que sur nous-mêmes. » Jolie formule, en vérité, que plusieurs générations de Wilding avaient suivie à la lettre.

Le silence, l'absence de tout signe de vie autour du manoir déconcertèrent Rachel. Où donc étaient-ils tous passés ? Où étaient les trois sœurs dont Tim lui avait parlé non sans un brin de condescendance ? Où étaient ses parents et son grand-père qui vivait également au manoir ?

Elle posa sur Tim un regard interrogateur.

— Mmm, je n'ai pas l'impression qu'ils soient là…, murmura-t-il. Bizarre !

Il coupa le contact et descendit de voiture.

— Aucune importance ; ils reviendront bien. Allons-y.

Perplexe, Rachel lui emboîta le pas. La lourde porte s'ouvrit sur un hall d'entrée sombre et peu engageant. Au moment de franchir le seuil, Rachel marqua une légère hésitation, jeta un coup d'œil derrière elle, du côté de la voiture.

— Ma valise…, commença-t-elle.

— Ne t'inquiète pas ; une femme de chambre va venir la chercher.

Une femme de chambre ?… Rachel luttait contre le sentiment de panique qu'elle sentait poindre en elle.

— Viens, je vais te faire faire le tour du propriétaire en attendant que la famille revienne.

D'autorité, Tim la prit par la main et l'entraîna à sa suite à travers un dédale de couloirs et le long d'une enfilade de pièces immenses et presque vides qui sentaient le moisi et les vieilles peintures. La jeune fille le sentait fébrile et tendu, et crut que, comme elle, il appréhendait le retour de ses parents et les présentations.

Ils se trouvaient à présent dans un couloir étroit et lugubre, leurs pas résonnant de façon sinistre sur les dalles de pierre. Tout au bout, il y avait une porte, et plus ils approchaient de cette porte, moins Rachel avait envie de continuer.

Soudain incapable de faire un pas de plus, elle s'arrêta. Tim, qui lui tenait toujours la main, se retourna et fronça les sourcils.

— Qu'est-ce qui t'arrive ? Je veux juste te montrer la chapelle. Elle est célèbre, tu sais !

Il ouvrit la porte, sans prêter le moins du monde attention aux frissons qui la secouaient de la tête aux pieds.

— Le prêtre a été assassiné juste devant l'autel, expliqua-t-il d'un ton désinvolte. Il y a une tache sur le sol, censée être son sang. On n'a jamais réussi à la faire partir…

Rachel était comme pétrifiée. Une peur panique, incontrôlable, la paralysait. Elle n'aurait pu expliquer ce qu'elle ressentait ; mais elle pressentait que si elle faisait un pas de plus dans cette pièce sombre et presque nue, avec son autel et sa croix, ses vitraux dépeignant les souffrances et le supplice du Christ, elle risquait d'être confrontée à un danger si grand et si terrible que sa vie entière s'en trouverait bouleversée.

Souvent, très souvent, elle avait entendu sa grand-mère parler du don de seconde vue. Et une fois, à la mort de Naomi, elle en avait elle-même fait l'expérience, ayant été avertie du drame par quelque instinct secret. Or voilà qu'en regardant l'autel il lui semblait discerner des ombres, des silhouettes d'hommes vêtus de longues tuniques… Une fumée opaque emplissait la chapelle, masquant totalement la lumière du jour. Sur l'autel gisait un corps... Un corps de femme...

La panique et l'horreur la submergèrent tandis qu'une douleur abominable lui traversait le corps. La mort était dans l'air ; elle imprégnait les lieux de sa présence glacée.

Instinctivement, Rachel commença à reculer, sans oser quitter l'autel des yeux ou tourner les talons et s'enfuir en courant. Ce n'était pourtant pas l'envie qui lui en manquait, mais elle craignait qu'en agissant de la sorte sa vision ne devienne réalité.

Tim, qui lui avait lâché la main pour avancer vers l'autel, se tourna brusquement vers elle.

— Mais qu'y a-t-il, à la fin ?

Il perdait patience, semblait presque furieux, mais qu'y pouvait-elle ? Rien ni personne n'aurait pu la faire entrer dans la chapelle. L'Esprit du mal habitait cet endroit ; l'air était putride.

Retrouvant les gestes de son enfance, Rachel croisa les doigts pour conjurer les démons et se réfugia dans le couloir.

— Rachel...

— Non ! Tu ne me feras jamais entrer là-dedans !

Tim n'en croyait pas ses yeux. Ses craintes de tout à l'heure se révélaient soudain totalement injustifiées. Rachel ressemblait à une biche aux abois. Elle avait flairé quelque chose, peut-être même vu quelque chose. Quelle merveilleuse victime sacrificielle elle allait faire !

A présent, il avait du mal à contenir son impatience, ce sentiment d'exaltation qui grandissait en lui au fur et à mesure que le moment tant attendu approchait.

— Que tu es bête ! Il n'y a vraiment pas de quoi avoir peur...

L'accent triomphant qui perçait dans sa voix sonna aux oreilles de Rachel comme un avertissement.

Elle n'aurait jamais dû venir, songea-t-elle. Il fallait partir, quitter le plus vite possible cette horrible maison. Il se passait ici des choses anormales. Quoi exactement ? Rachel n'aurait su le dire, mais une conscience aiguë de certaines forces obscures la poussait à partir. L'Esprit du mal hantait les lieux... et imprégnait Tim lui-même.

Rachel leva les yeux vers lui, et ce fut comme si elle le voyait pour la première fois. Elle avait en face d'elle un être faible et dangereux, qui l'avait attirée ici dans un but malveillant. Fuir, s'échapper, sortir au plus vite de cette maison...

En proie à une sorte de terreur aveugle, elle se mit à courir le long du couloir comme si elle avait le diable à ses trousses.

Lorsque, enfin, Tim sur ses talons, elle déboucha dans un vestibule qui desservait plusieurs pièces, Rachel s'aperçut qu'elle était trempée de sueur, bien qu'elle se sentît glacée.

Un moteur de voiture, à l'extérieur, se fit soudain entendre. Tim, visiblement contrarié, se dirigea vers la fenêtre. Simon et ses acolytes étaient en avance. Qu'est-ce qui leur avait pris ? Pourquoi arrivaient-ils ce soir ?

A peine avait-il formulé ces questions dans son esprit que Tim découvrait avec stupeur que la voiture arrêtée dans la cour était la Daimler de son grand-père. Un sentiment de rage impuissante s'empara alors de lui. Que faisait-il ici ? Il était censé être en Ecosse...

Tim serra les poings si fort que ses ongles blessèrent ses paumes.

Lord Marchington ne s'était jamais laissé attendrir par la beauté et le charme superficiel de son petit-fils. Il avait ses raisons pour cela. Autrefois, alors qu'il n'était encore qu'un petit garçon, le comte avait rencontré un jour une femme qui errait dans le jardin. En s'approchant pour essayer de savoir qui elle était et ce qu'elle voulait, il s'était rendu compte qu'elle parlait toute seule. Une impression de force malveillante émanait de cette inconnue, une force dont il avait tout de suite perçu le danger. Le petit Adam s'était empressé de rebrousser chemin, mais, vive comme l'éclair, la femme avait fondu sur lui, et bien qu'il fût grand et fort pour ses six ans, il avait fallu les efforts conjugués de sa nurse et de sa préceptrice pour faire lâcher prise à cette harpie, qui tentait de l'étrangler.

Plus tard, le petit garçon avait appris que la femme qui l'avait agressé n'était autre que sa sœur aînée. Jusqu'à la naissance d'Adam, elle avait cru que le titre et la propriété familiale reviendraient à son fils. Très longtemps, elle était restée fille unique, et sans cousins germains susceptibles de ravir le titre. Elle était déjà mariée et mère d'un enfant lorsque ses parents donnèrent enfin le jour à un fils. Comprenant que l'héritage leur passait sous le nez, son mari l'avait aussitôt abandonnée. Elle n'avait que vingt ans, à l'époque, mais le choc fut fatal à son équilibre mental. Bien des années plus tard, Adam comprit que si sa sœur avait sombré dans la folie, ce n'était pas tant à cause de son mari envolé qu'à cause de ce frère haï qui l'avait supplantée.

Parfois, lord Marchington avait l'impression de retrouver dans le regard de son petit-fils la même flamme haineuse que celle qui brûlait autrefois dans les yeux de sa pauvre sœur. La même jalousie meurtrière. Chez les nobles, les mariages consanguins étant pratique courante, les troubles psychiques n'étaient pas rarissimes, mais la démence, le désir de tuer n'avaient rien à voir avec de simples excentricités d'aristocrates. Il s'agissait bel et bien d'une tare, dangereuse et répréhensible.

Une fois de plus, lord Marchington se faisait du souci pour son petit-fils, son unique héritier.

S'il rentrait d'Ecosse plus tôt que prévu, c'était parce qu'il avait reçu un coup de téléphone très alarmant d'un vieil ami habitant Oxford. Tim se droguait, avait-il appris. Il fallait intervenir, empêcher que l'irréparable ne se produise.

Lorsqu'il vit la voiture de son petit-fils stationnée devant le manoir, il se rembrunit. Tim était venu à l'insu de sa famille. Que diable mijotait-il ?

— Que se passe-t-il ? demanda Rachel, intriguée par l'expression contrariée de Tim.

— Mon grand-père est de retour.

Il avait prononcé ces mots d'un ton neutre, mais Rachel sentit une tension dans sa voix, une violence mal contenue.

— Viens, ordonna-t-il brusquement. On retourne à Oxford.

A cet instant, elle comprit que s'il l'avait amenée à Marchington Place, ça n'avait jamais été pour la présenter à sa famille. Glacée, elle repensa alors à la chapelle, à la vision qu'elle avait eue d'un corps nu sur l'autel, et sentit de nouveau rôder la présence de la mort.

De son côté, lord Marchington ne s'attendait pas à trouver Tim en compagnie d'une fille. Il n'amenait jamais ses maîtresses à la maison. Et ses amants encore bien moins ! Le comte était au courant, bien sûr, des tendances bisexuelles de son petit-fils. Il ne s'en formalisait guère ; du moment que Tim se mariait un jour et engendrait un fils pour lui succéder, il estimait ne pas avoir à se mêler de sa vie privée. Ce qu'il ne voulait pas, en revanche, c'était que par ses excès le jeune débauché déshonore le nom qu'il portait.

L'air sévère, il écouta Tim lui annoncer que sa compagne et lui s'apprêtaient à partir. Il ne pouvait pas lui faire la leçon devant cette petite jeune fille d'apparence réservée, presque craintive. De toute façon, puisqu'il avait prévu d'aller le trouver à Oxford, rien ne pressait. Mais Tim ne perdait rien pour attendre…

Avec un sourire, lord Marchington prit poliment congé de Rachel. Tim, cependant, n'était pas dupe.

A la haine qu'il éprouvait pour son grand-père se mêlaient une profonde rancune et un sentiment de crainte irrépressible. Grand sportif à son époque, ancien combattant couvert de décorations, homme d'esprit et homme du monde, le comte incarnait tout ce que Tim ne serait jamais. Mais un jour, il mourrait…, qu'il le veuille ou non, Tim serait comte à son tour. C'était dans cette certitude absolue que le jeune homme puisait sa force, son pouvoir, ce pouvoir qui, n'eût été l'arrivée intempestive de son grand-père, aurait pu être décuplé, ce week-end… Malheureusement, il lui fallait renoncer à la messe noire car il était trop tard pour prendre d'autres dispositions.

Pendant tout le trajet du retour, Tim ne cessa de remâcher sa rancune. De son côté, Rachel ne soufflait mot, sachant pertinemment qu'ils n'avaient désormais plus rien à se dire. Quoi qu'il en soit, après ce qui s'était passé dans la chapelle, elle avait décidé de ne pas le revoir.

Tim la déposa devant son hôtel, sans la moindre parole d'excuse ou même simplement d'adieu. Rachel était pour l'instant reléguée au second plan de ses préoccupations. Il avait d'autres chats à fouetter : il lui fallait trouver Simon de toute urgence pour le prévenir et tout annuler… et aussi, pour se faire réconforter.

Il était furieux contre son grand-père. Le vieux lui avait joué un sale tour, mais un jour, il lui revaudrait ça !

Oui, son heure viendrait.

8

Lorsque Tim arriva, Simon s'apprêtait à quitter l'appartement. Tout en se répandant en invectives contre son grand-père, accompagnant ses propos de grands gestes désordonnés, Tim lui raconta ce qui s'était passé. Pour le calmer, Simon lui proposa de l'accompagner à son rendez-vous, en dehors de la ville.

Simon savait à quel point Tim détestait son aïeul. Il l'écoutait et compatissait, trop heureux de pouvoir l'assurer une fois de plus de son soutien, car en dépit de ce que Tim lui avait dit au sujet de Deborah, il espérait bien un jour devenir son beau-frère.

Comme ses sœurs l'adoraient et étaient prêtes à tout pour lui faire plaisir, il suffirait de le convaincre — ce qui, songeait Simon en acquiesçant aux imprécations de Tim, ne devrait poser aucun problème… Dans la logorrhée fielleuse de Tim, le nom de Rachel revenait souvent. Apparemment, elle avait refusé d'entrer dans la chapelle.

Et d'une certaine façon, cela valait beaucoup mieux ainsi. Simon s'était toujours opposé à la célébration de la messe dans cet endroit. Comme Tim, il pensait cependant que Rachel méritait d'être punie.

— Elle doit mourir ! décréta Tim d'un ton sans appel en l'agrippant rageusement par les revers de sa veste.

Ils se trouvaient alors sur un pont étroit, juste au-dessus des eaux tumultueuses de la rivière.

— Il *faut* la sacrifier, Simon. Il le faut pour que j'accède enfin au pouvoir suprême. C'est le seul moyen, Simon… Le seul !

Dans sa fureur, il ne se rendait même plus compte de ce qu'il disait, criait presque. Il était fou, complètement fou, cela ne faisait plus aucun doute... Horrifié et totalement impuissant à juguler un tel flot de haine et de révolte, Simon tenta une nouvelle fois de le raisonner.

Mais ses adjurations n'eurent pour effet que d'accroître la colère de Tim, qui accentua la pression de ses doigts, devenus tout blancs aux articulations.

— Lâche-moi, Tim. Ça suffit comme ça !

Simon craignait d'attirer l'attention des passants. S'il n'agissait pas, Tim risquait de leur occasionner de sérieux ennuis... Pour lui faire lâcher prise, il l'obligea à reculer jusqu'au parapet. Simon savait sa force bien supérieure à celle de Tim, et il n'eut aucun mal à lui imposer sa volonté.

Il entendit alors le haut du muret s'ébouler. Puis, comme dans un film au ralenti, il vit Tim basculer lentement dans le vide, et se cogner violemment la tête contre la pile de pierre du pont.

Il sut avant même de plonger que Tim était mort ; le bruit ignoble de son crâne se fracassant contre la pile ne lui laissait aucun espoir, mais il le ramena tout de même sur la berge, en proie à un violent sentiment de culpabilité et à une vague de nausée. Comme il se penchait sur le corps de Tim, il entendit quelqu'un l'interpeller.

Un autre étudiant, qu'il ne connaissait pas, arrivait en courant.

— Il est tombé... tombé du pont par accident, expliqua Simon.

Telle fut la version qu'il donna à la police, à la famille effondrée de Tim, au doyen du collège, tant et si bien que Simon finit par se persuader qu'il n'était en rien responsable de la mort de son ami. Et plus il était convaincu de son innocence, plus il en voulait à la seule personne qu'il tenait pour responsable de la mort de Tim et de l'anéantissement de ses propres projets d'avenir : Rachel. Voilà la véritable coupable, celle par qui le malheur était arrivé ! C'était comme si, avant de mourir, Tim avait communiqué à Simon sa folie meurtrière.

On conclut à une mort accidentelle, mais Simon savait qu'il n'en était rien. Rachel avait tué Tim et devait être punie pour ce crime. Mais comment ? Cette garce méritait de souffrir. Elle était vierge, avait dit Tim, qui avait tant rêvé de porter cette oie blanche sur l'autel du sacrifice…

Peu à peu, un plan machiavélique mûrit dans l'esprit de Simon. Tout d'abord, il lui fallait des complices. Pourquoi pas les deux nouvelles recrues ?

Ils refusèrent et ne voulurent rien entendre, jusqu'au moment où Simon leur fit valoir qu'il n'aurait aucun mal à obtenir leur renvoi. En outre, il ne leur demandait pas d'aller décrocher la lune, mais simplement de kidnapper cette fille et de la lui amener.

Ils n'avaient pas le choix… et furent bien obligés d'accepter, Richard Howell à cause de la situation que son oncle lui avait promise, et Alex Barnett en raison des sacrifices que ses parents avaient consentis pour lui. Bon gré mal gré, tous deux durent se plier aux exigences de Simon.

Simon décida que l'enlèvement aurait lieu le soir de l'enterrement de Tim — c'était sa façon à lui de lui dire adieu.

Lorsque Rachel avait appris la mort de Tim, elle avait tout d'abord éprouvé une profonde consternation. Très vite, cependant, elle n'avait pu se défendre contre l'étrange certitude d'avoir dès le départ pressenti cette mort. Cette conviction intime, totalement irrationnelle, procédait d'une intuition semblable à celle qui l'avait poussée à fuir la chapelle de Marchington Place.

Cet épisode funeste lui avait ouvert les yeux, lui permettant de voir Tim sous son vrai jour. D'instinct, elle avait su que l'Esprit du mal dont elle avait perçu la présence dans la chapelle émanait de Tim lui-même. Mais si elle avait d'emblée renoncé à lui, et cela d'autant plus facilement qu'elle avait toujours su qu'elle n'était pas le genre de fille qu'il épouserait un jour, elle n'avait pas pour autant renoncé à trouver un moyen d'accéder à tout ce à quoi elle aspirait. La respectabilité, la richesse, l'éducation ; elle aurait tout cela… et plus encore.

La mort de Tim donna lieu à quelques articles dans plusieurs grands quotidiens nationaux. On parla de réprimer plus sévèrement l'usage du haschisch et de remédier à ce que les autorités appelaient le « laisser-aller » des étudiants.

Il y avait beaucoup de monde à Marchington pour les funérailles. La mine sombre, Simon, plus lugubre que jamais dans son costume noir, assista du fond de l'église à l'office funèbre. De temps à autre, Deborah Wilding tournait la tête dans sa direction. Elle savait qu'il avait été l'un des meilleurs amis de son frère, mais curieusement, quelque chose en lui l'effrayait. Elle ne pouvait s'empêcher de penser qu'il avait une part de responsabilité dans la mort de Tim. Ce pressentiment s'était imposé à elle avec une telle force qu'il était presque devenu une idée fixe, mais jusque-là, Deborah n'avait osé en parler à personne.

D'autant que sa mère aimait bien Simon Herries, et que ses sœurs, qui n'étaient pas encore sorties de l'âge ingrat, le trouvaient très sexy. Pour sa part, Deborah s'était toujours sentie mal à l'aise en sa présence. Il était comme la lumière vive qui attire les moucherons insouciants et les brûle impitoyablement. Tim l'avait suivi en tout, buvant ses paroles et approuvant chacune de ses initiatives. Il avait toujours été en adoration devant lui, à tel point que Deborah avait fini par se demander si leur amitié n'était pas quelque peu particulière. Elle avait beaucoup regretté de n'avoir personne avec qui partager ses craintes ; sa mère était trop naïve, son père trop distant, et elle n'avait aucune amie intime.

Elle jeta de nouveau un coup d'œil par-dessus son épaule et tressaillit. Se pouvait-il vraiment qu'elle fût la seule à voir le mal dans ce visage avenant ?

L'amour qu'elle avait porté à son frère ne l'avait jamais aveuglée. Des défauts, Tim en avait beaucoup. Frivole et hédoniste, il s'était toujours conduit en enfant gâté. A présent, sa petite vie dorée était détruite ; il était mort, et d'instinct, de manière irréfutable, Deborah savait que l'étudiant qui se prétendait son meilleur ami, ce maître dont Tim s'était fait l'esclave, cet homme au fond de l'église qui arborait une mine de circonstance, ce Simon Herries y était pour quelque chose.

Rachel n'alla pas à l'enterrement. Elle n'eut même pas à se poser la question. Mais si la mort de Tim ne lui causait aucun chagrin, elle avait en revanche de la peine pour son grand-père, lord Marchington, dont le visage sévère et fier l'avait profondément impressionnée.

L'épisode de la chapelle ne lui laissait pas que de mauvais souvenirs. Il avait au moins eu le mérite de conforter en elle la réalité de ses origines. Rachel avait le sentiment d'avoir échappé de justesse à un très grand danger, et la certitude que l'étrange prémonition qui l'avait brusquement saisie lui venait en droite ligne de son héritage tsigane.

Tim n'était pas, comme le suggérait son apparence, la perfection faite homme. Douée d'une sensibilité particulière, d'une connaissance innée qui allait bien au-delà de tout ce que l'on pouvait apprendre dans les livres, Rachel avait su discerner en lui la présence du Mal.

Pendant quelque temps, il l'avait fascinée comme seuls savent le faire les êtres diaboliques, mais le charme était rompu. Tim était mort et le maléfice n'opérait plus.

Le danger, en revanche, continuait bel et bien d'exister. Elle le sentait tout proche, qui la guettait. C'était une sensation désagréable… et inquiétante. D'autant plus angoissante qu'elle n'en connaissait pas l'origine.

Simon avait tout prévu, tout planifié dans les moindres détails. Le désir de vengeance brûlait maintenant en lui avec l'intensité inextinguible d'un feu purificateur. Il n'éprouvait plus aucun sentiment de culpabilité, persuadé à présent que les choses s'étaient réellement passées comme il l'avait prétendu.

Aussi profondément ancrée en lui que les angoisses qui le torturaient depuis l'enfance, cette habitude de se masquer la vérité était devenue chez Simon une seconde nature. Par un processus psychique inconscient, il transformait la réalité, quand celle-ci menaçait par son atrocité de faire voler en éclats son fragile équilibre.

Il avait perdu son meilleur ami, son complice le plus cher, la seule personne au monde qui lui fût totalement dévouée. Il avait aimé l'ascendant qu'il exerçait sur Tim. Il en avait tiré force et confiance en soi. Sans Tim, il se sentait aussi démuni qu'un orphelin. Et tout cela à cause de cette garce de « Gipsy » !

Simon n'avait jamais vraiment cru qu'il fût possible d'évoquer le Démon, mais en mourant, Tim lui avait en quelque sorte légué sa foi dans le satanisme. Tout comme les mécanismes psychologiques de défense que Simon avait mis en place dès son plus jeune âge, sa tendance à la mégalomanie était inconsciente, et tout aussi vitale. Il était intimement convaincu de sa supériorité, qui devait lui permettre un jour de compter parmi les grands de ce monde.

Rachel s'était mise en travers de son chemin. Elle l'avait dépossédé de l'un des instruments qu'il comptait utiliser pour atteindre son but. Il allait lui faire payer son audace ! Très chèrement...

Il ne se nourrissait plus depuis la mort de Tim. Adolescent, Simon avait découvert les vertus magiques du jeûne pour clarifier l'esprit et accroître les capacités de raisonnement. Lorsqu'il restait plusieurs jours d'affilée sans manger, il lui arrivait d'avoir des hallucinations et de faire cauchemar sur cauchemar. L'image de son père avait recommencé à le hanter. Le seul moyen de se soustraire à la terreur qu'elle suscitait en lui était de penser à Tim. Tim qui l'exhortait à la vengeance...

Simon était persuadé d'agir en toute légitimité, d'avoir été désigné par une puissance supérieure pour mener sa croisade vengeresse. Il se croyait investi d'une mission quasiment mystique.

En punissant Rachel, non seulement il vengerait son ami, mais tel le roi Arthur cherchant à s'approprier Excalibur, il revendiquerait le pouvoir magique que Tim et lui auraient partagé si leurs plans avaient abouti. Comme chaque fois qu'il s'infligeait un jeûne prolongé, l'imagination prenant très vite le pas sur la réalité, Simon commença à se prendre pour un héros.

Tout avait été réglé avec une précision extrême. Découvrir à quelle heure la fille quittait son travail avait été un jeu d'enfant. A Eton, Simon avait appris à extorquer aux autres les renseignements dont il avait besoin. La réceptionniste de l'hôtel ne s'était d'ailleurs pas fait prier pour répondre à ses questions.

Par chance, le soir de l'enterrement de Tim, Miles French devait se rendre à la réunion mensuelle de l'un des cercles qu'il fréquentait. Simon vit dans cette coïncidence un heureux présage : il serait donc tranquille pour œuvrer.

De Rachel elle-même, il n'avait pas grand-chose à craindre. Il était à peu près certain qu'elle ne parlerait pas. Les filles de son milieu, quand ce genre de mésaventure leur arrivait, se taisaient.

Comme chaque fois qu'il pensait à elle, la colère et la haine se mirent à bouillonner en lui. Il avait toujours détesté le sexe faible... Cette garce allait payer pour toutes ses congénères. Il en avait des fourmis au bout des doigts. L'euphorie qu'il ressentait à la perspective d'humilier et de faire souffrir l'accaparait tout entier, faisant de l'homme rationnel et charismatique qu'il était un dangereux psychopathe.

— Je crois que nous ferions mieux de laisser tomber, confia Alex à Richard tandis qu'ils attendaient Rachel à la sortie du pub.

— Nous n'avons pas le choix ! rétorqua Richard d'un ton acerbe.

Devant un argument aussi imparable, Alex ne put que s'incliner. Il se résolvait difficilement à obéir aux ordres qu'ils avaient reçus, et qui allaient à l'encontre des principes qu'on lui avait inculqués. Une femme devait être protégée ; c'était ainsi qu'il voyait les choses. Or Richard et lui s'apprêtaient à enlever une jeune femme et à la livrer à...

— Arrête de te faire du souci, dit sèchement Richard. Je suis sûr que tout va bien se passer. Il suffit que nous la suivions un moment, en attendant l'endroit propice. Je me charge de la bâillonner. Pendant ce temps, tu lui attacheras les mains. Une fois qu'elle sera dans la voiture, il ne nous restera qu'à la conduire jusqu'à Simon.

— Tu as une idée de ce qu'il lui veut ?

La question était purement rhétorique, mais Alex ne put s'empêcher de la poser. Il aurait tant voulu être rassuré sur ce point ! Simon leur avait dit que pendant des semaines, la fille s'était amusée à les faire marcher, Tim et lui, et qu'il voulait lui donner une leçon. Mais de quelque manière qu'il abordât le problème, Alex en arrivait toujours à la même conclusion inacceptable : Simon avait l'intention de la violer.

La veille au soir, prenant Simon à part, il lui avait confié le fond de ses inquiétudes. Le masque de haine et de fureur qu'il avait vu sur le visage de son camarade l'avait glacé jusqu'au sang.

— Un viol ? avait sifflé Simon entre ses dents. Alors qu'elle n'attend que ça ?

Alex aurait donné n'importe quoi pour ne pas être impliqué dans cette histoire. Si seulement il avait pu faire machine arrière...

A la mort de Tim, un vent de panique avait soufflé sur le Cercle du feu de l'enfer, qui s'était dispersé. Mais Simon s'employait à détromper ceux qui croyaient qu'il suffisait de brûler leur tunique pour tirer un trait sur cet épisode de leur existence. Alex et Richard savaient déjà tous deux à quoi s'en tenir.

Quoique moins pusillanime qu'Alex, Richard aurait également préféré ne pas prendre part à cette expédition punitive. Mais il savait que Simon n'hésiterait pas à mettre à exécution ses menaces de briser leur avenir si Alex et lui refusaient de coopérer. Or Richard tenait plus que tout à entrer un jour à la Banque Howell ; il ne pouvait compromettre ses chances pour une fille qu'il n'avait même jamais vue. Cette maudite photo qui le montrait nu dansant dans un cimetière éclairé par des cierges noirs signerait sa perte si elle tombait aux mains de son oncle. Il n'était pas stupide au point de renoncer à ses projets d'avenir pour une petite idiote qui s'était mis Simon à dos.

Rachel sortit un peu plus tard que d'habitude. Elle avait décliné l'offre de sa patronne, qui voulait la faire raccompagner par son neveu. D'un pas assuré, elle s'engagea dans la rue déserte.

Pas un instant elle ne se douta qu'elle était suivie. Soudain, elle sentit une main se plaquer sur sa bouche et des bras l'emprisonner comme un étau. Elle essaya de crier ; en vain. Un sparadrap collé sur sa bouche l'en empêchait tandis que ses mains étaient attachées dans son dos.

D'emblée, elle comprit que Tim n'était pas étranger à ce qui lui arrivait. Il était mort, pourtant... Les superstitions qui, durant toute son enfance, avaient nourri son imagination s'ancrèrent soudain dans une réalité confinant au cauchemar. Rachel tenta de se débattre, de donner des coups de pied, mais ses agresseurs la soulevèrent chacun par un bras et la neutralisèrent en la bloquant entre eux deux.

La voiture que Richard avait louée les attendait au bout de la rue. Ils firent monter Rachel à l'arrière, et Alex s'assit à côté d'elle, par mesure de sécurité. Puis, conformément aux instructions qu'ils avaient reçues, ils firent un long détour pour regagner le collège et l'appartement de Simon.

La peur panique qui avait envahi Rachel au moment de l'agression refluait peu à peu tandis que la voiture roulait dans une direction inconnue. Elle ne savait ni où ni pourquoi on l'emmenait, mais elle était sûre d'une chose : Tim l'avait voulu ainsi. Les morts avaient parfois le pouvoir d'agir depuis l'au-delà...

Elle ferma les yeux et pensa très fort à sa grand-mère, cherchant à se rappeler les incantations qu'elle lui avait apprises pour éloigner le mauvais sort.

Dans la voiture, pourtant, Rachel ne décelait pas la présence du Mal. Seul un très fort sentiment de peur — la sienne, mais aussi celle des deux autres passagers — était perceptible.

Dès que la voiture s'arrêta, la jeune fille en fut tirée brutalement. Elle se débattait tant qu'elle pouvait, mais ses agresseurs l'entraînèrent de force en haut d'un escalier.

Simon guettait leur arrivée. Il leur ouvrit la porte en silence et leur désigna le lit, garni d'un simple drap-housse blanc — le lit de Miles. Puis, lorsque Richard et Alex eurent étendu leur prisonnière, il les raccompagna prestement à la porte, qu'il verrouilla.

Il était entièrement nu sous sa tunique, tout son être se consumant du désir sauvage de punir et d'humilier cette femme qui l'avait privé du seul être au monde qu'il eût jamais aimé. Tim avait encore tant à donner...

Alors, il plongea son regard implacable dans les yeux terrorisés de Rachel et esquissa un sourire cruel.

La jeune fille comprit tout de suite qu'il n'allait pas la tuer. Le sort qu'il lui réservait était plus atroce encore, cent fois pire que l'acte criminel que l'on ne pouvait perpétrer qu'une fois. Elle songea à sa mère et se demanda si une malédiction poursuivait les femmes de la famille, les condamnant à tomber de mère en fille entre les mains de détraqués.

— Tu as peur, hein ? railla Simon en s'approchant. Je te comprends... Sais-tu pourquoi tu es ici ?

Rachel secoua la tête en signe de dénégation. Elle sentait qu'il avait envie de parler et priait pour qu'un miracle se produisît.

— Tu es là pour expier la mort d'un homme, si tu veux le savoir ! C'est toi, petite traînée, qui l'as tué. Tu... tu l'as ensorcelé...

Tim ! Il parlait de Tim ! songea Rachel, affolée.

— Il voulait t'offrir en sacrifice à Satan, figure-toi...

A ces mots, Rachel sentit son sang se glacer. Elle entendit le rire hystérique de Simon.

— Il rêvait d'entrer en contact avec le diable ! Pour cela, il devait sacrifier une vierge. Il avait tout prévu.

La chapelle, à Marchington... L'impression de danger qui l'avait assaillie... La réaction de Tim à l'arrivée de son grand-père... Les pièces du puzzle se mirent en place en quelques secondes. A présent, Rachel comprenait tout. Et en particulier que cet homme avait été l'amant de Tim, et que c'était lui qui l'avait tué. Elle eut soudain la vision de deux hommes se disputant sur un pont. Ils en étaient venus aux mains, et l'un d'eux avait basculé dans le vide...

— C'est vous… c'est vous qui avez tué Tim ! s'écria-t-elle.

— Non !

Simon la frappa violemment à la tête, l'assommant presque. Puis il tendit le bras, et elle vit étinceler dans sa main la lame d'un couteau.

Se penchant vers Rachel, il saisit le haut de son caraco et le taillada de part en part. La pointe du couteau fit une longue estafilade sur la peau blanche.

Des mouches rouges se mirent à danser devant les yeux de Simon. Ce qu'il faisait, il le faisait pour Tim et non pour lui, mais cette fille, avec son corps blanc et lisse, avec son regard terrifié de biche aux abois, l'excitait comme aucune femme jusque-là ne l'avait jamais excité.

En proie à une terrible frénésie, il fit sauter le bouton de son jean de la pointe du couteau et lui arracha tous ses vêtements. La réalité s'estompait peu à peu tandis que résonnaient dans sa tête les paroles de son père, qu'il se mit à répéter d'une voix altérée, encore et encore, telle une formule incantatoire.

— Tu dois être punie… Il faut que je te punisse. Que je te punisse…

Malade de peur, Rachel se préparait mentalement à l'agression. Mais lorsque Simon se débarrassa de sa tunique, la seule vue de son érection suffit à susciter en elle une angoisse et une répulsion insurmontables. D'une violente poussée, il plongea en elle, la déchira brutalement, mû par le désir morbide de la faire souffrir.

Rachel crut qu'elle ne survivrait pas à la douleur lancinante qui l'emplissait tout entière. A chaque nouveau coup de reins, elle manquait s'évanouir. Puis elle sentit sa semence se répandre en elle, et une horrible sensation de brûlure la fit frissonner lorsqu'il se retira.

Les mains toujours attachées dans le dos, les bras ankylosés, la tête bourdonnante, le corps meurtri et souillé, Rachel gisait sur le lit, en proie à une peur sans nom et à une rage dévorante. Le visage de cet homme resterait à jamais gravé dans sa mémoire, et un jour, il paierait au centuple ce qu'il venait de lui faire… Il paierait, et ses deux complices paieraient avec lui !

Simon se leva et Rachel crut que tout était terminé. Mais comme il la faisait rouler sur le ventre, elle comprit qu'elle s'était réjouie trop tôt.

— Ça, c'était pour Tim, dit-il en haletant. Et voilà pour que tu ne l'oublies pas…

Le cri de douleur mourut dans la gorge de la jeune fille lorsque la pointe du couteau s'enfonça dans sa fesse droite pour la marquer d'un trait vertical surmonté d'une barre horizontale. D'un T sanglant.

D'un T comme Tim.

D'un T comme terreur.

— Et ça, c'est pour moi… en souvenir de l'homme que tu as détruit !

Tandis que de nouveau, il s'acharnait sur elle, Rachel luttait contre la nausée, la souffrance, l'horreur d'avoir à subir une telle dépravation, et sa soif de vengeance se trouvait décuplée. Jamais elle n'oublierait ; jamais elle ne pardonnerait. Les représailles seraient terribles, implacables.

Et elle savait déjà qu'elle ne puiserait la force de continuer à vivre que dans cette volonté de représailles.

Avant de s'en aller, Simon arracha le sparadrap collé sur sa bouche et lui tendit un verre rempli d'un liquide incolore. Comme elle refusait de boire, il la gifla et lui lança d'un ton hargneux :

— Bois, espèce d'idiote ! C'est un simple somnifère.

Il lui pinça le nez et lui fit avaler de force le liquide insipide, puis il attendit qu'elle s'endorme. Alors, il ramassa ses vêtements et consulta sa montre. Il disposait d'une bonne demi-heure avant le retour de Miles. Parfait ! Cela lui laissait tout le temps de quitter tranquillement les lieux.

Un sourire aux lèvres, il essaya d'imaginer la tête que ferait son colocataire en découvrant la fille dans son lit. French était capable de croire qu'elle s'était endormie en l'attendant… Oh, il ne le croirait pas longtemps. Il comprendrait vite son erreur s'il essayait de la toucher !

Simon regarda le visage blême de sa victime. « Voilà une bonne chose de faite ! » songea-t-il froidement, sa soif de vengeance étanchée.

Il décida de se forger un alibi, au cas où la fille parlerait. Mais il était convaincu qu'elle n'en ferait rien. De toute façon, une fille comme elle, une femme de chambre sans argent ni famille, qui la croirait s'il lui prenait l'idée d'aller tout raconter ?

Lorsqu'il sortit de la chambre, en prenant soin de fermer la porte à clé derrière lui, Simon souriait, de ce sourire béat que l'on voit généralement aux anges. Avant de partir, il avait pris la peine de détacher Rachel, dont les poignets étaient à vif.

Miles quitta le cercle plus tard que prévu. Il avait pris part à un débat passionné à l'issue duquel son point de vue avait finalement prévalu, mais à la satisfaction qu'il ressentait d'avoir brillamment su s'imposer se superposait une inquiétude obsédante. Simon Herries préparait un mauvais coup ; Miles le sentait.

La mort de Tim ne l'avait guère surpris. Il avait toujours pensé qu'un jour cela risquait de mal se terminer pour lui, mais il s'attendait à quelque chose de plus spectaculaire, et pas à une simple chute d'un pont — pas à une chute accidentelle, en tout cas. Il avait trop souvent vu Tim à l'œuvre, harcelant et manipulant ses victimes, pour ne pas prévoir ce qui arriverait le jour où l'une d'entre elles se révolterait.

En revanche, apprendre que Simon Herries se trouvait avec Tim au moment de sa mort l'avait fort étonné. Car autant qu'il pût en juger, et il ne croyait pas se tromper, Tim jouait un rôle capital dans la vie de Simon Herries, dont il était devenu l'instrument... sans lequel il se sentirait terriblement désemparé. Et Herries détesterait se sentir désemparé.

Comme tout futur avocat se devait de le faire, Miles s'intéressait de très près à la nature humaine. En étudiant les relations de Simon et Tim, il avait compris un certain nombre de choses que les deux hommes auraient sans doute préféré garder secrètes. Il n'ignorait pas, bien entendu, leur homosexualité, mais il savait aussi que leur relation se fondait sur des affinités beaucoup plus complexes. Tous deux semblaient dotés d'un charme pervers dont ils jouaient pour asservir les autres sur le plan émotionnel. Mais tandis que Simon éprouvait le besoin impérieux de dominer tous ceux qui l'entouraient, Tim séduisait surtout par jeu, comme un chat chasse les souris, pour le seul plaisir de la capture.

Tim était mort ; sous l'effet de la drogue, il était tombé du pont, avec pour seul témoin Simon Herries, dont Miles aurait pourtant juré qu'il aurait fait n'importe quoi pour son ami. Non, décidément, il ne pouvait s'agir d'un simple accident... Quelque chose entre eux lui échappait, quelque chose de mystérieux et de dangereux. Mais son esprit rationnel reprenant le dessus, Miles finit par se persuader qu'il se faisait des idées.

Il gravit deux à deux les marches du perron en cherchant dans sa poche la clé de l'appartement.

A l'intérieur, tout était noir. Miles était si fatigué qu'il décida de se coucher tout de suite. Mais une odeur bizarre, inhabituelle imprégnait l'air. Ce n'était ni l'odeur entêtante du haschisch ni celle de la luxure.

Ça sentait la peur, constata Miles, l'estomac noué par l'appréhension. La peur et... le sang. Il tendit le bras vers l'interrupteur et éclaira la pièce. A première vue, rien d'anormal : la chambre était telle qu'il l'avait laissée. Mais lorsque son regard se posa sur le lit défait et la fille nue qui dormait dedans, son cœur fit un bond dans sa poitrine.

A pas de loup, il s'approcha du lit et reconnut immédiatement l'intruse. Que diable faisait ici la petite amie de Tim ? Se pouvait-il qu'elle fût assez idiote pour se consoler de la perte de Tim dans les bras de Simon ?

En ces temps de libération sexuelle et d'émancipation de la femme, il ne fallait s'étonner de rien. La seule chose qui choquât encore les gens, c'était la pudibonderie de ceux qui refusaient de se laisser contaminer par ce climat de débauche.

Penché au-dessus du lit, Miles se mit à secouer doucement la dormeuse. Cette charmante personne n'avait rien à faire dans son lit ! Non qu'il fût insensible à ses charmes, qu'il jugeait au contraire fort tentateurs — surtout pour un homme à qui l'abstinence commençait à peser —, mais il était absolument exclu de toucher à ce qu'il considérait comme une chasse gardée.

— Tout à fait délicieuse, déclara-t-il d'une voix lasse. Mais ceci est mon lit, et j'aimerais y dormir seul, si vous n'y voyez pas d'inconvénient.

Pourquoi se trouvait-elle dans *son* lit, et non dans celui de Simon ? se demandait-il. Encore une de ces mauvaises blagues dont Simon avait la spécialité !

Comme la fille ne faisait pas mine de bouger, Miles décida d'employer la manière forte. Il attrapa le drap par un bout et tira d'un coup sec. Lorsque la fille roula sur le bord du lit, il vit le sang sur le drap et l'initiale tatouée sur sa fesse, et comprit que ce qui s'était passé dans sa chambre en son absence n'avait rien d'une blague — du moins en ce qui concernait la fille.

Avec un détachement clinique, il examina le corps mince, presque frêle, abandonné dans le sommeil. Il vit la marque rouge autour des poignets, puis le verre posé sur la table de chevet. Il le prit, trempa le bout de son doigt dans ce qui restait au fond. Herries l'avait-il violée avant, ou après l'avoir droguée ?

Avant, bien sûr.

Et de toute évidence, elle était vierge lorsque c'était arrivé…

Aguerri dès l'enfance par le travail à la ferme, Miles ne se formalisait pas d'un peu de sang. Mais une femme n'était pas un animal, même si on l'avait traitée comme tel… Aussi, lorsqu'il se rendit compte de la sauvagerie avec laquelle Herries l'avait violée, ne put-il réprimer un haut-le-cœur. Après ce qu'elle venait d'endurer, cette fille aurait-elle jamais une vie sexuelle normale ? se demanda-t-il en procédant consciencieusement à sa toilette. Il eut beau la tourner et la manipuler, elle n'eut pas même un battement de cils. Lorsqu'elle fut propre, il lui enfila une de ses chemises, qu'il boutonna entièrement. Il prit soin de retourner le bas des manches, qui risquaient de la gêner, puis il la souleva pour retirer le drap taché.

Puis, mort de fatigue, à peu près sûr que son colocataire ne rentrerait pas de sitôt, il poussa le verrou dont la porte de la chambre était munie et s'installa dans un fauteuil. Mais il ne dormit pas beaucoup, cette nuit-là. La fille se réveilla juste avant l'aube. Dès qu'elle ouvrit les yeux, il se leva d'un bond et s'approcha du lit.

Lorsqu'elle vit un homme, un *autre* homme penché sur elle, Rachel faillit s'évanouir de frayeur.

Elle sauta à bas du lit en hurlant et fonça vers la porte. Elle était verrouillée. Sans perdre une seconde, elle tira le verrou. Plutôt mourir que vivre une seconde fois le cauchemar de la veille !

Miles ne chercha pas à la retenir. Apparemment, elle se méprenait sur ses intentions ; inutile de l'affoler davantage. La peur panique qu'il avait lue dans ses yeux lui fit serrer les poings. Il n'était pas d'un tempérament violent, mais quel homme à sa place, après avoir vu comment ce petit bout de femme avait été traité, ne se serait pas senti des envies de meurtre ? Il n'était pas né de la dernière pluie, et n'ignorait pas qu'il existait sur terre des êtres assez pervers pour prendre plaisir à torturer et à humilier leurs partenaires ; grand bien leur fasse… tant qu'ils restaient entre eux !

Seule Bernadette s'était aperçue que Rachel avait découché une bonne partie de la nuit. Mais elle n'avait rien dit à personne.

Rachel passa deux journées entières au lit, à frissonner sous ses couvertures, victime de ce que la patronne prit pour un accès particulièrement pernicieux du « fléau mensuel ». Rachel étant une fille travailleuse et dévouée, elle ne lui fit cependant aucun reproche pour son absence.

Deux jours durant, Rachel chercha par quels moyens elle pourrait exercer sa vengeance. Inutile de compter sur la police ; elle savait qu'elle ne ferait rien. Comment une pauvre orpheline, sans relations ni éducation, pouvait-elle espérer faire payer un jour à ses agresseurs le viol dont ils s'étaient rendus coupables ?

Le moyen, elle le trouverait… Au besoin, elle fabriquerait elle-même l'instrument de sa vengeance.

Simon reparut à Oxford trois jours plus tard. A ceux qui s'étaient étonnés de sa brusque disparition, il expliqua que, ébranlé par la mort de Tim, il avait ressenti le besoin de prendre quelques jours de repos. Avant de partir, il n'avait pas manqué de louer un coffre à la banque pour y déposer ses précieux dossiers — un pour chaque membre de la secte. Ce qu'il n'avait pas prévu, c'était que les coffres ont des clés, des clés qui peuvent être perdues, volées, ou refaites à l'identique.

Miles l'attendait de pied ferme. Il savait que Simon finirait par revenir, ne serait-ce que pour passer les examens. Lui qui avait horreur de la violence, et se croyait incapable d'y recourir, le roua de coups jusqu'à en avoir mal aux poings.

Lorsqu'il s'arrêta, Simon, le visage ruisselant de larmes, n'avait même plus la force de se traîner jusqu'à son lit.

— Maintenant, tu sais ce que c'est que d'encaisser sans pouvoir riposter, lui dit Miles, impassible.

Il avait pris des dispositions en vue de son déménagement dans un autre appartement. Peut-être aurait-il dû retrouver la fille et s'assurer qu'elle allait bien, mais après avoir châtié Simon, il n'aspirait plus qu'à une chose : tirer un trait sur l'incident.

Rachel aussi aurait voulu tirer un trait, mais elle ne le pouvait pas. Les nausées dont elle souffrait lui rappelaient en permanence cette nuit tragique.

Il se passa plus d'un mois avant qu'elle entrevoie la vérité. Elle était enceinte… Elle attendait un enfant, l'enfant de son violeur.

Si elle avait pu l'extirper de ses entrailles, Rachel l'aurait fait sans hésiter.

Un jour, Bernadette découvrit le pot aux roses. Pour en avoir le cœur net autant que par souci de rendre service, elle glissa à Rachel :

— Si tu veux t'en débarrasser, je connais une femme qui pourrait t'aider. Seulement, il faudra la payer.

Un avortement ? Naomi, autrefois, en avait pratiqué, à l'occasion. Rachel savait quels risques une telle entreprise comportait, même avec le plus compétent des herboristes. Pour mettre fin à une grossesse non désirée, il n'y avait rien de tel que l'ergot, ce champignon parasite du seigle. Mais à trop forte dose, il pouvait rendre fou et, dans le pire des cas, entraîner la mort. Quoi qu'il en soit, elle n'avait pas le choix. Cet enfant, il n'était pas question de le garder ; elle ne le voulait pas.

Elle alla donc voir la faiseuse d'anges dont Bernadette lui avait parlé. On la fit monter au premier étage, dans une pièce froide et nue qui ne comportait pas grand-chose de plus qu'un évier et un lit à sommier métallique.

— Mmm… Vous devez être à six semaines, dit la femme lorsqu'elle eut fini de l'examiner.

Rachel avait dû se faire violence pour accepter le toucher que venait d'effectuer l'avorteuse. Cette intrusion réveillait en elle des souvenirs tellement douloureux !

— Revenez me voir quand vous serez à douze semaines. C'est le meilleur moment pour intervenir. Il vous en coûtera cent livres… Et il faudra que vous apportiez le savon et le seau, pour éviter tout risque d'infection et déjouer les soupçons contre moi.

Comme Rachel, atterrée, la fixait sans rien dire, la femme prit soudain l'air excédé.

— Eh bien, ma cocotte, on dirait que je te parle hébreu ! Qu'est-ce qui t'est arrivé ? C'est un jeune loup qui t'a fait perdre la tête ? De nos jours, c'est si vite arrivé ! Tu aurais dû prendre la pilule. Enfin, ce qui est fait est fait, mais moi, à ta place, je m'adresserais au responsable pour les frais. Une jolie fille comme toi… Il a sûrement les moyens. S'il y met de la mauvaise volonté, menace-le d'aller tout raconter à la police. C'est un étudiant, je parie ? Ce sont les pires. Ils croient s'en tirer avec…

— Quelle sorte de savon ? demanda Rachel d'une voix sourde.

— Un bon gros savon de Marseille fera l'affaire. On le met à bouillir dans une grande casserole d'eau, et après... Oh, et puis, tu verras bien le moment venu !

En voyant le visage de Rachel se décomposer, la femme crut bon de préciser :

— Ne t'inquiète pas. Je n'ai pas l'habitude d'abîmer mes clientes. Je ne suis pas comme certaines... Après, tu rentres chez toi... et une douzaine d'heures plus tard, c'est terminé. Ça fait à peu près le même effet que des règles un peu abondantes ; rien de bien méchant.

Rachel ressortit de là malade de peur. Où allait-elle trouver les cent livres ? Certainement pas auprès du responsable, comme l'avait dit l'avorteuse...

Non, c'était beaucoup trop cher pour elle ; elle devait écarter cette solution. Elle n'avait plus le choix... Une sueur glacée lui coulait dans le dos tandis qu'elle cherchait à se rappeler ce que sa grand-mère lui avait enseigné au sujet de l'ergot du seigle.

C'était bien l'ergot du seigle, aucun doute là-dessus, mais en quelle quantité, en combien de prises, et à quel moment ?

Rachel sortit de la ville et continua dans la campagne, marchant droit devant elle comme une somnambule, jusqu'à ne plus rien voir que l'asphalte de la route, jusqu'à ce que mettre un pied devant l'autre devienne un automatisme qui l'empêche de penser.

La voiture roulait à vive allure. Ce fut la femme qui la vit la première, à la sortie du virage. Elle cria pour prévenir son mari, qui pila. Une fraction de seconde trop tard : le pare-chocs heurta Rachel, qui roula dans le talus herbeux. L'homme coupa le contact ; ils sortirent tous deux de la voiture et se précipitèrent auprès du corps inanimé de la jeune accidentée.

— Elle est vivante, Dieu merci ! Transportons-la tout de suite à l'hôpital.

9

Rachel se réveilla dans une chambre qu'elle ne connaissait pas. Elle se demandait ce qu'elle faisait là lorsque la porte s'ouvrit, livrant passage à une femme entre deux âges, que sa mise simple mais impeccable et son regard bienveillant rendaient d'emblée sympathique.

— Bonjour, mademoiselle. Comment vous sentez-vous, ce matin ?

— Je… Où suis-je ?

Elle avait beau réfléchir, impossible de se rappeler qui était cette femme ! Gagnée par la panique, elle se dressa sur son séant.

— Ne vous inquiétez pas, vous êtes ici en sécurité, dit l'inconnue en lui tapotant doucement la main. Je vais tout vous expliquer. Mon nom est Mary Simms. Il y a eu un accident, notre voiture vous a renversée. Nous vous avons transportée à l'hôpital, où l'on vous a administré un sédatif. Votre amie, à l'hôtel, nous a dit que vous n'aviez pas de famille ; c'est pourquoi nous avons pris la liberté de vous amener ici.

Un court instant, la femme parut hésiter.

— Mais si vous ne voulez pas rester…

Rachel regarda autour d'elle : d'abord la chambre, petite mais douillette avec ses rideaux de cretonne à fleurs et son couvre-lit assorti, puis l'inconnue, avec son air à la fois humble et serein. Et pour la première fois depuis la mort de sa grand-mère, elle éprouva le sentiment rassurant de ne pas être seule au monde.

Et tout à coup, elle se rappela pourquoi elle marchait le long de cette route déserte et, instinctivement, sa main se posa sur son ventre. L'expression douloureuse qu'elle surprit alors dans le regard de sa bienfaitrice l'alarma.

— Non, vous n'avez pas perdu votre enfant.

— C'est bien dommage ! rétorqua Rachel d'un ton plein d'amertume.

— Bernadette nous a dit que… que votre ami était mort accidentellement. Avez-vous prévenu sa famille ? Savent-ils que vous attendez un enfant de lui ?

Tout d'abord, Rachel ne comprit pas. Puis la lumière se fit dans son esprit et elle darda sur son interlocutrice un regard farouche, rempli de haine et de ressentiment.

— Ce n'est pas l'enfant de Tim ! s'écria-t-elle. J'ai été…

Elle s'interrompit net, incapable de prononcer le mot honni.

— Ce n'est l'enfant de personne. Je le déteste !

Voyant Mary Simms se raidir, Rachel ne put s'empêcher de la dévisager, de plus en plus intriguée par sa réaction.

— Vous changerez d'avis quand il ou elle naîtra.

Rachel secoua la tête. Impossible ! Jamais elle ne pourrait aimer l'être conçu malgré elle à l'occasion d'un acte aussi violent et dégradant. A sa grande consternation, elle sentit les larmes se presser sous ses paupières et rouler le long de ses joues.

Mary Simms eut une exclamation désolée.

— Oh, je vous ai fait de la peine ! Tenez, je vais aller vous chercher quelque chose à manger ; ensuite, vous pourrez vous reposer. Le médecin a dit que vous ne deviez pas vous lever avant encore deux jours.

— Pourquoi ? Parce que je risque de perdre le bébé ?

— Non, à cause de la commotion.

Sur ce, Mary Simms la laissa. Moins de cinq minutes plus tard, elle était de retour, lui apportant sur un plateau un grand bol de potage et du pain frais. Rachel fit honneur au repas qui, pour être frugal, n'en était pas moins succulent.

— Rachel, vous n'allez pas pouvoir reprendre votre travail tout de suite. Mon mari et moi, nous avons pensé que vous pourriez peut-être rester à la maison le temps de votre convalescence. Etes-vous d'accord ?

Si elle était d'accord ? Elle croyait vivre un conte de fées et faillit se pincer pour s'assurer qu'elle ne rêvait pas. Mais ses vieilles inhibitions l'incitèrent à se demander si tant de sollicitude et de générosité ne cachait pas quelque chose.

— Pourquoi me faites-vous cette proposition ? s'enquit-elle. A cause du bébé ?

La question avait jailli spontanément, mais en voyant son hôtesse se rembrunir, Rachel comprit qu'elle venait de toucher un point sensible.

— Pas seulement, répondit Mary Simms. Philip et moi, nous nous faisons du souci pour vous. Dans la mesure où nous avons causé l'accident, nous nous sentons un peu responsables de vous. Et comme vous êtes seule au monde... et que vous n'avez que dix-sept ans... Voyez-vous, nous sommes mariés depuis quinze ans, mais nous n'avons pas eu la joie de fonder une famille... Voilà : nous aimerions que vous restiez, Rachel, et cela aussi longtemps que vous le voudrez.

— Et l'enfant ?

— Le bébé aussi, naturellement.

Sur ces mots, elle se leva et reprit le plateau.

— Tâchez de vous reposer, maintenant. Le médecin doit passer cet après-midi.

Le médecin était un homme d'une cinquantaine d'années et d'un naturel jovial. Il se montra tout disposé à répondre aux questions de Rachel, qui avait très envie d'en savoir plus sur les Simms.

Il les connaissait depuis très longtemps, admit-il en scrutant le visage défait de sa patiente. Elle ne voulait pas de l'enfant qu'elle portait, et il sentait que livrée à elle-même, elle essaierait d'avorter. Il avait pitié d'elle ; elle lui faisait penser à un petit animal pris au piège, qui chercherait désespérément à se libérer.

Mary lui avait rapporté que la jeune fille reniait farouchement l'enfant, et qu'elle refusait d'admettre que le père en était Tim Wilding qui, aux dires de sa collègue de travail et de ses patrons eux-mêmes, était pourtant le seul garçon qu'elle eût jamais fréquenté.

Elle n'avait pas désiré sa grossesse, soit, mais cela n'expliquait pas une telle hargne. La jeune fille avait sûrement d'autres motifs, beaucoup plus graves, de détester son bébé. Les marques récentes qu'elle portait sur les fesses n'étaient probablement pas étrangères à son terrible désarroi... Quelles que soient ses raisons, en tout cas, elle ne semblait pas prête à en parler pour l'instant.

— Philip est instituteur. Il est la bonté faite homme, vous verrez. C'est bien simple, tout le monde l'adore.

Et pour sa part, Philip apprécierait sans aucun doute la vivacité d'esprit et les potentialités qu'il pressentait chez la jeune fille, songea le médecin en se levant pour prendre congé.

Rachel ne tarda pas à découvrir que le médecin avait dit vrai. L'affection des Simms était si sincère qu'elle ne put rester très longtemps sur la défensive. Entourée, protégée, cajolée, elle ne songeait plus à les quitter. Tandis que les jours, les semaines, les mois se succédaient, elle tissait frileusement sa toile au sein de ce foyer providentiel et s'épanouissait au même rythme que l'enfant qu'elle portait.

Située à quelques kilomètres d'Oxford, la maison des Simms était entourée d'un jardin que Mary cultivait avec amour. Lorsqu'elle découvrit que Rachel connaissait les plantes, elle fut ravie. Tout naturellement, Rachel en vint peu à peu à parler d'elle et de ce qu'avait été sa vie avant de les rencontrer.

— Que comptes-tu faire, après la naissance du bébé ? lui demanda Philip un soir, alors qu'ils étaient encore à table.

La lueur farouche qu'il vit briller, l'espace d'un instant, dans le regard de Rachel l'amena à se poser une foule de questions.

— Je veux être riche, répondit simplement Rachel. Si riche que...

Elle n'alla pas plus loin, consciente de la gêne de ses amis. L'argent ne tenait pas une place primordiale dans leur vie de couple. Ils n'en avaient guère, et cela se voyait, mais ils ne s'en plaignaient pas.

D'ailleurs, Rachel songeait souvent que si elle avait eu la

chance de grandir dans cette maison, entre Mary et Philip, sa vie aurait été tout autre. Le sort était vraiment injuste qui voulait que, dans un couple comme eux, fait pour élever des enfants, Mary, qui rêvait de fonder une famille, ne puisse concevoir, alors que d'autres…

— Je… je voudrais que vous preniez mon enfant, déclara-t-elle tout à trac.

A ces mots, le visage de Mary sembla soudain se vider de tout son sang, pour virer à l'écarlate un instant plus tard. Elle n'osait en croire ses oreilles. Philip et elle évitaient de parler du bébé devant Rachel, qui se repliait sur elle-même dès qu'ils essayaient de lui faire entendre raison et de la ramener à de meilleurs sentiments envers l'enfant à venir. Elle leur avait tant répété qu'elle ne voulait pas de ce bébé que Mary en avait conclu que, le moment venu, elle le confierait à une institution en vue d'une éventuelle adoption. A aucun moment elle n'avait osé envisager que Philip et elle pourraient eux-mêmes l'adopter.

Autrefois, c'eût été différent ; mais à présent, ils étaient tous deux considérés comme trop âgés par les services de l'adoption. Mary avait déjà vingt-cinq ans lorsqu'ils s'étaient mariés. Au cours des années qui avaient suivi, ils avaient souvent cru leur désir d'enfant en passe de se concrétiser, mais chaque fois, ils avaient été déçus. Au terme d'une série de tragédies aussi éprouvantes physiquement que moralement, Mary avait renoncé. Pendant très longtemps, elle n'avait plus voulu entendre parler de bébés. Et maintenant que Philip et elle se sentaient prêts pour l'adoption, elle avait quarante ans, lui presque cinquante, et il était trop tard.

Trop tard, ou du moins l'avait-elle cru jusqu'à ce que Rachel leur offre sans détour le bébé dont elle ne voulait pas. C'était trop beau pour être vrai ; c'était un mirage… Et Mary, si elle s'était écoutée, n'aurait pas hésité une seconde, de crainte que le rêve ne s'évanouisse en fumée. Mais la raison prévalut, qui lui rappelait que Rachel n'était encore qu'une adolescente et que dans l'état de détresse psychologique où elle se trouvait, on ne pouvait lui laisser prendre une décision aussi grave.

Alors, tendant le bras vers Rachel, elle posa une main sur la sienne.

— Ma chérie, tu n'imagines pas combien j'aimerais pouvoir répondre oui, mais je sais qu'à la naissance du bébé tu risquerais de le regretter.

— Il n'y a pas de danger ! s'exclama Rachel. Jamais je ne reviendrai sur ce que j'ai dit. Jamais, vous m'entendez ?

— Dans ce cas, dit calmement Philip, l'enfant et toi, vous serez toujours ici chez vous. Tu fais maintenant partie de notre vie, Rachel, et Mary et moi, nous t'aimons pour ce que tu es et non pour l'enfant que tu portes. Quand je t'ai demandé ce que tu comptais faire après la naissance, ne t'imagine pas que c'est parce que nous voulons nous débarrasser de toi. Il se trouve simplement que je ne supporte pas de te voir gâcher l'intelligence et les capacités que le Seigneur t'a données. Tu dis que tu veux être riche. Alors, fais attention, Rachel, choisis bien tes orientations ; car tu pourrais faire fausse route et t'égarer pour de bon.

Rachel serrait les mâchoires. Ces paroles étaient comme autant d'éclats de métal que l'on extrait d'une blessure ; à chaque mot, la souffrance devenait plus vive. Elle aurait voulu rétorquer à Philip qu'il n'était pas à sa place, que ses sermons, il pouvait les garder pour les autres, pour ceux qui avaient derrière eux une famille et une maison, et que tant qu'il ne savait pas ce que c'était que de n'avoir rien du tout, il n'avait pas le droit de lui reprocher de vouloir être riche.

Mais elle n'en fit rien. Elle le blesserait, voilà tout. Et en fin de compte, quelle satisfaction en tirerait-elle ?

Les contractions débutèrent un samedi de juillet, en fin de journée. Mary ne la quitta pas un seul instant, lui prodiguant tout au long de l'accouchement encouragements et réconfort. Mais lorsque son fils naquit enfin, et que la sage-femme le lui présenta, Rachel tourna la tête.

— Je ne veux pas le voir, murmura-t-elle. Emmène-le, Mary.

Pendant tout son séjour à l'hôpital, Rachel s'obstina à ignorer son fils. C'était Mary qui se penchait sur son berceau de Plexiglas pour le regarder dormir ou bouger ses petits bras en souriant aux anges.

Ce fut Mary qui alla choisir le couffin et le minuscule trousseau, et ce fut Mary encore qui le porta lorsque Philip vint les chercher pour les ramener à la maison.

— Rachel... Voyons, prends-le juste une minute !

Mais Rachel, comme d'habitude, se détourna. Trois semaines s'étaient écoulées depuis son retour de l'hôpital, et pas une fois elle n'avait consenti à toucher ou simplement à regarder son fils. Au mépris et au dégoût qu'il lui inspirait s'ajoutait à présent une souffrance secrète, causée par la lutte incessante qu'elle menait contre son instinct le plus profond. Et elle sentait que si elle touchait le bébé, si elle le serrait contre son cœur ne serait-ce que quelques secondes, elle ne pourrait plus jamais s'en séparer.

Mary avait vu juste, qui lui avait prédit qu'elle serait incapable de haïr son enfant, mais Rachel avait eu tout le temps de réfléchir pendant les longs mois de sa grossesse, et les projets qu'elle avait mûris avec une détermination froide et inflexible ne faisaient délibérément aucune place à son fils. La vengeance réclame un dû élevé — un engagement, un dévouement total —, et la jeune fille le savait.

Sans compter qu'ici, avec Mary et Philip, il aurait plus d'amour et de sécurité qu'elle ne pourrait jamais lui en donner. Oui, il fallait qu'il reste avec eux. Rachel en était d'ailleurs tellement convaincue qu'elle s'était obligée à le considérer dès le début comme *leur* fils. Auprès d'eux, il mènerait une vie équilibrée et grandirait comme n'importe quel autre enfant conçu dans des circonstances moins tragiques. Mary et Philip l'éduqueraient à eux deux beaucoup mieux qu'elle ne le ferait seule. Et puis, il serait à l'abri de tout danger. Car la jeune femme savait aussi que celui qui cherche à se venger doit creuser deux tombes, et que Simon Herries, lorsqu'il riposterait, n'hésiterait certainement pas à s'en prendre à son propre fils.

La naissance de l'enfant l'avait non seulement confortée dans son désir de vengeance mais aussi obligée à regarder la réalité en face.

Aussi répondit-elle posément :

— Non, Mary, n'insiste pas. Si je le prenais dans mes bras maintenant, je ne serais pas sûre ensuite de pouvoir m'en séparer. Or cet enfant est le tien, Mary ; c'est *ton* fils.

Prenant une profonde inspiration, Rachel avoua ce que jamais encore elle n'avait pu confier à personne.

— Je... j'ai été... violée par son père. C'est une chose que l'on n'oublie pas, et je sais que malgré moi je lui en voudrai toujours. Il ne pouvait espérer meilleurs parents que vous. Prenez soin de lui, offrez-lui tout ce que je n'ai jamais eu et que je suis incapable de lui donner.

Les Simms n'avaient ni famille proche, ni amis intimes, Philip étant un homme plutôt réservé. Ils firent en sorte que l'on pense dans le voisinage que la grossesse de Mary était restée secrète en raison de ses antécédents médicaux et de son âge ; ils changèrent de rue, et Philip obtint sa mutation dans une autre école.

Le tour était joué : tout le monde crut qu'Oliver était leur fils.

Lorsque Rachel avait annoncé à Philip qu'elle projetait d'entreprendre une formation accélérée de secrétariat, puis de suivre des cours de langues, il ne lui avait pas caché sa déception. Il avait tellement espéré qu'elle rentrerait à l'université ! Mais les études qu'il ambitionnait pour elle étaient longues ; or Rachel savait que le temps lui était compté.

Son diplôme de secrétariat en poche, elle s'inscrirait dans l'un de ces instituts qui dispensaient aux jeunes filles de bonne famille l'art du bien recevoir. Ce genre de cours revenaient extrêmement cher, mais elle travaillerait à temps partiel pour les payer.

Rachel avait beaucoup lu et beaucoup appris au cours des derniers mois. Elle savait que pour atteindre le but qu'elle s'était fixé, il ne lui suffirait pas d'un diplôme. A lui seul, en effet, il ne lui ouvrirait pas les portes de la bonne société. Le seul moyen de se faire des relations était donc de fréquenter l'un de ces instituts privés, très sélects, qui fleurissaient à Oxford.

Philip lui avait proposé de l'aider matériellement, au moins en continuant de lui offrir le gîte et le couvert, mais Rachel avait refusé. Elle ne pouvait envisager de vivre plus longtemps sous le même toit qu'Oliver.

Pour elle, le sujet était clos, mais lorsqu'elle les quitta, à la rentrée d'octobre, pour commencer sa formation de secrétaire, Philip et Mary insistèrent pour qu'elle accepte un chèque de cent livres. En cadeau…

Mue par une volonté de fer, Rachel devint bientôt la meilleure étudiante de la promotion. Le soir, elle travaillait comme serveuse dans un pub — un nouvel établissement, où personne ne la connaissait — en attendant d'obtenir son diplôme et de décrocher un emploi de secrétaire à temps complet qui lui permettrait de prendre des cours de langues, en fin de journée.

Ce fut par l'intermédiaire de Philip qu'elle trouva son premier emploi. L'un de ses collègues cherchait quelqu'un pour l'aider à terminer sa thèse de doctorat. En plus de la dactylographie, le poste comportait des tâches de classement et de documentation.

Le jour de l'entretien d'embauche, Rachel mourait de trac, mais le Pr Crompton ne s'en aperçut même pas. Quand il la vit avec sa jupe plissée et son chemisier blanc à col Claudine, il la prit pour une petite jeune fille bien sage.

Il devait très vite découvrir, cependant, que sous ses airs modestes Rachel était une assistante hors pair. Et lorsqu'il apprit par hasard que, en plus de travailler pour lui, Rachel prenait des cours du soir de français et d'allemand, le Pr Crompton n'en revint pas. Pourquoi Rachel se donnait-elle autant de mal ? Selon toute vraisemblance, elle serait mariée avant d'atteindre ses vingt et un ans ! Alors, qu'est-ce qui pouvait bien la pousser toujours plus loin, toujours plus haut ?

Lorsqu'il se décida à lui poser la question, Rachel se contenta de hausser les épaules. Politesse oblige, elle formula une réponse évasive, mais en réalité, elle savait déjà pertinemment à quelle sorte de carrière elle se destinait, quand elle aurait les qualifications et les relations nécessaires. Elle voulait travailler dans le secteur de la communication, s'occuper de relations publiques afin de côtoyer des gens riches et influents, exercer un métier qui lui permettrait à plus ou moins long terme d'atteindre l'objectif qu'elle s'était fixé.

A la fin de l'été, sa thèse parfaitement tapée et terminée dans les délais, ses dossiers impeccablement classés, ses livres soigneusement répertoriés, le Pr Crompton offrit une prime à Rachel et lui proposa de la garder comme assistante. Elle refusa. Elle n'avait pas l'intention de s'éterniser à Oxford.

Philip et Mary furent déçus. Oliver était à présent un adorable bébé rose et joufflu, qui faisait des risettes et tendait ses petits bras potelés à tout le monde. Rachel devait parfois résister de toutes ses forces pour ne pas céder à l'élan qui l'entraînait vers lui. Mais il n'était pas question de regretter quoi que ce soit. La place d'Oliver était ici, avec Mary et Philip qui le chérissaient et l'aideraient à grandir, à l'abri des dures réalités de la vie.

Rachel avait maintenant presque de quoi se payer ce qui manquait encore à sa formation, le « vernis », comme elle disait en privé. Encore deux mois de labeur, et elle pourrait s'inscrire à la session débutant juste après Noël.

Elle s'acheta une machine à écrire d'occasion et, en plus de travailler comme secrétaire à temps complet pour une agence d'intérim et d'assister à des cours du soir, elle se mit à taper des mémoires pour des étudiants. Il s'agissait d'un travail ingrat et mal payé, mais elle pouvait le faire à ses moments perdus — le week-end ou le soir tard — et le peu qu'il lui rapportait venait grossir ses économies.

Et elle aurait bien besoin de cet argent, car avant d'entrer dans son institut privé, Rachel tenait à déménager. On n'habitait pas dans une chambre de bonne quand on fréquentait une école aussi huppée ! Il lui fallait au moins un studio, sinon un deux pièces, bien situé. Sans compter que si elle ne voulait pas détonner parmi les autres étudiantes, il vaudrait mieux aussi qu'elle troque son parler grasseyant contre l'accent distingué de l'aristocratie anglaise. En s'y mettant maintenant, elle serait certainement prête pour Noël…

Parfois, Philip et Mary semblaient déroutés par sa détermination, son opiniâtreté, sa volonté de concrétiser coûte que coûte ce qu'ils prenaient pour d'impossibles chimères. Mais ils l'aimaient malgré tout, telle qu'elle était, et Rachel, à présent, le leur rendait bien.

Elle trouva l'appartement qu'elle cherchait presque par hasard, un jeudi d'octobre particulièrement venteux. Elle fonçait vers l'arrêt d'autobus lorsqu'elle heurta sur le trottoir une jeune fille qui arrivait en sens inverse. La chemise cartonnée que cette dernière portait sous le bras glissa, et une partie des feuilles dactylographiées qu'elle contenait se répandit sur la chaussée et dans le caniveau.

— Oh ! zut de zut ! Neil va me tuer quand il va voir ça !

Comme Rachel s'était baissée pour l'aider à ramasser les feuilles, elle expliqua :

— C'est mon frère. Je lui ai promis de lui taper sa thèse. Mais j'ai déjà presque une semaine de retard !

D'emblée, Rachel ressentit de la sympathie pour cette fille, sensiblement de la même taille qu'elle mais brune aux yeux noisette. Elle portait un imperméable, un collant de laine et des mocassins plats, et elle respirait la joie de vivre. Pétulante et enjouée, on aurait dit un jeune chiot gâté par ses maîtres.

— Je pourrais peut-être vous aider, proposa Rachel.

— Vous feriez ça ? Ecoutez, j'habite à deux pas. Venez donc prendre un café. Avant d'affronter Neil, un petit remontant semble tout indiqué !

Elle accompagna ses paroles d'une grimace éloquente qui fit sourire Rachel.

Quelques minutes plus tard, toutes deux se retrouvaient

devant une maison de ville à la façade élégante avec ses volets de chêne verni et sa lourde porte sculptée.

— Parfaitement sinistre, vous ne trouvez pas ? commenta sa compagne en la faisant entrer. Mes parents tenaient absolument à l'acheter. Mais que voulez-vous, les goûts et les couleurs... Neil occupe l'appartement du haut, moi celui du bas. En fait, je le partageais avec une autre fille, mais elle est partie pour la Suisse. Depuis, mes parents n'arrêtent pas de me harceler pour que je me trouve quelqu'un d'autre. Je ne sais pas ce qu'ils s'imaginent ; avec le grand frère au-dessus, je ne risque pas de faire les quatre cents coups !

Le quartier, la maison, l'ameublement, tout laissait penser à Rachel que son hôtesse était issue d'un milieu aisé et probablement influent.

— Au fait, je m'appelle Isabelle Kent.

— Et moi, Pepper... Pepper Minesse.

Ce nom lui vint aux lèvres presque naturellement. Elle se l'était souvent répété, pour s'entraîner, mais c'était la première fois qu'elle l'utilisait. A son grand soulagement, Isabelle ne manifesta aucune réaction particulière en l'entendant.

Afin de faciliter son nouveau départ dans la vie, Pepper s'était inventé un passé sur mesure. A la mort de ses parents, elle avait été recueillie par de vieux amis de sa famille (les Simms), mais elle cherchait à présent à voler de ses propres ailes. Le problème, c'était le manque d'argent. (Perfectionniste, elle était allée jusqu'à s'exercer devant une glace pour rendre plus authentique la grimace qui devait accompagner cet aveu.) Durant les mois écoulés, Pepper avait beaucoup appris, et elle savait désormais que l'argent n'était pas considéré comme la valeur suprême quand on avait les bons antécédents et l'accent qui convenait. D'accord, ses antécédents laissaient malgré tout un peu à désirer, mais pour ce qui était de l'accent...

— Que faites-vous à Oxford ? Vous êtes étudiante ? demanda Isabelle.

— Non, pas exactement, répondit Pepper en riant. A vrai dire, je ne fais pas grand-chose en ce moment, mais juste après Noël je dois entrer à Benton College, à l'institut du Cordon-Bleu.

— Ça alors, c'est à peine croyable ! J'y suis depuis quinze jours, figurez-vous ! Les cours sont mortellement ennuyeux, je vous préviens ! Remarquez, entre nous, j'ai connu pire. Avant, j'étais à St. Godric, une école de secrétariat. Quand maman s'est aperçue qu'au bout de trois mois je tapais toujours avec deux doigts, elle m'a fait une scène terrible. Elle me voyait déjà travailler avec papa, à la banque... Enfin, quand je dis « travailler »... Ce qu'elle voulait surtout, c'était que je déniche un gentil petit mari.

Elle ponctua cette dernière remarque d'une grimace éloquente, et toutes deux éclatèrent de rire.

— Où habitez-vous ? demanda Isabelle.

— Nulle part pour l'instant. En fait, je cherche à me loger. En attendant, j'habite chez des amis de mes parents.

— Oh, mais c'est fantastique ! Que diriez-vous de venir vous installer ici ?

Le cœur de Rachel se mit à battre à un rythme accéléré. Pas un instant elle n'avait imaginé qu'Isabelle lui ferait une proposition pareille. Elle avait vu en elle la personne idéale pour mettre sa nouvelle identité à l'épreuve, mais de là à habiter avec elle...

— Vous me prenez un peu au dépourvu, avoua-t-elle en toute simplicité. C'est que, voyez-vous, je ne roule pas sur l'or et...

— Oh, si ce n'est que ça, ne vous faites donc pas de souci ! Papa se charge de tout. Vous n'aurez que la nourriture à payer. Ecoutez, réfléchissez à la question... Je ne vous cache pas que j'aimerais beaucoup que vous acceptiez ; sinon, maman risque de m'imposer la fille d'une de ses amies ; vous voyez ce que je veux dire...

Rachel acquiesça d'un sourire. Elle éprouvait quelques scrupules à tromper Isabelle sur son compte, mais si elle lui révélait qu'elle était la fille illégitime d'une Tsigane, si elle lui parlait avec l'accent du Lancashire, si elle lui racontait qu'elle avait travaillé comme femme de chambre, qu'elle avait été violée et abandonnée avec un enfant sur les bras, si elle lui disait la vérité, Isabelle rechercherait-elle encore son amitié ? Non, certainement pas.

Sa nouvelle vie commençait ici... et maintenant, décida-t-elle résolument. Le passé n'existait plus. Elle s'appliquerait désormais à la poursuite de ses deux objectifs : gagner le plus d'argent possible et se venger des quatre hommes qui avaient fait son malheur.

Aujourd'hui, elle entrait définitivement dans la peau de son nouveau personnage et tournait le dos au passé.

Rachel Lee devint officiellement Pepper Minesse. Cette démarche accomplie, elle emménagea dans l'appartement d'Isabelle. Les premiers temps, Neil, le frère d'Isabelle, se montra quelque peu réticent à l'égard de la nouvelle amie de son excentrique de sœur, mais il ne mit pas longtemps à se dérider.

A Noël, peu de temps avant que Pepper ne commence ses cours, Isabelle l'invita chez ses parents.

Pepper trouva un prétexte pour refuser. Elle n'avait pas encore suffisamment peaufiné son nouveau personnage, et elle craignait de se sentir mal à l'aise en société. Elle remercia Isabelle et prit la peine d'écrire une gentille lettre aux parents de cette dernière, leur expliquant qu'elle avait prévu de passer Noël avec des amis de la famille.

Mary et Philip furent enchantés d'apprendre qu'elle comptait passer Noël avec eux. A six mois, Oliver était un enfant épanoui et facile à vivre qui faisait leur bonheur.

Pepper s'obligeait à le considérer comme le fils des Simms. Elle lui acheta un cadeau de Noël, et il lui arrivait de jouer avec lui et même de s'occuper de lui à l'occasion, mais elle prenait bien soin de toujours garder ses distances.

Sa force de caractère suscitait chez Mary perplexité et admiration. Une telle métamorphose s'était accomplie chez sa protégée qu'elle se demandait parfois comment se comporter avec cette jeune femme indépendante et sûre d'elle qui parlait d'une façon si distinguée. Jamais elle n'aurait imaginé, dix-huit mois plus tôt, que la petite orpheline farouche changerait aussi radicalement !

Quant à Philip, s'il n'avait jamais douté de son intelligence, à présent, quand il l'entendait discuter, il s'émerveillait de ses progrès et de la manière dont elle avait su mettre à profit sa vivacité d'esprit.

Lorsqu'elle lui avait demandé comment étendre sa culture générale, il lui avait conseillé de commencer par lire régulièrement le *Financial Times*, qu'il considérait comme l'un des seuls organes véritablement objectifs de la presse internationale.

Devant la facilité avec laquelle elle absorbait l'information et retenait ce qu'elle apprenait, Philip en était très vite venu à penser que Rachel — ou Pepper, puisque c'était maintenant son nom — aurait fait une excellente étudiante. Mais les études universitaires ne l'intéressaient pas ; elle voulait gagner de l'argent.

Il soupira, puis se rappela que chaque être humain avait ses propres désirs et ses propres besoins. Son regard se porta alors sur son fils assis au milieu de son parc, occupé à empiler des anneaux de couleur sur un axe. Peut-être auraient-ils dû insister davantage ? songea-t-il, en proie aux remords. Peut-être auraient-ils fini par persuader Pepper de garder son enfant ? Certes, ils aimaient Oliver comme leur fils, mais ils n'étaient pas réellement ses parents. Ils...

— Je ne reviendrai pas sur ma décision.

Il leva les yeux, abasourdi par l'étonnante sagacité de Pepper.

— Regardez-le, dit-elle avec douceur. Regardez ses yeux. Il est épanoui et heureux. Que demander de mieux ? Cette merveilleuse joie de vivre, je ne veux sous aucun prétexte la lui ôter. Promettez-moi de ne jamais, au grand jamais, lui révéler la vérité.

Lisait-elle dans ses pensées au point de deviner qu'il était souvent taraudé par ce dilemme ? se demanda-t-il. Lui qui n'avait jamais rien caché à personne appréhendait le moment où il lui faudrait expliquer à Oliver qu'il n'était pas leur enfant.

Un jour, inévitablement, Oliver chercherait à savoir qui étaient ses parents naturels...

— C'est pour son bien, ajouta Pepper d'un ton grave. Lui révéler la vérité risquerait de lui faire plus de mal que de bien. Apprendre que son père...

Elle réprima un frisson et chassa résolument les images obsédantes qui, parfois encore, la hantaient.

— Je veux qu'il ait ce que je n'ai jamais eu : un foyer aimant, une vraie vie de famille. Je tiens à lui offrir au moins ça, car je sais qu'il en bénéficiera toute sa vie. Promettez-moi que vous ne lui direz jamais rien.

Vaincu, Philip promit.

Il avait très bien fait, déclara plus tard Mary. Mais Philip aurait voulu en être aussi convaincu que sa femme et Pepper.

Si elle n'avait pas eu Isabelle pour l'aider à passer le cap difficile des premières semaines, Pepper se serait heurtée à l'indifférence, voire à l'hostilité, de ses camarades de cours, à l'institut privé du Cordon-Bleu.

Les parents d'Isabelle connaissaient tout le monde, comme il se devait. Son père était l'héritier de l'un des plus prestigieux établissements bancaires londoniens, la célèbre Banque Kent, et sa mère passait pour l'une des femmes du monde les plus en vue dans la haute société.

En fait, ce que personne ne savait en dehors de Pepper, c'était qu'elle avait été admise à l'institut sur la foi d'une lettre de recommandation prétendument écrite par une des amies de feu sa mère.

Le risque que l'écriture de la mère de Tim fût connue du directeur était minime. Jamais Rachel n'aurait imaginé que le papier à lettres qu'elle avait pris sur un coup de tête, simplement parce qu'il lui plaisait au toucher, sur un secrétaire du vestibule de Marchington Place se révélerait un jour aussi utile. Ce petit larcin lui avait causé bien des remords, et c'était seulement en entendant deux filles dire d'une troisième qu'elle n'avait pas été admise aux cours de secrétariat qu'elles suivaient toutes les deux à cause de ses origines sociales douteuses que Pepper avait eu l'idée de ressortir le papier à lettres du tiroir où elle l'avait enfoui.

Elle aurait dû avoir honte, bien sûr, d'avoir écrit cette lettre, mais finalement, les seuls à en pâtir seraient ceux qui lui avaient fait du mal. Si elle voulait prendre sa revanche un jour, assouvir enfin son désir de vengeance, elle devait tirer parti de tous les atouts qui se présentaient, des atouts que jusque-là elle n'avait pas eu la chance d'avoir dans son jeu.

Mais même une lettre d'introduction de la mère de Tim Wilding n'aurait pas suffi à lui ouvrir les portes de la bonne société. A l'institut, les filles se connaissaient toutes, au moins de nom. Sans Isabelle, Pepper sentait qu'elle aurait fait figure de vilain petit canard.

A la pause de midi — les filles étaient censées déjeuner sur place —, les conversations tournaient en général toutes autour des diverses réceptions et sorties mondaines auxquelles elles avaient été invitées pendant les vacances de Noël. Les unes étaient parties aux sports d'hiver avec leurs parents, les autres avaient passé les fêtes à la campagne, dans leur résidence secondaire. Assise à côté d'Isabelle, Pepper ne perdait pas une miette de ce qui se disait autour d'elle, secrètement impressionnée par l'aspect codé des propos qu'elle entendait.

Gstaad était devenu « infréquentable », déclara un jour l'une de ses voisines de table, parce que « affreusement vulgaire », et la chasse à courre était en passe de se transformer en sport de masse. Après quoi, presque sans transition, la même fille s'était mise à parler — avec une telle volubilité qu'elle avait à peine le temps de respirer — du « superpetit boulot » que l'une des amies de maman lui avait trouvé dans une boutique de vêtements. Pepper devait vite découvrir que les boutiques en question étaient invariablement situées dans le quartier chic de Knightsbridge, que les maisons de vacances se trouvaient toutes dans le midi de la France ou dans les îles de la mer des Caraïbes.

Le mot « yacht » n'était jamais prononcé ; dans la bouche des filles, les bateaux que possédaient leurs parents étaient toujours des « petits voiliers de rien du tout »... Ce qui était « grand » était forcément « vulgaire », et la vulgarité, apprit Pepper, révélait mieux que n'importe quel autre indice un manque de classe certain.

— Et vous, Pepper, que ferez-vous quand vous sortirez d'ici ? lui demanda-t-on un midi.

Pepper n'en avait pas la moindre idée, mais une réflexion d'Isabelle lui traversa soudain l'esprit, et, le plus naturellement du monde, elle répondit :

— Oh, je ne suis pas tout à fait fixée, mais je pensais monter une société spécialisée dans le lunch d'entreprise.

Pour qui cherchait un mari, et voulait prouver au passage qu'elle avait quelque chose dans le crâne, le repas d'affaires semblait être un bon filon dans les années 1970.

Toutes les filles en restèrent bouche bée.

— L'une de mes cousines s'y est essayée, déclara l'une d'entre elles d'un ton désabusé. Mais elle a vite déchanté ! Quand elle a compris qu'elle devrait renoncer au ski, elle a laissé tomber.

— Moi, je trouve que c'est une excellente idée, intervint Isabelle. D'autant que Pepper et moi, nous allons nous associer !

Ce fut au tour de Pepper de demeurer sans voix. Il n'avait jamais été question dans son esprit d'une quelconque association avec Isabelle. Son amie, elle le savait, n'avait aucune velléité d'indépendance ni le désir de gagner sa vie. Toute follette qu'elle était, Isabelle marcherait probablement sur les traces de sa mère : elle épouserait dès que possible un bon parti et jouerait les maîtresses de maison modèles. Cependant...

Cependant, Pepper était consciente de lui devoir une fière chandelle, et elle l'aimait beaucoup. Sans compter que, en s'associant avec Isabelle, elle se ferait beaucoup de relations. Un argument de poids, songea Pepper, qui essayait de se persuader que si elle acceptait, c'était parce que son bon sens l'y incitait et non par gentillesse envers son amie.

Certes, relations ou pas, Pepper n'oubliait pas le dicton : « Qui veut voyager vite doit voyager seul. » Mais peut-être Isabelle oublierait-elle sa proposition ? se dit-elle pour se rassurer tandis que la cloche sonnait et qu'elles regagnaient toutes leurs salles de cours.

Il n'en fut rien, malheureusement ; la perspective de cette association la mettait au contraire dans un tel état d'excitation que Pepper n'eut pas le courage de la décevoir.

— J'ai mis maman au courant, lui annonça Isabelle un dimanche soir. Elle trouve notre idée formidable et brûle de faire ta connaissance. Dommage que tu ne sois pas venue avec moi !

— La prochaine fois, répondit Pepper, qui avait bien compris que Dorothea Kent tenait à voir à quoi elle ressemblait.

— Papa pense lui aussi que nous avons raison. Il a promis de nous aider à démarrer en nous passant quelques commandes, pour la banque. Enfin… pour le conseil d'administration, dans un premier temps, précisa Isabelle en pouffant. Avant de nous confier le soin de dorloter ses clients, papa veut d'abord s'assurer que nous ne risquons pas de les empoisonner !

— Et ton frère, qu'en dit-il ?

Bien qu'elle vive sous le même toit que lui, Pepper ne voyait presque jamais le frère d'Isabelle. De temps à autre, ils se croisaient dans le hall d'entrée et échangeaient quelques banalités. Mais cela n'allait jamais au-delà de quelques formules d'usage.

— Oh, tu sais, Neil est un tel rabat-joie ! Il prétend que nous ne tiendrons pas le coup, qu'au bout de quinze jours nous en aurons assez. Il faut absolument que nous tentions notre chance, Pepper ; ne serait-ce que pour lui donner tort. Au fait, j'oubliais… Papa lui a demandé de nous avoir des entrées pour le grand bal annuel de Magdalen College. Maman m'a promis une nouvelle robe pour l'occasion. Et toi, que porteras-tu ?

Pepper n'en savait strictement rien. En s'installant chez Isabelle, elle avait été obligée de renoncer à travailler et, du coup, elle avait beaucoup de mal à s'en sortir, ses économies diminuant comme une peau de chagrin. La seule toilette digne de ce nom qu'elle possédât était cette robe qu'elle avait achetée d'occasion en même temps que la valise. Mais non, jamais elle ne pourrait… Il ne lui restait plus qu'à trouver un prétexte pour ne pas aller à ce bal.

Malheureusement, ce fut plus difficile qu'elle ne le pensait.

La grand-tante d'Isabelle, qui habitait en Ecosse, tomba brusquement malade. Sa mère se rendit aussitôt à son chevet, si bien qu'il fallut remettre à plus tard le week-end que Pepper devait passer chez les Kent, à Londres. Elle avait reçu une lettre de la mère d'Isabelle s'excusant pour ce fâcheux contretemps et disant qu'elle espérait la voir à l'occasion du bal. Ils viendraient alors pour deux jours et logeraient chez des amis, tout près d'Oxford.

Autrement dit, Pepper *devait* assister au bal de Magdalen College.

En cachette, elle sortit de sa housse la robe Fortuny et l'examina. Bien que très belle, elle ne pouvait décidément convenir pour la circonstance.

La mère d'Isabelle était abonnée au prestigieux *Tatler*, qu'Isabelle rapportait le dimanche soir, quand elle rentrait de week-end. Les faits et gestes de la haute société n'intéressaient guère Pepper, mais grâce aux photos, elle avait réussi à se faire une idée assez précise du genre de robe qu'elle était censée porter dans les grandes occasions.

Lorsqu'elle rendit visite à Philip et Mary, elle était préoccupée par ce problème. Oliver marchait, à présent, et commençait à parler. Il l'accueillit avec un grand sourire et se précipita à sa rencontre. Machinalement, elle se baissa pour le prendre dans ses bras, s'étonnant un peu de ne ressentir pour lui aucun élan maternel. Au fond d'elle-même, elle savait qu'elle avait tout fait, à la naissance du bébé, pour tuer cet instinct dans l'œuf. Oliver n'avait d'ailleurs pas hérité grand-chose d'elle, constata-t-elle encore une fois, et il ne ressemblait pas davantage à son père.

En fait, c'était un bambin comme les autres, potelé et gracieux.

A la minute où Mary entra dans la pièce, Oliver tourna la tête et se mit à gesticuler dans les bras de Pepper. La jeune femme le posa par terre et le regarda traverser la salle de séjour de toute la vitesse de ses petites jambes. Oui, elle avait pris une sage décision… Pour elle, mais aussi pour lui.

— Tu as des ennuis ? demanda Philip après le repas.

Pepper ne se fit pas prier pour répondre, trop heureuse de pouvoir partager ses soucis.

Fascinée par les gestes et la façon de parler de Pepper, Mary songeait que la petite Tsigane était entrée complètement dans la peau de son personnage. Qui pouvait, en la voyant, douter un seul instant qu'elle était issue d'une riche famille de la grande bourgeoisie, l'une de ces familles dans lesquelles les enfants apprenaient, génération après génération et sans même s'en apercevoir, les comportements et les codes propres à leur classe ?

— Oui, il te faut une robe de bal, admit Mary.

— Je ne voulais pas y aller, mais Mme Kent a l'air d'y tenir. Elle veut me voir pour se faire une opinion de moi. Je suis non seulement l'amie de sa fille, mais aussi sa future associée.

— Je ne serais pas étonnée qu'elle ait encore une autre idée derrière la tête, observa Mary d'un air entendu. N'oublie pas que tu vis sous le même toit que leur fils !

— Peut-être, mais nous ne voyons pour ainsi dire jamais Neil. En fait, Isabelle et lui ne s'entendent pas très bien. Et je me demande parfois s'il sait que j'habite dans cette maison !

En son for intérieur, Mary était persuadée du contraire. Pepper était une jeune femme d'une beauté éblouissante, qui passait d'autant moins inaperçue qu'elle affichait à présent une surprenante confiance en soi.

— Je pourrais peut-être te trouver quelque chose, déclara soudain Mary. Si tu ne vois pas d'inconvénient à porter une robe de seconde main, bien sûr.

— Tu plaisantes ? Si seulement tu pouvais m'ôter cette épine du pied…

— Récemment, j'ai aidé la femme du pasteur à trier des vêtements en vue de la prochaine kermesse. Et je suis tombée sur un lot de vêtements somptueux qui auraient appartenu à la nièce d'une amie de la femme du pasteur, une fille très bien qui se serait, paraît-il, enfuie avec un prince arabe…

— Doux Jésus ! s'exclama Philip. Qu'est-ce qui lui a pris ?

— Les femmes, mon cher, sont imprévisibles, rétorqua Mary. Enfin, bref, j'ai cru comprendre que le jeune homme en question était fabuleusement beau, et riche comme Crésus. Ce qui, évidemment, ne gâte rien !

Pendant une demi-heure, ils débattirent de l'inclination romanesque des femmes et de ses conséquences souvent tragiques, puis Mary se leva.

— Pour intéressante que soit la question, on ne va pas passer l'après-midi à en discuter. Si Pepper veut jeter un coup d'œil à ces vêtements…

Elles se mirent en route pour le presbytère, qui n'était pas très loin. La femme du pasteur accueillit avec beaucoup de gentillesse la requête de Pepper.

— Nous n'avons aucune chance de les vendre, de toute façon. Les dames de la paroisse ne s'habillent pas comme ça. Venez voir, vous allez comprendre…

Il y avait trois ou quatre ensembles à la pointe de la mode, que Pepper écarta d'emblée — personne au collège ne portait ce genre de vêtements, et ce n'était vraiment pas le moment de se faire remarquer.

En fin de compte, elle dénicha une robe en broderie anglaise blanche, avec un haut de forme bustier orné d'un ruban de satin bleu assorti à la large ceinture, et une jupe évasée, longue jusqu'aux pieds, qui se portait sur plusieurs jupons superposés. Elle évoquait, en plus sophistiqué, le modèle phare de Laura Ashley. Dès qu'elle la vit, Pepper sut que c'était exactement ce qu'il lui fallait : cette tenue lui permettrait à la fois de paraître irréprochable aux yeux de Dorothea Kent et de se perdre dans la masse.

— Elle est parfaite, déclara-t-elle d'un ton résolu.

Elle proposa dix livres à la femme du pasteur, qui n'en espérait pas tant. Puis Mary et Pepper prirent le chemin du retour, un sac Marks & Spencer dans le filet de la poussette d'Oliver.

— Je la laverai et l'amidonnerai, proposa Mary. Nous devrions peut-être changer le ruban. Que dirais-tu d'un ton abricot ?

Bien que ne s'intéressant pas particulièrement aux vêtements, Mary avait un goût très sûr en matière d'habillement. Aussi Pepper s'en remit-elle avec joie à son jugement.

Il était de bon ton, à l'époque, de porter les cheveux relevés quand on se rendait à un grand bal. Le samedi précédant l'événement, Pepper et Isabelle passèrent tout l'après-midi à se chercher des coiffures.

— Ce n'est pas juste ! gémit Isabelle. Tes cheveux sont épais et disciplinés, tandis que les miens bouclent dans tous les sens !

Elle venait de passer une demi-heure à défriser ses cheveux au fer, mèche après mèche, et se plaignait d'avoir la nuque raide pour, en fin de compte, ne pas avoir obtenu le résultat espéré. Mais après tout, il restait encore une semaine pour trouver la coiffure adéquate.

Tout se passa comme prévu.

Au premier coup d'œil, Dorothea Kent comprit qu'elle avait affaire à une jeune personne particulièrement déterminée. Malgré son air modeste et sage, dans sa jupe plissée et son chemisier blanc, puis dans sa jolie robe de bal, Pepper était une fille qui savait ce qu'elle voulait, cela se voyait. Avec une aussi forte personnalité, ne risquait-elle pas d'écraser Isabelle ?

Au bout de cinq minutes de conversation, Dorothea comprit cependant que Pepper était la dernière personne au monde susceptible d'entraîner sa fille à faire n'importe quoi ou risquant d'exercer sur elle une influence pernicieuse.

Il était fort regrettable, bien sûr, qu'elle n'eût aucune famille, mais, ce détail mis à part, Mme Kent jugea Pepper très bien et l'invita avec mille gracieusetés à venir passer une partie des vacances d'été avec eux, ce que Pepper accepta d'une façon non moins affable.

Dorothea était rassurée sur un autre point : son fils, étudiant en sciences économiques, et marchant sur les traces de son père, ne semblait pas particulièrement attiré par Pepper. Cela valait beaucoup mieux ainsi car son mari et elle avaient d'autres projets pour Neil… Si tout se passait comme ils le souhaitaient, Neil épouserait en temps voulu une cousine éloignée, dont le père possédait un titre de noblesse et une bonne partie de l'Ecosse.

Oui, elle ne pouvait que se réjouir qu'Isabelle eût rencontré une fille comme Pepper, si sérieuse et si résolue à mener à bien leur collaboration. Une collaboration qui, d'ailleurs, n'était certainement pas appelée à durer… Dorothea aurait été vraiment très surprise qu'Isabelle ne fût pas fiancée d'ici à ses vingt et un ans.

Aux yeux de Pepper, le bal ne présentait d'autre intérêt que de lui donner l'occasion de rencontrer les parents d'Isabelle, et en particulier sa mère qui, pour autant qu'elle avait pu en juger, détenait véritablement l'autorité au sein de leur foyer. Le père d'Isabelle s'était contenté de la saluer et de lui dire qu'il attendait avec impatience de goûter aux plats qu'elles avaient appris à préparer.

Les questions que lui avait posées la mère d'Isabelle visaient toutes au même but : elle voulait la tester. Pepper avait l'impression de s'être sortie très honorablement de cette épreuve, mais elle restait tendue et n'aspirait qu'à partir rejoindre Philip et Mary, avec qui elle pourrait discuter tranquillement des projets qui lui tenaient à cœur.

Pour l'occasion, Neil s'était fait accompagner de sa petite amie, étudiante comme lui. Son frère attachait plus d'importance à l'intelligence qu'à la beauté ! avait confié Isabelle à Pepper.

« Je me demande ce qu'ils font quand ils sont seuls tous les deux… Je parie qu'ils additionnent des colonnes de chiffres ! »

Depuis quelque temps, Isabelle se posait beaucoup de questions sur la sexualité des autres, sans doute parce qu'elle ne possédait aucune expérience en la matière.

— Je suis sûre que nous sommes les deux seules vierges dans tout Oxford ! s'exclama-t-elle un soir où elle était rentrée tard.

Lorsqu'elle avait rejoint le garçon qui l'avait invitée au cinéma, c'était avec la ferme intention de sauter le pas. Mais au dernier moment, elle avait changé d'avis.

— C'est à cause de ses mains, tu comprends, expliqua-t-elle

à Pepper avec un frisson théâtral. Elles étaient horriblement moites... Non, il faudra que je trouve quelqu'un d'autre.

Pepper faisait maintenant partie intégrante du petit cercle de jeunes filles suivant les cours du Cordon-Bleu. Par leur intermédiaire, elle avait noué quelques connaissances et rencontré plusieurs garçons, dont certains étaient présents au bal. Elle ne resta pas longtemps sans cavalier. Tandis qu'Isabelle dansait avec sa dernière conquête, Pepper virevoltait sur la piste avec de jeunes gens tous plus empressés les uns que les autres. Mais aucun d'entre eux ne trouvait grâce à ses yeux. En fait, elle les regardait à peine : il neigerait en enfer avant qu'elle prenne un amant... ou un mari. Les hommes ne l'intéressaient pas.

A son insu, l'un d'entre eux, en revanche, s'intéressait beaucoup à elle.

Miles French était venu au bal pour faire plaisir à sa petite amie du moment, une étudiante américaine détachée pour un an à Oxford. Grande et toujours en mouvement, avec une épaisse chevelure noire qui cascadait sur ses épaules, héritée — prétendait-elle — de ses lointains ancêtres Peaux-Rouges, elle avait pour Miles un parfum d'exotisme qui le changeait agréablement de ses compagnes habituelles. Elle n'était pas vierge et n'avait aucunement l'intention de nouer avec lui des liens solides. Elle le lui avait d'ailleurs clairement signifié dès leur deuxième rendez-vous, juste avant de proposer qu'ils aillent chez lui pour faire l'amour. Depuis, ils se voyaient régulièrement. Miles l'aimait bien et l'admirait, mais il n'était pas fâché de ne pas être l'élu de son cœur. Pas facile, avec une fille comme elle, songeait-il avec amusement en la regardant danser avec quelqu'un d'autre, de toujours se montrer à la hauteur !

De nouveau, ses pensées le ramenèrent à la jeune fille qu'il venait de reconnaître. Il n'avait jamais oublié ce qui s'était passé cette fameuse nuit... Et il se reprochait encore l'accès de violence auquel il avait cédé ensuite. Souvent, il s'était demandé ce qu'était devenue la fille. Il lui suffit d'apercevoir soudain son visage, impassible, et fermé, pour comprendre qu'à présent il détenait la réponse à cette question.

Elle avait changé, au point d'en être presque méconnaissable, mais il l'avait reconnue malgré tout. Cette expression dans son regard, cet air inaccessible qui décourageait toute tentative d'approche… C'était Herries qui l'avait rendue ainsi — Miles était prêt à le jurer.

Elle était belle, d'une beauté presque parfaite, auraient estimé la plupart des hommes. A tort… Car elle était victime de troubles affectifs graves. Il le savait d'instinct, aussi sûrement que si elle s'était confiée à lui.

Il songea à sa petite amie américaine, exubérante en diable et dotée d'un appétit de vivre insatiable, et chercha vainement dans le visage impénétrable de Pepper un peu de cette fougue, et dans son regard froid et distant une étincelle de joie. Le mot « viol » était vraiment hideux… si laid en vérité qu'il préférait ne pas le formuler, même en pensée.

Soudain, il entendit la voix de Beth qui l'appelait et, intensément soulagé, tourna la tête vers elle. Bien sûr, il aurait pu aller lui parler malgré tout, mais aurait-elle seulement consenti à lui adresser la parole ? La page était tournée ; à quoi bon lui rappeler cet épisode douloureux de son existence ?

Non, décidément, c'était beaucoup mieux ainsi. Pourtant, Miles éprouvait la déplaisante sensation de n'avoir pas pris la bonne décision.

10

Alex Barnett attendait son père dans la cour d'honneur du collège. Cela lui faisait tout drôle de penser qu'à la rentrée prochaine il ne reviendrait pas. Oxford allait lui manquer, même si, au départ, il ne s'y était pas vraiment plu.

Il avait beaucoup mûri, pendant ces trois ans, et pris tant d'assurance qu'il ne pouvait s'empêcher de se moquer rétrospectivement du garçon timide et angoissé qu'il était à son arrivée. Il craignait tellement de ne pas être à la hauteur, de rester à la traîne s'il ne se mettait pas rapidement au courant des us et coutumes propres à son nouvel environnement ! Avec le recul, il se rendait compte qu'il aurait dû choisir Cambridge, et non Oxford. Il se serait trouvé alors au cœur même de l'industrie naissante de l'informatique.

Dire que quand il était arrivé à Oxford, il ne savait même pas ce qu'était un ordinateur…

Il se souvenait très bien de son premier cours d'informatique, ainsi que de tous ceux qui avaient suivi. Il pensait alors que, ses études terminées, il entrerait dans l'entreprise de son père, et que son diplôme et ces années passées dans la célèbre université ne seraient rien de plus qu'une cerise sur le gâteau. Il étudiait pour la gloire, pour faire plaisir à ses parents, fiers de raconter partout qu'ils avaient un fils à Oxford. Cependant, il lui arrivait d'envier ceux de ses camarades qui envisageaient de faire carrière dans ce qu'il considérait secrètement comme un développement passionnant, absolument sans précédent dans l'industrie britannique. Aujourd'hui, Alex rêvait de se lancer lui aussi dans le monde de l'informatique. Mais ce rêve allait à l'encontre de la réalité et de ce que son père attendait de lui. Depuis plusieurs générations, les hommes de sa famille se succédaient à la tête d'une usine de machines à coudre dont la marque était connue dans tous les foyers. Son père était fier de son entreprise, fier de la fiabilité et de la robustesse des machines qu'il produisait et exportait encore aujourd'hui aux quatre coins de l'ex-empire britannique.

Bien que le volume des exportations n'ait cessé de chuter depuis la décolonisation, l'entreprise conservait malgré tout une assise solide. Dans le Nottinghamshire, où elle était implantée, elle jouissait d'une excellente réputation, le père d'Alex passant pour un patron exemplaire. Il avait d'ailleurs été élu à la tête de la Chambre de commerce locale. De son côté, la mère d'Alex appartenait à toutes les associations caritatives de la région.

Lui eût-on demandé, à la fin de sa première année à Oxford, à quoi il se destinait, Alex aurait répondu sans l'ombre d'une hésitation qu'il projetait de prendre la succession de son père. Aujourd'hui, il aurait été beaucoup moins affirmatif. Il rêvait de prendre le large, de se libérer du carcan trop étroit dans lequel on prétendait l'enfermer, mais il n'osait l'avouer. Il savait que certains de ses camarades de Cambridge allaient au Japon et en Californie pour se mettre au courant des tout derniers progrès dans le domaine de l'informatique ; il savait qu'ils avaient des idées plein la tête et ne cessaient de prophétiser pour l'avenir une véritable révolution.

Alex n'aspirait qu'à se joindre à eux, et cependant, il s'interdisait de décevoir son père. Il avait bien essayé de tâter le terrain, mais son père avait fait la grimace et qualifié les ordinateurs de « gadgets qui seraient passés de mode d'ici à deux ou trois ans ».

Son père se trompait ; il en était convaincu.

Il fronça les sourcils, tiré de ses réflexions par un bruit de pas derrière lui. Reconnaissant l'homme qui s'avançait nonchalamment vers lui, Alex se rembrunit davantage.

Richard Howell… Comme elle lui semblait lointaine, l'époque

de leur premier trimestre à Oxford, et de leur stupide embrigadement dans le Cercle du feu de l'enfer de Simon Herries... Quels imbéciles ils avaient été, quand il y repensait. Par leur bêtise, ils avaient failli compromettre leurs études et gâcher leur vie si leurs agissements avaient été découverts.

En y réfléchissant, Alex prenait toute la mesure de son inconscience. A l'époque, béat d'admiration devant Simon Herries et sa clique, il ne s'était pas rendu compte où il mettait les pieds.

Il avait fallu l'enlèvement de cette fille sur l'ordre d'Herries pour lui ouvrir les yeux. Par la suite, il s'était souvent demandé ce que le gourou de la secte avait bien pu faire à cette pauvre créature, sans jamais s'appesantir sur la question, qui le mettait chaque fois mal à l'aise. A quoi bon regretter cette erreur de jeunesse ? Puisque de toute façon il était impossible de revenir en arrière, ne valait-il pas mieux aller de l'avant ?

Apercevant la voiture de son père, Alex ramassa ses sacs et cria au revoir à Richard.

Pendant le trajet du retour, ni son père, ni lui ne parlèrent. D'un caractère réservé et peu démonstratif, Gilbert Barnett se laissait rarement aller, surtout au volant.

L'après-midi touchait à sa fin lorsqu'ils traversèrent le petit bourg du Nottinghamshire à la sortie duquel se trouvait la grande maison victorienne que l'arrière-grand-père d'Alex avait fait construire. Toujours aussi massive et austère, elle dominait les environs du haut de sa colline. Lorsqu'ils franchirent les grilles de la propriété et remontèrent l'allée de gravier jusqu'à la porte d'entrée, Alex remarqua comme chaque fois le changement de régime du moteur.

Son père n'était pas homme à se priver, mais il ne cherchait pas non plus à éblouir. Vieille de quatre ans, sa Rover était encore comme neuve ; Alex savait déjà qu'il en hériterait lorsque son père changerait de voiture. Lui, il se serait bien vu au volant d'un petit coupé MGB, de préférence vert foncé. Plusieurs de ses amis de Cambridge avaient des MGB — ou des Morgan rouge vif pour les plus fortunés. Mais sur la voiture de sport aussi, Alex devait tirer un trait : son père n'aurait pas apprécié. Robuste et fiable, la Rover était à l'image de l'entreprise.

Sa mère les attendait dans le salon. Elle lui tendit les bras et l'embrassa avec retenue. Elle savait que son mari ne supportait pas de la voir couver leur fils, aussi s'efforçait-elle toujours de garder ses distances.

— Ton père ayant une réunion d'affaires demain matin, nous dînerons de bonne heure, ce soir. Au menu, il y a ton plat préféré : de la canette rôtie.

En dix ans, sa chambre n'avait pas changé. Aujourd'hui, pourtant, il s'y sentait presque étranger. D'où lui venait cette impression bizarre ? Lorsqu'il regarda le paysage par la fenêtre, Alex comprit qu'il n'avait pas vraiment souhaité revenir à la maison.

Connaissant son père, il se doutait qu'il n'aurait pas à prendre la relève avant plusieurs années, mais était-ce une raison suffisante pour lui annoncer de but en blanc que les machines à coudre ne l'intéressaient pas et qu'il partait tenter sa chance ailleurs ? Non, bien sûr…

Alors il se rasa et enfila une nouvelle tenue avant de descendre dîner. Pendant tout le repas, il écouta d'une oreille distraite sa mère parler avec enthousiasme de ses activités au sein des comités de charité. Son père l'interrompait de temps à autre pour faire une remarque. Pour l'avoir vécue des centaines de fois, cette scène lui était presque aussi familière que le reflet de son propre visage dans le miroir. Et pourtant, ce soir, elle lui semblait insolite. Alex se sentait brusquement extérieur à tout cela.

Il proposa à son père de l'accompagner à sa réunion du lendemain, mais il lui fut répondu qu'il s'y ennuierait.

— Va plutôt t'inscrire au club de golf. Tu seras au moins sûr d'y rencontrer des gens intéressants.

Le golf ! Alex ne dit rien mais il n'en pensait pas moins. Il préférait des sports plus dynamiques comme le tennis ou le squash. Il avait l'impression qu'une chape d'ennui menaçait de tomber sur lui, étouffant ses ambitions et ses aspirations les plus profondes. Etait-ce pour venir s'enterrer ici qu'il avait étudié trois ans à Oxford ?

Comme le lui avait suggéré son père, il s'accorderait deux mois de répit avant d'entrer officiellement dans la vie active. Mais Alex avait cru qu'il serait tenu de mettre ces quelques semaines à profit pour se familiariser avec les différents services de l'entreprise, des chaînes de montage aux bureaux de la direction.

Contre toute attente, son père, visiblement peu pressé de le voir à l'usine, lui proposa de lui prêter la Rover pour qu'il puisse prendre des vacances bien méritées. Alex accepta sans trop se poser de questions.

Bien qu'il n'eût pas vraiment de raisons de garder des contacts avec ses anciens camarades passionnés d'informatique, l'un d'entre eux lui avait écrit pour lui apprendre qu'une fois par mois ils se réuniraient à Cambridge en petit comité afin de se tenir au courant des dernières innovations. Puisqu'il avait un mois devant lui, Alex décida de faire sa valise et de s'offrir un périple dans les Cotswold avant de mettre le cap sur Cambridge, l'avant-veille de la réunion.

Son correspondant habitait à la périphérie de la localité, si bien qu'à son arrivée, après avoir déposé ses affaires dans un hôtel, Alex eut l'idée de lui rendre visite. A l'entrée du village, il se renseigna chez un commerçant, qui lui apprit que son ami était le fils du pasteur. Le presbytère était cette drôle de bâtisse tout en longueur qui se dressait au milieu d'un jardin en friche.

Alex se gara dans l'allée envahie par les mauvaises herbes et continua à pied. Soudain, la porte s'ouvrit, découvrant une fille au visage d'ange, avec de longs cheveux blonds et de grands yeux couleur d'ambre. Elle portait une minijupe, si courte en vérité qu'Alex n'en avait jamais vu de pareille, et de jolies sandales sur lesquelles tranchaient ses ongles vernis en rose fuchsia. Elle correspondait si peu à l'idée que l'on pouvait se faire de la fille d'un pasteur qu'Alex en resta un instant confondu, ce qui lui valut un regard dédaigneux de la part de son interlocutrice.

— Je suis un ami de William, dit-il enfin d'une voix hésitante. Il ne m'attend pas, mais…

— Nous sommes dans le jardin. Venez, je vous y emmène.

Alex ouvrit la bouche pour protester, mais elle avait déjà tourné les talons, aussi dut-il se résigner à la suivre.

Le jardin de derrière ne valait pas mieux que celui de devant, à un détail près tout de même : la pelouse avait été tondue. Installé dans une chaise longue, William étudiait apparemment des données techniques. En entendant des pas, il leva le nez, parut tout d'abord surpris, puis sourit lorsqu'il reconnut son visiteur.

— Je suis venu pour la réunion de mercredi, expliqua Alex, mal à l'aise. Je passais à tout hasard, mais ta sœur…

Cherchant la fille des yeux, Alex découvrit qu'elle avait pris place dans une chaise longue et s'employait à appliquer une seconde couche de vernis sur les ongles de ses orteils.

William fronça légèrement les sourcils et déclara d'un ton amusé :

— Julia n'est pas ma sœur.

Alex se sentit rougir. Comme gaffeur, on ne faisait pas mieux !

— Les parents sont absents en ce moment, lui apprit William, mettant le comble à sa gêne car Alex n'avait vraiment aucune envie de tenir la chandelle. Ce qui explique la présence de Julia ici, poursuivit William. En cousine dévouée, elle est venue s'occuper de moi.

Ils étaient cousins, très bien ; mais cela ne les empêchait sans doute pas d'être aussi amants, songea Alex en les regardant tour à tour sans pouvoir se faire une opinion. En d'autres circonstances, il leur aurait carrément demandé s'il les dérangeait, mais depuis son départ d'Oxford, la pudibonderie de ses parents semblait avoir déteint sur lui, les mots refusant obstinément de franchir ses lèvres. Il ne savait plus où se mettre, d'autant plus mal à l'aise que Julia l'observait sans complexe.

— Bon… Eh bien, je vais vous laisser. Je repasserai…

— Pourquoi ne restez-vous pas à dîner ?

De saisissement, les bras lui en tombèrent. Jamais il n'aurait cru qu'elle l'inviterait à dîner. Il la regarda avec attention, mais ses yeux mordorés n'exprimaient rien de particulier.

— Oui, reste, insista William.

Il était plus de minuit lorsque, à contrecœur, Alex se leva pour s'en aller.

— Si je ne me décide pas, je risque de me retrouver à la porte de l'hôtel.

— Pourquoi partir, alors ? demanda Julia en posant sur lui son regard tranquille et impénétrable. Nous avons plein de chambres libres.

— C'est-à-dire que… mes affaires… Je…

Etrangement, ce petit bout de fille avait le don de lui faire perdre ses moyens. Qu'avait-elle donc de spécial ? Et puis, elle avait au moins deux ans de plus que lui.

Elle éclata de rire.

— Oh, si ce n'est que ça ! Tu auras bien un pyjama à lui prêter, n'est-ce pas, William ?

— Moi ? Je n'en porte jamais ! rétorqua son cousin en lui décochant une œillade complice. Laisse tomber l'hôtel, Alex. Nous y passerons demain matin pour récupérer tes affaires. Nous avons des chambres à ne plus savoir qu'en faire et ta présence ici me fait vraiment plaisir.

Ce fut ainsi qu'Alex accepta de passer au presbytère le reste de ses vacances. D'après ce qu'il avait compris, William connaissait plusieurs autres passionnés d'informatique dans la région, et pourrait sûrement les lui présenter…

— Alors ? Qu'est-ce qu'il vous faut de plus ? railla Julia.

Alex se demandait s'il se faisait des idées, mais il avait parfois la très nette impression qu'elle le provoquait. Il avait à présent acquis la certitude qu'entre William et elle il n'y avait rien de plus que l'affection légitime d'un cousin pour sa cousine. Alex avait également découvert qu'elle avait beaucoup de conversation, une grande vivacité d'esprit et une bonne dose d'humour. Ses parents n'avaient eu d'autre ambition pour elle que d'en faire « une bonne épouse et une mère exemplaire », comme elle le lui expliqua avec un rire amer. Apparemment, Julia partageait son existence entre Gloucester, où vivaient ses parents, et Londres, où elle louait un appartement avec deux autres filles. Elle travaillait dans une galerie de peinture et, quand elle voulait, elle pouvait raconter des anecdotes très drôles sur les personnalités qu'elle y rencontrait.

Ils sortirent plus tard que prévu de la réunion. Il y avait longtemps qu'Alex ne s'était pas senti aussi bien ; les discussions auxquelles il venait de prendre part l'avaient revigoré.

— Que comptes-tu faire dans la vie, Alex ? demanda William pendant le trajet du retour.

— Mon avenir est tracé depuis longtemps ; je suis censé prendre la suite de mon père dans l'entreprise familiale. Et toi ?

— Je m'efforce de mettre au point un modèle exclusif d'ordinateur, un ordinateur si petit que n'importe qui pourra l'avoir chez soi, et si facile d'utilisation qu'un enfant pourra s'en servir. Mais je me heurte à quelques obstacles, confia William en soupirant. L'un de mes amis essaie de son côté de construire un ordinateur du même type. Je vais tâcher de le voir demain. Si tu veux venir... A propos, quand dois-tu rentrer ?

— En fait, il me reste encore dix jours, mais...

Alex éprouvait quelques scrupules à prolonger plus longtemps son séjour au presbytère. Non que l'envie lui en manquât...

— Génial ! Pourquoi ne resterais-tu pas ? Nous pourrions travailler ensemble sur mon projet.

— Mais tes parents...

— Ils ne rentreront pas avant la fin du mois. De toute façon, cela ne pose aucun problème. Du moment que nous avons la place... A moins, bien sûr, que tu ne préfères profiter de tes derniers jours de vacances pour fréquenter les lieux de plaisir...

William haussa un sourcil interrogateur, mais Alex s'empressa de le détromper. A Oxford, il avait eu plusieurs petites amies — rien de vraiment sérieux, juste de quoi se distraire. Il aimait bien faire l'amour, mais l'aiguillon de la chair ne l'avait jamais beaucoup tourmenté. Aucune fille ne lui avait occupé l'esprit au point de lui faire oublier tout le reste.

Aucune, jusqu'à ce jour.

Pour la première fois ce soir, il admettait que Julia lui avait tourné la tête. Il suffisait qu'elle pose les yeux sur lui pour qu'aussitôt il brûle du désir de la prendre dans ses bras. Depuis le moment où il l'avait vue, elle accaparait toutes ses pensées. Il rêvait d'elle plusieurs fois par nuit. Parfois, à la façon dont elle le regardait, un léger sourire aux lèvres, Alex avait l'impression qu'elle savait à quel point elle le troublait.

Il était plus de 1 heure du matin lorsqu'ils arrivèrent au presbytère ; Alex alla se coucher directement. Avant de se mettre au lit, il prit une douche dans la salle de bains contiguë à sa chambre. Puis, ne portant plus de pyjama depuis Oxford, il noua une serviette autour de ses hanches et regagna sa chambre. Bizarrement, la lumière était éteinte. Il était pourtant sûr d'avoir laissé allumé… Un léger souffle d'air soulevait les rideaux. Il tendait la main vers l'interrupteur lorsque la voix de Julia le stoppa net dans son élan.

— Non, n'allume pas, dit-elle d'une voix caressante.

Il referma machinalement la porte de la chambre, scrutant la pénombre, le cœur battant.

Elle était sur son lit ; il distinguait vaguement les contours de son corps blanc. D'un pas mal assuré, il s'avança vers elle. Quand il se rendit compte qu'elle était nue, Alex retint son souffle. Sa peau avait l'éclat de la nacre, sur laquelle les pointes de ses seins formaient deux taches rosées.

Comme il hésitait, Julia se leva.

— C'est bien ce que tu veux, non ?

Au ton de sa voix, il comprit qu'elle réprimait une violente envie de rire.

Une vague de colère le submergea alors, qui le tira brutalement de sa léthargie et réveilla son désir. Elle savait très bien ce qu'elle faisait, la garce ! Mais elle ne rirait pas longtemps ; il allait lui montrer à qui elle avait affaire.

Il se coucha sur elle, la clouant au lit tandis qu'il plaquait sa bouche sur la sienne pour la faire taire. Puis, avec une fièvre grandissante, il se mit à caresser la poitrine ronde et douce.

Julia gémissait sourdement en lui enfonçant ses ongles dans les muscles des épaules.

Fou de désir, Alex glissa une main entre leurs deux corps brûlants pour explorer du bout des doigts son intimité. Comme il la caressait, attisant doucement le feu qui la consumait, elle se cambra vers lui, offerte, toute prête à le recevoir.

— Prends-moi, murmura-t-elle, le souffle court. J'ai envie de toi.

Il n'y avait plus aucune trace de moquerie dans sa voix, seulement une supplique ardente, qui trouvait un écho dans son propre désir. Alors, obéissant, il vint en elle. Elle était la femme la plus désirable qu'il eût jamais connue, songea-t-il en savourant leur intimité. Les mouvements de Julia sous lui l'incitaient à aller plus loin en elle, à lui tenir la tête sur l'oreiller tandis que d'un baiser, il étouffait ses gémissements rauques. Elle était sienne et il voulait l'emporter au septième ciel, l'entendre crier son nom en atteignant l'extase.

Mais après quelques coups de reins fougueux, il se figea et, incapable de se contrôler plus longtemps, se laissa emporter par le torrent brûlant de la jouissance. Au même instant, il se reprochait amèrement son égoïsme, conscient de ne pas avoir donné à sa partenaire autant de plaisir qu'il en avait reçu. Comme il se retirait, gêné, il la sentit se crisper et la vit grimacer de douleur.

Alors, dans un éclair de lucidité, il crut deviner.

— C'était la première fois ? demanda-t-il sans réfléchir.

A peine l'avait-il posée qu'il regrettait cette question maladroite. Qu'espérait-il ? Qu'elle avoue s'être donnée à lui parce qu'elle l'aimait ? La vérité, il l'aurait sûrement apprise, à un moment ou à un autre… Que n'avait-il su attendre !

Recroquevillée sur elle-même, Julia lui tournait le dos. Il tenta de se rattraper comme il pouvait.

— Je suis désolé que tu n'aies pas… enfin, que j'aie…

Sentant le fossé se creuser un peu plus entre eux, Alex jura entre ses dents et ajouta, en désespoir de cause :

— Je te désirais tellement… Tu m'as fait perdre la tête, et voilà le résultat ! Mais je te promets de faire mieux la prochaine fois.

Il s'attendait qu'elle rétorque qu'il n'y aurait pas de prochaine fois, mais rien ne vint. Un reniflement discret lui fit comprendre qu'une fois de plus il avait tout faux.

Alors, n'écoutant que son instinct, Alex la prit dans ses bras pour la réconforter, la couvrir de baisers et l'assurer qu'il l'aimait.

Ils décidèrent de se marier dès que possible.

Lorsqu'il apprit que Julia ne prenait pas la pilule, et n'avait pas l'intention de la prendre, Alex se jura de ne plus la toucher jusqu'au mariage, tant il craignait qu'elle ne se trouve enceinte.

De son côté, Julia s'en moquait éperdument et rivalisait d'ingéniosité et d'audace pour l'amener à rompre son serment. Elle ne voulait pas entendre parler de la pilule parce qu'elle rêvait de fonder une famille et redoutait les risques de stérilité prétendument liés à ce type de contraceptif. Mais elle refusait tout aussi catégoriquement qu'Alex utilise des préservatifs.

Le week-end, parfois, il allait la rejoindre à Londres, dans son appartement. Le calvaire qu'il endurait alors pour se dominer, pour lutter contre lui-même et contre elle, avait de quoi le rendre fou. On aurait dit que, de son côté, Julia avait juré de lui faire rompre son vœu de chasteté. Il n'existait plus entre eux aucune inhibition ; elle connaissait le corps d'Alex aussi intimement que le sien et ne se privait pas de le lui prouver, lui infligeant des tortures auxquelles il résistait à grand-peine. Il répondait à ses caresses, la conduisant souvent jusqu'à l'extase, mais elle ne s'estimait satisfaite que lorsqu'elle le sentait en elle, au plus profond de son corps de femme.

Plus tard, Alex s'étonna d'avoir tenu le coup si longtemps. Le week-end précédant leur mariage, Julia l'accueillit à la porte de l'appartement, vêtue d'un simple string de soie et d'un ample déshabillé transparent. Elle s'était également aspergée d'un parfum capiteux.

Dès qu'elle l'eut fait entrer, un sourire ensorceleur aux lèvres, elle tendit la main vers la fermeture Eclair de son jean. Ses caresses expertes le mirent au supplice.

— Tu sais ce que je veux..., murmura-t-elle d'une voix de sirène.

Un enfant... Elle le lui avait si souvent dit et redit que, à une semaine du mariage, Alex ne put résister à son appel.

Ce wek-end-là, ils se jetèrent l'un sur l'autre avec une faim insatiable et s'aimèrent aussi frénétiquement que s'ils avaient pressenti que le destin allait les séparer.

Rétrospectivement, Alex se demanda souvent si, pendant ce bref laps de temps, ils n'avaient pas eu la même prémonition.

Deux jours avant le mariage, son père succomba à une crise cardiaque.

A cent lieues de penser que son père avait le cœur fragile, Alex fut anéanti par cette mort subite. Il dut cependant très vite se ressaisir et prendre la situation en main, car sa mère était effondrée.

Le mariage fut annulé en catastrophe. A la place, Alex assista à l'enterrement de son père.

Julia l'accompagnait. Vêtue de noir, elle paraissait encore plus mince et plus fragile. Ses parents avaient donné raison à Alex, affirmant eux-mêmes, en présence de Julia, que le mariage ne pourrait être célébré avant au moins six mois, étant donné qu'Alex porterait le deuil.

— Le deuil ? Mais, maman, c'est complètement dépassé ! protesta Julia.

— Il n'empêche que, décemment, le mariage ne peut avoir lieu tout de suite, rétorqua sa mère d'un ton péremptoire.

En la voyant si déçue, Alex avait failli proposer à Julia un mariage civil, mais il craignait de choquer ses futurs beaux-parents. Julia étant leur fille unique, ils s'étaient beaucoup investis, sentimentalement, dans ce mariage.

— Six mois, ça passe vite, ma chérie, lui assura Alex.

Le lundi suivant l'enterrement, il avait rendez-vous avec le notaire de son père. D'ores et déjà, il savait que, en vertu d'une ancienne tradition familiale, la maison lui reviendrait directement. Il achèterait à sa mère un cottage dans les environs, car Alex se doutait qu'elle préférerait son indépendance, et Julia et lui, dès qu'ils seraient mariés, s'installeraient dans la propriété paternelle.

Mais lorsqu'il lui en parla, Julia fit la grimace. Elle ne se voyait pas vivre dans cette grande bâtisse lugubre et poussiéreuse, ce qu'au fond Alex comprenait assez bien.

La succession de la maison réglée, il fallut s'occuper de celle de l'entreprise. Là, les choses se révélèrent plus compliquées car Alex était très peu au courant des affaires de son père. Il lui était arrivé de se promener dans les ateliers, mais bizarrement son père montrait quelque réticence à l'informer de la marche de sa société. Jusque-là, Alex avait cru que c'était parce qu'il sentait sa suprématie menacée, mais ce lundi-là, il comprit à quel point il avait été naïf.

Du plus loin qu'il s'en souvînt, Charles Willshaw avait toujours été le notaire de son père. A peu près du même âge, les deux hommes avaient été très proches l'un de l'autre.

— Votre père vous tenait-il informé de ses affaires ? demanda-t-il gravement.

— Très peu ; ce n'était pas son genre. Il était convenu que je lui succéderais à la tête de l'entreprise, mais…

— Alex, je crains d'avoir de mauvaises nouvelles à vous annoncer.

La situation était grave, catastrophique, même. Le choc fut rude, mais en même temps, Alex éprouva un certain soulagement… Le soulagement de se sentir enfin libre. Les ventes avaient terriblement chuté, ces dernières années, et pour maintenir l'entreprise à flot, son père s'était lourdement endetté. En vain. Il était tombé de Charybde en Scylla, et aujourd'hui la faillite semblait inévitable.

— Le capital est-il totalement englouti ? s'enquit Alex, dès qu'il eut surmonté le choc initial.

— Oui. Votre père répugnait à licencier. Il a gardé pendant

des années du personnel inutile. Mais il reste la maison. Vous pourrez en tirer un bon prix ; à condition de ne pas être trop pressé, bien entendu. De nos jours, les grandes demeures bourgeoises ont beaucoup de mal à se vendre.

Toute la semaine, les rendez-vous se succédèrent. Lorsqu'il eut rencontré un conseiller de la banque, les différents créanciers, le contremaître et les comptables de l'entreprise, Alex comprit qu'il pourrait s'estimer heureux s'il arrivait au bout du compte à récupérer une dizaine de milliers de livres. Cela représentait pas mal d'argent, certes, mais ce n'était pas avec cela qu'il achèterait la maison de sa mère et la leur, à Julia et lui.

Alex repensa à l'entrevue qu'il avait eue avec le père de sa fiancée, quand il était allé lui demander sa main. M. Henderson était de la vieille école : intimement convaincu que les femmes étaient des êtres fragiles auxquels il fallait épargner tout souci matériel et que l'on devait garder à la maison, comme dans un cocon, il tenait à ce que Julia, une fois mariée, cesse de travailler. Elle avait été gâtée et choyée toute sa vie, et Alex reconnaissait que sa vulnérabilité faisait à ses yeux une bonne partie de son charme. Il l'aimait telle qu'elle était, mais sachant qu'il allait devoir batailler pour s'en sortir, il se rendait bien compte que Julia risquait de souffrir du manque d'argent. Si ses parents consentaient encore au mariage, il y avait de fortes chances pour qu'ils exigent que celui-ci soit différé jusqu'à ce qu'Alex se soit fait une situation.

Quoi qu'il en soit, il devait aller les trouver et leur expliquer la situation, quitte à repousser le mariage de quelques mois.

Julia prit très mal la chose. Devant ses parents, elle se mit à pleurer et supplia Alex de revenir sur sa décision. Pourquoi ne s'installeraient-ils pas chez ses parents ? proposa-t-elle en s'accrochant à lui, dans un état proche de la crise de nerfs. Sa mère finit par l'emmener dans sa chambre, laissant Alex en tête à tête avec son futur beau-père. Comme il s'y attendait, celui-ci lui signifia, poliment mais clairement, qu'en aucun cas il ne consentirait au mariage tant qu'il n'aurait pas l'assurance qu'Alex pouvait subvenir décemment aux besoins de Julia.

Plus tard, tandis qu'il s'efforçait de réconforter la jeune fille, Alex ne put s'empêcher de penser avec une pointe d'amertume que si son père était mort un mois plus tard, Julia et lui auraient bel et bien été mariés.

D'ailleurs, s'il l'avait écoutée, ils auraient convolé, avec ou sans le consentement de ses parents. Jamais Alex ne s'était trouvé dans une situation aussi difficile. Malgré son désir d'épouser Julia au plus tôt, il comprenait les réticences de ses futurs beaux-parents. S'ils ne voulaient pas se les mettre à dos, ils devaient se conformer à leurs désirs, expliqua-t-il à Julia. La voir en larmes lui causait des remords intolérables, mais il se serait détesté bien davantage s'il avait accepté de l'épouser en secret et d'habiter chez ses parents, comme elle le suggérait. Sa fierté l'en empêchait. Jamais il n'aurait supporté de vivre aux crochets de son beau-père.

L'insistance de Julia le toucha d'autant plus que, peu de temps auparavant, sa fiancée lui avait encore répété qu'un mariage en grande pompe, tel que sa mère l'avait toujours rêvé, était pour elle la seule façon possible de célébrer leur union. Alex en conclut deux choses : d'une part que Julia tenait décidément beaucoup à lui, d'autre part qu'il devait tout faire pour se rétablir financièrement, sans se préoccuper du temps que cela prendrait. Après tout, Julia et lui étaient très jeunes ; ils pouvaient bien attendre un peu.

Le risque, c'était que Julia se lasse d'attendre et s'éprenne de quelqu'un d'autre. Mais il n'avait pas le choix. Pour rien au monde il n'aurait voulu la rendre malheureuse en la privant du confort auquel elle était habituée.

Du jour au lendemain, le jeune homme aisé, à l'avenir tout tracé, s'était mué en un pauvre diable. S'il n'arrivait pas à vendre la maison ou à trouver du travail, c'était la misère assurée.

Le père de Julia était un homme peu communicatif qui, à l'instar du père d'Alex, écoutait plutôt qu'il ne parlait. Mais tout en jugeant très sage sa décision de chercher du travail, il lui témoigna une réserve qui ne trompait pas. Nul besoin d'être grand clerc pour deviner que Tom Henderson commençait à se demander s'il ne valait pas mieux que sa fille renonce complètement à Alex.

Quelques jours plus tard, Alex exposait ses craintes à William, qui l'avait invité à le rejoindre à Cambridge.

— As-tu trouvé quelque chose ? demanda-t-il.

— Non... Tant que je n'ai pas démêlé l'écheveau des finances de l'entreprise, je ne peux me consacrer sérieusement à la recherche d'un emploi. Je me suis occupé de mettre la maison en vente.

Devoir se séparer de la maison où elle vivait depuis son mariage avait constitué pour sa mère une épreuve supplémentaire, sur laquelle Alex préférait ne pas s'étendre. Pour l'instant, elle habitait chez une cousine, dans le Norfolk. Leur médecin de famille parlait pudiquement de « dépression nerveuse »...

— Et Julia ? Comment réagit-elle ?

— Assez mal, admit Alex avec une petite grimace. Mais à sa place, n'importe qui en ferait autant. Cela dit, tant que je n'ai pas un emploi stable et des revenus réguliers, je ne vois pas comment nous pourrions nous marier. Le problème semble insoluble dans l'immédiat. A moins que tu n'aies une solution à proposer ?

— Peut-être, répondit posément William.

— Comment cela ?

— Je pense avoir trouvé quelqu'un capable de résoudre certains des problèmes que pose la conception du petit ordinateur dont nous parlions la dernière fois. Il a un peu d'argent qu'il semble prêt à investir — pas énormément, mais j'ai calculé qu'avec...

— Attends une seconde ! Tu veux dire que nous pourrions...

— ... Monter notre propre société. A trois.

— Mais il va falloir des années avant que notre premier ordinateur sorte sur le marché ! protesta Alex. Nous ne disposons d'aucun moyen de production, et...

— Je crois pouvoir affirmer que nous ne sommes plus très loin du but. Les idées que tu as exposées l'autre jour sont très séduisantes. Nous devrions pouvoir les exploiter. Au début, le plus simple serait de faire fabriquer nos produits sous licence. Ce serait moins rentable, évidemment, mais cela ne durerait qu'un temps… J'ai calculé qu'en nous y mettant vraiment, d'ici à six à douze mois nous devrions sortir un produit totalement révolutionnaire. Il me semble que ça vaut le coup d'essayer.

Le sang d'Alex se mit à circuler plus vite dans ses veines. Etait-ce l'appréhension ou bien l'excitation qui le mettait dans cet état ? Il n'aurait su le dire, mais ce dont il était certain, c'était qu'il y avait des mois qu'il ne s'était senti aussi débordant d'énergie et prêt à déplacer des montagnes. Ce serait beaucoup de travail et ils risquaient de rencontrer de gros problèmes d'argent, mais…

Il leva vers William un regard déterminé.

— Quand pourrai-je rencontrer ce type ?

Lorsqu'il quitta Cambridge, trois jours plus tard, Alex avait des projets plein la tête et une confiance absolue en l'avenir. En arrivant, il apprit que les agents immobiliers pensaient avoir trouvé un acheteur pour la maison, ce qu'il prit pour un heureux présage.

Le cœur léger, Alex décida d'aller à Londres rendre visite à Julia. D'habitude, il n'y allait pas en semaine, mais il brûlait de lui annoncer la bonne nouvelle. Elle était si déçue, si triste que leur mariage ait dû être différé… Ils ne pourraient peut-être pas se marier tout de suite mais, à présent, ils avaient au moins un espoir auquel se raccrocher.

Julia cohabitait avec deux de ses anciennes camarades de lycée. Ce fut l'une d'elles qui lui ouvrit la porte. Alex n'avait jamais vraiment sympathisé avec Frances Napier. Il y avait quelque chose en elle qui lui déplaisait. Elle n'avait qu'un an de plus que Julia, mais elle était amère, dure et sans illusion. Les hommes qu'elle fréquentait avaient systématiquement une vingtaine d'années de plus qu'elle et beaucoup d'argent.

Elle haussa les sourcils lorsqu'elle le vit, et son regard se durcit.

— Julia est au lit, annonça-t-elle d'un ton où perçait le mépris. Elle ne va pas très bien.

Un court instant, Alex crut qu'elle allait lui refermer la porte au nez, mais elle s'effaça et le laissa entrer.

Soutenue par une demi-douzaine d'oreillers, Julia était assise dans son lit, mortellement pâle. Elle leva vers lui des yeux ternes et sans vie, et lorsqu'il se pencha pour l'embrasser, elle tourna la tête.

— Oh, non, Julia ! Tu ne vas pas me faire ça ! Moi aussi je voudrais que nous puissions nous marier…

Il essaya de lui remonter le moral en lui parlant des projets de William, mais elle restait sans réaction, comme si rien de ce qu'il racontait ne la concernait. Alex remarqua avec inquiétude ses pupilles dilatées, qui lui donnaient presque un regard de drogué. Lorsqu'il lui demanda ce qui n'allait pas, ses yeux se remplirent de larmes.

— Ce n'est rien, répondit-elle brusquement. Un mauvais moment à passer, comme chaque mois.

Deux heures durant, il lui tint compagnie sans réussir à la dérider. Elle semblait préoccupée, distante…, si différente de la Julia qu'il aimait !

— Ça y est, il est parti ? demanda Frances lorsqu'elle entendit la porte d'entrée se refermer. Alors, tu lui as dit ?

— Non. Qu'aurais-je pu lui dire ? « J'attendais un enfant de toi mais je me suis fait avorter » ?

— Allons ! Il ne faut pas prendre les choses au tragique. Des enfants, vous en aurez d'autres… Des tas d'autres. Ce type est amoureux fou de toi ; ça saute aux yeux !

Julia ne répondit pas. Une boule s'était formée dans sa gorge et les larmes l'aveuglaient. Le monde avait basculé autour d'elle à la minute où Alex lui avait annoncé que leur mariage était reporté. Le soir où ils avaient fait l'amour, elle savait qu'elle serait enceinte. Elle lui avait tendu un piège, pareille à une sirène cherchant à attirer un homme dans son royaume, parce qu'elle pressentait que, une fois mariés, Alex l'exhorterait à se montrer raisonnable, à attendre un an ou deux avant de faire un enfant.

Mais Julia ne voulait pas attendre.

Quand Alex lui apprit la mort de son père, sa première réaction fut de se masquer la réalité, de croire que rien n'avait changé. Et lorsque, quelques jours plus tard, le médecin lui confirma qu'elle était effectivement enceinte, Julia se trouva complètement désemparée. Ses parents étaient vieux jeu ; la naissance d'un enfant hors mariage serait pour eux la pire des infamies. Oh, bien sûr, Alex l'épouserait tout de suite si elle le mettait au courant… Mais sans argent, sans travail, il avait déjà bien assez de soucis ; pour rien au monde elle ne voulait constituer un fardeau supplémentaire, d'autant plus encombrant qu'il y aurait aussi l'enfant. Elle qui n'avait jamais fait d'économies de sa vie, comment se débrouillerait-elle si l'argent manquait dans leur ménage ? Son père était généreux, certes, mais une fois qu'elle serait mariée, il considérerait que c'était à Alex de subvenir à ses besoins.

Comprenant qu'elle s'était fourrée dans un effroyable guêpier, Julia, dans un moment de panique, fit appel à Frances.

— Donc, tu es enceinte, si je comprends bien… C'est embêtant, d'accord, mais il n'y a pas de quoi en faire une maladie.

En effet, tout fut réglé en l'espace d'une journée. Julia se rendit discrètement dans une petite clinique de luxe où un médecin et des infirmières se chargèrent de résoudre son problème. Elle passa la nuit sur place puis rentra à l'appartement. Contre toute attente, elle n'eut pas mal et les suites de l'intervention passèrent quasiment inaperçues.

Ce fut beaucoup moins terrible que ne l'avaient laissé présager ses lectures. La véritable souffrance, comme elle le comprit très vite, était intérieure, enfouie au plus profond d'elle-même. Julia ne pouvait s'empêcher de penser qu'elle avait tué son enfant… Elle avait beau se répéter qu'il y en aurait d'autres, elle savait que toute sa vie elle regretterait celui-là. Et tant mieux si ce remords pesait éternellement sur sa conscience ; c'était le moindre des châtiments. Frances, qui à plusieurs reprises avait dû s'adresser à cette même clinique, la toisait avec cynisme.

Le plus dur, à présent, était de garder pour elle ce terrible secret. Si elle n'avait pas eu le courage d'annoncer à ses parents qu'elle attendait un enfant, ce n'était pas pour leur apprendre maintenant qu'elle s'était fait avorter. Quant à Alex...

Julia éclata en sanglots. Tandis qu'elle enfouissait son visage dans l'oreiller, sa main se porta machinalement à son ventre plat.

Dans son malheur, Alex eut la chance de trouver rapidement preneur pour l'entreprise. Lorsqu'il eut remboursé les dettes de son père, il lui resta près de vingt mille livres — le double de ce qu'il escomptait. Il partagea cette somme avec sa mère, qui avait décidé de rester chez sa cousine, et lui conseilla de réaliser un placement. Elle en retirerait des dividendes qui lui permettraient de tenir quelques mois, le temps pour Alex de commencer à gagner sa vie.

William avait vu juste : en moins d'un an, grâce à la nouveauté des produits qu'ils proposaient, leur société d'informatique sut s'imposer sur le marché. Les commandes se mirent à affluer et Alex put enfin convenir avec Julia d'une date pour leur mariage. Ils achetèrent une petite maison tout près de Cambridge afin qu'Alex ne perde pas trop de temps en trajets matin et soir. Leur vie amoureuse était épanouie, et leur bonheur sans nuages. Au bout de deux ans, dans l'attente de l'enfant qui n'avait pas encore paru, Alex avait acheté la maison dans les Cotswold, un élégant presbytère, vaste et accueillant, pour lequel Julia avait eu un véritable coup de cœur.

Leur société ne cessait de se développer, mais le marché de l'ordinateur domestique étant arrivé assez rapidement à saturation, ils avaient dû investir dans de nouvelles technologies. Après trois années de recherches, ils venaient de sortir un appareil complètement révolutionnaire. Ce matériel n'avait pas encore fait ses preuves ; ce qui expliquait que les ventes aient un peu de mal à démarrer, mais dès que le gouvernement aurait accepté leur soumission...

Alex renversa la tête en arrière et massa sa nuque douloureuse. Depuis quelque temps, tout allait de travers. Ils n'avaient toujours pas de nouvelles de la soumission, ce qui était plutôt mauvais signe. Il ne manquerait plus que cette maudite Pepper Minesse s'en mêle… Si le ministère fourrait son nez dans ce satané dossier…

Il en avait des sueurs froides. Seigneur, pourquoi avait-il fallu que cela tombe sur lui ? S'il avait pu ne jamais rencontrer Simon Herries, ne jamais entendre parler du Cercle du feu de l'enfer, ne jamais mettre les pieds à Oxford…

Comme Julia venait vers lui, il remarqua les rides au coin de ses yeux. Julia avait de nouveau l'air fatigué, depuis quelques jours. La procédure d'adoption suivait son cours, mais l'assistante sociale qui s'occupait de leur dossier ne pouvait rien promettre. On leur avait posé des dizaines de questions, et leur vie privée avait été passée au crible. Comment Julia réagirait-elle, se demandait-il amèrement, si leur demande n'aboutissait pas ? Elle semblait si vulnérable… La nuit, de plus en plus souvent, il l'entendait pleurer.

En constatant qu'une fois de plus Alex se détournait à son approche, Julia sentit le pincement familier de l'angoisse lui nouer l'estomac. Elle l'avait si souvent vu réagir ainsi ces dernières semaines… Mais quoi d'étonnant ? Il aurait fallu être un saint pour ne pas la rejeter, elle qui avait avorté et se retrouvait stérile. Un léger vertige la saisit, menaçant de la précipiter pour de bon dans le gouffre vertigineux du désespoir.

Peut-être Alex avait-il trouvé quelqu'un d'autre ? Il était bel homme, *très* bel homme, charmant, attentionné… Que deviendrait-elle s'il la quittait ?

Silencieusement, elle invectiva le ciel. N'avait-elle pas suffisamment expié ? Aucune souffrance ne lui serait donc épargnée ?

C'était cet avortement, cette intervention indolore et sans traces qui était cause de son malheur. Le médecin avait pourtant l'air si sûr de lui… En dépit de son air calme et compétent, il avait commis une erreur ; une erreur qui avait entraîné une stérilité définitive. Mais cela, Julia ne l'avait dit à personne. Sur les conseils de son gynécologue, que son désarroi avait ému, quand elle avait assené la terrible nouvelle à Alex, elle était restée muette sur les raisons de sa stérilité. Tel qu'elle connaissait son mari, homme simple et sans détour, elle savait qu'il ne poserait aucune question.

Il l'avait toujours soutenue, réconfortée, consolée. Mais à la longue, il risquait de se lasser. De ne plus vouloir d'elle...

Peut-être était-ce même ce qu'il s'apprêtait à lui annoncer ?... L'épreuve étant au-dessus de ses forces, Julia rebroussa chemin.

Alex lui tournait le dos, mais il perçut son hésitation puis entendit ses pas dans l'escalier. Il soupira. Dans un instant, il monterait la réconforter. Dès qu'il serait moins à cran.

Si seulement il pouvait avoir des nouvelles de ce contrat... Si seulement Miles pouvait l'appeler et lui assurer que tout se passait comme prévu...

11

Ce même été, Richard Howell quittait lui aussi définitivement Oxford. A l'instar d'Alex, il devait rentrer dans l'entreprise familiale, mais pas comme héritier présomptif. Ce rôle revenait à son cousin Morris.

Pendant toutes les vacances, il travailla à la banque comme suppléant, passant d'un service à l'autre au gré des départs en congé des titulaires. Si son oncle David jugeait cette expérience très formatrice, Richard, lui, s'ennuyait ferme. Il ne se voyait pas passer sa vie derrière un guichet, à compter des billets de banque et à faire des courbettes aux clients. Il aspirait à autre chose, surtout depuis qu'il savait qu'il avait obtenu sa licence avec une mention très bien.

David Howell ne s'y attendait pas, contrairement à l'oncle de sa femme, Reuben Weiss, qui semblait mieux connaître Richard.

— Je t'avais prévenu ! Si tu laisses faire ce garçon, la banque risque bien un jour de passer sous le nez de Morris, prophétisa-t-il.

Morris était travailleur et plein de bonne volonté, mais il n'avait pas l'esprit incisif de son cousin, et les deux hommes le savaient.

— Ne dis pas de sottises, protesta mollement David. Ils sont pratiquement frères. Ils ont été élevés ensemble…

— Caïn et Abel aussi ! fit remarquer Reuben Weiss, sarcastique.

Se remémorant la jalousie de son frère jumeau à son égard, David commença à regarder son neveu d'un autre œil.

Morris n'irait pas à Oxford — ni dans aucune autre université. S'il n'avait pas le mordant de son cousin, il n'avait pas non plus son intelligence, devait bien admettre David. Richard lui rappelait parfois son propre père, doué d'une vivacité d'esprit et d'un sens des affaires si exceptionnels qu'ils avaient valu à la banque sa notoriété actuelle.

Peut-être devrait-il l'éloigner quelque temps ? Une licence obtenue aussi brillamment méritait récompense. Pourquoi ne pas en profiter ? D'autant que dans une quinzaine de jours, Morris débuterait à la banque, lui aussi. David se chargerait personnellement de le former aux fonctions de président. Il savait que son fils n'avait déjà que trop tendance à s'effacer devant son cousin, plus âgé et surtout beaucoup moins naïf que lui, et il songeait que cela ferait très mauvais effet si le conseil d'administration se rendait compte que son futur président se laissait intimider par celui qui, bien qu'il portât le nom sacré des Howell, deviendrait tout au plus directeur suppléant de la banque.

David Howell ne cessait de s'interroger. Eloigner Richard pendant quelque temps semblait effectivement être une très bonne solution, mais où l'envoyer ?

En fait, il n'eut guère le loisir d'y réfléchir. Dans la matinée, il reçut un coup de fil d'un collègue banquier à New York qui l'informa qu'il venait passer quelques jours à Londres avec sa famille. David connaissait assez bien Dan Lieberman. Ils avaient traité plusieurs fois ensemble au cours des années précédentes et, lors de ses visites à New York, David était souvent descendu chez eux.

Dan et lui avaient même évoqué l'éventualité d'un mariage entre Morris et Jessica, la fille des Lieberman. Ce serait une alliance très réussie... Quoique moins prestigieuse que la Banque Howell, la Banque Lieberman jouissait d'une certaine notoriété ; de plus, la famille détenait l'intégralité du capital. Le moment venu, Dan passerait le relais à son fils. Mais avant sa mort, le père de Dan avait fait établir des fidéicommis au nom de chacun de ses petits-enfants, ce qui signifiait que Jessica Lieberman serait un jour une femme extrêmement riche.

David appela aussitôt son épouse pour la prévenir qu'il avait invité les Lieberman à passer le week-end avec eux à Windsor.

Le manoir était une acquisition relativement récente. Au départ, lorsque sa femme avait évoqué la possibilité d'un déménagement, David s'était montré plutôt sceptique. Mais depuis deux ans qu'ils habitaient à Windsor, la banque comptait plusieurs nouveaux clients prestigieux grâce aux contacts que David avait noués chez lui. Résider dans le voisinage immédiat de la famille royale constituait indéniablement un atout supplémentaire. D'ailleurs, au téléphone, lorsqu'il avait mentionné le nom de Windsor, David avait bien senti que Dan Lieberman était impressionné.

Anna Howell incarnait l'épouse idéale pour un banquier en vue. Maîtresse de maison absolument hors pair, elle avait su rendre leur intérieur à la fois raffiné et chaleureux. D'un tempérament placide, il en fallait vraiment beaucoup pour lui faire perdre son sang-froid. Elle était en outre d'une discrétion exemplaire et pleine de tact. Jamais elle ne se serait permis d'interrompre son mari ou l'un de ses collègues de travail au cours d'une conversation, même si celle-ci risquait en se prolongeant de compromettre le dîner qu'elle avait pris tant de soin à mettre au point.

Ce jour-là, son mari venait à peine de raccrocher que, déjà, elle commençait à réfléchir à l'organisation du week-end.

Sans plus attendre, elle s'installa derrière son bonheur-du-jour en marqueterie et entreprit de dresser la liste des invités et d'établir les menus.

Un instant plus tard, comme Morris entrait dans son boudoir, elle plissa le nez, incommodée par l'odeur de transpiration de son fils, qui venait de disputer une partie de tennis avec un de leurs voisins.

— Qu'est-ce que tu fais ? demanda Morris.

— Ton père a invité les Lieberman pour le week-end. Ils arriveront à Londres dans quelques jours. Tu te souviens d'eux, non ? Leur fille...

— La chochotte américaine ? Bien sûr que je me souviens d'elle !

Sa mère lui jeta un regard attendri. Morris n'avait peut-être pas l'intelligence et la détermination de son cousin, mais il avait autre chose, quelque chose de beaucoup plus important. Morris était un garçon charmant, la douceur et la gentillesse personnifiées. Tout comme son mari, elle regrettait l'admiration servile qu'il témoignait à son cousin, mais pas pour les mêmes raisons que David. En fait, elle n'aimait pas Richard. Il lui rappelait trop son beau-père.

Anna savait pertinemment que si ce dernier les avait tellement poussés à se marier, David et elle, ce n'était pas tant parce qu'elle lui plaisait que parce qu'elle était juive et riche. En ce qui concernait David lui-même, elle ne se faisait pas davantage d'illusions. Il ne l'avait pas épousée pour ses beaux yeux, mais pour se conformer aux désirs paternels.

Or elle avait si souvent vu David courber l'échine devant son père qu'elle craignait à présent que son fils, son petit Morris chéri, ne devienne l'esclave de son cousin, selon le même schéma. David avait toujours été le moins aimé des deux fils, et même lorsque son frère s'était montré indigne de l'amour et de l'admiration de leur père, celui-ci avait continué de préférer le cadet à l'aîné. Comme tout le monde dans la famille, Anna savait que s'il avait pu changer l'ordre des choses, son beau-père n'aurait pas hésité une seconde à faire de Jacob, malgré tous ses défauts, son aîné et son héritier.

— Morris ! s'exclama-t-elle d'un ton plein d'indulgence. Ne l'appelle pas comme ça, voyons ! C'est une fille tout à fait charmante.

Il fit la grimace.

— Et gâtée à outrance !

— Peu importe. Tout ce que je te demande, c'est de passer le week-end à la maison.

— Si tu y tiens… Mais n'espère pas convaincre Richard aussi facilement !

Anna déplorait que Richard continuât de vivre sous leur toit. Mais comme le lui rappelait souvent David, les familles juives étant traditionnellement soudées, ils pouvaient difficilement le mettre dehors. Cependant, l'un et l'autre savaient que si Richard restait, c'était parce qu'il jouissait chez eux d'un confort auquel il n'était pas prêt à renoncer. Et tant qu'il résiderait au manoir, Richard continuerait hélas d'éclipser Morris aussi bien sur un court de tennis que sur une piste de danse.

Contrairement à son cousin, Richard accueillit sans broncher la nouvelle de la visite des Lieberman. Le week-end, son oncle et lui avaient l'habitude de descendre à Windsor ensemble, Richard estimant que son salaire à la banque ne lui permettait pas d'acheter et d'entretenir une voiture — du moins pas le genre de voiture au volant de laquelle il rêvait d'être vu. Aussi préférait-il faire le trajet dans la Rolls de son oncle plutôt que dans un véhicule de série acheté d'occasion.

Lorsque David lui annonça qu'il le chargeait d'aller chercher les Lieberman à l'aéroport d'Heathrow, Richard acquiesça mais ne souffla mot. En le voyant hocher la tête, David se demanda si l'éclair de colère qu'il avait entrevu dans les yeux bleu outremer de son neveu — des yeux qu'il tenait assurément de sa mère — n'était pas imaginaire. Par moments, Richard le mettait étrangement mal à l'aise. David avait l'impression que s'il ne disait rien, son neveu n'en pensait pas moins, rongeant son frein et attendant son heure, comme le prédisait l'oncle Reuben.

Richard alla donc chercher les Lieberman. Il connaissait toute la famille et accueillit les parents avec la déférence polie qu'ils étaient en droit d'attendre de lui.

Leur fils Daniel ne les avait pas accompagnés. Etudiant en dernière année à Harvard, il avait préféré partir de son côté, avec un groupe d'amis, expliqua Mitzi Lieberman en réponse aux questions que Richard se croyait obligé de poser.

Mitzi aimait bien Richard. Le sourire charmeur qu'elle lui décocha n'échappa nullement à Jessica, qui eut honte pour sa mère. Quand Mitzi se déciderait-elle à admettre qu'elle n'était plus de la première jeunesse, et qu'en se conduisant de la sorte elle se couvrait de ridicule ? Car des femmes, Richard Howell ne devait pas en manquer, songeait Jessica avec mépris. Il n'avait sûrement rien à faire de sa mère !

Jessica avait été élevée comme une princesse. Elle avait toujours su que, en vertu des dispositions testamentaires prises par son grand-père, elle hériterait d'une fortune colossale lors de son trentième anniversaire. Si bien que le maintien et l'arrogance naturels hérités de sa jeunesse privilégiée s'étaient mués en un orgueil et un dédain insupportables aux yeux de ses camarades de collège, qui plaçaient la réussite personnelle au-dessus de tout, et accordaient plus de valeur à la lignée qu'à la fortune.

Un jour, bien sûr, elle se marierait, Jessica le savait. C'était dans l'ordre des choses, mais cette perspective lui semblait encore bien lointaine. Pour le moment, sa mère s'occupait de préparer son entrée dans la haute société new-yorkaise, prévue pour l'automne prochain. Jessica la laissait faire. Les mondanités l'ennuyaient à mourir, mais, comme d'habitude, elle préférait garder pour elle le fond de sa pensée. En fait, l'art était la seule chose qui l'intéressât vraiment. Elle avait déjà prévu que dès qu'elle pourrait fausser compagnie à sa mère, elle filerait visiter les plus grandes galeries londoniennes. A une époque, Jessica avait rêvé de devenir peintre, mais le pédantisme et la médiocrité de ses tableaux l'avaient vite découragée. Et elle s'était juré de plus toucher à un pinceau de sa vie. Jessica Lieberman était perfectionniste par nature, et ne supportait pas l'à-peu-près, ni chez elle ni chez les autres.

Comme Richard l'y invitait, elle prit place à l'arrière de la Rolls, dont le coffre était plein de bagages Gucci à leurs initiales. Sa mère ne partait jamais sans une armée de valises, intimement convaincue de ne pouvoir trouver ailleurs ce qu'elle achetait à New York.

Pendant tout le trajet, Richard répondit aux questions de Dan Lieberman concernant le manoir de Windsor, qu'il ne connaissait pas encore.

De temps à autre, du coin de l'œil, il épiait Jessica Lieberman dans le rétroviseur intérieur. Elle ressemblait à n'importe quelle jeune Américaine de bonne famille : vêtements classiques, provenant des magasins les plus huppés de la métropole américaine, et sourire irréprochable grâce à dix-huit ans de soins assidus chez le meilleur orthodontiste de la place. Son teint mat faisait d'ailleurs ressortir la blancheur de ses dents. Avec ses cheveux bruns et fournis qui bouclaient naturellement et sa silhouette menue mais bien proportionnée, elle se situait presque à l'opposé du genre de beauté qui prévalait alors. Quoi qu'il en soit, Richard préférait les blondes.

Dès leur arrivée, les Lieberman s'extasièrent poliment sur la décoration du manoir. Anna Howell s'était inspirée de ce qu'elle avait vu chez des collègues de son mari pour aménager leur intérieur, qui était à la fois sobre et élégant avec une discrète concession à la modernité dans le dénuement des murs blancs et les tapis persans.

David avait applaudi à toutes les initiatives de la maîtresse de maison, comme en témoignait la ravissante rivière de diamants qu'il lui avait offerte pour leur anniversaire de mariage.

Tout en reconnaissant que le manoir ne manquait pas de charme, Mitzi Lieberman n'était pas fâchée de constater que, du point de vue de la décoration, la salle de séjour n'était pas près d'égaler celle de leur appartement new-yorkais, d'un chic inimitable avec ses mètres carrés de moquette blanc cassé et ses canapés de cuir pastel. Dès qu'elle l'avait vue dans *Lifestyle*, elle avait su que c'était ce qu'il leur fallait et demandé au styliste d'intérieur de se conformer exactement au modèle — auquel elle avait ajouté deux ou trois touches personnelles, comme la table basse de verre soutenue par des têtes de chevaux dorées et les doubles rideaux de velours or devant les fenêtres.

L'appartement avait été entièrement refait durant la dernière année de Jessica à Vassar. Dire que, à son retour, cette petite étourdie lui avait fait l'affront de n'avoir rien remarqué ! s'indigna rétrospectivement Mitzi. C'était parfois à se demander si Jessica était réellement sa fille…

Jessica, qui admirait sur un pan de mur, où elles étaient artistiquement exposées, une demi-douzaine d'aquarelles qu'Anna avait achetées dans un magasin d'antiquités, intercepta le regard de sa mère et devina sans peine le fond de sa pensée. Personnellement, la jeune fille trouvait que leur appartement new-yorkais était le summum de mauvais goût. Son style pompier lui donnait la nausée. Rien à voir avec ce qu'elle voyait ici… Tout en demi-teintes, la décoration s'accordait parfaitement avec la maison elle-même, et avec le parc qui l'entourait, tous deux d'un romantisme suranné.

Morris arriva juste pour le thé. Préposé au service, Richard passait les tasses que sa tante remplissait. Lorsque David les rejoignit à son tour, les deux cousins échangèrent un rapide coup d'œil.

Jessica n'ignorait pas que son père voyait en Morris un gendre tout à fait acceptable mais, en ce qui la concernait, elle le trouvait quelconque et ennuyeux.

Un peu plus tard dans la soirée, profitant de ce qu'Anna faisait visiter le jardin à leurs hôtes, David expliqua brièvement à son fils ce qu'il attendait de lui.

— Jessica ne connaît personne en Angleterre, Morris. Je te demanderai donc de lui tenir compagnie pendant son séjour.

Surprenant cette remarque, Richard comprit tout de suite que son oncle espérait ainsi rapprocher les deux héritiers présomptifs. Et aussitôt, il sentit la jalousie lui lacérer le cœur de ses griffes. Non seulement Morris succéderait à son père à la tête de la Banque Howell, mais il avait en plus de fortes chances d'épouser une fille qui deviendrait un jour immensément riche !

Richard ne cherchait pas à se masquer la vérité, conscient que sa vie eût sans aucun doute été tout autre si son père ne s'était pas amouraché d'une Anglaise sans le sou. Que n'avait-il épousé une juive fortunée, comme son frère…

Machinalement, voyant que les Lieberman revenaient vers la maison, il alla ouvrir les portes-fenêtres. Cette initiative fut mal interprétée par son oncle, qui lui reprocha plus tard de vouloir séduire Jessica, ce que Richard nia.

Epouser Jessica ne faisait en effet nullement partie de ses plans. Mais il n'aurait pas besoin d'aller jusque-là, car de toute évidence, la jeune fille n'avait aucune envie de se marier, ce dont Richard ne pouvait que se réjouir.

Malgré la vie d'étudiante insouciante et libre qu'elle menait à Vassar, Jessica était encore vierge. Trop distante, trop sûre d'elle,

elle repoussait les garçons plus qu'elle ne les attirait. Pourquoi les quelques rares étudiants qui se risquaient à l'aborder se seraient-ils donné la peine d'insister quand ils pouvaient par ailleurs, simplement en claquant des doigts, obtenir ce qu'ils désiraient ?

De son côté, elle fuyait comme la peste les plus assidus d'entre eux, sachant pertinemment qu'ils n'avaient qu'une idée en tête : le mariage ! Or elle tenait à son indépendance, voulait pouvoir mener sa vie à sa guise et gérer sa fortune comme bon lui semblait.

Mais elle fut trahie par ses pulsions. A sa grande consternation, Jessica se rendit compte que la présence de Richard Howell la troublait plus que de raison. Jamais elle n'aurait imaginé qu'un homme puisse un jour susciter en elle de tels émois.

Il fallait bien admettre qu'il ne ménageait pas ses efforts ! Il rêvait de lui faire l'amour toute la nuit, d'embrasser et d'explorer chaque centimètre de son corps, lui confiait-il d'une voix rauque, les yeux brillant de désir, dès qu'ils réussissaient à s'isoler. Jessica partageait sa fébrilité. Elle aurait donné n'importe quoi pour qu'il éteigne l'incendie qui menaçait de l'embraser tout entière. Elle n'aspirait qu'à vivre avec lui une liaison passionnée, d'autant plus ardente qu'elle ne durerait qu'un été.

Richard ne l'entendait pas de cette oreille. Lorsqu'il comprit que Jessica ne cherchait qu'une aventure sans lendemain, il décida d'employer les grands moyens.

Après avoir attisé son désir au point d'annihiler en elle toute velléité de résistance, il lui proposa de la rejoindre dans sa chambre. Les parents de la jeune fille seraient sortis ; ils avaient invité les Howell au restaurant pour les remercier de leur hospitalité.

Mais Richard savait que la soirée durerait beaucoup moins longtemps que Jessica et les Lieberman ne le pensaient : il s'était en effet arrangé avec l'un des employés de la banque pour que l'alarme se déclenche à 21 heures, obligeant son oncle à quitter le restaurant précipitamment. Les Lieberman rentrèrent au bon moment, juste à temps pour entendre les cris de plaisir de Jessica tandis que Richard s'employait à tenir les promesses qu'il lui avait faites.

Dans ces conditions, ils ne pouvaient que se marier. Richard joua son rôle à la perfection. Tout en affichant un air contrit et en se déclarant honteux de sa conduite, il ne cessa de répéter qu'il aimait Jessica et voulait qu'elle devienne sa femme.

Jessica eut beau tempêter, rien n'y fit. Ses parents demeurèrent intraitables. Bon gré mal gré, elle épouserait Richard.

Le mariage fut célébré à Londres, en grande pompe comme il se devait. Aussi blanche que sa robe, la mariée souriait, le visage dur, les lèvres pincées, consciente d'avoir été manipulée par Richard. Comment avait-elle pu tomber dans un piège aussi grossier ? se reprochait-elle amèrement. Comment avait-elle pu perdre la tête à ce point ? Folle de rage, remplie de haine envers Richard, elle se jura de lui faire payer très cher sa duplicité.

Dan Lieberman en voulait à sa fille pour sa stupidité. C'était Morris qu'elle aurait dû épouser, l'héritier de la Banque Howell. De son côté, David maudissait intérieurement Richard, mais il s'abstint de toute réflexion désobligeante, se contentant simplement de faire remarquer à Morris que son cousin lui avait soufflé Jessica sous le nez.

— Mais voyons, papa, puisqu'il l'aime ! Je ne peux pas le blâmer. D'ailleurs, je la connaissais à peine…

La décence lui interdisait d'expliquer à Morris que selon toute vraisemblance, Richard se moquait de Jessica comme d'une guigne et ne s'intéressait qu'à sa fortune.

Le pire pour les Howell fut que ce mariage n'eut même pas le mérite de les débarrasser de Richard, Dan Lieberman considérant que la place de son gendre était à la Banque Howell.

Richard n'éprouvait pour Jessica qu'indifférence et mépris. Au lit, faute d'expérience, elle n'était même pas une bonne affaire. Heureusement qu'il ne comptait pas sur elle pour connaître l'extase… Sa nouvelle maîtresse était une superbe blonde tout en jambes dotée d'un appétit sexuel et d'une audace inouïs, ce qui lui avait même valu quelques surprises.

Le moment venu, Jessica donnerait naissance à un ou plusieurs enfants — à au moins un garçon, en tout cas. Pour la première fois, Richard songea combien il y gagnerait si ce garçon se trouvait être le seul petit-fils de Dan Lieberman. Mais il chassa bien vite cette pensée. Chaque chose en son temps ; il fallait parfois savoir attendre.

Le couple partit en voyage de noces aux Caraïbes — cadeau de mariage de David Lieberman.

Richard n'avait pas cherché à savoir comment réagirait Jessica une fois qu'ils seraient mariés. De par l'éducation qu'elle avait reçue, elle avait sans doute été préparée dès sa naissance à devenir un jour épouse et mère, et en dix-huit ans, elle avait eu tout le temps de se faire à cette idée. Jamais Richard n'aurait imaginé que, pour se venger du mauvais tour qu'il lui avait joué, elle se refuserait catégoriquement à lui. Il chercha à l'amadouer, sans résultat. En désespoir de cause, il finit par lui rappeler qu'elle devait se soumettre au devoir conjugal. Ce ne fut pas un viol à proprement parler, mais Jessica y mit tellement de mauvaise volonté qu'elle lui ôta l'envie de recommencer. Leurs relations se dégradèrent rapidement, à tel point que lorsqu'ils rentrèrent à Londres, ils ne s'adressaient pratiquement plus la parole.

Le père de Jessica leur offrit un appartement de standing au cœur de la capitale, dans une luxueuse résidence de style géorgien. Lorsque Jessica lui fit remarquer aigrement que sans son père ils seraient à la rue, Richard se contenta de hausser les épaules. Ses sarcasmes ne l'atteignaient pas. Du moment qu'il avait ce qu'il voulait, une femme qui allait le rendre riche, immensément riche, le reste ne comptait pas.

Moins de six mois après leur mariage, ils faisaient chambre à part. Richard avait alors une nouvelle maîtresse, rousse pour changer. Jessica pouvait bien occuper ses journées comme elle l'entendait ; il n'en avait cure. Il passait le moins de temps possible chez lui et ne se rendait à Windsor que pour des visites de courtoisie.

A présent, Morris travaillait avec lui à la banque, et cette promiscuité eut tôt fait de réactiver l'amertume et le ressentiment que son mariage avec Jessica avait mis en veilleuse pendant quelque temps. Ce que Richard voulait maintenant, c'était la banque.

Un jour, en entrant dans le bureau de son oncle, il surprit une conversation téléphonique qui lui mit la puce à l'oreille : apparemment, la banque traversait une mauvaise passe. Il ne souffla mot à personne de ce qu'il avait entendu, mais commença à fouiller discrètement dans les affaires de son oncle.

Il découvrit alors qu'un investissement malheureux avait englouti une bonne partie de la fortune personnelle de ce dernier. En outre, la Banque avait perdu plusieurs gros clients et le bruit courait dans les milieux financiers qu'elle filait un très mauvais coton.

Et soudain, le destin donna à Richard le coup de pouce qu'il n'espérait plus. Il fut chargé de remplacer à la salle des coffres un employé parti en congé de longue maladie.

Tandis que la Banque Howell frôlait la faillite, Richard se préparait à gagner son premier million de livres sterling. Non seulement c'était la panique au conseil d'administration, mais la presse financière s'en mêlait, faisant encore monter la pression. Lorsque Morris lui confia qu'il s'inquiétait pour son père, Richard comprit qu'il devait agir, et agir vite.

Tout en révélant à la presse que son oncle avait commis quelques erreurs de jugement dans la gestion de son capital, il annonça que, en tant que fils du frère jumeau de David Howell, il était pressenti par plusieurs membres du conseil d'administration pour lui succéder à la présidence.

Le cours de l'action chuta immédiatement. Dans le plus grand secret, Richard racheta massivement. Son oncle le convoqua dans son bureau. Lorsqu'il l'accusa d'avoir fait de fausses déclarations à la presse, Richard soutint qu'il n'y était pour rien. David Howell ne le crut pas un instant, mais il ne disposait d'aucune preuve... Il n'était plus rien, à présent ; plus qu'un homme désespéré d'avoir provoqué la ruine de la banque qui appartenait à sa famille depuis des générations. Les douleurs qu'il ressentait dans la poitrine depuis quelque temps augmentèrent soudain en intensité. Il pensa à son frère...

Reuben Weiss le trouva affalé sur son bureau.

— Mort sur le coup, déclara le médecin légiste.

A la banque, ce fut l'affolement général. Il fallait que quelqu'un prenne le relais. Richard était tout désigné pour s'en charger : il avait la stature, les actions, et maintenant il bénéficiait même de l'appui du conseil d'administration. Son objectif était enfin atteint.

Il se rendit compte brusquement qu'il n'était pas rentré chez lui depuis soixante-douze heures. Il prit une douche dans la salle de bains particulière de son oncle, qui était désormais la sienne, et appela un taxi. Il vendrait la Rolls et achèterait autre chose à la place…

Sur un canapé du salon, Jessica feuilletait tranquillement un magazine. Il avait disparu pendant trois jours, mais elle ne manifesta aucune surprise à son retour.

— Tu sais quoi ? lança-t-il tout à trac. Je suis président de la Banque Howell !

— Tu sais quoi ? répliqua-t-elle d'un ton acerbe. J'ai décidé de demander le divorce !

Elle savait qu'il la trompait, mais à présent elle en avait la preuve. Le détective privé qu'elle avait engagé avait mis des semaines à réunir les pièces à conviction. Rien ne pourrait la faire changer d'avis. Jessica voulait sa liberté, et elle l'aurait.

Comprenant qu'il perdrait son temps à essayer de la fléchir, Richard sortit en claquant la porte… et en jurant entre ses dents. Il n'était pas le premier mari à tromper sa femme, que diable ! Les autres épouses ne demandaient pas le divorce pour autant ! Mais Jessica ne faisait jamais rien comme les autres… En tout cas, si le divorce était prononcé, il pourrait dire adieu au pactole que Jessica devait toucher à son trentième anniversaire !

Une fois dehors, il hésita un instant sur la direction à prendre. Puis il haussa les épaules ; pourquoi se priverait-il de voir Rose, comme prévu, puisqu'il n'avait plus rien à perdre ?

Sa liaison avec Rose Marshall durait depuis un peu plus de trois mois. Grande blonde au teint opalescent, mannequin chez l'un des plus grands stylistes londoniens du moment, elle était en toute chose aussi différente de Jessica que le jour l'est de la nuit.

Lorsqu'il arriva chez elle, Richard fulminait toujours contre Jessica. Sous le coup de la colère, dérogeant à l'un de ses principes les plus fondamentaux, il se mit à parler à sa maîtresse de sa femme et de ses problèmes conjugaux.

— Pourquoi ne pas la laisser divorcer ? demanda Rose, l'air détaché.

A vingt-cinq ans, elle commençait à se rendre compte que son capital beauté s'érodait rapidement et qu'elle avait intérêt dès maintenant à assurer ses arrières. Richard Howell était riche, justement...

Comprenant son erreur, Richard se maudit intérieurement de s'être laissé aller à de telles confidences. Il avait beau apprécier le savoir-faire amoureux de Rose, en aucun cas il ne voulait d'elle à demeure.

— Je ne peux pas, répondit-il tout net. Quoi qu'il en soit, elle a découvert notre liaison, or elle est jalouse comme une tigresse...

— Qu'est-ce que tu me chantes là ? Je connais ta femme, Richard ; un de mes amis m'a longuement parlé d'elle. Comment pourrait-elle être jalouse, à moins, bien sûr, qu'elle ne se soit entichée de moi ?

A la tête qu'il fit, elle devina qu'il n'était pas au courant. Elle lui rit au nez puis, le voyant mécontent, feignit l'innocence.

— Allons, ne me dis pas que tu ne savais pas ! dit-elle d'un ton faussement enjoué. Tu serais bien le dernier informé, dans ce cas !

Richard n'ignorait pas que beaucoup des amis et des relations de travail de Rose faisaient partie de la communauté homosexuelle. Le premier choc passé, il comprit qu'elle disait vrai. Une foule de détails qui lui avaient paru insignifiants lui revinrent brutalement à la mémoire. Les fréquents coups de téléphone que recevait Jessica de femmes qu'il prenait pour des amies ou de simples connaissances, son air suffisant et son regard farouche lorsqu'elle se refusait à lui, autant d'indices auxquels il n'avait pas fait attention, ou qu'il n'avait pas voulu voir. Sa femme… sa femme lui refusait ses faveurs parce qu'elle les réservait à une autre femme !

Le visage de Richard se crispa. Il serra les poings comme pour contenir la colère et l'indignation qui le submergeaient. Rose prit peur en voyant l'éclat dur de son regard. Mais elle ne s'attendait pas qu'il tourne les talons et reparte sur-le-champ.

— Quand… quand nous reverrons-nous ? risqua-t-elle.

Il ne se donna pas la peine de répondre. Sa femme… Jessica… Elle s'était bien moquée de lui ! Voilà pourquoi elle tenait tellement à divorcer. Mais qu'à cela ne tienne ! Son divorce, elle l'aurait, puisqu'elle insistait. Mais il faudrait qu'elle y mette le prix…

Allongée sur son lit, Jessica fixait le plafond d'un regard vide. Certes, elle aurait dû prendre davantage de précautions, mais jamais elle ne se serait doutée que Richard découvrirait le pot aux roses… et qu'il lui ferait du chantage. Si elle ne restait pas avec lui jusqu'à ses trente ans, il irait tout raconter à ses parents. Ce n'étaient pas des paroles en l'air. Elle connaissait suffisamment son mari pour savoir de quoi il était capable.

Ce qui signifiait qu'elle devrait le supporter encore deux ans… Non, impossible !

Elle se leva et descendit au rez-de-chaussée, marquant une pause devant la porte du bureau de Richard. La liberté n'avait pas de prix ; si elle devait payer, elle paierait !

Un divorce à l'amiable fut prononcé deux mois plus tard, après que Jessica eut signé une convention par laquelle elle s'engageait à remettre à Richard deux millions de dollars le jour de son trente et unième anniversaire.

En sortant de chez le notaire, Richard se frottait les mains, ravi d'avoir conclu une aussi bonne affaire.

Aujourd'hui, avec le recul, il persistait à penser qu'il n'avait rien perdu au change. Sous sa direction, la Banque Howell avait remonté la pente et retrouvé sa prospérité d'antan. Richard était un homme comblé. Apparemment, la chance continuait de lui sourire, surtout depuis qu'il avait rencontré Linda, la femme de sa vie. Ils étaient mariés depuis quatre ans et tout allait pour le mieux ; du moins jusqu'à cette entrevue avec Pepper Minesse.

Force lui était d'admettre qu'elle ne manquait pas de cran. Mais là où lui-même avait réussi, elle échouerait. Elle n'était qu'une femme, et Miles French allait se charger de le lui rappeler.

Richard se rembrunit en pensant au passé. Ils avaient tous tellement changé… Simon Herries, surtout. Il y avait décidément quelque chose d'inquiétant dans sa personnalité, quelque chose de pathologique dans sa hargne meurtrière. A l'époque, déjà, sa conviction que Pepper était responsable de la mort de Tim Wilding et sa volonté de la punir lui avaient paru obsessionnelles.

Mais il était trop tard pour reculer, de toute façon. Il ne restait plus qu'à espérer que Miles French savait ce qu'il faisait. Autant que Richard puisse en juger, Miles n'était pas du genre à fanfaronner. La solution qu'il avait proposée semblait toute simple, à première vue ; pourtant, s'il réussissait son coup, elle réglerait bel et bien leurs problèmes.

S'il réussissait…

Mais voilà : réussirait-il ?

En y réfléchissant, Richard se rendit compte qu'il savait très peu de chose sur Miles. Mais un juge à la Cour suprême avait récemment ouvert un compte chez eux ; il faudrait qu'il demande à sa secrétaire de l'appeler pour l'inviter à déjeuner. S'il arrivait à glaner quelques informations, ce ne serait pas plus mal.

12

Lorsqu'il quitta Oxford, deux ans avant ses deux anciens acolytes, Simon Herries découvrit qu'il était encore plus pauvre qu'il ne le pensait ; la propriété familiale étant grevée d'hypothèques, il dut vendre la plus grande partie de ses terres pour rembourser les dettes de son père.

Sans argent, Simon savait qu'il n'avait aucune chance de réaliser son ambition. Mais il avait déjà réfléchi à la question.

Il commença par se rendre à Marchington. En femme simple et généreuse, la mère de Tim lui ouvrit grande sa porte. Elle n'oubliait pas que Simon avait été le meilleur ami de son fils, et puis, il semblait si seul…

Il passa deux mois à Marchington Place, deux mois à pourchasser sans relâche Deborah Wilding. Par la force des choses, c'était un cousin éloigné qui devait hériter du titre, mais le comte et son fils étant tous deux très riches, des fidéicommis avaient été instaurés au bénéfice de chacune des filles Wilding. D'où l'assiduité de Simon auprès de Deborah.

Cette dernière n'était pas dupe. Elle avait percé à jour les intentions de Simon et faisait tout son possible pour l'éviter. Elle ne l'avait jamais aimé, mais depuis la mort de Tim, l'antipathie et la méfiance qu'il lui inspirait s'étaient encore accrues. Sans doute, inconsciemment, avait-elle toujours connu la vérité au sujet des rapports coupables que son frère et lui avaient entretenus. Soucieuse d'épargner à sa mère — déjà très éprouvée par la perte de son fils unique — tout chagrin supplémentaire, Deborah choisit de ne pas lui faire part de ses soupçons.

Quant à ses deux sœurs cadettes, elles étaient trop jeunes pour comprendre. Toutes deux trouvaient Simon beau et attirant et l'auraient traitée de sotte si elle leur avait confié le fond de sa pensée. Simon était pourtant l'être le plus repoussant qu'elle eût jamais rencontré, un monstre d'hypocrisie et de perversité, une sorte d'incarnation du Mal. Elle ne supportait pas qu'il la touche et sa seule présence lui donnait la chair de poule. Une sorte d'aura maléfique émanait de lui, et le plus surprenant était que personne d'autre qu'elle ne semblait s'en apercevoir.

Son grand-père et son père étaient en voyage d'affaires en Australie lorsque Simon était arrivé. Mais à leur retour, le comte remarqua très vite que sa petite-fille préférée paraissait contrariée. Calme, réservée, discrète et même effacée, Deborah lui rappelait beaucoup sa femme par certains côtés. Parfois, il se demandait si elle n'était pas un peu trop romanesque. Dans ce monde impitoyable, il craignait que son innocence, sa candeur d'une autre époque ne lui soient préjudiciables.

Il avait vaguement pensé lui faire rencontrer ses cousins australiens dans l'espoir que l'un d'entre eux lui plaise et devienne son mari, mais lors de son séjour là-bas, il s'était rendu compte qu'il valait mieux abandonner cette idée ; perdue au fin fond de l'Australie, Deborah dépérirait à coup sûr.

Découvrir que Simon Herries, qu'il n'avait jamais aimé, avait élu domicile à Marchington Place fut pour le comte une très mauvaise surprise. Et constater que Simon poursuivait Deborah de ses assiduités ajouta encore à son déplaisir. Cependant, lorsqu'il essaya de questionner sa petite-fille, celle-ci refusa de lui révéler ce qu'elle avait sur le cœur. Pourtant, Dieu sait qu'elle aurait aimé voir Simon s'en aller, mais sa mère semblait si heureuse de l'avoir sous son toit, un peu comme si, à travers lui, elle retrouvait Tim…

Comprenant qu'elle lui cachait quelque chose, le comte surveilla attentivement Simon et se forgea sa propre opinion. Il sut très vite à qui il avait affaire car, au cours de sa vie, il avait déjà rencontré ce genre d'individu. Simon était un sale type. Sous sa beauté extérieure, se cachait la perversion ; le mal à l'état pur.

Au début du mois d'août, le comte ne partit pas pour l'Ecosse comme il en avait l'habitude. Deborah en fut immensément soulagée. Elle avait beau se répéter que quoi qu'il fasse, Simon ne réussirait pas à la convaincre de l'épouser, elle continuait malgré tout, en dépit de toute logique, de se sentir menacée. Aussi la présence de son grand-père dans la maison la rassurait-elle.

De son côté, Simon commençait à trouver le temps long. Il fallait absolument qu'il fasse un mariage d'argent, mais, fierté oblige, en plus d'être riche, son épouse devait être issue d'un milieu comparable au sien.

Plus Deborah le repoussait, plus il insistait, furieux de se voir éconduire comme un malpropre. Pour qui se prenait-elle donc ? Sans sa fortune et sans son statut social, elle n'était rien. Dire qu'elle n'était même pas jolie ! songeait-il avec mépris un après-midi où il la regardait jouer au croquet avec ses sœurs.

Il aimait les femmes androgynes à hanches plates et poitrine inexistante, mais peu lui importait que la femme qu'il épouserait corresponde ou non à cet idéal féminin. Il était prêt à refouler ses fantasmes de la même façon qu'il avait refoulé son homosexualité après la mort de Tim. Simon avait très bien compris que ce qui était admis au collège, puis toléré dans le milieu très fermé de l'université, risquait d'être mal vu à l'extérieur et de lui causer du tort. Il s'était également rendu compte de la nécessité de se marier. Une fois marié…

Mais cette petite pimbêche de Deborah ne voulait rien savoir. Il était pourtant cent fois mieux qu'elle, que diable ! Elle aurait déjà dû lui tomber dans les bras, éperdue de gratitude et d'admiration.

Mais elle ne lui tiendrait pas tête longtemps ! De gré ou de force, elle finirait par céder ; Simon se l'était juré. Avant Noël, ils seraient mariés. Il se voyait déjà, Deborah à son bras, en train de recevoir la bénédiction nuptiale dans la fameuse chapelle de Marchington Place. La chapelle qui devait servir à leur messe noire… En repensant aux événements tragiques que la décision de Tim avait entraînés, Simon sentit sa fureur se réveiller contre celle qu'il tenait pour responsable de la mort de son ami.

Cette garce n'avait eu que ce qu'elle méritait ! Elle n'avait pas beaucoup crié, certes, mais il avait vu dans son regard qu'elle était terrifiée. Le désespoir muet de cette fille et la haine qu'il lui vouait depuis la mort de Tim l'avaient galvanisé. Et il avait éprouvé un plaisir inouï à la dominer et à la faire souffrir.

Avec Deborah, il ne se montrerait pas aussi brutal, encore qu'il eût beaucoup aimé se venger de l'affront qu'elle lui infligeait en le repoussant. Mais chaque chose en son temps.

Deborah était tout le contraire d'une jeune fille émancipée. Elle ne prenait pas la pilule et ne fréquentait pas les garçons. Catholiques pratiquants, les Marchington ne plaisantaient pas avec ces choses-là. Un sourire angélique flottait sur les lèvres de Simon tandis qu'il songeait au puritanisme de ses hôtes.

Ses projets semblaient décidément bénis des dieux : ce week-end-là, les Marchington devaient tous partir chez l'oncle de Deborah, mais au dernier moment, victime d'un gros rhume, la jeune fille fut contrainte de rester. Avec tact, Simon annonça que, de son côté, il rentrerait passer le week-end chez lui. Deborah ne chercha pas à dissimuler le soulagement que lui procurait cette nouvelle.

Il partit deux heures avant les autres, mais il n'alla pas bien loin. A quelques kilomètres du manoir, il fit demi-tour sur une petite route transversale et attendit de voir passer la Daimler des Marchington. Il s'obligea alors à patienter une heure de plus puis, lorsqu'il fut absolument sûr qu'ils ne reviendraient pas, il reprit la route de Marchington Place.

Il n'était pas tard, mais il faisait déjà très sombre. Depuis le matin, l'air était lourd et orageux. Le majordome le laissa entrer sans problème, croyant qu'il avait réellement oublié dans sa chambre les clés de chez lui.

Mais au lieu de se rendre directement dans sa chambre, Simon se glissa dans la bibliothèque et remplit deux verres de ce vieux porto que le comte aimait tant. Dans l'un d'eux, il versa le contenu d'un petit sachet en papier — une drogue à base d'amphétamines qui supprimait les inhibitions et procurait à celui qui la prenait une sensation extraordinaire de pouvoir et de liberté. Elle avait en outre l'avantage d'agir vite.

Puis, un verre dans chaque main, il partit rejoindre Deborah dans sa chambre. Il entra sans frapper. La jeune fille somnolait, dès qu'elle le vit, elle se dressa sur son séant, surprise et effrayée.

— J'ai oublié mes clés, déclara-t-il avec un sourire, tout en sachant pertinemment qu'elle n'en croyait pas un mot. Regarde, je t'ai apporté un verre de porto.

Il s'assit sur le bord du lit, posa son verre à côté d'elle et porta le sien à ses lèvres.

Il n'y avait personne dans la maison en dehors des domestiques. Deborah tremblait comme une feuille, incapable de réfléchir posément à la situation tant elle était sidérée par l'audace de Simon. Elle n'aurait jamais imaginé qu'il pût faire une chose pareille.

Malade de peur, elle tendit le bras pour prendre le verre. Le porto lui ferait peut-être du bien. Si seulement il pouvait l'aider à recouvrer ses esprits, à trouver un moyen d'échapper à ce monstre... Car elle savait ce qui l'attendait ; la lueur de concupiscence qui brillait dans les yeux de Simon ne lui laissait aucun espoir. Comment se dérober ? Qui l'entendrait si elle se mettait à crier ? Personne. Il avait bien choisi son moment. Elle venait de dîner ; les domestiques s'étaient retirés dans leurs appartements et devaient regarder la télévision.

Elle aurait voulu le supplier, mais les mots restaient bloqués dans sa gorge. Le regard implacable qu'il dardait sur elle la paralysait, tandis que ses nerfs se tendaient à se rompre et que des frissons glacés la parcouraient. Mais de toute façon, même si elle avait pu implorer sa clémence, Deborah savait que cela n'aurait rien changé : Simon était incapable d'éprouver la moindre pitié. Sa cruauté était inscrite en lettres de feu sur son front.

Il avait terminé son porto, à présent. Elle vida son verre à son tour, refusant de penser à ce qu'elle allait subir. L'alcool lui brûlait la gorge mais elle aurait voulu boire jusqu'à tomber ivre morte.

— Tu sais ce qui va se passer, maintenant ? murmura-t-il en se penchant vers elle.

Sa voix suave agissait sur elle comme un philtre magique ; le sens de ses paroles ne parvenait plus à son cerveau embrumé. Comme un témoin extérieur, Deborah vit Simon rejeter le drap et la couverture qu'elle tenait serrés contre elle. Puis elle s'entendit soupirer, terrorisée par le sort qu'il lui réservait et en même temps résignée, en proie à une langueur inexplicable.

Les yeux rivés sur les seins fermes qui tendaient l'étoffe de la chemise de nuit, Simon luttait contre la répulsion que lui inspirait cette vision. Son dos se couvrit de sueur. Non, jamais il n'aurait le courage ! songea-t-il avec affolement. Alors il ferma les yeux et se remémora le visage de Tim. Le pincement familier de l'excitation se fit aussitôt sentir.

Tandis que Simon s'abattait sur elle, l'écrasant de tout son poids, Deborah eut le sentiment désagréable de perdre le contrôle, non seulement de la situation, mais aussi d'elle-même. Etrangement, l'angoisse et le dégoût, au creux de son ventre, laissaient peu à peu la place à une sorte d'euphorie. Contre son gré, elle était entraînée vers le chaos par une force inconnue, trop puissante pour qu'elle pût espérer lui résister. Elle n'eut bientôt plus conscience que du plaisir que lui procurait le corps de Simon pesant sur le sien, et elle plongea dans les ténèbres où n'existaient plus que le contact et l'odeur de cet homme. Ses mouvements désordonnés, maladroits, n'étaient plus dictés par son désir d'échapper à Simon, mais au contraire à son envie, à son impatience de le sentir plus près d'elle encore. Seule comptait son avidité de jouissance. Alors elle se cambra, s'offrit en criant de douleur et d'extase.

Simon profita de l'état euphorique dans lequel elle se trouvait pour l'initier à toutes les déviations sexuelles possibles et imaginables. Il prit grand plaisir à voir cette jeune femme distante et hautaine se comporter comme une chienne en chaleur. Et il espérait qu'une fois l'effet de la drogue dissipé, elle se souviendrait des événements de la nuit.

Quoi qu'il en soit, même si elle ne se souvenait de rien à

son réveil, l'irréparable avait été commis et c'était tout ce qui comptait. Avec un peu de chance, elle se retrouverait enceinte, ce qui faciliterait encore les choses. Dès le lendemain matin, la bonne les découvrirait dans le même lit. La tête baissée, les épaules voûtées comme sous le joug des regrets, Simon invoquerait l'insouciance de la jeunesse et la passion irrépressible qui les avait jetés l'un vers l'autre. Il se reprocherait d'avoir cédé aux instances de Deborah, de ne pas avoir su la raisonner quand elle lui avait proposé de profiter de l'absence de sa famille… On les marierait sans faire d'histoires.

Fort de cette pensée, il sombra dans le sommeil.

Deborah se réveilla la première, l'esprit en déroute et le corps endolori. Elle tenta de se retourner et se figea en sentant Simon à côté d'elle. Alors, elle comprit : en un éclair elle entrevit la cruelle réalité. Recroquevillée sur le bord du lit, luttant contre la nausée, Deborah s'interrogeait tandis que des images terribles défilaient inlassablement devant ses yeux. Comment avait-elle pu perdre la tête à ce point ? Pourquoi s'était-elle laissé faire ? D'où lui venaient ces pulsions bestiales qui l'avaient incitée à se conduire comme la dernière des dernières ? Elle avait foulé aux pieds les principes moraux qui guidaient son existence, et irrémédiablement détruit l'estime qu'elle avait d'elle-même. Jamais plus elle ne supporterait de se voir dans une glace. Jamais plus elle ne pourrait affronter le regard de ses proches.

Soudain, quelque chose se brisa en elle, anéantissant son fragile équilibre. Comme une somnambule, elle se leva et se dirigea en titubant vers la salle de bains. Sous la douche, elle se savonna plusieurs fois dans l'espoir de faire disparaître la souillure, mais le souvenir obsédant du corps de Simon lui collait à la peau.

Cette empreinte gravée dans sa chair, Deborah savait qu'elle ne pourrait jamais l'effacer. Ses gémissements de plaisir, son désir impatient, la frénésie avec laquelle elle s'était pliée aux exigences les plus viles de Simon, tout cela resterait pour toujours en elle comme le plus infamant des stigmates. Vaincue, elle reposa le savon et sortit du bac à douche. Elle ne prit même pas la peine de se sécher ou de s'envelopper dans une serviette.

Mue par une impulsion qui relevait d'une volonté supérieure à la sienne, Deborah se dirigea tout droit vers la chapelle. Aucun des domestiques n'était encore levé. Avec des gestes lents et mesurés, elle décrocha l'épée d'apparat de son grand-père, la portant à deux mains parce qu'elle était très lourde.

Dans une sorte d'état second, elle marcha jusqu'à l'autel. Sa nausée avait disparu ; en cet instant, elle ne ressentait plus qu'une détermination froide et implacable. Il fallait qu'elle échappe à la terrible malédiction qui s'était abattue sur elle. Sa vraie nature, celle qui s'était exprimée dans les bras de Simon, ne manquerait sans doute pas de resurgir à la première occasion. Avec une parfaite lucidité, elle imagina ce que serait une existence dominée par les instincts les plus condamnables. Elle qui se croyait à l'abri du péché s'était traînée dans la fange, vautrée dans la luxure. Si son grand-père savait...

Ses yeux s'emplirent de larmes. Sa dernière pensée, tandis qu'elle s'empalait sur l'épée d'argent, fut pour le comte. Elle sentit la brûlure rédemptrice de la lame à travers sa chair et sourit. Elle était sauvée. Plus jamais elle ne sombrerait dans la débauche, dans l'ignominie.

Comme elle exhalait un léger soupir, un flot de sang écarlate jaillit de sa bouche.

Ce fut Simon qui découvrit le corps. A son réveil, lorsqu'il s'aperçut qu'elle n'était plus là, il comprit, par une sorte d'instinct secret dont il n'avait jusque-là jamais soupçonné l'existence, qu'un drame s'était déroulé pendant qu'il dormait. Ses pas le conduisirent d'emblée à la chapelle. Il s'immobilisa devant l'autel, révulsé par le spectacle qu'il avait sous les yeux.

La peur au ventre, il ressortit immédiatement et jeta autour de lui un regard halluciné. Il fallait partir, s'enfuir très loin d'ici... Personne ne savait qu'il avait passé la nuit dans la maison. Le majordome croirait qu'il était reparti hier soir ; nul ne découvrirait jamais la vérité.

Sans perdre un instant, Simon remonta dans la chambre de Deborah. Méthodiquement, il lava les deux verres, procéda à une rapide toilette et s'habilla. Il s'apprêtait à remettre le lit en ordre lorsqu'il pensa aux taches qui maculaient le drap.

En hâte, il retira le drap du dessous, se dirigea vers le placard à l'entrée de la chambre, en retira un drap propre et s'empressa de refaire le lit en prenant bien soin de ne pas trop le tirer afin de donner l'impression que Deborah avait dormi dedans. Puis il quitta les lieux, le drap sale sous le bras.

Il descendit par le grand escalier et sortit par l'une des portes-fenêtres. Lorsqu'il posa les mains sur le volant de sa voiture, il se rendit compte qu'il tremblait.

Le père de Deborah lui téléphona pour lui annoncer le double drame. Le comte avait en effet succombé à une crise cardiaque provoquée par le suicide de sa petite-fille. Le spectre de la folie ayant toujours plané sur la famille, le fils du comte, qui gardait à la mémoire la fin tragique de sa tante, en conclut tout naturellement que la malédiction avait encore frappé.

Vêtu d'un costume noir qui accentuait sa pâleur, Simon assista à l'enterrement. Pour lui, il n'était plus question de retourner vivre à Marchington Place.

Peu après, il s'exila en Amérique. La mort de Deborah ne suscitait en lui aucun remords mais une colère amère. Pour agir comme elle l'avait fait, pour choisir de se donner la mort plutôt que de l'épouser, il fallait qu'elle fût effectivement un peu dérangée.

Il relégua l'incident au fin fond de sa conscience, là où se trouvaient déjà les éléments de sa vie qu'il préférait passer sous silence. La page était tournée ; un nouveau chapitre commençait.

Les Américains lui réservèrent le meilleur accueil. Ils aimaient son accent, sa blondeur et sa minceur aristocratiques, et par-dessus tout ses manières distinguées. Ayant réussi, grâce à ses relations, à être introduit dans la bonne société, Simon parlait d'un ton détaché de sa propriété familiale dans le nord de l'Angleterre, haussant les épaules d'un air résigné lorsqu'il ajoutait que les droits de succession avaient englouti la quasi-totalité de son héritage. Aux yeux des notables, il incarnait l'aristocrate anglais désargenté dans toute sa splendeur. De son côté, Simon se sentait stimulé par leur ambition forcenée, leur volonté de réussir à tout prix.

Il fut présenté à Elisabeth Calvert par un ami commun. Grande et mince, elle se rapprochait suffisamment du type de femme susceptible de lui plaire pour attirer son attention. Mais lorsqu'il découvrit qui elle était, Simon n'eut plus aucune hésitation : il venait de trouver l'épouse idéale.

Le mariage, digne d'une alliance princière, fut célébré un peu après Noël. Simon refusa catégoriquement de s'établir aux Etats-Unis, comme le lui suggérait son beau-père, prêt à lui offrir une situation en or dans l'empire familial dont les tentacules s'étendaient dans des domaines aussi prestigieux que la politique et la justice. Mais Simon préférait restaurer la fortune et la réputation attachées à son nom. Ce fut du moins le prétexte qu'il invoqua pour retourner en Angleterre. En réalité, il voulait échapper à la surveillance de Henry Calvert, sixième du nom. Dans un premier temps, en effet, il comptait utiliser l'argent de sa femme pour racheter les terres qu'il avait dû vendre afin de rembourser les dettes de son père. Car Simon avait d'autres raisons de vouloir rentrer : l'argent ne suffisait pas. Il lui fallait aussi le pouvoir.

Il songea à tout ce qu'il avait appris à Oxford. Le pouvoir revêtait de multiples aspects et il lui restait encore à déterminer lequel lui conviendrait le mieux.

Ce fut son beau-frère, Peter Calvert, avocat de profession, qui lui suggéra le premier d'entrer dans l'arène politique, signalant au passage qu'il devait se rendre à Washington pour prendre la parole devant une petite assemblée de sénateurs.

Pourquoi pas ? se dit alors Simon, qui trouvait cette idée d'autant plus séduisante qu'à leur époque déjà, son grand-père et l'un de ses oncles avaient représenté au Parlement leur circonscription électorale. Son père ne s'était pas senti attiré par la politique, conscient que sans appui financier, sa carrière ferait rapidement long feu. Mais dans le cas de Simon, les circonstances semblaient beaucoup plus favorables. Avec la fortune de sa belle-famille...

Avant de regagner l'Angleterre, Simon établit minutieusement son plan de bataille.

Elisabeth Calvert s'apprêtait à le suivre sans discuter. Elle s'était mariée sur un coup de tête, comme on se jette à l'eau, par obligation sociale plus que par amour. Lorsque Simon avait commencé à lui faire la cour, elle s'était sentie flattée. A vingt et un ans, elle souffrait de l'indifférence que suscitait chez les hommes sa silhouette longiligne. Les frères de ses amies, étudiants à Harvard comme ses frères à elle, lui témoignaient pour la plupart une camaraderie de bon aloi. Jamais plus. Un été, cependant, pendant les vacances, elle avait eu une brève aventure avec un garçon qui n'avait rien de commun avec elle. Ils s'étaient séparés sans regret.

Chez les Calvert, les femmes se mariaient jeunes et faisaient beaucoup d'enfants. Puis, comme leurs mères et leurs grands-mères avant elles, elles se consacraient aux œuvres de charité. Si par malheur elles ne se mariaient pas, elles restaient chez leurs parents ou partaient pour l'étranger, pour les plus téméraires, au risque de passer ensuite pour « légèrement excentriques ».

Elisabeth n'avait pas particulièrement envie de s'exiler, mais elle se voyait encore moins dans le rôle de la vieille fille de service, plainte par ses cousines, méprisée par ses belles-sœurs, redoutée par ses neveux et nièces.

Mais pour se marier, il fallait d'abord le vouloir, puis s'arranger pour le faire savoir. Elisabeth se doutait bien que ce n'était pas en restant confinée chez elle qu'elle trouverait l'élu. Elle n'ignorait pas non plus que la fortune de ses parents faciliterait grandement les choses dès lors qu'elle consentirait à se marier un peu en dessous de sa condition. Mais tant qu'à choisir un époux, Elisabeth avait décidé que ce serait un Cabot, un Adams, ou un autre des descendants des grandes familles de Boston.

Elle n'était pas prête à revenir là-dessus. Aussi, après une première réaction de méfiance bien légitime — aux yeux d'un coureur de dot, elle valait plusieurs millions de dollars —, Elisabeth fut-elle ravie de recevoir les hommages d'un homme tel que Simon, dont le nom résonnait dans l'histoire depuis près de mille ans. D'un homme qui, de plus, parlait avec cet accent distingué de l'aristocratie anglaise que tout le monde rêvait d'imiter ; d'un homme cultivé que son père et ses frères ne jugeraient pas inférieur à eux ; d'un homme, enfin, qu'elle pourrait respecter.

L'amour, les sentiments qu'elle lui portait n'entraient guère en ligne de compte. De toute façon, Elisabeth n'était pas d'un naturel particulièrement expansif, surtout vis-à-vis des hommes. En outre, dans la famille, les femmes n'étaient pas autorisées à avoir des états d'âme.

Peu communicative, Elisabeth n'avait personne à qui confier qu'elle n'était pas amoureuse de Simon et ne l'épousait que par nécessité. Il se présentait comme un pis-aller, une alternative au célibat infamant. Le mariage, songeait-elle en guise de consolation, aurait au moins l'avantage de lui donner une certaine liberté.

Les premiers temps, elle se félicita d'avoir sauté le pas. Au bout de quelques nuits, Simon se montra moins empressé à lui faire l'amour — ce dont elle se réjouit tout en sachant qu'un jour ou l'autre il lui réclamerait un fils… Elisabeth était au courant des déboires financiers de son mari, et se doutait que la majeure partie de son héritage servirait à racheter ses terres morcelées et à lever les hypothèques sur la propriété élisabéthaine de ses ancêtres. Cela ne la dérangeait pas outre mesure. Son père s'était dûment renseigné sur le compte de Simon, s'assurant qu'il n'était pas responsable des dettes qui avaient englouti son patrimoine. Satisfait, Henry Calvert lui avait confié d'autant plus volontiers les intérêts de sa fille qu'il estimait avoir affaire à un homme doté d'une grande finesse.

Simon lui avait d'ores et déjà annoncé son intention de se faire élire député conservateur de son comté, ambition que Henry Calvert avait jugée fort louable.

Il ne s'était jamais bien entendu avec sa fille. L'esprit d'indépendance d'Elisabeth, son arrogance le mettaient quelquefois mal à l'aise. A la place de Simon, il ne l'aurait certainement pas épousée. Il y avait à Boston des dizaines de jeunes filles à marier sans doute beaucoup plus dociles qu'Elisabeth. Mais Simon avait probablement ses raisons…

Henry Calvert était à cent lieues de se douter que l'une de ces raisons était l'absence d'ardeur sexuelle d'Elisabeth. Simon ne voulait pas d'une amazone surexcitée, convaincu qu'il était qu'une femme frigide fermerait plus facilement les yeux sur ses liaisons extraconjugales et serait moins encline à se venger en le trompant à son tour. Un futur député ne pouvait se permettre d'avoir une vie privée dissolue.

D'autant que Simon visait plus haut. Il ne se contenterait pas d'un mandat de député. Déjà, il renouait les contacts pris à Oxford, faisait le tour de ses relations. Son but secret était de devenir un jour Premier Ministre.

Au printemps, le couple regagna donc l'Angleterre. Avant de se lancer dans l'action, Simon prit soin de se débarrasser de sa femme en la reléguant dans le manoir familial, froid, humide et exposé à tous les vents. Lorsqu'il revint la chercher pour l'emmener à Londres, il avait réalisé la première partie de son plan : aux prochaines élections, il représenterait le parti conservateur du comté.

Abandonnée à son sort, Elisabeth découvrit en elle des qualités de maîtresse de maison qu'elle n'aurait pas soupçonnées. Elle fit venir des ouvriers pour remettre le manoir en état et installer le chauffage central. Puis elle s'offrit les services d'un décorateur et acheta des meubles anciens pour remplacer ceux qui avaient été vendus. Dépensant sans compter, Elisabeth accomplit des prodiges ; en quelques semaines, l'austère manoir se métamorphosa en une superbe gentilhommière digne de figurer dans les pages des magazines les plus prestigieux. Simon constata avec plaisir que le manoir possédait à présent tous les attributs propres à la résidence secondaire d'un ministre.

Il engagea un régisseur et le chargea de l'avertir dès que des terres seraient à vendre dans les environs, car il entendait reconstituer son patrimoine.

A Londres, Elisabeth se lança de nouveau dans des travaux de rénovation et de décoration intérieure. Ses parents leur avaient offert une élégante maison de style Régence. Au moment de Noël, pour leur anniversaire de mariage, ils vinrent leur rendre visite. Simon fut enchanté de pouvoir annoncer à son beau-père qu'il avait toutes les chances d'obtenir le siège conservateur de son comté aux prochaines élections partielles, et qu'il allait être père.

Un pâle sourire aux lèvres, Elisabeth accepta sans grand enthousiasme les félicitations de ses parents. Elle aurait préféré que les choses fussent moins précipitées. D'autant que son existence ne la satisfaisait guère : elle passait le plus clair de ses journées seule à la maison, nauséeuse et désœuvrée.

Simon était presque toujours parti. Elle ne s'inquiétait pas de savoir où... En fait, Elisabeth commençait à se rendre compte que son sort ne valait en définitive guère mieux que celui d'une vieille fille. Non qu'elle détestât Simon, mais par moments les contraintes de la vie conjugale lui faisaient regretter sa liberté perdue. La naissance prochaine de leur premier enfant la rendrait encore plus dépendante de Simon. Traditionnellement, les Calvert étaient pour la plupart farouchement opposés au divorce — en vertu de considérations d'ordre financier plutôt que morales. Quoi qu'il arrivât, les fortunes amassées au fil des générations devaient être préservées. Oh, il y avait toujours moyen de s'arranger. Rien n'empêchait un mari malheureux en ménage de se consoler dans les bras de maîtresses choisies pour leur discrétion et leur modestie.

Quant à l'épouse malheureuse... Chez les Calvert, les femmes vivaient dans l'ombre de leurs maris. Elisabeth était prête à jurer que sa mère n'avait jamais eu la moindre velléité d'adultère.

Mais de quoi se plaignait-elle ? se demandait-elle parfois. Elle avait un mari charmant et tout le confort qu'elle pouvait souhaiter. Que voulait-elle de plus ? Curieusement, ils n'avaient presque pas d'amis. Simon déjeunait souvent avec des relations d'affaires ou des membres du parti conservateur, mais ils les invitaient rarement à la maison. Leur vie sociale était quasiment inexistante.

Simon s'en était également rendu compte. A présent que sur

le terrain de la politique, il avait un pied à l'étrier, il lui fallait développer des sphères d'influence, consolider son pouvoir. Le plus sûr moyen d'inciter les gens à voter pour lui était de les traiter comme des princes et de flatter leur ego.

Un politicien qui avait eu la chance d'épouser une femme à la hauteur disposait à coup sûr d'un atout supplémentaire dans son jeu. Or Elisabeth était incontestablement à la hauteur.

Pour Noël, il lui fit un cadeau somptueux : un sautoir en perles fines. A la naissance de leur fils, il lui offrit une paire de dormeuses assorties, et lorsqu'il obtint le siège de député, une jolie broche gravée à ses initiales.

Pendant des mois, les dîners succédèrent aux cocktails sans discontinuer. Malgré sa lassitude, Elisabeth s'efforçait de se montrer aimable avec les dignitaires du coin invités par Simon, s'employant sans relâche à jouer le rôle de l'épouse dévouée. Elle feignait d'ignorer les regards obliques que lui jetaient les autres femmes qui, visiblement, se demandaient ce que Simon pouvait bien lui trouver. De son côté, Elisabeth se demandait combien d'entre elles avaient réussi à se glisser dans le lit de son mari. Mais tant qu'elles arrivaient à le contenter et qu'elles lui permettaient de se soustraire au devoir conjugal, peu lui importait que son mari ait des maîtresses.

Un jour, peu de temps après la naissance de Gilles, Simon se mit en colère contre elle pour une broutille. Cette nuit-là, il vint la retrouver dans sa chambre et se montra d'une brutalité et d'une cruauté qui la marquèrent profondément. Elle n'osa parler à personne de l'incident, sentant confusément qu'il ne découlait pas simplement de la longue abstinence à laquelle sa grossesse avait contraint Simon. Il s'était conduit comme une bête et, de toute évidence, il avait cherché à la faire souffrir et à l'humilier.

Ses exigences lui paraissant contre nature, elle s'était rebellée… et avait gardé pendant des semaines les traces des coups qu'il lui avait infligés pour la punir.

A aucun moment ils n'y firent allusion et cela ne se reproduisit jamais plus. Mais parfois, quand elle surprenait le regard envieux et ironique des autres femmes, Elisabeth se demandait si elles continueraient de la jalouser en voyant Simon sous son vrai jour.

Simon, lui, était satisfait de la tournure que prenaient les événements. Il avait enfin l'impression d'avancer. On le traitait avec respect et déférence, et il appréciait tous les à-côtés auxquels ses fonctions de député lui donnaient droit, de la même façon qu'il jouissait du statut que lui conféraient les millions de sa femme. Pour la première fois de sa vie, il éprouvait une certaine plénitude. Il ne regrettait plus l'époque où Tim et lui se donnaient du bon temps ensemble ; c'était de l'histoire ancienne. Un jeune politicien plein d'avenir ne pouvait se permettre le moindre scandale.

Lorsque ses frustrations menaçaient de le rendre fou, il allait rendre une petite visite à l'une de ces femmes mariées de la bonne société qui partageaient ses goûts. Elles étaient légion, et bien que Simon ne trouvât pas avec elles l'extase qu'il avait connue dans les bras de Tim, elles constituaient une solution acceptable.

Deux ans et demi après la naissance de Gilles, Elisabeth se retrouva de nouveau enceinte — à son grand déplaisir. Elle ne voulait pas d'un second enfant, et elle avait supposé, à tort, que Simon et elle ne coucheraient plus jamais ensemble. Mais comme tout politicien qui se respecte, Simon tenait à avoir deux enfants, quitte à passer de temps en temps un moment dans le lit de sa femme.

Dès que la grossesse fut confirmée, Simon envoya son épouse séjourner un mois chez ses parents à titre de récompense — une manière subtile et élégante de lui signifier que désormais ils passeraient le moins de temps possible ensemble.

Emma Catherine Herries vit le jour la veille de la nomination de son père à un poste de sous-secrétaire d'Etat.

En quelques années, Simon avait beaucoup changé. Nul ne pouvait se douter aujourd'hui à quel point il avait été exalté dans sa jeunesse. Qui pourrait imaginer qu'à une époque pas très lointaine il dirigeait le Cercle du feu de l'enfer ? Ceux qui étaient au courant préféraient se taire, de peur que leurs agissements au sein du cercle ne fussent du même coup découverts.

Simon ne manquait jamais une occasion de prouver son allégeance au parti conservateur. Il était encore trop jeune pour se voir confier un poste de ministre, mais il s'employait à préparer le terrain. Un jour ou l'autre, il atteindrait son but et rien ni personne ne pourrait l'en empêcher. Il ne laisserait aucun obstacle se dresser sur son chemin. Lorsque Elisabeth avait commencé à parler de divorce, il lui avait opposé un refus catégorique. Ses beaux-parents avaient donné raison à Simon, alléguant qu'il fallait également penser aux enfants. Alors, Elisabeth s'était résignée ; après tout, sa vie n'était pas pire que celle de beaucoup d'autres femmes.

Ce qu'elle avait le plus de mal à supporter, c'était la mésentente existant entre Gilles, un enfant calme et affectueux, et son père. Lorsque le petit garçon eut l'âge d'entrer à l'école, Simon voulut le mettre en pension, mais Elisabeth n'accepta pas d'en entendre parler et, pour une fois, elle obtint gain de cause.

D'autant que juste avant la rentrée, Gilles contracta une mononucléose infectieuse. Simon fut alors bien obligé de se ranger à l'avis du médecin, qui préconisait de renoncer pour l'instant au pensionnat et d'inscrire le garçonnet à l'école la plus proche.

Elisabeth se doutait que Gilles, plus raisonnable et plus lucide que beaucoup d'enfants de son âge, se rendait compte de la discorde qui régnait entre ses parents. Emma était encore trop jeune pour en souffrir, et en outre elle ressemblait énormément à son père. La fillette avait l'arrogance de Simon, et Elisabeth se demandait parfois si elle n'avait pas hérité aussi de sa cruauté.

Désormais, les deux époux ne couchaient plus du tout ensemble, au grand soulagement d'Elisabeth. Elle aspirait toujours autant à divorcer, tout en sachant que si elle réalisait son vœu le plus cher, elle se mettrait définitivement sa famille à dos. Or ses parents étaient si fiers de leur gendre !

A l'instar de Simon, Henry Calvert reprochait à sa fille de trop couver Gilles et d'en faire une poule mouillée. Chez les Calvert, les garçons devaient être élevés à la dure. Et à Gilles, qu'ils jugeaient trop sensible et trop fragile pour un garçon, ils préféraient Emma.

Gâtée, choyée par son père et par ses grands-parents, Emma devenait de plus en plus orgueilleuse et insupportable. Elle n'avait pas beaucoup de camarades, et pour cause : à deux reprises déjà, Elisabeth avait été convoquée par la directrice de l'école parce que des parents s'étaient plaints que la petite brutalisait leurs filles. Simon minimisait l'incident, mais Elisabeth, elle, s'inquiétait. Parfois, elle avait honte de la préférence marquée qu'elle éprouvait pour son fils. Mais Emma ressemblait trop à son père pour qu'elle pût s'attacher véritablement à elle ; malgré ses scrupules et ses efforts, elle n'arrivait pas à se rapprocher de sa fille.

Comme chaque été, Elisabeth redoutait de rentrer à Londres. Simon était parvenu à un tournant décisif de sa carrière : il était fortement pressenti pour être candidat à la tête du parti. Avant leur départ, il ne tenait plus en place. En outre, Elisabeth aurait juré qu'il avait une nouvelle maîtresse. Pour toutes ces raisons, elle n'avait aucune envie de rentrer… mais elle ne pouvait faire autrement.

Elle arriva à Londres trois jours après que Simon eut reçu l'ultimatum de Pepper, et découvrit qu'il était parti dans leur résidence secondaire et exigeait qu'elle le rejoigne immédiatement avec les enfants. Bien des années plus tôt, Elisabeth avait appris à ses dépens qu'il valait mieux ne pas contrevenir aux ordres de son époux. Alors, sans chercher à comprendre, elle fourra quelques vêtements dans un sac et avertit le chauffeur qu'ils partiraient juste après le dîner.

La gentilhommière, qui aurait pu être une maison accueillante — après tout, n'avait-elle pas tout fait pour ça ? —, était en réalité un endroit qu'Elisabeth abhorrait. C'était là que lors d'une nuit mémorable, Simon l'avait violentée… Mais avant même cet épisode terrible, elle avait souvent été frappée par l'atmosphère malsaine qui régnait entre les murs de cette maison. Elle éprouvait alors un tel sentiment d'oppression qu'elle se mettait à pleurer.

Simon, qui y avait pourtant grandi, ne semblait pas s'y plaire non plus. Et les enfants eux-mêmes devenaient tristes et taciturnes lorsqu'ils y passaient quelques jours. Il s'agissait pourtant d'une magnifique demeure, construite en pierres apparentes dans un environnement de toute beauté. Le parc, de facture plus récente, était planté d'essences rares et possédait un étang artificiel. Un îlot en son milieu supportait une sorte de temple grec que l'un des ancêtres de Simon avait fait édifier à son retour d'Italie. La gentilhommière et les jardins passaient pour être de purs joyaux. Cependant, il arrivait à Elisabeth de les détester.

Aucune lumière ne brillait dans la maison lorsque la voiture s'arrêta dans l'allée. Où Simon pouvait-il être ? Il n'était pourtant pas tard… Normalement, en l'absence des propriétaires, le personnel de maison était réduit au minimum. Dès qu'il était informé de leur arrivée, le régisseur embauchait quelques femmes de chambre supplémentaires.

Les Herries venaient un mois en été, généralement en août, et une semaine en hiver, juste après le nouvel an, pour le grand bal que Simon tenait à organiser chaque année à l'intention des notables du comté. Il était apprécié dans la région, et bien qu'il n'y restât jamais longtemps, Simon s'efforçait de préserver et d'améliorer son image auprès de ses concitoyens.

Songeuse, Elisabeth demanda au chauffeur de leur ouvrir la porte et de les aider à transporter les bagages à l'intérieur. Dans le hall, elle appuya sur l'interrupteur et frissonna en constatant que le chauffage ne fonctionnait pas. Mais où étaient donc les domestiques ?

Un mince rai de lumière filtrait sous la porte du bureau. Intriguée, Elisabeth alla jeter un coup d'œil dans la pièce. Elle découvrit alors Simon écroulé dans un fauteuil, sentant le cognac à plein nez. Il avait vidé la bouteille ! C'était la première fois qu'elle le voyait ivre. Il ne buvait jamais… Dissimulant sa surprise, elle remercia le chauffeur et expédia les enfants dans leurs chambres, à l'étage.

En l'absence des domestiques, elle se chargea elle-même de leur faire prendre leur bain et de les mettre au lit. Avant de les coucher, elle descendit leur chercher un petit en-cas dans la cuisine.

Le réfrigérateur et les placards étaient pleins. Tout en préparant un plateau pour les enfants, Elisabeth, de plus en plus perplexe, s'interrogeait. Que signifiait tout cela ? Quel vent de folie avait soufflé sur la maison ? Se pouvait-il que, sur un coup de tête, Simon ait renvoyé le personnel ?

Dès que les enfants furent au lit, prêts à s'endormir, elle retourna voir Simon. Il ronflait, à présent, et elle décida de ne pas le réveiller. Le chauffeur, lorsqu'il était avec eux, occupait l'appartement se trouvant au-dessus du garage. Elisabeth alla le prévenir que la gouvernante avait dû s'absenter pour la soirée, et lui suggéra de manger quelque chose sur le pouce et de se coucher. Ce faisant, elle voulait éviter qu'il ne vienne fureter dans la maison. Simon ne le lui pardonnerait jamais si quelqu'un d'autre qu'elle le surprenait ivre mort.

De retour dans la cuisine, elle se mit à préparer du café noir. Le café finissait de passer lorsqu'elle entendit une voiture arriver.

En voyant Elisabeth, la gouvernante eut l'air embarrassé. Son mari et elle s'occupaient à l'année de l'entretien de la maison et du parc, et jusque-là, les Herries avaient toujours été satisfaits de leurs services. Alors, y avait-il un problème ?

Apparemment, Simon leur avait donné leur soirée, songea Elisabeth, pour pouvoir se soûler en paix ! Mais pourquoi la gouvernante évitait-elle son regard ? Qu'avait-il bien pu se passer ? Simon aurait-il été assez stupide pour amener avec lui l'une de ses maîtresses ?

S'abstenant cependant d'interroger la domestique, Elisabeth apporta le café dans le bureau et le posa sur un chauffe-plat, qu'elle brancha. Puis elle s'éclipsa à pas de loup.

Simon se réveilla en sursaut, l'esprit en déroute et le souffle court. Une vision imprimée dans son subconscient s'imposa soudain à lui. Il était en danger... Il avait peur. Mais il ne pouvait pas bouger, et une silhouette indistincte se dressait devant lui.

Son père... Il poussa un grand cri, tremblant d'appréhension à la perspective de ce qui l'attendait. Puis, peu à peu, Simon recouvra ses esprits et découvrit que c'était son fils qui se tenait à côté de lui et le regardait. Une bouffée de colère et de haine le saisit lorsqu'il vit le mépris dans les yeux de l'enfant. Toutes les frustrations et les craintes que les menaces de Pepper suscitaient en lui fusionnèrent, réactivant ses instincts les plus vils. Alors, il souleva Gilles de terre, le tint sous son bras tandis que de l'autre main il ouvrait la porte-fenêtre. Il y avait très longtemps qu'il n'était pas retourné là-bas, mais il aurait pu y aller les yeux fermés. Il marcha jusqu'au bachot puis jeta Gilles dans une barque. Comme l'enfant commençait à pleurer, il le frappa, le contact de la chair tendre sous son poing lui procurant un plaisir indicible.

Il n'y avait rien de réellement prémédité dans ce qu'il faisait ; Simon suivait aveuglément un instinct ancré en lui au plus profond, exigeant de son fils le sacrifice que son père avait exigé de lui. Il ne se posait pas de questions et n'entendait même pas les hurlements de Gilles, effectuant de façon machinale les gestes de son père, ces gestes qu'il lui avait vu faire des dizaines de fois.

Soudain, une grande excitation s'empara de lui. Son corps réagissait visiblement au plaisir anticipé et au sentiment de pouvoir si exaltant qui l'habitait. Et puis, après tout, il était normal que son fils subisse le sort que lui-même avait subi…

Recroquevillé au fond du bateau, Gilles, en état de choc, fixait son père avec une expression d'horreur absolue, plus éloquente que des mots, des cris ou des larmes. A présent, il tremblait comme une feuille dans l'air froid de la nuit.

Elisabeth, qui était redescendue voir si Simon dormait toujours, resta figée dans l'encadrement de la porte-fenêtre, les yeux rivés sur la scène qui se déroulait près du lac.

Où Simon emmenait-il Gilles ? Qu'avait-il en tête ? Le fond de l'air était froid et humide ; Gilles risquait de s'enrhumer. Soudain, comme dans un mauvais rêve, elle comprit et se mit à courir, le cœur battant à tout rompre, le sang bourdonnant à ses tempes. Elle atteignit la barque juste au moment où Simon l'éloignait du bord. En se penchant, elle réussit à attraper la rame et tira de toutes ses forces pour lui faire lâcher prise.

L'effet de surprise avait joué en sa faveur, mais à présent Simon se tournait vers elle. Un éclair de folie au fond des yeux, les lèvres retroussées en un rictus effrayant, il luttait pour lui reprendre la rame.

Elisabeth menaçait à tout moment de tomber à l'eau ; elle sentait le sol se dérober sous ses pieds et luttait pour ne pas se laisser entraîner. Mais il fallait qu'elle arrache Gilles aux griffes de son père. Galvanisée par cette pensée, elle s'accrochait désespérément à la rame, priant pour que quelqu'un les voie et leur vienne en aide.

Prostré au fond du bateau, blanc comme un linge et secoué de violents frissons, Gilles contemplait ses parents sans réagir. Bouleversée par sa détresse, Elisabeth sentit redoubler son désir de le protéger. Par miracle, elle parvint brusquement à s'emparer de la rame. Alors, elle se mit à frapper Simon de toutes ses forces, mue par un instinct maternel plus puissant que la raison. Il vacillait sous les coups, et la barque tanguait dangereusement. Soudain, il perdit l'équilibre, se cogna la tête et tomba inanimé au fond du bateau. Aussitôt, Elisabeth lâcha la rame et, après avoir pris son fils dans ses bras, elle se hâta de regagner la maison.

Elle eut toutes les peines du monde à tirer Emma de son sommeil. La fillette ne voulait pas partir, mais Elisabeth ignora ses protestations. Pour une fois, elle ne céderait pas à la tyrannie de l'enfant.

Il y avait une petite Ford dans le garage, à l'usage du personnel. Pourvu que les clés n'aient pas été changées de place ! priait Elisabeth en redescendant au rez-de-chaussée, les enfants sur ses talons.

Grâce à Dieu, elle trouva les clés sans problème. Ils s'engouffrèrent tous trois dans la voiture, et Elisabeth mit le contact, craignant à tout instant de voir déboucher son mari.

L'angoisse qui lui nouait l'estomac ne commença à s'estomper qu'au moment où ils atteignaient l'autoroute du Sud. Ils étaient sauvés ! Mais pour combien de temps ? Simon les pourchasserait, la menacerait pour qu'elle n'aille pas raconter à tout le monde ce qu'il avait tenté de faire à son fils... et ce qu'il avait peut-être déjà fait auparavant, songea Elisabeth, en proie à une violente sensation de nausée.

Où pourraient-ils se réfugier ? De ses parents, qui avaient toujours pris le parti de Simon, elle n'obtiendrait aucune aide, du moins tant qu'elle n'aurait pas prouvé que son mari était un dangereux maniaque. Mentalement, Elisabeth passa en revue leurs amis londoniens. En vain. Elle ne se voyait pas débarquer en pleine nuit chez des gens qu'elle connaissait à peine. Or de véritables amis, elle n'en avait pas. En désespoir de cause, elle se remémora des articles qu'elle avait lus, dans lesquels il était question de foyers réservés aux femmes battues et maltraitées par leur mari. Cette nuit, ils iraient dormir à l'hôtel ; Elisabeth avait un peu d'argent sur elle. Elle donnerait un faux nom. Et demain à la première heure, elle essaierait d'entrer en contact avec l'un de ces foyers. Il faudrait faire vite, car Simon se lancerait certainement à leurs trousses.

Sur le siège arrière, Emma pleurnichait et se lamentait, tandis que Gilles dormait. Il allait falloir le faire examiner par un médecin... mais pas par leur médecin de famille, bien sûr.

Les pensées d'Elisabeth se bousculaient dans sa tête. A ses résolutions pour l'avenir se mêlaient les reproches. Comment avait-elle pu ne pas se douter que Simon s'en prendrait à leur fils ? Pourvu qu'il ne soit pas trop tard, que Gilles soit indemne...

13

Grâce aux bons offices du colonel Whitegate, Miles, à sa sortie d'Oxford, put poursuivre ses études de droit. Ne connaissant personne dans le milieu, ne pouvant se prévaloir d'aucun appui particulier, il mit plus d'un an avant de trouver sa place.

Pour y arriver, il dut travailler comme un forçat, de nuit comme de jour. Contrairement à la plupart de ses camarades étudiants, Miles ne pouvait compter sur l'argent de sa famille pour le faire vivre. Il travaillait comme barman dans un club privé des quartiers chic du West End lorsqu'il apprit au détour d'une conversation qu'une agence d'intérim recrutait de jeunes hommes bien sous tous rapports pour escorter certaines de ses clientes.

— Il s'agit d'un travail déclaré et tout ce qu'il y a de plus régulier, lui affirma son informateur. L'agence elle-même est sérieuse, mais rien ne t'empêche, bien sûr, de traiter directement avec les clientes pour les services ne faisant pas partie de tes attributions.

— Le salaire est correct ?

— Plus que correct ! Et le smoking est fourni gratuitement.

— Qu'est-ce que tu fais derrière ce comptoir, dans ce cas ?

— Je me suis fait surprendre par le mari d'une cliente, qui s'est aussitôt plaint à l'agence. J'ai été viré sur-le-champ.

Jouer les jolis cœurs auprès de vieilles rombières n'avait rien de très réjouissant, mais le salaire, lui, était attrayant. Or Miles n'oubliait pas qu'il allait devoir s'acheter de nouveaux livres et que bientôt il lui faudrait déménager, son colocataire étant sur le point de se marier.

Sans grand enthousiasme, il passa un coup de fil à l'agence et prit rendez-vous pour un entretien d'embauche.

Marilyn Vernont avait fondé son agence lorsqu'elle s'était rendu compte que la libération des mœurs avait valu à beaucoup de ses compagnes de se retrouver sur la touche au bout de dix ou vingt ans de mariage. Ces laissées-pour-compte, qui pour la plupart frisaient la quarantaine, voulaient malgré tout profiter de la vie et s'amuser, mais, conditionnées par la pression sociale et par leur éducation, il leur semblait inconcevable de sortir sans un homme pour les accompagner.

Avant tout, Marilyn tenait à la bonne moralité de son agence, qui n'était en aucun cas un club de rencontres. Les jeunes gens qu'elle employait pouvaient, en privé, faire ce qu'ils voulaient avec leurs clientes, mais leurs arrangements devaient impérativement rester officieux.

D'entrée de jeu, Miles French lui parut se distinguer des candidats qu'elle recevait d'habitude, tous fils de bonne famille mais sans le sou. Il semblait doté d'une force de caractère surprenante chez un garçon de son âge, et il montrait tant d'aisance, un tel aplomb, qu'elle fut intriguée. Elle lui fit subir l'interrogatoire d'usage. Miles répondit sans détour à toutes ses questions. Elle ne put cacher sa surprise lorsqu'il lui dit qu'il étudiait le droit, mais il devança ses objections en ajoutant que puisque son agence était sérieuse, il n'avait aucune raison de ne pas travailler pour elle.

— Le salaire est plus élevé que celui que je gagne comme barman. Et comme il se trouve justement que j'ai besoin d'argent…

Elle le prit à l'essai, et le chargea d'accompagner une cliente à l'opéra. Lady Pamela Dulwich était sans doute la plus riche et la plus exigeante de toutes ses clientes. A quarante-cinq ans, c'était une de ces femmes du monde cultivées et d'un snobisme insupportable qui s'imaginaient que tout leur était dû, et qui affichaient un penchant marqué pour les jeunes hommes séduisants.

Marilyn savait à l'avance quelle sorte de proposition lady Pamela soumettrait à Miles. Et en réalité, elle cherchait moins à juger de ses qualités d'homme de compagnie qu'à mettre à l'épreuve sa probité. S'il acceptait, il n'avait rien à faire dans son agence. Un arrangement discret pouvait à la rigueur se concevoir, mais la prostitution pure et simple était inadmissible.

Lorsqu'il lui téléphona, le lendemain, pour lui expliquer calmement qu'ils s'étaient sans doute mal compris car il n'était pas disposé à rendre le genre de service que lady Pamela lui avait demandé, Marilyn ne sut que penser.

En tout état de cause, elle l'engagea, et n'eut pas à le regretter. Au fil des mois, Miles, qui n'avait accepté cet emploi que par nécessité, se prit réellement au jeu, devenant l'ami et le complice des femmes avec lesquelles il était payé pour sortir.

Les clientes lui faisaient rarement des avances, se doutant probablement qu'elles perdraient leur temps. L'impression d'autorité qui émanait de toute sa personne suffisait généralement à les dissuader de le considérer comme une simple marchandise.

L'une de ses clientes préférées était lady Ridley, qui avait dans sa jeunesse sacrifié une brillante carrière de chanteuse d'opéra pour se consacrer à son mari et à ses enfants. Septuagénaire, elle affirmait qu'à son âge elle pouvait se permettre de sortir en compagnie d'un beau jeune homme sans faire jaser pour autant. Miles appréciait sa vivacité d'esprit, son humour et sa philosophie de la vie qui témoignait d'une profonde sagesse. De son côté, elle aimait beaucoup Miles, qu'elle considérait presque comme son petit-fils — sa fille unique vivant en Australie, la vieille dame se sentait souvent seule. Sa filleule lui rendait visite régulièrement, mais Miles ne la connaissait pas.

Cependant, il avait souvent entendu parler d'elle. Amanda Courant s'était mariée jeune, quasiment à sa sortie du lycée. Fille unique d'un noble écossais extrêmement riche et passablement excentrique, elle avait épousé l'un de ses cousins, conformément aux vœux de son père.

« Hamish s'imaginait que parce qu'ils avaient tous les deux

du sang Stuart, ils engendreraient un second prince Charles Edouard », disait souvent la vieille dame.

Miles n'ignorait pas que le père d'Amanda vouait aux Stuart un véritable culte, et que, sa fortune aidant, on ne lui tenait généralement pas rigueur de ses divagations. Il savait aussi qu'Amanda n'avait jamais été heureuse en ménage. Son cousin l'avait épousée par nécessité, mais apparemment, il en aimait une autre.

— Ils n'ont jamais eu d'enfant. En fait, je ne suis même pas sûre que le mariage ait été consommé. Naturellement, Hamish considère que tout est la faute d'Amanda. Elle vit à Londres, à présent, grâce au petit héritage que lui a légué sa mère. Mais elle refuse de sortir. A force d'entendre son père lui répéter qu'elle n'était bonne à rien, elle a fini par le croire. Il faudrait qu'elle se remarie, mais si elle n'essaie pas de rencontrer des gens, elle risque d'attendre longtemps ! J'aimerais que vous vous occupiez d'elle, Miles. Je vous paierai, bien entendu.

— Vous voudriez lui faire croire que je…

— Oh, non, rassurez-vous ! Je n'ai pas l'intention de berner Amanda. D'ailleurs, elle souffre d'un tel manque de confiance en soi que pas un instant elle n'imaginerait qu'un beau jeune homme comme vous puisse vraiment s'intéresser à elle… Mais je suis sa marraine et il est de mon devoir de l'aider. Il faut qu'elle sorte, Miles, qu'elle se fasse des amis et tourne le dos au passé.

En fin de compte, il accepta d'accompagner Amanda à une soirée mondaine.

L'idée qu'il se faisait d'elle, physiquement, était assez floue. Il fut cependant très étonné de découvrir que la jeune femme qui lui ouvrait la porte du loft de Chelsea était une beauté brune au visage de madone. L'inquiétude qu'il lut dans ses grands yeux dorés corroborait le jugement de lady Ridley : Amanda souffrait à l'évidence d'un terrible manque de confiance en soi. Sa nervosité se percevait jusque dans sa voix, qu'elle rendait rauque. Et Miles sentait qu'il suffirait de peu pour qu'Amanda se dérobât et décidât de rester chez elle.

Le taxi les attendait, mais lorsque Miles voulut lui offrir son bras, elle s'esquiva. A l'intérieur du véhicule, assis à côté d'elle, il put l'observer d'un peu plus près et constater qu'elle semblait plus proche de vingt-cinq ans que de trente-cinq.

La soirée fut un échec. Chaque fois qu'un homme faisait mine de l'approcher, Amanda se mettait à trembler. Miles voyait à son regard qu'elle ne supportait pas de penser qu'il avait été payé pour lui tenir compagnie. Il essaya à plusieurs reprises de nouer la conversation, mais en dehors de « oui » ou « non », il ne put rien tirer d'elle. Elle avait manifestement hâte de rentrer.

Dans le taxi, pendant le trajet du retour, elle se réfugia à l'autre extrémité de la banquette, raide comme un piquet et le regard fixe. Miles songea avec regret que lady Ridley allait être déçue. Comment aurait-il pu lui cacher que la soirée avait été catastrophique ?

Un peu plus tard, en sortant de la voiture, Amanda accrocha son talon et perdit l'équilibre. Instinctivement, Miles la rattrapa par la taille, sans aucune arrière-pensée, simplement pour l'empêcher de tomber. Mais elle réagit avec une telle vivacité qu'il la lâcha immédiatement.

Dans le taxi qui le ramenait chez lui, il sentit la colère monter en lui. Il avait parfois honte d'être un homme. C'était la seconde fois de sa vie qu'il rencontrait une femme aussi farouche et vulnérable, irrémédiablement détruite par l'un de ses congénères. Il y avait eu cette fille, à Oxford, et maintenant Amanda...

Comme il s'y attendait, il ne fut plus prié de tenir compagnie à Amanda. Lady Ridley souffrait régulièrement de crises d'arthrite qui la clouaient au lit, et de temps à autre, Miles allait lui rendre visite. Lorsqu'elle se tracassait pour sa filleule, il s'abstenait de tout commentaire.

— J'ai trouvé l'homme qu'il lui faut, déclara un jour la vieille dame. Un ministre, veuf avec deux enfants. Il a été élevé en Ecosse, comme Amanda. Je suis sûre qu'il est fait pour elle, Miles, mais comment pourrais-je le lui présenter ?

Incapable de lui fournir une réponse satisfaisante, il se leva et prit congé.

Quelque temps plus tard, il eut la surprise de rencontrer

Amanda lors d'une réception très huppée, à laquelle il avait accompagné une actrice de télévision.

Il s'attendait si peu à la voir en pareil endroit que pendant près d'une minute il ne put détacher les yeux de sa personne. Elle finit par regarder dans sa direction. Aussitôt, son visage s'empourpra, mais Miles n'aurait pu dire si c'était sous l'effet de la colère ou de la confusion. Elle avait un teint délicat, très clair, et en la voyant rougir ainsi, il eut soudain envie de caresser sa peau. Ce n'était pas la première fois qu'il éprouvait ce genre d'émoi, mais si jusque-là il avait toujours su faire face, cette fois il se laissa prendre au dépourvu et resta un long moment à contempler le profil de camée de la jeune femme, comme hypnotisé. Il reconnut le pincement familier de l'excitation, tandis que son sang se mettait à circuler plus vite dans ses veines.

Que lui arrivait-il ? s'étonna-t-il en se passant une main dans les cheveux. Pourquoi se mettait-il dans des états pareils pour une femme qu'il n'avait vue qu'une fois ?

Il passa le reste de la soirée à éviter tout contact avec elle, ne serait-ce que visuel. Il n'y avait pas de place dans sa vie pour une femme en ce moment. Sa carrière passait avant tout le reste. S'il voulait réussir, il devait travailler, s'acharner, se concentrer exclusivement sur la poursuite de son objectif. Or, d'après ce qu'il savait d'elle, Amanda Courant n'était pas le genre de femme à se satisfaire d'une relation purement charnelle, d'une aventure sans lendemain, sans engagement de part et d'autre, simplement au nom d'un plaisir partagé. Miles avait pour principe de ne jamais nouer une liaison avec une femme qui attendait de lui plus qu'il n'était disposé à donner. Jusque-là, cela ne lui avait posé aucun problème.

Depuis son départ d'Oxford, il avait eu six ou sept compagnes, et gardait de chacune d'elles un excellent souvenir. Pour lui, l'attrait physique ne suffisait pas ; pour désirer une femme, il fallait qu'il l'estime et qu'il l'admire.

Il représentait le compagnon idéal, bien qu'il n'en fût pas conscient. Très séduisant, viril et tendre à la fois, Miles était en outre le plus expert et le plus attentionné des amants, et en société le plus brillant et le plus spirituel des chevaliers servants. Les femmes l'appréciaient d'autant plus qu'il ne sous-estimait jamais leur intelligence.

En cet instant, il songeait à Amanda, déplorant qu'elle redoute à ce point les hommes. Elle lui faisait penser à une œuvre d'art délicate qu'on aurait malmenée. Si seulement il avait pu lui montrer qu'entre un homme et une femme il existait des relations moins destructrices que celle qu'elle avait connue...

Avant de partir, il s'autorisa à la contempler une dernière fois. La femme qu'il avait accompagnée venait de lui signifier discrètement qu'elle n'avait plus besoin de ses services. Elle flirtait avec un producteur de cinéma que Miles connaissait de vue. Amanda, pour sa part, semblait en très mauvaise posture. Une espèce d'armoire à glace s'était campé devant elle, espérant visiblement l'impressionner. Miles se trouvait à l'autre extrémité de la salle mais, malgré la distance, il avait l'impression de percevoir sa peur. Tout en sachant qu'elle n'apprécierait sans doute pas son intervention, il décida d'aller voir d'un peu plus près de quoi il retournait.

Lorsqu'il s'approcha, il crut discerner dans les yeux d'Amanda une étincelle de reconnaissance. L'armoire à glace le foudroya du regard, apparemment peu disposé à lui abandonner sa proie, mais Miles fit comme si de rien n'était. Il fut lui-même très étonné de s'entendre déclarer d'un ton posé :

— Je croyais que vous vouliez rentrer tôt !

Le soulagement se peignit un bref instant sur le visage d'Amanda. Ce fut une expression si fugitive que Miles se demanda cependant s'il ne s'agissait pas plutôt d'étonnement. Quoi qu'il en soit, elle saisit la perche qu'il lui tendait. Contournant le mastodonte visiblement furieux, elle le rejoignit et ils quittèrent la salle sans prononcer une parole. Miles fit signe au premier taxi qu'il aperçut et s'empressa d'ouvrir la portière à Amanda.

Contre toute attente, lorsque le taxi les eut déposés devant chez elle, elle le pria d'entrer. Elle était si nerveuse, si tendue que ses gestes rappelaient ceux d'un automate. Miles, qui ne cessait de s'interroger sur les raisons qui l'avaient poussée à l'inviter, alors que de toute évidence elle n'aspirait qu'à le voir s'en aller, ne voulut rien boire. Elle se servit quelque chose, faillit renverser la bouteille, puis reposa son verre sans même y avoir trempé les lèvres.

Le loft qu'elle occupait ne lui appartenait pas ; elle le louait, avait confié lady Ridley à Miles. L'ameublement et le décor contemporain de l'appartement cadraient mal avec la personnalité d'Amanda telle qu'il l'imaginait. Elle appartenait bel et bien à une autre époque, songea Miles en repensant à ce que lady Ridley lui avait raconté. Il la voyait drapée dans de longues robes de velours et de brocart, héritière tragique des Stuart…

Elle prit son verre et Miles changea de position, de plus en plus mal à l'aise, partagé entre le douloureux sentiment de pitié que lui inspirait la méfiance pathologique de la jeune femme et la colère qu'il éprouvait vis-à-vis de lui-même. En cet instant, il aurait donné n'importe quoi pour être ailleurs.

Amanda, qui lui tournait le dos, fit brusquement volte-face, le visage en feu.

— Autant en finir tout de suite, vous ne croyez pas ? demanda-t-elle d'un ton chargé d'amertume. Après quoi vous pourrez informer ma marraine que vous avez accompli la mission dont elle vous avait chargé. Quel effet cela fait-il d'être payé pour coucher avec des laissées-pour-compte ?

Ses yeux brillaient comme des agates, puis Miles les vit s'emplir de larmes.

N'écoutant que son cœur, il se leva et fit un pas vers elle.

— Est-ce vraiment ce que vous pensez ? Que votre marraine m'a payé pour coucher avec vous ?

— Ça vous étonne ? lança-t-elle d'un air de défi. C'est pourtant bien votre… métier, non ?

Son arrogance, son ton agressif masquaient une profonde souffrance, dont Miles discernait les stigmates sur son beau visage.

— J'espère qu'elle vous paie bien, parce que…

Comme Miles s'avançait pour tenter de l'apaiser, elle repoussa la main qu'il lui tendait avec la dernière énergie et se détourna, parcourue d'un violent frisson. Il comprit soudain quel torturant combat se livrait en elle.

Il en resta interdit. Amanda se dissimulait derrière sa hargne et son amertume comme on se cache derrière un bouclier. Mais l'éclat fiévreux qui brillait dans ses yeux trahissait son émoi. Elle luttait désespérément contre le désir qu'il lui inspirait.

Les mains de Miles se refermèrent sur les fins poignets de la jeune femme.

— Mettons-nous bien d'accord, déclara-t-il d'un ton grave. Je ne couche jamais avec une femme sur commande. Personne ne me paie pour le faire.

— Mais vous avez été payé pour m'accompagner à cette soirée…

— Pour vous y accompagner, oui, mais seulement pour ça ! L'opinion que vous avez de moi est-elle donc si mauvaise que vous me croyez capable de me prostituer ?

Lui lâchant les poignets, il la prit par les épaules et l'obligea à affronter son regard. Elle lui parut alors si fragile qu'il dut se retenir pour ne pas l'attirer dans ses bras. En la sentant frémir de nouveau, une flambée de désir lui incendia les reins. En voyant la panique et l'incrédulité se refléter dans les yeux d'Amanda, il comprit qu'elle s'était rendu compte de l'effet qu'elle produisait sur lui.

— J'ai envie de faire l'amour avec vous, avoua-t-il d'une voix sourde.

— Je ne vous crois pas…

Elle avait prononcé ces mots d'une voix presque inaudible, mais il perçut cependant dans son intonation une note d'espoir.

— Pourquoi ? Parce que votre mari, lui, ne vous désirait pas ?

Les lèvres d'Amanda tremblèrent comme si elle allait se mettre à pleurer. Et Miles fut submergé par l'irrésistible mélange de désir et compassion que la jeune femme lui inspirait. Il brûlait de la serrer contre lui, de goûter sa bouche. Mais il craignait de l'effaroucher, de la voir s'écarter, blessée et perdue. Alors il pencha la tête et resta sans bouger, tout contre elle, son souffle mêlé au sien. Pendant un long moment, Amanda demeura inerte, puis, sous l'effet de la tension accumulée, des frissons se mirent à courir sur sa peau tandis qu'elle levait timidement la tête, et que ses lèvres inexpérimentées se pressaient contre celles de Miles.

Elle était plus innocente qu'une jeune fille de dix-sept ans, songea Miles, la gorge nouée par l'émotion. Il voulait lui donner tout ce qu'elle n'avait jamais eu, lui offrir des trésors d'extase et de volupté.

Il s'écarta légèrement pour plonger son regard dans celui d'Amanda et scruter son visage blême.

— J'ai envie de vous… Maintenant.

L'espace d'un instant, d'un redoutable instant, il crut qu'elle allait se dérober. Elle luttait visiblement contre la panique, contre sa peur irraisonnée. Mais elle parvint à se ressaisir et le regarda avec méfiance et incertitude, comme un animal plus habitué à recevoir des coups que des caresses.

— Je… je… n'ai jamais eu d'amant, murmura-t-elle, le souffle court, le visage empourpré. Mon mari…

Elle s'était détournée, craignant de lui dévoiler le fond de sa pensée, mais il devinait ce qu'elle avait en tête.

Esquissant un sourire plein d'amertume, elle ajouta :

— Ça vous étonne, n'est-ce pas ? Une femme de mon âge encore… vierge et pure comme au jour de sa naissance, une femme si insignifiante qu'elle n'a pas été capable d'attirer un homme dans son lit et…

Miles lui posa un doigt sur les lèvres.

— Je me moque complètement que vous ayez connu cent hommes avant moi ou aucun ! rétorqua-t-il avec une violence surprenante. Je vous désire plus qu'aucune femme au monde, et si je m'écoutais, je vous ferais l'amour ici, sur ce tapis !

Il lui prit la main pour l'attirer de nouveau à lui, et elle rougit jusqu'à la racine des cheveux en laissant échapper une plainte sauvage, pareille à un feulement. Miles la souleva alors dans ses bras, et l'emporta hors du salon.

La chambre était meublée dans le même style épuré que le reste de l'appartement. C'était dans un lit à baldaquin qu'il devrait lui faire l'amour ! songea-t-il distraitement en la déshabillant avec des gestes impatients avant de se dévêtir à son tour.

Elle tressaillit en le voyant nu, et il comprit sans qu'elle eût besoin de lui dire qu'elle était terrorisée. Ce qu'elle craignait surtout, c'était sans doute de lui abandonner de son plein gré le plus intime d'elle-même, de s'engager dans une situation qu'elle ne pourrait pas contrôler. Car plus encore peut-être que la possession physique, Amanda, de toute évidence, redoutait son propre désir. Miles rabattit sur eux deux le couvre-lit et se mit à la caresser doucement, jusqu'à sentir son corps s'embraser sous ses doigts, tendu et électrisé par ses effleurements délicats, sensible au moindre contact.

Il aurait voulu lui faire rattraper le temps perdu, effacer en une nuit les frustrations et les humiliations du passé. Mais il réprima l'envie qui le tenaillait de se jeter sur elle et de la tourmenter de ses lèvres et de sa langue jusqu'à ce que son corps frêle vibre de ce même désir incontrôlable qui dominait le sien, jusqu'à lui arracher des gémissements de plaisir. Au lieu de cela, il posa ses paumes sur l'arrondi des seins menus tandis que de sa bouche, avec une lenteur calculée, il cheminait des épaules à la base du cou, s'attardant sur la petite veine qui palpitait au creux de sa gorge. Lorsque le sillon brûlant qu'il traçait sur la peau de sa compagne atteignit la vallée qui séparait ses seins, elle se mit à gémir doucement.

Sa main glissa sur la hanche d'Amanda, puis à l'intérieur de ses cuisses. Comme elle ouvrait la bouche pour protester, il lui imposa le silence en plaquant les lèvres sur les siennes, sa langue agaçant et attisant le frisson au même rythme que les doigts qui la caressaient intimement.

Elle se laissait aller, mais il la sentait encore trop tendue, trop anxieuse. Or Miles pensait avant tout à elle ; il aurait tout le temps plus tard de l'amener à lui rendre les caresses qu'il lui prodiguait. Peu à peu, elle commença à réagir, se cambrant imperceptiblement à la rencontre de ses doigts. Il s'empara alors de sa bouche en un baiser avide, vorace, exigeant.

Elle ne fut bientôt plus qu'un brasier ardent, tous ses sens exacerbés exigeant d'être assouvis. Poursuivant sa lente exploration érotique, Miles laissa sa bouche dériver de ses seins à son ventre pour se glisser entre ses cuisses. Comme il s'y attendait, Amanda chercha à se dérober, mais il avait su attendre le moment opportun et eut bientôt raison de ses pudeurs farouches.

Incapable de se contrôler davantage, galvanisé par les gémissements rauques d'Amanda et les spasmes de plaisir qui tétanisaient tous ses muscles, Miles entra en elle et s'abandonna très vite afin de rendre cette première étreinte la moins douloureuse possible.

Plus tard, il lui fit l'amour avec dévotion, ne cessant d'aller et venir en elle jusqu'à ce qu'Amanda hurle son plaisir…

Ils furent amants pendant six mois. Puis, un jour, sans préavis, Amanda lui annonça qu'elle était amoureuse d'un autre homme, qu'elle lui présenta quelques semaines plus tard, lors d'une réception. Miles ne fut pas surpris de découvrir que son rival était le ministre dont lady Ridley lui avait parlé.

Amanda ne l'aimant pas, il avait toujours su que leur relation ne durerait pas éternellement. Il eut cependant beaucoup de mal à renoncer à elle.

Mais les examens approchaient et Miles trouva de quoi s'occuper l'esprit. Puis il reçut un coup de téléphone de l'ordonnance du colonel Whitegate, qui lui apprit que le colonel avait fait une mauvaise chute. Accouru immédiatement à son chevet, Miles fut consterné de voir à quel point son bienfaiteur avait vieilli en l'espace de quelques mois.

— Si ce n'était que la jambe ! maugréa le colonel. Mais il y a cette saloperie qui me ronge de l'intérieur. Je n'en ai plus pour longtemps. Si on m'avait dit que je crèverais dans un lit d'hôpital…

Miles comprit que lui seul pouvait venir en aide au colonel, dont l'unique parent était un cousin éloigné. Il fit en sorte que le vieil homme puisse rentrer chez lui, engageant et payant les infirmières qui se relayaient à son chevet jour et nuit. Lorsque l'état du colonel devint critique, Miles s'arrangea pour prendre des congés afin de passer auprès de lui les quelques jours qui lui restaient à vivre.

Miles venait de fêter ses vingt-six ans lorsque le colonel Whitegate s'éteignit. Avant de mourir, il murmura le prénom d'une femme, et une lueur de tendresse s'alluma au fond de ses yeux. Puis son regard se voila et il émit une sorte de râle.

Au bout d'un long moment, Miles émergea de sa torpeur et se rendit compte qu'il pleurait.

Il avait perdu son seul véritable ami, cet homme auquel il devait tant, ce héros méconnu, ce modèle de générosité et de discrétion qui lui avait légué tous ses biens — comme Miles eut la surprise de le découvrir le lendemain de sa mort — en dehors de la maison et des terres qui revenaient de droit à son cousin.

Conformément aux vœux du colonel, Miles acheta à son ordonnance un petit cottage dans le village où vivait sa sœur, et lui versa une rente annuelle. Il lui resta assez d'argent pour s'offrir une maison, ainsi que sa première voiture. Il décida de garder précieusement la caisse de vieux porto que lui avait laissée le colonel. Le soir de l'enterrement, cependant, il en avait ouvert une bouteille qu'il avait partagée avec l'ordonnance du colonel. S'il l'avait vu, le vieil homme n'aurait certainement pas désavoué son geste…

A force de travail et de volonté, Miles gravit rapidement les échelons, jusqu'à devenir l'un des meilleurs avocats du pays. L'année où il fut nommé avocat de la Couronne, il reçut une visite inopinée à son cabinet du palais de justice.

Il la reconnut immédiatement bien qu'elle eût donné au clerc un faux nom. Elle n'avait pas tellement changé et restait une très belle femme.

— Amanda ! Quelle surprise !

Il alla à sa rencontre et l'embrassa sur les deux joues. Puis, remarquant son air préoccupé et les rides d'expression autour de sa bouche, il demanda :

— Que se passe-t-il ? Tu as des ennuis ?

— Miles, j'ai besoin de ton aide, dit-elle en tripotant nerveusement son alliance. Il s'agit de ma belle-fille. Je viens de découvrir qu'elle est impliquée dans un trafic de drogue. Gordon, mon mari, a appris par un ami travaillant à Scotland Yard que Sophie convoyait la marchandise. Elle se trouve actuellement au Brésil et s'apprête à regagner l'Angleterre, en faisant escale à Paris. Elle a déjà réservé son vol, mais nous n'arrivons pas à entrer en contact avec elle pour la prévenir. Une fois qu'elle aura embarqué…

— Pourquoi t'adresses-tu à moi ?

Amanda esquissa un pâle sourire.

— Je suis au courant de ce que tu fais pour les jeunes drogués, et…

Plusieurs articles avaient été consacrés à Miles à la suite de son admission au sein du cercle très fermé des avocats de la Couronne. L'un d'eux avait paru dans l'un des hebdomadaires à grand tirage paraissant le samedi. Il se souvenait que la jeune journaliste qui l'avait interviewé lui avait reproché d'appartenir à l'*establishment* et de vivre en dehors des réalités. Elle était revenue sur ses positions lorsqu'elle avait appris qu'il œuvrait bénévolement en faveur des démunis, notamment dans le cadre d'une organisation qui venait en aide aux jeunes délinquants victimes de la drogue. Il ne s'agissait pas de protéger les trafiquants, qui ne trouvaient aucune grâce aux yeux de Miles, mais de remettre sur les rails les jeunes qui s'étaient fourvoyés.

A son expression méprisante, Amanda devina qu'il jugeait sévèrement les agissements de sa belle-fille. L'air piteux, elle ajouta :

— Oui, je sais, Sophie mérite d'être punie. Mais elle n'a que dix-huit ans, Miles, et elle s'est laissé influencer par ce garçon. Elle nous a toujours donné du fil à retordre, à son père et à moi… Je suis sûre qu'elle a agi ainsi par défi, par esprit de contradiction, sans vraiment se rendre compte ni des risques qu'elle fait courir aux autres, ni des peines dont elle est passible.

— Qu'attends-tu de moi, au juste ?

Miles fronçait les sourcils en se remémorant la dernière

affaire de drogue qu'il avait eue entre les mains. Grâce à lui, la jeune inculpée avait été relaxée, mais elle était morte peu de temps après d'une overdose. Il n'intercédait jamais qu'en faveur des personnes qu'il savait innocentes. Le sort des dealers, qui causaient délibérément des souffrances physiques et morales à leurs semblables, lui était complètement indifférent.

— Miles, il n'y a que toi qui puisses faire quelque chose, lança-t-elle comme on se jette à l'eau. Gordon, lui, est totalement impuissant. Ses fonctions de ministre…

Songeur, Miles hocha la tête. Il fixait Amanda et se sentait fléchir, touché par sa détresse. Il avait toujours éprouvé le besoin de protéger et de défendre le sexe faible. Au fil des années, cette tendance n'avait fait que s'accentuer. Incapable de refuser son aide à une femme dans le besoin, Miles savait déjà qu'il allait accepter de rendre ce service à Amanda.

Tandis qu'il la contemplait, il examinait une à une les différentes possibilités. Si la jeune fille avait réservé son vol, elle risquait de se faire cueillir par la police à son arrivée à Heathrow. Le seul moyen de la sauver était de la rejoindre en Amérique du Sud ou bien de l'arrêter d'une manière ou d'une autre au moment de l'escale à Paris.

— Nous ne pouvons même pas la joindre par téléphone, expliqua Amanda, éliminant d'office la première solution. Nous ne savons pas où la contacter au Brésil. Le seul élément en notre possession est le numéro de son vol de retour.

Il faudrait faire vite, pensa Miles. Si vite qu'il n'était pas sûr de réussir, et les risques étaient énormes. En fait, il s'agissait d'une entreprise complètement folle, et Miles en était parfaitement conscient. Mais lorsque, en souriant à travers ses larmes, Amanda le remercia, il se sentit tout gonflé d'importance, tel saint Georges à qui on venait de remettre l'épée.

Voilà à quoi le menait son stupide orgueil de mâle ! songea Miles un peu plus tard en appelant la présentatrice de la télévision avec laquelle il sortait en ce moment pour annuler le rendez-vous qu'ils avaient le soir même.

Une demi-heure plus tard, tout le monde savait au cabinet qu'il devait se rendre à Paris sans tarder pour consulter un collègue avocat sur un problème de droit international.

Il prit la précaution de téléphoner à l'avocat français qu'il connaissait là-bas et de l'inviter à déjeuner. Il lui soumettrait une affaire délicate de contrefaçon de vin français à laquelle il se trouvait confronté. Mieux valait tout prévoir... Les rouages de son cerveau fonctionnaient à plein rendement tandis qu'il préparait minutieusement son plan, dont l'invraisemblance lui paraissait pourtant de plus en plus patente.

Il s'envola pour Paris comme prévu, et si Jacques Premier fut quelque peu surpris d'être convié à déjeuner à 11 h 30, il n'en montra rien. Pendant tout le repas, ils débattirent longuement de diverses questions de droit international, puis Miles demanda l'addition. L'avocat français ne comprit pas très bien la finalité de ce déjeuner, mais il s'abstint de tout commentaire.

Miles fut de retour à l'aéroport quelques minutes avant l'arrivée du vol de Sophie. Par chance, il parlait assez bien le français, et l'hôtesse, à l'enregistrement, fit preuve d'une grande compréhension lorsqu'il lui eut expliqué qu'il profitait d'un voyage d'affaires à Paris pour intercepter sa nièce, qui revenait de Rio, afin de lui donner des nouvelles très alarmantes de la santé de son père.

L'hôtesse qui escortait Sophie semblait plus intéressée par Miles que par la jeune fille débraillée et maussade qui se tenait à côté d'elle. Que n'aurait-elle donné pour avoir un oncle aussi sexy ! songeait-elle avec envie en lui confiant sa protégée.

— Vous n'êtes pas mon oncle ! protesta Sophie dès qu'ils furent seuls.

Miles s'était empressé de l'entraîner à l'écart. Elle portait un jean délavé et un T-shirt qui avait vu de meilleurs jours, et elle traînait derrière elle un sac à dos. Sous son air bravache et méfiant à la fois, Miles la sentait tendue, sur la défensive. Si elle avait peur, tant mieux ; sa tâche s'en trouverait facilitée.

— Nous ne pouvons pas parler ici, dit-il calmement. Venez.

Sur ces mots, il la prit par le bras et l'entraîna vers la sortie. Elle était si frêle qu'il n'aurait aucun mal à la contraindre par la force si elle refusait de le suivre, mais il espérait ne pas en arriver là.

— Donnez, je vais vous le porter...

Comme il lui prenait son sac à dos, Sophie le lui arracha des mains, pâle comme un linge. C'était donc vrai ! songea Miles avec lassitude. En dépit de tout, il avait espéré qu'Amanda se trompait.

— Qui êtes-vous, d'abord ? Et que me voulez-vous ? demanda-t-elle.

— Je suis un ami de vos parents. Et si je me trouve ici aujourd'hui, c'est pour vous éviter d'être arrêtée lors de votre arrivée à Heathrow.

Sur le coup, elle perdit contenance, mais elle se ressaisit presque instantanément.

— Arrêtée ? Et pour quel crime ? Le délit de jeunesse ?

— Pour trafic de drogue.

Elle détourna les yeux.

— Vous ne savez rien de moi et...

— Je sais tout, au contraire, et la police aussi. Sinon, pourquoi me serais-je déplacé ?

L'air renfrogné, Sophie écouta en silence ce qu'il avait à lui dire.

— Je ne vous crois pas ! lança-t-elle avec fougue. Si la police me soupçonnait réellement de me livrer au trafic de drogue, pourquoi ne m'a-t-elle pas arrêtée à Rio, avant l'embarquement ?

— Parce qu'elle espère cueillir en même temps votre contact londonien.

Sophie aurait eu bien besoin qu'on la secoue un peu, mais Miles s'efforçait de garder son calme. Cette satanée gamine ne se rendait absolument pas compte de la gravité de ses actes. Elle se conduisait comme une enfant gâtée qui avait décidé de faire un pied de nez à sa famille, quitte à saccager la carrière de son père et la tranquillité d'esprit de sa belle-mère.

— Votre petit ami a été arrêté, annonça-t-il sans ambages.

— Joachim ? C'est impossible, il est bien trop malin...

— Vraiment ? En tout cas, vous avez eu tort de lui faire

confiance. Il ne vous aime pas, Sophie ; il se sert de vous, tout comme on se sert de lui. Le trafic de drogue n'est peut-être pour vous qu'un jeu excitant et dangereux, mais pour d'autres, il est un moyen de gagner de l'argent. Beaucoup d'argent. Etes-vous vous-même consommatrice ?

Elle secoua la tête en levant les yeux au ciel.

— Vous me prenez pour une idiote ?

— Si vous connaissez les effets pervers de la drogue, pourquoi acceptez-vous d'en convoyer ?

La flèche atteignit sa cible. En voyant Sophie blêmir, Miles songea qu'elle était plus vulnérable qu'elle ne le laissait croire.

— Avez-vous déjà vu quelqu'un mourir d'une overdose ? reprit-il. Ce n'est pas une mort paisible, contrairement à ce que vous pourriez imaginer. Je n'ai aucune pitié pour les trafiquants de drogue, que je considère comme des meurtriers en puissance. Et ce n'est pas pour vous que je suis ici, si vous voulez le savoir.

L'adolescente effrontée et révoltée ressemblait à présent à une petite fille prise en faute, malade de peur à l'idée de ce qui l'attendait. Miles eut presque pitié d'elle.

— Vous ne pourrez pas m'empêcher de remonter dans l'avion, déclara-t-elle, l'air buté.

— Non, et je ne pourrai pas davantage empêcher les polices française et anglaise de vous mettre en état d'arrestation. Les dealers sont plutôt mal vus… En prison, vous risquez de passer un sale quart d'heure.

« En prison »… Le visage de Sophie se décomposa, et Miles en conçut un immense soulagement. Ce serait plus facile qu'il ne l'avait pensé. Elle n'était pas si insensible, en définitive.

En fin de compte, il réussit à la persuader de quitter avec lui l'aéroport. Une fois dans Paris, ils descendirent dans un petit hôtel discret où Miles réserva deux chambres. Là, elle lui remit son précieux chargement, qu'il détruisit avec soin.

Puis ils ressortirent et il lui acheta une tenue vestimentaire plus appropriée à la fille du député de Rochford que le jean et le T-shirt miteux qu'elle portait. Lorsqu'elle eut revêtu de mauvaise grâce l'uniforme bon chic bon genre des jeunes filles de bonne famille, Miles prit son passeport et ils retournèrent à l'aéroport.

Par chance, ils purent réserver deux places sur le premier vol British Airways en partance pour Londres. Incapable de rester en place, Sophie attendait avec impatience l'embarquement. Miles la sentait hostile. Apparemment, elle lui en voulait.

Vint enfin le moment de se rendre en salle d'embarquement. On les gratifia d'un regard soupçonneux, mais ils ne furent pas inquiétés. Avec sa jupe plissée et son T-shirt blanc, Sophie passait pour une adolescente sans histoires.

A Heathrow, leurs bagages furent entièrement fouillés et leurs passeports contrôlés avec soin. Livide, Sophie attendait, un peu en retrait, de pouvoir récupérer ses affaires. Miles espérait qu'à présent elle avait compris. Sans son intervention, elle n'aurait eu aucune chance de s'en tirer. A leurs têtes, il devina que les douaniers n'étaient pas dupes : ils savaient très bien ce qui s'était passé à Paris, mais ils n'avaient pas de preuves. Sophie ne transportant pas de drogue, aucune charge ne pouvait être retenue contre elle. Il n'empêche que Miles n'était pas très fier lorsque le douanier en chef, avant de les laisser passer, lui décocha un sourire ironique.

Ils prirent un taxi et Miles raccompagna Sophie chez elle. Elle bouda pendant tout le trajet, aussi fut-il bien aise de se débarrasser d'elle.

Les remerciements du père de la jeune fille le mirent au supplice, car n'eût été Amanda, il aurait refusé catégoriquement de déroger à ses principes moraux.

L'incident avait fait naître en lui un sentiment de culpabilité. Le colonel Whitegate aurait sûrement jugé sa conduite indigne, mais Miles s'était trouvé dans l'impossibilité de refuser ce service à Amanda. Il s'empressa donc de l'oublier, ou du moins de le reléguer au fin fond de sa conscience, là où on enfouit les souvenirs qui dérangent.

14

Au grand étonnement d'Isabelle, qui claironnait partout qu'elle ne s'attendait pas à une telle réussite, l'affaire que Pepper et elle lancèrent à leur sortie du collège démarra en flèche.

Avec son franc-parler habituel, Isabelle ne manquait jamais de préciser qu'elles devaient leur succès autant à l'ardeur au travail de Pepper qu'à l'influence de son propre père, qui leur avait amené de nombreux clients.

Dès le premier mois, il devint évident que des deux associées, Pepper était la plus dynamique. C'était elle qui se levait chaque jour à 4 heures du matin pour aller négocier au marché les meilleurs produits au meilleur prix. C'était elle également qui calculait minutieusement les budgets et les marges bénéficiaires. C'était encore elle qui tenait scrupuleusement à jour leur comptabilité, Isabelle ayant déclaré d'un ton enjoué que ce genre de corvée l'ennuyait à mourir.

C'était le père d'Isabelle qui, le premier, avait fait appel à leurs services, pour un déjeuner d'affaires à l'intention du conseil d'administration de la banque. Elles ne risquaient pas grand-chose : non seulement les convives étaient tous plus ou moins apparentés à Isabelle, mais en plus, ils l'avaient vue grandir. Pepper était cependant bien trop avisée pour ne pas savoir qu'elle avait intérêt à donner le meilleur d'elle-même si elle voulait ensuite bénéficier de précieux appuis. Elle n'ignorait pas que pour réussir dans la vie, les relations comptaient au moins autant que le savoir-faire. Avec tact, elle sut amener Isabelle à se surpasser et à préparer pour les dirigeants de la Kent un repas digne de ce nom.

Alastair Kent fut si impressionné qu'il confia à sa femme que ce repas était l'un des meilleurs qu'il eût savouré depuis longtemps, et qu'il avait rarement pu apprécier un service aussi efficace. Ce qu'il ne dit pas, c'était que les deux jeunes serveuses étaient de très jolies filles dont la vue ajoutait encore au plaisir des convives.

De son côté, Pepper avait retenu de l'époque où elle travaillait comme femme de chambre qu'un joli minois faisait oublier bien des maladresses. Forte de cette expérience, elle n'avait pas hésité à sélectionner sur le critère de la beauté les serveuses engagées pour l'occasion.

Isabelle avait objecté avec désinvolture qu'elles pouvaient tout aussi bien s'occuper elles-mêmes du service, mais Pepper avait fini par obtenir gain de cause. Contrairement à Isabelle, elle ne prenait pas son travail à la légère et tenait à donner de leurs services une image de sérieux et de professionnalisme.

En six mois, elles réussirent à se bâtir une telle réputation dans la City qu'Alastair Kent lui-même n'en revint pas. Il avoua à sa femme que le succès des deux jeunes associées le stupéfiait.

Dorothea ne se faisait aucune illusion. Sans Pepper, Isabelle n'aurait pas tenu plus d'une semaine. Et encore ! Quoi qu'il en soit, elle trouvait très agréable d'entendre chanter les louanges de sa fille, et quand Isabelle l'accompagnait à Smith's Lawn pour voir son père jouer au polo, Dorothea était très fière de pouvoir se vanter auprès de ses amies des exploits de sa progéniture.

Depuis son passage dans les régiments de la garde royale, Alastair était un passionné de polo. Ayant les moyens de s'offrir un passe-temps aussi coûteux, il faisait partie d'une équipe dirigée par le duc de Raincourt.

A plusieurs reprises, Pepper fut invitée à accompagner les Kent sur les prestigieux terrains de polo de Hurlingham ou de Windsor. D'un œil froid et souvent cynique, elle regardait jouer les richissimes bourgeois indéfectiblement attachés à leurs privilèges. Un jour viendrait où il leur faudrait pourtant admettre dans leurs rangs hommes d'affaires et industriels, à la tête non pas de vieilles fortunes mais d'empires financiers colossaux. Le polo était encore un sport réservé à l'élite, mais la richesse, l'argent qui permettait de le pratiquer, n'était plus l'apanage des seuls aristocrates.

Isabelle considérait ces sorties dominicales comme de véritables pensums. Elle suggéra même à Pepper de raconter à sa mère qu'elles avaient trop de travail et ne pouvaient se libérer, mais Pepper refusa net car, petit à petit, l'air de rien, elle agrandissait le cercle de ses relations et de ses connaissances, et commençait tout doucement à être acceptée et reconnue dans le milieu d'Isabelle.

Puis les événements s'accélérèrent, lui donnant une formidable impulsion qui lui permit de franchir plusieurs étapes à la fois. Isabelle rencontra un ancien officier de la garde royale dont elle tomba éperdument amoureuse.

Jeremy Forster incarnait aux yeux de Dorothea le gendre idéal : riche et reconnu, il était charmant, modérément intelligent, possédait à Londres une ravissante maison et dans l'entreprise de son père, agent de change renommé, une belle situation. Isabelle n'aurait pu trouver meilleur parti.

Les deux familles approuvèrent sans réserve cette union et jugèrent inutile de prolonger les fiançailles ; le mariage serait célébré à Noël. En attendant, il n'était évidemment plus question pour Isabelle de travailler. Eût-elle voulu continuer qu'elle n'en aurait de toute façon pas eu le temps.

Ce fut ce qu'elle expliqua à Pepper la semaine précédant l'annonce officielle de ses fiançailles. Sa défection ne prit pas Pepper au dépourvu. Elle s'attendait qu'un jour ou l'autre Isabelle la laisse tomber. Par ailleurs, elle estimait sa réputation suffisamment solide pour pouvoir se passer d'elle. Il lui suffirait d'engager quelqu'un pour l'aider, de préférence une fille issue du même milieu qu'Isabelle. Mentalement, Pepper commença à passer en revue ses connaissances, se demandant laquelle d'entre elles remplacerait le plus avantageusement Isabelle.

Quelques jours plus tard, elle reçut la visite de Neil Kent.

Elle le connaissait beaucoup mieux depuis qu'elle sortait avec Isabelle, et savait à présent que sous ses dehors d'ours mal léché, il dissimulait une grande timidité et une profonde sensibilité.

Neil ne manquait jamais de lui rendre visite lorsqu'il se trouvait à proximité de la petite maison de Chelsea qu'elle louait, mais d'habitude, il lui passait un coup de téléphone avant.

Il était plus de 11 heures du soir. Pepper venait de terminer ses comptes et s'apprêtait à dresser la liste des jeunes filles susceptibles de remplacer Isabelle. Elle avait besoin de s'occuper l'esprit. Le week-end précédent, elle était allée à Oxford et, comme toujours, elle en était revenue complètement déprimée.

En début de soirée, pour chasser la tension qui l'habitait, elle s'était offert le luxe d'un long bain chaud et parfumé, puis avait enfilé un vieux peignoir dont elle aimait l'ampleur et le confort.

Neil n'était à ses yeux que le frère d'Isabelle. Elle l'aimait bien, mais n'éprouvait à son endroit aucune attirance physique. Elle n'en éprouvait pour aucun homme, d'ailleurs, mais avec Neil, elle ne ressentait pas le besoin de jouer à la femme sensuelle et libérée. Elle le fit entrer, en toute simplicité, sans rien montrer de l'étonnement que suscitait en elle cette visite surprise à une heure aussi tardive.

Pour une fois, la mise de Neil laissait quelque peu à désirer et son haleine empestait l'alcool. Il se laissa tomber sur le canapé, son teint cadavérique jurant sur le chintz vert émeraude qui seyait si bien à Pepper.

— Neil, tu ne te sens pas bien ? s'enquit-elle en fronçant les sourcils.

Il émit un grognement étouffé et enfouit son visage dans ses mains. L'air consterné, Pepper le considérait sans rien dire. Neil n'était pas le premier homme soûl qu'elle voyait ; ce qui la choquait, en revanche, c'était qu'il se fût présenté chez elle dans cet état, lui qui était la sobriété même. Son sérieux légendaire lui valait d'ailleurs souvent les brimades d'Isabelle.

— Il fallait que je te voie, confia-t-il d'une voix étouffée.

Pepper se sentit touchée par sa détresse. C'était la première fois de sa vie qu'elle ressentait de la compassion pour un homme. N'écoutant que son instinct, elle s'approcha et posa une main sur son épaule, surprise de le voir se crisper.

Soudain, elle eut l'impression que son sang se glaçait.

— Que se passe-t-il, Neil ? Qu'est-ce qui ne va pas ? Ce sont tes parents ? Tu t'es disputé avec Isabelle ?

— Non… non, rien de tout ça. C'est moi, Pepper ; je suis… follement amoureux de toi. Je ne sais plus quoi faire… Je pense à toi jour et nuit. Jamais je n'aurais cru que l'on puisse s'éprendre d'une femme à ce point. Si tu m'aimais, les choses seraient évidemment très différentes, mais je sais que ce n'est pas le cas.

Pepper ne sut que répondre. En voyant ses épaules se soulever, elle comprit que Neil avait le plus grand mal à se dominer.

— Je sais que tu ne me considéreras jamais que comme le frère d'Isabelle, poursuivit-il d'un ton chargé d'amertume, mais mon désir pour toi me rend fou.

Il s'interrompit un instant et esquissa un sourire sans joie.

— Il fallait que cela tombe sur *moi* ! Moi qui me croyais à l'abri des problèmes de cœur ! Quelle ironie ! Il suffit que je pense à toi deux secondes pour qu'aussitôt je me mette à trembler de désir. Je ne me reconnais plus.

Pepper sentit son front se couvrir de sueur tandis qu'elle mesurait toute l'horreur de la situation. Des images enfouies au plus profond de son esprit resurgirent soudain. Elle aurait voulu se boucher les oreilles, s'empêcher de penser. Il fallait qu'il s'en aille. Elle ferait comme si de rien n'était, s'empresserait de tirer un trait sur l'incident.

A cet instant, il leva la tête et la fixa de ses yeux noyés de larmes. A cette supplique muette, Pepper répondit par un long frémissement. Neil attendait qu'elle lui ouvre son lit, qu'elle l'invite à passer la nuit avec elle…

Dans un moment de panique, Pepper faillit s'enfuir en hurlant. S'il ne partait pas tout de suite, elle ne répondait plus de rien !

— Non ! s'écria-t-elle. Je t'interdis de parler de moi de cette façon ! Je suis l'amie d'Isabelle et…

Les mots jaillissaient d'eux-mêmes, des paroles sans suite dictées par la peur qui l'emprisonnait tel un étau. Pepper avait beau se dire que Neil ne constituait pas vraiment une menace, qu'il était incapable de faire du mal à une mouche, elle ne pouvait s'empêcher de penser qu'il était un homme. Or pour rien au monde elle ne voulait revivre ce qu'un autre homme lui avait fait subir. Elle devait s'éloigner à tout prix, s'enfermer dans sa chambre…

— Pepper, je t'en supplie… J'ai tellement envie de toi. Ecoute-moi, je t'en prie !

Il l'attrapa par le bras. Elle se figea, paralysée par la peur et le dégoût. Un cri de terreur monta dans sa gorge mais aucun son ne sortit de sa bouche.

— Pepper, qu'y a-t-il ?

La sonnette de la porte d'entrée déchira le silence oppressant. Neil la lâcha aussitôt, et Pepper recouvra instantanément son sang-froid.

Parfaitement maîtresse d'elle-même, elle alla ouvrir.

— Salut ! Je viens de déposer Jeremy à son club et j'ai pensé te rendre une petite visite avant de rentrer. Mais peut-être étais-tu sur le point de te coucher ?

La confrontation était inévitable. Et tout aussi inévitable était la réaction d'Isabelle, dont le regard passait alternativement de son frère à Pepper.

— Oh, mon Dieu ! J'ai l'impression de gêner, je me trompe ? Si j'avais pu me douter…

— Neil est juste venu bavarder un moment, coupa Pepper d'un ton résolu.

Isabelle n'en crut pas un mot. Elle leur décocha un grand sourire.

— Pas de problème, je suis large d'esprit ! déclara-t-elle avec un clin d'œil complice. Mais ça fait combien de temps ? Je ne m'étais rendu compte de rien… Pepper, espèce de cachottière, pourquoi ne m'as-tu rien dit ? C'est du sérieux ?

— Tu te fais des idées, Isabelle. Je te répète que Neil est passé par hasard, exactement comme toi.

Mais il n'y eut pas moyen de convaincre Isabelle. Elle n'en démordrait pas, songea Pepper, résignée, lorsque le frère et la sœur se levèrent pour partir.

Dans l'entrée, Isabelle se tourna vers elle et lui murmura dans le creux de l'oreille :

— Pardonne-moi, ma vieille. Je ne pensais pas te gâcher ta soirée. Neil est tellement vieux jeu qu'il n'ose pas rester, de peur de me donner le mauvais exemple.

Elle pouffa et ajouta :

— S'il savait, le pauvre…

Il eût été vain d'espérer qu'Isabelle gardât ses conclusions pour elle. Telle qu'elle la connaissait, Pepper savait qu'elle serait incapable de tenir sa langue, d'autant qu'elle devait se réjouir de l'avoir pour future belle-sœur… Pepper fut malgré tout surprise de recevoir un coup de fil d'Alastair Kent, lui demandant s'il pouvait passer la voir.

De toute la famille, c'était lui que Pepper connaissait le moins. Cependant, elle l'avait toujours trouvé sympathique, bien que quelque peu réservé et passablement phallocrate puisqu'il considérait comme hérétique le désir d'une femme de faire carrière dans les affaires. Intelligent, il n'était pas du genre à perdre son temps en circonlocutions inutiles.

Il arriva à 9 heures, comme prévu. Pepper le fit passer dans le salon et lui offrit à boire, mais il refusa.

— Isabelle m'a dit que Neil et vous étiez très liés, commença-t-il sans préambule. Est-ce la vérité ?

Plus perspicace et bien plus matérialiste qu'Isabelle, Pepper comprit immédiatement ce qui le préoccupait.

— En ce qui me concerne, c'est totalement faux, répondit-elle en le fixant droit dans les yeux. Neil croit qu'il éprouve pour moi des sentiments… plus forts qu'ils ne sont en réalité.

Visiblement, ces mots procurèrent à Alastair Kent un vif soulagement.

Ouf ! songea-t-il, rassuré par ce qu'il venait d'entendre. Elle se montrait raisonnable et ouverte à la discussion. Il se doutait qu'elle ne ferait pas d'histoires. Personnellement, il n'avait rien contre elle. C'était une fille agréable et drôlement dégourdie, mais sa femme et lui avaient une autre belle-fille en vue.

— Et vous… vous ne partagez pas les sentiments de Neil ?

Pepper leva la tête.

— Non, absolument pas. Ma carrière est prioritaire, monsieur Kent. En outre, le mariage n'entre pas dans mes projets immédiats.

Elle tenait à ce qu'il sache d'une part qu'il n'y avait rien entre Neil et elle, d'autre part qu'elle n'avait pas l'intention de céder aux pressions du jeune homme et de nouer avec lui une liaison.

Alastair Kent se rembrunit. La situation semblait beaucoup plus grave que Dorothea et lui ne l'avaient imaginé. Neil, apparemment, se consumait de désir pour Pepper. Or, même s'ils ne lui en avaient jamais parlé ouvertement, sa femme et lui le poussaient doucement dans les bras de sa cousine, la fille du cousin germain d'Alastair. En août, ils lui avaient fait promettre de les accompagner en Ecosse, et d'y retourner au nouvel an.

Non seulement Fiona Campbell était issue de la bourgeoisie de vieille souche et possédait tous les attributs propres à sa condition, mais elle était en outre assurée d'hériter la fortune de son père. S'ils n'avaient pas une très grande valeur marchande, le château en ruine et les hectares de lande qui l'entouraient représentaient quelque chose qu'Alastair convoitait plus que tout au monde. Ils symbolisaient l'histoire, le prestige.

Neil se montrait généralement assez conciliant, mais il avait tendance à se laisser aller à une sentimentalité excessive — défaut qui, d'après Alastair, devait lui venir de sa mère. De ce fait, il ne servait à rien de chercher à le raisonner. Pepper, en revanche, semblait avoir les pieds sur terre.

En arrivant, tout à l'heure, il ignorait le tour que prendrait leur entretien. Il craignait un peu les réactions de la jeune femme, s'attendant plus ou moins à des larmes, des cris, et peut-être même des supplications. S'il avait été soulagé de l'entendre lui déclarer que les sentiments de Neil à son égard la laissaient de glace, Alastair avait également été choqué. C'était la première fois de sa vie qu'il voyait une femme récuser le mariage en faveur de sa carrière. Du coup, il n'avait plus su que dire.

Dorothea et lui avaient pourtant longuement discuté du problème. Tous deux avaient même eu l'idée de lui proposer de l'argent.

« Elle refusera, avait affirmé Dorothea avec dépit. Sans compter qu'elle est l'amie d'Isabelle… »

Il n'en demeurait pas moins que Pepper ne faisait pas *vraiment* partie de leur monde et que, socialement parlant, elle ne pouvait être considérée comme un parti acceptable pour leur fils. Même s'ils ne s'étaient pas mis dans la tête de marier Neil à Fiona, ils auraient refusé qu'il épouse Pepper.

Alastair Kent donnait des signes de nervosité.

— C'est que… voyez-vous, Pepper, commença-t-il d'un ton faussement enjoué, ma femme et moi avons d'autres projets pour Neil.

Il évitait soigneusement de la regarder. La fixité de ses yeux bleus ajoutait encore à son embarras. Que diable ! songea-t-il en se redressant sur son siège. Lui, un directeur de banque, n'allait tout de même pas se laisser impressionner par une fille de vingt ans !

— Si je comprends bien, vous voudriez que je lui dise qu'il perd son temps ? Sachez que c'est déjà fait, monsieur Kent.

— Eh bien, c'est-à-dire que… Il est possible que ce ne soit pas suffisant. En fait, sa mère et moi pensons qu'il serait préférable que vous cessiez complètement de vous voir.

Pepper ne répondit pas. Elle n'ignorait pas qu'il n'y avait rien de tel que le silence pour désarçonner un adversaire. Visiblement à cran, Alastair n'arrêtait pas de changer de position.

Au départ, Dorothea et lui avaient songé à éloigner Neil pendant quelques semaines. Ils avaient des cousins en Amérique. Mais Dieu seul savait ce que Neil aurait inventé pour passer le temps dans ce ranch perdu au fin fond du Texas… En outre, Alastair préférait le garder à portée de la main afin de pouvoir commencer à le former aux affaires de la banque, où il était entendu qu'il lui succéderait.

S'il était venu voir Pepper, c'était avant tout pour tâter le terrain. Maintenant qu'il avait l'assurance que Pepper ne chercherait pas à encourager Neil, il devait passer le flambeau à Dorothea. Elle n'avait pas son pareil pour résoudre les problèmes délicats.

L'assurance inébranlable et le parfait sang-froid de Pepper l'avaient décontenancé. Il ne l'imaginait pas aussi déterminée, et tandis qu'il se levait et prenait congé, il lui apparut que si elle avait tenu à Neil, il n'aurait pas pu faire grand-chose pour l'empêcher de parvenir à ses fins.

Cette prise de conscience le laissa tout à la fois mal à l'aise et dépité. C'était plutôt mauvais signe pour un directeur de banque que de se faire damer le pion par une gamine de l'âge de sa fille.

De retour chez lui, il fit part de ses impressions à Dorothea, qui hocha la tête, aussi inquiète que son mari. Elle envisagea de demander à Pepper de couper complètement les ponts avec l'ensemble de la famille, mais ce n'était pas la bonne solution. Cela risquait d'engendrer d'autres problèmes.

— Dommage que Pepper ne s'intéresse pas à l'élevage, déclara-t-elle en désespoir de cause. Nous aurions pu l'envoyer chez ton cousin texan !

Par une étrange coïncidence, le lendemain même, il se trouva qu'au cours d'une conversation avec un futur client américain qu'Alastair avait convié à son club pour déjeuner, l'homme d'affaires lui confia qu'il cherchait une assistante de direction prête à le suivre en Amérique.

— Vous voyez ce que je veux dire… Une jeune Anglaise distinguée et bien née, avec de l'éducation et un accent de la haute. A New York, en ce moment, elles font fureur.

Masquant sa répulsion, Alastair l'écoutait poliment. Son client faisait partie de cette nouvelle race d'hommes d'affaires incroyablement riches qui se plaisaient à raconter partout comment ils avaient amassé leur fortune. Pour sa part, le client en question s'était lancé avec succès dans la promotion de vedettes du sport américaines auprès des plus grandes firmes du marché.

Pendant tout le repas, il expliqua à Alastair avec force détails comment, à ses débuts, il avait décroché toute une série de marchés mirifiques. Alastair l'écoutait d'une oreille distraite, persuadé d'avoir trouvé une solution à son problème. Intelligente et ambitieuse, Pepper semblait avoir le profil de l'assistante que ce lourdaud d'Américain cherchait.

Il s'éclaircit la gorge avant d'interrompre son interlocuteur, parti dans un monologue sans fin.

— Je connais quelqu'un qui pourrait peut-être faire l'affaire, déclara-t-il. Il s'agit d'une amie de ma fille…

— Elle a de la classe ? demanda Victor Orlando, les yeux rétrécis. Un tempérament affirmé ? Il me faut une battante.

Sans rien laisser paraître de son aversion, Alastair répondit avec circonspection :

— Pepper devrait vous donner entière satisfaction.

— Parfait. Donnez-moi son numéro de téléphone. Je l'appellerai dès ce soir.

Alastair se rembrunit. Malgré son désir de protéger son fils des dangers auxquels l'exposait sa passion pour Pepper, il ne se sentait pas le droit de mettre la jeune fille dans une situation embarrassante.

— Peut-être vaudrait-il mieux que je vous la présente, suggéra-t-il avec tact. A l'occasion d'un dîner, par exemple… Rassurez-vous, je ne lui toucherai pas un mot de notre entretien.

— Dans ce cas, ça marche ! Mais surtout, ne vendez pas la mèche. Je tiens à la voir sous son vrai jour. Faut être malin dans la vie, n'est-ce pas ?

Tout en se demandant lesquels de leurs amis étaient les moins susceptibles de s'offusquer des manières grossières de l'Américain, Alastair fit discrètement signe au serveur de lui apporter l'addition.

Mais le plus gros écueil était Pepper elle-même. Serait-elle suffisamment ambitieuse pour accepter de s'expatrier ? Travailler pour Victor Orlando était sans aucun doute plus captivant et plus enrichissant que la restauration.

Le soir même, Alastair rapportait les faits à Dorothea.

— Elle risque effectivement d'être séduite par le poste, admit

Dorothea avec réticence. Mais s'il est tel que tu le décris, elle risque aussi d'être rebutée par le bonhomme !

— Je suis sûr que Pepper saura se montrer à la hauteur.

Ce fut le cas.

Persuadée qu'il valait mieux prévenir la jeune fille du but véritable du dîner auquel ils la conviaient, Dorothea Kent passa la voir un soir et lui expliqua sans détour de quoi il retournait.

— Cela semble être pour vous l'occasion rêvée, fit-elle remarquer.

« Pour vous aussi ! » ajouta Pepper *in petto*. Elle ne dit cependant rien, cependant, préférant réserver son jugement.

Victor Orlando lui fit d'emblée une très mauvaise impression. Comme patron, on ne pouvait imaginer pire : un tyran doublé d'un macho ! Mais son poste d'assistante de direction était trop tentant pour qu'elle le laisse passer.

Ils ne se connaissaient pas depuis une semaine que Victor lui faisait des propositions. Pepper s'empressa de lui expliquer qu'il perdait son temps et qu'elle lui serait plus utile dans son bureau que dans son lit.

Après quoi, une trêve difficile s'instaura. Victor partit pour New York, demandant à Pepper de le rejoindre.

Elle arriva là-bas au début de l'automne. Il faisait encore très doux, mais les femmes portaient déjà des tailleurs et des vestes de tweed. Au changement de saison, quel que soit le temps, les New-Yorkaises arboraient une nouvelle garde-robe. Pepper comprit que si elle ne voulait pas détonner, elle allait devoir les imiter.

En gage de bonne volonté, la mère d'Isabelle avait fait jouer ses relations pour lui trouver un toit à son arrivée. Pepper partageait donc un appartement dans un immeuble sans ascenseur de Greenwich Village avec la fille de l'une de ses amies.

Lucy Sanders ressemblait beaucoup à Isabelle, mais elle avait un plus grand sens de l'humour et une sagacité que la fille de Dorothea ne possédait pas. Après s'être assurée que Pepper n'avait pas été envoyée par sa mère pour l'espionner, Lucy se dérida et lui donna un aperçu du style de vie qui l'attendait.

— Maman voudrait que je rentre en Angleterre et que je me marie, mais j'ai d'autres projets en tête. New York est une ville démente. Je m'y plais énormément et je n'ai aucune envie de me marier. Ici, une femme a le droit de s'épanouir, de vivre sa vie comme elle l'entend. A une condition : de pouvoir se passer d'un homme !

Pepper ne souffla mot, mais cette situation lui convenait parfaitement.

Les bureaux de Victor Orlando se trouvaient dans un immeuble luxueux de Madison Avenue, au cœur de Manhattan. La fréquentation assidue des bars et des restaurants du quartier permit à Pepper de se familiariser très vite avec le milieu de la publicité.

Lucy la présenta à plusieurs de ses amis, qui étaient pour la plupart des comédiens ou des artistes. Ils discutaient pendant des heures des derniers spectacles à l'affiche dans les petits théâtres d'avant-garde. Pepper apprit à leur contact une foule de choses intéressantes. Ce fut grâce à eux qu'elle put donner à sa nouvelle personnalité la patine indispensable.

Victor étant un employeur exigeant, elle avait beaucoup à apprendre, mais il lui restait malgré tout du temps pour sortir avec les amis de Lucy et les relations d'affaires que Victor lui avait présentées. Comme à son habitude, la jeune femme n'acceptait de rendez-vous que des hommes dont elle était certaine qu'ils étaient trop inhibés sur le plan sexuel pour oser avouer à quiconque qu'ils n'avaient pas couché avec elle. Cet habile stratagème constituait pour elle le plus sûr des remparts, de derrière lequel la vérité ne risquait pas de filtrer.

Au cours des six mois qu'elle passa à New York, elle apprit les us et coutumes de la ville, cultiva son accent anglais distingué, fit ses courses dans les petites boutiques de Soho et acheta des vêtements de marque dans des magasins de dégriffe. Mais malgré la beauté de Central Park au début du printemps, elle ne fut pas fâchée de repartir.

Abasourdi par son sens inné des affaires, Victor Orlando décida de la renvoyer à Londres pour prospecter le marché, car il envisageait d'ouvrir en Angleterre une agence du même type que celle qu'il dirigeait aux Etats-Unis.

A son retour, Pepper découvrit que Neil était marié et vivait en Ecosse. Isabelle, très contente de la retrouver, s'empressa de la réintroduire dans le petit cercle d'amis triés sur le volet qu'elle fréquentait avant son départ. Pepper possédait à présent quelque chose en plus, un vernis supplémentaire qui, appliqué à son accent et à ses manières aristocratiques, attirait immédiatement l'attention sur elle. Beaucoup d'hommes lui firent des avances, et certains même tombèrent amoureux d'elle, mais Pepper savait mieux que personne les tenir à distance sans pour autant les vexer. Quand un homme devenait trop pressant, elle lui faisait croire qu'elle avait une liaison avec un autre, et à cet autre, elle racontait qu'elle était encore très attachée à un troisième. Nul ne soupçonnait ses véritables raisons ; nul ne se doutait qu'il suffisait qu'un homme pose ne serait-ce qu'un doigt sur elle pour qu'aussitôt elle panique et se fige dans une attitude de rejet et de répulsion.

L'origine de ses problèmes, Pepper la connaissait, évidemment. Elle savait aussi qu'il existait un moyen de les résoudre, ou de tenter de les résoudre. En faisant appel à un psychanalyste de renom, elle ne nuirait pas à son image, bien au contraire, mais Pepper sentait intuitivement qu'aucun analyste, si réputé et hors de prix fût-il, ne pourrait réparer les dégâts commis par Simon Herries. Elle était condamnée à vivre avec jusqu'à son dernier jour, et s'y résignait d'autant mieux qu'elle avait le sentiment obscur, mais profondément ancré en elle, que, d'une certaine façon, elle avait mérité son calvaire.

Pour des raisons qu'elle ne cherchait pas davantage à s'expliquer, elle continuait de voir Philip et Mary Simms. Ils avaient leur vie, elle la sienne, et pas grand-chose en commun. En dehors d'Oliver.

Mary lui donnait régulièrement des nouvelles de l'enfant, et des photos accompagnaient la plupart de ses lettres. Dans ces conditions, eût-elle voulu tirer un trait sur son passé que Pepper ne l'aurait pu. Une telle constance, de la part de Mary, l'agaçait parfois un peu, mais en même temps, elle se réjouissait de toujours faire partie de leur famille.

Elle travaillait depuis six semaines au projet de Victor lorsqu'elle entrevit pour la première fois le créneau qui allait lui permettre de se lancer.

Les sports dans lesquels Victor avait ses entrées étant principalement le tennis et le base-ball, Pepper s'apprêtait à rencontrer un industriel plein d'avenir du Berkshire qui venait de commercialiser une nouvelle ligne très prestigieuse de vêtements de tennis. L'homme souhaitait confier la promotion de la marque à une grande vedette du tennis.

Grâce à l'une de ses nombreuses connaissances, Pepper avait pu obtenir quelques renseignements utiles sur la société en question. Elle avait rendez-vous avec le directeur des ventes et profitait du trajet pour préparer mentalement l'entrevue. Depuis peu, la société avait à sa tête un jeune loup qui cherchait à redéfinir complètement l'image de l'entreprise. Pepper espérait le convaincre que le joueur de tennis encore débutant mais très prometteur qu'elle pressentait comme l'une des premières grandes découvertes britanniques de Victor était le candidat idéal pour représenter la nouvelle marque.

Tout en conduisant, elle se remémorait ce qu'elle savait de la compagnie et de son directeur, Nick Howarth, âgé de trente ans. A dix-huit ans, il avait hérité de son père une petite entreprise de ferraille que, en l'espace de douze ans, il avait si bien su la faire croître et prospérer qu'il se trouvait à présent à la tête d'un empire de plusieurs millions de livres. Tout cela, Pepper l'avait appris de la bouche d'Alastair Kent, avec lequel elle était restée en relation. Reconnaissant du service qu'elle leur avait rendu, à sa femme et à lui, en acceptant de s'éloigner de Neil, il s'était montré tout prêt à lui fournir les renseignements requis.

En fait, Alastair avait découvert qu'il aimait bien Pepper et qu'il l'admirait. Elle n'avait rien perdu, pendant son séjour à New York, de cette intégrité parfaite qui l'avait étonné tant elle lui avait semblé faire partie d'elle-même. Il était si facile de succomber à l'attrait de l'argent et du pouvoir ! Mais Pepper, elle, ne s'était pas laissé corrompre. Elle était restée pareille à elle-même, détachée et sûre d'elle, et continuait de le déconcerter.

En Nick Howarth, elle reconnut d'entrée de jeu une âme sœur. Il était beau à damner toutes les saintes du paradis : blond comme les blés, des yeux verts qui semblaient lire au fond des âmes, un corps fin et racé. Pepper avait rarement vu un homme aussi séduisant. Elle constata avec surprise qu'elle était sensible à son magnétisme puissant, à sa virilité que, paradoxalement, son costume rayé et sa chemise blanche mettaient en valeur.

Voilà un homme, songeait-elle en s'asseyant en face de lui, qui aimait le camouflage et savait sans doute mieux que personne se fondre dans son environnement. Que pouvait-il souhaiter qu'il ne possédât déjà ? se demandait-elle, intriguée. Pepper avait appris à New York que le moteur de la consommation était le désir d'avoir toujours plus et toujours mieux, et que là où ce désir n'existait pas, il suffisait de le fabriquer.

Mais *lui*, Nick Howarth, que pouvait-il bien désirer ? s'interrogeait-elle en lui décochant par-dessus son bureau directorial ce sourire indolent et charmeur qu'elle avait longuement travaillé.

Le dossier qu'elle lui avait soumis était posé devant lui, sur son sous-main. Il souriait, du même sourire doucereux qu'elle.

— Je dois reconnaître, mademoiselle Minesse, que vos propositions sont... pleines d'audace et de hardiesse. Une petite réserve, cependant : ne serait-il pas préférable de faire appel à un joueur confirmé ? A quelqu'un de connu, en quelque sorte.

Il cherchait manifestement à la déstabiliser et à prendre le dessus.

— J'avais pourtant cru comprendre que vous recherchiez l'originalité et la fantaisie, observa Pepper d'une voix posée.

La pique avait atteint sa cible. Elle réprima un sourire triomphal en le voyant se raidir. « Un point pour moi ! » songea Pepper en se carrant dans son siège, mais la partie s'annonçait difficile.

Bon joueur, il se contenta de hausser les épaules.

— Vous avez peut-être raison, concéda-t-il. Mais ce garçon...

Il consulta le dossier qu'il avait sous les yeux.

— Ce Tony Richmond sur lequel vous fondez tant d'espoirs a tout juste seize ans. Qu'est-ce qui nous prouve qu'il ne va pas craquer et tout laisser tomber dans trois mois ?

Elle lui adressa un grand sourire, aussitôt démenti par son ton tranchant.

— Qu'est-ce qui vous prouvait que vous alliez réussir, monsieur Howarth ? Déceler et canaliser l'ambition qui génère le succès fait partie de mon métier. Si Victor Orlando m'a chargée d'ouvrir à Londres une filiale de son agence new-yorkaise, ce n'est pas pour rien.

— Mmm... Je me posais la question, justement. Si je comprends bien, vous faites tout le travail, et Victor récolte les lauriers ?

Elle ne se laissa pas démonter pour autant.

— J'ai un autre rendez-vous, déclara-t-elle en jetant un coup d'œil à sa montre, d'un geste étudié qui pourtant paraissait spontané et naturel. Je conçois fort bien que vous puissiez trouver mes suggestions trop... radicales, et peut-être trop aventureuses à votre goût.

L'air de rien, elle épiait ses réactions, sachant avant même de le voir tiquer qu'elle venait de lui assener le coup de grâce. Pepper n'ignorait pas, en effet, que Nick Howarth se glorifiait d'aller toujours de l'avant et de privilégier l'innovation.

— Mais peut-être souhaiteriez-vous réfléchir encore un peu ? suggéra-t-elle en se levant.

— Que faites-vous ce week-end ? demanda-t-il tout à trac.

D'habitude, les hommes attendaient au moins la deuxième entrevue avant de lui faire des avances, mais Nick Howarth semblait être un homme pressé.

— Je vais assister à un match de polo à Windsor, répondit Pepper, sur la défensive.

Isabelle, qui s'ennuyait plus que jamais depuis qu'elle était enceinte, l'avait invitée pour le week-end, son mari devant justement disputer un match de polo.

— Un match de polo ? s'étonna-t-il.

— Oui, vous savez, le sport des rois ! rétorqua-t-elle avec désinvolture.

Elle s'aperçut alors qu'il la fixait d'une drôle de façon et sentit un frisson lui parcourir l'échine. Aurait-elle inconsciemment découvert son talon d'Achille ?

— Si le cœur vous en dit, vous pouvez vous joindre à nous, ajouta-t-elle d'un ton détaché. Je suis sûre que mon amie n'y verra pas d'inconvénient.

Sous l'effet d'une impulsion puérile, elle croisa les doigts dans son dos. Elle jouait un jeu dangereux ; il était rare, très rare, qu'elle se fie à son seul instinct.

— Vous fréquentez du beau monde pour une assistante de direction ! lança-t-il. Le polo est un sport d'élite. C'est un cercle très fermé, dans lequel n'entre pas qui veut.

Il se mit à rire, mais Pepper avait perçu dans sa voix une pointe d'amertume qui confirma ses soupçons. Elle avait vu juste et savait à présent ce que cet homme riche et prospère ne possédait pas et désirait de toute son âme. L'adrénaline se distilla dans ses veines comme une drogue puissante tandis qu'elle entrevoyait un moyen d'amener Nick Howarth à accepter la collaboration qu'elle lui avait proposée.

— Isabelle et moi avons suivi les mêmes cours, à Oxford. Peut-être connaissez-vous son père, Alastair Kent ?

— Il joue dans l'équipe du duc de Raincourt, n'est-ce pas ?

La remarque avait fusé spontanément, trahissant l'intérêt évident qu'il portait au polo. Pour Nick Howarth, le banquier de renom se définissait avant tout par sa passion pour le polo.

— Il faut vraiment que je m'en aille… Mais si vous voulez vous joindre à nous, passez-moi un coup de fil avant la fin de la semaine, dit-elle.

Il ne commit pas l'imprudence de s'engager sur-le-champ. S'il l'avait fait, il aurait baissé dans l'estime de Pepper. Pendant tout le trajet du retour jusqu'à Londres, elle se demanda s'il mordrait à l'hameçon. Si elle ne s'était pas trompée sur son compte. Si… Il y avait tant de si, tant d'incertitudes…

Nick l'appela le vendredi soir, assez tard, juste avant qu'elle ne quitte le bureau. Sa voix profonde était posée, sans aucune trace d'exaltation, et son ton dégagé.

— Si votre invitation tient toujours pour samedi, j'ai pensé que ce serait peut-être une excellente occasion pour réexaminer plus en détail votre proposition. Je pars pour Paris dimanche matin et resterai absent pendant un certain temps.

Prenant son explication pour argent comptant, Pepper accepta. Isabelle et Jeremy venaient de s'acheter une maison à quelques kilomètres de Windsor. Elle lui expliqua comment la trouver, puis téléphona à son amie.

Comme elle s'y attendait, Isabelle ne fit aucune objection aux dispositions qu'elle avait prises.

L'après-midi se passa exactement comme Pepper l'avait prévu. Nick Howarth était complètement captivé par le jeu. Désormais, elle savait par quel bout le prendre pour lui faire accepter ses conditions.

Quelques jours plus tôt, au fil de la conversation, Isabelle avait parlé d'un ami de Jeremy, comme lui ancien joueur de la garde royale, qui cherchait à former une nouvelle équipe mais n'y parvenait pas faute de moyens, les joueurs potentiels n'étant ni assez nombreux ni assez riches.

Nick ne restant pas à dîner, Pepper en profita pour sonder discrètement Jeremy sur la réaction éventuelle de son ami si on lui proposait un nouveau joueur capable de prendre à sa charge la plus grande partie des frais inhérents à la formation de l'équipe.

— Par les temps qui courent, mieux vaut ne pas se montrer trop regardant, déclara-t-il. Sinon, c'est la mort du polo assurée. Il faut prendre l'argent là où il y en a, n'en déplaise aux puristes !

— *A priori*, donc, l'équipe serait d'accord pour… disons s'entretenir, dans un premier temps, avec quelqu'un qui serait prêt à la soutenir financièrement ?

— En fait, cela dépend beaucoup de la personne en question, répondit-il, prudent.

Quand il s'en donnait la peine, Jeremy pouvait être perspicace. En cet instant, il observait Pepper d'un œil inquisiteur.

— Il s'agit de quelqu'un en particulier ? demanda-t-il.

La jeune femme prit une profonde inspiration.

— Je pensais à Nick Howarth.

Il y eut un long silence, puis Jeremy déclara en hochant la tête :

— Il a l'air honnête, ma foi… Il n'est pas de notre milieu, bien sûr, mais il faut voir… Cela vaut peut-être la peine d'en parler aux autres. Je peux toujours essayer de les sonder…

Une semaine plus tard, Pepper téléphonait à Nick et demandait à le rencontrer. Au cours du déjeuner, elle lui fit part de ses projets. En plus du partenariat avec le jeune joueur de tennis, il pourrait, s'il en avait envie, faire plancher son équipe de stylistes sur quelque chose de nouveau mais de raffiné pour une toute nouvelle équipe de polo en train de se monter.

— Une équipe composée de plusieurs anciens joueurs de la garde royale, précisa-t-elle. Ils ne demandent pas mieux que de recruter…

Consciente de la tension croissante de Nick, elle s'interrompit, pour le seul plaisir de faire durer un peu le suspense.

— Il se pourrait… qu'ils soient également à la recherche de fonds. Ceux d'un sponsor discret, par exemple…

Nick comprit qu'il avait trouvé un adversaire à sa mesure.

— Combien ? demanda-t-il sans préambule.

Pepper mentionna une somme qui n'eut pas l'air de l'émouvoir beaucoup, puis ajouta d'un ton froid :

— A quoi s'ajoute, bien entendu, le partenariat avec mon tennisman en herbe.

Elle le vit se rembrunir et, un court instant, elle retint son souffle, croyant qu'il allait refuser. Lorsque, enfin, il prit la parole, ce fut pour s'étonner.

— C'est tout ? Vous n'exigez rien pour vous ? Ni commission ni pot-de-vin ?

Pepper lui jeta un regard glacial.

— Ce n'est pas ma façon de travailler, monsieur Howarth.

— Dans ce cas, laissez-moi vous dire que vous vous démarquez de votre patron. Croyez-moi, Pepper, Orlando va vous presser comme un citron. Et quand il jugera que vous ne pouvez plus rien lui donner, il se débarrassera de vous sans sourciller. Ne vous attendez pas à de la reconnaissance ou à de la bienveillance de sa part, parce que vous n'aurez rien de tout ça.

Il fronça les sourcils et ajouta :

— Avez-vous déjà songé à faire cavalier seul ?

Quelque chose dut transparaître dans l'expression de Pepper car il sourit.

— En plein dans le mille ! ironisa-t-il. Je savais bien que vous aviez vous aussi votre désir secret…

C'était ainsi que tout avait commencé. Elle ne devait rien à Victor. Elle lui donna sa démission et ouvrit sa propre agence.

Ses premiers marchés furent ceux qui se conclurent par son entremise entre le jeune tennisman et Nick Howarth, puis entre Nick et la nouvelle équipe de polo. Elle empocha sur ces deux seules affaires une somme supérieure à ce qu'elle aurait gagné en dix ans si elle avait continué de travailler pour Victor.

Victor lui en voulait terriblement. Dans les interviews qu'il accorda à la presse sportive, il l'attaqua violemment, mais loin de lui nuire, ces dénonciations contribuèrent au contraire à la lancer. Une femme capable de tenir tête à Victor Orlando n'était assurément pas n'importe qui. Au bout de quelques mois, Pepper se rendit compte, stupéfaite, que les vedettes du sport venaient à elle de leur propre initiative.

Une fois qu'elle fut engagée dans la voie de la réussite, Pepper put consacrer une partie de son temps et de ses efforts à autre chose. Simon Herries ne dormirait plus très longtemps sur ses deux oreilles.

Discrètement, elle mena sa petite enquête et se procura le nom et l'adresse du meilleur détective privé sur la place.

Un homme aussi profondément dépravé que Simon Herries ne s'en tiendrait sans doute pas à un seul petit viol. Tôt ou tard, c'était certain, il récidiverait, et cette fois…

Cela risquait de prendre du temps, mais elle avait les moyens d'attendre, décida Pepper. Quoi qu'il lui en coûtât, elle attendrait.

Aussi longtemps qu'il le faudrait.

15

Assis derrière son bureau, Miles examinait pensivement quelques feuilles de papier machine posées devant lui. Si les renseignements qu'elles contenaient n'étaient ni aussi fournis, ni aussi détaillés que ceux que Pepper avait réunis dans ses dossiers, ils lui permettaient en tout cas de se rendre compte que les menaces de la jeune femme étaient à prendre au sérieux.

Quel chemin elle avait parcouru depuis Oxford ! Son courage et sa ténacité forçaient le respect. Mais c'était plus que de l'admiration que Miles éprouvait pour cette femme au destin hors du commun. Une certaine solidarité les liait, elle et lui, qui le rendait presque fier de sa réussite à elle, car tout comme lui, Pepper avait dû franchir de nombreux obstacles avant de parvenir au succès.

Il avait de bonnes raisons de ressentir pour elle de la sympathie : ils étaient tous deux orphelins, et l'un comme l'autre avaient souffert dans leur enfance de la pauvreté et de la solitude inhérentes à leur état. Tous deux avaient eu la chance de croiser sur leur chemin une personne dont la bienveillance et la générosité leur avaient permis de surmonter leur handicap, d'aller de l'avant et d'atteindre leurs objectifs.

Miles, cependant, n'avait pas été violé à l'âge de dix-sept ans.

Cinq ou six fois au cours de sa carrière, il avait été confronté à des procès pour viol. Raisonner sans *a priori*, faire preuve d'objectivité avaient exigé de lui, à ses débuts, un effort considérable.

Mais aujourd'hui, Miles pensait être parvenu à plaider ce genre de cause sans se laisser influencer par ses émotions.

Il se souviendrait toujours de sa première affaire de viol. Agée d'une trentaine d'années, la victime était physiquement très différente de Pepper. Pourtant, pendant tout le procès, c'était Pepper qu'il avait vue, son corps martyrisé, son air terrorisé, son regard chargé de reproches.

En réalité, Pepper jouait dans sa vie un rôle considérable, et même déterminant à certains égards. Sans doute était-elle, indirectement, responsable de son inconstance avec les femmes. Miles ne supportait pas de les faire souffrir, aussi prenait-il grand soin de ne jamais s'engager trop à fond dans une relation amoureuse. Il refusait de se livrer, de s'abandonner corps et âme aux femmes qui traversaient sa vie.

Pepper elle-même n'était-elle pas quelqu'un de secret et d'impénétrable ?

Miles s'agita nerveusement sur sa chaise. Bon sang ! Il n'était pas là pour faire du sentiment mais pour analyser posément les faits, juger en toute impartialité de la situation. Mais ses pensées, sans arrêt, le ramenaient à Pepper, à la fragilité qu'il décelait en elle, à cette vulnérabilité si flagrante dont personne, pourtant, ne semblait prendre conscience.

Dès la minute où il l'avait vue, assise derrière son bureau en train de leur fixer ce satané ultimatum, il avait ressenti un besoin irrépressible de la protéger, de la cajoler et de lui prouver qu'elle n'avait rien à craindre de lui.

Il admirait les femmes farouchement indépendantes qui n'avaient rien à lui envier sur le plan intellectuel, et jusque-là, mis à part Amanda, il n'avait jamais éprouvé le besoin de les protéger. Comme aucune femme avant elle, Pepper savait faire vibrer sa sensibilité profonde. C'était presque comme si une partie de lui-même avait toujours su qu'un jour ou l'autre elle jouerait dans sa vie un rôle prépondérant.

Son instinct le poussait à aller sur-le-champ implorer son pardon, la supplier de renoncer à poursuivre sa vengeance. Fou de rage et de haine, Simon Herries était terriblement dangereux et Miles avait peur pour elle, mais comment la convaincre quand elle refuserait même de l'écouter ?

Il enrageait intérieurement de ne pouvoir lui parler, lui dire combien... Combien quoi ? s'interrogea-t-il avec une ironie amère. Combien il la désirait ? Il n'imaginait que trop sa réaction !

Lorsqu'ils étaient sortis de son bureau, à l'issue de cette funeste entrevue, Miles, impulsivement, avait proposé la première chose qui lui était passée par la tête. Il s'agissait avant tout de lui éviter le pire. Mais réussirait-il à désamorcer la bombe à retardement qu'elle avait enclenchée ? Peut-être ; à condition qu'il arrive à convaincre tout un chacun que Pepper et lui étaient amants.

Bien plus que le succès ou l'échec de son plan, ce qui préoccupait Miles, c'était encore une fois Simon Herries. Il s'était montré hostile à son projet et ne lui faisait aucune confiance, Miles l'avait bien senti. Ce qui l'obligeait à redoubler de prudence car Herries, il le savait, ne le lâcherait pas d'une semelle. Non, mieux valait pour Pepper qu'elle continue de le croire coupable, complice du viol dont elle avait été victime.

En fait, elle avait d'autant plus besoin d'être protégée qu'elle ne se rendait probablement pas compte du danger qu'elle courait... Miles fronça les sourcils en prenant la feuille consacrée à Simon Herries. Son penchant pour la violence, elle le connaissait, pourtant... Il ne put empêcher son esprit de dériver vers le passé et revit, avec une précision implacable, la scène qu'il avait découverte en rentrant dans sa chambre, le soir du viol. Comment Pepper pourrait-elle jamais oublier ? pardonner ?

Quant à Richard et Alex, qui n'avaient été que de vulgaires pions sur l'échiquier, ils ne représentaient aucune menace tangible. Ils faisaient presque figure d'enfants de chœur à côté de Simon Herries.

L'air pensif, Miles lut la petite note que son informateur avait rajoutée à la main au bas de la page. Apparemment, Simon Herries était rentré seul du Cumberland, où sa famille et lui passaient régulièrement leurs vacances. Et, fait plus étrange encore, le personnel de leur maison de Londres n'avait revu ni Elisabeth ni les enfants depuis le soir où ils étaient partis tous les trois rejoindre Simon à la campagne. Elle l'avait quitté, de toute évidence, mais pour quelles raisons ? Et pourquoi n'avait-il pas cherché à obtenir la garde des enfants ? Un homme aussi ambitieux que Simon Herries devait pourtant bien se douter que du point de vue de son image de marque, il avait tout à gagner à prendre en charge ses enfants, surtout si Elisabeth avait de sa propre initiative déserté le domicile conjugal.

Miles soupira, en proie à une profonde perplexité tandis que ses pensées le ramenaient à Pepper. Il exerçait au barreau depuis assez longtemps pour savoir qu'il existait des gens, honnêtes et parfaitement respectables, qui soutenaient que si une femme se faisait violer, c'était parce qu'elle l'avait cherché. Certains de ses collègues avaient consacré plusieurs années de leur vie à essayer de leur prouver qu'ils se trompaient, et lui-même avait été trop souvent confronté à la violence sous ses formes les plus effroyables pour avoir encore des illusions sur la nature humaine. Si avisé qu'il fût, les renseignements contenus dans le bref rapport qu'il avait sous les yeux ne laissaient cependant pas de l'inquiéter.

L'homosexualité de Simon Herries n'était pas une chose nouvelle pour Miles, mais il l'avait prise pour une simple expérience de jeunesse, une phase transitoire — après tout, Herries n'avait pas été le seul étudiant à succomber à ce genre de tentation, et plus tard à se marier et à fonder une famille. En revanche, cette histoire d'adolescents enlevés dans la rue et retrouvés battus à mort le prenait totalement au dépourvu. En l'état actuel des choses, il n'existait aucune preuve contre Simon Herries, mais Miles était bien placé pour savoir que derrière le citoyen le plus irréprochable pouvait se cacher le pire des monstres.

Il savait aussi que Herries vouait à Pepper une haine implacable. Les envies de meurtre qu'il avait vues dans son regard, lorsque la jeune femme leur avait soumis ses conditions, l'avaient de nouveau amené à se poser des questions : Simon était-il sain d'esprit ? Sa haine quasiment obsessionnelle à l'égard de Pepper ne faisait-elle pas de lui un dangereux psychopathe ?

Si seulement il pouvait le prouver et mettre Simon hors d'état de nuire pendant quelque temps… Mais le plus simple serait encore de ne tenir aucun compte des menaces de Pepper et de se désintéresser de toute cette affaire. Que risquait-il, dans le fond ? Pas grand-chose, en vérité. Contrairement aux trois autres, sa carrière n'était pas réellement en danger. Miles savait, cependant, qu'il n'en ferait rien.

L'attirance et l'admiration que Pepper suscitait en lui l'en empêchaient. En outre, il était de plus en plus inquiet pour elle. Elle était courageuse, certes, et déterminée, mais elle était aussi inconsciente.

S'il ne prenait pas les choses en mains, Herries irait peut-être jusqu'au meurtre.

D'autant qu'il avait peut-être déjà un meurtre à son actif.

A Oxford, toutes sortes de bruits avaient couru après la mort de Tim Wilding. Connaissant l'humour noir des étudiants et leur goût prononcé pour les histoires macabres, Miles n'y avait pas vraiment fait attention, à l'époque. Mais en y réfléchissant…

Une chose était sûre, en tout cas : Herries exerçait toujours sur Richard et Alex une emprise pour le moins inquiétante. Miles les avait observés attentivement et avait vu la manière dont ils se laissaient manipuler. Alex Barnett n'avait jamais été un garçon très énergique, soit. Mais Richard Howell…

Pourquoi diable filait-il doux devant Herries ? De quoi avait-il donc peur ?

Miles consulta son agenda et appela son cabinet.

Son clerc n'avait pas l'habitude de le voir annuler ses rendez-vous au dernier moment ; Miles sourit en percevant dans son ton une pointe de reproche. Dans les cabinets d'avocats, les clercs faisaient la pluie et le beau temps, et malheur à ceux qui s'avisaient de les déconsidérer…

Il avait toute la semaine de libre, mais, sept jours étant vite passés, mieux valait planifier soigneusement son emploi du temps. Herries ne tarderait pas à s'impatienter. Il n'y avait donc pas une minute à perdre, car même si Miles allait prévenir Pepper Minesse du danger auquel elle s'exposait, elle ne l'écouterait probablement pas.

Après avoir bouclé une petite valise, Miles réserva une chambre dans un hôtel des environs d'Oxford. Il en profiterait pour rendre visite à son filleul, qu'il n'avait pas revu depuis son baptême. Et avec un peu de chance, si tout se passait comme il l'espérait, il aurait peut-être le temps, au retour, de s'arrêter au manoir.

L'héritier du colonel Whitegate avait assez vite dû renoncer à garder la maison, faute de moyens pour l'entretenir. Miles s'en était porté acquéreur et l'avait transformée en institution pour enfants handicapés. Chaque fois qu'il passait dans le coin, il s'y arrêtait, rendant visite au passage à l'orphelinat dans lequel il avait été élevé. Les temps avaient heureusement bien changé, mais les petits pensionnaires souffraient toujours de ce sentiment de solitude et d'exclusion qui l'avait tant marqué, lui. C'était un fardeau qu'ils porteraient toute leur vie, un handicap qu'il leur faudrait, à leur tour, apprendre à surmonter.

Et pour y parvenir, ils devraient restaurer la confiance en soi que le fait d'avoir été abandonnés, rejetés par leurs parents avait gravement endommagée. Miles était passé par là. A certains moments, il avait été tenté de se lancer sur les traces de ses géniteurs, puis il avait renoncé, conscient que ce genre de recherches ne résoudrait en rien ses problèmes.

Dans son malheur, il avait eu de la chance. Il avait trouvé la force de tirer un trait sur le passé et d'aller de l'avant. Tous ne pourraient pas en faire autant.

Ce n'était pas par hasard si Miles se livrait tout à coup à l'introspection et se mettait à remuer ces étranges pensées. Il relut les deux pages bien remplies que son informateur lui avait remises sur Pepper. Un fait sautait aux yeux : pendant son séjour chez les Simms, Mary Simms avait eu un fils. Peut-être s'agissait-il d'une simple coïncidence, mais Miles ne pouvait s'empêcher de se poser la question. Après quinze ans de mariage et plusieurs fausses couches, une femme de quarante ans pouvait-elle *réellement* concevoir un enfant ?

D'après les calculs qu'il avait faits, l'enfant était né, à un ou deux jours près, neuf mois après le viol dont Pepper avait été victime. La coïncidence était pour le moins troublante...

D'un geste las, Miles se passa une main sur le front, comme pour chasser la migraine qu'il sentait poindre. Voilà ce que c'était que de mener une vie de bâton de chaise ! songea-t-il avec une ironie amère. Lui qui avait toujours fui le mariage comme la peste se sentait enfin prêt à jeter l'ancre, aspirant soudain à la stabilité, à la sécurité affective d'un foyer.

Il avait essayé de se mettre dans la peau de Pepper, d'imaginer ce qu'elle avait pu ressentir, à dix-sept ans, seule au monde... Les Simms l'avaient recueillie, lui avaient ouvert leur cœur en même temps que leur porte. Par gratitude, Pepper ne leur aurait-elle pas... donné son enfant ?

Sceptique, Miles haussa les épaules en repensant à la femme d'affaires parfaitement maîtresse de ses nerfs qui les toisait de derrière son bureau directorial en leur signifiant ses conditions.

Non, sans doute ses conclusions étaient-elles trop hâtives. Mais si par hasard il avait vu juste ? S'il se trouvait que Pepper eût réellement mis au monde le fils de Herries ?

Dans un cas comme celui-là, mieux valait pour l'enfant qu'il ignore tout des circonstances de sa naissance.

Jugeant que ses pensées commençaient à prendre une tournure déplaisante, Miles préféra revenir à des préoccupations plus concrètes. Pepper était en danger ; sans doute en danger de mort. Mais comment la protéger sans éveiller les soupçons de Simon ?

Simon Herries était en équilibre instable au bord d'un précipice. S'il réussissait à le franchir, il était assuré de devenir un jour Premier ministre — du moins le croyait-il. Que Pepper s'obstine à lui mettre des bâtons dans les roues, et il n'hésiterait pas à se débarrasser d'elle, à la pousser sans le moindre scrupule dans le gouffre où il risquait pourtant de tomber du même coup.

Herries, apparemment, avait une confiance absolue en son pouvoir. Il s'imaginait invincible et, dans son aveuglement, semblait prêt à tout. Il ne s'en tirerait pas comme ça, évidemment. Il serait arrêté et pendant quelques semaines son cas ferait la une de l'actualité, mais cela ne rendrait pas la vie à sa victime.

Aucun doute : il fallait absolument éloigner Pepper.

La sonnerie du téléphone interrompit brutalement le cours de ses pensées. Machinalement, Miles décrocha le combiné. C'était sa secrétaire qui lui rappelait le rendez-vous qu'il avait avec une cliente en fin d'après-midi. Il avait accepté de défendre la cause d'un foyer pour femmes battues en conflit avec le propriétaire des lieux. Dans la presse populaire, Miles passait pour une sorte de chevalier des temps modernes, toujours prêt à venir en aide à la veuve et à l'orphelin. La comparaison était quelque peu outrée, même s'il était vrai que de temps à autre, il intervenait à titre gracieux dans des affaires de ce genre.

Après avoir noté scrupuleusement le rendez-vous, Miles reprit le cours de ses pensées là où il l'avait laissé. Jusque-là, son plan avait très bien fonctionné. Comme tout amoureux qui se respecte, il appelait au bureau de Pepper dix fois par jour et lui faisait porter des fleurs tous les matins. Une fois, il avait même garé sa voiture juste devant sa porte.

Lorsqu'elle l'avait vu, Pepper avait tourné les talons. Sans un mot. En d'autres circonstances, Miles aurait trouvé très excitant de jouer avec elle au chat et à la souris, mais, connaissant les raisons de la haine qu'elle lui vouait, il ne songeait guère à s'amuser de son attitude.

Maintenant, les gardiens de l'immeuble le connaissaient tous. Apparemment, Pepper leur avait dit qu'elle ne voulait pas entendre parler de lui. De son côté, Miles leur avait fait croire à une querelle d'amoureux, et s'était arrangé par ailleurs pour que leurs déboires fussent relatés dans les échos de deux journaux à grand tirage. Désormais, plus personne ne s'étonnerait de les voir ou simplement de les savoir ensemble. Mais le plus dur restait encore à faire, car Pepper était loin d'être hors de danger.

Ce soir, Miles avait prévu d'aller jouer au squash puis de dîner à son club. Il avait besoin de l'avis d'un médecin et savait que là-bas il en trouverait un sans problème.

A Oxford, ce week-end, il entreprendrait des recherches sur les activités de Herries pendant les trois ans qu'il y avait passés. Quant à la semaine prochaine...

Miles jeta un coup d'œil à la liste posée sur son bureau. Y figuraient toutes les sorties de Pepper pour les quinze jours à venir. Il haussa légèrement les sourcils lorsqu'il vit que samedi, elle devait assister à un match de polo à Smith's Lawn. Windsor n'était pas très loin d'Oxford et le père de son filleul était un passionné de polo.

La chance, apparemment, lui souriait.

Situé dans les quartiers nord de Londres, le foyer se trouvait au bout d'une rue étroite bordée de maisons victoriennes en piteux état. Lorsqu'il s'approcha et sonna à la porte, il entendit un enfant pleurer et ces sanglots lui serrèrent le cœur.

La femme qui vint lui ouvrir l'observa avec méfiance. Elle avait une trentaine d'années et était effroyablement maigre.

Miles se présenta. Aussitôt, le visage de la femme s'éclaira d'un faible sourire. L'avait-elle pris pour un mari mécontent venu chercher sa femme qui avait fui le domicile conjugal ?

La directrice du foyer était une ancienne infirmière. Elle fit entrer Miles dans la pièce qui lui servait de bureau et lui expliqua que le propriétaire de la maison cherchait à augmenter exagérément le loyer.

— La plupart des femmes qui viennent ici sont sans ressources. Nous dépendons entièrement des subsides qui nous sont accordés et des dons extérieurs. Mais croyez-moi, il n'y a pas de quoi remplir les poches d'un propriétaire cupide.

Ils s'entretinrent de ce problème pendant un petit moment, puis Sarah James lui proposa une tasse de thé, qu'il accepta bien volontiers. Sarah disparut, pour revenir cinq bonnes minutes plus tard en annonçant que le thé allait arriver. Lorsqu'elle ouvrit la porte, des voix d'enfants se firent entendre.

— Ils rentrent de l'école, expliqua-t-elle. A l'aller comme au retour, deux mères les accompagnent pour éviter que les enfants ne se fassent enlever par leur père. Cela arrive, vous savez. Certains maris violents ne supportent pas de voir leur femme leur échapper. Ils ne reculent devant aucun subterfuge pour faire pression sur elle et l'obliger à rentrer, allant parfois jusqu'à s'en prendre à leurs propres enfants.

— C'est déjà arrivé ? demanda Miles.

Elle le fixa un instant sans rien dire.

— En fait, ce genre de… complications n'est pas de notre ressort. C'est aux autorités compétentes à s'en occuper. Bien sûr, il n'est pas toujours facile de convaincre une femme de se confier à la police. Nous sommes d'ailleurs confrontés au problème en ce moment même. Il s'agit d'une mère de deux enfants. Elle a découvert récemment que non content de se montrer violent envers elle, son mari s'attaquait à son fils, auquel il faisait subir des sévices sexuels. Elle sait qu'elle devrait le dénoncer, mais elle a peur. Elle redoute que ses accusations ne soient pas prises au sérieux et qu'on ne l'oblige, d'une manière ou d'une autre, à reprendre la vie commune. Cette femme est pourtant quelqu'un de cultivé, monsieur Miles, et son mari est une personnalité très en vue !

Sa voix tremblait d'indignation et ses yeux étincelaient de fureur. Lorsque la porte s'ouvrit, elle se tut. Miles tourna la tête et sourit à la femme qui leur apportait le thé.

Il la reconnut immédiatement : Elisabeth Herries ! Tout avocat qu'il était, il eut le plus grand mal à cacher sa surprise. Il attendit qu'elle soit ressortie pour demander :

— Je suppose que c'est d'elle que vous parliez ?

— Vous faites preuve d'une remarquable perspicacité, monsieur Miles.

Sarah James fronça les sourcils, hésitante.

— Il va de soi que tout cela doit rester entre nous.

Elle se demandait comment il avait pu deviner qu'Elisabeth était la femme dont elle lui parlait, et Miles comprenait sa stupeur.

Il réfléchissait au moyen de tirer parti de ce qu'il venait d'entendre sans faire courir de risques à Elisabeth Herries. Il aurait bien aimé lui parler, mais accepterait-elle de se confier à lui ? Rien n'était moins sûr. S'il voulait la mettre en confiance, il devait s'assurer la collaboration de la directrice.

— Je souhaiterais m'entretenir avec elle, dit-il calmement,

levant une main pour devancer les objections de Sarah James. Soyez sans crainte, je ne lui veux aucun mal. Bien au contraire. Je sais qui elle est et je connais son mari — un homme extrêmement dangereux, j'en conviens.

Après un court instant, elle lui confia de mauvaise grâce :

— Elisabeth n'aspire qu'à divorcer, mais à l'idée que son mari cherche à lui prendre les enfants, elle est malade de peur.

— Je pense être en mesure de l'aider, affirma Miles.

Mme James parut hésiter, puis elle se leva et déclara tout net :

— Bon, je vais lui en toucher deux mots. Attendez-moi ici.

Il n'arriverait jamais à temps pour sa partie de squash, constata Miles en reprenant sa voiture. Réticente au départ, Elisabeth Herries avait fini par tout lui raconter. Il l'avait assurée de ses bonnes intentions, lui avait juré qu'il la croyait, et était même parvenu à la convaincre de divorcer, pour son bien autant que pour celui de ses enfants. Reconnaissant qu'elle était effectivement en danger, Miles lui avait conseillé de faire appel à sa famille. Mais Elisabeth avait trop peur de ne pas être crue. Son mari se voyait déjà Premier ministre, lui avait-elle confié. Le Premier ministre actuel était sur le point de prendre sa retraite et Simon passait pour l'un de ses successeurs potentiels.

Le chef du gouvernement était connu pour sa haute moralité. Si Elisabeth Herries bénéficiait de son appui, sa famille ne pourrait guère lui refuser son aide.

Mais Elisabeth refusait catégoriquement que l'affaire s'ébruite. Elle craignait trop que ses enfants n'en souffrent.

Il devait bien exister un moyen de contourner le problème, et ce moyen, Miles était décidé à le trouver.

Pepper fronça les sourcils en voyant Miranda entrer dans son bureau avec un vase chargé de fleurs. Non pas des roses ou des tulipes tout droit sorties de leur serre, mais des fleurs des champs aux teintes délicates, nichées au cœur d'un bouquet d'asparagus.

Elle fit mine d'étudier son agenda, mais intérieurement, elle fulminait. Miranda s'abstenait de lui remettre la carte de visite agrafée au bouquet. Mais Pepper savait que les fleurs venaient de Miles French. Quelle incroyable impudence ! s'indigna-t-elle comme chaque matin. S'il s'imaginait qu'en jouant les amoureux transis il allait la fléchir, il se trompait ! Il fallait tout de même qu'il soit sûr de son pouvoir de séduction pour croire qu'elle se laisserait manipuler aussi facilement et renoncerait à ses projets !

— Elles sont de toute beauté ! s'exclama Miranda en posant le vase sur le bureau de Pepper.

Du coin de l'œil, elle guettait les réactions de sa patronne, qui gardait la tête obstinément baissée. Tout le personnel de la société était en émoi depuis que Pepper avait un nouvel homme dans sa vie. Il n'était pas le premier, bien sûr, mais aucun, jusque-là, ne s'était montré aussi prodigue et aussi amoureux.

— Enlevez-moi ce vase tout de suite, et portez-le dans la salle du conseil, je vous prie. Vous savez bien que les fleurs me donnent le rhume des foins !

Sa mauvaise foi était patente, mais elle n'en avait cure. Si elle s'était écoutée, elle aurait attrapé le vase et l'aurait jeté par la fenêtre. Mais une femme au sang-froid exemplaire ne pouvait se permettre pareil mouvement d'humeur.

— M. French a appelé quatre fois, commença Miranda d'un ton lénifiant. Euh... Je lui ai dit que vous refusiez de lui parler...

En proie à une exaspération croissante, à laquelle se mêlait un sentiment d'une tout autre nature qu'elle refoulait avec soin, Pepper éprouvait le plus grand mal à garder son calme. Elle n'avait toujours pas levé les yeux, mais elle savait que Miranda n'avait pas bougé.

— Il... euh... M. Miles m'a chargée de vous dire qu'il passerait ce soir comme d'habitude, et que si vous teniez vraiment à récupérer votre trousseau de clés, il vous le rapporterait.

Les doigts de Pepper se crispèrent sur son stylo. Ebahie, elle considéra un instant sa secrétaire et comprit avec horreur que, quoi qu'elle dise, elle ne réussirait pas à la convaincre que, entre Miles French et elle, ce n'était pas du tout ce qu'elle croyait.

Le monstre ! Il le lui paierait…

Après le départ de Miranda, Pepper se mit à arpenter nerveusement la pièce. Miles French pouvait être fier de lui ! Qui croirait, à présent, qu'ils n'étaient rien l'un pour l'autre ? De rage et d'impuissance, Pepper grinçait des dents.

Le seul moyen de calmer les esprits serait de partir quelques jours. Elle avait besoin de vacances. *De vacances…*, songea-t-elle avec ironie. Elle qui n'en prenait jamais ! Elle qui adorait son métier et s'y vouait corps et âme… Nick avait renoncé à la convaincre de prendre des congés. Il lui avait souvent proposé de partir avec lui, mais chaque fois, elle avait refusé. Elle savait ce qu'il avait en tête, bien sûr. Nick n'avait jamais renoncé à elle.

Lorsque Miranda vint lui faire signer le courrier, elle la trouva en train de se masser la nuque.

— Fatiguée ? s'enquit la secrétaire avec sollicitude. Vous avez besoin de vacances.

— Oui… Des vacances me feraient sûrement du bien.

Elles lui permettraient en tout cas de se soustraire aux assiduités de Miles !

Ce week-end-là, Pepper devait aller chez Isabelle et Jeremy. Comme détente, ce n'était pas idéal. Elle songea à Oxford, mais si elle voulait rendre visite à Mary et Philip, il lui faudrait quitter le bureau vendredi en milieu d'après-midi.

Songeuse, elle mordillait le capuchon de son stylo. Le match de polo auquel elle était censée assister était un match important. L'équipe de Nick Howarth jouerait. Il était capitaine, à présent, et ne passait plus pour un oiseau rare. Smith's Lawn regorgeait de stars du rock converties en propriétaires terriens et de chefs d'entreprise prospères qui ne demandaient pas mieux que de soutenir financièrement un sport aussi gratifiant sur le plan social.

Mentalement, Pepper passa en revue sa garde-robe. Pour le dîner habillé qu'Isabelle donnait après le match, son choix se porta sur le modèle exclusif qu'elle venait d'acheter chez Parker. Elle optait d'habitude pour des tenues plus discrètes, moins outrageusement sexy, et se demandait ce qui avait bien pu la pousser à acheter celle-là.

Elle avait perdu un kilo en moins d'une semaine, signe indubitable que quelque chose ne tournait pas rond. Elle n'avait pourtant aucune raison de se faire du souci. Le but qu'elle visait depuis dix ans était enfin atteint. Pourquoi, alors, ce léger sentiment d'angoisse ? D'où lui venait cette tristesse inexplicable, cette mélancolie qui colorait ses pensées et ses rêves ? Pourquoi prenait-elle tellement à cœur les stratagèmes de Miles French, quand elle avait des sujets de préoccupation autrement plus sérieux ? Maintenant qu'elle avait mis les quatre hommes au pied du mur, elle n'avait plus qu'à attendre. A quoi bon s'en faire puisque aucun d'eux ne lui échapperait ?

Si elle voulait se libérer vendredi après-midi, elle avait intérêt à s'avancer dans son travail, décida Pepper en se penchant sur le dossier d'un jeune tennisman qui semblait avoir le vent en poupe. Le moment venu, elle se rendrait dans le Cheshire pour le rencontrer et voir de quoi il retournait exactement. Le tennis offrait de nombreux débouchés en matière de sponsoring, mais jusque-là, Pepper n'avait pas encore totalement réussi à s'y imposer. D'ici à cinq ans, cependant…

Contre toute attente, cette pensée ne suscita en elle aucune exaltation. Etrange… et inquiétant, songea-t-elle distraitement en reprenant sa lecture.

Elle avait la faculté exceptionnelle de pouvoir se concentrer instantanément sur un problème, ce qui lui évitait de perdre un temps précieux en pensées stériles et rêveries inutiles. Pourtant, malgré sa concentration, Pepper sentait qu'elle n'arrivait pas vraiment à tirer le meilleur parti de ce qu'elle lisait. Et sans se l'avouer, elle savait que c'était à cause de Miles French.

Levant les yeux, elle s'aperçut que Miranda avait oublié d'enlever les fleurs. Des fleurs des champs… Ce bouquet lui rappelait le jardin de Philip et, en allant chercher plus loin encore dans ses souvenirs, les prés dans lesquels, enfant, elle cueillait des coquelicots et des bleuets.

Des fleurs des champs… C'était si inattendu de la part de Miles ! Constater qu'elle s'était trompée sur son compte la troublait plus que de raison. Et si, en définitive, il n'était pas celui qu'elle croyait ?…

Julia Barnett fixait d'un regard vide la fenêtre de sa chambre. Depuis six mois, elle y dormait la plupart du temps seule, rongée par un sentiment de culpabilité qu'elle ne parvenait plus à assumer. Alex était au bureau, ou du moins c'était ce qu'il lui avait fait croire en partant ce matin.

Un sourire plein d'amertume lui vint aux lèvres. Elle l'avait appelé tout à l'heure, pour entendre la secrétaire lui répondre qu'elle ne l'avait pas vu de la journée.

Elle prit le bout de papier qu'elle avait trouvé par terre, dans leur chambre à coucher, devenue la chambre d'Alex par la force des choses. Elle l'avait soigneusement défroissé et posé sur le lit, à côté d'elle.

C'était l'écriture d'Alex, aucun doute là-dessus. Il n'y avait que deux mots sur ce papier ; un simple nom, en fait. Mais il était écrit des dizaines de fois…

Abasourdie, Julia ne pouvait détacher les yeux de ces deux mots.

Pepper Minesse ! Sa rivale… Pour l'avoir vue dans une émission de télévision consacrée aux femmes qui réussissent, elle savait qui elle était et à quoi elle ressemblait.

Alex, son mari, avait une liaison avec Pepper Minesse ! Julia sentit son cœur se serrer et se retint de hurler sa peine et son angoisse. Cela devait arriver ! Elle savait depuis le début qu'un jour ou l'autre il lui faudrait expier son crime, payer pour avoir refusé l'enfant que le ciel leur avait donné. Elle se mit à trembler, et le malaise qu'elle ressentait de plus en plus fréquemment depuis quelques jours la submergea d'un seul coup.

Elle n'eut pas conscience de perdre connaissance. Lorsqu'elle recouvra ses esprits, Julia gisait sur la moquette de sa chambre. Elle se releva péniblement, en proie à une terrible sensation de vertige. Elle n'avait rien mangé depuis deux jours, mais dans son esprit, son malaise avait une tout autre cause que la faim. Il faisait partie de sa pénitence — du châtiment qu'elle avait mérité. Mais Pepper Minesse méritait également d'être punie. Elle lui volait son mari. Elle lui donnerait les enfants que Julia, elle, ne pouvait concevoir.

Elle se rappelait combien les représentants des services d'adoption lui avaient paru réservés, et sentait confusément que leur demande serait rejetée. Ils découvriraient ce qu'elle avait fait et lorsque Alex saurait, il la quitterait... Mais ne l'avait-elle pas cherché ? Elle avait tué leur enfant...

Dans un état second, Julia partit pour la gare, où elle prit le premier train pour Londres. Elle se présenta chez Minesse Management en tout début d'après-midi. N'étant pas sortie déjeuner, Pepper travaillait sur un dossier lorsque sa secrétaire fit irruption dans son bureau, visiblement mal à l'aise.

— Une femme demande à vous voir, annonça Miranda. Je crains qu'elle ne soit... un peu bizarre...

— Bizarre ? Dans quel sens ?

— Eh bien... Elle affirme que vous lui avez... volé son mari.

Pepper avait peine à en croire ses oreilles. Ce n'était pas la première fois qu'on la soupçonnait d'être la maîtresse d'un homme marié, mais jamais encore elle n'avait reçu la visite d'une épouse jalouse.

— Et qu'attend-elle de moi, au juste ? Que j'ouvre mon coffre-fort et le lui restitue sur-le-champ ? Qui est-elle, au fait ?

— Lui faire dire son nom n'a pas été une mince affaire. Elle semble tellement perturbée ! Elle prétend s'appeler Julia... Julia Barnett.

La femme d'Alex Barnett ? A deux doigts d'ordonner à Miranda de se débarrasser de l'importune, Pepper se ravisa.

— Faites-la entrer, je vous prie. Je vais la recevoir.

— Vraiment ? murmura Miranda. Elle n'est pas dans son état normal, et apparemment…

La secrétaire rougit sous le regard interrogateur de Pepper.

— Elle n'est peut-être pas dangereuse, admit-elle, mais ce qu'il y a de sûr, c'est qu'elle n'est pas loin de la crise de nerfs.

Elle se mordit la lèvre et ajouta d'une voix hésitante :

— Elle n'est même pas habillée correctement.

— Faites-la entrer, répéta Pepper d'un ton péremptoire.

A la seconde où elle la vit, Pepper comprit pourquoi Miranda s'était montrée si réticente. La femme qui se tenait devant elle avait dû être jolie, autrefois, et aurait encore pu être séduisante. Mais ses cheveux blonds étaient ternes et retombaient tristement sur ses épaules. Elle avait les traits tirés, le teint blafard, et ressemblait à une mégère dans l'espèce de sarrau informe qui lui servait de robe. Avec cela, maigre à faire peur, et chaussée d'espadrilles usées jusqu'à la corde.

— Vous m'avez volé mon mari et je veux le reprendre.

Cette affirmation exaltée brisa brutalement le silence. Pepper ne sut que répondre. La détresse de cette femme, si pathétique dans son étrange requête, suscitait en elle, à son corps défendant, un sentiment de pitié irrépressible.

— Je sais exactement ce qui l'intéresse en vous, poursuivit la femme. C'est votre ventre ! Le ventre qui portera son enfant. Mais ça, je ne le permettrai pas !

Pepper s'attendait si peu à la voir bondir sur elle qu'elle n'eut pas le temps d'avoir peur. En trois enjambées, sa visiteuse l'avait rejointe. L'air menaçant, elle lui brandissait sous le nez un énorme coutelas.

Elle avait l'impression de rêver, tant la situation lui semblait incongrue et cocasse. C'en était presque risible. Cette femme qui l'accusait de lui voler son mari, qui la prenait à partie et la menaçait de son couteau de boucher… Si seulement elle savait…

— Je n'essaie pas de vous prendre votre mari, déclara Pepper d'un ton posé. Je vous en donne ma parole. Mais nous pourrions peut-être bavarder un moment, toutes les deux. Que diriez-vous d'une tasse de café ?

Le visage de la femme se détendit, s'adoucit. Sous son masque de furie, elle avait presque l'air d'une enfant.

— J'ai perdu mon bébé, confia-t-elle, éperdue.

— Je sais. Je connais toute l'histoire.

— Dieu veut me punir. C'est pourquoi Il permet que vous me preniez Alex.

— Non, Dieu ne cherche pas à vous punir. Dieu est miséricordieux ; Il comprend et pardonne.

Une lueur d'espoir vacilla dans les yeux ambre de la visiteuse, qui pour la première fois semblaient se fixer sur Pepper, interrogateurs et sceptiques. De son côté, Pepper ne se reconnaissait plus. Elle se demanda ce qui lui était passé par la tête. Réconforter les femmes en détresse ne faisait pas partie de ses attributions, que diable ! En outre, Julia Barnett ne représentait rien pour elle. Pourquoi, alors, lui inspirait-elle une telle pitié ? D'où lui venait cette envie de lui entourer les épaules de son bras et de la rassurer ?

— Asseyez-vous, Julia ; nous serons mieux pour bavarder. Je suis au courant pour le bébé. Je sais ce qui s'est passé.

— Ah bon ?

— Mais je vous promets que je ne vais pas vous prendre Alex.

— Il ignore tout. Je lui ai toujours caché la vérité. Je ne peux plus avoir d'enfants, mais il peut, lui… Il…

— Alex ne vous quittera pas. Il vous aime.

Julia était suspendue à ses lèvres. La main qui tenait le couteau s'abaissa, mais Pepper ne chercha pas à s'emparer de l'arme. Pas une seconde elle n'avait réellement craint pour sa vie. Elle attendit que Julia eût posé le couteau sur le bureau pour le prendre, puis elle sonna sa secrétaire.

— Apportez-nous du café, Miranda, dit-elle d'un ton égal lorsque la jeune femme arriva. Je vous informe que je serai absente tout le reste de l'après-midi. Mme Barnett et moi allons faire quelques emplettes.

— Des emplettes ?

Julia la dévisageait sans comprendre.

— Alex aime que vous vous fassiez belle, non ?

— Oui… Il aime bien, c'est vrai, admit Julia d'une toute petite voix en tripotant nerveusement sa robe miteuse.

Cette femme, songea Pepper, était minée par son complexe de culpabilité. Elle avait grand besoin d'être prise en charge par un spécialiste. Etrange, tout de même, qu'un homme tel qu'Alex Barnett ne l'ait pas quittée depuis longtemps… Il l'aimait toujours ; tous les rapports concordaient sur ce point. Se pouvait-il qu'un homme aussi attaché à sa femme, qu'un mari aussi dévoué fût réellement… ?

Réellement quoi ? Il l'avait kidnappée et elle avait été violée. Si elle estimait devoir se venger, c'était tout ce qui comptait ! Il eût été si facile, tout à l'heure, d'appeler la police et de déclencher un scandale. Julia Barnett aurait été arrêtée, déboutée de ses accusations, peut-être internée dans un asile psychiatrique. Alors ? Pourquoi n'avait-elle pas réagi ?

Par égard pour Julia ? Julia qui n'était plus que l'ombre d'elle-même, si différente de la jeune femme pétulante qui souriait sur les photos que Pepper avait en sa possession. De quoi était-elle coupable, après tout ? Pepper n'avait-elle pas elle-même envisagé d'avorter ? Julia se faisait du mal pour rien. Bien sûr, Pepper n'oubliait pas que c'était d'elle, de Julia justement, qu'elle avait prévu de se servir pour se venger d'Alex. En réduisant à néant les chances d'adoption du couple, elle savait que Julia sombrerait dans le désespoir. Mais à présent qu'elle l'avait devant elle, si pitoyable, si pathétique, le passage à l'acte lui paraissait impossible.

Sans vraiment oser se l'avouer, Pepper se rendait compte qu'elle avait préjugé de sa volonté de nuire à Alex Barnett. Elle devrait trouver un autre moyen de se venger de lui.

Cette décision prise, elle se sentit soulagée d'un grand poids.

Elle chargea Miranda de trouver Alex Barnett et de lui demander de la rappeler dès que possible. La secrétaire apprit qu'Alex, sans nouvelle de sa soumission, s'était rendu à Whitehall. Ce fut là qu'elle réussit à le joindre. Dans l'intervalle, Pepper et Julia firent quelques achats. Pepper avait l'impression de sortir avec une enfant, tant Julia lui semblait désarmée et perdue.

Quand sa protégée en eut assez, elle la ramena à son bureau, où elle la fit asseoir.

— Julia, je pense que vous devriez vous confier à Alex.

Elle avait posé une main sur l'épaule de Julia, qui se mit à trembler.

— Non... Ça, je ne pourrai jamais !

— Il le faut, insista Pepper. Si vous avez ce courage, je suis sûre qu'Alex vous en sera reconnaissant. Vous devez partager avec lui votre... votre douleur.

Pepper ignorait complètement ce qui la poussait à compatir. Pourquoi ne s'était-elle pas contentée d'appeler la police ? se demandait-elle, furieuse contre elle-même. Cette femme lui faisait perdre la tête. Sa détresse la bouleversait. Une telle sensiblerie était ridicule, grotesque...

— Dieu m'en empêchera, protesta Julia.

Pepper prit une profonde inspiration.

— Mais non, Julia ; ne croyez pas cela. Dieu vous y aidera, au contraire. C'est lui qui vous a envoyée à moi, pour que je vous annonce la bonne nouvelle. Dieu vous a pardonné et veut que vous disiez toute la vérité à Alex, pour que... pour que vous puissiez, Alex et vous, prendre soin en son nom d'un enfant très spécial.

Julia buvait chacune de ses paroles.

— Dieu a un enfant pour nous ?

Toute cette histoire était parfaitement grotesque ! se répéta Pepper, déchirée par les sentiments contradictoires qui se livraient en elle une bataille sans merci. Mais elle ne pouvait sacrifier cette femme sur l'autel de ses propres conflits intérieurs. Son instinct le plus secret, cette étrange prescience dont elle semblait dotée, l'incitait à croire que rien dans la vie n'arrivait jamais par hasard. Elle était convaincue qu'il existait une sorte de déterminisme, de volonté supérieure, et que c'était celle-ci qui avait mis cette femme sur son chemin. Pour l'éprouver. Des frissons la parcoururent lorsque Pepper sentit près d'elle, si forte et pourtant invisible, la présence de sa grand-mère. La croyance atavique en certaines forces obscures que lui avait inculquée Naomi ne l'avait jamais quittée. Pepper *savait* que cette femme lui avait été envoyée dans un but bien précis...

Une fraction de seconde, elle eut la vision de Julia s'enlisant dans des sables mouvants. Elle tendait la main à Pepper, la suppliait du regard. Si Pepper se détournait, si elle lui refusait son aide...

Elle aspira une grande bouffée d'air et répondit comme on se jette à l'eau :

— Oui, Julia. Votre vœu sera bientôt exaucé. Alex ne va pas tarder à arriver. Dès que vous serez rentrée, vous lui direz ce qui s'est passé, pour le bébé.

— Et ensuite... ensuite, Dieu nous donnera un autre enfant ?

Elle tremblait comme une feuille, et Pepper luttait pour ne pas se laisser gagner par la panique. Avait-elle le droit de lui faire des promesses ? Elle n'était pas Dieu et ne pouvait être sûre de rien... Cependant... Comme si les mots émanaient de quelqu'un d'autre, elle s'entendit prononcer à mi-voix une vieille formule romani, une des préférées de sa grand-mère, et presque instantanément, la tension dans la pièce retomba, faisant place à une étrange sérénité.

Julia cessa de trembler. L'angoisse disparut de son regard. Pepper retenait son souffle. Le téléphone sonna, brisant net le silence ambiant.

— Alex Barnett est arrivé, annonça Miranda à l'autre bout du fil.

— Très bien. Accordez-moi deux minutes avant de le faire entrer.

— Alex est ici, dit-elle à Julia en reposant le combiné. Dites-lui simplement que vous voulez rentrer. Une fois chez vous, ouvrez-lui votre cœur, Julia.

— Dieu me pardonnera-t-il ?

— Lorsque vous vous serez déchargée de ce fardeau, vous vous sentirez soulagée. Et Dieu vous pardonnera.

Encore fallait-il que Julia se pardonne à elle-même ! songea Pepper en s'esquivant dans la salle qui jouxtait son bureau.

Julia était la dernière personne qu'Alex s'attendait à trouver dans le bureau de Pepper. Fou d'inquiétude, il se précipita vers elle.

— Julia…

— Rentrons, Alex. Je veux retourner à la maison.

Il vit sa robe informe, ses espadrilles usées, mais remarqua aussi qu'elle n'avait pas ce regard éperdu et fuyant des mauvais jours.

— Il faut que je te parle, Alex. Rentrons tout de suite.

— Qu'est-ce que tu fais ici ? demanda-t-il.

— Il fallait que je vienne. Il le fallait.

Les laissant s'expliquer, Pepper sortit dans le hall.

— Je m'en vais, Miranda. Pourriez-vous aller dans mon bureau et transmettre à M. Barnett un message de ma part ? Dites-lui, s'il vous plaît, que sa femme est arrivée ici complètement affolée et qu'il serait sans doute préférable qu'il la ramène à la maison.

Hébété, sans réaction, Alex écouta ce que Miranda avait à lui dire. Il ne comprenait pas pourquoi Julia se trouvait ici et se demandait avec inquiétude ce que Pepper Minesse avait bien pu lui révéler. Le plus étrange était que Julia semblait aller mieux. Elle était plus calme, moins exaltée que d'habitude.

Il décocha un sourire absent à Miranda, insensible à la plastique de ses jambes interminables et à la sensualité de sa bouche pulpeuse. Mais lorsqu'il regarda sa femme, ses yeux débordaient d'amour et de tendresse, à tel point que lorsqu'ils furent partis, Miranda ne put s'empêcher de confier à la réceptionniste :

— Les hommes comme lui ne courent pas les rues ; et c'est bien dommage !

Le vendredi après-midi, Pepper quitta son bureau plus tard que prévu. Plusieurs fois au cours de la semaine, Alex Barnett avait cherché à la joindre. Elle avait refusé de lui parler, car elle avait un peu honte de sa conduite avec Julia. Mais de là à penser que sa grand-mère l'avait influencée... Il fallait vraiment qu'elle ait perdu la tête ! Chassant résolument les Barnett de son esprit, Pepper monta dans sa voiture.

Sa valise était prête. Un bain rapide, une petite collation et elle prendrait la route sans plus tarder.

Avec un peu de chance, elle arriverait à Oxford avant qu'Oliver soit couché. Pourquoi tenait-elle donc tant à le voir ? s'interrogea Pepper. Cet enfant était celui de Mary et Philip ; elle ne devait pas l'oublier.

— Ma vieille, tu files un mauvais coton ! dit-elle à voix haute à son reflet, dans le miroir de la salle de bains. Comme tu es partie, tu ne vaudras bientôt pas mieux que Julia Barnett !

L'autre jour, elle avait cru sentir flotter autour d'elle la présence de Naomi, et voilà à présent qu'elle fantasmait sur un enfant dont au départ elle ne voulait même pas entendre parler... Décidément, tout allait de mal en pis !

9 heures venaient de sonner lorsqu'elle arriva chez les Simms. Oliver l'accueillit avec son grand sourire, et malgré ses résolutions, Pepper ne put masquer son plaisir, cet émoi étrange qu'il suscitait en elle chaque fois qu'elle le voyait.

Le lendemain matin, elle partit après le petit déjeuner. Mary l'accompagna jusqu'à sa voiture et l'embrassa affectueusement.

— Elle l'aime, dit-elle à Philip, un peu plus tard. Cela devait arriver ; je m'y attendais depuis le début.

Il serra sa main dans les siennes en se demandant pourquoi les êtres les plus doux et les plus innocents étaient aussi souvent ceux que le destin frappait le plus cruellement.

— Et tu en souffres ? murmura-t-il.

— Non, pas vraiment, répondit Mary. Oliver va rentrer, ajouta-t-elle avec un sourire. Je ferais mieux de préparer à manger.

Isabelle avait prévu de pique-niquer à Smith's Lawn. Jeremy était parti en début de matinée, laissant les femmes et les enfants se charger des victuailles. Tandis qu'Isabelle installait à l'arrière de l'énorme Range Rover un volumineux panier en osier et trois petits diables remuants et volubiles, Pepper, à la fois triste et amusée, songeait que son amie avait bien changé. Elle était à présent une jeune femme rangée, qui se partageait entre ses devoirs d'épouse et de mère et ses nombreuses obligations sociales. Il ne restait rien de la jeune fille farfelue qui s'était si spontanément confiée à elle dans la rue et lui avait offert sans hésiter son amitié. Sans le polo, qui les rapprochait encore, leurs relations auraient sans doute pris fin depuis longtemps.

— Je suis tout excitée à l'idée de te voir remettre la coupe, déclara Isabelle d'un ton enjoué. C'est un honneur, tu sais. L'année dernière, c'était la princesse de Galles, souviens-toi... Jeremy pense que l'équipe de Nick a toutes les chances de gagner. Ça le contrarie énormément, d'ailleurs. Il dit que c'est injuste qu'ils puissent s'offrir les meilleurs joueurs sud-américains. On ne connaît pas la moitié d'entre eux...

Isabelle était intarissable. Pepper aurait préféré faire le trajet dans sa propre voiture, mais Isabelle avait tout organisé et détestait les changements de dernière minute.

— En fait, Jeremy n'est plus lui-même depuis quelque temps. Je suis sûre que c'est ce gros coup financier dont tout le monde parle dans la City qui le travaille, dit Isabelle en faisant la grimace.

Pepper préféra ne pas répondre. Si Jeremy n'était pas dans son assiette, ce n'était certainement pas à cause d'un événement qui ne pouvait que lui rapporter de l'argent, mais plus vraisemblablement parce qu'il avait une maîtresse. Pepper n'aurait aucun mal à amener Isabelle à lui confier le fond de sa pensée. Mais elle la soupçonnait d'avoir elle-même fait quelques entorses à ses engagements matrimoniaux. Discrètement, bien sûr. Dans son milieu, on n'étalait pas au grand jour ses petites tocades. La dernière fois qu'elles étaient allées ensemble à Smith's Lawn, Pepper avait remarqué les coups d'œil appuyés qu'Isabelle échangeait avec le mari de l'une de ses amies.

Le match auquel elles assisteraient aujourd'hui était le plus important de la saison, comme en témoignaient les élégants pavillons de toile qui se dressaient sur les pelouses. Patronné par Cartier, il constituait un événement international dans le monde du polo. C'était la quatrième année que Pepper y assistait, mais la première fois qu'on lui demandait de remettre le trophée. Elle ne se faisait aucune illusion sur les raisons des organisateurs de lui confier cet honneur. Si la princesse de Galles ou la duchesse d'York avaient été disponibles, son nom n'aurait même pas été mentionné. Cependant, son agence était à présent si étroitement associée au polo et son visage si connu que la foule dense des spectateurs leur jeta des regards envieux lorsque Isabelle et elle se frayèrent un passage jusqu'au pavillon Cartier.

Pepper rendit leurs sourires à plusieurs membres de la vénérable Hurlingham Polo Association. Si à une époque pas très lointaine, ceux-ci s'offusquaient que leur sacro-saint sport pût faire l'objet de contrats commerciaux, le sponsoring était devenu une pratique si courante que plus personne n'y trouvait à redire.

Comme elle l'avait espéré, le déjeuner fut pour elle l'occasion de nouer de nouveaux contacts et de surprendre certains ragots dont elle pensait pouvoir tirer parti. De leurs côtés, Isabelle bavardait avec ses copines, et Nick discutait ferme avec un joueur.

Le regard de Pepper balaya la nombreuse assistance massée sous la rotonde fleurie, et soudain, elle se figea. Cet homme qui lui tournait le dos... Cette tête brune...

Miles l'avait vue, bien sûr ; elle était le point de mire général. Elle jouait son rôle à la perfection, songeait-il en la regardant rire et sourire, opposer à toute cette joyeuse agitation une façade sereine. Vêtue avec élégance d'un ensemble de soie imprimé blanc et bleu foncé, elle portait un chapeau qui mettait en valeur son extraordinaire chevelure et des gants de peau assortis. Il savait qu'entre Nick Howarth et elle il n'y avait jamais rien eu, contrairement à ce qu'elle laissait croire. Il n'ignorait plus rien de ses inhibitions sexuelles, du blocage que dissimulaient sa belle assurance et son éclatante sensualité, et aurait parié qu'aucun des hommes qui lui tournaient autour, parfois depuis des mois, n'avait jamais partagé son lit. En dépit des apparences, Miles en était convaincu. Le stratagème de Pepper pour tenir ses admirateurs à distance sans pour autant les décourager se révélait remarquablement efficace. Adroitement, elle avait réussi à se forger une réputation qui la mettait à l'abri des soupçons. Qui aurait pu deviner qu'en réalité son expérience sexuelle se limitait à une étreinte brutale et traumatisante ?

Machinalement, son regard se porta sur Nick Howarth, avec son physique d'acteur de cinéma et ses yeux langoureux quand ils se posaient sur Pepper...

Le cours de ses pensées fut brutalement interrompu par une voix annonçant le début des cérémonies. Il fut entraîné à l'extérieur, mais prit soin de rester à prudente distance de Pepper.

Tandis que les fanfares des deux équipes adverses jouaient les hymnes nationaux, Pepper cherchait vainement du regard la tête brune aperçue un moment plus tôt. Puis le match commença et elle essaya de penser à ce qui se passait sur le terrain. Mais elle se sentait anormalement fatiguée et préoccupée. Peut-être son imagination lui jouait-elle des tours ? songea-t-elle pour se rassurer. Si elle commençait à voir Miles French partout, ça devenait grave !

Non ! décida-t-elle résolument. Pas question de laisser ce sale type la perturber !

Vers le milieu de l'après-midi, il y eut une pause pour le thé. Jeremy et Nick les rejoignirent. La conversation porta tout naturellement sur les qualités et les défauts des équipes en présence. Pepper écoutait d'une oreille distraite les commentaires des uns et des autres, agacée de constater à quel point la brève apparition de Miles French l'avait troublée. Elle avait du mal à rester en place et trouvait le temps long, même en compagnie de Nick. Elle était soulagée, et en même temps étrangement déçue à la pensée qu'elle s'était probablement trompée et que Miles French n'était pas là. *Déçue* ? Pepper prit un air si sombre que Nick lui demanda ce qu'elle avait.

Puis les joueurs regagnèrent le terrain, les spectateurs leurs sièges, et la partie reprit. Assise à côté d'Isabelle, Pepper tentait vainement de s'intéresser au jeu. Nick était allé s'entretenir avec son équipe, mais lorsqu'il revint, il lui proposa de l'emmener voir sa nouvelle acquisition : un cheval sur lequel il fondait beaucoup d'espoirs. Pepper accepta de l'accompagner, moins par curiosité que par désir de se changer les idées.

Lorsque Nick lui passa un bras possessif autour des épaules, elle dut se faire violence pour ne pas le repousser. Depuis leur première rencontre, Nick avait eu beaucoup de femmes dans sa vie, mais il n'avait jamais cessé d'espérer, persuadé qu'un jour elle lui céderait. Pepper savait qu'il perdait son temps, mais lui l'ignorait, bien sûr…

Comme Nick s'arrêtait pour parler à quelqu'un, elle en profita pour se dégager. Elle entendit une voix crier : « Attention ! » et se retourna brusquement. Un des chevaux s'était détaché et fonçait droit sur elle au triple galop. Pepper le regardait, incapable du moindre mouvement, pétrifiée et médusée de terreur. Un cri suraigu parvint à ses oreilles, puis l'air s'engouffra brutalement dans ses poumons tandis qu'on l'empoignait et la couchait au sol. Elle sentit s'abattre sur elle un corps chaud et vigoureux. Un *corps d'homme* ! Le passé se superposa soudain au présent et une peur sans nom la submergea, se mit à gronder en elle tel un torrent, une panique sauvage qu'elle était incapable d'endiguer, plus puissante que la raison, que le bon sens, que la logique, et qui l'entraînait avec elle dans l'irrésistible force de son courant. Pepper chercha à repousser son agresseur, mais il était grand et bien trop fort pour elle. Elle suffoquait.

Elle ouvrit la bouche pour hurler mais aucun son ne sortit de sa gorge. Une myriade d'étoiles multicolores se mirent à danser devant ses yeux, puis ce fut le noir complet.

— Elle s'est évanouie !

Miles se releva et commença à tâter les membres inertes de Pepper, à la recherche d'éventuelles fractures. Les témoins de la scène approchaient pour le féliciter pour son courage et sa remarquable présence d'esprit.

— Mon Dieu ! gémit Isabelle d'une voix tremblante. Dire qu'elle aurait pu être tuée !

— Elle en est quitte pour une grosse frayeur, fit remarquer Miles en la rassurant d'un sourire. Elle n'a rien de cassé. Je vais la transporter jusqu'à ma voiture…

Des flashes explosaient autour d'eux, mais seul Miles semblait y prêter attention. Il n'aurait pu espérer meilleure publicité. Leurs photos paraîtraient demain dans tous les journaux. Lorsque le cheval s'était échappé, il se trouvait à plusieurs dizaines de mètres de Pepper. Voyant que personne n'intervenait, il avait volé à son secours.

— Vous… vous la connaissez ? s'étonna Isabelle.

— Oui, bien sûr. Je la connais même très bien.

Il accompagna ces paroles d'un sourire entendu qui plongea Isabelle dans la confusion.

— Ah ! je comprends… Mais je… C'est-à-dire qu'on n'a pas dû vous voir très souvent ici. Je ne m'attendais pas… Enfin…

— Pepper et vous étiez au collège ensemble, n'est-ce pas ? lança Miles en remerciant mentalement son informateur.

Isabelle acquiesça d'un sourire, mise en confiance par la gentillesse de son interlocuteur, et sensible à son charme.

— C'est drôle, dit-elle, Pepper ne m'a jamais parlé de vous. Oh ! regardez, elle revient à elle !

Pepper se raidit, consciente de la présence d'un homme à son côté. Elle percevait son odeur, sa force, sa virilité avec une telle acuité qu'elle ne put s'empêcher de crier.

— Pepper, ça va ?

S'accrochant à la voix d'Isabelle comme à une bouée de sauvetage, Pepper trouva le courage d'ouvrir les yeux. Mais dans son champ de vision, il n'y avait que Miles. Seulement Miles French !

— Pepper ! Que s'est-il passé ?

Nick… Elle chercha à repousser Miles French, mais lorsque ses seins entrèrent en contact avec son torse puissant, elle eut l'impression de s'enflammer comme une torche.

— Elle revient de loin, Nick… Miles lui a sans doute sauvé la vie. Miles, pourquoi ne viendriez-vous pas dîner avec nous ?

Cela désorganisait sa table, songeait Isabelle, mais elle avait une amie qui serait sûrement ravie de tenir compagnie à Nick Howarth. Mais pourquoi diable Pepper ne lui avait-elle pas dit qu'elle avait un nouvel homme dans sa vie ?

— Pepper, ma chérie, ne crois-tu pas qu'il vaudrait mieux que Miles te raccompagne à la maison ? Tu pourrais te reposer et…

— Non !

Trois paires d'yeux convergèrent sur elle, mais ceux de Miles French ne semblaient pas surpris par la violence de sa réaction. Pepper s'empressa de regarder ailleurs. Jamais elle ne pourrait surmonter la peur qu'il lui inspirait, ni le dégoût qui la submergeait quand il la touchait. Onze ans plus tôt, lorsqu'elle s'était réveillée dans son lit et qu'elle l'avait vu, penché sur elle, elle avait cru que le cauchemar allait recommencer. Si elle le détestait autant, c'était peut-être à cause de cet instant de panique, de terreur absolue, de vulnérabilité… Elle se souvenait de son regard, ce matin-là…

Pepper fronça les sourcils puis secoua la tête. Non, impossible, elle devait se tromper ! Comment aurait-il pu éprouver de la compassion pour elle alors qu'il était complice ? S'il avait été innocent, elle ne se serait pas retrouvée dans sa chambre.

Miles l'avait lâchée et elle s'efforçait de maîtriser ses tremblements.

— Je me sens bien, à présent, mentit-elle avec un aplomb qui l'étonna elle-même. Et il est inutile que Miles m'accompagne où que ce soit.

Avec un sourire crispé, elle lui tendit la main.

— Merci infiniment. Sans vous, je…

— Ma chérie, coupa Isabelle, ne te donne pas tant de mal pour jouer la comédie. Miles a vendu la mèche.

En voyant le visage de Nick se décomposer, Pepper sentit la colère monter en elle comme une lame de fond. Miles French allait-il continuer longtemps son petit manège ? N'avait-il rien trouvé de mieux pour se venger d'elle que de se faire passer pour son amant ?

— J'ai invité Miles à dîner avec nous et…

Le babillage d'Isabelle ne constituait plus qu'un bruit de fond indistinct. Pepper sentait le piège se refermer sur elle. Inexorablement. Elle aurait voulu crier que Miles French n'avait pas le droit d'envahir sa vie, de la harceler comme il le faisait. Elle aurait voulu se jeter dans les bras de Nick, implorer son aide et sa protection, mais sa fierté, cette satanée fierté tsigane, et la méfiance que lui inspiraient les hommes, Nick comme les autres, l'en empêchaient.

La chance, décidément, était avec lui ! songea Miles en prenant congé avant de rejoindre ses amis.

Pepper lui faisait penser à un animal sauvage pris au piège. Il avait senti les battements frénétiques de son cœur lorsqu'elle était revenue à elle, avait entendu son cri de frayeur. Parviendrait-il un jour à l'apprivoiser ? A gagner sa confiance ?

Mais que lui importait, dans le fond ? Pepper Minesse n'était pas appelée à s'éterniser dans sa vie. Il s'agissait pour lui de s'acquitter des engagements qu'il avait pris. Dès que le problème serait réglé… D'ailleurs, Pepper n'était pas son type de femme. Elle ne serait jamais assez…

Furieux contre lui-même, Miles chassa ces pensées. Trop de sentiment nuisait à l'action. Il ferait bien de s'en souvenir !

16

En entendant Pepper claquer rageusement la porte de son bureau, Miranda et Helena échangèrent un regard consterné.

— Quelle mouche l'a piquée ? demanda la réceptionniste. C'est bien la première fois que je la vois perdre son sang-froid ! Je me demande ce qui a pu la mettre dans cet état…

— Un homme, pardi !

Miranda savait de quoi elle parlait. Elle venait de se disputer avec son fiancé. Après leur mariage, il voulait qu'elle renonce à travailler, mais elle, elle ne l'entendait pas de cette oreille.

Dans son bureau, Pepper se passait nerveusement les doigts dans les cheveux en maudissant Miles French de lui avoir gâché son week-end. Et quand elle disait *gâché*…

Chez Isabelle, il s'était montré odieux : pendant tout le repas, il l'avait littéralement dévorée des yeux et n'avait cessé de l'entourer d'attentions, soulignant avec force, d'abord à Nick, puis aux autres convives, qu'il était son chevalier servant. Après cela, comment aurait-elle pu convaincre son amie qu'entre elle et lui il n'y avait rien ? Pepper avait eu beau lui affirmer qu'il jouait la comédie, Isabelle n'avait pas voulu en démordre. Elle s'était même moquée de sa pruderie.

Où diable voulait-il en venir ? Il cherchait à la désarçonner, soit ! Mais n'avait-il pas, par hasard, une autre idée derrière la tête ?

Le pire était qu'elle ne pouvait pas se confier à Isabelle. Miles le savait, bien sûr, et il en profitait !

D'ailleurs, Nick était parti en faisant la tête. Et comme si cela ne suffisait pas, le dimanche, alors qu'elle s'efforçait de le ramener à de meilleurs sentiments, Miles avait débarqué dans le pub où Nick et elle déjeunaient tranquillement, et il avait eu le toupet d'affirmer qu'elle lui avait donné rendez-vous là la veille.

Isabelle avait dû le mettre au courant de ce tête-à-tête avec Nick ; ce n'était pas possible autrement !

Pepper soupira en se laissant aller contre le dossier de son fauteuil. Fermant un instant les yeux, elle tenta de chasser la tension qui l'habitait.

Au bout d'un moment, elle ouvrit son agenda et essaya de se concentrer sur son travail. Mais aujourd'hui, il n'y avait pas moyen… Dès que son attention se relâchait, ne serait-ce qu'une petite seconde, Pepper recommençait à penser au week-end écoulé, s'étonnant encore de la facilité avec laquelle Miles s'était fait accepter par les amis d'Isabelle, et de son habileté à les manipuler tout en gardant ses distances. A cet égard, d'ailleurs, il lui ressemblait. Comme elle, il…

Exaspérée, elle jeta son stylo par terre, renonçant à faire quoi que ce soit de bon aujourd'hui. Machinalement, son regard se tourna vers la fenêtre, le ciel bleu, le soleil… Elle eut soudain envie de respirer l'air frais de la campagne, de se promener dans les champs. Il y avait si longtemps que cela ne lui était pas arrivé !

Elle sonna Miranda et lui annonça posément :

— Je m'en vais, Miranda. Si on me demande, je serai là demain, comme d'habitude.

La secrétaire en resta bouche bée. Pepper ne partait jamais au beau milieu de la journée, surtout sans laisser de numéro de téléphone où la joindre en cas de besoin…

— Mais que se passe-t-il, à la fin ? s'étonna la réceptionniste en voyant partir Pepper. Je ne la reconnais plus !

— Je te dis qu'il y a un homme là-dessous, affirma Miranda.

Dix minutes plus tard, Helena faisait irruption dans le bureau de sa collègue, un journal à la main.

— Je crois bien que tu as raison. Tiens, regarde un peu ça !

Le photographe avait pris son cliché au moment où Miles se jetait sur Pepper pour la protéger du cheval. On aurait dit deux amoureux tendrement enlacés — impression que la légende, sous la photo, ne cherchait nullement à dissiper, laissant entendre au contraire que le couple était très lié.

— Miles French... J'en étais sûre ! Il est superbe, non ? Je comprends qu'elle ait envie de prendre sa journée. A sa place, j'en ferais autant !

Helena et Miranda n'étaient pas les seules à avoir vu la photo dans le journal. Richard Howell, tombé dessus par hasard, félicita mentalement son compagnon d'infortune pour le travail accompli. Il était sorti tellement abattu de l'entrevue qu'ils avaient eue avec Pepper que pas un instant il n'avait cru que French réussirait son coup. C'était sans compter avec le public, toujours friand de ce genre de ragots...

Mais le temps pressait, songea Richard avec un froncement de sourcils. French avait intérêt à ne pas s'endormir sur ses lauriers ; il lui restait à mettre en œuvre la seconde partie de son plan. La partie la plus délicate... et la plus urgente ! De son côté, Simon en effet commençait à s'énerver. La veille, il avait insisté pour que Richard déjeune avec lui.

Simon était à cran, si excité, en vérité, que pendant tout le repas Richard s'était demandé s'il ne prenait pas trop à cœur l'affaire qui les préoccupait. Il ne raisonnait pas comme un éminent député, mais presque comme... un déséquilibré, un fou dangereux. Il avait parlé de s'occuper personnellement de Pepper et d'apporter une solution radicale à leur problème. Richard avait fait mine de ne pas comprendre. Il s'était laissé convaincre une fois de kidnapper Pepper, soit, mais il était étudiant, à l'époque... Aujourd'hui, dans sa position, il ne pouvait se permettre de courir un tel risque. En outre, il s'agissait non plus d'un simple viol, mais bel et bien d'un meurtre. Comment un grand politicien pouvait-il envisager de sang-froid de tuer quelqu'un ? Simon Herries détestait Pepper et ne s'en cachait pas. Devant tant de haine, Richard avait pris peur.

Il fallait absolument qu'il joigne Miles, décida-t-il en tendant la main vers le téléphone. Non, mieux valait l'appeler de la voiture, là où il ne risquait pas d'être entendu…

Lorsque le téléphone sonna, Miles étudiait le cas du foyer pour femmes battues. Mais son esprit tournait à vide car en réalité il pensait à Pepper et au moyen de la protéger. Il avait bien une idée, mais elle comportait un certain nombre de risques et une part de hasard vraiment énorme.

Il avait vu son ami médecin et avait réussi à lui extorquer une ordonnance pour un puissant somnifère qui agissait presque instantanément et n'avait aucun effet indésirable. Miles lui avait raconté qu'il souffrait d'insomnie et de surmenage, et que son médecin habituel refusait par principe de prescrire à ses patients des tranquillisants ou des somnifères. C'était cousu de fil blanc, mais par chance, son interlocuteur n'avait pas tiqué.

A présent, il lui restait à prendre certaines dispositions, notamment en ce qui concernait l'endroit où il emmènerait Pepper.

En reconnaissant la voix de Richard Howell, à l'autre bout de la ligne, Miles ne fut pas surpris outre mesure. Il savait bien que Richard, à l'instar de Simon, ne lui faisait pas totalement confiance.

Alex Barnett, en revanche, avait été ravi de le voir assumer la direction des opérations. Et il n'aurait pas demandé mieux que de ne plus entendre parler de Pepper et de ses menaces.

— Bien joué ! lança Richard. J'ai vu la photo, dans le journal. Quel beau couple vous formez, Mlle Minesse et toi !

— C'est pour ça que tu me téléphones ? Pour me féliciter ?

Après quelques secondes de silence, Richard passa aux aveux.

— Non, pas seulement. Ecoute, Miles, je voulais que tu saches que Simon cherche à me convaincre de… Tu sais, j'ai l'impression qu'il trouve que les choses traînent trop.

Miles s'attendait depuis le début à une réaction de ce genre de la part de Simon Herries. Or si Herries s'ingérait dans ses plans maintenant, c'était fichu ! Il allait falloir le prendre de vitesse, jouer sur les deux tableaux à la fois pour tromper sa vigilance en même temps que celle de Pepper. Miles avait revu Elisabeth Herries et, cette fois, elle avait accepté de rencontrer le Premier ministre en place. Dès qu'il avait eu son consentement, Miles s'était empressé de faire appel à ses relations pour obtenir de toute urgence une entrevue avec le chef du gouvernement. Il n'avait donné aucune explication, précisant simplement qu'il s'agissait d'un problème concernant la conduite d'un député très en vue. Désormais, il lui suffirait de mettre Pepper à l'abri et de convaincre Elisabeth Herries d'entamer une procédure de divorce.

— Il serait peut-être préférable que nous nous rencontrions, déclara Miles après quelques instants de réflexion.

— Oui, cela me paraît indispensable. Il faut joindre Alex et convenir d'un rendez-vous le plus vite possible. Je ne te cache pas que je suis très inquiet. Simon voue une haine féroce à Pepper Minesse. J'ai déjeuné avec lui pas plus tard qu'hier ; il n'a pas arrêté de répéter que le plus simple serait de la supprimer purement et simplement.

Il y eut un court silence, puis Richard ajouta :

— S'il la tuait, nous serions dans de beaux draps...

— Tu peux toujours t'adresser à la police, suggéra Miles en sachant qu'il n'y avait quasiment aucune chance pour que Richard suive son conseil.

— Impossible, voyons ! Elle nous tient tous les quatre dans le creux de sa main. Toi seul peux faire quelque chose, Miles. Arrange-toi pour la neutraliser le plus rapidement possible. Sinon, Simon va s'en charger. A sa manière...

Tout ça, il le savait déjà ! songea Miles en reposant le combiné. Le tout était de trouver un endroit où emmener Pepper.

Son regard se posa soudain sur un dossier qui attendait d'être classé. Une affaire compliquée de brevet d'invention dont on avait cherché à déposséder son client, un industriel multimillionnaire. Celui-ci avait finalement obtenu gain de cause. Eperdu de reconnaissance, il avait mis à la disposition de Miles l'une des nombreuses propriétés qu'il possédait outre-mer. Sur le moment, Miles avait pensé que, faute de temps, il ne profiterait sans doute jamais de cette offre généreuse. Mais en y réfléchissant...

De nouveau, il décrocha le téléphone.

— Appelez-moi Ralph Ryde, je vous prie, demanda-t-il à sa secrétaire.

Deux minutes plus tard, il avait la communication.

— Dites-moi, Ralph, avez-vous toujours cette propriété à Goa dont vous m'aviez parlé ?

— A Goa ? Oui, bien sûr. Je n'y vais plus tellement souvent. C'est un peu trop isolé à mon goût. Mais si cela vous tente...

Miles le remercia et raccrocha, soulagé d'avoir enfin trouvé un point de chute, et en même temps de plus en plus inquiet pour Pepper. Simon était aux abois, donc d'autant plus dangereux. Grâce à un politicien qu'il fréquentait au club, Miles avait appris que, contrairement à ce que croyait Herries, le parti conservateur n'envisageait pas sérieusement de lui confier un poste important au gouvernement.

— Trop instable, si vous voyez ce que je veux dire, lui avait confié le politicien en question. Il n'a pas le profil recherché.

Après s'être éclairci la gorge, il avait ajouté d'un ton bourru :

— Des bruits inquiétants courent à son sujet...

C'était le colonel Whitegate qui avait fait entrer Miles dans ce club, au début de sa carrière d'avocat. S'il y était resté par la suite, c'était surtout par attachement à la mémoire de son bienfaiteur. Les personnes qu'il côtoyait dans cet endroit étaient en effet toutes coulées dans le moule de l'armée : carrées, dotées d'un grand sens moral et ne mâchant pas leurs mots.

Miles rappela Richard et lui demanda de passer chez lui le soir même. Puis il téléphona à Alex et lui fit la même proposition.

Ces rendez-vous pris, il lui restait une dernière formalité à accomplir : Miles décrocha de nouveau le téléphone et composa un numéro. Une voix aux inflexions douces et charmeuses lui répondit aussitôt.

— J'aimerais réserver deux places pour Goa, mademoiselle. Goa en Inde, oui.

Moins de dix minutes plus tard, tout était réglé. Parfait ! songea-t-il avec un sourire forcé. Ce qu'il s'apprêtait à faire était complètement illégal, mais il n'avait pas le choix. Il n'avait plus qu'à prier pour que ça marche, parce que s'il échouait…

Une nouvelle fois, Miles décrocha le téléphone.

Miranda fut surprise d'entendre Miles French demander de sa voix chaude et profonde à parler à Pepper. Elle les croyait ensemble…

Même au téléphone, il était sexy, pensa-t-elle en lui expliquant que sa patronne avait pris sa journée.

— Ah, très bien ! Tenez, puisque je vous ai au téléphone, je pourrais en profiter pour vous mettre dans la confidence. J'ai bien envie d'emmener Pepper en vacances, mais vous savez sans doute à quel point elle répugne à quitter son bureau…

Miranda, aux anges, s'empressa d'acquiescer.

— J'ai donc eu l'idée de tout préparer sans rien lui dire. Je vais l'enlever, en quelque sorte. Le problème, c'est que je n'ai pas son passeport. Sauriez-vous où elle le range, par hasard ?

Le passeport se trouvait dans le coffre, à côté des documents importants et d'une petite réserve d'argent dans laquelle Pepper puisait pour ses dépenses courantes.

Miranda croyait rêver, tant cette histoire lui paraissait rocambolesque. Plus tard, elle confia à son fiancé que sa patronne avait bien de la chance d'avoir rencontré un homme aussi romantique. Dire qu'il allait l'enlever et l'emmener dans un endroit paradisiaque !

— Romantique… Tu parles ! Je te connais, va : si ça t'arrivait, tu te plaindrais de ne pas avoir la robe ou les sandales adéquates !

— Avec un ravisseur tel que Miles French, certainement pas !

Intérieurement, Miranda reconnaissait cependant que son fiancé n'avait pas tout à fait tort. Il faudrait qu'elle dise à Miles, lorsqu'il passerait chercher le passeport de Pepper, de prévoir quelques affaires de rechange. Pas une seconde il ne lui vint à l'esprit que Pepper pourrait ne pas être d'accord. Quelle femme sensée repousserait un homme tel que Miles French ?

Dès qu'il le vit, Miles comprit qu'Alex Barnett était préoccupé. Jusque-là, il lui avait fait l'impression de quelqu'un de calme et d'effacé, qui s'était laissé entraîner malgré lui dans une sale affaire. Il n'avait pas mesuré la portée de ses actes et aujourd'hui il s'en mordait les doigts. Miles connaissait suffisamment bien les tréfonds de la nature humaine pour savoir qu'Alex n'était pas un mauvais bougre.

Tout en leur exposant ses projets, il observait leurs réactions. Richard Howell semblait soulagé, mais Alex, bizarrement, paraissait mal à l'aise, à tel point qu'à un moment Miles crut qu'il allait l'interrompre.

Mais il n'en fit rien et Miles poursuivit :

— J'ai découvert l'autre jour que Simon et vous apparteniez tous trois au Cercle du feu de l'enfer fondé par Tim Wilding.

A ces mots, Richard Howell sortit de ses gonds.

— Ecoute, si tu as dans l'idée de doubler Herries et de te mettre à ton tour à nous faire du chantage, tu fais fausse route !

— Rassure-toi, je n'ai aucune intention de ce genre, rétorqua Miles. Depuis combien de temps vous fait-il chanter ?

— En ce qui me concerne, depuis que je dirige la banque.

— Il s'est manifesté quand ma société a commencé à faire parler d'elle, expliqua Alex d'un air penaud. Et je suis à peu près sûr que nous ne sommes pas les seuls dans ce cas.

— Bien sûr que non ! coupa Richard avec impatience. J'ai mené ma petite enquête. Aucun des anciens membres de ce maudit cercle n'a été épargné. Herries nous fait *tous* chanter. Il a des photos, des documents compromettants sur chacun de nous… Ça, on peut dire qu'il a bien préparé son coup ! Dire qu'à l'époque on le croyait fou !

— Fou ? répéta Miles.

— Oui, rappelle-toi… Tim Wilding, c'était différent. Il croyait dur comme fer que l'on pouvait évoquer Satan. Quand il est mort, Simon a eu un choc terrible.

— C'est juste après la mort de Tim qu'il a violé Pepper ?

— Le soir de son enterrement, pour être précis. Il prétendait qu'elle était responsable de la mort de son ami, qu'elle lui avait jeté un sort. Il voulait la punir. Nous avons bien essayé de le raisonner, mais en vain. Soit nous acceptions de coopérer, soit il divulguait nos agissements au sein du cercle et nous faisait renvoyer. Nous ignorions ce qu'il avait en tête, bien sûr.

Miles haussa les sourcils.

— Comment cela, vous l'ignoriez ? Il vous demande d'enlever une fille et de la lui livrer dans sa chambre, et vous ne vous doutez pas de ses intentions ?

Richard vira à l'écarlate.

— Enfin… tu le connaissais, toi aussi, puisque vous étiez colocataires. Il n'était pas attiré par les femmes, apparemment. D'ailleurs, Wilding et lui…

— Et que comptait-il lui faire, d'après vous ?

— Nous n'en savions rien. Et c'était le cadet de nos soucis, à vrai dire. Nous avions bien trop peur de ce qui risquait de nous arriver à nous si nous n'obtempérions pas.

Il y eut un court silence, puis Alex Barnett prit la parole.

— L'autre jour, commença-t-il d'une voix hésitante, ma femme, Julia, est allée voir Pepper. Elle était persuadée que j'avais une liaison avec elle. Julia… est un peu perturbée. A la suite d'un… accident, elle est devenue stérile. Depuis des années, elle rêve d'avoir un enfant. Elle est allée supplier Pepper de renoncer à moi, et, contre toute attente, Pepper l'a emmenée faire des courses et l'a réconfortée. En fait, elle a même réussi à lui rendre un peu d'espoir, à lui donner quelque chose à quoi se raccrocher. Nous avons déposé une demande d'adoption qui n'a pas abouti jusque-là… Mais Julia semble maintenant convaincue qu'il y a quelque part un enfant qui nous attend… Un enfant très spécial, lui aurait confié Pepper.

Visiblement, ces confidences exigeaient de lui un terrible effort de volonté, et Miles eut brusquement pitié de lui.

— C'est une ruse de sa part, affirma Richard Howell d'un ton péremptoire. Si elle cherche à gagner la confiance de ta femme, c'est pour mieux te faire chanter plus tard. Elle...

— Il est très important que Julia s'occupe, se change les idées. Je lui ai souvent conseillé de travailler, comme bénévole dans une association quelconque par exemple, mais elle ne voulait rien savoir. Maintenant, elle parle de s'occuper d'enfants handicapés. Une institution vient de s'ouvrir près de chez nous, le Ranger's Hall.

Miles fronça les sourcils. Le manoir du colonel ? Il ignorait que les Barnett habitaient si près... Il se promit d'en toucher deux mots au couple qui dirigeait l'établissement. A partir du moment où elle était, physiquement et mentalement, apte au travail, il n'y avait aucune raison pour qu'on ne trouve pas à Julia Barnett un emploi à temps partiel, surtout comme bénévole.

Il découvrait constamment de nouvelles facettes de la personnalité de Pepper, songeait Miles en écoutant Alex raconter dans quelles circonstances Julia avait avorté. Alex expliqua ensuite combien il s'était senti coupable — lorsqu'elle le lui avait enfin avoué — de ne pas avoir su l'aider, de ne jamais avoir deviné. Miles l'écouta jusqu'au bout, conscient du besoin qu'éprouvait Alex de vider l'abcès, de s'épancher.

— Je ne sais plus que penser de cette femme, admit Alex pour finir. Elle cherche à me nuire et paradoxalement, elle vient en aide à ma femme. Que comptes-tu faire d'elle une fois que tu l'auras enlevée ?

— Je ne m'appelle pas Simon Herries ! rétorqua sèchement Miles. Ma seule intention est de la maintenir hors du pays assez longtemps pour qu'elle commence à s'inquiéter du devenir de son agence et renonce du même coup à poursuivre sa vengeance.

Il voulait en outre lui éviter de tomber aux mains de Simon Herries, surtout depuis qu'il savait que celui-ci était bien un meurtrier. Au terme de l'enquête approfondie qu'il avait menée personnellement en prévision de son entrevue avec le Premier ministre, Miles avait fait la lumière sur les circonstances étranges entourant la mort de Deborah Wilding, la sœur de Tim. Cela n'avait pas été facile, mais il pensait avoir réussi...

— Il faut que je m'en aille, annonça abruptement Alex en se levant. Je n'aime pas laisser Julia longtemps seule.

Richard se leva lui aussi. Sa femme se trouvait probablement encore au studio de télévision, et il fronça les sourcils. Depuis quelque temps, elle parlait sans arrêt d'un producteur nouvellement engagé... Si on lui avait dit, lorsqu'il avait vingt ans, qu'il en serait encore là aujourd'hui, à courir après le bonheur et la sécurité... La direction de la banque ne lui avait pas apporté le sentiment de plénitude escompté. Avec le recul, Richard se rendait compte qu'il était plus heureux quand il travaillait à la salle des coffres. A l'époque, il avait réussi quelques coups mémorables. Aujourd'hui, il se contentait de donner son aval à ceux à qui, par la force des choses, il avait dû passer la main...

De quoi se plaignait-il ? songea-t-il en se glissant au volant de sa voiture. Il avait atteint son objectif et possédait tout ce dont il avait toujours rêvé. Alors ? Que pouvait-il vouloir de plus ?

Il poussa un profond soupir. Il n'était pourtant pas du genre à se poser des questions ! L'introspection n'avait jamais été son fort, admit-il en s'agitant sur son siège, de plus en plus mal à l'aise. Sans doute était-ce la lettre de Morris...

Richard était resté très longtemps sans nouvelles de son cousin. Il savait que Morris travaillait à la Banque Rothschild, où il avait réussi à obtenir une belle situation. A vrai dire, son cousin aurait été parfait à la tête de la Banque Howell, confronté à cette routine que Richard exécrait, installé dans ce fauteuil où il s'ennuyait à mourir...

Ignorant les coups de klaxon impatients des autres automobilistes, il pila au beau milieu de l'avenue. Avait-il perdu la tête ? Il avait tout fait pour en arriver là, et les seuls sentiments que sa position lui inspirait étaient le dégoût et l'ennui ?

Furieux, Richard lâcha la pédale de frein. Un coup de cafard, sans doute... Un double scotch, une heure ou deux en compagnie d'une blonde volcanique, et tout rentrerait dans l'ordre ! Il avait tout son temps, puisque Linda n'était pas à la maison... Machinalement, il prit la direction de la banque.

L'argent de Jessica, évidemment, avait largement contribué à sa réussite. Mais depuis, les millions qu'il lui avait soutirés en échange de son silence et de sa liberté avaient fructifié, si bien qu'aujourd'hui il avait largement de quoi la rembourser.

La *rembourser* ? Richard coupa le contact et scruta la pénombre. Mais d'où lui venaient ces idées étranges ? A croire que Simon Herries avait raison, et que Pepper Minesse était réellement une sorcière... Dans ce cas, elle n'aurait aucun mal à triompher de Miles French, qui avait un peu trop tendance à se croire parfait et à juger les autres. Ce type avait une façon de vous regarder qui faisait froid dans le dos, comme s'il lisait en vous vos vices et vos défauts, vos désirs les plus inavouables...

D'un geste las, il remit la voiture en marche. Linda était peut-être rentrée, à présent. Pourvu qu'elle ne se remette pas à lui parler de son cher producteur ! Ils ne s'étaient jamais juré une fidélité éternelle, et c'était sans doute mieux ainsi, mais quand on y réfléchissait, les traditions avaient aussi du bon... Un homme marié, autrefois, savait pouvoir compter sur son épouse. Elle lui donnait des enfants, lui préparait de bons petits plats, lui reprisait ses chaussettes...

Richard esquissa un sourire de dérision. *Des enfants*... Avait-on idée ! Il n'y avait qu'à voir dans quel pétrin s'était fourré Alex Barnett. Malgré tout, il arrivait à un âge où...

Linda se tourna lentement vers l'homme qui se tenait près d'elle, dans le studio désert.

— Je n'ai pas encore eu le courage de parler à Richard.

— De quoi as-tu peur ?

D'instinct, elle posa les mains sur son ventre.

— Tu penses qu'il va t'obliger à avorter, c'est ça ?

Gary venait d'évoquer un point sensible, et elle ne put s'empêcher de tressaillir. Ils avaient débuté ensemble en travaillant pour une chaîne de télévision minable. Gary était un ami fidèle et dévoué, qui l'avait écoutée et réconfortée lorsqu'elle avait appris qu'elle était enceinte. Homosexuel et bien dans sa peau, il savait également la faire rire.

Chaque jour, depuis des semaines, elle se promettait de parler à Richard, mais le moment semblait toujours mal choisi... Ils tenaient l'un comme l'autre à leur indépendance et n'avaient jamais envisagé d'avoir des enfants. Sans cette maudite chute de tension qui l'avait obligée à renoncer à la pilule...

Logiquement, cet « accident » n'aurait pas dû lui poser de problème de conscience : elle n'avait jamais songé à avoir des enfants, ne s'était pas le moins du monde intéressée à la question et n'était pas du genre à s'embarrasser de grands sentiments. Pourtant, Linda hésitait, partagée entre son désir de garder Richard et celui de garder leur enfant. Mais le moment était venu de prendre une décision ; elle ne pouvait plus tergiverser.

A moins de le mettre devant le fait accompli... Car une fois le délai écoulé... Une idée germait dans son esprit.

Sa première réaction fut de l'étouffer dans l'œuf. Non, pas question de sombrer dans la duplicité ! Avec Richard, elle avait toujours joué franc-jeu. Si elle décidait de garder l'enfant, elle le lui dirait, tout simplement, et s'il n'était pas d'accord...

Linda se figea, frappée par la terrible révélation qui s'était abattue sur elle comme la foudre. Cet enfant, elle le désirait ; elle le désirait de toute son âme et elle l'aurait, quoi qu'il lui en coûtât !

Cette prise de conscience la libéra d'un pesant fardeau et l'emplit d'une joie indicible, qu'elle garda jalousement pour elle. Une sorte de renaissance intérieure s'était opérée en elle, qui lui apportait une chaleur nouvelle et lui donnait le courage d'affronter Richard... et éventuellement de le perdre.

Miles passa lui-même chercher Elisabeth Herries au foyer. Elle tremblait d'appréhension lorsqu'elle monta dans sa voiture.

Ils arrivèrent à l'heure au rendez-vous mais ils durent patienter une trentaine de minutes. Chaque fois que la porte de la salle d'attente s'ouvrait, Elisabeth sursautait, craignant visiblement de voir entrer son mari.

Le Premier ministre les reçut enfin. Il les invita à s'asseoir tout en leur signifiant d'un sourire bref que son temps était compté. D'un ton calme et posé, Miles se mit alors à lui expliquer le motif de leur visite. Au fur et à mesure qu'il parlait, il voyait l'expression du Premier ministre changer. Comme il l'avait espéré, l'homme prenait très au sérieux les révélations d'Elisabeth et semblait gravement préoccupé par ce qu'il entendait.

— Ce que vous me dites là ne fait que confirmer mes soupçons. Mais je crains, hélas, que certains membres du gouvernement ne partagent pas mon opinion. Comme vous vous en doutez, votre mari, madame, n'a pas que des ennemis. En l'état actuel des choses, je peux demander qu'une enquête soit ouverte. Je ferai en sorte que l'on sache que j'ai eu connaissance de certains faits. Sans en révéler l'origine, bien entendu.

— Une copie de la notification de mise en examen serait très utile à Mme Herries, précisa Miles. Si elle veut pouvoir compter sur les siens, elle doit d'abord les convaincre du bien-fondé de ses accusations. A cause des enfants, et en particulier de son fils, elle voudrait éviter que l'affaire ne soit portée devant les tribunaux. Mais avant de demander le divorce, elle tient à s'assurer que son mari ne lui disputera pas la garde des enfants. Simon Herries est un homme extrêmement dangereux, monsieur le Premier ministre. Nous avons sans doute affaire à un psychopathe.

— Oui, vous avez probablement raison… Après tout, il ne serait pas le premier à quitter l'arène politique pour… raisons de santé.

Il était clair que le gouvernement ne révélerait pas au grand jour les motifs de la démission brutale de l'un des députés les plus éminents du pays.

— Ne vous inquiétez pas, madame Herries, reprit le Premier ministre. Je vous promets que votre mari ne saura jamais que vous êtes venue me voir.

— Jusqu'à ce que le divorce soit prononcé, j'aimerais que les enfants et vous habitiez dans ma résidence secondaire, à la campagne. J'ai engagé un garde du corps qui veillera sur vous. Croyez-moi, Elisabeth, c'est la meilleure solution. Vous y serez en sécurité.

Miles déposait Elisabeth devant le foyer lorsque Pepper les aperçut. Elle envisageait d'acheter une maison dans le quartier, en pleine restructuration grâce à un afflux massif de cadres supérieurs. Le marché de l'immobilier présentait apparemment de belles opportunités.

Les photos qui figuraient dans le dossier de Simon Herries lui permirent de reconnaître Elisabeth au premier coup d'œil. Mais que faisait-elle en compagnie de Miles French ? Pourquoi cette inquiétude et cette compassion dans le regard de Miles tandis qu'il lui parlait ?

Autant de questions qu'elle n'avait pas fini de tourner et de retourner dans sa tête… Oubliant ce pour quoi elle était venue, Pepper s'esquiva discrètement.

Ce fut par un de ses alliés du cabinet que Simon apprit ce qui se tramait contre lui.

— Une enquête ? s'insurgea-t-il, fou d'inquiétude et de colère.

Encore un coup de Pepper Minesse, aucun doute ! Pourquoi ne s'était-il pas débarrassé d'elle ? Il n'aurait jamais dû laisser Miles French prendre la direction des opérations…

Il réussit à se dominer et sourit à son collègue en le remerciant du renseignement.

Une enquête… Elle n'aboutirait pas. Non, il ne risquait rien du tout. Mais il fallait retrouver Elisabeth et l'obliger à reprendre la vie commune. Ensuite, il s'occuperait de cette garce de Pepper Minesse…

Fort de cette résolution, Simon sortit de l'immeuble comme un bolide et heurta de plein fouet un collègue député, qu'il insulta copieusement. Pepper Minesse ne l'emporterait pas au paradis !

décida-t-il, en proie à une rage froide et meurtrière. Pour le lui payer, elle allait le lui payer ! Très, très cher !

Mais tout d'abord, il devait chercher Elisabeth. Sans argent et sans amis, elle ne pouvait pas être allée bien loin…

17

En sortant de chez le coiffeur, Pepper ne remarqua pas la voiture stationnée au bord du trottoir. Il n'y avait aucune raison pour que le véhicule attire son attention. Et puis, elle avait bien d'autres choses en tête.

Elle regagnait toujours son bureau à pied, sauf quand il pleuvait. Cet après-midi, il faudrait qu'elle pense à téléphoner à Jeff Stowell pour convenir d'un rendez-vous avec ce jeune tennisman qu'elle pressentait plein d'avenir. Miranda avait oublié de le lui rappeler, ce matin. En ce moment, sa secrétaire n'avait décidément pas la tête à ce qu'elle faisait ! songea Pepper avec un froncement de sourcils. Elle semblait préoccupée et la regardait bizarrement. Peut-être s'était-elle disputée avec son fiancé ?

Assis à l'arrière de la voiture, Miles ne la quittait pas des yeux, subjugué par le balancement sensuel de ses hanches. Quelques secondes à peine après que Pepper eut quitté son bureau, Miranda l'avait appelé et lui avait donné le feu vert, selon un code préétabli. Il aurait préféré se passer de la collaboration de la secrétaire, mais elle lui facilitait grandement les choses. Tout était planifié dans les moindres détails. Miranda et lui avaient vérifié une bonne dizaine de fois l'emploi du temps de Pepper. Aujourd'hui était le jour J. S'il l'avait manquée à sa sortie de chez le coiffeur, il l'aurait suivie à l'heure du déjeuner.

Comme elle arrivait à sa hauteur, il se glissa hors de la voiture. Elle eut l'air surpris de se retrouver soudain nez à nez avec lui. Quand elle comprit qu'il lui bloquait le passage, elle prit peur et ouvrit la bouche pour crier.

Mais Miles ne lui en laissa pas le temps, écrasant sans ménagement sa bouche sur la sienne dans un baiser fougueux. Pepper n'eut même pas la présence d'esprit de le repousser. Stupéfaite et honteuse d'être embrassée en pleine rue, elle resta sans réaction. Miles en profita pour la pousser dans la voiture, dont la portière était ouverte. Puis il monta à son tour et alors seulement consentit à s'écarter un peu d'elle pour la laisser respirer. En sentant un objet froid et dur entre ses côtes, Pepper sentit son cœur faire un bond dans sa poitrine.

— Allons-y ! cria Miles au chauffeur.

L'air menaçant, il se pencha vers la jeune femme et lui glissa à l'oreille :

— Un mot, un seul, et je vous garantis que ce sera le dernier !

Pepper roulait des yeux terrifiés. Son sang-froid l'avait désertée d'un seul coup ; la peur paralysait son cerveau, l'empêchant de penser. Elle respirait difficilement, oppressée par l'odeur et la chaleur que dégageait ce corps d'homme si près du sien.

Brièvement, elle regarda par la vitre. Où l'emmenait-il ? Elle se revit soudain dans cette chambre d'étudiant austère, à Oxford, et son front se couvrit d'une pellicule de sueur glacée. Elle aurait voulu hurler, appeler au secours. Mais à quoi bon ? Le chauffeur était forcément dans le coup ; elle perdrait son temps.

Il fit noir, brusquement, et durant une fraction de seconde Pepper crut qu'elle s'évanouissait. Puis elle comprit qu'ils étaient entrés dans un parking souterrain. Comme pour la rassurer, Miles se pencha de nouveau vers elle et lui souffla à l'oreille :

— Ne vous inquiétez pas ; je ne vous ferai aucun mal.

Il la menaçait d'un revolver et prétendait ne pas lui vouloir de mal ? Incrédule, Pepper ne fit cependant aucun commentaire.

Enfin, la voiture s'arrêta. Le chauffeur descendit et leur ouvrit la portière. Une main passée autour de la taille de la jeune femme, Miles l'obligea à sortir en même temps que lui. Le chauffeur détourna le regard, pudiquement. Comme s'il les prenait réellement pour des amoureux ! songea Pepper avec stupeur.

Miles dit soudain quelque chose à l'employé, si bas cependant que Pepper ne put entendre, mais il lui sembla qu'il avait mentionné une heure. Puis il entraîna Pepper vers l'ascenseur, la portant presque.

Elle tremblait comme une feuille. Dans moins d'une minute, à présent, elle risquait de se retrouver face à Alex Barnett, Richard Howell... et Simon Herries !

Ils pénétrèrent dans la cabine, où il régnait une chaleur étouffante. Pourtant, Pepper était glacée à l'idée de ce qui l'attendait. Comme s'il avait lu dans ses pensées, Miles se mit à lui frictionner doucement les bras. Son geste était protecteur, plein de douceur et, si elle s'était écoutée, Pepper se serait blottie contre sa poitrine. Mais elle bannit bien vite cette pensée, effarée de se sentir aussi vulnérable. Les ravisseurs procédaient toujours ainsi, avec leurs victimes... Ils leur donnaient l'impression qu'elles étaient dépendantes d'eux, qu'ils étaient là pour les protéger, les rassurer. Mais elle ne s'y laisserait pas prendre !

Au bout de quelques instants, l'ascenseur s'arrêta et Pepper crut que son cœur en faisait autant. Elle s'agrippa à la rampe qui courait le long de la cabine, refusant de bouger. Sans se démonter, Miles la souleva comme une plume et la jeta sur son épaule. Et soudain, Pepper comprit avec horreur qu'elle ne pourrait rien contre lui ; il était grand et athlétique, et elle n'était qu'une faible femme, une créature sans défense. Prisonnière de ses bras qui l'enserraient comme un étau, elle sentait les battements de son cœur résonner dans ses tempes tels des coups de marteau.

Miles s'arrêta devant une porte. En entendant le cliquetis funeste de la clé dans la serrure, Pepper se débattit comme une diablesse pour tenter de lui échapper. En pure perte.

La porte claqua derrière eux ; ils se retrouvèrent dans une petite entrée ouvrant sur une pièce immense qui offrait une vue panoramique de la ville.

— Il s'agit de l'appartement d'un ami, expliqua Miles en la déposant sur un canapé de daim crème. Il me l'a prêté.

L'appartement d'*une* amie, rectifia mentalement Pepper. Les tons clairs du décor, le daim si doux au toucher des canapés profonds et l'épaisseur des tapis de laine dénotaient une présence féminine. La femme qui habitait ici était-elle la maîtresse de Miles ?

— Maintenant, dit Miles d'une voix dangereusement calme, ou vous coopérez et tout se passera bien, ou vous résistez et m'obligez à employer les grands moyens. A vous de choisir !

— Où sont les autres ? s'enquit Pepper, la gorge sèche. Ils ne sont pas de la partie ?

— Lequel des trois vous manque le plus ? demanda Miles en la dévisageant. Simon Herries ?

Sa pâleur subite fit regretter à Miles ses paroles. Elle avait peur ; il le sentait. Contrairement à beaucoup, il ne se laissait pas abuser par son air froid et impénétrable. Malgré les apparences, Pepper était une femme sensible et émotive, et il la devinait terrorisée.

— Nous n'avons pas besoin de témoin, Pepper. Un seul homme suffit pour…

— Non !

Le cri qui avait jailli de sa gorge, et tenait à la fois du sanglot et de l'enfantine exclamation d'horreur, couvrit la fin de sa phrase. Les mains plaquées sur les oreilles, Pepper s'était recroquevillée dans un coin du canapé.

— Je disais donc qu'un seul de nous quatre suffit pour vous faire prendre conscience de la précarité de votre position, et j'ai choisi d'être celui-là.

Elle l'écoutait, à présent, et la peur refluait peu à peu tandis qu'une faible lueur d'espoir animait ses yeux bleus.

— Pourquoi, d'après vous, me suis-je donné tant de mal pour me faire passer pour votre amant ?

Pepper haussa les sourcils mais ne souffla mot.

— Sans vous, combien de temps pensez-vous que l'agence tiendra le coup ?

— Vous ne pouvez pas faire une chose pareille ! protesta Pepper d'une voix sourde.

Elle commençait à voir où il voulait en venir. Pourquoi, mais pourquoi n'avait-elle pas compris ce qu'il avait en tête ?

— Remettez-moi vos dossiers, accompagnés de la promesse

écrite de ne jamais révéler leur contenu, et je ne ferai rien de ce genre, décréta-t-il.

Il attendait, priant pour qu'elle refuse. Il le fallait. C'était le seul moyen de la protéger de Simon Herries. Mais cela, il ne pouvait pas le lui dire. Pas maintenant, en tout cas. Plus tard, peut-être, quand elle le connaîtrait mieux…

— Ça ne tient pas debout ! s'exclama-t-elle. A l'agence, on va me chercher. Quand on découvrira que vous m'avez kidnappée…

— Kidnappée ? Qui songera à un kidnapping ? Après tout, une femme a le droit de partir sur un coup de tête avec son dernier amant en date. Surtout quand elle s'appelle Pepper Minesse ! Dans un cas comme celui-là, il ne viendrait à l'idée de personne de parler d'enlèvement.

Pepper le regardait fixement. Le monstre ! Il avait tout prévu… Personne, en effet, ne s'inquiéterait de sa disparition.

— Et si je refuse de vous remettre les dossiers ?

— Un entrefilet paraîtra dans la presse nationale annonçant que… pour des raisons de santé, Pepper Minesse se retire des affaires pendant une période indéterminée.

Pepper n'en croyait pas ses oreilles. S'il faisait une chose pareille, son empire s'effondrerait du jour au lendemain. Plus personne ne lui ferait confiance… Elle serait ruinée…

— Je ne vous crois pas ! lança-t-elle, farouche. Je suis sûre que vous bluffez.

— Vous vous trompez, et vous le découvrirez bientôt. A moins que vous ne vous décidiez à me donner ces dossiers…

— Jamais de la vie !

Dans sa fureur, Pepper ne vit pas le soulagement se peindre sur le visage de Miles.

— Comme vous voudrez, murmura-t-il. Dans deux petites semaines, vous aurez peut-être changé d'avis. Vous savez sans doute aussi bien que moi qu'un navire sans capitaine ne fait pas pour autant naufrage tout de suite.

Non, elle ne céderait pas ! décida Pepper. Il y avait sûrement un moyen de se tirer d'affaire…

— Deux semaines, avez-vous dit ? lança-t-elle d'un ton

sarcastique. Vous avez l'intention de me claquemurer ici pendant quatorze jours ?

— Non, pas ici, répondit Miles avec un sourire.

Elle ne put s'empêcher de frémir, sentant d'instinct que Miles ne cherchait pas simplement à lui rendre la monnaie de sa pièce, ni même à la convaincre d'accepter ses conditions. Il voulait plus, beaucoup plus. *Il la voulait elle !* songea-t-elle avec effroi. Mais contrairement aux autres hommes qui l'avaient désirée avant lui, Miles ne le montrait pas. Son désir était plus cérébral… et infiniment plus dangereux.

— Je vais préparer du café, annonça-t-il. Vous en voulez ?

Sans attendre sa réponse, il se leva et l'informa, d'un ton désinvolte :

— Le téléphone a été coupé, autant que vous le sachiez tout de suite. Quant à la porte, elle est fermée à double tour.

Pepper le foudroya du regard. Naturellement, il s'était douté que dès qu'il aurait le dos tourné, elle chercherait à lui fausser compagnie. Et il avait pris les précautions qui s'imposaient. Miles French était un planificateur-né, à ce qu'il semblait ! Compte tenu du métier qu'il exerçait, cependant, ce n'était pas étonnant. Il devait être affreusement méticuleux et manquer de spontanéité, songea Pepper avec une parfaite mauvaise foi. Y compris au lit !

Brusquement, elle s'aperçut qu'il lui souriait. Un court instant, elle crut qu'il avait lu dans ses pensées et qu'il s'apprêtait à protester. Puis elle se ressaisit. Sans doute se réjouissait-il simplement d'avoir déjoué ses plans d'évasion…

Pour le punir, Pepper décréta qu'elle ne prendrait pas de café. Mais lorsque, quelques instants plus tard, l'arôme des grains fraîchement moulus vint lui chatouiller les narines, elle maudit son stupide orgueil.

— Au cas où vous changeriez d'avis…, dit Miles d'un ton dégagé en revenant avec deux tasses et une cafetière.

— J'en boirai bien une goutte, après tout, admit-elle de mauvaise grâce lorsqu'il porta la tasse à ses lèvres.

Elle n'osait pas le regarder, imaginant trop bien son air triomphant, la lueur moqueuse au fond de ses yeux bleu clair.

Mais il se contenta de remplir la seconde tasse, sans le moindre commentaire, et de la lui tendre.

Avec des gestes fébriles, Pepper se servit de lait. Cinq minutes plus tard, la tasse était vide et elle lorgnait de nouveau la cafetière. Elle allait se resservir, mais Miles, sans crier gare, s'en empara pour l'emporter dans la cuisine.

Pepper en eut le souffle coupé.

— J'en voulais une autre tasse ! protesta-t-elle d'une voix vibrante de colère.

— Il est froid, rétorqua Miles. Je vais en refaire.

Pepper se sentait lasse, tout à coup, et complètement engourdie. Elle n'eut pas la force de le retenir. Elle bâillait à se décrocher la mâchoire et ses paupières lui semblaient lourdes, si lourdes... Son esprit fonctionnant au ralenti, elle mit plusieurs minutes à comprendre ce qui lui arrivait.

Horrifiée, Pepper rouvrit les yeux, luttant désespérément contre l'envie de dormir qui la terrassait.

— Vous m'avez droguée ! accusa-t-elle d'une voix ensommeillée.

Puis elle s'effondra contre le dossier du canapé.

Il avait eu chaud ! songea Miles en approchant sans bruit du canapé. Son ami médecin lui avait bien affirmé que le somnifère était sans danger... à condition de respecter les doses prescrites ! Quand il avait vu Pepper tendre le bras vers la cafetière, Miles n'avait fait ni une ni deux. Il avait eu de la chance que le somnifère agisse aussi rapidement ! Miranda lui avait rendu un fier service en lui signalant que sa patronne adorait le café au lait...

Bon, le plus dur était fait. Logiquement, le reste ne devrait pas poser de problèmes. Le chauffeur les attendait pour les conduire à l'aéroport. Miles le connaissait très bien. C'était le fils de l'ancienne ordonnance du colonel Whitegate. Il avait pris pour argent comptant son histoire de fiancée qui aimait jouer les vierges effarouchées.

Effarouchée... Le mot était faible pour décrire l'attitude de

Pepper ! songea Miles en serrant les poings, empli d'une rage meurtrière contre Simon Herries.

Au moment de l'embarquement, tout à l'heure, il raconterait aux hôtesses que sa fiancée avait une peur bleue de l'avion. Et qu'elle avait pris un tranquillisant ; seulement, elle avait un peu forcé la dose, et avait bu un remontant pour plus de sûreté. Elle était coutumière du fait ; il n'y avait aucune raison de s'inquiéter.

Avec beaucoup de tendresse, et en prenant grand soin de la toucher le moins possible, Miles entreprit d'installer Pepper dans une position plus confortable. Etrange, ce souci qu'il avait de s'immiscer le moins possible dans son intimité, un peu comme s'il s'attendait à de la reconnaissance de sa part, à son réveil.

De la reconnaissance ! Cette pensée le fit sourire. Pepper entrerait plus vraisemblablement dans une rage folle. Si elle ne tentait pas de lui arracher les yeux, il pourrait s'estimer heureux !

Mais pourquoi fallait-il toujours qu'il cherche à deviner ce qu'elle avait en tête, qu'il anticipe ses réactions, perce à jour ses intentions ? Tout jeune déjà, il avait tendance à se fier à ses intuitions, mais avec Pepper, c'était devenu une véritable manie.

Et d'instinct, Miles savait que, après ce voyage à Goa, rien ne serait jamais plus comme avant.

Leurs valises se trouvaient déjà dans le coffre de la voiture. Sur les conseils de Miranda, Miles avait bien garni celle de Pepper. Il connaissait ses goûts. Et pour la taille, il ne se faisait pas trop de souci, car il avait le compas dans l'œil.

Comme il la soulevait dans ses bras, Miles eut un pincement au cœur. Seigneur ! il aurait tant voulu ne pas avoir à utiliser la contrainte ! Mais Herries ne lui laissait pas le choix.

Dire que ce fou dangereux était en liberté ! Il n'y resterait pas longtemps ; Miles y veillerait personnellement. Il avait pris des mesures, déjà, et espérait que l'avertissement glissé amicalement dans l'oreille d'un député important avait produit l'effet escompté.

Tout se passa comme prévu. A l'enregistrement, les hôtesses se montrèrent très compréhensives lorsque Miles leur débita son histoire de phobie de l'avion. Dans l'appareil, il installa sa protégée du côté du hublot et lui attacha sa ceinture. Elle n'avait pas eu le moindre battement de paupières. Lorsqu'elle se réveillerait, l'avion aurait décollé depuis longtemps…

Ce ronronnement monotone ne lui était pas inconnu, songea Pepper en émergeant peu à peu de sa torpeur. Les réacteurs d'un avion… Elle se trouvait dans un avion ! Mais pourquoi cette découverte lui procurait-elle un tel soulagement ?

Une pensée déplaisante se forma dans son esprit, puis un déferlement d'images confuses submergea sa conscience. Elle eut la vision d'une voiture, d'un appartement inconnu, du visage de Miles French. Il ne s'agissait que d'impressions éparses et insaisissables, comme dans un mauvais rêve.

Un mauvais rêve… Mais oui, bien sûr ! Elle s'était endormie dans l'avion et avait fait un cauchemar. Mais où allait-elle, déjà ?

— Pepper !

Cette voix, reconnaissable entre toutes, cette voix toute proche la pétrifia. Il ne s'agissait donc pas d'un rêve ! Miles French était là, dans l'avion, à côté d'elle…

Pepper referma aussitôt les yeux et feignit de dormir. Pour affronter Miles, elle avait besoin de toute sa lucidité. Mieux valait donc attendre un peu.

Miles la laissa faire. Ils auraient tout le temps de parler plus tard. Quelqu'un les attendrait à l'aéroport, mais à Goa, ils se retrouveraient seuls, et complètement coupés du monde extérieur.

Les domestiques de la villa ne parlaient que le portugais. Ils descendaient en droite ligne des serviteurs que les colons portugais avaient emmenés avec eux. Isolée, la propriété possédait un générateur électrique. Mais il n'y avait pas le téléphone et ils disposeraient pour tout moyen de transport d'une charrette et d'un mulet…

Dans son coin, Pepper ruminait de sombres pensées. La menace de voir détruire ce qu'elle avait mis dix ans à construire lui donnait à réfléchir. Elle était décidée, malgré tout, à tenir bon. Jamais elle ne céderait à l'ignoble chantage que Miles tentait d'exercer sur elle !

L'avion amorçait sa descente, à présent, et les doigts de Pepper se crispèrent sur le bras du fauteuil. En sentant la chaleur et le réconfort d'une grande main carrée sur la sienne, elle ouvrit les yeux et jeta un regard noir à Miles tout en essayant de se libérer.

— Non, laissez-moi votre main, implora-t-il en souriant. Je suis mort de peur !

Juste au moment où Pepper allait lui rétorquer que s'il avait besoin d'une nounou, il n'avait qu'à s'adresser ailleurs, l'avion entra dans une zone de turbulences et se mit à tanguer, chutant brutalement de plusieurs centaines de pieds. Pepper réussit à ne pas crier, mais elle ne put s'empêcher de se jeter sur Miles, paniquée et tremblant de tous ses membres. Il se mit aussitôt à la bercer comme une enfant en lui murmurant des inepties d'un ton apaisant.

Enfin, l'appareil se stabilisa, et le commandant de bord annonça que l'atterrissage était imminent. Rouge de confusion et de colère, Pepper se dégagea tant bien que mal des bras de Miles. Qu'il s'avise de faire le moindre commentaire désobligeant, et elle l'étranglerait de ses propres mains !

Mais il ne souffla mot. Au bout de quelques instants, ravalant sa hargne, Pepper finit par se tourner vers lui. Il lisait tranquillement son journal. Lorsqu'il sentit son regard posé sur lui, il interrompit sa lecture et fronça les sourcils.

Il était réellement l'homme le plus complexe et le plus imprévisible qu'elle connaisse ! Il aurait pu se moquer de sa couardise, lui faire remarquer perfidement que la femme d'affaires intraitable cachait bien son jeu, mais il se comportait exactement comme si l'incident ne s'était jamais produit.

— Ça ne se passera pas comme ça ! lança Pepper. A l'arrivée, je dirai à tout le monde que vous m'avez enlevée !

Miles ne semblait nullement impressionné par cette menace.

— Si c'est à l'équipage que vous pensez, à votre place, je me tairais ! Je leur ai expliqué que nous nous étions disputés et que pour vous venger de moi, vous risquiez de raconter que j'essayais de vous enlever.

De rage et d'impuissance, Pepper se mordit la lèvre.

L'aérogare grouillait de monde. Il faisait nuit, mais la chaleur était étouffante. Etourdie par cette ambiance étrange, ces odeurs et ces voix qu'elle ne connaissait pas, Pepper restait immobile. A certains indices, elle comprit qu'ils se trouvaient en Inde. Quelque part en Inde…

Derrière elle, Miles l'appela. Pepper se retourna mais ne le vit nulle part.

Perdue au milieu de cette foule bruyante et bigarrée, la jeune femme eut soudain l'impression que le sol allait se dérober sous ses pieds. Elle se mit à trembler et sentit son cœur battre à grands coups. L'espace d'un redoutable instant, elle crut que Miles l'avait abandonnée dans cette aérogare, sans argent et sans papiers. Cette angoisse, ce sentiment de solitude et d'impuissance, la ramena aussitôt à l'époque où elle vivait avec les Lee, subissant l'ostracisme de la tribu et rejetée par les habitants des villages dans lesquels les Tsiganes s'arrêtaient. Elle avait envie de fuir, d'échapper à tous ces regards curieux…

Sentant qu'on lui touchait le bras, Pepper sursauta. *Miles !* Il était là et l'observait d'un air soucieux. Elle se retint pour ne pas se jeter à son cou, éperdue de reconnaissance. Elle avait eu si peur…

Cette incroyable découverte, celle de sa faiblesse, frappa Pepper de plein fouet, la laissant pantelante et inerte. Plongée dans ses pensées, elle se prêta docilement à toutes les formalités d'usage. Elle qui avait appris très tôt à ne compter que sur elle-même se trouvait soudain aussi démunie qu'un nouveau-né. Son sort, désormais, reposait entièrement entre les mains d'un homme. Et cet homme était Miles French, son ennemi juré !

Miles ne s'attendait pas à une telle soumission, et s'il était soulagé d'être arrivé à destination sans encombre, il ne pouvait se défendre contre une sourde inquiétude en voyant Pepper calme et résignée. Le somnifère était-il trop puissant ? Le fait de l'avoir enlevée avait-il provoqué chez elle un choc psychologique en relation avec les événements tragiques vécus onze ans plus tôt ?

Pour la première fois, Miles se demanda si cette idée de kidnapping et de réclusion n'était pas complètement idiote. Hélas, idiote ou pas, il n'avait pas eu le choix. Ici, au moins, Pepper échappait à Simon Herries.

Il aurait tant voulu qu'elle sache qu'il avait fait tout cela dans le but de la protéger… Mais jamais il n'arriverait à la convaincre de sa bonne foi. Dans l'esprit de Pepper, il ne valait sans doute pas mieux que Herries et les deux autres, et ne trouverait probablement jamais grâce à ses yeux. Il était condamné *ad vitam aeternam* à se consumer de désir pour elle…

Du jour où il avait découvert qu'elle n'avait jamais eu d'amant, Miles s'était rendu compte de l'étendue des dégâts causés par Simon Herries. Mais contre toute logique, cette découverte ne l'avait pas découragé. Il aimait Pepper ; il l'aimait telle qu'elle était.

En réalité, il avait l'impression de la connaître depuis toujours. Il n'ignorait plus rien de sa vie, de son passé, de ses difficultés. Et tant de choses les rapprochaient !

Cette pensée lui arracha une petite grimace. Si souvent au cours de son existence, Miles avait ressenti, enfoui au plus profond de lui-même, ce besoin de communion avec un autre être qui viendrait combler le vide dans son cœur…

Se pouvait-il que cet être qu'il attendait depuis si longtemps fût Pepper Minesse ? Cette quête perpétuelle avait toujours fait partie intégrante de sa personnalité. Dès son plus jeune âge, Miles avait pris le parti de l'assumer. Son instinct ne pouvait pas le tromper ; un jour ou l'autre, il savait qu'il rencontrerait l'âme sœur. C'était d'ailleurs dans cette certitude qu'il avait puisé la force de se battre, de lutter contre l'adversité. Grâce à elle, il était devenu le grand avocat qu'il était ; Miles en était intimement persuadé. Il s'était toujours fié à son instinct et se moquait comme d'une guigne de l'opinion de ceux qui le traitaient de superstitieux.

Mais si, pour une fois, il se trompait ?

Perplexe, il fixa longuement Pepper. Après dix heures de vol, elle trouvait encore le moyen d'être belle. Il n'y avait plus rien de farouche ni de sophistiqué en elle. Elle rayonnait de sa beauté naturelle, essentielle. Miles n'aspirait à rien tant qu'à caresser la peau veloutée de sa joue, à repousser tendrement la mèche de cheveux qui lui tombait sur le front, à passer un bras protecteur autour de sa taille…

Il plissa le front en imaginant la réaction de Pepper si elle pouvait lire dans ses pensées.

— Où allons-nous ?

La voix étranglée de Pepper le ramena brutalement à la réalité.

— Encore quelques instants de patience et vous le découvrirez, déclara Miles avec douceur.

Ils se dirigèrent vers l'héliport, où les attendait l'appareil privé de son ami. Un porteur suivait avec leurs bagages. Devant l'hélicoptère, Pepper marqua un temps d'arrêt. Alors, sous le regard amusé du pilote, Miles la souleva dans ses bras et monta avec elle.

Furieuse et malade de peur, Pepper se recroquevilla sur son siège, renonçant à découvrir leur destination finale. Il faisait nuit, de toute façon, et si elle regardait par le hublot, elle risquait de se sentir encore plus nauséeuse.

La voyant pâle comme un linge, Miles posa une main sur son bras, mais ce simple geste lui valut un regard assassin.

Le trajet parut interminable à la jeune femme. Lorsque, au bout d'une éternité, l'hélicoptère se prépara à atterrir, elle se risqua à ouvrir les yeux, pour les refermer aussitôt, éblouie par les projecteurs qui éclairaient la piste. Enfin, l'appareil rebondit sur le bitume puis se stabilisa. Aussitôt, Miles débloqua la porte et sauta à terre. Pepper aurait voulu dédaigner la main qu'il lui tendait, mais l'hélicoptère était trop haut pour qu'elle se passe de son aide. Le pilote déchargea les bagages, qu'une dizaine de paires de mains brunes s'empressèrent d'emporter. Quelques instants plus tard, l'hélicoptère s'élevait de nouveau dans les airs.

Pepper le suivit des yeux en frissonnant d'appréhension et d'excitation. Elle n'osait tourner la tête vers son compagnon mais elle sentait sa présence, qui la troublait plus que de raison. Aucun homme jusque-là n'avait produit sur elle un tel effet. Le mélange de bonne humeur désinvolte et de détermination implacable qu'il affichait le rendait redoutable.

— Par ici, dit-il en lui effleurant le bras.

Ils passèrent devant une rangée de pots en terre remplis de plantes au feuillage exubérant et de fleurs aux parfums capiteux. La nuit était claire, et mille senteurs exotiques embaumaient l'air. Pepper ne discerna de la vaste propriété qu'un méli-mélo de treillis, de tours et d'arches qui lui évoquèrent d'emblée les splendeurs d'un palais oriental. Après avoir descendu quelques marches et traversé une grande terrasse, ils se retrouvèrent dans une pièce carrée, glaciale et faiblement éclairée.

Les talons de Pepper claquaient sur le dallage à damier. Les lourds buffets sculptés alignés le long des murs et les brocarts précieux tendus devant les fenêtres donnaient à cet intérieur un air indubitablement mauresque.

Soudain, une femme entra à pas glissés : une Indienne en sari, avec un point rouge au milieu du front. Elle leur sourit et s'adressa à Miles dans une langue que Pepper fut incapable d'identifier.

— Maja dit que nous pouvons passer à table, mais que si vous préférez vous reposer, votre chambre est prête.

Pepper se sentait complètement déphasée. Elle n'avait pas la moindre idée de l'heure qu'il était et tombait de fatigue. Aussi ne se posa-t-elle même pas la question de savoir ce qu'elle préférait.

Maja sourit et lui fit signe de la suivre, l'entraînant dans un labyrinthe inextricable de corridors. Enfin, elle s'arrêta devant une porte de bois sculpté qu'elle ouvrit.

La chambre était meublée et décorée dans le même style que la salle où elles avaient laissé Miles. Un immense lit entouré d'une moustiquaire et recouvert de draperies précieuses trônait majestueusement au centre de la pièce. Des tapis de soie aux teintes chatoyantes tranchaient ici et là sur le parquet foncé.

Maja attendit en souriant que Pepper se soit pénétrée de la magnificence des lieux. Vivement impressionnée, Pepper caressait avec déférence l'ottoman d'un sofa. Puis Maja traversa la pièce et ouvrit une autre porte, qui donnait dans un vaste dressing, tout en penderies et en miroirs, ouvrant lui-même sur une salle de bains. Pepper fut abasourdie par la taille de la baignoire ronde, toute de marbre blanc, et par le luxe des incrustations d'or et de jade et du sol de malachite. Elle n'avait jamais rien vu d'aussi somptueux, même dans les superproductions en Technicolor de Cecil B. De Mille.

De toute évidence, cette suite était destinée à accueillir une femme hédoniste, dont le seul rôle consistait à plaire au maître de céans, et Pepper se demanda si Miles French avait fait exprès de la lui attribuer. Espérait-il qu'en échange de ces fastes, elle lui accorderait ses faveurs ? S'il pouvait se douter que sa réputation de séductrice était totalement usurpée…

Alertée par l'éclat sombre de son regard, Maja s'approcha et lui toucha le bras. Pepper la rassura d'un sourire. Si au moins elle pouvait communiquer avec cette femme, la questionner…

Maja désigna la baignoire et tourna les robinets. A ses mimiques, Pepper comprit qu'elle attendait qu'elle se déshabille. Maja, apparemment, avait la ferme intention d'assister à sa toilette. Avait-elle reçu des ordres ? Fallait-il la considérer comme une femme de chambre ou comme une gardienne ?

Dans l'immédiat, Pepper renonça à chercher une réponse à ces questions. Elle était si lasse qu'elle finit par s'abandonner aux soins de la belle Indienne, presque aussi docile et résignée que la pensionnaire d'un harem dans sa prison dorée.

18

Lorsqu'elle ouvrit les yeux, Pepper fut étonnée de constater qu'il faisait grand jour. La moustiquaire filtrait si bien la lumière qu'elle avait protégé son sommeil de la clarté matinale.

La veille, elle n'avait pas eu le courage d'attendre que Maja défasse sa valise. Elle s'était couchée nue, mais ce matin, sur le canapé, l'attendait un superbe déshabillé.

Elle se glissa hors du lit et déplia le vêtement devant elle. Couleur tabac, de coupe stricte, il ressemblait à un peignoir d'homme, mais lorsque Pepper l'eut enfilé, le contact du satin sur sa peau la fit frissonner tandis que l'image de Miles French s'imposait à son esprit.

La chaleur, décidément, ne lui réussissait pas ! déplora la jeune femme avec inquiétude. Mais si jusque-là elle n'avait pas eu la force de réagir, aujourd'hui, elle allait montrer à Miles de quel bois elle se chauffait !

Après une toilette rapide, elle ouvrit la penderie et découvrit sur les cintres et les étagères une garde-robe complète, adaptée au climat et parfaitement à sa taille. Un coup d'œil aux étiquettes confirma ce qu'elle avait tout de suite vu : ces vêtements avaient été achetés dans les meilleures boutiques de Knightsbridge. Par Miles lui-même ? Penser qu'il avait peut-être choisi et touché la lingerie qu'elle allait porter lui était extrêmement désagréable. Elle avait l'impression que les empreintes invisibles qu'il avait laissées la brûleraient comme d'insupportables caresses.

Une fois habillée et coiffée, Pepper se mit à tourner en rond, en proie à une nervosité grandissante. Que faire ? Se risquer hors de sa prison ? Mais comment pourrait-elle retrouver son chemin dans cet entrelacs compliqué de couloirs et de galeries ?

Au même instant, comme par enchantement, deux coups furent frappés à la porte et Maja parut, souriante et prête à l'escorter le long des corridors. Elles débouchèrent dans un joli patio ombragé, au centre duquel un jet d'eau claire jaillissait d'une fontaine de marbre blanc. Emerveillée par la sérénité qui se dégageait de l'ensemble, Pepper ne vit pas tout de suite Miles. Lorsqu'elle l'aperçut, attablé devant un petit déjeuner appétissant, composé de café odorant, de petits pains à la cannelle et de fruits exotiques, elle se figea.

Puis, l'air désinvolte, elle fit mine d'admirer la glycine et le chèvrefeuille qui grimpaient le long des murs peints en rose pastel, de humer le parfum suave et entêtant des fleurs de frangipanier. Mais lorsque Miles se leva et tira une chaise à son intention, elle s'y assit docilement, telle une somnambule privée de volonté.

— Où sommes-nous ? demanda-t-elle d'un ton qu'elle aurait voulu plus assuré.

— A Goa. Cette propriété appartenait à un noble portugais dont la famille avait fait fortune dans le commerce des épices. Mais les temps ont changé, et l'un de mes clients la lui a rachetée quand il n'a plus eu les moyens de l'entretenir. A part l'hélicoptère, il n'existe aucun moyen d'y accéder ou d'en partir.

Pepper lui jeta un regard atterré.

— Les plantations ayant été abandonnées, la jungle a repris ses droits, expliqua-t-il. Le village le plus proche se trouve à une trentaine de kilomètres, et il n'y a pas de gare ferroviaire à moins du double. La côte est paradisiaque, avec d'immenses plages de sable fin et un océan d'un bleu presque irréel, mais nous en sommes trop loin pour que vous puissiez en profiter.

En réalité, vingt kilomètres à peine les séparaient de la mer, et la vieille Land Rover remisée dans l'une des dépendances de la villa aurait très bien pu les y emmener, mais cela, Miles pensait qu'il valait mieux que Pepper l'ignore.

Son désarroi, pourtant, lui donna un coup au cœur. Sans maquillage, les cheveux défaits, elle avait l'air d'une toute jeune fille. Il aurait voulu la prendre dans ses bras, chasser de son regard l'expression affolée qu'il y avait surprise lorsqu'elle l'avait vu en arrivant dans le patio. Il aurait tant aimé lui dire qu'elle n'avait rien à craindre de lui…

Dans deux semaines, l'hélicoptère viendrait les chercher. Miles espérait dans l'intervalle la convaincre de renoncer à poursuivre sa vengeance. Il tenait à ce qu'elle se rende compte que Simon Herries était dangereux et qu'en s'entêtant elle jouait avec le feu.

Après quelques instants d'hésitation, Pepper se laissa tenter par les petits pains. Une grève de la faim ne servirait probablement à rien, songea-t-elle en se servant de café. La meilleure chose à faire était tout simplement d'ignorer Miles French.

Ils n'échangèrent pas une parole de tout le petit déjeuner.

— J'ai apporté du travail, déclara Miles en se levant. Vous pourriez en profiter pour vous promener dans les jardins. Ils sont magnifiques, vous verrez. Maja, bien sûr, vous tiendra compagnie.

Maja était donc bel et bien sa gardienne ! Lorsque Pepper vit la belle Indienne entrer en grande conversation avec Miles, et rire de bon cœur d'une plaisanterie de celui-ci, elle eut le plus grand mal à dissimuler son mécontentement. C'était peut-être idiot, mais elle se sentait exclue, et elle se mit à bouder dans son coin.

Moins d'un quart d'heure plus tard, cependant, lasse de ronger son frein, elle acceptait avec joie de suivre Maja, qui l'avait invitée, avec force gestes et sourires, à visiter la propriété.

Au bout de quelques jours, Pepper connaissait assez bien les lieux et commençait à s'y sentir à l'aise. Mais elle s'habituait difficilement à cette sensualité torride qui l'avait frappée dès le premier soir et semblait imprégner l'air lui-même, à cette ambiance lascive en total désaccord avec sa personnalité.

Elle savait maintenant que toute une armée de domestiques travaillaient et vivaient entre ces murs, et que Miles n'avait pas exagéré l'isolement de la propriété. Il n'y avait pas le téléphone ni aucun moyen de communication avec l'extérieur.

Pendant qu'elle enrageait de se sentir prisonnière, Miles travaillait tranquillement, comme si de rien n'était. Il demeurait imperturbable, malgré les perpétuelles récriminations de Pepper, qui préférait en fin de compte passer sa colère sur lui plutôt que de ruminer interminablement ses griefs. Mais s'il opposait un visage aimable à toutes les provocations verbales auxquelles elle le soumettait, il ne cédait pas. Une main de fer dans un gant de velours…

Un soir, après le dîner, elle revint à la charge.

— Avez-vous pensé à vos clients qui cherchent peut-être à vous joindre au cabinet ? En restant absent trop longtemps, vous risquez de passer à côté d'affaires importantes…

— Les affaires sont comme les autobus : quand on en manque une, il y en a toujours une autre derrière ! En outre, j'estime que, dans la vie, il existe des choses plus importantes que le travail. On ne doit pas tout lui sacrifier, affirma Miles, avant d'ajouter avec un sourire moqueur : le travail, c'est comme le reste, il en faut ni trop ni trop peu !

Pepper ne partageait pas son opinion, mais en l'écoutant, elle avait l'impression d'entendre sa grand-mère. Naomi, quelques années plus tôt, lui avait tenu à peu près le même discours.

Le sourire mélancolique que lui arrachait cette pensée n'échappa nullement à Miles.

— A qui songez-vous ? demanda-t-il avec douceur.

— A ma grand-mère, répondit Pepper sans réfléchir.

— Naomi, la reine de la tribu Lee…

Sur la défensive, Pepper riposta :

— Comment le savez-vous ?

Miles haussa les épaules.

— Déformation professionnelle, sans doute. Je sais tout ce qu'il y a à savoir à votre sujet, *Rachel*.

Très pâle, soudain, elle se raidit, consciente de sa vulnérabilité, incapable de la moindre riposte. Dût-il lui en coûter la vie, elle n'aurait pu proférer une syllabe. Il ne lui restait rien, que le sentiment douloureux de son impuissance. Allait-elle devoir endurer les sarcasmes de Miles ? Non, ayant lui-même eu une enfance malheureuse, il lui épargnerait sans doute cette humiliation.

Le choc de cette intimité, si dangereuse, la prit totalement au dépourvu. Pepper aurait voulu mettre entre elle et lui le plus de distance possible, mais sa fierté l'en empêchait.

Un instant, ils restèrent ainsi, face à face, séparés par la table, tels deux adversaires avant un duel, mesurant leurs forces de caractère respectives dans un échange silencieux plus riche de signification que tous les mots. Pepper sentait que le moment qu'elle redoutait plus ou moins inconsciemment depuis son enlèvement était arrivé : comme tant d'autres avant lui, Miles, malgré sa courtoisie et sa désinvolture, et en dépit de la compassion qu'il lui avait témoignée à plusieurs occasions, la désirait et ne pensait qu'à l'attirer dans son lit.

Cette certitude instinctive déclencha en elle une salve de frissons. L'étau de panique qui l'emprisonnait se resserra d'un cran et Pepper, livide, les yeux agrandis d'effroi, crut qu'elle allait défaillir.

Percevant sa tension, Miles comprit que l'affrontement était inévitable. L'heure des explications avait sonné. Il s'était efforcé de brider sa sensualité, de surveiller ses réactions pour ne pas céder à la tentation. Il désirait Pepper comme jamais auparavant il n'avait désiré aucune femme, mais, avant de lui faire l'amour, il devait gagner sa confiance, la convaincre qu'il ne lui voulait aucun mal, lui montrer qu'il la comprenait et pouvait l'aider à surmonter sa peur.

— Je sais tout, répéta-t-il lentement en se levant.

L'espace d'un instant, d'un redoutable instant, Pepper crut qu'il allait venir à elle et s'arrêta de respirer. Mais Miles se dirigea vers la fenêtre et il se mit à contempler la nuit.

La jeune femme sentit ses muscles se contracter à la pensée des déclarations qu'il s'apprêtait à lui faire.

— Il faut que je vous explique, Pepper, pourquoi je vous ai amenée ici.

Soucieuse de gagner du temps, de retarder le plus possible les révélations qu'elle pressentait, Pepper protesta :

— Mais vous me l'avez déjà expliqué, rappelez-vous !

— Je vous ai menti. Au moins en partie. Me croyez-vous réellement capable de vous faire le moindre mal, de vous effrayer ?

Comme elle plissait le front, Miles soupira. C'était encore plus difficile qu'il ne l'avait pensé.

— Ecoutez, commença-t-il. Je ne suis pour rien dans ce qui vous est arrivé. Contrairement à ce que vous pensez, je n'ai jamais été complice de votre viol.

Pepper s'apprêtait à protester, mais il ne lui en laissa pas le temps.

— Avez-vous seulement idée du genre d'homme qu'est réellement Simon Herries ? Non seulement il vous a violée, mais il maltraite sa femme et son fils, et enlève des jeunes garçons dans la rue pour…

En voyant le visage de Pepper se décomposer, il s'interrompit et se passa une main dans les cheveux, honteux de sa maladresse.

— Oh, mon Dieu, Pepper, j'aimerais tellement vous faire entendre raison ! Simon Herries est fou à lier. En poursuivant cette vengeance stupide, vous risquez votre vie. Pour vous réduire au silence, il n'hésitera pas à vous tuer.

— Eh bien, s'il est fou, je le battrai sur son propre terrain ! déclara Pepper. Me prenez-vous pour une idiote, Miles ? C'est dans votre lit que je me suis réveillée, au cas où vous l'auriez oublié ! Vous étiez penché sur moi et…

— Laissez-moi au moins vous expliquer. Herries m'a toujours détesté, moi aussi. Cette nuit-là, j'étais sorti et il a voulu me jouer un sale tour. Il se doutait que vous me croiriez complice, et savait que ce qu'il avait fait me scandaliserait. Quand je vous ai vue, en arrivant, j'ai tout d'abord pensé que Tim et lui vous avaient persuadée de m'attendre. Ils étaient parfaitement capables de mettre une fille dans mon lit, simplement pour voir la tête que je ferais… Mais quand j'ai voulu vous réveiller, et que je me suis aperçu…

Il s'interrompit et Pepper vit la douleur et la compassion assombrir son regard. Elle aurait voulu se boucher les oreilles, lui crier qu'il mentait et qu'elle n'était pas dupe, mais elle était incapable du moindre geste. Pour la première fois depuis le drame, elle partageait ses angoisses avec quelqu'un. Avec quelqu'un qui était présent à ce moment-là, et savait exactement ce qu'elle avait subi, dans son corps et dans son âme…

Un étrange sentiment de soulagement s'empara d'elle ; elle avait l'impression que le fardeau qu'elle portait depuis tant d'années s'était soudain allégé.

— Je n'oublierai jamais votre détresse, poursuivit Miles, comme en écho à ses pensées. Je ne suis pas d'un naturel violent, mais si Herries s'était trouvé là…

Il se détourna un instant, mais Pepper avait eu le temps de voir les larmes briller dans ses yeux bleus.

Miles pleurait… Pour elle ?

— Je vous ai nettoyée du mieux que j'ai pu. J'ai changé les draps, aussi. Puis je vous ai laissée dormir. J'avais l'intention de vous demander ce qui s'était passé, de vous mettre en garde contre Herries, mais vous sembliez si terrifiée à votre réveil que j'ai préféré ne rien tenter pour vous rattraper. Si je vous ai amenée ici, Pepper, c'est pour essayer de vous raisonner, et non à cause de vos menaces. Je me moquais complètement de ce que vous risquiez de révéler sur mon compte. C'est vrai que j'ai enfreint la loi, mais je l'ai fait pour aider une amie dans le besoin. A ma place, auriez-vous agi différemment, Pepper ? En mon âme et conscience, je ne pouvais pas laisser cette petite idiote détruire la carrière de son père et la tranquillité d'esprit de sa belle-mère…

Frappée par le timbre étrange de sa voix, Pepper le regarda avec surprise. Il serrait les dents. Son visage pâle et creusé d'ombres trahissait une profonde souffrance.

— Simon Herries ne cédera pas, poursuivit Miles. Ne vous y trompez pas, il n'est pas homme à se laisser impressionner par des menaces, quelles qu'elles soient ! A l'époque, j'ignorais qu'il vous en voulait et qu'il complotait contre vous. Quant à Howell et Barnett, il les a obligés à coopérer. Il vous aurait tuée, s'il l'avait pu, mais c'était trop risqué. Surtout après la mort de Wilding… Peut-être s'agissait-il réellement d'un accident, mais le suicide de la sœur de Tim, en tout cas, n'en était pas un.

A ces mots, Pepper blêmit et se mit à trembler.

— Vous n'étiez pas au courant ? murmura-t-il. Il est vrai que l'affaire a été soigneusement étouffée. Sachez donc que vous n'avez pas été sa seule victime.

— Simon Herries déteste les femmes, déclara tout net Pepper.

— Elisabeth Herries elle-même vous donnerait raison sur ce point.

Pepper lui jeta un regard soupçonneux.

— Je vous ai vus ensemble, Elisabeth Herries et vous, fit-elle remarquer d'une voix dénuée d'émotion.

— Où cela ? demanda Miles, visiblement décontenancé.

— Dans Londres. Elle sortait de votre voiture.

Il fronça les sourcils lorsqu'elle précisa dans quel quartier elle avait surpris la scène.

— Elisabeth Herries a quitté son mari, expliqua-t-il après quelques secondes d'hésitation. Elle voudrait entamer une procédure de divorce, mais elle vit dans la crainte que Simon ne la retrouve et ne la force à regagner le domicile conjugal. Elle est partie parce qu'elle a découvert qu'il infligeait des sévices sexuels à leur fils.

Pepper écarquilla les yeux, horrifiée.

— J'ai réussi à la persuader de se confier au Premier ministre, reprit-il, qui a aussitôt demandé à ce qu'une enquête soit ouverte. Il nous faut maintenant espérer qu'Elisabeth obtiendra le soutien de sa famille. Elle en a besoin car, pour préserver l'enfant, elle ne traînera pas son mari devant les tribunaux.

Il fallut plusieurs secondes à Pepper pour assimiler le sens de ces paroles.

— Alors… sa carrière politique est finie ?

— Irrémédiablement détruite ! Vous n'en auriez jamais obtenu autant, déclara Miles d'un ton cassant. Mais tant que l'enquête n'a pas débuté, vous êtes plus en sécurité ici. Ensuite, Herries aura d'autres chats à fouetter que de s'occuper de vos tentatives de chantage.

Effarée, Pepper secouait la tête.

— Rien ne me prouve que tout cela soit vrai, murmura-t-elle. Et puis, quelles raisons auriez-vous de vouloir me protéger ?

— Cela vous étonne ? s'enquit Miles en la dévisageant.

Il vit le pli qui s'était formé sur le front de Pepper et trahissait le combat intérieur qui se livrait en elle. Lui-même se demanda pourquoi il s'était si longtemps masqué la vérité. Ce qu'il éprouvait pour Pepper allait bien au-delà de la compassion, et d'une attirance physique fort compréhensible.

— Vous prétendez que vous cherchez à me protéger de Simon Herries ?

— Oui, et je voudrais vous en convaincre, dit Miles d'une voix rauque. Même si j'avais été complice de votre viol, je ferais tout pour vous garder en vie. J'aurais bien trop peur pour ma carrière, si l'affaire venait à s'ébruiter ! ajouta-t-il en riant.

Mais Pepper ne l'écoutait plus. Elle s'était figée, et semblait dans un état second.

— Pepper… ? appela Miles. Pepper !

Penché sur elle, il avança une main pour la toucher. L'angoisse, la peur panique qu'il vit alors dans son regard lui donna un coup au cœur. Elle ouvrit la bouche pour crier mais aucun son ne sortit de sa gorge. Et elle perdit connaissance.

Il la rattrapa de justesse, la soulevant sans effort. Bien joué ! songea-t-il avec amertume en contemplant le visage livide de la jeune femme. Il l'avait brusquée, et voilà le résultat !

Mais il ne leur restait que dix jours… Même s'il n'arrivait pas d'ici à leur départ à gagner sa confiance, il devait trouver un moyen de la convaincre de renoncer à se venger. Dans le cas contraire, Simon Herries, lui, trouverait un moyen de la tuer. Miles n'en doutait pas une seconde.

Il transporta Pepper dans sa chambre et la déposa doucement sur son lit. Lorsqu'elle revint à elle, Maja était assise auprès d'elle.

A en juger par son expression inquiète, Pepper comprit qu'elle n'avait pas rêvé.

L'Indienne l'aida à se déshabiller et à se baigner. En se plongeant avec volupté dans l'eau chaude et délicieusement parfumée, en s'abandonnant aux mains de la femme de chambre, Pepper songea qu'elle avait bien changé. Elle, si indépendante, travailleuse acharnée et infatigable menant une vie de couventine se comportait à présent comme une sybarite. Le climat, l'odeur grisante des frangipaniers, la nonchalance des autochtones étaient-ils responsables de cette métamorphose ? Ou bien fallait-il incriminer Miles French ?

Miles… Pepper frissonna, en proie à un sentiment étrange. Son instinct le plus secret l'avertissait d'un danger. Quelque chose lui disait que cet homme était pour elle plus redoutable qu'une demi-douzaine de Simon Herries réunis…

Mentait-il, tout à l'heure, lorsqu'il clamait son innocence ? Il était si convaincant… En y réfléchissant, Pepper se rappela s'être étonnée, ce matin-là, de se réveiller propre. Après les atrocités qu'elle avait subies, pourtant…

Son cœur manqua un battement lorsque l'évidence s'imposa brutalement à son esprit : lui seul, en effet, pouvait être la cause de ce prodige. Miles avait lavé son corps souillé, avait pris soin d'elle comme une mère.

Maja revint avec un grand verre de thé glacé et délicatement aromatisé que Pepper but d'un trait. Quelques instants plus tard, elle sentit qu'elle s'engourdissait et songea, sans colère, que l'Indienne lui avait fait absorber quelque potion soporifique. Les jardins autour de la villa ne manquaient pas de plantes et de fleurs médicinales. Dans un lieu aussi isolé, mieux valait savoir fabriquer ses propres remèdes.

Pepper ferma les yeux et s'abandonna paisiblement au sommeil. Oui, elle avait décidément bien changé ! songea-t-elle encore avant de sombrer dans l'inconscience. Quelques jours plus tôt, elle aurait protesté, cherché par tous les moyens à combattre les effets du somnifère. Aujourd'hui, elle acceptait sans sourciller sa suprématie. En était-il de même avec Miles French ? Le moment venu, lui céderait-elle avec la même facilité ?...

Plus tard dans la nuit, elle fit un rêve étrange. Naomi était à côté d'elle, aussi présente que si elle s'était réellement trouvée dans la chambre. A cette différence près, cependant, qu'elle était plus jeune, plus vaillante que dans son souvenir. Mais il s'agissait bien de sa grand-mère ; Pepper ne pouvait pas se tromper.

Naomi essayait de lui dire quelque chose, en romani, et par miracle, Pepper comprenait le sens de ses paroles. Sa grand-mère la mettait en garde contre un danger...

Pepper eut alors une sorte de vision : elle était dans le lit de Miles et celui-ci se penchait vers elle, le visage grave.

La voix profonde de Naomi se fit soudain entendre :

« C'est un honnête homme, Rachel... Il est fait pour toi, ma douce. »

La scène s'estompa peu à peu et une autre lui succéda. Cette fois, c'était Simon Herries que Pepper voyait, hideux sous son masque haineux. Une odeur fétide de vice et de malveillance flottait autour de lui, à laquelle se mêlait une autre odeur, tout aussi reconnaissable. Celle de la peur. Puis elle vit un enfant, pâle et en danger de mort. Naomi prononça un nom, mais Pepper ne put le saisir. En revanche, quelques secondes plus tard, Oliver lui apparut distinctement.

« Ton fils et toi courez un grand danger, Rachel, reprit la voix de Naomi. Attention, ma douce ; fais très, très attention... »

La vision disparut et Pepper eut beau crier à plusieurs reprises le nom de Naomi, sa grand-mère ne revint pas.

Miles fut réveillé par les hurlements de Pepper. Il se dressa sur son séant, hagard, persuadé que Simon Herries avait réussi à entrer dans la maison et qu'il était en train d'assassiner Pepper. Puis il recouvra ses esprits et sauta à bas du lit pour foncer vers la chambre de la jeune femme.

Assise, le regard fixe, en état de choc, elle criait le nom de sa grand-mère. Bouleversé, Miles s'empressa d'écarter la moustiquaire et de la prendre par les épaules.

— Pepper, réveillez-vous ! Ce n'est qu'un rêve…

Jamais il n'aurait dû laisser Maja lui donner cette potion, songea-t-il. Tout était sa faute.

Pepper tourna lentement la tête vers lui, se mit à battre des paupières et à trembler de tous ses membres.

— Tout va bien, à présent, murmura Miles en lui frictionnant doucement les bras pour la réchauffer. C'est fini, Pepper. Ce n'était qu'un mauvais rêve.

Son ton était si doux et ses mains sur elle si sécurisantes que Pepper cessa bientôt de frissonner. Alors, Miles s'assit au bord du lit et la prit dans ses bras, pour finir de la rassurer et apaiser sa détresse.

Encore sous le choc, Pepper n'avait pas la force de protester. Pour elle, il ne s'agissait pas d'un mauvais rêve. Sa grand-mère était bel et bien venue la prévenir d'un danger, la mettre en garde contre Simon Herries, comme Miles l'avait fait un peu plus tôt.

Miles… « Il est fait pour toi », avait dit Naomi. Pepper s'écarta pour le contempler un instant puis, comme si une autre parlait avec sa bouche, elle s'entendit murmurer :

— Fais-moi l'amour, Miles… Fais-moi l'amour maintenant.

Il la fixa, le regard vide. Se rendait-elle compte de ce qu'elle disait, ou délirait-elle ? Dieu sait dans quel état l'avait mise Maja, avec sa poudre de perlimpinpin…

Inquiet, il tendit la main vers elle et repoussa une mèche rebelle qui lui tombait sur le front. Miraculeusement, Pepper ne se déroba pas.

A travers le satin de sa chemise de nuit, il devinait ses formes harmonieuses. Tandis que, pudiquement, il détournait les yeux, une poussée de désir irrépressible lui incendia les reins. Il repoussa alors Pepper contre les oreillers, très doucement, comme s'il avait peur de la casser.

Son cœur cognait dans sa poitrine. Et si elle avait changé

d'avis ? Il baissa la tête et trouva sa bouche, qu'il effleura de la sienne, timidement. Ses lèvres douces et humides s'entrouvrirent légèrement et il sentit la chaleur de son souffle.

Une joie intense le submergea. Par quel miracle avait-il réussi à l'apprivoiser ? se demandait Miles en regardant, émerveillé, le beau visage de la jeune femme. Elle avait l'air absent et il en conçut une pointe de jalousie. Que n'aurait-il donné, en cet instant, pour lire dans ses pensées et découvrir ce qui avait permis une telle métamorphose...

Soudain, une voix qu'il ne connaissait pas retentit dans la pièce.

« Prenez-la, dit-elle avec douceur. Vous l'avez bien méritée. »

Pepper, apparemment, n'avait rien entendu, mais lorsque Miles posa les yeux sur elle, il s'aperçut qu'elle fixait quelque chose, à l'autre bout de la pièce. Il ne put réprimer un violent frisson en l'entendant murmurer :

— Naomi...

Miles n'avait jamais cru aux fantômes, aux esprits et autres revenants. Cette voix profonde, pourtant...

— Pepper.

Elle leva les yeux, comme arrachée de nouveau à un état de transe, et se raidit, soudain sur la défensive.

— Vous vouliez que je vous fasse l'amour, lui rappela Miles.

— Non. Non, je ne veux pas... Laissez-moi !

Mais tout en le repoussant, elle s'allongeait et s'offrait, consciente que quelque chose avait changé. Qu'elle-même avait changé.

Elle se laissa dévêtir, docile et alanguie. Puis Miles se déshabilla à son tour. Immobile, Pepper prévoyait déjà le moment où son corps, comme les autres fois, se révolterait contre les caresses de Miles, contre l'agression qu'il entendait lui faire subir, et se recroquevillerait en une boule de refus et de douleur. Car elle n'éprouvait aucun désir pour lui, tout séduisant qu'il fût, et n'en éprouverait jamais pour aucun homme.

Sombre et étrangement déterminé, Miles s'allongea sur elle.

Les gestes précis qu'il effectuait contrastaient curieusement avec son impassibilité à elle, son absence totale de réaction. Pepper remarqua soudain le léger sourire qui flottait sur les lèvres de son compagnon et l'étincelle malicieuse qui pétillait au fond de ses prunelles. Riait-il à ses dépens ? s'interrogea-t-elle, secrètement contrariée. Elle s'attendait qu'il la caresse, l'embrasse, cherche à l'éveiller au désir. Mais il n'en fit rien.

— Avant, l'entendit-elle murmurer, comme en écho à ses pensées, il faut en passer par là.

Et sans crier gare, il entra en elle, doucement mais sûrement, comme on accomplit un rituel initiatique auquel on ne peut se soustraire, son corps cherchant à se faire pleinement accepter du sien.

Lorsque, enfin, il y parvint, ses mouvements cessèrent et il reprit :

— Maintenant, il n'y a plus rien dont tu puisses avoir peur. Tu vois, je suis en toi ; ton corps m'a accueilli et accepté. Ton esprit, à présent, doit apprendre à en faire autant.

Comme hypnotisée, Pepper n'osait affirmer qu'il perdait son temps, que jamais elle n'éprouverait le moindre désir pour un homme, que son cas était désespéré. Confusément, elle sentait cependant que Miles avait le pouvoir étrange de rendre possible ce qui était impossible et de réussir là où tant d'autres avant lui avaient échoué. Mieux que les caresses et les baisers des hommes qui avaient vainement essayé, au cours des années, de l'amener à surmonter sa peur, l'approche froide et directe de Miles avait suscité en elle des sensations jusque-là inconnues.

Chaque fois que Miles remuait, chaque fois qu'il la touchait, la caressait, l'embrassait, son corps bougeait avec le sien, et Pepper avait l'impression d'être entraînée dans un abîme de sensations troublantes. La chaleur et le poids de Miles la grisaient comme un vin capiteux. Du bout de la langue, il explora son cou, s'attarda au creux de la gorge tandis que ses paumes épousaient les seins ronds et fermes qu'elle ne lui refusait plus.

Un son inarticulé mourut sur les lèvres de Pepper, en proie à un besoin irrésistible de sentir ces mains sur tout son corps.

Elle se mit alors à remuer sous lui, adoptant à son tour ce rythme lent et envoûtant qu'il lui avait imposé tout à l'heure.

Elle était sienne, songeait Miles en mettant tout son savoir à profit pour l'initier au plaisir, pour lui faire découvrir le désir, et en puisant dans sa volonté d'y parvenir la force de se contrôler. Il serra convulsivement le corps frémissant de la jeune femme, enfouit son visage dans sa chevelure soyeuse et remercia les dieux, le hasard ou le destin qui l'avaient mise sur son chemin.

Dans ses bras, Pepper soudain se raidit et poussa un cri aigu que Miles n'eut aucune peine à identifier. Il embrassa alors les seins gonflés, tendus vers lui, et étouffa d'un baiser sa litanie rauque en songeant avec émotion que c'était la première fois qu'elle connaissait l'extase.

Accrochée à lui, Pepper oublia la réalité, laissant la jouissance irradier dans tout son corps, vague après vague, s'abandonnant sans retenue au plaisir qui déferlait en elle, goûtant la présence de Miles, comme un axe qui lui donnait la vie, le plaisir, le plus bel oubli…

Lorsque, en ouvrant les yeux le lendemain matin, Pepper découvrit Miles couché à côté d'elle, les souvenirs voluptueux de leur nuit d'amour et de passion partagée s'imposèrent d'emblée à son esprit. Quelle étrange métamorphose s'était opérée en elle, en l'espace d'une nuit ! Grâce à Naomi, la femme distante et insensible qu'elle était devenue artificiellement avait brutalement retrouvé ses racines, renoué avec sa véritable identité. Ce matin encore, Pepper restait persuadée de l'intervention magique de sa grand-mère. Néanmoins, elle n'avait pas osé parler à Miles de la troublante apparition. Il était son amant et, aujourd'hui, elle était prête à admettre qu'elle l'aimait, mais elle ne lui faisait pas totalement confiance. Elle savait qu'entre eux il ne s'agissait que d'un jeu, d'un intermède récréatif qui prendrait fin bientôt, lorsque l'hélicoptère viendrait les chercher pour les ramener à la réalité…

Pepper, en attendant, qui s'était découvert une nature ardente et passionnée, avait encore beaucoup de choses à apprendre de Miles, et comptait bien rattraper le temps perdu.

Ils s'y employèrent du mieux qu'ils purent, avec une frénésie d'autant plus grande que le jour du départ approchait. Ni l'un ni l'autre ne parlaient jamais d'amour. Pepper à cause de sa méfiance, et Miles parce qu'il jugeait le moment mal choisi. Il ne devait pas oublier les raisons pour lesquelles il l'avait amenée ici, même si chaque fois qu'il mentionnait le nom de Simon Herries, Pepper se repliait sur elle-même.

A aucun moment non plus, il n'avait été question d'Oliver. La dernière nuit, cependant, Miles se risqua à aborder le sujet.

— Si tu attendais un enfant, murmura-t-il doucement en posant sur le ventre nu de Pepper une main possessive, n'en fais surtout pas un secret.

La gorge sèche, Pepper comprit aussitôt qu'il savait. Il savait qu'Oliver était son fils ! Mais contre toute attente, elle ne lut aucun reproche dans son regard clair.

— Je voulais avorter, expliqua-t-elle soudain d'une voix enrouée. Cet enfant, je le détestais, et pour rien au monde je ne souhaitais le garder.

La souffrance monta en elle comme une lame de fond. Sans même s'en rendre compte, Pepper s'était mise à pleurer et les larmes coulaient à flots sur son visage. Trop ému pour parler, Miles la prit dans ses bras.

— Philip et Mary… avaient tant d'amour à lui donner, sanglota-t-elle en se blottissant contre lui. Je n'avais que dix-huit ans… Et puis, je ne me voyais pas, un jour, lui avouer les circonstances de sa conception, lui révéler l'identité de son père.

— Tu as fait la seule chose à faire, Pepper.

Miles en était convaincu. En prononçant ces paroles, cependant, il exorcisait par la même occasion ses propres démons. Si souvent dans son enfance il avait souhaité connaître ses parents, si souvent il avait maudit sa mère de l'avoir abandonné… Pourtant, le colonel Whitegate avait été un véritable père pour lui, et Miles serait fier de donner à ses enfants l'éducation que lui-même avait reçue de son tuteur.

Désemparée, Pepper pleurait à chaudes larmes sur son enfant, sur elle-même, sur l'humanité souffrante tout entière…

— Demain, nous rentrons, lui rappela Miles quand elle se fut un peu calmée. Mais avant de partir, je veux que tu me promettes, Pepper, de renoncer à poursuivre ta vengeance.

Une expression farouche se peignit sur le visage de la jeune femme.

— Non, c'est impossible, protesta-t-elle d'une voix altérée. Il y a trop longtemps que j'attends ce moment. Je ne peux pas passer l'éponge. Herries mérite d'être puni…

— Pas par toi, rétorqua Miles. Il faut que tu le comprennes. Tu n'es ni Dieu ni la justice pour pouvoir châtier sa faute.

Comme Pepper ne répondait pas, il soupira. La convaincre semblait encore plus difficile, à présent qu'ils étaient amants. Elle l'aimait, il le savait, mais il n'avait pas réussi à gagner sa confiance, cette confiance sans laquelle l'amour n'était qu'un mot vide de sens.

Plus tard, il lui fit l'amour avec une ferveur qui effaça tout, les pensées logiques, les inquiétudes, la peur du lendemain.

Dans ses bras, alanguie et comblée, Pepper priait secrètement pour que le temps s'arrête. La perspective du retour faisait naître en elle une angoisse presque insurmontable. Comment réagirait-elle, demain, quand le moment serait venu pour elle de reprendre la vie normale ?

Minesse Management ne représentait plus grand-chose à ses yeux, constata-t-elle, furieuse contre elle-même. Pourquoi laissait-elle Miles accaparer toutes ses pensées ? Pourquoi jouait-il tout à coup un rôle si essentiel dans son existence ?

A Londres, quand elle aurait retrouvé son cadre familier, les choses changeraient, assurément. Lorsque la magie de Goa aurait cessé d'opérer, Pepper redeviendrait la femme d'affaires efficace et déterminée qu'elle était avant de venir ici.

En entendant l'hélicoptère, un peu plus tard, elle sut que la page était tournée, la romance terminée.

19

Exigu, sans cachet particulier, le bureau contrastait curieusement avec l'élégance et la somptuosité des pièces de réception du 10, Downing Street. De lourds rideaux de velours marron pendaient aux fenêtres, masquant presque totalement la lumière naturelle. La table autour de laquelle ils prirent place était rayée et les chaises recouvertes de cuir brillant affreusement inconfortables, mais aucune des dix personnes présentes ne songeait à s'en plaindre. Ils avaient d'autres soucis en tête.

Tous semblaient graves et préoccupés. Et ceux d'entre eux qui avaient activement soutenu la candidature de Simon Herries aux fonctions ministérielles affichaient une mine contrite.

Le Premier ministre ouvrit la séance.

— Vous savez tous pourquoi nous sommes ici, commença-t-il. Certains bruits sont parvenus à mes oreilles concernant Simon Herries. Les résultats de l'enquête, ordonnée par moi-même sur-le-champ, viennent de m'être communiqués.

Il distribua à chacun une copie du rapport, les observant ouvertement tandis qu'ils en prenaient connaissance. Les supporters de Simon Herries étaient évidemment les plus gênés. Celui en qui ils croyaient se révélait être un dangereux psychopathe, auquel on pouvait difficilement trouver des excuses, malgré les traumatismes qu'il avait subis pendant son enfance.

Comment avait-il pu cacher son jeu si longtemps, berner à ce point son entourage ? s'étonnait le Premier ministre. Encore heureux que le pot aux roses ait été découvert à un moment où l'on pouvait encore l'obliger à démissionner et à quitter définitivement l'arène politique…

— Comptez-vous lui parler vous-même, monsieur le Premier ministre ?

— Je pense qu'il serait préférable que vous vous en chargiez, George, répondit-il sèchement au vice-président du parti.

George MacBride poussa un profond soupir. Il était nouvellement nommé à ce poste et connaissait à peine Simon Herries. Cependant, il redoutait d'avoir à lui annoncer qu'il devait démissionner. Il fréquentait le même club que lui, ce qui lui rendait la tâche encore plus difficile.

Ce fut au club, pourtant, que George MacBride décida de lui assener la terrible nouvelle, au cours du dîner auquel il l'avait convié. Lorsqu'il reçut son invitation, Simon ne fut pas surpris. Il avait eu connaissance des conclusions du rapport d'enquête. Mais il espérait en apprendre un peu plus, et découvrir notamment qui avait mis le Premier ministre au courant.

N'ayant reçu aucune consigne particulière, George MacBride ne vit pas de raison de lui cacher la vérité.

— Eh bien, si vous tenez vraiment à le savoir, mon vieux, c'est votre femme qui a craché le morceau. Elle a demandé une audience au Premier ministre, il y a quelques semaines. Je sais en outre qu'elle s'est fait accompagner par un avocat. Un certain French, je crois…

En face de lui, Simon dissimulait mal sa fureur et sa nervosité. Mal à l'aise, George regretta ne pas avoir su tenir sa langue. Tout était la faute de ce satané whisky qu'il avait avalé avant de venir pour se donner du courage…

— Miles French…, murmura Simon. J'aurais dû m'en douter.

Il se leva et prit brutalement congé.

— Ma démission en bonne et due forme arrivera demain matin sur le bureau du Premier ministre.

Intensément soulagé, George MacBride lui serra la main et le félicita pour cette sage décision, l'assurant qu'on n'en attendait pas moins de la part d'un ancien élève d'Eton.

Après son départ, George, considérant qu'il avait fait du bon travail, se servit un second verre de porto.

Simon contenait mal sa fureur. Il brûlait de tuer de ses propres mains les responsables de son infortune, de détruire à jamais ceux qui avaient comploté contre lui. Mais, comme un barrage retenant le flot impétueux de ses pulsions meurtrières, un restant de lucidité l'avertissait de ne rien précipiter. French s'attendait sûrement qu'il riposte. Il allait falloir ruser.

Il commença par convoquer Alex et Richard. Etaient-ils au courant de ses déboires ? Difficile à savoir... Mais malgré la réserve de ses deux anciens acolytes, Simon sentit que son emprise sur eux diminuait.

— Avez-vous eu des nouvelles de Miles, récemment ? demanda-t-il d'un ton désinvolte au moment qu'il jugea le plus opportun.

Alex et Richard échangèrent un regard perplexe.

— Pas depuis qu'il a quitté le pays avec Pepper Minesse, répondit Richard. Je suppose que tu es au courant ?

— De son plan stupide d'enlever cette garce pour l'obliger à renoncer à son chantage ?

— Pas si stupide, en vérité, fit remarquer Richard. Miles a bel et bien réussi.

— Où l'a-t-il emmenée ? coupa sèchement Simon.

— Alors, ça, je l'ignore ! Il a préféré ne pas nous mettre dans la confidence, au cas où cela tournerait mal.

En voyant les yeux injectés de Simon lancer des éclairs, Alex comprit qu'ils avaient affaire à un forcené. Pourquoi ne s'en étaient-ils pas rendu compte plus tôt ? Avant de partir, Miles les avait prévenus qu'ils risquaient d'avoir à répondre aux questions de Simon, et leur avait chaudement recommandé de rester le plus évasifs possible.

En dénonçant Simon, Miles avait mis fin aux menaces de chantage dont ils étaient victimes depuis des années. Simon, comme il n'allait pas tarder à le découvrir, ne disposait plus d'aucun moyen de pression pour les obliger à entrer dans son jeu.

Pareil à un animal qui flaire le danger, Simon sentit que leur attitude avait changé et sut que, désormais, il ne devrait plus compter que sur lui seul. Pepper Minesse, cependant, ne perdait rien pour attendre. Elle le lui paierait au centuple ! Si elle se croyait en sécurité là où elle était, avec Miles French pour veiller sur elle — tous deux se réjouissant peut-être déjà de leur victoire —, elle s'apercevrait bientôt de son erreur !

Cette fois, il ne lui ferait pas de cadeau. Il l'écraserait comme une mouche, se débarrasserait d'elle définitivement. Emporté par sa rage meurtrière, Simon perdait peu à peu pied avec la réalité, basculait irrémédiablement dans la folie.

En y repensant, un peu plus tard, Alex plaignit sincèrement Miles et Pepper, et songea qu'il préférait sa place à la leur.

Richard, moins imaginatif, se contenta de hausser les épaules. Qu'ils se débrouillent entre eux ! Il avait pour sa part d'autres chats à fouetter. La banque avait cessé depuis bien longtemps de l'intéresser, au point qu'il en était aujourd'hui à se demander si Morris serait d'accord pour le remplacer à la direction de l'établissement. Il pourrait alors renouer avec son ancienne passion pour la spéculation. Il connaissait comme sa poche les marchés financiers et il avait toujours aimé le risque. Bien sûr, il faudrait avant toute chose en discuter avec Linda…

Sa femme, songea-t-il, le front plissé, passait de plus en plus de temps dans ses studios de télévision. A croire qu'elle le fuyait… Le sentiment d'insécurité qu'il pensait avoir définitivement surmonté après sa séparation d'avec Jessica avait brutalement refait surface, implacable. Jamais il n'avait avoué à personne combien il avait souffert d'avoir été rejeté par sa première femme à peine leur lune de miel terminée. Depuis quelques semaines, Linda montrait de moins en moins d'empressement à partager son lit, et déjà Richard redoutait que, à l'instar de Jessica, elle n'en vienne à se refuser totalement.

Des vacances, peut-être, leur feraient du bien à tous les deux…

En regagnant la banque, il s'arrêta devant la vitrine d'une agence de voyages. Après une courte hésitation, il entra et, sur un coup de tête, réserva sur un paquebot de luxe une croisière de quelques jours en Méditerranée.

Une petite semaine qu'il consacrerait entièrement à sa femme, à lui donner des témoignages de son amour, songea Richard pour se rassurer. Si Linda se montrait si distante, depuis quelque temps, c'était forcément parce qu'il ne s'occupait pas suffisamment d'elle...

Ce soir-là, il s'attarda délibérément au bureau, redoutant de se retrouver seul à la maison, désespérément vide et glaciale quand Linda n'était pas là.

En fait, Linda était rentrée tôt, pour une fois. Tout l'après-midi, elle s'était sentie nauséeuse — moins à cause de sa grossesse que parce qu'elle appréhendait de l'annoncer à Richard.

Lorsqu'il ouvrit la porte, il crut qu'elle n'était pas encore rentrée. Puis il la vit, assise sur le canapé de cuir crème, les yeux dans le vide. Son estomac se noua et il dut se faire violence pour ne rien laisser paraître de sa tension et aller l'embrasser comme si de rien n'était.

— Tu sais quoi ? lança-t-il d'un ton faussement enjoué. J'ai une surprise pour toi ! Que dirais-tu d'une petite croisière en Méditerranée ? Nous partons...

— Je ne peux pas partir, Richard.

S'il pressentait quelque chose, il ne s'attendait pas, cependant, à un refus catégorique de sa part. Richard eut soudain l'impression que tout son univers s'écroulait autour de lui. Jamais il ne s'était aperçu que Linda tenait une telle place dans sa vie.

Comme elle se tournait vers lui, il fut frappé par sa pâleur et par l'anxiété qui marquait son visage.

— Je ne peux pas faire cette croisière.

Elle se tordait les mains. Remarquant que son alliance était devenue trop grande, Richard conclut à un mauvais présage.

— Je... je suis enceinte, Richard.

Cet aveu lui fit l'effet d'une bombe, le laissant anéanti et sans voix. Linda était si intimement persuadée qu'il ne voudrait pas de l'enfant qu'elle prit son silence et son absence de réaction pour une marque de désapprobation, et contre-attaqua.

— Ne me demande pas d'avorter, je n'en ferai rien. L'enfant que je porte est le nôtre, à tous les deux, mais je suis prête, au besoin, à en assumer seule la charge. Je sais : au départ, nous n'avions pas prévu de fonder une famille, mais maintenant que je suis enceinte…

Elle leva la tête et plongea son regard dans celui de Richard.

— Maintenant que je suis enceinte, il n'est pas question pour moi de renoncer à cet enfant. Je préfère encore te perdre.

— Un enfant… Tu attends un bébé ?

Richard secouait la tête, tel un plongeur émergeant des profondeurs marines.

— Et moi qui croyais que tu allais m'annoncer que…

Il secoua de nouveau la tête, comme pour s'assurer qu'il ne rêvait pas. Non, Linda n'aimait pas quelqu'un d'autre… Non, elle ne s'était pas lassée de lui… Elle attendait seulement un enfant… Leur enfant !

Les yeux pleins de larmes, il lui prit les mains et la força à se lever. Puis il la serra contre lui, en faisant attention à son ventre.

Une fois qu'ils eurent dîné en amoureux et sablé le champagne, et après que Linda se fut endormie contre lui en souriant aux anges, Richard repassa mentalement les événements marquants de la journée. Pour la première fois de sa vie, il éprouva le besoin impérieux d'apaiser les dieux afin d'éviter que ceux-ci ne se vengent sur son fils des fautes qu'il avait commises. Il lui apparut alors que le moyen le plus simple de désamorcer la colère divine était de rendre à Jessica l'argent qu'il lui avait extorqué. Il en avait les moyens, puisque les deux millions de dollars qu'elle lui avait donnés initialement s'étaient multipliés grâce à son flair et à son habileté sur les marchés financiers. L'idée, décidément, lui semblait très séduisante.

Il le ferait pour son fils, décida Richard afin de se donner bonne conscience.

Lorsqu'il rentra chez lui, Alex était en proie à de bien sombres pensées. Il songeait aux révélations de Miles concernant la vie privée de Simon et se demandait pourquoi un individu aussi dangereux et malveillant était laissé en liberté.

Si Miles, avant son départ précipité, lui avait fait des confidences et s'était ouvert à lui de ses projets, il n'avait pas précisé leur destination, à Pepper et à lui. Une chose était sûre, en tout cas : lorsqu'ils reviendraient, tous deux seraient la cible de Simon.

Julia l'attendait. Grâce à la recommandation de Miles, elle travaillait comme bénévole à l'institution pour enfants handicapés qui se trouvait à côté de chez eux. Auprès de ces enfants très spéciaux, avec lesquels la communication s'était établie immédiatement, Julia avait trouvé un nouvel équilibre et rayonnait de se sentir utile. Déjà, ils envisageaient d'adopter l'un de ces enfants.

Par ailleurs, Alex avait reçu d'un des leaders sur le marché de l'informatique une proposition de partenariat très alléchante. Il n'avait pas décroché le contrat avec le gouvernement, mais l'argent versé par le géant de l'informatique avait réglé tous ses soucis matériels. Il pourrait désormais se consacrer entièrement au développement et à la recherche de débouchés de plus en plus sophistiqués pour les microprocesseurs. D'un commun accord, ils avaient décidé avec Julia de déménager dans une maison moins grande, où leur couple pourrait de nouveau s'épanouir. Julia était méconnaissable. En l'espace de quelques semaines, Alex avait retrouvé la femme dont dix ans plus tôt il était tombé éperdument amoureux.

C'était peut-être simpliste de sa part, mais il avait l'impression que les épreuves qu'il avait traversées étaient en quelque sorte une punition pour sa participation au viol de Pepper. Il ne s'agissait bien sûr que d'une intuition, et à personne, pas même à Julia, Alex ne pouvait confier son sentiment. Un homme qui se glorifiait d'être rationnel, d'avoir les pieds sur terre, avait encore moins qu'un autre le droit de se montrer superstitieux.

Maintenant qu'il avait expié sa faute, comme pour finir de se racheter, Alex ressentait le besoin de prévenir Miles et Pepper du danger qui les guettait. Il fallait les avertir le plus vite possible que Simon était devenu complètement fou.

Si Alex avait pu lire dans les pensées de Simon, son inquiétude aurait été plus grande encore.

Pepper, elle, ne se sentait pas concernée. Elle riait lorsque Miles tentait une fois de plus de la mettre en garde. Depuis qu'il avait donné un nouveau sens à sa vie, elle considérait que le passé était oublié, mort, et Simon Herries avec lui.

Néanmoins, pendant tout le vol du retour, il chercha à la convaincre d'accepter les services d'un garde du corps.

— Alors, viens t'installer chez moi, supplia-t-il en désespoir de cause.

— Non, pas encore.

— Tu ne me fais toujours pas confiance, n'est-ce pas ?

Un sourire énigmatique aux lèvres, elle lui mit la main sur la bouche, émue de sentir son souffle chaud sur ses doigts. Le moindre contact, un simple regard de lui, et elle se sentait fondre. Miles produisait sur elle un effet dévastateur. Il avait si bien attisé le feu qui couvait en elle qu'elle s'enflammait comme une torche à la plus petite occasion. Là, par exemple, tandis qu'ils discutaient, Miles avait posé une main sur sa cuisse, une main que Pepper aurait voulu partout sur elle…

— Pour l'amour du ciel, ne me regarde pas comme ça ! murmura-t-il soudain. Pas ici !

S'il s'était écouté, il lui aurait fait l'amour sur-le-champ tant son désir de la sentir à lui était grand. Il gardait un souvenir ébloui de leurs derniers jours à Goa, car si avant ce voyage, il savait déjà qu'il l'aimait, Miles ne s'était pas douté qu'une fois guérie de son traumatisme, elle deviendrait une femme sensuelle, réceptive et généreuse, une femme comme jamais il n'en avait connu. Il rêvait de lui faire l'amour encore et toujours, jusqu'à ce qu'elle ne puisse plus se passer de lui, mais en même temps, il voulait l'obliger à redescendre sur terre, à regarder en face le danger que représentait encore Simon Herries.

Elle se comportait exactement comme si Herries s'était volatilisé. A Goa, elle ne risquait effectivement pas grand-chose, mais ils atterriraient bientôt, et à Londres... Miles frémit en songeant à la réaction de Simon lorsqu'il s'était trouvé contraint de démissionner du parti.

Dans l'avion, il avait pris un journal qui datait de plusieurs jours et annonçait en gros titre la démission inattendue de l'enfant chéri de la scène politique. Les raisons qui avaient motivé sa décision n'étaient pas claires. On invoquait sa séparation récente d'avec sa femme Elisabeth et ses problèmes conjugaux, mais, pour autant que Miles puisse en juger, la presse ne connaissait pas le vrai motif de sa démission.

Si seulement il arrivait à faire entendre raison à Pepper ! se répéta-t-il pour la centième fois au moins. En lui proposant de venir s'installer chez lui, il avait surtout cherché à la pousser dans ses derniers retranchements. Mais cette tactique elle-même semblait avoir échoué.

Il ne s'attendait pas qu'elle accepte, bien sûr, d'autant qu'à Goa ils avaient longuement débattu de la question, mais il espérait au moins ébranler sa belle assurance, la persuader de la réalité du danger auquel elle était exposée.

Qu'elle le veuille ou non, il chargerait un garde du corps de la protéger.

Logiquement, ce n'était pas à elle que Simon était censé en vouloir mais à sa femme, qui avait causé sa perte. Un fou de son espèce, cependant, se moquait pas mal de la logique. Une fois déjà il s'en était pris à Pepper, et Miles avait vu le résultat...

Simon, pendant ce temps, attendait son heure. Persuadé que le personnel de Minesse Management ne lui serait d'aucun secours, il ne se donna même pas la peine de l'interroger. De toute façon, il ne voulait pas courir le risque d'être reconnu et préférait agir seul, quitte à passer des journées entières en faction devant le bureau ou le domicile de Pepper.

Ses anciens collègues l'avaient tous laissé tomber ; du jour au lendemain, Simon s'était retrouvé complètement seul. Officiellement, personne n'était censé connaître la véritable raison de sa démission, mais il soupçonnait le Premier ministre de l'avoir trahi. Sinon, pourquoi ses anciens pairs le fuiraient-ils comme un pestiféré ?

Un soir, en rentrant chez lui, il eut la surprise de découvrir qu'un visiteur l'attendait.

L'esprit accaparé par Pepper, Simon n'avait pas vraiment eu le temps de se demander comment réagirait son beau-père aux accusations d'Elisabeth. Si bien que lorsqu'il vit Henry Calvert, qui l'attendait tranquillement dans son bureau, il en resta un instant pétrifié de saisissement.

— Comment avez-vous fait pour entrer ? demanda-t-il en allant se servir un whisky, éclaboussant maladroitement la surface cirée du bureau en acajou.

Henry Calvert détestait l'avion. Il détestait aussi se rendre compte qu'il s'était trompé, mais il ne pouvait décemment refuser de soutenir sa fille. Les révélations de celle-ci ne l'avaient pas choqué outre mesure — il avait appris depuis longtemps à ne plus s'étonner de rien —, mais à part soi, il s'était indigné de la bêtise de son gendre, qui n'avait pas trouvé mieux que de s'en prendre à son propre fils. La démission de Simon était pour lui une catastrophe car il avait laissé entendre à Washington que son gendre serait bientôt Premier ministre. De quoi aurait-il l'air, à présent ? Passer pour un imbécile était la chose que Henry détestait le plus au monde.

Le gouverneur avait parlé d'inviter Simon pour la Toussaint ; naturellement, le chef de la Maison Blanche serait présent au dîner ; certains contacts utiles pourraient être pris... Henry Calvert se réjouissait de l'influence grandissante que lui apporterait la position de Simon au ministère. Et voilà tous ses espoirs détruits ! Et son honneur bafoué, s'il ne prenait pas de toute urgence les mesures qui s'imposaient. Le seul moyen de préserver sa famille de l'ignominie était d'accuser Elisabeth de s'être jetée dans la gueule du loup, et de s'indigner haut et fort de la conduite de Simon. Henry avait tout prévu : il afficherait un air scandalisé, clamerait partout qu'il n'aurait jamais dû accepter que sa fille épouse cet Anglais dont elle était éperdument amoureuse mais qui lui avait fait à lui la plus mauvaise impression, raconterait que c'était lui qui avait insisté pour qu'elle rentre en Amérique…

— J'ai utilisé la clé de ma fille, répondit-il. Après tout, ceci est *sa* maison.

— *Notre* maison, rectifia Simon. En Grande-Bretagne, le domicile conjugal appartient aux deux époux. Où est ma femme, à propos ?

— A Boston.

Henry ne tenait pas spécialement à ce qu'elle rentre aux Etats-Unis, mais, comme ses fils l'avaient souligné, on risquait de trouver étrange qu'elle ne soit pas chez elle, au sein du cocon familial, lorsque le scandale éclaterait au grand jour.

Par chance, Elisabeth avait d'ores et déjà annoncé qu'elle ne resterait pas. Gilles, qui de l'avis de Henry Calvert avait passé beaucoup trop de temps dans les jupes de sa mère, serait envoyé dans une bonne école privée. Sa mère s'installerait dans un endroit tranquille, à l'abri de la rumeur publique.

— Qu'est-ce que vous voulez, au juste ? demanda Simon.

— Que vous reconnaissiez les sévices infligés à votre fils et consentiez au divorce.

Henry savait que sa fille voulait à tout prix éviter le scandale, par égard pour ses enfants. Elle ne se rendait pas compte que leur nom à tous serait sali s'ils ne justifiaient pas le divorce de façon convaincante. Henry était en passe de conclure plusieurs affaires importantes, que lui avait values la candidature de son gendre aux fonctions ministérielles. S'il ne préparait pas soigneusement sa défense, il risquait de perdre beaucoup d'argent…

— Et si je refuse ? lança Simon.

— Je me verrai dans l'obligation de tout révéler à la presse britannique. Espèce d'imbécile ! ajouta Henry après une courte pause. Qu'est-ce qui vous a pris de vous attaquer à votre fils ?

Cette réflexion méprisante fit à Simon l'effet d'un coup de fouet en plein visage, lacérant cruellement sa fierté. Il se retint de justesse de sauter sur son beau-père et de lui faire ravaler ses paroles. Ses mains le démangeaient tandis qu'il fixait avec envie la gorge de Henry Calvert.

Mais il y avait Pepper. Pepper, à qui il devait tout d'abord régler son compte.

L'air absent, Simon signa les déclarations que son beau-père lui tendait. Henry Calvert ignorait en les rangeant dans sa serviette que Simon venait en réalité de signer l'ordre d'exécution de Pepper Minesse.

Pepper et Miles atterrirent à Heathrow en début de soirée. Malgré le décalage horaire, Pepper débordait d'énergie.

Dans le taxi, elle se prit à regretter d'avoir refusé la proposition de Miles de s'installer immédiatement chez lui. Depuis presque deux semaines, ils ne s'étaient pas quittés un instant et elle appréhendait cette première nuit qu'ils passeraient loin l'un de l'autre. En même temps, Pepper savait qu'elle avait besoin de réfléchir, de mettre à l'épreuve ses sentiments pour lui. Elle l'aimait, et sentait qu'il la rendrait heureuse, mais elle devait s'habituer à l'idée de partager désormais sa vie avec lui.

Elle se doutait que Miles n'était pas homme à se satisfaire de demi-mesures. Il la voudrait tout à lui, sans condition et pour toujours. Or elle n'était pas certaine encore de vouloir l'épouser. Et elle l'aimait trop pour l'abuser sur ses intentions véritables.

Mieux valait donc pour tous les deux qu'ils vivent séparés pendant quelque temps. A Goa, tout avait été simple et merveilleux, mais les meilleures choses avaient une fin. Miles avait sa carrière, elle la sienne…

Devinant ce qu'elle ressentait, Miles lui pressa la main.

— Tu as parfaitement raison. Nous avons besoin de temps,

l'un et l'autre. Mais je ne serai pas tranquille tant que tu t'obstineras à refuser la protection d'un garde du corps.

— Ne t'en fais pas pour moi, Simon Herries sera sûrement trop préoccupé par son divorce pour songer à me poursuivre.

C'était peut-être vrai, mais Miles ne pouvait se débarrasser d'un mauvais pressentiment. Pepper était en danger et, qu'elle le veuille ou non, elle aurait un garde du corps.

Ils ne s'embrassèrent pas dans le taxi, Miles se contentant simplement de lui tenir la main. Puis il l'accompagna jusqu'à sa porte. Elle avait conscience de la tension de son compagnon, de son inquiétude pour elle. Simon Herries était pour sa part le cadet de ses soucis. D'autant qu'elle avait abandonné toute idée de vengeance. Tout cela appartenait au passé et elle ne voulait plus y penser. Miles seul comptait désormais. Mais s'il était devenu le centre de son univers, elle refusait cependant de dépendre de lui.

Avant de se quitter, ils échangèrent un baiser. Puis Pepper regarda Miles s'éloigner, brûlant de le rappeler, de lui dire qu'elle ne pouvait pas passer la nuit sans lui.

Une fois chez elle, le sentiment de vide désolant qu'elle ressentait s'atténua. Pour s'occuper l'esprit, Pepper se mit à défaire sa valise. Mais, assaillie par les souvenirs que chaque tenue évoquait, elle finit par renoncer et se coucha. Mais le sommeil ne vint pas. Que faisait Miles ? A quoi pensait-il ?

Miles pensait à elle. Non parce qu'il la désirait, cependant. Avant de rentrer chez lui, il s'était fait déposer devant une librairie qui restait ouverte une partie de la nuit. On y trouvait des exemplaires de tous les journaux. En deux temps, trois mouvements, il repéra et photocopia tous les articles concernant la démission de Herries. Puis, assis à son bureau, une cafetière pleine à côté de lui, il les lut tous, les uns après les autres, cherchant à se mettre à la place de Simon Herries. Ce n'était pas la première fois qu'il avait affaire à un détraqué. Mais malgré tous ses efforts, Miles ne parvenait pas à se concentrer. Pepper était en danger ; cette idée l'obsédait.

Soucieux, il décrocha le téléphone et composa le numéro

d'Alex Barnett. En reconnaissant sa voix, Alex, tiré brutalement de son sommeil, recouvra ses esprits.

— Pendant ton absence, Simon nous a réunis, expliqua-t-il. Il semblait considérer que tu l'avais trahi.

— Et Pepper ? A-t-il dit quelque chose à son propos ?

— Rien de particulier. Il la déteste, mais ça, nous le savions déjà. Je ne serais pas étonné qu'il prépare un mauvais coup. A la place de Pepper, je me méfierais...

Lorsqu'il reposa le combiné, Miles s'aperçut que sa main tremblait.

Le lendemain matin, il engageait un garde du corps, un ancien policier qui lui avait été recommandé par un de ses collègues. Il le mit rapidement au courant et lui demanda la plus grande discrétion.

Si ses collègues, au cabinet, le trouvèrent quelque peu distrait et renfermé, ils eurent le tact de ne pas le lui faire remarquer. A l'agence, les employées de Pepper s'abstinrent également de tout commentaire — du moins en sa présence.

— Je la croyais partie au soleil, confia Lucy, la remplaçante d'Helena, à Miranda. Elle n'a pas tellement bronzé, à ce qu'il me semble. Remarque, elle avait sûrement mieux à faire... Quand on a la chance d'être emmenée dans un paradis tropical par un homme tel que Miles French, on ne doit pas passer beaucoup de temps sur la plage !

Lucy était nouvelle à l'agence. Elle faisait partie du personnel saisonnier que Pepper avait engagé pour l'été. Lucy était une rêveuse, qui pour se soustraire à la monotonie d'un travail routinier passait la moitié de son temps à imaginer des histoires romanesques.

Simon avait eu vite fait de la repérer. Un jour, à l'heure du déjeuner, alors qu'elle portait le courrier à la poste, il s'arrangea pour la heurter de plein fouet.

Elle lui sourit, les yeux papillonnant d'un plaisir non dissimulé. Elle aimait les grands blonds et celui-là avait l'air de savoir ce qu'il voulait. Il était riche, apparemment, et beau, de surcroît !

— Je suis vraiment désolé, mademoiselle. Je ne regardais pas où j'allais…

Il l'aida à ramasser ses lettres puis, pour se faire pardonner, l'invita à déjeuner. Le restaurant qu'il mentionna se trouvait à deux pas et Lucy le connaissait. Il n'y avait aucune raison de refuser.

Pendant le déjeuner, il se débrouilla pour la faire parler. Lucy lui apprit que sa patronne revenait juste de vacances et qu'elle était follement amoureuse.

Lucy accepta sans sourciller que Simon la raccompagne une partie du chemin. Son bureau, lui avait-il dit, se trouvait dans la direction opposée. Lorsqu'ils se séparèrent, elle faillit lui demander quand ils se reverraient, mais elle n'osa pas. Très excitée par cette incroyable rencontre, elle regagna son poste.

Pepper ne sortit pas déjeuner. Elle avait trop de travail à mettre à jour. Miranda l'avait vue rougir lorsqu'elle lui avait demandé si ses vacances s'étaient bien passées. La Pepper Minesse qui était assise en face d'elle aujourd'hui n'avait en tout cas rien à voir avec celle qui était partie deux semaines plus tôt. Elle ressemblait à une femme amoureuse…, songea Miranda avec envie.

— Ce soir, je partirai tôt, annonça brusquement Pepper. Vers 4 heures.

Elle ne devait retrouver Miles qu'à 8 heures, mais elle avait plusieurs choses à faire auparavant. Téléphoner à Mary, tout d'abord…

Pepper jeta un coup d'œil à la liste des personnes qui l'avaient appelée en son absence. Il faudrait qu'elle passe un coup de fil à Nick, aussi. Elle lui devait au moins des explications. Il n'y avait jamais rien eu entre eux, mais Pepper s'était toujours dit que si elle arrivait un jour à surmonter son blocage, Nick serait son premier amant.

Par délicatesse, cependant, elle jugea préférable de convenir avec lui d'un rendez-vous plutôt que de lui assener au téléphone la nouvelle de sa liaison avec Miles. A en juger par son intonation lorsqu'elle l'appela, Pepper comprit qu'il se doutait de ce qu'elle avait à lui apprendre. Ils convinrent de se retrouver le lendemain soir au restaurant où ils étaient allés tant de fois ensemble.

Pepper décida de ne pas parler à Miles de ce dîner avec Nick. Tel qu'elle le connaissait, il risquerait de revenir à la charge, de l'obliger à prendre un garde du corps. Or elle tenait à rester libre de ses mouvements.

Comme l'heure tournait, Pepper ouvrit sa garde-robe et chercha désespérément ce qu'elle pourrait bien porter pour le dîner de ce soir avec Miles. Elle rêvait de soieries aux teintes douces, de coupes fluides, en harmonie avec ses états d'âme. Après moult hésitations, son choix se fixa sur une robe achetée sur un coup de tête quelques semaines plus tôt. Il s'agissait d'une tenue toute simple, en jersey blanc, uni pour le bustier, et moucheté de vert émeraude pour la jupe. Elle lui allait à ravir, constata Pepper en virevoltant devant le miroir de sa chambre. Quand elle l'avait achetée, pourtant, elle était loin de se douter de la métamorphose qui s'opérerait en elle.

Lorsque Miles arriva, elle mettait la dernière touche à son maquillage. Reposant précipitamment son rouge à lèvres, elle courut lui ouvrir.

Refermant la porte d'un coup de pied, Miles prit la jeune femme dans ses bras et s'empara de sa bouche. Pepper frémit en sentant une onde de chaleur se propager en elle.

Miles se méprit sur le sens de ce frisson.

— Je t'ai fait mal ? s'enquit-il. Tu m'as tellement manqué ! Dans mon ardeur, j'oublie parfois combien tu es fragile.

— Tu ne m'as pas fait mal, murmura Pepper, en proie à un trouble qu'elle ne cherchait pas à cacher.

— Tu es sûre de toujours vouloir sortir dîner ?

Pepper savait qu'à un moment ou à un autre de la soirée cela arriverait, mais elle ne s'attendait pas à réagir avec autant de fougue aux caresses et aux baisers de Miles.

Comme s'ils ne s'étaient pas vus depuis des mois, ils se jetèrent l'un sur l'autre, avides de se retrouver. La robe de Pepper tomba à ses pieds, telle une dépouille inutile. Tremblant de désir, Miles la souleva dans ses bras et la porta dans sa chambre. Ils purent enfin s'unir, se fondre l'un dans l'autre avec une faim dévorante.

— Je t'aime et je voudrais t'épouser, murmura Miles bien plus tard, en prenant entre ses paumes le visage de Pepper.

Il se mordit la lèvre, conscient d'être allé trop vite, furieux contre lui-même.

Comme le silence s'éternisait, il dit doucement :

— J'attendrai. J'attendrai le temps qu'il faudra.

Il la quitta un peu après minuit, laissant un grand vide derrière lui. Pepper se sentait étrangement désemparée. Pourquoi avait-elle hésité, tout à l'heure ? Elle l'aimait et savait qu'un jour ou l'autre elle finirait par l'épouser. Mais pas tout de suite. Quelque chose l'empêchait de dire oui maintenant. C'était un sentiment bizarre, indéfinissable et désagréable.

Lorsqu'elle reconnut la voix de Simon au téléphone, Lucy dut se retenir pour ne pas sauter de joie. Il ne lui avait pas donné son vrai nom, prétendant s'appeler Greg Lucas. Il l'invita de nouveau à déjeuner, mais dans un autre restaurant, un peu plus loin du bureau.

Il ne parlait guère, mais elle s'en moquait. Et puis, pour une fois que quelqu'un l'écoutait ! Lui, au moins, ne lui reprochait pas d'être trop bavarde. Au contraire, il en redemandait ! Tout ce qui la concernait l'intéressait. Même son travail de réceptionniste ! Quand il s'agissait de parler de Minesse Management et de sa patronne, Lucy était intarissable.

Simon l'écoutait d'une oreille distraite. Tout ce qu'elle lui racontait, il le savait déjà. Mais pourquoi la brusquer ? Il n'était pas pressé. Grâce à Pepper, Simon disposait à présent de beaucoup de temps libre.

Il avait également un petit compte à régler avec Miles, mais plus il écoutait Lucy et plus il était convaincu qu'en supprimant Pepper il punirait Miles du même coup. Miles French amoureux… Quand Simon pensait au mal que s'était donné Tim pour essayer de le séduire…

Intriguée par le rictus amer de son compagnon, Lucy s'était interrompue. Lorsqu'il s'en aperçut, Simon se ressaisit et lui décocha un grand sourire. Cette petite idiote était peut-être un insupportable moulin à paroles, mais il avait besoin d'elle.

Très doucement, il lui prit les mains.

— Je dois retourner au bureau, à présent. Mais pourquoi ne déjeunerions-nous pas ensemble demain ?

— Ici ? suggéra Lucy dans un souffle, les yeux brillant d'excitation.

— Non, pas ici.

Il ne tenait pas à être reconnu ou même simplement remarqué.

20

— Comment cela, tu ne peux pas dîner avec moi ce soir ?

— Eh bien, comme je te l'ai dit, Miles, j'ai un autre rendez-vous.

Pepper sentit la tension monter d'un cran entre eux, et elle crispa la main sur le combiné. Elle détestait mentir. Et Miles ne semblait pas suffisamment réceptif pour qu'elle puisse lui expliquer les raisons qui motivaient cette entrevue avec Nick.

— Je vois..., murmura-t-il. Pourtant, il me semblait que notre relation passait avant tout.

A ces mots, elle sentit la panique la gagner. Elle avait l'impression d'être un animal sauvage pris au piège, qui voit les mailles du filet se resserrer inexorablement autour de lui et, dans un réflexe de défense, elle s'écria :

— Je ne t'appartiens pas, Miles ! Je...

A l'autre bout de la ligne, Miles s'efforçait de recouvrer son calme. Mais enfin, perdait-il la tête ? Bien sûr qu'elle avait d'autres engagements ! Tout comme lui, d'ailleurs.

En réalité, il savait très bien ce qui l'amenait à réagir ainsi : Simon Herries. Toutes les enquêtes discrètes qu'il avait menées n'avaient abouti à rien. Herries semblait avoir disparu dans la nature. Sa maison londonienne était fermée, et on pouvait voir une grande pancarte « A vendre » apposée sur la grille d'entrée. Personne n'avait pu lui fournir le moindre renseignement quant à la nouvelle adresse du propriétaire. Et Miles se rongeait les sangs. Car, en dépit de tous les efforts qu'il avait déployés, il n'était pas parvenu à convaincre Pepper du danger que représentait cet homme pour elle. Elle semblait penser que dans la mesure où elle avait décidé de tirer un trait sur le passé, Herries avait fait de même.

Mais Miles devinait qu'il n'en était rien. Question d'intuition.

— Désolé, dit-il enfin. Je ne sais pas ce qui m'a pris... La frustration, peut-être. Quand je ne me réveille pas dans tes bras, ça me met d'une humeur de chien pour toute la journée !

— Moi aussi, tu sais.

— Pourquoi ne passerions-nous pas le week-end ensemble ? suggéra-t-il.

Il s'interrompit soudain et jura tout bas.

— Zut ! je ne peux pas. Les administrateurs de l'orphelinat organisent une réunion samedi, et ma présence est requise. Mais si tu veux, nous pouvons dîner tous les deux vendredi soir.

— Volontiers.

D'ici là, elle aurait recouvré calme et lucidité, songea-t-elle. Le pénible entretien prévu avec Nick ne serait plus qu'un mauvais souvenir. Car c'était sans doute la perspective de tout révéler à son vieil ami qui la rendait si nerveuse.

Ils bavardèrent encore quelques instants, s'efforçant l'un et l'autre de repousser le moment où ils devraient mettre un terme à la conversation, et s'étonnant de l'intensité de leurs émotions. C'était si nouveau pour eux ! Ce besoin de donner et de s'engager ; ce partage de sentiments qui se situaient bien au-delà du simple désir...

Enfin, Pepper raccrocha. Comme chaque fois qu'elle avait eu une conversation téléphonique avec Miles, elle ressentit cruellement son absence. Durant des heures entières, parfois, elle restait assise à ne rien faire alors qu'elle aurait dû se plonger dans la lecture des dossiers qu'elle rapportait du bureau, les yeux dans le vague, l'esprit occupé par des visions idylliques de leur séjour à Goa...

Oui, elle aimait Miles. De tout son cœur, de toute son âme. Et peu à peu, elle en venait à lui faire confiance, à l'inclure dans ses projets d'avenir.

*
* *

Un plan s'était formé dans l'esprit de Simon. A présent, il savait exactement ce qu'il convenait de faire pour punir Pepper comme elle le méritait.

Il logeait dans un petit deux pièces impersonnel qu'il avait loué sous un nom d'emprunt. Trop heureux de toucher la caution en liquide, le propriétaire ne lui avait posé aucune question. L'appartement ne se distinguait en rien des dizaines d'autres logements aménagés dans cette grande demeure de style victorien, abritant pour la plupart les victimes de la vague de divorce qui semblait caractériser les années 1980. Personne ne faisait attention à lui, ne se souciait de ses allées et venues.

Il n'avait emporté que très peu de choses : quelques vêtements, et surtout les dossiers secrets que Tim et lui avaient autrefois constitués.

Tim... Comme il lui semblait proche, depuis quelque temps ! Si proche que, par moments, Simon avait même l'impression de sentir sa présence. Sa vie aurait été tellement différente, si son ami n'était pas mort ! songeait-il parfois. Mais Tim n'était plus de ce monde depuis longtemps. Et cela par sa faute à elle ! Elle devait expier ce crime, une fois pour toutes. Certes, il l'avait déjà punie, autrefois. Quoique... Sa mémoire vacillante lui jouait des tours, et il avait du mal à évoquer certaines scènes du passé.

Dans son esprit, pensées et souvenirs se mêlaient en une sarabande infernale qui devenait de plus en plus rapide à mesure que la folie s'emparait de lui. La nuit, il rêvait souvent que Tim et lui se retrouvaient ensemble à Marchington.

Doucement, il caressa le pistolet qu'il avait apporté. L'arme appartenait à son père, qui ne l'avait jamais rendue après la guerre. Pendant des années, elle était restée cachée au fond d'un tiroir dans la grande maison de Cumbria, jusqu'à ce qu'Elisabeth la trouve et demande à ce qu'elle soit mise en sûreté. Elle prétendait qu'il était dangereux de la laisser traîner là.

Simon aimait le contact de l'arme dans sa main. Le métal tiède sous ses doigts lui procurait une étrange sensation d'apaisement, un plaisir presque... sensuel. De même que la vue des cartouches, qu'il avait trouvées près du pistolet.

Le jeudi, il n'avait pas déjeuné avec Lucy comme prévu car un incident s'était produit dans la matinée. Il avait une poste restante et, en ramassant son courrier, il avait trouvé une lettre de ses avocats lui demandant de les appeler. Sans doute à cause du divorce... D'ailleurs, lorsqu'il en aurait fini avec Pepper Minesse, il réglerait ses comptes avec Elisabeth. Ne lui avait-elle pas pris ses enfants ? Ne l'avait-elle pas trahi, vendu à ses ennemis ?

Simon était à présent entouré d'ennemis. Souvent, la nuit, Tim s'approchait de lui et l'avertissait de leur présence. Aussi, lorsqu'il sortait, Simon prenait-il bien soin de se glisser aussi furtivement que possible le long des rues, déployant des trésors d'habileté et de ruse comme seuls savent le faire les fous dangereux, choisissant à dessein différents itinéraires pour se rendre où il le désirait, s'assurant sans cesse qu'il n'était pas suivi. Tim l'avait en effet prévenu que Pepper Minesse possédait une intelligence redoutable et qu'il devrait se tenir constamment sur ses gardes.

Cette fois, il ferait du travail soigné. Jusque-là, à l'égard de cette femme, il avait fait preuve d'une indulgence impardonnable.

La folie déferla soudain en lui comme chaque fois qu'il pensait à Pepper. Il lui semblait alors qu'un énorme nuage noir envahissait son cerveau, obscurcissant tout, le rendant malade jusqu'à la nausée. Son cœur se mettait à battre à un rythme effréné, comme sous l'effet d'un brusque accès de fièvre. Et pourtant, en même temps, il se sentait gagné par une soudaine exaltation. Il percevait les choses avec une telle acuité que parfois il avait l'impression d'approcher une sorte d'état de grâce. Il se mettait à arpenter son petit appartement, psalmodiant le nom de Pepper, possédé par un désir si intense qu'il en oubliait tout ce qui n'était pas elle.

Ensuite, lorsque la crise était passée, il sombrait dans une bienfaisante léthargie. C'était en général dans ces moments-là que Tim lui apparaissait.

*
* *

Pepper quitta le bureau un peu plus tard que d'ordinaire, le jeudi soir, et elle se demanda si ce n'était pas la crainte d'affronter Nick qui la faisait déroger à ses habitudes de ponctualité.

Lorsqu'il vint la chercher, cependant, elle était prête depuis un bon quart d'heure. Le garde du corps recruté par Miles les regarda partir, puis entreprit de les suivre discrètement au volant d'une voiture de location. Il les vit entrer dans un restaurant chic et, coupant le moteur, il se prépara à attendre.

A l'intérieur du restaurant, Pepper se raidit lorsque Nick l'aida à ôter son manteau, et elle refusa de prendre un verre avant le dîner. Elle avait les nerfs à vif, et tout ce qu'elle voulait, c'était lui parler de Miles, puis rentrer chez elle. A en juger par la façon dont Nick l'observait, d'ailleurs, il devait se douter de quelque chose…

Le maître d'hôtel les conduisit jusqu'à leur table et leur tendit le menu. Pepper ne se sentait pas le moindre appétit. Autour d'eux, la plupart des tables étaient occupées, ce qui ne la surprit guère. Il s'agissait en effet de l'un des restaurants les plus réputés de Londres. Ici, les stars du show business et des médias côtoyaient les valeurs montantes de la scène anglaise. L'établissement n'était en rien un phénomène de mode, destiné à ne briller dans le ciel londonien que de façon éphémère. Sa réputation, acquise au fil des années, était à présent bien assise.

Après avoir consulté la carte sans y prêter réellement attention, Pepper la reposa.

— Nick, j'ai quelque chose à vous dire…

Nick Howarth connaissait Pepper depuis des années. Dès qu'il l'avait vue paraître sur le seuil de son bureau, il l'avait désirée. Il lui avait fait une cour discrète, sachant d'instinct que le moindre faux pas risquait de tout gâcher. Il connaissait sa réputation de femme inaccessible, mais il avait sa propre opinion sur la question. Etant lui-même un homme d'affaires ayant réussi à la force du poignet, il n'était pas enclin à faire grand cas des émotions. D'autant que la vie ne l'avait guère épargné. Ses parents avaient divorcé lorsqu'il avait sept ans ; un âge où l'on est encore très vulnérable... Il avait ensuite vécu avec sa mère jusqu'à ce qu'elle se remarie. Son nouvel époux avait toujours rejeté le garçonnet timoré, avec lequel il ne se sentait aucune affinité.

Lorsque Nick se remémorait son enfance, il ne pouvait s'empêcher d'éprouver une sorte d'irritation envers le petit être fragile et trop sensible qu'il était alors, qu'un mot ou une attitude suffisaient à blesser.

Aujourd'hui, tout était différent. Il s'était en quelque sorte blindé contre la souffrance. Il aimait les femmes, se plaisait en leur compagnie ; leur faire l'amour lui procurait du plaisir, mais il était convaincu que seul un fou pourrait laisser un autre être humain exercer une forte emprise sur lui. Ce principe avait toujours régi ses relations sentimentales.

Jusqu'à ce qu'il rencontre Pepper.

Il la regarda, assise en face de lui, et comprit immédiatement ce qui s'était produit. Auparavant, il pensait qu'elle et lui étaient coulés dans le même moule. Il ne savait pas pourquoi elle l'avait maintenu à distance, mais il avait senti instinctivement que pour parvenir à percer la muraille qu'elle avait érigée autour d'elle, il devrait gagner sa confiance ; il la désirait avec une telle force qu'il n'avait pas hésité à patienter, à attendre le moment propice... Et il avait attendu presque sept ans, bon sang ! Sept longues années à manœuvrer avec tact et prudence, tout en espérant qu'un jour elle s'intéresserait à lui. Et à présent, elle allait lui annoncer qu'il y avait quelqu'un d'autre dans sa vie !

Il savait même de qui il s'agissait. La presse ne s'était pas privée de révéler au grand jour l'idylle naissante entre le célèbre avocat et la femme d'affaires la plus influente de Londres.

Une bouffée de colère et de rancœur monta en lui, le poussant à nier que Pepper avait plus compté pour lui que n'importe quelle autre femme. Mais son cœur refusait d'admettre l'évidence, et se désolait de ce qui ne serait jamais.

Oh, il finirait par se marier, par fonder une famille ! Sa femme serait sans doute très belle, et une maîtresse de maison accomplie, mais il la priverait toujours d'une partie de lui-même, et à son tour elle apprendrait à donner son amour à ses enfants, ainsi qu'à un amant discret.

— Vous êtes amoureuse de Miles French, n'est-ce pas, Pepper ?

Elle baissa les yeux. A quoi s'attendait-elle donc ? Qu'il s'énerve ? Qu'il lui demande des comptes ? Qu'il exige de savoir pourquoi elle ne lui avait rien dit jusque-là ? Il en avait le droit, après tout...

Furtivement, elle regarda Nick tandis qu'il étudiait la carte, consciente que le sujet de leurs relations était clos.

L'ancienne Pepper s'en serait satisfaite et n'aurait sans doute même pas cherché à prolonger la conversation ; elle n'aurait certainement pas cherché non plus à s'engager sur un terrain émotionnellement dangereux. Mais la femme qui se tenait en face de lui aujourd'hui éprouvait le besoin de tout lui expliquer, de lui faire part de ce qu'elle avait découvert et de lui dire que lui aussi finirait par connaître le bonheur d'aimer.

— Nick...

Elle tendit la main et la posa sur le bras de son compagnon. Immédiatement, il tressaillit.

— Je crois que je vais commencer par les huîtres, dit-il.

Vivement, elle retira sa main, sachant désormais qu'il repousserait toute tentative de réconciliation.

Au cours du dîner, il lui parla de ses affaires, du contrat qu'il s'apprêtait à signer aux Etats-Unis. Pas une fois il ne demanda à Pepper quels étaient ses projets pour l'avenir ; et la jeune femme, mal à l'aise, avait l'impression désagréable que chacun d'eux jouait un rôle, un rôle qui lui allait mal.

A la fin du repas, Nick l'aida à enfiler son manteau. Dehors, elle se tourna vers lui et murmura :

— Nick, il serait peut-être préférable que je prenne un taxi...

Elle s'attendait un peu qu'il élève une objection, mais son visage était masqué par la pénombre et elle ne put déceler son expression. L'air était frais, et elle frissonna. Immédiatement, il l'attira à lui.

Son étreinte ne ressemblait en rien à celle de Miles. Lorsqu'il inclina la tête vers elle, bien qu'elle sût qu'il allait l'embrasser, elle ne chercha pas à se dérober. Ne lui devait-elle pas au moins une dernière faveur ?

Son baiser fut froid, presque impersonnel. Le garde du corps, qui les surveillait, vit la main de Nick se crisper brièvement sur les épaules de Pepper avant de la relâcher. Avec une pointe d'envie, il constata que Nick Howarth était vraiment un très bel homme.

— Je dois partir pour les Etats-Unis à la fin de la semaine, murmura Nick. Il se pourrait que je sois absent un certain temps. Je vous appellerai dès mon retour.

Il sourit, puis ajouta :

— Je pense aussi qu'il serait préférable que vous rentriez en taxi. Je ne suis qu'un homme, Pepper, et j'ai rêvé de vous depuis trop longtemps…

Ces derniers mots donnèrent envie de pleurer à la jeune femme. Elle qui ne pleurait jamais ! Elle aurait voulu lui tendre les bras et le consoler comme une mère console son enfant blessé, lui dire qu'une partie d'elle-même l'aimait… Mais elle savait que ce n'était pas cet amour-là qu'il attendait.

Il héla un taxi pour elle, et l'aida à s'installer à l'intérieur du véhicule. Le garde du corps la suivit jusque chez elle, puis attendit la relève. Protection rapprochée, vingt-quatre heures sur vingt-quatre, avait bien spécifié Miles French, et l'agence à laquelle il s'était adressé respectait ses ordres à la lettre.

A la première heure, demain matin, Miles French aurait son rapport quotidien.

Tout en buvant son café, Miles lisait le rapport du garde du corps. Il s'était arrangé pour qu'on le lui apporte chez lui et non dans son cabinet, et il fronça les sourcils en abordant les derniers paragraphes. Pepper ne lui avait rien dit concernant un éventuel dîner avec Nick Howarth…

Un violent sentiment de jalousie l'assaillit alors. Pourquoi ne lui avait-elle pas parlé de ce rendez-vous ? Elle avait sans doute de bons motifs pour cela, lui souffla la voix de la raison. Mais un homme amoureux écoute-t-il la raison ?

En cet instant, Miles ne voyait qu'une chose : Nick Howarth était un homme particulièrement séduisant, et qui plus est, il désirait Pepper depuis des années. Et voilà qu'elle le rencontrait en secret !

Au prix d'un suprême effort de volonté, Miles réussit à résister à la tentation de lui téléphoner sur-le-champ. A midi, cependant, n'y tenant plus, il décrocha le combiné.

Pepper fut surprise de l'entendre lui demander de le rejoindre pour déjeuner. Il semblait étrangement distant, et elle sentit son estomac se nouer. Miles avait-il découvert quelque chose à propos de Simon Herries ? Elle avait beau clamer qu'elle ne s'inquiétait pas à cause de lui, une appréhension sourde la gagna.

Après avoir transmis l'appel, Lucy poussa un soupir d'envie. Elle ne verrait pas Greg — c'était le nom que Simon lui avait donné — avant ce soir, et seulement pour prendre un verre. Oh, il lui était bien venu à l'esprit qu'il était sans doute marié, et qu'elle s'apprêtait peut-être à s'engager dans une liaison clandestine avec un homme pour lequel elle ne représenterait jamais qu'une agréable diversion, mais elle avait fait taire la petite voix insidieuse qui lui soufflait de se méfier.

Ils se retrouvèrent dans le restaurant de Pepper. Miles fut le premier sur les lieux, et il dut patienter tandis qu'elle répondait aux salutations de gens qui la connaissaient. Il se rendait bien compte qu'il agissait de façon insensée, presque puérile. Mais pour une fois, il se trouvait dans l'incapacité de se dominer. Oui, il était jaloux. Jaloux à en crever ! Mais il ne l'admettrait pour rien au monde.

— Que se passe-t-il ? demanda Pepper en s'installant enfin en face de lui.

Elle pouvait voir à quel point il était tendu car un pli inhabituel lui barrait le front.

— Pourquoi as-tu dîné avec Howarth hier soir ?

La question la prit de court. Elle cligna des yeux, puis le dévisagea avec surprise.

— Comment… comment le sais-tu ?

Etant donné les circonstances, c'était la pire des choses à dire, ce qu'elle admit d'ailleurs un peu plus tard. Miles interpréta immédiatement sa réponse comme un aveu de culpabilité, et il exigea des explications.

Pepper sentit alors la colère la gagner. Elle n'avait pas l'habitude de rendre des comptes à qui que ce soit, et le manque de confiance de Miles la blessait profondément. Elle ne songea pas un instant que le sentiment de jalousie qui le taraudait le surprenait autant qu'elle. Tous deux ignoraient tout de la face cachée de l'amour. Et ils n'en savaient guère plus à propos de sa face révélée, d'ailleurs !

— Si je comprends bien, tu me suis pour savoir ce que je fais lorsque nous ne sommes pas ensemble ? s'écria-t-elle d'un ton de défi.

Au fond, elle ne croyait pas à cette possibilité. Aussi eut-elle l'impression de recevoir un choc lorsqu'il annonça :

— J'ai embauché un garde du corps pour te surveiller. Ce détail était consigné dans son rapport.

Pepper en resta sans voix. En elle, l'incrédulité le disputait à la fureur. Comment avait-il osé faire une chose pareille : l'espionner à son insu ? Comme s'il avait le droit de se mêler de sa vie, d'intervenir comme bon lui semblait…

Elle ne se souvenait même plus de la dernière fois où elle avait perdu son sang-froid. Cela remontait peut-être à l'époque où, enfant, elle se trouvait en butte aux sarcasmes et à l'hostilité des enfants des villages du Nord… Depuis, en tout cas, elle avait toujours su se dominer.

Aujourd'hui, en revanche, elle ne parvenait plus à se maîtriser. Elle se leva brusquement, les yeux étincelants.

— De quel droit m'as-tu fait suivre ? De quel droit penses-tu pouvoir régir mon existence ?

A la grande consternation de Miles, elle tourna les talons et gagna la sortie du restaurant.

Rien de comparable ne lui était jamais arrivé. Il aimait les femmes et se querellait rarement avec elles. Et certainement pas en public, et avec une telle violence !

Et tout ça pour un prétexte qu'il jugeait à présent ridicule. Juste avant de partir comme une furie, Pepper lui avait lancé :

— J'ai dîné avec Nick pour lui expliquer que tout était fini. En fait, il était déjà au courant de notre liaison, mais j'ai pensé que je lui devais au moins quelques explications. Je ne voulais pas t'en parler, Miles, parce que cela me gênait.

Elle avait à présent toutes les raisons du monde de lui en vouloir ! songea Miles une fois qu'il se fut un peu calmé. Il s'était conduit comme un idiot et, à la place de Pepper, il aurait certainement réagi de la même façon. Il dut également admettre que s'il était aussi jaloux, c'était parce qu'il craignait qu'elle ne refuse de l'épouser. Or il la voulait, de toutes ses forces. Et il voulait de cette vie qu'ils pourraient mener à deux…

Mais d'abord, il devait s'assurer que Simon Herries ne nuirait pas à Pepper. Or, à cause de son comportement stupide, il avait gâché toutes ses chances de convaincre Pepper qu'elle avait effectivement besoin d'un garde du corps. Ne l'avait-elle pas accusé de la faire espionner ?

Il fallut plus de temps à Pepper pour se calmer. Pourtant, dut-elle reconnaître, si les rôles avaient été inversés, elle aurait sans doute réagi de la même manière que lui. Mais elle ne pouvait supporter l'idée que Miles ait manœuvré dans son dos ; qu'il ait fait appel à un garde du corps sans même lui demander son avis.

Elle se doutait bien qu'il s'inquiétait à cause de Simon Herries ; que l'espionner était sans doute la dernière chose à laquelle il songeait. Mais savoir qu'il ne lui faisait pas entièrement confiance la blessait. Après tout ce qu'il lui avait dit…

Sans réfléchir, elle saisit le téléphone et appela Mary. Il fallait qu'elle parle à quelqu'un. Elle avait besoin de se confier, et ce ne fut qu'à la lumière de ce que son amour pour Miles lui avait permis de découvrir — cette sorte d'extraordinaire clairvoyance — qu'elle compris à quel point elle tenait à Mary Simms. Elle l'avait choisie pour être la mère d'Oliver parce qu'elle avait reconnu en elle une qualité qu'elle-même ne possédait pas : la générosité, la faculté de donner aux autres affection et tendresse.

Elle décida de passer le week-end chez eux. Après tout, un court séjour à la campagne ne lui ferait pas de mal, tenta-t-elle de se convaincre, tandis qu'une petite voix lui soufflait que c'était puéril de disparaître ainsi sans dire à Miles où elle allait.

Elle haussa les épaules. De toute façon, lui aussi avait prévu de s'absenter durant le week-end. Elle ne lui appartenait pas... Elle n'avait donc pas à lui dire comment elle comptait occuper son temps. Pourtant, elle ne pouvait se défaire d'un sentiment de culpabilité tandis qu'elle rassemblait ses affaires en prévision de son départ. De toute façon, ce soir, Miles devait bien se douter qu'elle ne dînerait pas avec lui après le fiasco du déjeuner.

Au moment de sortir du bâtiment, cependant, elle s'immobilisa devant le bureau de Lucy et, obéissant à une subite impulsion, elle déclara :

— Si M. French appelle, dites-lui que je suis partie tôt et que je passerai le week-end chez des amis, à Oxford.

Miles poussa un profond soupir. Le visage de Pepper, convulsé par la fureur, ne cessait de s'interposer entre lui et le document qu'il essayait de lire. Il finit par tendre la main vers le téléphone. A cet instant, sa secrétaire entra pour l'informer qu'un client désirait le voir.

Bon, il appellerait Pepper juste après son rendez-vous, décida-t-il.

Il était déjà 4 heures, et l'entretien ne s'acheva qu'une heure plus tard. Miles intercepta Lucy juste avant qu'elle ne parte, et elle transmit le message laissé par Pepper.

Miles pesta tout haut, tandis qu'il composait le numéro de Pepper — mais sans doute méritait-il qu'elle le traite ainsi. Comme il s'y attendait, personne ne répondit dans l'appartement de la jeune femme.

De toute évidence, elle était déjà partie pour Oxford. Sans doute irait-elle voir Philip et Mary Simms. Elle avait beaucoup parlé d'eux — d'eux et d'Oliver —, mais pas une fois elle n'avait suggéré qu'il pourrait l'accompagner chez eux. Et il en concevait une certaine amertume. Car ces gens semblaient occuper une place spéciale dans la vie de Pepper — une place qu'elle ne paraissait pas vouloir partager avec lui. Une preuve supplémentaire, s'il en était besoin, qu'elle ne lui faisait pas totalement confiance.

S'il n'avait pas eu cette réunion le lendemain, il aurait sans doute jeté quelques affaires dans une valise et serait allé la rejoindre à Oxford. Mais il ne pouvait plus se désister. Les administrateurs de l'orphelinat voulaient l'entretenir d'un projet d'aménagement de piscine couverte, et déterminer de quelle façon obtenir les fonds nécessaires. Miles comptait mentionner le nom d'un ou deux hommes d'affaires susceptibles d'être intéressés.

A l'heure où Simon retrouva Lucy au pub, Pepper était presque arrivée à Oxford.

Il avait failli ne pas honorer ce rendez-vous, mais, n'ayant rien de mieux à faire, il avait finalement décidé d'y aller. A présent, il écoutait le bavardage horripilant de Lucy.

Soudain, il tressaillit.

— Pardon ? Répète ce que tu viens de dire ! ordonna-t-il.

Lucy fronça les sourcils, étonnée par la lueur mauvaise qui brillait dans les yeux de son compagnon et par la façon brutale dont il lui serrait le bras. Et tout à coup, elle se sentit mal à l'aise, presque… effrayée.

— Eh bien, Pepper est partie tôt, murmura-t-elle. Elle a déjeuné avec Miles French, et lorsqu'elle est revenue, Miranda m'a dit qu'elle était drôlement en colère. Ils devaient dîner ensemble ce soir, mais elle est allée à Oxford. Seule. Elle a des amis là-bas…

Oxford…

Simon lâcha le poignet de Lucy. Il ferma les yeux, en proie

à une immense exaltation. Oxford… Le lieu idéal. Déterminé sans doute par quelque force supérieure à l'homme.

Il frissonna en songeant à Tim. Tim lui avait dit qu'il fallait punir Pepper. Alors, il avait acheté des livres dans différentes boutiques. Différentes, mais si semblables, en fait… Des endroits secrets où seuls de rares initiés s'aventuraient, où personne ne regardait personne, où même le silence semblait chargé de mystère.

Des années plus tôt, Tim avait juré qu'il ferait apparaître le diable, et Simon s'était secrètement moqué de lui. Aujourd'hui, en revanche…

Un brouillard noir envahissait peu à peu son cerveau, des souvenirs flous se superposaient à la réalité, des voix résonnaient, lointaines, qui l'appelaient, encore et encore…

Il se leva brusquement, manquant renverser le verre de Lucy. Ignorant les protestations de la jeune femme, il quitta le bar.

Tout en marchant, il pensait au sort que Tim réservait à Pepper, à l'époque, et à la façon dont lui-même doutait de la valeur des anciens rites. Aujourd'hui, il se rendait compte à quel point il s'était trompé. Pepper Minesse était dangereuse. Elle possédait d'étranges pouvoirs… Sinon, comment une sale gitane comme elle aurait-elle pu se hisser jusqu'au sommet ?

Simon passa tout d'abord dans son appartement. Là, avec beaucoup de soin, il déroula la couverture dans laquelle il avait dissimulé le pistolet.

Un léger sourire éclaira son visage tandis qu'il caressait l'arme. Bientôt, très bientôt, il exécuterait la sentence de mort qu'il avait prononcée contre Pepper Minesse.

21

L'humeur de Pepper avait changé bien avant qu'elle n'arrive à Oxford. Sa colère avait cédé la place à une impression de vide désolant, et elle n'avait plus qu'une envie : faire demi-tour. Que n'aurait-elle donné pour se retrouver dans les bras de Miles !

D'un revers de main, elle essuya les larmes qui coulaient sur ses joues. Maintenant que le plus fort de la crise était passé, elle mesurait à quel point leur querelle l'avait affectée. La cause de la dispute n'avait aucune importance. D'ailleurs, elle l'avait presque oubliée. Tout ce qu'elle voulait, en cet instant, c'était que Miles la serre très fort contre lui.

Mais le fait de savoir que Mary l'attendait l'empêcha de reprendre le chemin de la capitale. Et puis, il y avait également cette force aussi mystérieuse qu'impérieuse qui la poussait à se rendre à Oxford. Oui, il fallait qu'elle aille là-bas. Pourquoi, elle l'ignorait.

Oliver ! songea-t-elle soudain.

Elle frissonna en se remémorant le rêve qu'elle avait fait à Goa. Naomi lui était apparue pour l'avertir qu'un grand danger les menaçait, son fils et elle.

De nouveau, elle frémit. Il lui semblait que Naomi s'approchait d'elle… Allons ! Ses nerfs avaient été mis à rude épreuve, et son imagination lui jouait des tours ! Et pourtant…

Pourtant, bien que métamorphosée en femme d'affaires sophistiquée et pragmatique, elle ne s'était jamais complètement coupée de ses racines. Brusquement, elle se souvint de secrets que Naomi lui avait révélés, de la prémonition qu'elle-même avait eue concernant la mort imminente de sa grand-mère, et elle accéléra.

A Oxford, Mary attendait dans la cuisine, le regard fixé sur Oliver en train de jouer dans le jardin. Plus il grandissait, et plus l'héritage qu'il avait reçu de Pepper devenait évident. Il s'agissait d'un petit garçon adorable, avec d'épais cheveux bruns et un teint légèrement doré. L'expression de ses yeux clairs était souvent sérieuse, mais quand il souriait, tout son visage s'illuminait. Personne ne résistait à son charme. Vif, intelligent, sensible, il aurait fait fondre les cœurs les plus endurcis. Mary le chérissait, et Philip aussi, même s'ils avaient pris bien soin de ne pas le gâter à outrance, de ne pas lui faire sentir combien il comptait pour eux.

Des larmes lui piquèrent les paupières tandis qu'elle songeait que bientôt…

La douleur fulgurante, désormais familière, irradia soudain tout son être. Rassemblant ce qui lui restait de force et de volonté, Mary tenta de lutter.

Son agonie serait lente ; elle l'avait lu dans les yeux du médecin, et elle avait pris peur. Elle avait toujours redouté la souffrance, et maintenant qu'elle la côtoyait, elle la redoutait plus encore.

Il n'était hélas pas question d'une opération car son cancer était trop avancé. Plus tard, elle pourrait, si elle le désirait, choisir de se faire hospitaliser dans un établissement réservé aux gens comme elle, condamnés à plus ou moins brève échéance.

Jusque-là, elle n'avait rien dit à Oliver. Mais elle sentait que le moment était venu de lui annoncer la terrible nouvelle. Bientôt, en effet, Pepper arriverait. Or il lui fallait absolument compter sur son soutien ! Philip avait le cœur malade. Et il suffisait de si peu de chose pour qu'Oliver devienne orphelin !

En hâte, Mary essuya les larmes qui coulaient sur ses joues et consulta sa montre. Elle se faisait tellement de souci pour le petit garçon ! Si seulement elle avait plus de temps… Si seulement elle était sûre que Pepper…

De nouveau, une forte douleur la fit se raidir, occultant pendant quelques instants toute autre pensée.

Lorsque la souffrance reflua enfin, Mary se dirigea vers la porte de la cuisine et appela Oliver. Il vint immédiatement et, à en juger par son air grave, elle comprit qu'il se doutait de quelque chose.

Elle le conduisit dans la petite pièce qu'il avait d'abord explorée à quatre pattes avant d'y faire ses premiers pas. Sur le seuil, elle sentit l'émotion lui nouer la gorge. Tant de souvenirs l'assaillaient, à présent ! Oliver leur avait apporté tellement de bonheur…

Au bout de quelques secondes, elle parvint à se ressaisir, et entreprit alors d'expliquer au petit garçon qu'elle était très malade et que les choses ne s'arrangeraient pas.

Le visage fermé, les yeux pleins de larmes, il l'écoutait sans souffler mot.

— Je te dis tout cela, Oliver, parce que lorsque je serai partie, et si quelque chose devait arriver à papa, je veux que tu ailles vivre avec Pepper.

Etait-ce la bonne solution ? se demandait-elle tout en prononçant ces paroles. Au besoin, Pepper ne refuserait sans doute pas de prendre Oliver avec elle. Mais saurait-elle le rendre heureux ? Comprendrait-elle seulement que cet enfant était un véritable don du ciel ?

S'interdisant d'aller plus loin, Mary reporta son attention sur le petit garçon. Il lui restait si peu de temps… et si peu de forces ! Elle ne devait pas les gaspiller.

— Pepper est ta marraine, reprit-elle. Elle s'occupera bien de toi et t'aimera…

Sa voix se brisa et elle dut fournir un effort surhumain pour ravaler ses larmes. Elle ne devait flancher en aucun cas. Pas devant Oliver. Certes, il les avait comblés, Philip et elle, il leur avait rendu l'espoir et la joie de vivre. Mary, cependant, avait toujours eu l'étrange impression qu'il leur serait enlevé, à un moment ou à un autre. Mais pouvait-elle lui révéler la vérité ?

Elle le regarda attentivement et comprit que, à l'époque, en leur confiant son fils, Pepper avait pris la décision qui s'imposait.

Non, elle ne dévoilerait pas à Oliver le secret de sa naissance. En revanche, elle s'efforcerait de le préparer à ce qui allait arriver.

— Je parlerai à Pepper lorsqu'elle sera là, murmura-t-elle. Elle comprendra.

— Et il faudra que j'aille vivre avec elle à Londres ?

— Oui. Mais tu dois me promettre de ne rien lui dire tant que je ne lui aurai pas tout expliqué.

Une sorte d'intuition avertissait en effet Mary que Pepper supporterait moins bien qu'Oliver l'annonce de sa mort prochaine. Que, une fois de plus, elle maudirait le sort.

Parce que Pepper l'aimait, songea Mary avec une indicible tristesse.

Simon effectua d'une traite le trajet jusqu'à Oxford. Là, il se mit tout d'abord en quête d'une chambre d'hôtel. Dès le lendemain, il se lancerait sur la piste de Pepper. Oh, il la trouverait, aucun doute là-dessus. Mais dans l'immédiat, il avait des choses plus urgentes à faire.

Sans tarder, il se rendit à Marchington. La maison était fermée depuis quelque temps déjà, et les grilles, autrefois rutilantes, étaient aujourd'hui toutes rouillées. Simon ne prit pas l'allée principale, mais préféra contourner la maison et emprunter un petit chemin cahoteux qui menait aux écuries.

Le père de Tim était mort deux ans plus tôt, et le seul héritier — un lointain cousin — était décédé également. Des querelles avaient éclaté dans la famille, et l'on ne savait toujours pas à qui reviendrait Marchington. Dans l'attente d'une décision, la demeure était laissée à l'abandon.

Simon ne l'ignorait pas. De même qu'il n'ignorait pas que tout devait fatalement se terminer ici, à Marchington. Marchington... Le berceau de Tim, l'endroit qu'il avait choisi pour immoler Pepper... Aujourd'hui, qu'elle meure en ces lieux semblait à Simon parfaitement logique. La boucle serait bouclée, en quelque sorte.

Il cassa l'une des fenêtres de la bibliothèque pour s'introduire dans la maison. Le vieux comte n'avait jamais voulu faire installer un système d'alarme, prétendant qu'il préférait de loin recourir à des chiens de garde plutôt qu'à l'électronique pour assurer sa sécurité. Aujourd'hui, il n'y avait plus de chiens, et personne ne vit Simon traverser les grandes pièces silencieuses et vides.

Où étaient les meubles et les tableaux ? se demanda-t-il. Entreposés quelque part, sans doute, en attendant que le tribunal tranche et désigne un héritier.

La lumière du jour déclinait rapidement, conférant à la maison un aspect plus pitoyable encore. Simon n'osait prendre le risque d'éclairer — à supposer que l'électricité fonctionnât encore ! Mais de toute façon, il n'avait pas besoin de lumière pour retrouver le chemin de la chapelle.

Il portait un gros paquet sous le bras ; à peine entré dans la chapelle, il le déposa sur l'autel. Ce même autel qui avait vu mourir Deborah, le sang s'échappant à flots de son corps souillé…

Simon défit le paquet et plaça les cierges dans les bougeoirs qu'il avait apportés. Il ne voulait pas les allumer maintenant, mais un frisson d'excitation le parcourut en les maniant. Il avait été plus facile qu'il ne l'avait cru de les trouver, et le propriétaire de la petite boutique où il les avait achetés n'avait pas prêté la moindre attention à son client. Etant donné le genre de choses qu'il vendait, ce n'était guère étonnant…

Magie noire, satanisme… Pour certains, ce n'étaient là que des mots vides de sens. Mais Simon avait été surpris de découvrir à quel point certains croyaient aux forces du mal. Tim avait-il raison ?

Quoi qu'il en soit, il n'était pas là pour évoquer le diable, mais pour exécuter la sentence de Pepper Minesse. Et cette fois, il ne ferait preuve d'aucune clémence.

A l'aide de sa lampe de poche, il procéda aux ultimes vérifications. Rien ne manquait, constata-t-il, satisfait de sa macabre mise en scène. De toute façon, il avait accompli ce rituel tant de fois en pensée, tandis qu'il était étendu sur le lit étroit de son petit appartement, que les gestes lui étaient venus presque naturellement.

Tout en refermant la porte de la chapelle, il parlait à ce compagnon qui ne le quittait plus. Tim était devenu aussi réel pour lui que s'il était vivant. Et communiquer avec lui lui permettait de s'élever à un niveau supérieur, d'obtenir un pouvoir incommensurable.

Lorsqu'il quitta Marchington, Simon Herries, député conservateur et sans doute futur Premier ministre, n'existait plus. L'homme qui répondait maintenant à ce nom cachait, sous des dehors parfaitement normaux, un fou dangereux.

Mary envoya Oliver se coucher avant l'arrivée de Pepper. Elle voulait la voir seule à seule, et ce malgré les protestations de Philip. En fin de compte, il avait cédé. Voir cette femme si forte naguère faiblir sous les assauts de la maladie l'effrayait. Chaque jour, elle semblait perdre du terrain, et s'éloigner de lui.

Ils avaient parlé d'Oliver, et Philip s'était rallié à l'opinion de son épouse. Restait à savoir quelle serait la réaction de Pepper... Mary semblait convaincue que la jeune femme prendrait l'enfant. Mais le ferait-elle vraiment ? Cette question ne cessait de tourmenter Philip.

Dès qu'elle franchit le seuil, Pepper comprit que quelque chose n'allait pas. Oliver ne s'était pas précipité à sa rencontre, comme d'habitude, mais surtout, elle se fiait à cet étrange instinct hérité de ses ancêtres et qui l'avertissait de l'imminence d'une catastrophe.

Elle s'était précipitée vers Mary comme un enfant blessé qui cherche à se faire consoler par sa mère, mais à présent elle se rendait compte que c'était Mary qui souffrait.

En quelques mots choisis avec soin, Mary la mit au courant de la situation. Pendant un moment, Pepper fut incapable de parler tant l'émotion lui nouait la gorge.

— Il doit bien exister un traitement..., une opération ? finit-elle par murmurer.

— Non, il est trop tard. Je vais bientôt mourir, Pepper. Si tu n'étais pas venue ce week-end, je t'aurais téléphoné.

Pepper aurait voulu lui crier de se taire, hurler sa souffrance et son refus, mais, étrangement, elle ne parvenait pas à donner libre cours à son chagrin. La tristesse pesait sur elle comme une chape de plomb, et même la conscience de la présence de Naomi à son côté ne parvenait pas à calmer son angoisse. Elle avait déjà tant perdu ! Pourquoi fallait-il qu'on lui enlève Mary ? Mary, si bonne, si dévouée, qui n'avait jamais fait de mal à personne, qui…

— Si quelque chose devait arriver à Philip, je veux que tu me promettes de t'occuper d'Oliver, Pepper.

Ces quelques mots, prononcés d'un ton grave, firent tressaillir Pepper. Les deux femmes se trouvaient dans la chambre de Mary, et soudain, en voyant sa vieille amie tendre la main vers sa petite table de chevet et saisir une Bible, Pepper comprit que tout était prévu depuis longtemps.

— Cette Bible appartenait à ma grand-mère, déclara Mary d'un ton solennel. La date à laquelle elle l'a reçue, la date de son mariage ainsi que celle de la naissance de ses enfants sont toutes inscrites là, ainsi que la date de leur mort. Ma mère y a tout consigné à son tour, et moi aussi. Je veux que tu me jures sur cette Bible que tu feras ce que je te demande.

Pepper sentit les larmes lui monter aux yeux. Comment aurait-elle pu refuser ? Le voulait-elle seulement, d'ailleurs ? Oliver était son fils et, malgré son chagrin, elle mesura soudain la profondeur des sentiments qu'elle éprouvait pour lui. Oui, elle aimait Oliver, et l'avait toujours aimé.

Alors, elle posa la main sur la Bible et jura.

Ce soir-là, elles bavardèrent longuement. Mary évoqua son enfance, ainsi que son bonheur avec Philip.

— Je sais que ça peut paraître un peu ridicule, mais j'espère de tout cœur que tu rencontreras toi aussi ton Philip, ma chérie.

— Je crois que c'est fait.

Pepper s'interrompit. Les mots avaient jailli spontanément, et elle se rendait bien compte qu'ils appelaient une explication. Mais parler de Miles lui semblait au-dessus de ses forces. Il lui manquait tellement ! Pourquoi s'était-elle comportée de façon aussi stupide ? Pourquoi avait-elle perdu son sang-froid ? Parce qu'elle avait peur de la force de ses sentiments ?

Oui. L'engagement qu'il exigeait d'elle la terrifiait et, pour se protéger, elle avait réagi avec une violence au moins égale à sa peur.

— Tu parais bien triste, murmura Mary. T'es-tu disputée avec lui ?

Pepper hésita un instant avant de répondre. Que pouvait-elle dire ? Comment pourrait-elle justifier les craintes de Miles sans évoquer Simon ? Mais ces révélations ne serviraient qu'à affoler Mary, qui n'avait vraiment pas besoin de ça.

— Oui, dit-elle simplement.

— Téléphone-lui.

— Il ne sera peut-être pas chez lui…

Pourtant, Pepper se leva d'un bond et se dirigea vers le téléphone.

Miles répondit à la deuxième sonnerie, et dans sa voix elle décela une sorte d'impatience. De toute évidence, il regrettait leur dispute au moins autant qu'elle.

— Je suis chez Mary, dit-elle.

— J'espérais tellement que tu appellerais ! Ecoute, Pepper, je suis vraiment désolé… Mais je crevais de jalousie. Tu me manques, Pepper, tu ne peux pas t'imaginer à quel point.

— Toi aussi, tu me manques !

Immédiatement, il perçut le désespoir de Pepper, un désespoir qui dépassait largement le cadre de leur dispute, et il éprouva l'envie irrépressible de poser le combiné et de la rejoindre, quitte à manquer la réunion des administrateurs de l'orphelinat.

— Il faut que nous parlions, Pepper. Quand dois-tu revenir ?

— Dimanche soir.

Malgré son désir de voir Miles, elle ne pouvait se résoudre à abréger son week-end chez les Simms. Surtout depuis qu'elle savait Mary condamnée…

— Très bien, dit Miles. Je prendrai le train dimanche, et nous pourrions rentrer ensemble en voiture, qu'en penses-tu ?

Et ainsi, songea Pepper, elle aurait enfin l'occasion de le présenter à Philip et à Mary, ainsi qu'à Oliver…

Elle agrippa plus fort le combiné.

— Je…, commença-t-elle.

— Pourquoi ne l'inviterais-tu pas à déjeuner dimanche ? demanda soudain Mary.

Elle avait parlé à voix basse, mais Miles l'avait entendue.

— Voilà bien longtemps que je n'ai pas eu le loisir d'apprécier un bon déjeuner dominical ! s'exclama-t-il. J'accepte de bon cœur.

Pepper lui fournit les indications nécessaires pour venir, tout en songeant aux milliers de choses qu'elle aurait voulu lui dire. Mais pas dans ces conditions. Pas au téléphone.

— Depuis combien de temps le connais-tu ? s'enquit Mary lorsque la jeune femme eut raccroché.

« Depuis toujours » fut la réponse qui s'imposa immédiatement à l'esprit de Pepper. Mais les mots ne franchirent pas ses lèvres. Pourtant, ils étaient parfaitement appropriés. Elle avait l'impression d'avoir toujours connu Miles.

— Je l'ai rencontré à Oxford, dit-elle. Il te plaira, j'en suis sûre. Il est avocat.

Le seul journal que Philip lisait étant le *Times*, il était fort improbable que les Simms aient entendu parler des rumeurs qui circulaient à propos du couple qu'elle formait avec Miles. Aussi Pepper finit-elle par en raconter un peu plus à Mary, omettant à dessein de mentionner la véritable raison pour laquelle Miles l'avait emmenée à Goa. Elle expliqua simplement qu'ils avaient décidé de s'accorder quelques jours de vacances.

— Il est au courant… pour Oliver, ajouta-t-elle. Il sait ce qui m'est arrivé et il se doute que j'ai eu un enfant. Comme moi, il est orphelin. Il a été élevé dans un foyer.

Se rendait-elle compte à quel point elle se trahissait, à travers ces quelques mots ? se demanda Mary. A moins qu'elle-même, à l'approche de la mort, ait acquis une sorte de sensibilité particulière ? de clairvoyance ?

Elle savait, par exemple, que Pepper aimait profondément

Oliver, alors qu'auparavant elle n'en était pas certaine. Oui, elle en était désormais convaincue, bien que Pepper lui ait affirmé un jour qu'elle leur confiait son fils par amour pour eux, non pour lui.

Très lasse soudain, Mary annonça son intention d'aller se coucher. Après l'avoir embrassée, Pepper se rendit dans la chambre qu'elle avait toujours occupée depuis ce jour où les Simms l'avaient ramenée de l'hôpital. Certains de ses vêtements étaient toujours suspendus dans l'armoire, et quelques effets personnels traînaient dans la pièce. C'était sa chambre, et elle se sentait bien dans cet environnement familier. Chez elle, en quelque sorte.

Elle prit une douche dans la vieille salle de bains, s'enveloppa dans un épais drap de bain blanc puis s'allongea sur son lit. Les yeux grands ouverts, elle fixa le plafond sans le voir. Mary allait mourir, vaincue par cette horrible maladie qui la rongeait de l'intérieur.

A cette pensée, un frisson glacé la parcourut.

Soudain, elle eut conscience d'une présence dans la chambre, et elle prononça le nom qui lui venait spontanément aux lèvres avant de se redresser.

Ce n'était pas Naomi qui se tenait sur le seuil, mais Oliver.

Il s'approcha du lit et resta un long moment à observer la jeune femme. Elle fut soudain frappée par la ressemblance qui existait entre eux. Dire que ce petit bout d'homme était son fils, la chair de sa chair !

Pepper voulut lui tendre les bras et l'embrasser, mais une force étrange l'en empêcha, et elle ne put que le dévisager avec avidité. Dans les profondeurs de son regard sérieux, elle décela une expression de souffrance, de compréhension aussi, et, pour la première fois, quelque chose qui lui venait de Naomi... Une sorte de résignation qu'elle-même n'avait jamais connue.

Alors, les yeux pleins de larmes, elle comprit qu'on lui avait fait don d'un enfant capable de comprendre les mystères de la nature humaine, de l'un de ces esprits supérieurs qui choisissent de retourner sur terre pour le bien de leurs prochains. Comme si Naomi se tenait auprès d'elle et le lui disait, Pepper vit la force et la bonté en lui, et elle eut la certitude qu'il deviendrait un jour un homme aimé et respecté de tous. Il n'y avait rien de Simon Herries en lui, rien du tout. Et rien non plus de ses faiblesses à elle.

Tout à coup, mue par une impulsion qu'elle avait maîtrisée pendant dix ans, elle lui ouvrit les bras, et il s'y jeta.

Combien de temps restèrent-ils ainsi, blottis l'un contre l'autre, unis par le chagrin, pleurant en silence la femme qu'ils aimaient tous deux ? Pepper n'aurait su le dire, mais Oliver finit par se dégager et par retourner dans sa chambre aussi silencieusement qu'il était venu. Tout en le suivant des yeux, la jeune femme s'interrogeait. Par quel miracle avait-il compris qu'elle avait besoin d'établir ce contact avec lui ?

De nouveau, l'image de sa grand-mère s'imposa à son esprit.

Cette nuit-là, elle rêva d'un magnifique jardin dans lequel elle se promenait en compagnie de tous ceux qu'elle aimait. Miles et elle tenaient Oliver par la main, tandis que Mary et Philip cheminaient à quelques pas. Et puis soudain, la lumière dorée qui baignait le jardin s'évanouit. Un grand danger menaçait ce paradis. Naomi lui apparut alors. Elle la mettait en garde, la poussant à faire quelque chose… Mais quoi ?

Pepper se réveilla en sueur, le cœur battant la chamade. Pour se rassurer, elle tenta de se convaincre que son rêve lui était dicté par la peur de voir mourir Mary.

Mais s'il y avait autre chose ? Et si Miles avait raison ? S'il y avait vraiment lieu de redouter Simon Herries ?

Le lendemain matin, après avoir pris son petit déjeuner, Pepper rejoignit Mary qui cueillait des framboises. Aurait-elle seulement l'occasion de goûter aux confitures de l'année ? songea-t-elle avec tristesse.

Cette pensée ne quitta pas l'esprit de la jeune femme. Comme si elle avait deviné ce qui la tourmentait, Mary lui posa la main sur le bras.

— Ce ne sera pas long, Pepper.

— Comment… comment peux-tu être si courageuse ?

Et pourquoi parlaient-elles à voix basse ? se demanda Pepper. Il n'y avait personne pour les entendre, de toute façon. Personne, sauf le spectre de la Mort.

— Tu te trompes, murmura Mary. En fait, j'ai très peur de la douleur. Et j'ai déjà tellement mal…

Mary frissonna tandis que ses yeux s'emplissaient de larmes.

— Ils te donneront sûrement des médicaments, dit Pepper pour tenter de la réconforter.

— Mais est-ce que ce sera suffisant ?

Toutes deux se turent durant un long moment, tandis que l'écho de ces paroles semblait résonner dans l'air.

— Oliver a besoin de nouveaux vêtements, déclara soudain Mary. Il grandit tellement vite ! Et si nous allions tous à Oxford pour lui en acheter ? Nous pourrions déjeuner en ville, qu'en penses-tu ?

C'était une journée magnifique, le soleil brillait dans un ciel d'un bleu parfait, sans l'ombre d'un nuage. Oxford se détachait au loin, tremblant dans la brume estivale, et la luminosité était telle que les vieux bâtiments semblaient flotter au-dessus du sol.

C'était en une journée bien différente que Pepper avait vu Marchington pour la première fois.

Marchington… Pourquoi y pensait-elle, soudain ? se demanda la jeune femme en se garant. Incapable de répondre à cette question, elle descendit de voiture. Philip ne les avait pas accompagnés, en fin de compte, préférant rester à la maison avec ses livres. Comme beaucoup d'hommes, il n'appréciait guère le shopping.

Oliver resta à côté de Mary. Sans doute afin de la réconforter, songea Pepper, emplie d'amour pour cet enfant qu'elle avait si désespérément essayé de haïr. Par quel miracle le destin avait-il permis que de sa monstrueuse union avec Simon naisse un pareil ange ? La jeune femme avait envie de le toucher, de le remercier d'être là, tout simplement. Comment avait-elle pu vivre si longtemps en faisant taire ses sentiments ? En se privant de ce bonheur que l'on ressent à vivre en harmonie avec les autres, à contempler la beauté ?

« Parce que tu te l'interdisais. »

La voix de Naomi lui parut si réelle que Pepper s'immobilisa dans la rue et jeta un coup d'œil par-dessus son épaule. La conscience de la présence de sa grand-mère avait cessé d'être déroutante pour devenir rassurante. Elle s'aperçut soudain qu'Oliver l'observait et, croyant qu'elle l'avait inquiété, elle s'efforça de sourire — avant de se rendre compte qu'en fait il fixait un point situé derrière elle. Etait-il, lui aussi, conscient de la présence de Naomi ?

A cette pensée, elle sentit son cœur battre plus vite. Comme la vieille Tsigane aurait aimé le petit garçon !

Sans s'en rendre compte, elle avait garé la voiture près de l'ancien collège de Miles, Christ Church. Ils durent passer devant l'entrée, et la jeune femme fit une pause tandis que les souvenirs déferlaient dans sa mémoire.

Simon s'était levé tôt, lui aussi. Il ne descendit même pas déjeuner — la nourriture ne présentait aucun intérêt pour lui. Il se sentait investi d'une mission d'une importance telle que tous les détails de l'existence se trouvaient relégués au second plan.

Il se rendit à Marchington alors que, dans les prés, la rosée ne s'était même pas encore évaporée. Tout comme la veille, il ne rencontra personne, et il se dirigea immédiatement vers la chapelle. Tandis qu'il traversait les grandes pièces vides, il sentait la présence de Tim à son côté.

— Ce ne sera plus très long, maintenant, promit-il à son ami.

La folie avait finalement vaincu, cette psychose inscrite dans ses gènes et qui lui avait permis d'échapper à une réalité trop horrible lorsque son père avait abusé de lui ; ce pays fantasmatique auquel il accédait à son gré l'avait finalement emprisonné. La porte permettant de retourner à la réalité était condamnée à jamais.

Mais Simon ne voyait pas les choses de cette façon. Il ne s'était jamais senti aussi vivant, aussi dynamique et lucide. Il lui semblait évoluer dans un univers supérieur à celui des autres mortels, où il détenait un pouvoir extraordinaire, celui de détruire toutes les Pepper Minesse du monde.

Il avait dépassé le simple stade de la haine, à présent. Il était celui qui, désigné par une force supérieure, devait tuer l'ennemi ; le disciple qui se conformait aux ordres de son maître. Cette certitude le plongeait dans une sorte d'exaltation fébrile. L'heure du sacrifice approchait et, bientôt, il connaîtrait la jouissance suprême que lui avait promise Tim.

Il quitta Marchington dans un état d'euphorie indicible, et retourna à Oxford. Il ne prit même pas la peine de manger tant il avait hâte de se mettre en quête de Pepper.

Il la vit presque par hasard, alors qu'il traversait la route qui passait devant l'entrée de Christ Church. Un petit garçon l'accompagnait, ainsi qu'une femme plus âgée, mais il ne leur prêta aucune attention. Il l'avait trouvée, enfin ! Et avec quelle facilité... Un signe supplémentaire, s'il en était besoin, que sa mission bénéficiait de l'approbation d'une force supérieure.

Sans quitter Pepper des yeux, il entreprit de la suivre, se fondant dans la foule qui arpentait les rues d'Oxford, silhouette anonyme parmi tant d'autres.

Il la filait depuis quelques minutes à peine lorsque, soudain, il s'aperçut qu'il n'était pas le seul à s'intéresser à elle. Alors, se glissant dans l'ombre d'une ruelle étroite, il observa Pepper et ses compagnons arrêtés devant la vitrine d'un magasin de chaussures. Lorsque le petit groupe se remit en route, Simon vit distinctement la femme vêtue d'un jean et d'un sweat-shirt qui leur emboîtait le pas. Il n'avait aucune idée de qui elle pouvait être, mais sa présence contrariait ses plans. Elle constituait un obstacle sur sa route, et il allait devoir trouver un moyen de se débarrasser d'elle au plus vite.

Pepper, Mary et Oliver déjeunèrent dans un nouveau restaurant spécialisé dans les fruits de mer, mais aucun d'eux ne fit honneur aux plats, pourtant délicieux.

Il ne leur fallut pas longtemps pour acheter les nouveaux vêtements d'Oliver, des tenues d'hiver pour la plupart, en prévision de la rentrée scolaire. Pendant que les deux femmes faisaient leur choix, Pepper ne pensait qu'à une chose : Mary ne serait certainement plus là quand Oliver les porterait. Et sans doute Mary devait-elle y songer, elle aussi, car une expression d'extrême lassitude se reflétait dans son regard lorsqu'ils sortirent du magasin. Soudain, elle se raidit, et Pepper comprit qu'elle souffrait. Oliver l'avait sans doute remarqué, lui aussi, car il glissa sa petite main dans celle de Mary.

Pepper eut le plus grand mal à feindre une gaieté qu'elle était à cent lieues d'éprouver. Naomi lui avait appris que l'on devait considérer la mort plus comme une amie que comme une ennemie ; la mort, peut-être, mais pas cette lente agonie, cette souffrance intolérable... Avaient-elles seulement un sens ?

En cet instant, Pepper aurait voulu que Miles soit là, avec elle. Lui seul saurait apaiser son angoisse, la rassurer... Comme elle avait hâte d'être à dimanche !

Ils quittèrent Oxford peu après, sans se douter le moins du monde que deux véhicules les suivaient.

Comme Laura Bates, qui assurait à son tour la surveillance de Pepper, l'avait découvert, il n'y avait aucun endroit où dissimuler sa voiture le long de l'allée menant chez les Simms. La nuit dernière, sa collègue avait garé la sienne le long de la route principale, s'assurant ainsi que personne ne pourrait entrer dans la maison ou la quitter sans qu'elle s'en aperçoive.

Les pratiques de la campagne n'avaient rien à voir avec celles de la ville, avait-elle confié à Laura qui arrivait pour la remplacer. Elle avait perdu le compte exact du nombre de fois où de preux chevaliers du bitume s'étaient arrêtés pour lui demander si elle avait besoin d'aide !

*
* *

Simon prit bien soin de rester à bonne distance de la petite Fiesta qui suivait l'Aston Martin de Pepper. Il vit la Fiesta s'engager dans l'allée à la suite de Pepper, puis s'arrêter à quelques mètres de la grille seulement. Alors, il continua sa route sans même tourner la tête puis, au bout de quelques kilomètres, il fit demi-tour et rentra à Oxford.

Il ne lui fut pas difficile de trouver une librairie vendant des cartes détaillées de la région. Sur celle qu'il avait achetée, il constata qu'il n'y avait qu'une maison au bout de l'allée. Pepper logeait-elle là-bas, ou était-elle en visite ?

En fin d'après-midi, il quitta de nouveau Oxford, puis ralentit bien avant l'entrée du chemin, imitant ainsi une personne à la recherche d'un repère dans un environnement peu familier.

A moins de cinq cents mètres de l'allée, il vit la maison, la voiture de Pepper garée devant, et, mieux encore, Pepper elle-même en train de jouer au cricket avec le petit garçon brun qui l'accompagnait un peu plus tôt. Son intuition souffla à Simon qu'elle devait séjourner dans cette maison. Oui, mais pour combien de temps ? Il ne pouvait se permettre de retarder l'échéance. Et puis, l'occasion était idéale.

Il partit en sens inverse, tout en se demandant si la conductrice de la Fiesta bleue avait relevé son numéro d'immatriculation. Afin de minimiser les risques, il rendit la voiture à l'agence de location dès son retour à Oxford et en loua une autre auprès d'un concurrent.

Bientôt, la nuit tomberait. Et ce serait alors le moment d'agir.

Simon retourna dans sa chambre d'hôtel et s'étendit sur son lit, attendant de pouvoir enfin exécuter sa mission.

La réunion était terminée depuis un certain temps, mais les autres membres du conseil insistaient auprès de Miles pour qu'il reste dîner avec eux. Il n'avait aucune raison de refuser ; après tout, Pepper ne l'attendait que le lendemain… Cependant, une force mystérieuse le poussait à la rejoindre au plus vite. Il lui semblait presque entendre quelqu'un le lui ordonner.

Sans même avoir l'impression de prendre une décision, il déclina l'invitation, et se retrouva bientôt au volant de sa voiture, en route pour Oxford.

C'était insensé, irrationnel, et pourtant, au moment où il prenait le volant, Miles avait éprouvé un immense soulagement, comme si la tension qui régnait autour de lui s'allégeait quelque peu.

Peut-être était-ce là le comportement d'un homme amoureux ? Miles était prêt à l'admettre, mais jusqu'à un certain point seulement. Car, il le sentait, il y avait plus en jeu que l'envie de retrouver la femme qu'il aimait.

Laura Bates bâilla et consulta sa montre. Quatre longues heures la séparaient encore de la relève… Et elle s'ennuyait ferme, assise à ne rien faire ! Jusque-là, une voiture et deux cyclistes avaient emprunté l'allée avant de rebrousser chemin, et elle commençait à penser que Miles French gaspillait son argent.

Elle vit la voiture jaune approcher et ralentir à sa hauteur sans en concevoir aucune inquiétude. Un homme en descendit quelques secondes plus tard. Il était grand, blond, et son apparence sembla vaguement familière à la jeune femme. Mais ce ne fut qu'au moment où il ouvrit brusquement la portière de la Fiesta qu'elle le reconnut.

Elle voulut crier, mais déjà il lui avait passé les mains autour du cou et serrait de toutes ses forces. Laura Bates avait subi un entraînement intensif afin d'apprendre à se défendre, mais, contre un adversaire doué d'une telle force, elle ne pouvait pas lutter. L'air commençait à lui manquer. Elle essaya de respirer, de desserrer l'étau de ces mains meurtrières, en vain.

Peu à peu, un voile noir lui tombait sur les yeux. Sa dernière pensée fut que Miles French avait raison, en fin de compte, mais qu'elle n'aurait jamais l'occasion de le lui dire.

Lorsqu'il fut certain que la fille était morte, Simon la relâcha, et le corps s'affala sur le volant. Il la poussa sur le siège du passager et boucla sa ceinture de sécurité. Elle semblait endormie, ainsi. Il déplaça sa propre voiture, puis enfila les gants qu'il avait apportés et s'installa dans la Fiesta.

Un petit bouquet d'arbres bordait l'allée, et il lui fut facile de cacher la voiture bleue dans ses profondeurs. La lumière déclinante lui facilita encore la tâche. On la découvrirait au matin, bien sûr, mais d'ici là tout serait terminé.

De retour dans sa voiture, il ôta ses gants et mit le moteur en route.

Le jardin était désert, et des lumières brillaient aux fenêtres de la maison. Simon se gara derrière la voiture de Pepper, lui coupant ainsi toute retraite. Une sensation d'allégresse semblait le porter tandis qu'il gagnait la porte d'entrée.

Ce fut Oliver qui ouvrit. Simon l'attira à lui très doucement, le serrant d'une main contre son corps tandis que, de l'autre, il tenait son pistolet.

Ni l'un ni l'autre ne parlèrent. Les mots étaient inutiles, de toute façon. Il tenait le garçonnet en son pouvoir, songea Simon, et sous peu les autres subiraient le même sort.

Mary sortit la première en demandant :

— Oliver ? Qui est-ce ?

Puis elle hurla, et les autres se précipitèrent.

— C'est moi qu'il veut, dit alors Pepper d'un ton calme.

Pas un instant elle n'avait détaché ses yeux de Simon depuis qu'elle l'avait aperçu.

— Il vous laissera partir, ajouta-t-elle.

Elle passa devant Mary, tout en espérant qu'elle ne trahirait pas sa peur.

— Non ! s'écria Philip en avançant vers Simon et en essayant de lui arracher l'enfant.

Mais déjà, Simon levait son arme et assenait à Philip un violent coup de crosse sur le crâne. Pepper aurait voulu dire quelque chose, n'importe quoi, mais sa gorge nouée ne laissait filtrer aucun son.

— Dans la voiture, vous tous ! lança Simon.

Il avait pris plaisir à frapper le vieil homme, bien que son geste n'ait pas été prémédité. Mais cet imbécile n'aurait jamais dû se dresser contre lui.

— Simon…

Il tourna la tête vers Pepper qui lui touchait le bras. Une lueur diabolique brilla dans son regard, et un rictus de triomphe déforma ses traits.

— Laisse partir Oliver et Mary, le supplia-t-elle. Ils n'ont rien à voir avec ça. C'est juste entre toi et moi.

Avant même d'avoir fini de parler, elle se remémora l'avertissement de Naomi et sut qu'il refuserait.

— Tu me prends pour un idiot ? Si je les laisse partir, ils vont immédiatement téléphoner à la police. Toi, dit-il en désignant Mary. Toi et l'enfant, montez dans la voiture.

— Philip… Mon mari, il est malade du cœur. Vous ne pouvez pas l'abandonner comme ça ! Il va mourir !

Aussitôt, Pepper se sentit coupable. Jusque-là, elle avait eu peur pour Oliver, et pour Oliver seulement. Le cœur battant, elle s'agenouilla auprès de Philip et vit le sang s'écouler de sa blessure à la tempe, à l'endroit où Simon l'avait frappé. Il était certainement mort, comprit-elle, sans toutefois oser formuler sa pensée à voix haute.

— Quel vieux fou ! Jamais il n'aurait dû s'opposer à moi ! lança Simon avant d'éclater d'un rire de dément qui glaça le sang de Pepper.

A présent, elle savait pourquoi Naomi avait essayé de la prévenir, et à quel propos. Comment avait-elle pu ne pas se rendre compte à quel point Simon Herries était dangereux ? Dangereux… et fou.

Soudain, elle entendit Mary crier et se retourna juste à temps pour voir Simon pointer son pistolet vers le corps de Philip. Oliver eut beau se débattre, essayer de se dégager du bras qui le maintenait prisonnier, le coup partit tout de même. Pepper entendit la détonation, sentit l'insoutenable odeur de brûlé qui se répandait dans l'air. Mary étouffa un cri étranglé avant de vomir. Oliver regardait la scène avec des yeux écarquillés par l'incrédulité et l'horreur.

Pepper ne se retourna pas. Elle se sentait incapable de soutenir la vision du corps meurtri de Philip. Il était mort ; cette fois, elle en avait la certitude.

— Dans la voiture ! répéta Simon. Sinon, ce sera au tour du gosse !

Les dominer, décider de leur sort lui procurait une indicible jouissance. Il avait tiré une grande satisfaction de la mort du vieil homme. Mais ce n'était rien en comparaison de ce qu'il ressentirait lorsqu'il sacrifierait Pepper...

Il se tourna vers elle et fronça les sourcils. Pourquoi n'avait-elle pas l'air effrayé ? Pourquoi ne se jetait-elle pas à ses pieds pour le supplier de l'épargner ?

— Je pense que nous ferions mieux d'obéir, dit-elle simplement.

Au fond d'elle-même, elle se demandait si cela servait à quelque chose de prolonger ainsi leur supplice. Simon les tuerait tous, de toute façon, elle l'avait lu dans ses yeux. Elle fut tentée de plaider une nouvelle fois la cause d'Oliver et de Mary, mais elle y renonça. S'il se rendait compte qu'elle tenait vraiment à eux, il prendrait sans doute plaisir à prolonger leur agonie.

Elle n'avait pas la moindre idée de la façon dont il s'y était pris pour la retrouver. Et elle avait toutes les peines du monde à raisonner tandis qu'elle s'engouffrait à l'arrière de la voiture. Simon fit asseoir Mary sur le siège du conducteur, puis il prit place à côté d'elle, tout en braquant son pistolet contre sa hanche.

Mary tourna la clé de contact. Elle tremblait tellement qu'il lui fallut quelques instants pour faire démarrer la voiture, et la tension ambiante augmenta encore.

— Où... où voulez-vous que j'aille ? demanda-t-elle.

Etrangement, maintenant qu'elle pouvait voir la mort en face, la douleur ne l'affectait plus. Elle songea à se rendre jusqu'au poste de police le plus proche, mais elle savait qu'Oliver et Pepper seraient morts avant que l'on puisse les aider. Elle avait immédiatement identifié Simon Herriès. Tout comme elle avait décelé sa folie.

« Le Seigneur fasse qu'Oliver n'apprenne jamais que ce monstre est son père ! » songea-t-elle.

Cette pensée la fit frissonner.

Au départ, Simon pensait n'emmener que Pepper, mais lorsqu'elle s'était précipitée au secours de l'enfant, il avait changé ses plans. Et la perspective de ce qu'il s'apprêtait à faire le comblait d'aise.

Il tuerait le gosse d'abord. Et il se délecterait de voir le visage de Pepper se décomposer tandis qu'il procéderait aux incisions rituelles. Cela lui donnerait une assez bonne idée de ce qui l'attendait, elle ! Il la punirait comme elle le méritait, comme Tim aurait voulu qu'elle soit punie.

Pepper n'était allée qu'une seule fois à Marchington, mais elle sut d'instinct que c'était là que Simon les conduisait. De même qu'elle devinait ce qu'il voulait faire. Elle revit la chapelle, sentit même l'air glacé effleurer sa peau. Elle revit les cierges noirs, entendit des voix psalmodier…

Elle ferma les yeux et se mit à prier. Pas Dieu, dont elle ne savait rien, mais les esprits que vénéraient ses ancêtres, et Naomi, qui devait veiller sur elle.

Oliver, comme s'il devinait sa tension, lui posa la main sur le bras. Elle s'écarta légèrement, de crainte qu'il ne se rende compte de ce qu'elle avait en tête et, silencieusement, encore et encore, elle répéta les mots que ses ancêtres utilisaient depuis la nuit des temps lors des funérailles de leurs enfants.

Miles repéra l'entrée de l'allée sans trop de difficulté, malgré l'obscurité. Il y avait de la lumière aux fenêtres de la maison, et dans son impatience de rejoindre Pepper, il ne s'étonna pas de l'absence de Laura Bates.

Ce fut seulement lorsqu'il aperçut le corps de Philip Simms qu'il commença à prendre vraiment peur.

Il arrêta sa voiture et descendit. Philip était mort, constata-t-il après lui avoir pris le pouls. Il se releva en hâte et, gagné par la panique, il se retrouva dans sa voiture avant même de savoir ce qu'il faisait. Il dut fournir un énorme effort de volonté pour retourner dans la maison et téléphoner à la police. Moins de dix minutes plus tard, ils étaient là.

Au début, ils se montrèrent efficaces et polis, rien de plus, mais Miles n'était pas avocat pour rien, et son histoire semblait trop incroyable pour ne pas être vraie.

— Ainsi, vous pensez que ce... Simon Herries a kidnappé votre fiancée et peut-être deux autres personnes pour accomplir une vengeance personnelle ?

Miles s'expliqua du mieux qu'il le put et, durant tout ce temps, un sentiment d'urgence grandissait en lui. A un moment donné, il sentit qu'il ne tenait plus, qu'il allait exploser.

— Je suppose que vous n'avez aucune idée de l'endroit où il a emmené ses prisonniers, n'est-ce pas, monsieur French ?

A cet instant, le regard de l'inspecteur fut attiré par un officier de police qui s'avançait vers lui, l'air tout retourné. Il était très jeune — dix-neuf ans tout au plus.

— Nous avons trouvé une voiture cachée dans le bouquet d'arbres à l'entrée de l'allée, annonça-t-il. Il y a un cadavre à l'intérieur... Celui d'une femme.

Pas Pepper ! Seigneur, non ! voulut crier Miles. Chaque fibre de son être proclamait qu'elle était encore vivante.

— Grande, plutôt forte, brune.

Non, il ne s'agissait pas de Pepper. La description correspondait plutôt à...

— Laura Bates, détective privé, dit-il. Je me faisais du souci pour Pepper, alors j'ai embauché des gardes du corps, dont Laura.

A présent, il avait réussi à capter toute l'attention de l'inspecteur.

— Et vous n'avez aucune idée de l'endroit où Simon Herries a pu les emmener ? demanda-t-il une nouvelle fois.

— Marchington. Oui, il les a emmenés à Marchington.

Miles était aussi étonné que l'inspecteur. Comment le savait-il ?

D'où lui étaient venus ces mots ? Certes, il les avait prononcés, mais…

— Marchington ? répéta l'inspecteur.

— Il s'agit de la résidence familiale des comtes de Marchington. Pendant ses études, Simon était très lié à Tim Wilding, le petit-fils du comte. A l'époque, ils voulaient faire revivre ce qu'ils appelaient le Cercle du feu de l'enfer, mais la mort prématurée de Tim a mis fin à ce projet.

Ceux qui prétendaient que la police britannique manquait d'imagination se trompaient du tout au tout, constata Miles dix minutes plus tard lorsqu'un détective d'allure décontractée, mal rasé et les cheveux en bataille, déclara :

— Je pense que nous devrions vérifier cette information.

Il leva la tête et scruta le ciel pendant quelques instants avant de faire remarquer un détail qui avait jusque-là échappé à Miles.

— C'est la pleine lune, ce soir. Si votre théorie est exacte… Johnson, Austin, allez chercher les voitures, lança-t-il à ses hommes.

Puis il ajouta à l'adresse de Miles :

— Vous vous rendez compte que, une fois sur place, nous devrons essayer de le convaincre de se rendre. Cela peut prendre du temps…

De toute évidence, le policier aurait préféré se passer de lui, mais il n'en était pas question, et Miles le lui fit savoir. Et soudain, il se demanda quelle serait la réaction de ce détective s'il lui révélait qu'il se sentait comme hanté par la présence d'une vieille gitane toute frêle au visage ridé qui lui répétait sans cesse que Pepper avait besoin de lui. Il l'aurait sans doute mis sous les verrous sur-le-champ !

— Il faut absolument que nous ayons une idée de la configuration des lieux. De retour au poste, mes hommes essaieront de trouver un plan de Marchington. Je ne peux pas vous promettre que nous arriverons à temps pour les sauver, avoua l'inspecteur. Tout dépend de Herries. Vous dites qu'il est fou ? Si c'est vrai…

Le silence qui suivit était plus éloquent que les mots, et Miles sentit l'angoisse l'oppresser.

Tout en remontant l'allée, il remarqua deux policiers en train de sortir de la voiture bleue un corps enveloppé dans un drap blanc. Laura Bates…, songea-t-il en frissonnant. Indirectement, il était responsable de sa mort.

Personne dans la chapelle de Marchington n'entendit la police arriver. Mary, en état de choc, était assise avec Oliver, qu'elle serrait contre elle. Depuis trois longues heures déjà, ils écoutaient parler Simon.

Ce qu'il racontait n'avait de signification que pour Pepper. La jeune femme se rendit compte qu'il lui reprochait la mort de Tim, bien qu'elle fût certaine que c'était lui, le responsable. La haine qu'il éprouvait pour elle, et pour les femmes en général, jaillissait de lui comme de la lave d'un volcan en éruption. Il parla de Deborah et de son suicide, et Pepper, dont les perceptions étaient inhabituellement aiguisées, put presque visualiser la jeune fille étendue sur le sol froid de la chapelle. Elle dut lutter contre la nausée lorsque Simon leur décrivit ce qu'il lui avait infligé avant sa mort. Pour une personne élevée comme Deborah l'avait été, innocente, naïve, une personne dont la sexualité n'avait jamais été éveillée, le supplice qu'il lui avait fait endurer avait dû être intolérable.

Et enfin, il parla de Pepper elle-même, de son viol et du plaisir qu'il en avait retiré. Mais tout en l'écoutant, Pepper avait l'impression qu'il parlait de quelqu'un d'autre. Ses mots ne l'atteignaient plus, ils avaient perdu le pouvoir de la blesser. Elle était libre, désormais. Et cette liberté chèrement acquise, c'était à Miles qu'elle la devait.

Pas un instant, durant son monologue, Simon ne détacha les yeux des trois personnes en face de lui, et à aucun moment il ne lâcha son pistolet. Il les tuerait sans hésiter au moindre mouvement de leur part, Pepper en était consciente.

Elle savait aussi pourquoi il retardait tant le moment fatidique. Il ne commencerait le rituel de la messe noire qu'à minuit.

De toutes ses forces, elle pria pour que ni Oliver ni Mary ne se doutent de ce qui les attendait. Elle tuerait elle-même son enfant plutôt que de laisser Simon s'en prendre à lui.

Miles avait eu raison de l'avertir. Miles... Pour la première fois, elle s'autorisa à penser à lui. Elle n'avait pas osé auparavant, car elle savait que cela ne ferait que l'affaiblir. Elle avait tellement besoin de lui ! Elle l'aimait, et maintenant, alors qu'il était trop tard, elle se rendait compte que tous ses rêves de vengeance avaient gâché des années de sa vie. Mais ils lui avaient permis de trouver Miles. Le bien issu du mal, l'amour issu de la haine, en quelque sorte... Comme Oliver, l'enfant de son union forcée avec un homme qui allait bientôt les tuer.

Comment aurait-elle pu savoir, au moment où elle cherchait à détruire cet enfant dans son ventre, qu'il deviendrait un ange ? Ou du moins, qu'il aurait pu le devenir, rectifia-t-elle aussitôt avec une ironie amère.

Ils repérèrent immédiatement la voiture. La maison était plongée dans l'obscurité, et la police se déploya silencieusement tout autour.

— La porte a été forcée ici, annonça l'un des hommes à l'inspecteur.

Sans tarder, ils pénétrèrent à l'intérieur. L'inspecteur avait suggéré que Miles reste à l'abri près des voitures de police, mais il avait refusé. Sa conscience de la présence de Naomi était si forte qu'il ne parvenait pas à comprendre pourquoi personne d'autre que lui ne remarquait la vieille femme.

— Ils sont en bas, confia-t-il à l'inspecteur, avant de le précéder dans l'étroit couloir qui conduisait à la chapelle.

L'inspecteur et l'homme qui se trouvait à son côté échangèrent un bref coup d'œil. Tous deux avaient trop d'expérience et en avaient trop vu dans leur carrière pour lui demander d'où lui venait cette certitude.

— Attention, maintenant, se contenta de dire l'inspecteur.

La chapelle était éclairée par des dizaines de cierges noirs. La cire gouttait, dégageant une odeur étrange, entêtante. Les ingrédients dont ils étaient composés devaient rester secrets ; des incantations spéciales avaient précédé leur fabrication. Autrefois, la drogue qu'ils contenaient, et qui provenait de pavots, avait été mélangée à la cire pour apaiser les craintes des victimes d'un sabbat. A l'époque, le rite sacrificiel était considéré comme partie intégrante de la vie d'un village.

Comme les animaux, les êtres humains ont des instincts qui se transmettent de génération en génération, bien que la civilisation les ait recouverts d'un vernis. En approchant de la chapelle, les policiers ressentirent un besoin atavique, primitif, de s'enfuir.

Ce fut Pepper qui les aperçut la première, et son cœur fit un bond dans sa poitrine. En fait, elle sentait leur présence, même s'ils étaient encore dissimulés dans l'ombre, et elle mesura la distance qui les séparait de leur salut avec une détermination farouche. Oliver avait remporté une fois l'épreuve de la course, à l'école, lui avait confié un jour Mary avec fierté. Mais un enfant, si rapide soit-il, ne pouvait rivaliser de vitesse avec une balle… à moins que quelqu'un ne s'interpose entre le projectile et lui.

Pepper se pencha légèrement et fronça les sourcils en s'apercevant que Simon l'avait vue.

Il s'interrompit brusquement, et plissa les yeux d'un air soupçonneux. Comme un animal, il pouvait sentir l'odeur de la peur autour de lui, de la peur et du danger. Les flammes des cierges vacillèrent légèrement, comme si quelqu'un avait ouvert une porte quelque part.

En contemplant la scène, Miles sentit son estomac se nouer. Personne ne parlait. Les policiers étaient tous armés, mais ils ne pouvaient précipiter les choses. S'ils lançaient l'assaut maintenant, Simon tuerait sans hésiter ses trois otages avant qu'ils ne puissent l'arrêter.

Simon grimaça un sourire en s'approchant de Pepper. Il était minuit moins cinq. En lui, il sentait le plaisir monter, surpasser en intensité tout ce qu'il avait déjà pu ressentir... pour, brusquement, commencer à refluer. Il s'immobilisa, brutalement dégrisé, roulant des yeux fous tandis qu'il scrutait les recoins de la chapelle plongés dans l'ombre. Où était Tim ? Il lui avait pourtant juré qu'il viendrait ce soir et qu'ils partageraient ce moment unique...

La plus grande confusion régnait à présent dans l'esprit de Simon. Il voulait de nouveau éprouver cette euphorie, cette anticipation de l'extase qui serait la sienne lorsque, enfin, il pourrait contempler le corps de Pepper sur l'autel...

Il le lui dit, d'ailleurs, tandis que, dans l'ombre, les hommes écoutaient, pétrifiés d'horreur.

— Vous aviez raison, murmura le détective. Il est complètement cinglé. Il faut que nous trouvions un moyen de distraire son attention.

— Trop risqué, répliqua l'un de ses hommes. Nous n'aurions pas suffisamment de temps pour agir. Nous pourrions à la rigueur en sauver un...

Simon fronça les sourcils. Où était ce sentiment de jouissance qui aurait dû l'habiter en cet instant ? Où était Tim ? Il avait promis...

Pepper le fixait, le cœur battant à se rompre, consciente de la progression de la folie dans son cerveau. Maintenant. Il fallait agir maintenant. L'occasion ne se présenterait peut-être plus. Et l'arme était toujours braquée sur eux.

La jeune femme agrippa l'épaule d'Oliver, et l'enfant leva la tête vers elle. Elle jeta alors un bref coup d'œil en direction du couloir, et son fils comprit immédiatement. Cette étrange complicité entre eux était tout à fait nouvelle pour lui, et pourtant, en même temps, elle lui semblait remonter à très loin ; comme si elle était venue au monde avec lui. Pepper voulait qu'il se mette à courir. Il savait que l'un d'eux allait mourir, mais Pepper voulait qu'il coure, alors il courrait.

Elle lui serrait toujours l'épaule. Elle regarda une nouvelle fois Simon se battre contre les forces obscures qui envahissaient son cerveau. Et soudain, il tourna la tête.

Aussitôt, elle lâcha l'épaule d'Oliver, et le petit garçon s'élança. Simon cria, puis leva son arme. Pepper se précipita alors devant lui pour protéger son enfant, mais Mary fut plus rapide qu'elle. La poussant au sol avec une force insoupçonnée, elle se jeta sur Simon, les bras tendus.

Elle fut tuée sur le coup. Son corps inerte s'abattit sur Simon au moment où la balle du tireur d'élite traversait le cerveau de ce dernier.

Tandis que la Mort se penchait sur elle pour l'étreindre et l'emporter, Mary vit une femme lui tendre les bras, et un indicible sentiment de joie s'empara d'elle. Derrière la vieille Tsigane, elle aperçut Philip. Et tandis que son âme s'élevait pour le rejoindre, la gitane la força à se retourner pour contempler la scène qu'elle venait juste de quitter, et murmura :

« C'est fini. L'enfant est sauvé. »

Comme dans un brouillard, Pepper vit des hommes émerger du couloir, des policiers, et puis un autre — un autre dont elle aurait dû reconnaître le visage. Il portait un petit garçon dans les bras. Il prononça son nom — du moins, elle pensa qu'il s'agissait de son nom. Il le répéta encore et encore, tandis qu'un pli soucieux lui barrait le front, et puis soudain, elle comprit. Elle se leva d'un bond et courut à sa rencontre et, de son bras libre, il l'accueillit contre lui.

— C'est fini, Pepper. Fini. Vous êtes tous les deux sains et saufs.

Oui, ils étaient vivants, songea-t-elle, mais Mary et Philip, eux, étaient morts !

« Il ne pouvait en être autrement. »

Pepper entendit ces mots et pourtant elle sut que personne ne pouvait les avoir prononcés. Elle esquissa un sourire tremblant tandis que ses lèvres formaient un nom.

— Naomi…

Elle ne verrait plus sa grand-mère. Pas dans cette vie, en tout cas. Elle le savait d'instinct. La tâche de Naomi était terminée.

Elle sentit la main d'Oliver se poser sur son bras, et elle baissa les yeux vers lui.

— Mary a trouvé la paix, Oliver, murmura-t-elle.

Il se tourna vers le corps, l'air grave.

— Je sais, dit-il calmement. Je l'ai vue.

Miles les regarda tour à tour, conscients qu'ils étaient en train de partager quelque chose dont il était exclu. Mais il n'en concevait aucune amertume.

— J'aurais dû t'écouter, admit Pepper plus tard, lorsque les formalités furent accomplies, et que tous trois se retrouvèrent dans l'appartement de Miles.

— Et moi, j'aurais dû me montrer plus compréhensif.

Ils restèrent silencieux pendant quelques instants. Oliver était déjà couché.

— Oliver est sous ma responsabilité, à présent, déclara Pepper. J'ai promis à Mary que je m'occuperais de lui, et d'ailleurs, même si je ne l'avais pas fait, je…

— Il est sous *notre* responsabilité. C'est un enfant très spécial, Pepper.

— Oui.

Elle avait penché la tête, et ses cheveux balayaient sa joue. En cet instant, tandis que les flammes de l'âtre la nimbaient de leur clarté fauve, elle semblait si jeune ! Il était 4 heures du matin, mais ni elle ni lui ne se sentaient fatigués.

— J'avais peur de m'engager sérieusement avec toi, dit-elle soudain.

— Et moi, j'avais peur de te perdre.

Il lui prit la main.

— Nous ne pouvons pas changer le cours des événements, Pepper.

— Non, cela devait arriver.

*
* *

— Nous pourrions vivre à Londres, vendre nos appartements et acheter quelque chose de plus grand ? suggéra Miles.

Pepper secoua la tête.

— Non, Oliver est habitué à la campagne, et je désire que mes enfants y soient élevés, eux aussi.

— Cela risque d'être fatigant de faire les trajets entre Londres et la campagne tous les jours, objecta-t-il. C'est différent pour moi, je peux toujours travailler chez moi.

— Non, répéta Pepper.

Ils étaient assis dans le salon, discutant de leurs projets d'avenir. Ils s'étaient mariés durant le week-end, avec pour seuls témoins Oliver et une poignée d'amis.

— Je me retire des affaires, dit-elle en évitant le regard de Miles. J'ai atteint mon but, désormais.

Immédiatement, il comprit.

— Minesse… Némésis. Cela en valait-il la peine, Pepper ?

— Non. Rien ne justifie la mort de personnes telles que Philip et Mary, et j'aurais pu aussi perdre Oliver.

Comme s'il devinait la souffrance de la jeune femme, Miles lui prit la main.

— Et pourtant, regarde le bien qui en est ressorti. Prends Alex et Julia, par exemple.

— Tu crois qu'ils obtiendront l'autorisation d'adopter Randolph ? demanda Pepper en faisant référence au bébé handicapé que les Barnett espéraient accueillir chez eux.

— Je ne vois pas pourquoi on la leur refuserait. Tu es une femme très spéciale, mais tu n'es pas surhumaine. Personne ne peut changer ce que le destin nous réserve. Nous ne pouvons modifier le destin.

— Mais si je n'avais pas essayé de vous faire chanter, Simon Herries…

— … Se serait détruit de toute façon, et peut-être aurait-il entraîné d'autres innocents dans sa chute, mais de façon différente. C'est fini, Pepper, et la vie continue. En parleras-tu un jour à Oliver ?

— Je ne sais pas. Je ne pense pas. Je veux qu'il grandisse libre de toute entrave.

Elle s'interrompit un instant avant d'ajouter :

— Si nous avons une fille, j'aimerais l'appeler Naomi.

— Je pense qu'elle aimerait cela, en effet.

Et tous deux savaient qu'il ne faisait pas référence à l'enfant à venir.

Elle vendrait Minesse Management, décida Pepper ; elle avait déjà plusieurs acquéreurs en vue. Miles et elle achèteraient une vieille maison à restaurer, quelque part dans la campagne, et elle consacrerait toute son énergie et tout son temps à l'éducation de ses enfants. Ils leur donneraient tout ce dont eux-mêmes avaient été privés ; et tout ce qu'ils avaient reçu.

Elle posa la main sur son ventre encore plat, et un sourire lui vint aux lèvres. Elle portait l'enfant de Miles, et sa conception était le signe de sa renaissance à elle ; un signe que le passé était bien mort, et avec lui la haine et l'amertume. Pepper avait essayé de défier le destin, oubliant que d'autres risquaient de payer le prix de son audace. Maintenant, elle savait.

— Viens, dit soudain Miles. J'ai faim ! Allons dîner. Ensuite, nous rendrons leur liberté à Alex et à Julia.

Leurs amis avaient en effet proposé de garder Oliver pendant quelques jours, afin de laisser souffler un peu les nouveaux époux. Mais déjà Pepper se languissait de lui.

Elle regarda son poignet. La clé avait disparu ; à la place, elle portait une amulette symbole de paix et d'espoir pour les Tsiganes. Elle la caressa et sourit avant de glisser son bras sous celui de son mari. Puis elle leva les yeux, et Miles la contempla longuement, tout en songeant qu'elle ne lui avait jamais paru aussi belle, aussi désirable et féminine qu'en cet instant. Il ne la laisserait jamais partir. Jamais.

— A quoi penses-tu ? demanda-t-il.

— A un vieux proverbe qui dit à peu près ceci : « Vivre heureux est la meilleure des revanches. » Et c'est exactement ce que j'ai l'intention de faire.

*
* *

Toutes les choses ont une raison d'être, une signification profonde qu'il ne nous est pas toujours donné de comprendre. En libérant sa haine, Pepper avait découvert l'amour ; en faisant l'expérience de la douleur, elle avait recouvré l'espoir ; en affrontant le danger, elle avait enfin connu la paix. Et elle entendait désormais se montrer digne de ces dons inespérés.

DANS LA MÊME COLLECTION

Par ordre alphabétique d'auteur

MARY LYNN BAXTER	*La femme secrète*
MARY LYNN BAXTER	*Un été dans le Mississippi*
JENNIFER BLAKE	*Une liaison scandaleuse*
BARBARA BRETTON	*Le lien brisé*
MEGAN BROWNLEY	*La maison des brumes*
CANDACE CAMP	*Le bal de l'orchidée*
CANDACE CAMP	*Le manoir des secrets*
CANDACE CAMP	*Le château des ombres*
CANDACE CAMP	*La maison des masques*
ELAINE COFFMAN	*Le seigneur des Highlands*
PATRICIA COUGHLIN	*Le secret d'une vie*
MARGOT DALTON	*Une femme sans passé*
EMMA DARCY	*Souviens-toi de cet été*
SALLY FAIRCHILD	*L'héritière sans passé*
KATHRYN HARVEY	*La clé du passé*
FIONA HOOD-STEWART	*Les années volées*
FIONA HOOD-STEWART	*A l'ombre des magnolias*
RONA JAFFE	*Le destin de Rose Smith Carson*
PENNY JORDAN	*Silver*
PENNY JORDAN	*L'amour blessé*
PENNY JORDAN	*L'honneur des Crighton*
PENNY JORDAN	*L'héritage*
PENNY JORDAN	*Le choix d'une vie*
PENNY JORDAN	*Maintenant ou jamais*
PENNY JORDAN	*Les secrets de Brighton House*
PENNY JORDAN	*La femme bafouée*
HELEN KIRKMAN	*Esclave et prince*
ELAINE KNIGHTON	*La citadelle des brumes*
CATHERINE LANIGAN	*Parfum de jasmin*
RACHEL LEE	*Neige de septembre*
RACHEL LEE	*La brûlure du passé*
LYNN LESLIE	*Le choix de vivre*

... / ...

DANS LA MÊME COLLECTION

Par ordre alphabétique d'auteur

MERLINE LOVELACE	*La maîtresse du capitaine*
ANN MAJOR	*La brûlure du mensonge*
ANN MAJOR	*Le prix du scandale**
CURTISS ANN MATLOCK	*Sur la route de Houston*
CURTISS ANN MATLOCK	*Une nouvelle vie*
MARY ALICE MONROE	*Le masque des apparences*
EMILIE RICHARDS	*Le temps d'un été*
NORA ROBERTS	*Retour au Maryland*
NORA ROBERTS	*La saga des Stanislaski*
NORA ROBERTS	*Le destin des Stanislaski*
NORA ROBERTS	*L'héritage des Cordina*
NORA ROBERTS	*Love*
NORA ROBERTS	*La saga des MacGregor*
NORA ROBERTS	*L'orgueil des MacGregor*
NORA ROBERTS	*L'héritage des MacGregor*
NORA ROBERTS	*La vallée des promesses*
NORA ROBERTS	*Le clan des MacGregor*
NORA ROBERTS	*Le secret des émeraudes*
NORA ROBERTS	*Un homme à aimer**
NORA ROBERTS	*Sur les rives de la passion*
ROSEMARY ROGERS	*Le sabre et la soie*
ROSEMARY ROGERS	*Le masque et l'éventail*
JOANN ROSS	*Magnolia*
JOANN ROSS	*Cœur d'Irlande*
EVA RUTLAND	*Tourments d'ébène*
DALLAS SCHULZE	*Un amour interdit*
DALLAS SCHULZE	*Les vendanges du cœur*
JUNE FLAUM SINGER	*Une mystérieuse passagère*
ERICA SPINDLER	*L'ombre pourpre*
ERICA SPINDLER	*Le fruit défendu*
ERICA SPINDLER	*Trahison*

… / …

DANS LA MÊME COLLECTION

Par ordre alphabétique d'auteur

CHARLOTTE VALE ALLEN	*Le destin d'une autre*
CHARLOTTE VALE ALLEN	*L'enfance volée*
CHARLOTTE VALE ALLEN	*L'enfant de l'aube*
LAURA VAN WORMER	*Intimes révélations*
SUSAN WIGGS	*Un printemps en Virginie*
BRONWYN WILLIAMS	*L'île aux tempêtes*
SHERRYL WOODS	*Refuge à Trinity*
SHERRYL WOODS	*Le testament du cœur*
KAREN YOUNG	*Le passé meurtri*

* *titres réunis dans un volume double*

7 NOUVEAUTÉS À PARAÎTRE EN JUIN 2007

Composé et édité par les
éditions Harlequin
Achevé d'imprimer en mars 2007
par
LIBERDÚPLEX

Dépôt légal : avril 2007
N° d'éditeur : 12690

Imprimé en Espagne